ROBERT GAL

ŻNIWA ZŁA

Przełożyła z angielskiego
Anna Gralak

WYDAWNICTWO
DOLNOŚLĄSKIE

Nasze książki kupisz na:

PUBLICAT.PL

Tytuł oryginału
Career of Evil

Projekt okładki i fotografie
Nico Taylor © Little Brown Book Group Limited 2015

Redakcja
MAŁGORZATA GROCHOCKA

Korekta
ANNA KURZYCA

Redakcja techniczna
ADAM KOLENDA

ISBN 978-83-271-5455-2

**WYDAWNICTWO
DOLNOŚLĄSKIE**
jest znakiem towarowym Publicat S.A.

PUBLICAT S.A.
61-003 Poznań, ul. Chlebowa 24
tel. 61 652 92 52, fax 61 652 92 00
e-mail: office@publicat.pl, www.publicat.pl

Oddział we Wrocławiu
50-010 Wrocław, ul. Podwale 62
tel. 71 785 90 40, fax 71 785 90 66
e-mail: wydawnictwodolnoslaskie@publicat.pl

Źródła cytatów umieszczono na ss. 491–495.
Selected Blue Öyster Cult lyrics 1967–1994 by kind permission of Sony/ATV Music Publishing (UK) Ltd.
www.blueoystercult.com
'Don't Fear the Reaper: The Best of Blue Öyster Cult' from Sony Music Entertainment Inc available
now via iTunes and all usual musical retail outlets.

Séanowi i Matthew Harrisom
– zróbcie z tą dedykacją, co tylko chcecie,
ale nie…
nie…
nie stosujcie jej na brwi.

I choose to steal what you choose to show
And you know I will not apologize –
You're mine for the taking.

I'm making a career of evil ...

Będę kraść to, co będziesz pokazywał,
Dobrze wiesz, że nie przeproszę –
Mogę cię mieć w każdej chwili.

Robię karierę w branży zła [...]

Blue Öyster Cult, *Career of Evil*
słowa: Patti Smith

1

2011

This Ain't the Summer of Love

To nie jest lato miłości

Nie udało mu się zetrzeć całej jej krwi. Pod paznokciem środkowego palca lewej dłoni została ciemna kreska przypominająca nawias. Zaczął ją stamtąd wygrzebywać, ale właściwie ten widok mu się podobał: pamiątka po przyjemnościach poprzedniego dnia. Po chwili bezskutecznego grzebania włożył krwawy paznokieć do ust i possał. Żelazisty posmak przywołał wspomnienie zapachu strumienia, który trysnął gwałtownie na wyłożoną płytkami podłogę, ochlapując ściany, mocząc mu dżinsy i zmieniając brzoskwiniowe ręczniki kąpielowe – mięciutkie, suche i starannie złożone – w nasiąknięte krwią szmaty.

Dziś rano świat miał dla niego jaśniejsze barwy i wydawał się wspanialszy. Czuł spokój i był podbudowany, jakby ją wchłonął, jakby jej życie przetoczono do jego żył. Zabijane kobiety stawały się twoją własnością: to forma posiadania o wiele lepsza od seksu. Już samo patrzenie na nie w chwili śmierci było rodzajem intymności wykraczającej daleko poza to, czego mogły doświadczyć dwa żywe ciała.

Czując dreszcz podniecenia, pomyślał, że nikt nie wie, co zrobił ani co planuje. Szczęśliwy i spokojny ssał środkowy palec, opierając się o ciepły mur w słabym kwietniowym słońcu i wpatrując w dom naprzeciwko.

Dom nie był piękny. Raczej zwyczajny. Owszem, przyjemniejszy niż maleńkie mieszkanko, w którym zesztywniałe od krwi ubranie leżało od wczoraj w czarnych workach na śmieci, czekając na spalenie, i w którym zostawił lśniące noże, umyte środkiem dezynfekującym, wciśnięte za rurę w kształcie litery U pod kuchennym zlewem.

Ten dom miał z przodu ogródek, czarne balustrady i trawnik wymagający skoszenia. Dwoje białych drzwi umieszczono tuż obok siebie, co świadczyło o tym, że trzypiętrowy budynek podzielono na mieszkania. Na parterze mieszkała Robin Ellacott. Dołożył starań, żeby poznać jej prawdziwe imię i nazwisko, lecz w myślach nazywał ją Sekretarką. Przed chwilą widział ją przechodzącą za oknem wykuszowym, łatwo ją było poznać dzięki jaskrawym włosom.

Obserwowanie Sekretarki traktował jak bonus, miły dodatek. Miał kilka wolnych godzin, więc postanowił przyjść i na nią popatrzeć. Dzisiaj był dzień odpoczynku między wczorajszymi i jutrzejszymi atrakcjami, między zadowoleniem z tego, co zostało zrobione, a podnieceniem tym, co miało się zdarzyć.

Drzwi po prawej stronie niespodziewanie się otworzyły i z domu wyszła Sekretarka w towarzystwie mężczyzny.

Nadal oparty o ciepły mur gapił się na ulicę odwrócony do nich profilem, żeby wyglądać jak ktoś, kto czeka na przyjaciela. Nie zwrócili na niego najmniejszej uwagi. Oddalali się chodnikiem, idąc ramię w ramię. Odczekał minutę i ruszył za nimi.

Miała na sobie dżinsy, lekką kurtkę i buty na płaskim obcasie. Jej długie falujące włosy widziane w blasku słońca wydawały się jeszcze bardziej rude. Zauważył między tymi dwojgiem lekki dystans, nie odzywali się do siebie.

Umiał wyczuwać emocje. Zauważył je i wykorzystał u dziewczyny, która wczoraj umarła wśród zakrwawionych, brzoskwiniowych ręczników.

Byli na długiej ulicy. Trzymał ręce w kieszeniach i szedł niespiesznym krokiem, jakby się wybrał na zakupy. W ten jasny poranek jego ciemne okulary nie zwracały uwagi. Drzewa delikatnie falowały na lekkim wiosennym wietrzyku. Na końcu ulicy idąca przodem para skręciła w lewo, w szeroką, zatłoczoną arterię, wzdłuż której stały biurowce. Wysoko w górze tafle szkła w oknach lśniły w blasku słońca, gdy mijali siedzibę Rady Gminy Ealing.

Współlokator albo chłopak czy ktokolwiek to był – mężczyzna o wyrazistym profilu i kwadratowej żuchwie – coś do niej mówił. Odpowiedziała mu krótko, bez uśmiechu.

Kobiety są takie małostkowe, podłe, paskudne i żałosne. Nadąsane suki, wszystkie co do jednej oczekujące, że mężczyźni będą je uszczęśliwiać. Dopiero gdy leżały przed tobą martwe i puste, stawały się czyste, tajemnicze, a nawet cudowne. Wtedy były bez reszty twoje, niezdolne do kłótni, szamotaniny czy odejścia, były twoje i mogłeś z nimi zrobić, co tylko zechcesz. Zwłoki tej wczorajszej stały się ciężkie i bezwładne, gdy upuścił z nich krew: były jego naturalnych rozmiarów pieścidełkiem, jego zabawką.

Szedł za Sekretarką i jej chłopakiem przez gwarne centrum handlowe Arcadia, sunąc z tyłu niczym duch albo bóg. Czy ludzie robiący sobotnie zakupy w ogóle go widzieli, czy może jakoś się przeobraził, stał się podwójnie żywy, zyskał dar niewidzialności?

Dotarli na przystanek autobusowy. Czaił się w pobliżu, udając, że zagląda przez drzwi do baru serwującego curry, patrzy na owoce ułożone w wysokie sterty przed sklepem, na tekturowe maski z twarzami księcia Williama i Kate Middleton wiszące w kiosku; obserwował ich odbicia w szybach.

Zamierzali wsiąść do autobusu linii osiemdziesiąt trzy. Miał przy sobie niewiele pieniędzy, ale jej widok sprawiał mu tyle przyjemności, że nie chciał tak szybko rezygnować. Wchodząc za parą do autobusu, usłyszał, jak mężczyzna mówi o Wembley Central. Kupił bilet i poszedł za nimi na górę.

Para znalazła dwa wolne, sąsiadujące ze sobą miejsca na samym przedzie pojazdu. Usiadł niedaleko, obok gburowatej kobiety, którą zmusił do przesunięcia siatek z zakupami. Chwilami słyszał ich głosy wynurzające się z gwaru rozmów innych pasażerów. Gdy nie rozmawiali, Sekretarka posępnie patrzyła przez okno. Nie miała ochoty jechać tam, dokąd jechali – był tego pewny. Gdy odgarnęła z oczu pasmo włosów, zauważył pierścionek zaręczynowy. Więc zamierzała wyjść za mąż... a raczej tak jej się wydawało. Ukrył uśmieszek za postawionym kołnierzem kurtki.

Przez upaćkane szyby wpadało ciepłe południowe słońce. Do autobusu wsiadła grupa mężczyzn, którzy zajęli miejsca wokół. Dwóch miało na sobie czarno-czerwone koszulki drużyny rugby. Nagle poczuł, jak blask dnia przygasa. Koszulki z sierpem księżyca i gwiazdą budziły w nim nieprzyjemne skojarzenia. Przypominały o czasach, gdy nie czuł się jak bóg. Nie chciał, żeby dzień jego szczęścia został skażony i splamiony dawnymi złymi wspomnieniami, ale jego euforia gwałtownie słabła. Rozzłoszczony – jakiś nastolatek napotkał jego spojrzenie i z przestrachem pospiesznie odwrócił wzrok – wstał i ruszył w stronę schodów.

Obok drzwi stał ojciec z małym synem i mocno trzymali się drążka. Na dnie jego żołądka eksplodował gniew: on też powinien mieć syna. A raczej nadal powinien go mieć. Wyobraził sobie chłopca stojącego obok, zadzierającego głowę i patrzącego na niego jak na bohatera – tylko że on już dawno stracił syna, a wszystkiemu był winien człowiek nazywający się Cormoran Strike.

Zamierzał się zemścić na Cormoranie Strike'u. Zamierzał zmienić jego życie w piekło.

Stojąc na chodniku, spojrzał na przód autobusu i za szybą jeszcze raz mignęła mu złotowłosa głowa Sekretarki. Pomyślał, że w ciągu najbliższych dwudziestu czterech godzin zobaczy ją ponownie. Ta świadomość pomogła mu opanować nagłą wściekłość wywołaną widokiem koszulek drużyny Saracens. Autobus oddalił się z warkotem, a on ruszył w przeciwną stronę, powoli się uspokajając. Miał cudowny plan. Nikt o nim nie wiedział. Nikt się niczego nie spodziewał. A w domu w lodówce czekało na niego coś bardzo wyjątkowego.

2

A rock through a window never comes with a kiss.

Do kamienia rzuconego w okno nikt nie dołącza całusa.

Blue Öyster Cult, *Madness to the Method*

Dwudziestosześcioletnia Robin Ellacott od ponad roku była zaręczona. Miała wziąć ślub trzy miesiące temu, lecz z powodu niespodziewanej śmierci jej przyszłej teściowej przesunięto ceremonię. W tym czasie wiele się wydarzyło. Zastanawiała się, czy gdyby padły słowa przysięgi małżeńskiej, dogadywaliby się z Matthew lepiej niż teraz. Czy gdyby pod zaręczynowym pierścionkiem z szafirem, już trochę luźnym, na jej palcu tkwiła obrączka, rzadziej by się kłócili?

Przedzierając się w poniedziałek rano przez gruz na Tottenham Court Road, Robin ponownie przeżywała w myślach kłótnię z poprzedniego dnia. Jej ziarno zaczęło kiełkować, zanim wyszli z domu na mecz rugby. Miała wrażenie, że kłócą się przy okazji każdego spotkania z Sarah Shadlock i jej chłopakiem Tomem, i nie omieszkała tego zauważyć, gdy sprzeczka, na którą zanosiło się już od meczu, przeciągnęła się do późnych godzin nocnych.

– Na litość boską, nie widzisz, że Sarah chciała między nami namącić? To ona ciągle o niego pytała, bez przerwy o nim mówiła, nie ja to zaczęłam...

Nieustający remont ulic wokół stacji Tottenham Court Road utrudniał Robin drogę do pracy od jej pierwszego dnia w agencji prywatnego detektywa przy Denmark Street. Potknięcie się o wielką grudę gruzu jeszcze bardziej popsuło jej humor. Zatoczyła się i dopiero po chwili odzyskała równowagę. Z głębokiej wyrwy w ziemi, wypełnionej mężczyznami w kaskach i fluorescencyjnych kamizelkach, dobiegły ją gwizdy i sprośne uwagi. Czerwona na twarzy potrząsnęła głową i ignorując robotników, odrzuciła do tyłu jasnorude włosy, które opadły jej na oczy, i znowu wróciła myślami do Sarah Shadlock oraz jej podstępnych uporczywych pytań o szefa Robin.

– Na swój dziwny sposób jest atrakcyjny, prawda? Trochę poturbowany, ale mnie takie rzeczy nigdy nie przeszkadzały. Faktycznie jest taki seksowny jak na zdjęciu? Kawał z niego faceta, prawda?

Robin widziała, jak Matthew zaciska zęby, i starała się odpowiadać spokojnym, obojętnym tonem.

– Jesteście w tej agencji tylko we dwoje? Naprawdę? Nikogo więcej tam nie ma?

„Suka – pomyślała Robin, która nigdy nie potrafiła zdobyć się na życzliwość dla Sarah Shadlock. – Robi to specjalnie".

– Czy to prawda, że odznaczono go w Afganistanie? Tak? Rany, więc na dodatek jest bohaterem wojennym?

Robin starała się ze wszystkich sił uciszyć jednoosobowy chór Sarah wyrażający uznanie dla Cormorana Strike'a, lecz na próżno: pod koniec meczu Matthew okazywał narzeczonej wyraźny chłód. Niezadowolenie nie przeszkodziło mu jednak w przekomarzaniu się i zaśmiewaniu razem z Sarah w drodze powrotnej z Vicarage Road, a Tom, który wydawał się Robin nudny i tępy, rechotał razem z nimi, nieświadomy jakichkolwiek podtekstów.

Potrącana przez przechodniów, także lawirujących wśród ulicznych wykopów, Robin dotarła w końcu na chodnik po przeciwnej stronie i przechodząc w cieniu betonowego, przypominającego kratownicę monolitu zwanego Centre Point, znowu poczuła złość na wspomnienie tego, co usłyszała od Matthew o północy, gdy kłótnia rozgorzała z nową siłą.

– Do cholery, czy ty naprawdę ciągle musisz o nim gadać? Słyszałem, jak mówiłaś Sarah...

– To nie ja zaczęłam o nim gadać, tylko ona, nie słuchałeś...

Matthew zaczął ją jednak przedrzeźniać, mówiąc głosem, którym zawsze relacjonował wypowiedzi kobiet, piskliwym i idiotycznym:

– „Och, on ma takie urocze włosy..."

– Na litość boską, masz jakąś cholerną, totalną paranoję! – krzyknęła Robin. – Sarah ględziła o tych przeklętych włosach Jacques'a Burgera, a nie Cormorana, a ja tylko powiedziałam...

– „A nie Cormorana" – powtórzył, znowu debilnie popiskując.

Skręcając w Denmark Street, Robin była równie wściekła jak osiem godzin wcześniej, gdy jak burza wypadła z sypialni i poszła spać na kanapie.

Sarah Shadlock, przeklęta Sarah Shadlock, która studiowała razem z Matthew i robiła, co w jej mocy, żeby odbić go Robin, dziewczynie czekającej w Yorkshire... Gdyby Robin mogła mieć pewność, że nigdy więcej nie zobaczy Sarah, byłaby szczęśliwym człowiekiem, ale w lipcu Sarah miała być gościem na ich ślubie, a potem bez wątpienia zamierzała psuć ich życie małżeńskie – może nawet któregoś dnia wprosi się do agencji Robin, żeby poznać

Strike'a, o ile jej zainteresowanie było szczere i nie miało na celu jedynie siania niezgody między Robin i Matthew.

„Nigdy, przenigdy nie przedstawię jej Cormoranowi" – pomyślała ze złością Robin, zbliżając się do kuriera, który stał przed wejściem do budynku. W jednej urękawiczonej ręce trzymał podkładkę do pisania z klipsem, a w drugiej podłużną, prostokątną paczkę.

– Zaadresowana na nazwisko Ellacott? – spytała Robin, gdy kurier znalazł się w zasięgu jej głosu.

Spodziewała się dostawy jednorazowych aparatów fotograficznych w kartonowej obudowie koloru kości słoniowej, które zamierzała rozdać gościom weselnym na pamiątkę. Ostatnio pracowała o tak różnych porach, że prościej było kierować przesyłki do agencji niż do domu.

Kurier w kasku kiwnął głową i podsunął jej podkładkę. Robin pokwitowała odbiór i wzięła podłużną paczkę, o wiele cięższą, niż się spodziewała. Gdy wsunęła ją pod pachę, odniosła wrażenie, że w środku przesunął się jakiś pojedynczy duży przedmiot.

– Dziękuję – powiedziała, ale kurier już się odwrócił i wsiadał na motor. Wchodząc do budynku, słyszała, jak odjeżdża.

Szła po rozbrzmiewających echem metalowych schodach, które wznosiły się spiralnie wokół popsutej ażurowej windy, jej obcasy stukały o metal. Gdy przekręciła klucz w zamku i otworzyła przeszklone drzwi, odbiło się w nich światło, a na tle szyby wyraźnie ukazał się wygrawerowany napis – C.B. Strike, prywatny detektyw.

Specjalnie przyszła do pracy wcześniej. Prowadzili mnóstwo spraw i chciała nadgonić papierkową robotę, zanim wróci do codziennego śledzenia młodej rosyjskiej striptizerki. Słysząc odgłosy ciężkich kroków na górze, pomyślała, że Strike jeszcze nie wyszedł z mieszkania.

Położyła podłużną paczkę na biurku, zdjęła płaszcz i powiesiła go razem z torebką na kołku obok drzwi, zapaliła światło, napełniła i włączyła czajnik, a potem sięgnęła po leżący na biurku ostry nożyk do otwierania kopert. Przypominając sobie, z jaką stanowczością Matthew odrzucił jej wyjaśnienie, że podziwiała kędzierzawą czuprynę rwacza Jacques'a Burgera, a nie krótkie i, szczerze mówięc, przypominające owłosienie łonowe włosy Strike'a, ze złością dźgnęła koniec paczki, rozcięła ją i otworzyła pudełko.

W środku leżała wciśnięta bokiem ucięta noga kobiety, a jej palce wygięto, żeby się zmieściła.

3

Half-a-hero in a hard-hearted game.

Półbohater w bezlitosnej grze.

Blue Öyster Cult, *The Marshall Plan*

Krzyk Robin odbił się od okien. Odsunęła się od biurka, wpatrując się w leżący na nim szkaradny przedmiot. Noga była gładka, szczupła i blada, a otwierając paczkę, Robin musnęła ją palcem i poczuła zimną, gumowatą teksturę skóry.

Chwilę po tym, jak zdołała zdusić krzyk, zatykając usta rękami, szklane drzwi obok niej gwałtownie się otworzyły. Stanął w nich mierzący metr osiemdziesiąt siedem nachmurzony Strike w rozpiętej koszuli odsłaniającej małpi gąszcz ciemnych włosów na klatce piersiowej.

– Co jest, do chole…?

Podążył wzrokiem za jej przerażonym spojrzeniem i zobaczył nogę. Poczuła, jak jego ręka bez ceregieli zaciska się na jej ramieniu i wyciąga ją na korytarz.

– Jak to się tu znalazło?

– Kurier – wykrztusiła, pozwalając się zaprowadzić na górę.

– Na motorze.

– Zaczekaj tu. Wezwę policję.

Gdy zamknął za nią drzwi swojego mieszkania, stała zupełnie nieruchomo i z łomoczącym sercem słuchała, jak Strike schodzi z powrotem do agencji. Poczuła, że w jej gardle wzbiera żółć. Noga. Przed chwilą przysłano jej nogę. Przed chwilą spokojnie wniosła ją po schodach – zapakowaną nogę jakiejś kobiety. Do kogo należała? Gdzie była reszta ciała?

Podeszła do najbliższego krzesła, plastikowego i taniego, z wyściełanym siedziskiem i metalowymi nogami, i usiadła na nim, nadal przyciskając palce do zdrętwiałych ust. Pamiętała, że paczkę zaadresowano na jej nazwisko.

Tymczasem Strike stał w agencji obok okna wychodzącego na ulicę i z telefonem przy uchu lustrował Denmark Street w poszukiwaniu jakiegokolwiek śladu kuriera. Zanim wrócił do poczekalni, żeby się przyjrzeć paczce na biurku, skontaktował się z policją.

– Noga? – powtórzył komisarz Eric Wardle na drugim końcu linii. – Pieprzona noga?

– I na dodatek nie w moim rozmiarze – powiedział Strike, który w obecności Robin nie pozwoliłby sobie na taki żart. Miał podwiniętą nogawkę odsłaniającą metalowy pręt, który zastępował mu prawą kostkę. Gdy usłyszał krzyk Robin, właśnie się ubierał.

Już kiedy to mówił, uświadomił sobie, że jest to prawa noga, jak ta, którą stracił, i że ucięto ją pod kolanem, czyli dokładnie w miejscu, w którym amputowano jego własną. Wciąż przyciskając komórkę do ucha, przyjrzał się nodze z bliższej odległości i jego nos wypełnił się nieprzyjemnym zapachem przywodzącym na myśl kurczaka niedawno wyjętego z zamrażarki. Skóra przedstawicielki rasy kaukaskiej: gładka, blada i bez skazy, jeśli pominąć starego, zielonkawego siniaka na łydce, niedokładnie ogolona. Odrastające włoski były jasne, a niepomalowane paznokcie trochę brudne. Przecięta piszczel lśniła lodowatą bielą na tle otaczającego ją mięsa. Zgrabne cięcie: Strike pomyślał, że prawdopodobnie zrobiono je siekierą albo tasakiem.

– Mówisz, że to noga kobiety?

– Na to wygląda…

Strike zauważył jeszcze coś. Na łydce, w miejscu, w którym ucięto nogę, była blizna: stara, niezwiązana z raną powstałą na skutek oddzielenia kończyny od ciała.

Ileż razy w spędzonym w Kornwalii dzieciństwie zaskoczyło go zdradliwe morze, gdy stał odwrócony do niego plecami? Ci, którzy nie znali oceanu, zapominali o jego potędze, o jego brutalności. Gdy uderzał w nich z siłą zimnego metalu, czuli przerażenie. Strike mierzył się ze strachem, pracował z nim i zmagał się przez całe życie zawodowe, lecz na widok tej starej blizny przerażenie – tym większe, że niespodziewane – na chwilę zaparło mu dech w piersiach.

– Jesteś tam? – spytał Wardle na drugim końcu linii.

– Co?

Dwukrotnie złamany nos Strike'a znajdował się w odległości niespełna dwóch centymetrów od miejsca, w którym ucięto nogę kobiety. Przypominał sobie bliznę na nodze dziecka, którego nigdy nie zapomniał... Ile minęło czasu, odkąd je widział? Ile miałoby teraz lat?

– Zadzwoniłeś do mnie, ponieważ...? – podpowiedział mu Wardle.

– A tak – odrzekł Strike, zmuszając się do koncentracji. – Wolałbym, żebyś to ty się tym zajął, ale jeśli nie możesz...

– Już jadę – przerwał mu Wardle. – Niedługo będę. Nie ruszaj się stamtąd.

Strike się rozłączył i odłożył telefon, cały czas wpatrując się w nogę. Zauważył, że leży pod nią liścik napisany na komputerze. Wyszkolony przez brytyjską armię i znający procedurę dochodzeniową oparł się silnej pokusie, żeby go stamtąd wyjąć i przeczytać: nie wolno niszczyć dowodów dla zakładu medycyny sądowej. Zamiast tego niezgrabnie przykucnął, żeby przeczytać adres widniejący do góry nogami na odchylonej pokrywie.

Paczkę zaadresowano do Robin, co wcale mu się nie spodobało. Jej nazwisko bezbłędnie napisano na komputerze i umieszczono na białej naklejce z adresem ich agencji. Pod spodem była druga naklejka. Wytężając wzrok i nie chcąc dotykać pudełka nawet po to, żeby wyraźnie zobaczyć adres, zauważył, że nadawca najpierw zaadresował paczkę na nazwisko „Cameron Strike", a później zasłonił je drugą naklejką z nazwiskiem „Robin Ellacott". Dlaczego zmienił zdanie?

– Kurwa – zaklął cicho Strike.

Wyprostował się z pewnym trudem, zdjął torebkę Robin z kołka, zamknął szklane drzwi i poszedł na górę.

– Policja już jedzie – powiedział do Robin, kładąc przed nią torebkę. – Chcesz herbaty?

Pokiwała głową.

– Z brandy?

– Nie masz brandy – odparła. Mówiła lekko zachrypniętym głosem.

– Szukałaś?

– Oczywiście, że nie! – zawołała. Uśmiechnął się, widząc, jak się oburzyła na sugestię, że mogłaby mu myszkować w szafkach.

– Po prostu nie jesteś... nie należysz do osób, które trzymają brandy do celów medycznych.

– Piwa?

Przecząco pokręciła głową, nie była w stanie się uśmiechnąć.

Gdy herbata była już gotowa, Strike z własnym kubkiem usiadł naprzeciw Robin. Wyglądał tak samo jak zwykle: potężny były bokser palący za dużo papierosów i jedzący za dużo fast foodów. Miał gęste brwi, spłaszczony i asymetryczny nos, a gdy się nie uśmiechał, na jego twarzy stale gościł wyraz ponurego rozdrażnienia. Jego gęste, ciemne, kręcone włosy, wciąż wilgotne po porannym prysznicu, przypomniały Robin o Jacques'u Burgerze i Sarah Shadlock. Wydawało jej się, że od kłótni z Matthew minęły całe wieki. Odkąd weszła do mieszkania Strike'a, myślała o narzeczonym tylko przez chwilę. Bała się mu powiedzieć, co zaszło. Wiedziała, że będzie zły. Nie podobało mu się, że Robin pracuje u Strike'a.

– Przyjrzałeś się... temu? – mruknęła, sięgnąwszy po gorącą herbatę, po czym odstawiła ją nietkniętą.

– No – potwierdził.

Nie wiedziała, o co jeszcze spytać. Dostała uciętą nogę. Sytuacja była tak okropna, tak groteskowa, że każde pytanie przychodzące jej do głowy brzmiało niedorzecznie, prostacko. „Poznajesz ją?" „Jak myślisz, dlaczego ktoś ją przysłał?" i – to pytanie wydawało się Robin najbardziej naglące – „Dlaczego akurat mnie?".

– Policja będzie chciała usłyszeć coś więcej o kurierze – powiedział.

– Wiem – odrzekła. – Próbuję sobie wszystko przypomnieć.

Na dole rozległ się dźwięk domofonu.

– To na pewno Wardle.

– Wardle? – powtórzyła zaskoczona.

– To najbardziej przyjazny gliniarz, jakiego znamy – przypomniał jej Strike. – Nie ruszaj się stąd, przyprowadzę go.

W ubiegłym roku Strike wzbudził niechęć stołecznej policji, nie do końca z własnej winy. W obszernych doniesieniach prasowych na temat jego dwóch największych sukcesów detektywistycznych ze zrozumiałych powodów piętnowano funkcjonariuszy, których wysiłki przyćmił. Wardle pomógł mu jednak przy pierwszej z tych spraw i podzielił z nim trochę późniejszej chwały, więc ich wzajemne stosunki pozostawały dość przyjazne. Robin widziała Wardle'a tylko w artykułach prasowych na temat tej właśnie sprawy. Ich ścieżki nigdy nie przecięły się w sądzie.

Wardle okazał się przystojnym mężczyzną z gęstymi kasztanowymi włosami i oczami koloru czekolady, ubranym w skórzaną kurtkę i dżinsy. Strike nie był pewny, czy bardziej go rozbawiło, czy zirytowało odruchowe spojrzenie, jakim komisarz zmierzył Robin po wejściu do pokoju – jego oczy szybko przesunęły się zygzakiem po jej włosach, figurze i lewej ręce, gdzie na sekundę zatrzymały się na pierścionku zaręczynowym z brylantami i szafirem.

– Eric Wardle – przedstawił się ściszonym głosem i z uśmiechem, który Strike'owi wydał się niepotrzebnie czarujący. – A to sierżant Ekwensi.

Towarzyszyła mu szczupła, czarnoskóra funkcjonariuszka z przygładzonymi włosami upiętymi w kok. Lekko się uśmiechnęła i Robin poczuła, że obecność innej kobiety przynosi jej wielką ulgę. Po chwili sierżant Ekwensi odwróciła wzrok i omiotła spojrzeniem skromną kawalerkę Strike'a.

– Gdzie jest ta paczka? – spytała.

– Na dole – powiedział Strike, wyjmując z kieszeni klucze do agencji. Pokażę pani. Co u żony, Wardle? – dodał, szykując się do wyjścia w towarzystwie sierżant Ekwensi.

– A co cię to obchodzi? – odparował komisarz, lecz ku radości Robin, która zinterpretowała jego uważne spojrzenie jako próbę zgrywania psychologa, usiadł naprzeciwko niej przy stoliku i otworzył notes.

– Kiedy podeszłam, stał przed drzwiami – wyjaśniła Robin, gdy Wardle spytał, jak dostarczono nogę. – Wzięłam go za kuriera. Był ubrany w czarną skórę: całkiem czarną, nie licząc niebieskich pa-

sków na ramionach. Kask też miał czarny, a osłona była opuszczo-
na i lustrzana. Musiał mieć co najmniej metr osiemdziesiąt. Nawet
gdyby zdjął kask, byłby o jakieś dziesięć, dwanaście centymetrów
wyższy ode mnie.

– Budowa ciała? – spytał Wardle, bazgrząc w notesie.

– Powiedziałabym, że był dość postawny, ale prawdopodobnie
kurtka była trochę wywatowana. – Oczy Robin niechcący skiero-
wały się w stronę Strike'a, który wrócił do mieszkania. – Chodzi
mi o to, że nie był taki…

– Nie był takim tłustym draniem jak twój szef? – podsunął Strike,
który usłyszał jej ostatnie słowa, i Wardle, zawsze skory do żartów
ze Strike'a i czerpiący z nich przyjemność, zaśmiał się pod nosem.

– I miał rękawiczki – dodała Robin, nie reagując na żart – Czarne, skórzane motocyklowe rękawice.

– No oczywiście – mruknął Wardle, dodając notatkę. – Pewnie
nie zapamiętała pani żadnych szczegółów dotyczących motocykla?

– To była czarno-czerwona honda – odrzekła Robin. – Zauważyłam logo, ten symbol skrzydła. Na moje oko siedemsetpięćdzie-
siątka. Duża.

Wardle wydawał się zaskoczony i jednocześnie był pod wrażeniem.

– Robin to benzyniara – powiedział Strike. – Prowadzi jak Fer-
nando Alonso.

Wolałaby, żeby skończył z tą wesołością i nonszalancją. Piętro niżej leżała noga kobiety. Gdzie podziała się reszta? Robin wiedziała, że
nie wolno jej się rozpłakać. Żałowała, że nie jest bardziej wypoczęta.
Przeklęta kanapa… ostatnio spędzała na niej zbyt wiele nocy…

– I kazał pani pokwitować? – spytał Wardle.

– Nie powiedziałabym, że mi „kazał" – odrzekła Robin. – Podsunął podkładkę z klipsem i zrobiłam to odruchowo.

– Co było na tej podkładce?

– To wyglądało jak faktura albo…

Zamknęła oczy, próbując sobie przypomnieć. Dopiero teraz
zdała sobie sprawę, że formularz wyglądał amatorsko, jakby zrobiono go na laptopie, i powiedziała o tym komisarzowi.

– Spodziewała się pani jakiejś przesyłki? – spytał Wardle.

Robin wspomniała o jednorazowych aparatach na ślub.

– Co zrobił, kiedy wzięła pani paczkę?

– Wsiadł na motor i odjechał w kierunku Charing Cross Road. Rozległo się pukanie do drzwi i weszła sierżant Ekwensi, niosąc liścik, który Strike zauważył pod nogą, teraz już umieszczony w foliowej torebce na dowody rzeczowe.

– Przyjechali z zakładu medycyny sądowej – poinformowała Wardle'a. – Liścik był w paczce. Warto spytać, czy te słowa coś mówią pani Ellacott.

Wardle wziął liścik i zlustrował go wzrokiem, marszcząc brwi.

– To jakiś bełkot – stwierdził, a potem przeczytał na głos: – *A harvest of limbs, of arms and of legs, of necks...*

– *...that turn like swans...* – wszedł mu w słowo Strike, który stał oparty o kuchenkę, za daleko, żeby mógł to przeczytać – *...as if inclined to gasp or pray**.

Pozostała trójka wpatrywała się w niego bez słowa.

– To tekst piosenki – powiedział Strike. Jego mina nie spodobała się Robin. Czuła, że te słowa coś dla niego znaczą, coś złego. Z wyraźnym wysiłkiem wyjaśnił: – Tak brzmi ostatnia zwrotka *Mistress of the Salmon Salt*. Blue Öyster Cult.

Sierżant Ekwensi uniosła starannie narysowane brwi.

– Kto?

– Popularny zespół rockowy z lat siedemdziesiątych.

– Domyślam się, że dobrze znasz ten repertuar – powiedział Wardle.

– Znam tę piosenkę – uściślił Strike.

– Wiesz, kto mógł to przysłać?

Strike się zawahał. Pozostała trójka nadal się w niego wpatrywała, a przez głowę detektywa gwałtownie przemykały pomieszane obrazy i wspomnienia. Czyjś niski głos mówiący: „She wanted to die. She was *the quicklime girl*"**. Chuda noga dwunastolatki naznaczona srebrnawą, nieregularną blizną. Para małych, ciemnych oczu jak u fretki, nienawistnie zmrużonych. Wytatuowana żółta róża.

---

* Żniwa kończyn, rąk i nóg, żniwa szyj łabędzich, co zdają się obracać jak do krzyku lub modlitwy. [Przypisy pochodzą od tłumaczki].

** Chciała umrzeć. To była dziewczyna z wapnem.

22

Po chwili – inny człowiek prawdopodobnie od razu by o tym pomyślał – przypomniał sobie wlekącą się za tamtymi wspomnieniami i nagle wyskakującą na pierwszy plan listę zarzutów, wśród których znalazł się penis odcięty zwłokom i przesłany policyjnemu informatorowi.

– Wiesz, kto mógł to przysłać? – powtórzył Wardle.

– Być może. – Strike spojrzał na Robin i na sierżant Ekwensi. – Wolałbym o tym porozmawiać na osobności. Potrzebujecie jeszcze czegoś od Robin?

– Musimy spisać pani nazwisko, adres i tak dalej – odrzekł Wardle. – Vanesso, możesz się tym zająć?

Sierżant Ekwensi podeszła z notesem do Robin. Odgłos kroków dwóch mężczyzn ucichł na klatce. Mimo że Robin nie miała ochoty ponownie oglądać uciętej nogi, zrobiło jej się smutno, że poszli tam sami. Przecież to jej nazwisko widniało na paczce.

Makabryczna przesyłka nadal leżała na biurku. Sierżant Ekwensi wpuściła do agencji dwóch współpracowników Wardle'a: gdy ich przełożony zjawił się z prywatnym detektywem, jeden robił zdjęcia, a drugi rozmawiał przez komórkę. Obaj z ciekawością spojrzeli na Strike'a, który zdobył wśród policjantów pewną sławę w okresie, gdy zraził do siebie wielu kolegów Wardle'a.

Strike zamknął drzwi swojego gabinetu i usiedli z Wardle'em naprzeciwko siebie przy biurku. Komisarz otworzył notes na czystej stronie.

– No dobra, znasz kogoś, kto lubi rąbać zwłoki na kawałki i wysyłać je pocztą?

– Terence Malley – powiedział Strike po chwili wahania. – Na początek.

Wardle niczego nie zapisał i tylko wpatrywał się w niego znad koniuszka długopisu.

– Terence „Digger" Malley?

Strike potaknął.

– Z grupy przestępczej z Harringay?

– A ilu znasz Terence'ów „Diggerów" Malleyów? – zniecierpliwił się Strike. – I ilu z nich ma zwyczaj wysyłać ludziom części ciała?

– Jak, do diabła, zetknąłeś się z Diggerem?

– Wspólna operacja z obyczajówką w 2008. Siatka handlarzy narkotyków.

– Sprawa, za którą go przymknęli?

– Właśnie.

– Niech mnie szlag – powiedział Wardle. – Czyli to on, nie? Ten facet to pieprzony świr, właśnie wyszedł na wolność i ma nieograniczony dostęp do połowy londyńskich prostytutek. Lepiej od razu zaczniemy przeszukiwać Tamizę w poszukiwaniu reszty zwłok.

– Tylko że tamte zeznania złożyłem anonimowo. W ogóle nie powinien wiedzieć, że to ja.

– Mają swoje sposoby – przekonywał Wardle. – Ci z Harringay są jak pieprzona mafia. Słyszałeś, że przesłał Ianowi Bevinowi fiuta Hatforda Aliego?

– No, słyszałem – odrzekł Strike.

– A o co chodzi z tą piosenką? Co to, kurwa, za żniwa?

– Właśnie to mnie martwi – powiedział powoli Strike. – Digger raczej nie bawiłby się w takie subtelności i dlatego myślę, że za przesyłką może stać któryś z trzech pozostałych.

4

Four winds at the Four Winds Bar,
Two doors locked and windows barred,
One door left to take you in,
The other one just mirrors it …

Cztery wiatry w barze Cztery Wiatry,
Dwoje zamkniętych drzwi i kraty w oknach,
Trzecie drzwi otwarte, żebyś mógł wejść,
Czwarte to tylko ich odbicie [...]

Blue Öyster Cult, *Astronomy*

– Znasz aż czterech facetów, którzy mogliby ci przysłać uciętą nogę? Czterech?

Strike widział przerażoną twarz Robin odbijającą się w okrągłym lusterku obok zlewu, przy którym się golił. Policja wreszcie zabrała nogę, Strike ogłosił dzień wolny i Robin nadal siedziała przy stoliku z laminatu w jego kuchni połączonej z salonem, trzymając oburącz drugi kubek herbaty.

– Prawdę mówiąc – powiedział, nacierając na szczecinę na swojej brodzie – myślę, że tylko trzech. Chyba popełniłem błąd, mówiąc Wardle'owi o Malleyu.

– Dlaczego?

Strike streścił Robin krótką historię swoich kontaktów z zawodowym przestępcą, który ostatnią odsiadkę zawdzięczał między innymi zebranym przez Strike'a dowodom.

– Teraz Wardle jest przekonany, że grupa przestępcza z Harringay odkryła, kto go wsypał. Ale wkrótce po złożeniu zeznań wyjechałem do Iraku, a poza tym nie słyszałem, żeby kiedykolwiek funkcjonariusz Wydziału do spraw Specjalnych został zdemaskowany po złożeniu zeznań w sądzie. Zresztą cytowanie piosenki nie pachnie mi Diggerem. Ten typ nie lubi takich wymyślnych akcentów.

– Ale ucinał już kawałki ciał ludzi, których zabił – powiedziała Robin.

– Raz na pewno to zrobił, ale nie zapominaj, że ktokolwiek za tym stoi, wcale nie musiał nikogo zabić. – Strike grał na zwłokę. – Noga może pochodzić od nieboszczyka. Z odpadów szpitalnych. Wardle to wszystko sprawdzi. Niewiele będziemy wiedzieć, dopóki nie przyjrzy jej się zakład medycyny sądowej.

Postanowił nie wspominać o upiornej ewentualności, że nogę ucięto żywej osobie.

W ciszy, która zapadła, Strike opłukał maszynkę pod kuchennym kranem, a Robin patrzyła przez okno pogrążona w myślach.

– No cóż, musiałeś powiedzieć Wardle'owi o Malleyu – odezwała się, odwracając się do Strike'a, który napotkał jej spojrzenie w lusterku. – Bo przecież skoro już kiedyś przesłał komuś… właściwie co przesłał? – spytała trochę nerwowo.

– Penisa – odparł Strike. Umył twarz, osuszył ją ręcznikiem i dopiero potem podjął przerwany wątek. – No, chyba masz rację. Ale im dłużej o tym myślę, tym bardziej jestem pewny, że to nie on. Zaraz wracam, idę zmienić koszulę. Kiedy krzyknęłaś, oderwałem dwa guziki.

– Przepraszam – powiedziała nieśmiało, gdy zniknął w sypialni.

Sącząc herbatę, rozejrzała się po pomieszczeniu, w którym siedziała. Nigdy wcześniej nie była w mieszkaniu Strike'a na poddaszu. Dotąd co najwyżej pukała do drzwi, żeby przekazać jakąś wiadomość, albo – w okresach najbardziej wytężonej pracy i największego niedoboru snu – żeby go obudzić. Salon z kuchnią był ciasny, ale panował w nim porządek. Brakowało jakichkolwiek akcentów osobistych: zbieranina kubków, tania ściereczka złożona obok palnika gazowego; żadnych zdjęć i ozdób, nie licząc narysowanego przez dziecko żołnierza przyklejonego do meblościanki.

– Kto to narysował? – spytała, gdy Strike wrócił w nowej koszuli.

– Mój siostrzeniec Jack. Z jakiegoś powodu mnie lubi.

– Nie bądź taki skromny.

– Nie jestem. Nigdy nie wiem, jak rozmawiać z dziećmi.

– Więc myślisz, że znasz trzech facetów, którzy mogliby...? – zaczęła znowu Robin.

– Mam ochotę się napić – wszedł jej w słowo Strike. – Chodźmy do Tottenham.

Po drodze nie mogli rozmawiać z powodu ogłuszającego hałasu młotów pneumatycznych wciąż dochodzącego z wykopów na ulicy, lecz gdy obok Robin szedł Strike, robotnicy we fluorescencyjnych kamizelkach nie gwizdali i nie wyli jak wilki. W końcu dotarli do ulubionego lokalnego pubu Strike'a wyposażonego w ozdobne lustra w pozłacanych ramach, ciemną boazerię, lśniące mosiężne nalewaki do piwa, kopułę z kolorowego szkła oraz w obrazy Felixa de Jonga z hasającymi ślicznotkami.

Strike zamówił kufel doom bara. Robin, nie będąc w stanie przełknąć alkoholu, poprosiła o kawę.

– A więc? – powiedziała, gdy detektyw wrócił do wysokiego stolika pod kopułą. – Kim są ci trzej mężczyźni?

– Nie zapominaj, że mogę się grubo mylić – zaznaczył Strike, sącząc piwo.

– W porządku. – odparła Robin. – Kim oni są?

– Zwyrodnialcami mającymi dobre powody, żeby mnie nienawidzić.

W umyśle Strike'a wystraszona, chuda dwunastolatka z blizną wokół nogi przyglądała mu się zza przekrzywionych okularów. Czy to była jej prawa noga? Nie mógł sobie przypomnieć. „Jezu, nie pozwól, żeby to była ona…"

– Kim oni są? – powtórzyła Robin, tracąc cierpliwość.

– Dwóch znam z wojska – odrzekł, pocierając brodę. – Obaj są wystarczająco walnięci i agresywni, żeby… żeby…

Przerwało mu potężne mimowolne ziewnięcie. Robin czekała na dalszy ciąg wyjaśnień, zastanawiając się, czy Strike spędził wczorajszy wieczór ze swoją nową dziewczyną. Elin, była zawodowa skrzypaczka, a obecnie prezenterka Radia Three, oszałamiająco piękna nordycka blondynka, przypominała Robin ładniejszą wersję Sarah Shadlock. Zapewne to między innymi dlatego prawie natychmiast poczuła do Elin niechęć. Drugim powodem było to, że w obecności Robin Elin nazwała ją sekretarką Strike'a.

– Przepraszam – powiedział Strike. – Siedziałem do późna, robiąc notatki w sprawie Khana. Jestem wykończony.

Spojrzał na zegarek.

– Zejdziemy coś zjeść? Umieram z głodu.

– Za chwilę. Nie ma jeszcze nawet dwunastej. Chcę posłuchać o tych mężczyznach.

Westchnął.

– No dobrze. – Ściszył głos, gdy jakiś człowiek przeszedł obok ich stolika w drodze do toalety. – Jeden to Donald Laing z Królewskiej Piechoty Granicznej. – Znowu przypomniały mu się oczy jak u fretki, skoncentrowana nienawiść, wytatuowana róża. – Dzięki mnie dostał dożywocie.

– Ale…

– Wyszedł po dziesięciu latach – powiedział Strike. – Od 2007 roku jest na wolności. Nie był zwykłym świrem, tylko zwierzęciem, przebiegłym, chytrym zwierzęciem, psychopatą, i to z tych najgorszych, jeśli chcesz znać moje zdanie. Dostał dożywocie w sprawie, której nie powinienem był badać. Tuż po tym jak oczyszczono go z innego zarzutu. Ma cholernie dobre powody, żeby mnie nienawidzić.

Nie powiedział jednak, co zrobił Laing ani dlaczego on, Strike, badał tę sprawę. Czasami, zwłaszcza gdy mówił o swojej karierze w Wydziale do spraw Specjalnych, Robin wyczuwała w tonie jego głosu, że otarł się o coś, o czym nie chciał rozmawiać, więc nigdy nie naciskała. Niechętnie porzuciła temat Donalda Lainga.

– Kim jest ten drugi facet z wojska?

– To Noel Brockbank. Pustynny Szczur.

– Pustynny... co?

– Siódma Brygada Pancerna.

Powoli Strike stawał się coraz bardziej milczący, błądził gdzieś myślami. Robin zastanawiała się, czy to dlatego, że jest głodny – należał do mężczyzn potrzebujących regularnych posiłków, żeby zachować dobry humor – czy z jakiegoś mroczniejszego powodu.

– Może w takim razie coś zjemy? – zaproponowała.

– No – mruknął Strike, dopijając piwo, i podźwignął się z miejsca.

Przytulna restauracja w podziemiach była pomieszczeniem wyłożonym czerwoną wykładziną, wyposażonym w drugi bar, drewniane stoliki i ściany pokryte reprodukcjami w ramach. Byli pierwszymi klientami, którzy tam usiedli i złożyli zamówienie.

– Zacząłeś mówić o Noelu Brockbanku – przypomniała Strike'owi, gdy wybrał rybę z frytkami. Sama poprosiła o sałatkę.

– Tak, on też ma dobre powody, żeby chować do mnie urazę – odrzekł zwięźle Strike. Nie chciał mówić o Donaldzie Laingu, a do dyskutowania o Brockbanku wykazywał jeszcze większą niechęć. Po dłuższej chwili milczenia, w której z marsową miną wpatrywał się w jakiś nieokreślony punkt nad ramieniem Robin, dodał: – Brockbank ma nierówno pod sufitem. A przynajmniej tak twierdził.

– Wsadziłeś go do więzienia?

– Nie – odrzekł.

Miał złowrogą minę. Robin czekała, ale czuła, że nie usłyszy na temat Brockbanka niczego więcej, więc spytała:

– A ten trzeci?

28

Tym razem Strike w ogóle nie odpowiedział. Pomyślała, że nie usłyszał pytania.

– Kim jest...?

– Nie chcę o tym rozmawiać – burknął Strike.

Patrzył spode łba na drugi kufel piwa, ale Robin nie dała się onieśmielić.

– Ktokolwiek przysłał tę nogę – powiedziała – zaadresował ją do mnie.

– No dobra – mruknął niechętnie po krótkiej chwili wahania. – Ten trzeci nazywa się Jeff Whittaker.

Robin przeszedł dreszcz. Nie musiała pytać, skąd Strike zna Jeffa Whittakera. Już to wiedziała, mimo że nigdy dotąd o nim nie rozmawiali.

Dzieciństwo i młodość Cormorana Strike'a były szeroko opisywane w internecie i bez końca powtarzane w artykułach prasowych poświęconych jego detektywistycznym sukcesom. Był nieślubnym i nieplanowanym potomkiem gwiazdy rocka i kobiety niezmiennie określanej jako supergroupie, która zmarła z przedawkowania, gdy miał dwadzieścia lat. Jeff Whittaker był jej znacznie młodszym drugim mężem, oskarżonym o jej zamordowanie i oczyszczonym z zarzutu.

Siedzieli w milczeniu, dopóki nie podano jedzenia.

– Dlaczego zamówiłaś tylko sałatkę? Nie jesteś głodna? – spytał Strike, pochłaniając swój talerz frytek. Tak jak przypuszczała, po przyjęciu węglowodanów poprawił mu się humor.

– Ślub – odparła krótko.

Zamilkł. Uwagi na temat jej figury nie mieściły się w granicach, które sam nakreślił w ich wzajemnych stosunkach, postanawiając już na samym początku, że powinni unikać zbytniej zażyłości. Jednak uważał, że robi się za chuda. Jego zdaniem (i nawet ta myśl wykraczała poza wspomniane granice) wyglądała lepiej, gdy miała krągłości.

– Mógłbyś mi przynajmniej powiedzieć – odezwała się po kilku minutach ciszy – co cię łączy z tą piosenką.

Przez chwilę żuł, po czym napił się jeszcze piwa, zamówił kolejny kufel doom bara i odrzekł:

– Moja matka wytatuowała sobie jej tytuł.

Nie miał ochoty mówić Robin, gdzie dokładnie był ten tatuaż. Wolał o tym nie myśleć. Na szczęście dzięki jedzeniu i piwu coraz bardziej się odprężał: Robin nigdy nie przejawiała niezdrowego zainteresowania jego przeszłością, ale dziś miała chyba prawo domagać się informacji.

– To jej ulubiona piosenka. Blue Öyster Cult był jej ulubionym zespołem. Chociaż właściwie to za mało powiedziane. Miała na jego punkcie prawdziwą obsesję.

– Jej ulubionym zespołem nie był the Deadbeats? – spytała Robin bez zastanowienia. Ojciec Strike'a był wokalistą w Deadbeats. O nim też nigdy nie rozmawiali.

– Nie – powiedział Strike, zmuszając się do lekkiego uśmiechu. – Na liście Ledy stary Jonny plasował się na marnym drugim miejscu. Pragnęła Erica Blooma, wokalisty Blue Öyster Cult, ale nigdy go nie dostała. Wywinął jej się jako jeden z nielicznych.

Robin nic wiedziała, co powiedzieć. Już wcześniej się zastanawiała, jak to jest, gdy bogata historia seksualnych podbojów twojej matki jest dostępna w internecie i każdy może ją poznać. Przyniesiono Strike'owi kolejne piwo i zanim podjął wątek, pociągnął łyk.

– O mało nie zostałem Erikiem Bloomem Strikiem – wyznał i Robin zakrztusiła się wodą. Gdy kaszlała w serwetkę, Strike się roześmiał. – Spójrzmy prawdzie w oczy, ten przeklęty Cormoran brzmi niewiele lepiej. Cormoran Blue...

– Blue?

– Blue Öyster Cult, nie słuchałaś?

– Boże. Nigdy o tym nie wspominałeś.

– A ty byś wspominała?

– Co to znaczy *Mistress of the Salmon Salt*?

– Skąd mam wiedzieć! Ich teksty piosenek to czysty obłęd. Science fiction. Szaleństwo.

W jego głowie odezwał się głos: „She wanted to die. She was *the quicklime girl*"*.

---

* Chciała umrzeć. To była dziewczyna z wapnem.

Znów pociągnął łyk piwa.

– Chyba nigdy nie słyszałam o Blue Öyster Cult – powiedziała Robin.

– Jasne, że słyszałaś – przekonywał Strike. – „Nie bój się żniwiarza".

– Nie... co?

– To był ich wielki przebój. *Don't Fear the Reaper.*

– A, rozumiem.

Przez chwilę zdumiona Robin myślała, że Strike daje jej radę.

Jedli w milczeniu, aż wreszcie Robin, nie mogąc dłużej wytrzymać, ale mając nadzieję, że nie zabrzmi to, jakby była wystraszona, spytała:

– Jak myślisz, dlaczego zaadresował tę nogę do mnie?

Strike miał już czas, żeby się nad tym zastanowić.

– Myślałem o tym – odrzekł – i chyba powinniśmy to potraktować jak milczącą pogróżkę, więc dopóki się nie dowiemy...

– Nie zrezygnuję z pracy – oznajmiła wojowniczo. – Nie zamierzam siedzieć w domu. Matthew właśnie tego chce.

– Rozmawiałaś z nim, prawda?

Zadzwoniła do narzeczonego, gdy Strike był na dole z Wardle'em.

– Tak. Jest zły, że pokwitowałam odbiór.

– Pewnie się o ciebie martwi – powiedział nieszczerze Strike. Spotkał Matthew kilkakrotnie i z każdym razem coraz bardziej go nie lubił.

– Wcale nie – warknęła Robin. – Po prostu myśli, że to koniec, że tym razem będę musiała zrezygnować, że się wystraszę. Niedoczekanie.

Matthew był przerażony, gdy dowiedział się, co zaszło, jednak usłyszała też w jego głosie leciutką nutkę satysfakcji. Wyczuła niewyrażone na głos przekonanie, że teraz w końcu zrozumie, jak niedorzeczna była jej decyzja o związaniu swojego losu z nieobliczalnym prywatnym detektywem, który nie był jej w stanie zaoferować przyzwoitej pensji. To Strike zmuszał ją do pracy w nietypowych godzinach, dlatego musiała kierować przesyłki do pracy, zamiast do mieszkania. („Przecież nie dlatego przysłano mi nogę, że Amazon nie mógł mnie zastać w domu!" – odparła oburzona Robin). Na domiar złego Strike był trochę sławny i fascynował ich przyjaciół. Praca Matthew w charakterze księgowego nie miała takiego uroku. Jego żal i zazdrość sięgały głęboko i coraz częściej dawały o sobie znać.

Strike nie był taki głupi, żeby zachęcać Robin do nielojalności wobec Matthew. Mogłaby tego żałować, gdy przejdzie jej wzburzenie.

– Zaadresował nogę do ciebie dopiero po namyśle – powiedział.

– Najpierw umieścił na przesyłce moje nazwisko. Przypuszczam, że albo chciał mnie zmartwić, pokazując, że wie, jak się nazywasz, albo cię nastraszyć, żebyś odeszła z pracy.

– No cóż, nie dam się nastraszyć – oznajmiła Robin.

– Robin, nie pora na brawurowe popisy. Ktokolwiek to jest, daje nam do zrozumienia, że dużo o mnie wie, że zna twoje imię i nazwisko, a dzisiaj rano dokładnie ci się przyjrzał. Widział cię z bliska. To mi się nie podoba.

– Najwyraźniej uważasz, że moje umiejętności kontrwywiadowcze są niewiele warte.

– Biorąc pod uwagę, że mówisz do człowieka, który posłał cię na najlepszy kurs kontrwywiadowczy, jaki zdołał znaleźć – powiedział Strike – i przeczytał pełną pochwał opinię, którą podetknęłaś mu pod nos…

– W takim razie wątpisz w moje umiejętności z zakresu samoobrony.

– Nigdy ich nie widziałem i muszę ci wierzyć na słowo, że rzeczywiście je zdobyłaś.

– Czy chociaż raz przyłapałeś mnie na kłamstwie dotyczącym moich umiejętności? – obruszyła się Robin i Strike musiał przyznać, że nie. – No właśnie! Nie będę głupio ryzykować. Nauczyłeś mnie mieć oko na podejrzanych typów. Zresztą nie stać cię na to, żeby mnie odesłać do domu. I tak z trudem nadążamy z robotą.

Strike westchnął i potarł twarz dwiema wielkimi, owłosionymi rękami.

– Nie wychodź po zmroku – powiedział. – Poza tym musisz mieć przy sobie alarm, i to porządny.

– Oczywiście – odparła.

– Od poniedziałku i tak zajmujesz się sprawą Radforda – przypomniał jej, pocieszając się tą myślą.

Radford był zamożnym przedsiębiorcą. Chciał zatrudnić w biurze detektywa udającego półetatowego pracownika, by zdemaskować starszego menedżera, którego podejrzewał o działalność przestępczą. Robin była oczywistą kandydatką, ponieważ po drugiej słynnej sprawie o morderstwo Strike stał się zbyt rozpoznawalny. Dopijając trzecie piwo, zastanawiał się, czy nie udałoby mu się przekonać Radforda, żeby wydłużył godziny pracy Robin. Ucieszyłby się, wiedząc, że jest bezpieczna w okazałym biurowcu, codziennie od dziewiątej do piątej, dopóki szaleniec, który przesłał jej nogę, nie trafi za kratki.

Tymczasem Robin zmagała się z przypływami wyczerpania i lekkich mdłości. Kłótnia, zarwana noc, potworny szok na widok uciętej nogi – a teraz musiała wracać do domu i po raz kolejny uzasadniać swoje pragnienie dalszego wykonywania niebezpiecznej pracy za marne pieniądze. Matthew, który dawniej był dla niej jednym z najważniejszych źródeł pocieszenia i wsparcia, stał się teraz kolejną przeszkodą do pokonania.

Wrócił do niej nieproszony i niechciany obraz zimnej, uciętej nogi w kartonowym pudle. Zastanawiała się, kiedy przestanie o niej myśleć. Opuszki palców, którymi musnęła nogę, nieprzyjemnie ją mrowiły. Jej leżąca na kolanach dłoń odruchowo zacisnęła się w pięść.

5

Hell's built on regret.

Piekło zbudowano na żalu.

Blue Öyster Cult, *The Revenge of Vera Gemini*
słowa: Patti Smith

Tego samego dnia, ale znacznie później, Strike bezpiecznie odprowadził Robin do metra, wrócił do agencji i usiadł przy jej biurku, pogrążając się w myślach.

Widział mnóstwo rozczłonkowanych zwłok, widział, jak gniją w masowych grobach albo leżą świeżo rozerwane na kawałki na poboczach dróg: ucięte kończyny, zmiażdżone mięśnie, zgruchotane kości. Nienaturalne przypadki śmierci były domeną Wydziału do spraw Specjalnych, nieumundurowanego skrzydła Królewskiej Żandarmerii Wojskowej, a on i jego współpracownicy często odruchowo reagowali na takie widoki żartami. Tak radzi sobie człowiek w zetknięciu z rozerwanymi i okaleczonymi zwłokami. Nie dla Wydziału do spraw Specjalnych był luksus umytych, upiększonych nieboszczyków w pudłach wyściełanych atłasem.

Pudła. To, w którym dostarczono nogę, wyglądało całkiem zwyczajnie. Nie miało śladów wskazujących pochodzenie ani pozostałości po poprzednim adresacie, nie miało niczego charakterystycznego. Całą tę operację doskonale zorganizowano – bardzo sumiennie i porządnie – i właśnie to niepokoiło Strike'a, a nie sama noga, choć oczywiście robiła potworne wrażenie. Przerażało go staranne, drobiazgowe i rzeczowe *modus operandi*.

Spojrzał na zegarek. Wieczorem był umówiony z Elin. Dziewczyna, z którą spotykał się od dwóch miesięcy, była akurat w trakcie rozwodu przeprowadzanego w konwencji chłodnej politycznej gry na przetrzymanie, godnej szachowego turnieju arcymistrzów. Mąż, z którym była w separacji, miał mnóstwo pieniędzy, co Strike odkrył, gdy zaproszony przez Elin do domu znalazł się w przestronnym apartamencie z drewnianymi podłogami i widokiem na Regent's Park. Zgodnie z ustaleniami dotyczącymi wspólnej opieki nad dzieckiem była gotowa gościć u siebie Strike'a tylko w te noce, gdy jej pięcioletniej córki nie było w domu, a jeśli gdzieś razem wychodzili, wybierali mniej gwarne i mniej znane restauracje w stolicy. Elin nie chciała, aby jej mąż się dowiedział, że ona się z kimś spotyka. Taki układ bardzo Strike'owi odpowiadał. Wiecznym problemem w jego związkach było to, że w wieczory, w które większość ludzi odpoczywała, on często musiał pracować, śledząc czyichś niewiernych partnerów, a poza tym nie miał szczególnej ochoty nawiązywać bliższych relacji z córką Elin. Nie kłamał, gdy mówił Robin, że nie potrafi rozmawiać z dziećmi.

Sięgnął po komórkę. Przed wyjściem na kolację musiał załatwić kilka spraw.

Za pierwszym razem połączył się z pocztą głosową. Zostawił wiadomość, prosząc Grahama Hardacre'a, dawnego kolegę z Wydziału do spraw Specjalnych, żeby do niego oddzwonił. Nie był pewny, gdzie Hardacre obecnie przebywa. Gdy rozmawiali po raz ostatni, szykował się do przeprowadzki do Niemiec.

Ku rozczarowaniu Strike'a również drugi telefon, tym razem do starego przyjaciela, którego los rzucił w kierunku mniej więcej przeciwnym niż Hardacre'a, nie został odebrany. Strike nagrał drugą prawie identyczną wiadomość, po czym się rozłączył.

Przysunął krzesło do komputera Robin, włączył go i wpatrywał się w stronę startową, lecz tak naprawdę jej nie widział. Obraz wypełniający mu umysł, zupełnie wbrew woli Strike'a, przedstawiał jego matkę – nagą. Kto mógł wiedzieć, że miała tam tatuaż? Rzecz jasna, jej mąż oraz liczne sympatie przewijające się przez jej życie, a także każdy, kto widział ją rozebraną w skłotach i brudnych komunach, w których z przerwami mieszkali. Poza tym istniała jeszcze jedna możliwość, która przyszła Strike'owi do głowy w Tottenham, lecz uznał ją za nienadającą się dla uszu Robin: że w pewnym momencie Leda pozowała do rozbieranych zdjęć. Byłoby to zupełnie w jej stylu.

Jego palce zawisły nad klawiaturą. Napisał „Leda Strike nag" i skasował to, litera po literze, ze złością, dźgając przycisk palcem wskazującym. Istniały miejsca, w jakie żaden normalny mężczyzna się nie zapuszczał, wyrazy, których nikt nie chciałby zostawić w historii wyszukiwarki, lecz także, niestety, zadania, jakich wolałby nikomu nie przekazywać.

Wpatrywał się w pole wyszukiwania, które właśnie wyczyścił, w beznamiętnie mrugający kursor, a potem szybko napisał w typowym dla siebie stylu, dwoma palcami: „Donald Laing".

Było ich mnóstwo, zwłaszcza w Szkocji, lecz mógł wykluczyć tych, którzy płacili czynsz albo głosowali w wyborach w czasie, gdy Laing siedział w więzieniu. Po starannej eliminacji i mając na uwadze przybliżony wiek Lainga, Strike skupił się na człowieku, który prawdopodobnie mieszkał z niejaką Lorraine MacNaughton

w Corby w 2008 roku. Lorraine MacNaughton była teraz zareje-
strowana jako osoba mieszkająca samotnie.

Wykasował Lainga i na jego miejscu wpisał „Noel Brockbank".
Było ich w Wielkiej Brytanii mniej niż Donaldów Laingów, lecz
Strike dotarł do podobnej ślepej uliczki. W 2006 roku w Manche-
sterze mieszkał samotnie N.C. Brockbank. Jeśli był tym człowie-
kiem, którego Strike szukał, sugerowało to, że rozstał się z żoną.
Strike nie był pewny, czy to dobrze, czy źle...

Opadł na oparcie krzesła Robin i zaczął rozważać prawdopodobne konsekwencje odebrania paczki z anonimową uciętą nogą.
Wiedział, że wkrótce policja będzie musiała zwrócić się o informacje do opinii publicznej, ale Wardle obiecał uprzedzić Strike'a
przed zwołaniem konferencji prasowej. Tak dziwaczne i grotesko-
we historie zawsze wywołują sensację, lecz Strike nie wątpił, że
ta wzbudzi jeszcze większe zainteresowanie, ponieważ – i ta myśl
wcale nie sprawiała mu przyjemności – nogę przesłano do jego
agencji. Ostatnimi czasy gazety chętnie rozpisywały się o Cormoranie Strike'u. Rozwiązał sprawy dwóch morderstw, działając pod
samym nosem stołecznej policji, a obie te historie fascynowałyby
opinię publiczną, nawet gdyby nie rozwikłał ich prywatny detektyw: pierwsza dlatego, że ofiarą była piękna, młoda dziewczyna,
druga dlatego, że chodziło o dziwne, rytualne morderstwo.

Strike zastanawiał się, w jaki sposób historia z nogą w paczce wpłynie na agencję, którą prowadził z tak wielkim zaangażowaniem. Chcąc nie chcąc, czuł, że konsekwencje będą poważne.
Internetowe poszukiwania były okrutnym barometrem statusu.
Już niebawem po wyguglaniu „Cormoran Strike" na szczycie listy
nie ukażą się imponujące panegiryki związane z jego dwoma naj-
słynniejszymi sukcesami, lecz brutalna informacja, że otrzymał
przesyłkę z fragmentem ciała, że ma co najmniej jednego bardzo złośliwego wroga. Strike był przekonany, że opinię publiczną,
a przynajmniej jej niepewną siebie, wystraszoną i rozeźloną część
stanowiącą źródło utrzymania prywatnych detektywów, rozumie
na tyle dobrze, aby wiedzieć, że agencja otrzymująca pocztą ucięte
nogi raczej nie przyciągnie klientów. W najlepszym razie ludzie za-
łożą, że on i Robin mają wystarczająco dużo własnych problemów,

w najgorszym zaś uznają, że przez lekkomyślność albo niekompetencję wplątali się w coś, co ich przerosło.

Już miał wyłączyć komputer, gdy zmienił zdanie i z jeszcze większą niechęcią niż ta, z jaką zabierał się do szukania nagich zdjęć swojej matki, wpisał w wyszukiwarce: „Brittany Brockbank".

Było ich kilka na Facebooku i na Instagramie, pracowały dla firm, o których nigdy nie słyszał, uśmiechały się do niego promiennie z selfies. Przyglądał się zdjęciom. Prawie wszystkie Brittany miały dwadzieścia kilka lat, tyle, ile miałaby teraz ona. Pominął czarnoskóre, lecz nie potrafił określić, która z pozostałych: brunetka, blondynka czy ruda, ładna czy brzydka, sfotografowana z uśmiechem, zamyśloną miną czy znienacka, była tą, której szukał. Żadna nie nosiła okularów. Może była zbyt próżna, żeby pozować w nich do zdjęcia? Może poddała się laserowej korekcji wzroku? Może wystrzegała się mediów społecznościowych? Pamiętał, że chciała zmienić nazwisko. A może powód jej nieobecności był bardziej fundamentalny – może już nie żyła.

Jeszcze raz spojrzał na zegarek: pora się przebrać.

„To nie może być ona – pomyślał, a potem dodał: – Oby to nie była ona".

Bo jeśli to była ona, ponosił za to winę.

6

Is it any wonder that my mind's on fire?

Co w tym dziwnego, że mój umysł płonie?

Blue Öyster Cult, *Flaming Telepaths*

Wracając wieczorem do domu, Robin była niezwykle czujna. Ukradkiem porównywała każdego mężczyznę w wagonie z zapamiętanym wysokim człowiekiem w czarnej skórze, który wręczył jej potworną przesyłkę. Chudy młody Azjata w tanim garniturze uśmiechnął się z nadzieją, gdy ich spojrzenia po raz trzeci się spotkały. Potem skupiła wzrok na telefonie, przeczesując – gdy zasięg na to pozwalał – stronę BBC i podobnie jak Strike zastanawiając się, kiedy o nodze zacznie być głośno.

Czterdzieści minut po pożegnaniu ze Strikiem weszła do ogromnego supermarketu Waitrose niedaleko stacji metra obok domu. Lodówka w mieszkaniu była prawie pusta. Matthew nie lubił kupować jedzenia i była pewna (choć podczas ich przedostatniej kłótni temu zaprzeczał), że jego zdaniem ona, ponieważ wnosi niespełna jedną trzecią kwoty do ich wspólnego gospodarstwa, powinna zwiększyć swój wkład, wykonując żmudne zadania, za którymi on nie przepadał.

Samotni mężczyźni w garniturach napełniali koszyki i wózki gotowymi daniami. Kobiety w garsonkach przechodziły szybkim krokiem, chwytając makaron, który można naprędce przygotować dla rodziny. Wyczerpana młoda matka z maleńkim dzieckiem wrzeszczącym w składanym wózku snuła się po alejkach z jednym opakowaniem marchewki w koszyku niczym półprzytomna ćma, nie mogąc się skupić. Robin powoli spacerowała alejkami, czując dziwne podenerwowanie. Nie było tam nikogo, kto by przypominał mężczyznę w czarnej motocyklowej skórze, nikogo, kto mógłby się czaić, fantazjując o odrąbaniu Robin nóg… „O odrąbaniu mi nóg!…”

– Przepraszam! – powiedziała rozzłoszczona kobieta w średnim wieku, próbując dosięgnąć kiełbasy. Robin przeprosiła i odsunęła się na bok, odkrywając ze zdziwieniem, że trzyma w ręku paczkę kurczęcych udek. Wrzuciwszy je do wózka, popędziła na drugi koniec supermarketu, gdzie pośród win i mocniejszych alkoholi było względnie spokojnie. Wyjęła komórkę i zadzwoniła do Strike'a. Odebrał po drugim sygnale.

– Wszystko w porządku?

– Tak, oczywiście…

– Gdzie jesteś?

– W Waitrose.

Niski łysiejący mężczyzna wpatrywał się w półkę z sherry tuż za Robin, skupiając wzrok na wysokości jej piersi. Gdy się odsunęła, przesunął się w ślad za nią. Spiorunowała go wzrokiem. Zarumienił się i odszedł.

– No cóż, w Waitrose powinnaś być bezpieczna.

– Mhm – mruknęła ze wzrokiem utkwionym w plecach oddalającego się łysiejącego mężczyzny. – Słuchaj, to pewnie bez znaczenia, ale właśnie coś sobie przypomniałam: w ostatnich miesiącach przyszły do nas dwa dziwne listy.

– Od świrów?

– Nie zaczynaj.

Robin zawsze protestowała, słysząc to zbiorcze określenie. Odkąd Strike rozwiązał drugą ważną sprawę morderstwa, dostawali znacznie więcej dziwacznej korespondencji. Najskładniej piszący ludzie po prostu prosili o pieniądze, zakładając, że Strike stał się bajecznie bogaty. Byli też osobnicy chowający do kogoś dziwne osobiste urazy i chcący, żeby Strike pomścił ich krzywdy; także tacy, którym życie upływało na dowodzeniu słuszności cudacznych teorii, oraz mający tak nieokreślone, zawiłe potrzeby i prośby, że ich listy świadczyły jedynie o chorobie psychicznej. Była również garstka osób obojga płci („Tak, ci rzeczywiście muszą być szurnięci" – przyznała kiedyś Robin), którym Strike najwyraźniej się podobał.

– Były zaadresowane do ciebie? – spytał Strike, natychmiast poważniejąc.

– Nie, do ciebie.

Gdy rozmawiali, słyszała, jak Strike chodzi po mieszkaniu. Być może umówił się na wieczór z Elin. Nigdy nie opowiadał o tym związku. Gdyby nie to, że Elin wpadła kiedyś do agencji, Robin pewnie nawet nie dowiedziałaby się o jej istnieniu – dopóki któregoś dnia Strike nie zjawiłby się w pracy z obrączką na palcu.

– Co w nich było? – spytał Strike.

– Jeden napisała dziewczyna, która chciała sobie uciąć nogę. Pytała o radę.

– Słucham?

– Chciała sobie uciąć nogę – powtórzyła Robin głośniej i jakaś kobieta sięgająca niedaleko po butelkę rosé spojrzała na nią ze zdumieniem.

– Jezu Chryste – mruknął Strike. – A mnie nie wolno ich nazywać świrami. Myślisz, że dopięła swego i uznała, że chciałbym o tym wiedzieć?

– Myślę, że ten list może mieć jakieś znaczenie – odrzekła, ignorując pytanie. – Niektórzy naprawdę pragną sobie odcinać różne części ciała. To znane zjawisko, nazywa się... Nie, nie „bycie świrem" – dodała, trafnie przewidując zamiar Strike'a, który w odpowiedzi tylko się roześmiał. – Był też drugi list, od osoby, która podpisała się inicjałami i bez końca rozwodziła o twojej nodze oraz o tym, jak bardzo chciałaby ci wynagrodzić jej brak.

– Gdyby ktoś chciał mi to wynagrodzić, przysłałby mi nogę mężczyzny. Wyglądałbym dość głupio z...

– Przestań – powiedziała. – Nie żartuj z tego. Trudno mi zrozumieć, jak możesz z tego żartować.

– Trudno mi zrozumieć, jak możesz z tego nie żartować – odparł, ale życzliwie.

Usłyszała bardzo znajome szurnięcie zakończone głośnym stukiem.

– Chyba nie zaglądasz do szuflady świrów!

– Robin, nie powinnaś jej nazywać „szufladą świrów". To trochę niegrzecznie wobec naszych umysłowo chorych...

– Do zobaczenia jutro – przerwała mu, uśmiechając się mimo woli, i rozłączyła się, gdy w słuchawce zabrzmiał jego śmiech.

Zmęczenie, z którym walczyła cały dzień, dopadło ją ponownie, kiedy przechadzała się po supermarkecie. To dlatego, że musiała zdecydować, co przygotować na kolację. Byłaby uszczęśliwiona, gdyby mogła robić zakupy na podstawie listy napisanej przez kogoś innego. Podobnie jak pracujące matki, które szukają tego, co nie wymaga długich przygotowań, poddała się i wybrała makaron. Stojąc w kolejce, zobaczyła przed sobą młodą kobietę, której dziecko wreszcie padło z wyczerpania i teraz spało jak zabite z rozłożonymi rączkami i mocno zamkniętymi oczami.

– Słodkie – odezwała się Robin, czując, że dziewczyna potrzebuje wsparcia.

– Jak śpi – odrzekła matka ze słabym uśmiechem.

Gdy w końcu Robin weszła do domu, była naprawdę wycieńczona. Ku jej zaskoczeniu Matthew powitał ją w wąskim przedpokoju.

– Już byłem w sklepie! – zawołał na widok czterech pękatych reklamówek w jej rękach. Był wyraźnie rozczarowany – robiąc zakupy, Robin umniejszyła wagę jego dokonań. – Przecież wysłałem ci esemesa, że wybieram się do Waitrose!

– Nie zauważyłam – powiedziała Robin. – Przepraszam.

Prawdopodobnie rozmawiała wtedy ze Strikiem. Może nawet byli w supermarkecie w tym samym czasie, ale ona spędziła go, głównie czając się wśród alkoholi.

Matthew podszedł do niej z otwartymi ramionami i mocno ją przytulił, w czym, chcąc nie chcąc, wyczuła doprowadzającą ją do szału wielkoduszność. Musiała jednak przyznać, że jak zwykle wyglądał niesamowicie przystojnie w ciemnym garniturze i z zaczesanymi do tyłu gęstymi, płowymi włosami.

– To musiało być straszne – mruknął, ogrzewając jej włosy oddechem.

– Było – przyznała, oplatając go rękami w pasie.

Spokojnie zjedli makaron, ani razu nie wspominając o Sarah Shadlock, Strike'u ani Jacques'u Burgerze. Wściekła poranna ambicja Robin, by zmusić Matthew do przyznania, że to Sarah, a nie ona, wyrażała podziw dla kręconych włosów, już się wypaliła. Robin poczuła, że została nagrodzona za dojrzałą wyrozumiałość, gdy Matthew powiedział przepraszającym tonem:

– Po kolacji będę musiał trochę popracować.

– Nie ma sprawy – odrzekła Robin. – I tak chciałam się wcześniej położyć.

Zabrała do łóżka niskokaloryczną gorącą czekoladę i numer „Grazii", ale nie mogła się skupić. Po dziesięciu minutach wstała, poszła po laptopa, jego też zaniosła do łóżka i wyguglała „Jeff Whittaker".

Informacje z Wikipedii czytała już wcześniej, podczas jednej z wywołujących wyrzuty sumienia wycieczek po przeszłości Strike'a, lecz teraz robiła to z większą uwagą. Zaczynało się od znajomego zastrzeżenia:

Jeff Whittaker

Jeff Whittaker (ur. 1969) to muzyk lepiej znany jako mąż Ledy Strike, supergroupie z lat siedemdziesiątych, oskarżony o jej zabójstwo w 1994 r. Jest wnukiem dyplomaty sir Randolpha Whittakera odznaczonego Orderem za Wybitną Służbę oraz Kawalera Komandora Orderu św. Michała i św. Jerzego.

Dzieciństwo i młodość

Whittakera wychowywali dziadkowie. Jego nastoletnia matka Patricia Whittaker chorowała na schizofrenię. Whittaker nigdy nie poznał ojca. Wydalono go ze szkoły Gordonstoun, gdy rzucił się z nożem na członka grona pedagogicznego. Twierdzi, że za karę dziadek zamknął go w szopie na trzy dni, czemu sir Whittaker zaprzecza. Jeff uciekł z domu i będąc nastolatkiem, przez pewien czas mieszkał pod gołym niebem. Twierdzi także, że pracował jako grabarz.

Kariera muzyczna

Whittaker grał na gitarze i pod koniec lat osiemdziesiątych oraz na początku dziewięćdziesiątych pisał teksty piosenek dla licznych zespołów trashmetalowych, między innymi dla Restorative Art, Devilheart i Necromantic.

Życie prywatne

W 1991 r. Whittaker poznał Ledę Strike, byłą dziewczynę Jonny'ego Rokeby'ego i Ricka Fantoniego, która pracowała w firmie płytowej rozważającej podpisanie kontraktu z zespołem Necromantic. W 1992 r. Whittaker i Strike wzięli ślub. W grudniu tego samego roku urodził im się syn Switch LaVey Bloom Whittaker. W 1993 r. Whittakera wyrzucono z Necromantic z powodu nadużywania narkotyków. Gdy w 1994 r. Leda Whittaker zmarła wskutek przedawkowania heroiny, Whittakera oskarżono o morderstwo. Został oczyszczony z zarzutu. W 1995 r. Whittakera ponownie aresztowano za napaść i próbę uprowadzenia swego syna przebywającego pod opieką pradziadków. Dostał wyrok w zawieszeniu za pobicie własnego dziadka. W 1998 r. Whittaker groził współpracownikowi nożem i skazano go na trzymiesięczną odsiadkę. W 2002 r. Whittaker trafił do więzienia za utrudnianie pochówku. Karen Abraham, z którą mieszkał, zmarła wskutek zatrzymania akcji serca, lecz Whittaker przez miesiąc trzymał jej ciało w ich wspólnym domu. W 2005 r. skazano go na odsiadkę za handel crackiem.

Robin przeczytała biogram dwa razy. Tego wieczoru miała problemy z koncentracją. Informacje ześlizgiwały się z powierzchni jej umysłu i nie mogła ich przyswoić. Niektóre elementy historii Whittakera, skrajnie dziwaczne, wyróżniały się na tle innych. Po co ktokolwiek miałby przez miesiąc ukrywać zwłoki? Czy Whittaker się bał, że znowu zostanie oskarżony o morderstwo, czy może był inny powód? Ciała, kończyny, fragmenty zwłok... Upiła łyk gorącej czekolady i się skrzywiła. Napój smakował jak aromatyzowany kurz. Ulegając presji bycia szczupłą panną młodą, Robin od miesiąca wyrzekała się prawdziwej czekolady.

Odstawiła kubek na nocny stolik, ponownie przysunęła palce do klawiatury i wyszukała zdjęcia z procesu Jeffa Whittakera.

Ekran wypełnił się fotkami ukazujących dwóch różnych Whittakerów uwiecznionych w odstępie ośmiu lat, wchodzących do dwóch różnych sądów i wychodzących z nich.

Młody Whittaker oskarżony o zamordowanie żony nosił dredy związane w kitę. W czarnym garniturze i krawacie emanował pewnym wyświechtanym urokiem, był wystarczająco wysoki, by spoglądać ponad głowami większości stłoczonych wokół niego fotoreporterów. Miał wystające kości policzkowe, ziemistą cerę i niezwykle szeroko osadzone ogromne oczy, jakie mogłyby należeć do odurzonego opium poety albo heretyckiego kapłana.

Whittaker oskarżony o utrudnianie pochówku stracił włóczęgowską atrakcyjność. Był masywniejszy, miał krótko ostrzyżone włosy i zapuścił brodę. Nie zmieniły się jedynie szeroko osadzone oczy oraz otaczająca go aura niewzruszonej arogancji.

Robin powoli przewijała obrazy. Wkrótce zdjęcia mężczyzny, którego w myślach nazywała „Whittakerem Strike'a", zaczęły się przeplatać ze zdjęciami innych Whittakerów i innych spraw sądowych. Cherubinkowaty Afroamerykanin Jeff Whittaker pozwał swojego sąsiada za to, że ten notorycznie wyprowadzał psa na jego trawnik.

Dlaczego Strike uważał, że jego były ojczym (dziwnie było myśleć o Whittakerze w tych kategoriach, był zaledwie pięć lat starszy od Strike'a) przesłał mu nogę? Zastanawiała się, kiedy Strike po raz ostatni widział człowieka, który jego zdaniem zamordował mu matkę. Tak mało jeszcze wiedziała o swoim szefie. Nie lubił rozmawiać o przeszłości.

Robin przesunęła z powrotem palce na klawiaturę i napisała „Eric Bloom".

Gdy wpatrywała się w zdjęcia ubranego w skórę rockmana z lat siedemdziesiątych, pierwszą myślą, jaka przyszła jej do głowy, było to, że miał takie same włosy jak Strike: gęste, ciemne i kręcone. Przypomniały jej o Jacques'u Burgerze i Sarah Shadlock, co bynajmniej nie poprawiło jej humoru. Skupiła się na dwóch pozostałych mężczyznach, których Strike wymienił jako prawdopodobnych podejrzanych, ale nie mogła sobie przypomnieć, jak się nazywają. Donald jakiś tam? I takie śmieszne nazwisko zaczynające się na B... Zazwyczaj miała doskonałą pamięć. Strike często ją komplementował. Dlaczego nie mogła ich sobie przypomnieć?

Z drugiej strony, czy te nazwiska na cokolwiek by jej się przydały? Z laptopa był niewielki pożytek, gdy szukało się dwóch mężczyzn mogących być dosłownie wszędzie. Robin za długo pracowała w agencji detektywistycznej, żeby nie wiedzieć, iż ci, którzy używają pseudonimów, nie mają stałego miejsca zamieszkania, wolą skłoty albo lokale na wynajem, nie wpisują się na listy wyborców i mogą z łatwością wymknąć się z rzadkiej sieci informacji telefonicznej.

Porozmyślała jeszcze kilka minut, a następnie z poczuciem, że w pewnym sensie zdradza swojego szefa, wpisała w polu wyszukiwarki „Leda Strike" i z największymi wyrzutami sumienia, jakich kiedykolwiek doświadczyła, dodała: „nago".

Zdjęcie było czarno-białe. Młoda Leda pozowała z rękami nad głową, długi obłok ciemnych włosów opadał jej na piersi. Nawet w pomniejszonym formacie Robin zauważyła łukowaty napis umieszczony nad ciemnym trójkątem włosów łonowych. Mrużąc oczy, jakby lekkie rozmazanie obrazu w jakiś sposób łagodziło jej poczynania, Robin powiększyła zdjęcie do pełnych rozmiarów. Nie chciała go przybliżać, i wcale nie musiała. Słowa „Mistress of" były wyraźnie widoczne.

Wiatrak w łazience za drzwiami z warkotem obudził się do życia. Speszona Robin wzdrygnęła się i zamknęła oglądaną stronę. Ostatnio Matthew nabrał zwyczaju pożyczania sobie jej komputera, a kilka tygodni temu przyłapała go na czytaniu jej mejli do Strike'a. Mając to na uwadze, jeszcze raz otworzyła stronę przeglądarki, wyczyściła historię wyszukiwania, weszła w ustawienia i po chwili namysłu zmieniła hasło na DontFearTheReaper. To mu pokrzyżuje szyki.

Gdy wyślizgnęła się z łóżka, żeby pójść do łazienki i wylać gorącą czekoladę do umywalki, uświadomiła sobie, że nie przyszło jej do głowy poszukać szczegółów na temat Terence'a „Diggera" Malleya. Oczywiście policja miała o wiele większe szanse na odnalezienie londyńskiego gangstera niż ona albo Strike.

„Ale to i tak bez znaczenia – pomyślała zaspana, wracając do sypialni. – To nie Malley".

7

Good To Feel Hungry

Dobrze jest czuć głód

Oczywiście, gdyby miał rozum, z którym się urodził – to było ulubione powiedzenie jego matki, tej podłej suki („Co, nie masz już rozumu, z którym się urodziłeś, ty głupi gówniarzu?") – gdyby miał rozum, z którym się urodził, nie śledziłby Sekretarki już następnego dnia po dostarczeniu jej nogi. Tylko że trudno było się oprzeć pokusie, skoro nie wiedział, kiedy znowu nadarzy się taka okazja. Pragnienie, żeby ponownie za nią iść, narosło w nim nocą – chciał zobaczyć, jak wygląda po rozpakowaniu prezentu.

Od jutra jego wolność miała zostać mocno ograniczona, gdyż To zamierzało siedzieć w domu, a gdy To siedziało w domu, domagało się jego uwagi. Musiał uszczęśliwiać To między innymi dlatego, że To zarabiało pieniądze. Głupie, brzydkie i wdzięczne za czułość To chyba w ogóle nie zauważało, że go utrzymuje.

Gdy tylko To poszło rano do pracy, pospiesznie wyszedł z domu, żeby zaczekać na Sekretarkę na stacji metra niedaleko jej mieszkania, co okazało się mądrą decyzją, ponieważ Sekretarka wcale nie poszła do pracy. Przypuszczał, że dostarczenie nogi zakłóci rutynowy rozkład jej dnia i nie pomylił się. Prawie nigdy się nie mylił.

Wiedział, jak należy śledzić ludzi. Na zmianę nosił wełnianą czapkę i chodził z gołą głową. Rozbierał się do koszulki, potem narzucał kurtkę, a jeszcze później przewracał ją na lewą stronę; wkładał ciemne okulary albo je zdejmował.

Wartość, jaką miała dla niego Sekretarka, daleko przewyższała wartość wszystkich innych kobiet, z którymi mógł zostać sam na sam, i tkwiła w tym, co za jej pośrednictwem zamierzał zrobić Strike'owi. Ambitny plan zemszczenia się na Strike'u – zemszczenia się raz na zawsze, brutalnie – narastał w nim, aż w końcu stał się najważniejszym dążeniem w jego życiu. Zawsze taki był. Ten, kto go wkurzył, był naznaczony i w pewnym momencie, gdy nadarzała się okazja, nawet jeśli dopiero po latach, dostawał za swoje. Cormoran Strike wyrządził mu większą krzywdę niż jakakolwiek inna istota, więc zamierzał mu za to odpłacić.

Zgubił trop Strike'a kilka lat temu, ale później dzięki gwałtownemu rozgłosowi znowu namierzył drania: podziwianego, bohaterskiego. On sam zawsze pragnął takiego statusu, zawsze go pożądał. Czytanie pochwalnych artykułów o tym piździelcu przypominało picie kwasu, lecz pochłonął wszystkie, jakie znalazł, gdyż jeśli chce się spowodować jak najwięcej szkód, należy poznać swój cel. Aby zadać Cormoranowi Strike'owi ból, był gotów zrobić wszystko, co

46

w jego – nie, nie ludzkiej, gdyż był przekonany, że jest kimś więcej niż tylko człowiekiem – nadludzkiej mocy. To miało być coś bardziej wyszukanego niż nóż wsadzony w ciemności między żebra. Nie, kara dla Strike'a miała być powolniejsza, bardziej udziwniona i przerażająca, złożona i definitywnie rujnująca.

Nikt nigdy się nie dowie, że to jego dzieło – bo i po co? Wywinął się już trzy razy, nie dał się przyłapać: trzy kobiety były martwe i nikt nie miał pojęcia, kto je zabił. Dzięki tej świadomości mógł bez najmniejszych obaw przeczytać dzisiejsze „Metro", czuć jedynie dumę i zadowolenie z histerycznych doniesień na temat uciętej nogi, delektować się zapachem strachu i dezorientacji bijącym ze wszystkich artykułów, bezradnością tępych mas przypominających owce, które zwietrzyły wilka.

Teraz potrzebował tylko, żeby Sekretarka zdecydowała się na jeden krótki spacer po jakimś wyludnionym odcinku ulicy... ale w Londynie przez cały dzień roiło się od ludzi, więc sfrustrowany ostrożnie obserwował, jak pałęta się niedaleko London School of Economics.

Ona też kogoś śledziła i łatwo było zgadnąć kogo. Jej cel miał jasne platynowe włosy i po południu zaprowadził Sekretarkę z powrotem na Tottenham Court Road.

Sekretarka zniknęła w pubie naprzeciwko klubu ze striptizem, do którego wszedł jej obiekt. Zastanawiał się, czy nie wejść tam za nią, ale dziś wydawała się niebezpiecznie czujna, więc wybrał tanią japońską restaurację z oknami wychodzącymi na pub, zajął miejsce przy jednym z nich i czekał, aż Sekretarka wyjdzie.

Uda się, powtarzał sobie w myślach, patrząc przez ciemne okulary na ruchliwą ulicę. Dopadnie ją. Musiał się trzymać tej myśli, ponieważ wieczorem czekał go powrót do Tego oraz do połowicznego życia, kłamliwego życia, dzięki któremu prawdziwy On mógł swobodnie chodzić i oddychać.

W brudnym londyńskim oknie odbiła się jego obnażona twarz, odarta z kulturalnej warstwy, którą nakładał, żeby mamić kobiety, gdy chciał, by padły ofiarą jego uroku i jego noży. Na powierzchnię wydostała się istota, która żyła w środku, istota pragnąca jedynie ustanowić swoją dominację.

8

I seem to see a rose,
I reach out, then it goes.

Zdaje mi się, że widzę różę,
Gdy po nią sięgam, ręka trafia w próżnię.

Blue Öyster Cult, *Lonely Teardrops*

Tak jak Strike się spodziewał, gdy wieść o uciętej nodze przedostała się do mediów, jego stary znajomy Dominic Culpepper z „News of the World" skontaktował się z nim we wtorek z samego rana w stanie zaawansowanej furii. Dziennikarz nie przyjmował do wiadomości, że mogły istnieć ważne powody, dla których Strike nie zadzwonił do niego, gdy tylko otrzymał przesyłkę z uciętą kończyną. Detektyw naraził mu się jeszcze bardziej, odrzucając prośbę o informowanie Culpeppera o wszelkich nowych postępach w sprawie w zamian za wysokie honorarium. Wcześniej Culpepper dawał Strike'owi płatne zlecenia i zanim rozmowa dobiegła końca, detektyw zaczął przypuszczać, że to źródło jego dochodu właśnie wyschło. Culpepper nie był zadowolony.

Strike nie rozmawiał z Robin aż do popołudnia. Zadzwonił do niej z pociągu Heathrow Express, którym jechał z plecakiem.

– Gdzie jesteś? – spytał.

– W pubie naprzeciwko Spearmint Rhino. Nazywa się Court. A ty?

– Wracam z lotniska. Dzięki Bogu Psychotata wsiadł do samolotu.

Psychotata był bogatym bankierem, którego Strike śledził na zlecenie jego żony. Para toczyła niezwykle zacięty bój o prawa do opieki nad dziećmi. Podróż męża do Chicago oznaczała, że Strike będzie miał kilka dni odpoczynku od obserwowania, jak o czwartej rano mężczyzna siedzi w samochodzie przed domem żony z lornetką noktowizyjną skierowaną na okno swoich synów.

– Wpadnę tam do ciebie – powiedział Strike. – Nigdzie się nie ruszaj… O ile oczywiście Platyna kogoś nie poderwie.

Platyna była młodą Rosjanką studiującą ekonomię i striptizerką. Ich klientem był jej facet, człowiek, którego Strike i Robin przezywali „Dwa Razy", trochę dlatego, że śledzili dla niego już drugą blondynkę, z którą się spotykał, a trochę dlatego, że wydawał się uzależniony od dociekania, gdzie i jak kochanki go zdradzają. Robin uważała, że Dwa Razy jest podły i jednocześnie żałosny. Poznał Platynę w klubie, który Robin właśnie obserwowała, i zlecił im, by się dowiedzieli, czy przypadkiem jacyś inni mężczyźni nie korzystają z dodatkowych usług, które Platyna świadczy swojemu Dwa Razy.

O dziwo, bez względu na to, czy Dwa Razy był skłonny w to uwierzyć i czy to mu się podobało, trafił na nietypowo monogamiczną dziewczynę. W czasie kilkutygodniowej obserwacji jej poczynań Robin ustaliła, że Platyna jest w zasadzie dość samotną istotą, jada lancz z książkami i rzadko spotyka się ze znajomymi.

– Wszystko wskazuje na to, że pracuje w klubie, żeby zapłacić za studia – powiedziała Strike'owi oburzona Robin po pierwszym tygodniu śledzenia Platyny. – Skoro Dwa Razy nie chce, żeby inni faceci pożerali ją wzrokiem, dlaczego nie pomoże jej finansowo?

– Najbardziej podnieca go to, że ona rozbiera się przed innymi – wyjaśnił cierpliwie Strike. – Dziwię się, że szukał jej aż tyle czasu. Platyna spełnia wszystkie jego kryteria.

Niedługo po tym jak przyjęli zlecenie, Strike poszedł do klubu i zapewnił sobie współpracę smutnookiej brunetki o nieprawdopodobnym imieniu Raven, która miała mieć oko na dziewczynę jego klienta. Obiecała dzwonić raz dziennie i informować, co porabia Platyna, oraz natychmiast zawiadomić Strike'a, gdyby zauważyła, że rosyjska striptizerka daje numer telefonu innemu klientowi albo za bardzo się kimś interesuje. Regulamin klubu zakazywał dotykania i nagabywania, lecz Dwa Razy był przekonany („Biedny, żałosny drań" – powiedział Strike), że jest tylko jednym z wielu mężczyzn zabierających ją na kolację i sypiających w jej łóżku.

– Nadal nie rozumiem, dlaczego obserwujemy ten klub – westchnęła Robin do słuchawki, i to nie po raz pierwszy. – Przecież Raven obiecała do nas dzwonić.

– Dobrze wiesz dlaczego – odrzekł Strike, szykując się do wyjścia z pociągu. – On lubi zdjęcia.

– Ale na zdjęciach widać tylko, jak ta dziewczyna kursuje do pracy i z powrotem.

– Nieważne. To go podnieca. Poza tym jest przekonany, że pewnego dnia Platyna wyjdzie z klubu w towarzystwie jakiegoś rosyjskiego oligarchy.

– Nie masz czasami dość takich spraw?

– Ryzyko zawodowe – odparł niezrażony. – Do zobaczenia niedługo.

Robin czekała wśród kwiecistych wzorów na pozłacanej tapecie. Obite brokatem krzesła i zbieranina różnych abażurów mocno kontrastowały z olbrzymim plazmowym telewizorem pokazującym futbol i reklamy coca-coli. Powierzchnie malowane miały modny odcień szarości, który siostra Matthew wybrała niedawno do salonu. Robin wydawał się przygnębiający. Obserwację drzwi do pubu utrudniały drewniane poręcze schodów prowadzących na piętro. Na zewnątrz nieustanny strumień pojazdów płynął w prawo i w lewo, liczne czerwone piętrowe autobusy raz po raz zasłaniały jej widok na wejście do klubu ze striptizem.

Zjawił się Strike, wyglądał na rozdrażnionego.

– Straciliśmy Radforda – oznajmił, wrzucając plecak pod wysoki stolik obok okna, przy którym siedziała. – Przed chwilą dzwonił.

– Nie!

– Tak. Uważa, że stałaś się zbyt rozpoznawalna, żeby pracować pod przykrywką w jego biurze.

O szóstej rano policja poinformowała media o uciętej nodze. Wardle dotrzymał słowa danego Strike'owi i zawczasu go powiadomił. Strike'owi udało się opuścić mieszkanie na poddaszu wczesnym rankiem i zabrać ciuchy na kilka dni. Wiedział, że niedługo dziennikarze zaczną wystawać przed jego agencją, i to nie po raz pierwszy.

– Poza tym – ciągnął Strike, wracając do Robin z kuflem w ręku i sadowiąc się na wysokim taborecie – Khan też się wykruszył. Woli wybrać agencję, do której nikt nie przysyła części ciała.

– O kurde – powiedziała Robin, po czym spytała: – Dlaczego się tak uśmiechasz?

– Bez powodu. – Wolał przemilczeć, że lubi, gdy Robin mówi „o kurde". Wydobywało to jej uśpiony akcent z Yorkshire.

– Takie dobre zlecenia! – martwiła się Robin.

Potaknął, wpatrzony w fasadę Spearmint Rhino.

– Co słychać u Platyny? Raven nie dzwoniła?

Raven dzwoniła przed chwilą, więc Robin mogła poinformować Strike'a, że jak zwykle nie ma żadnych wieści. Platyna była lubiana przez klientów i tego dnia dała już trzy występy, które, sądząc po regulaminie obowiązującym w klubie, przebiegły w bardzo kulturalnej atmosferze.

– Czytałaś? – spytał Strike, pokazując „Mirror" zostawiony na stoliku obok.

– Tylko w internecie.

– Miejmy nadzieję, że dzięki temu pojawią się jakieś informacje – odrzekł Strike. – Ktoś na pewno zauważył, że brakuje mu nogi.

– Ha, ha – powiedziała Robin.

– Za wcześnie?

– Tak – ucięła chłodno.

– Wczoraj wieczorem trochę poszperałem w sieci – oznajmił Strike. – W 2006 toku Brockbank mógł mieszkać w Manchesterze.

– Skąd wiesz, że to on?

– Nie wiem, ale gość jest w podobnym wieku, zgadza się inicjał drugiego imienia…

– Pamiętasz inicjał jego drugiego imienia?

– No – powiedział Strike. – Ale wygląda na to, że już się stamtąd wyprowadził. Z Laingiem jest podobnie. Najprawdopodobniej to właśnie on mieszkał w 2008 roku pod tym adresem w Corby, ale już go tam nie ma. Jak długo – dodał, patrząc przez okno – ten gość w wojskowej kurtce i ciemnych okularach siedzi w tamtej restauracji?

– Mniej więcej pół godziny.

Strike miał wrażenie, że mężczyzna w ciemnych okularach też mu się przygląda, gapiąc się przez dwie szyby. Był barczysty i długonogi, wydawał się za duży na srebrne krzesło, na którym siedział. Przesuwające się po oknach zniekształcone odbicia samochodów i przechodniów utrudniały obserwację, ale na twarzy faceta dostrzegł chyba kilkudniowy gęsty zarost.

– Jak tam jest? – zaciekawiła się Robin, wykonując gest w stronę dwuskrzydłowych drzwi Spearmint Rhino pod ciężką, metaliczną markizą.

– W klubie ze striptizem? – spytał zdumiony Strike.

– Nie, w japońskiej restauracji – odparła z sarkazmem. – Oczywiście, że w klubie ze striptizem.

– W porządku – powiedział, nie do końca pewny, o co go pyta.

– Miałam na myśli wygląd.

– Złoto. Lustra. Półmrok. – Widząc, że Robin wyczekująco mu się przygląda, dodał: – Na środku jest rura, tańczą przy niej.

– Nie rozbierają się?

– Do tego są prywatne boksy.

– Co dziewczyny mają na sobie?

– Bo ja wiem... Niewiele...

Zadzwoniła jego komórka: Elin.

Robin odwróciła głowę i zaczęła się bawić czymś, co wyglądało jak okulary do czytania, lecz w rzeczywistości miało aparacik, za pomocą którego uwieczniała poczynania Platyny. Gdy dostała ten gadżet od Strike'a, wydał jej się ekscytujący, ale tamto podniecenie już dawno minęło. Piła sok pomidorowy i gapiła się przez okno, starając się nie słuchać, o czym mówią do siebie Strike i Elin. Gdy jej szef rozmawiał przez telefon z dziewczyną, zawsze brzmiał rzeczowo, lecz z drugiej strony trudno było sobie wyobrazić, że mógłby mruczeć czułe słówka. Matthew nazywał ją „Robsy" albo „Rosy-Posy", gdy był w odpowiednim nastroju, co ostatnio nie zdarzało mu się zbyt często.

– ...u Nicka i Ilsy – mówił Strike. – No. Nie, zgadzam się... no... w porządku... ty też.

Rozłączył się.

– Właśnie tam zamierzasz się zatrzymać? – spytała Robin. – U Nicka i Ilsy?

Była to para najstarszych przyjaciół Strike'a. Robin poznała ich i polubiła, gdy dwa razy wpadli do agencji.

– Tak, mówią, że mogę u nich mieszkać, jak długo zechcę.

– Dlaczego nie u Elin? – spytała Robin, ryzykując, że podpadnie, gdyż doskonale wiedziała o granicy, jaką Strike wolał zachować między swoim życiem osobistym a zawodowym.

– To by się nie sprawdziło – powiedział. Nie wydawał się poirytowany jej pytaniem, ale nie wykazywał chęci do kontynuowania wątku.

– A, zapomniałem – dodał, spoglądając przez okno w stronę japońskiej restauracji. Stolik, przy którym siedział mężczyzna w wojskowej kurtce i ciemnych okularach, był już pusty. – Kupiłem ci coś.

Podał jej alarm antygwałtowy.

– Już mam – odrzekła Robin, wyjmując swój z kieszeni płaszcza, żeby mu pokazać.

– Ale ten jest lepszy – zapewniał Strike, demonstrując jej cechy urządzenia. – Potrzebujesz alarmu o głośności co najmniej stu dwudziestu decybeli, a ten dodatkowo opryskuje napastnika niejadalną czerwoną cieczą.

– Mój ma sto czterdzieści decybeli.

– Mimo to uważam, że ten jest lepszy.

– Czy każdy facet sądzi, że gadżet, który wybrał, musi być lepszy od tego, który kupiłam?

Roześmiał się i dopił piwo.

– Do zobaczenia później.

– Dokąd idziesz?

– Na spotkanie z Shankerem.

To przezwisko nic jej nie mówiło.

– Gość czasami daje mi cynki, które mogę wymienić na jakieś informacje od glin – wyjaśnił. – To on mi powiedział, kto zadźgał tego policyjnego informatora, pamiętasz? Polecił mnie temu gangsterowi jako goryla.

– Aha – przypomniała sobie Robin. – Ten. Nigdy mi nie mówiłeś, jak się nazywa.

– Shanker to moja największa szansa na dowiedzenie się, gdzie jest Whittaker – rzekł Strike. – Poza tym może coś wiedzieć o Diggerze Malleyu. Obraca się w podobnych kręgach.

Zmrużył powieki i spojrzał na ulicę.

– Miej oko na tego faceta w wojskowej kurtce.

– Jesteś jakiś nerwowy.

– Robin, cholera, no pewnie, że jestem nerwowy – powiedział, wyjmując paczkę papierosów przed krótkim spacerem do metra. – Ktoś nam przysłał pieprzoną nogę.

9

One Step Ahead of the Devil

Jeden krok przed diabłem

Widok kalekiego Strike'a idącego chodnikiem po drugiej stronie ulicy w kierunku Court był niespodziewanym bonusem. Ale się skurwysyn upasł, odkąd widzieli się po raz ostatni. Szedł z plecakiem na plecach jak głupi rekrut, którym kiedyś był, i nie zdawał sobie sprawy, że nadawca nogi siedzi zaledwie pięćdziesiąt metrów dalej. Też mi detektyw! Wszedł do pubu, żeby dołączyć do Sekretareczki. Prawie na pewno się pieprzą. W każdym razie miał taką nadzieję. Dzięki temu to, co zamierzał jej zrobić, sprawi mu jeszcze więcej radości.

Później, gdy patrzył przez ciemne okulary na Strike'a siedzącego tuż przy oknie, miał wrażenie, że detektyw się odwrócił i na niego spojrzał. Oczywiście z takiej odległości, przez dwie szyby i przyciemnione szkła nie mógł zauważyć rysów twarzy, lecz coś w postawie siedzącego w oddali mężczyzny, w twarzy zwróconej w jego kierunku, bardzo go zestresowało. Spoglądali na siebie z przeciwnych stron ulicy, a samochody z warkotem sunęły w obu kierunkach, raz po raz zasłaniając im widok.

Zaczekał, aż trzy piętrowe autobusy staną jeden za drugim w dzielącej ich przestrzeni, a potem ześlizgnął się z krzesła, wyszedł szklanymi drzwiami z restauracji i skręcił w boczną uliczkę. Adrenalina krążyła w jego ciele, gdy zdejmował wojskową kurtkę i przewracał ją na lewą stronę. Wyrzucenie jej nie wchodziło w rachubę: w podszewce miał ukryte noże. Za rogiem pobiegł co sił w nogach.

10

With no love, from the past.

Z przeszłości, bez wyrazów miłości.

Blue Öyster Cult, *Shadow of California*

Nieprzerwany strumień pojazdów zmusił Strike'a do zatrzymania się i zaczekania na przejście przez Tottenham Court Road. Lustrował wzrokiem chodnik po drugiej stronie. Gdy już na nim stanął, zajrzał przez okno do japońskiej restauracji, lecz nigdzie nie było widać faceta w wojskowej kurtce, a żaden z mężczyzn w koszulach i koszulkach nie przypominał wzrostem i budową ciała gościa w ciemnych okularach.

Strike poczuł, że wibruje jego komórka i wyjął ją z kieszeni kurtki. Robin przysłała esemesa:

Wyluzuj.

Podniósł rękę i pomachał na pożegnanie w stronę okien Court, po czym ruszył w kierunku metra.

Chyba miała rację, rzeczywiście za bardzo się denerwował. Czy to możliwe, że świr, który przesłał nogę, to facet z restauracji obserwujący Robin w biały dzień? W każdym razie nie spodobało mu się uporczywe spojrzenie tego rosłego faceta w wojskowej kurtce ani to, że nosił ciemne okulary, choć słońce wcale mocno nie świeciło. Czy jego zniknięcie, gdy Strike miał zasłonięty widok, było przypadkowe, czy celowe?

Niestety, jeśli chodziło o wygląd trzech mężczyzn, którzy go teraz absorbowali, Strike w zasadzie nie mógł polegać na swoich wspomnieniach, ponieważ Brockbanka nie widział od ośmiu lat, Lainga od dziewięciu, a Whittakera od szesnastu. Każdy z nich mógł w tym czasie przytyć lub schudnąć, wyłysieć, zapuścić brodę albo wąsy, zniedołężnieć bądź rozwinąć mięśnie. Sam, odkąd po raz ostatni ich widział, stracił nogę. Jedyną cechą, której nie sposób było ukryć, wydawał się wzrost. Wszyscy trzej mężczyźni zaprzątający mu myśli mieli co najmniej metr osiemdziesiąt, a facet w wojskowej kurtce wyglądał na metalowym krześle właśnie na tyle.

Gdy Strike szedł w stronę stacji Tottenham Court Road, w jego kieszeni zawibrował telefon i wyjmując go, ucieszył się na widok nazwiska Grahama Hardacre'a na wyświetlaczu. Odsunął się na bok, żeby nie przeszkadzać przechodniom, i odebrał połączenie.

– Oggy? – odezwał się były kolega z pracy. – Co tam, stary? Dlaczego ludzie przysyłają ci nogi?

– Domyślam się, że nie jesteś w Niemczech – odrzekł Strike.

– Od sześciu tygodni jestem w Edynburgu. Właśnie o tobie czytałem w „Scotsmanie".

Wydział do spraw Specjalnych Królewskiej Żandarmerii Wojskowej miał biuro w zamku edynburskim: sekcja 35. Prestiżowy przydział.

– Hardy, potrzebuję przysługi – powiedział Strike. – Tajnych informacji o dwóch gościach. Pamiętasz Noela Brockbanka?

– Trudno go zapomnieć. Siódma Pancerna, jeśli mnie pamięć nie myli?

– Właśnie. Drugi to Donald Laing. Miałem z nim do czynienia, zanim cię poznałem. Królewska Piechota Graniczna. Spotkaliśmy się na Cyprze.

– Stary, zobaczę, co się da zrobić, kiedy wrócę do biura. Teraz stoję na środku zaoranego pola.

Pogawędkę o wspólnych znajomych skrócił narastający w godzinach szczytu hałas. Hardacre obiecał zadzwonić, gdy tylko zajrzy do wojskowych archiwów, i Strike ponownie ruszył w stronę metra.

Pół godziny później wyszedł na stacji Whitechapel i zauważył esemesa od człowieka, z którym miał się spotkać.

Sorry Bunsen dzisiaj nie mogę zadzwonię

Było to rozczarowujące i jednocześnie nie na rękę Strike'owi, ale wcale go nie zaskoczyło. Biorąc pod uwagę, że nie niósł na spotkanie dostawy narkotyków ani wielkiego pliku używanych banknotów oraz nie wymagał zastraszenia ani pobicia, to, że Shanker w ogóle raczył wyznaczyć termin i miejsce spotkania, świadczyło o wielkim poważaniu dla Strike'a.

Po całym dniu na nogach Strike czuł ból w kolanie, lecz przed stacją nie było ławek. Oparł się o mur z żółtej cegły obok wejścia i zadzwonił do Shankera.

– No, co tam, Bunsen?

Strike już nie pamiętał, dlaczego Shanker nazywa się Shanker, i nie miał pojęcia, dlaczego Shanker mówi na niego Bunsen. Poznali się, mając siedemnaście lat, i więź, która ich połączyła, choć w pewnym sensie silna, nie nosiła typowych znamion przyjaźni nastolatków. W zasadzie nie była przyjaźnią w zwyczajnym rozumieniu, lecz raczej wymuszonym braterstwem. Strike był pewny, że gdyby umarł, Shanker opłakiwałby jego śmierć, lecz równie pewny był tego, że gdyby Shanker został sam na sam z jego zwłokami, obrabowałby je ze wszystkich wartościowych przedmiotów. Zapewne tylko oni dwaj byli w stanie zrozumieć, że zrobiłby to w przeświadczeniu, iż Strike w zaświatach byłby zadowolony, wiedząc, że jego portfel ma Shanker, a nie jakiś anonimowy cwaniak.

– Jesteś zajęty? – spytał Strike, zapalając nowego papierosa.

– No, Bunsen, dzisiaj nie ma szans. Co jest grane?

– Szukam Whittakera.

– Dokończysz sprawę, co?

Zmiana tonu Shankera zaniepokoiłaby każdego, kto by zapomniał, z kim – a raczej z czym – ma do czynienia. Dla Shankera i jego kumpli jedynym właściwym finałem zatargu była śmierć i w rezultacie połowę dorosłego życia spędził za kratkami. Strike był zaskoczony, że Shanker w ogóle dożył trzydziestu kilku lat.

– Po prostu chcę wiedzieć, gdzie on teraz jest – powiedział wymijająco Strike.

Wątpił, żeby Shanker słyszał o nodze. Shanker żył w świecie, gdzie wiadomości miały ściśle osobiste znaczenie i przekazywano je ustnie.

– Mogę popytać.

– Te same stawki co zwykle – zapewnił go Strike, który miał z Shankerem stały układ dotyczący przydatnych informacji. – I... jesteś tam jeszcze?

Jego stary przyjaciel miał zwyczaj rozłączać się bez ostrzeżenia, gdy coś innego zwróciło jego uwagę.

– Mówiłeś coś? – spytał Shanker, a jego głos zabrzmiał wyraźniej.

Strike miał rację, przypuszczając, że Shanker odsunął komórkę od ucha i uznał, że to koniec rozmowy.

– No – powiedział. – Digger Malley.

Milczenie na drugim końcu linii wymownie świadczyło o tym, że podobnie jak Strike nigdy nie zapominał, kim jest Shanker, Shanker nie zapominał, kim jest Strike.

– Shanker, to sprawa tylko między nami. Nigdy nie rozmawiałeś o mnie z Malleyem, prawda?

Po chwili Shanker odezwał się swoim najbardziej nieprzyjemnym głosem:

– A po chuja miałbym to robić?

– Musiałem spytać. Wyjaśnię ci, kiedy się spotkamy.

Złowroga cisza trwała dalej.

– Shanker, czy kiedykolwiek na ciebie doniosłem? – spytał Strike.

Znowu zapadło milczenie, tym razem krótsze, i po chwili Shanker odpowiedział tonem, który według Strike'a był jego normalnym głosem.

– No, Bunsen, w porządku. Whittaker, mówisz? Zobaczę, co się da zrobić.

W słuchawce nastąpiła cisza. Shanker nie uznawał pożegnań.

Strike westchnął i zapalił kolejnego papierosa. Przyjechał tu na marne. Po wypaleniu benson & hedgesa zamierzał od razu wsiąść do wagonu.

Ze stacji wychodziło się na betonowy plac otoczony tylnymi ścianami budynków. Gherkin, olbrzymia konstrukcja przypominająca czarny pocisk, lśniła daleko na horyzoncie. Dwadzieścia lat temu, w czasie krótkiego pobytu rodziny Strike'a w Whitechapel, jeszcze jej tam nie było.

Rozglądając się, Strike nie czuł żadnego wzruszenia czy nostalgii. Nie przypominał sobie tego betonowego placu, tych nijakich tylnych ścian budynków. Nawet stacja wydawała mu się tylko trochę znajoma. Niekończąca się seria przeprowadzek i zmian charakteryzująca życie z matką zamazała wspomnienia poszczególnych miejsc. Czasami zapominał, który sklep na rogu szedł w parze z którym zapuszczonym mieszkaniem, który lokalny pub sąsiadował ze skłotem.

Zamierzał wrócić na stację metra, lecz zanim się zorientował, szedł w stronę jedynego miejsca w Londynie, które omijał od siedemnastu lat: w tym budynku umarła jego matka. Był to ostatni skłot Ledy, rozlatujący się dwupiętrowiec przy Fulbourne Street, oddalony od stacji zaledwie o minutę. Idąc, Strike coraz więcej sobie przypominał. Oczywiście: przechodził po tym metalowym moście nad linią kolejową w ostatniej klasie ogólniaka. Pamiętał też nazwę ulicy, Castlemain... na pewno mieszkała tam jedna z jego szkolnych koleżanek, taka mocno sepleniąca dziewczyna...

Zwolnił kroku i dotarł do końca Fulbourne Street, doświadczając dziwnego podwojenia wrażeń. Jego niewyraźne wspomnienia tego miejsca, bez wątpienia osłabione świadomymi próbami wymazania ich z pamięci, leżały niczym wyblakłe przeźrocza na scenie przed jego oczami. Budynki były równie zapuszczone, jak te z jego wspomnień – frontony obłaziły z białego tynku – lecz zakłady i sklepy wyglądały zupełnie obco. Poczuł się tak, jakby wrócił do pejzażu ze snu, w którym sceneria zmieniła się i przeobraziła. Oczywiście wszystko było nietrwałe w biednych częściach Londynu, gdzie słaby, chwiejny biznes rozwijał się i znikał, zastępowany innym: tanie szyldy zawieszano i zdejmowano, ludzie przychodzili i odchodzili.

Ponieważ zapomniał numeru, minęło parę minut, zanim odnalazł drzwi do dawnego skłotu. W końcu zauważył je obok sklepu oferującego tanie ubrania w stylu azjatyckim i zachodnim. Za jego czasów był tu chyba antylski supermarket. Mosiężna skrzynka na listy przywołała dziwne, bolesne wspomnienie. Głośno grzechotała, ilekroć ktoś wchodził albo wychodził.

„Kurwa, kurwa, kurwa..."

Odpalając drugiego papierosa od koniuszka pierwszego, Strike ruszył żwawym krokiem na Whitechapel Road, gdzie stały stragany: jeszcze więcej taniej odzieży, rozmaitość jarmarcznych towarów z plastiku. Przyspieszył, szedł, sam nie wiedząc dokąd, i po drodze budziły się kolejne wspomnienia: siedemnaście lat temu ta sala bilardowa też tam była... podobnie jak odlewnia dzwonów... i nagle wspomnienia rzuciły się na niego, żeby kąsać, jakby nadepnął na gniazdo uśpionych węży...

Dobiegając czterdziestki, jego matka zaczęła się interesować młodszymi mężczyznami, a Whittaker był najmłodszy z nich wszystkich: gdy zaczęła z nim sypiać, miał dwadzieścia jeden lat. Kiedy pierwszy raz przyprowadziła go do domu, jej syn miał szesnaście. Już wtedy muzyk marnie wyglądał, miał sińce pod zapadniętymi, szeroko osadzonymi oczami o uderzającym złotobrązowym kolorze. Ciemne dredy opadały mu na ramiona. Całe życie chodził w jednych dżinsach i koszulce, wskutek czego śmierdział.

W głowie Strike'a pobrzmiewało wyświechtane zdanie, dotrzymując mu kroku, gdy mozolnie maszerował po Whitechapel Road.

„Ukrywa się na widoku. Ukrywa się na widoku".

Oczywiście ludzie pomyśleliby, że ma obsesję, jest uprzedzony, nie potrafi odpuścić. Powiedzieliby, że na widok nogi w pudle od razu pomyślał o Whittakerze, gdyż nigdy nie przebolał oczyszczenia Whittakera z zarzutu zabójstwa Ledy. Nawet gdyby Strike wyjaśnił powody, dla których podejrzewa Whittakera, prawdopodobnie wyśmiano by pomysł, że tak ostentacyjny wielbiciel perwersji i sadyzmu mógłby uciąć kobiecie nogę. Striké wiedział, jak głęboko zakorzenione jest przekonanie, że źli ludzie ukrywają swoje niebezpieczne upodobanie do przemocy i dominacji. Gdy noszą je jak bransolety, żeby wszyscy widzieli, naiwny motłoch się śmieje, nazywając to pozą lub uznając za dziwnie atrakcyjne.

Leda poznała Whittakera w firmie płytowej, gdzie zarabiała jako recepcjonistka, szeregowa pracownica, żywy kawałek historii rocka zatrudniony jako rodzaj symbolu. Whittaker, grający na gitarze i piszący słowa piosenek dla kolejnych thrashmetalowych zespołów, które jeden po drugim wyrzucały go z powodu scen, jakie lubił urządzać, agresji oraz nadużywania alkoholu i narkotyków, twierdził, że poznał Ledę, gdy starał się o podpisanie kontraktu płytowego. Leda zwierzyła się jednak Strike'owi, że do ich pierwszego spotkania doszło, gdy próbowała przekonać ochronę, żeby wyrozumiale potraktowała młodego człowieka, którego wyrzucano za drzwi. Przyprowadziła go do domu i Whittaker już tam został.

Szesnastoletni Strike nie był pewny, czy triumfalna, otwarta przyjemność, jaką Whittaker czerpał ze wszystkiego, co sadystyczne i demoniczne, była szczera, czy tylko udawana. Wiedział jedynie, że go nienawidził i miał do niego instynktowny wstręt przewyższający wszystko, co czuł do któregokolwiek innego kochanka Ledy. Gdy wieczorami odrabiał w skłocie lekcje, musiał oddychać smrodem tego człowieka, prawie wyczuwał jego smak. Whittaker próbował traktować nastolatka z góry – jego nagłe wybuchy i złośliwe, upokarzające uwagi ukazywały elokwencję, którą starannie ukrywał, gdy chciał się przypodobać mniej wykształconym przyjaciołom Ledy. Strike nie pozostawał mu dłużny, a do tego miał przewagę, gdyż był mniej upalony od Whittakera, a przynajmniej tylko tak upalony, jak chcąc nie chcąc jest upalony człowiek nieustannie żyjący w kłębach marihuanowego dymu. Gdy Leda nie słyszała, Whittaker szydził z determinacji Strike'a kontynuującego edukację mimo częstych zakłóceń. Whittaker był wysoki i żylasty, zaskakująco dobrze umięśniony jak na kogoś, kto prowadził prawie wyłącznie siedzący tryb życia. Strike miał już ponad metr osiemdziesiąt i boksował w lokalnym klubie. Gdy obaj byli w domu, od napięcia między nimi tężało zadymione powietrze i stale unosiła się groźba przemocy.

Zastraszaniem, seksualnie zabarwionymi docinkami i szyderstwami Whittaker na dobre przepłoszył Lucy, przyrodnią siostrę Strike'a. Paradował po skłocie nago, drapiąc się po wytatuowanym torsie i śmiejąc z zawstydzonej czternastolatki. Pewnego wieczoru Lucy pobiegła do budki telefonicznej na rogu ulicy i ubłagała ciocię i wujka z Kornwalii, żeby po nią przyjechali. Zjawili się następnego dnia rano po całonocnej podróży z St Mawes. Lucy czekała gotowa ze swoim skromnym dobytkiem w małej walizce. Nigdy więcej nie mieszkała z matką.

Ted i Joan stali w drzwiach i zaklinali Strike'a, żeby też z nimi pojechał. Odmówił i z każdą kolejną prośbą Joan coraz bardziej umacniał się w swoim postanowieniu, zdeterminowany, żeby przetrzymać Whittakera, nie zostawiać go samego z matką. Słyszał już

Whittakera głośno rozmyślającego o odebraniu komuś życia, jakby to była jakaś epikurejska przyjemność. Wtedy nie wierzył, że Whittaker mówi poważnie, ale wiedział, że jest zdolny do przemocy, i widział, jak wygraża innym mieszkańcom skłotu. Pewnego razu – Leda nie chciała w to uwierzyć – był świadkiem, jak Whittaker próbował zatłuc kota, który niechcący obudził go z drzemki. Strike wyrwał mu z ręki ciężki but, gdy Whittaker, wrzeszcząc i klnąc, gonił po całym pokoju przerażone zwierzę, raz po raz biorąc zamach, by za wszelką cenę je ukarać.

Kolano, do którego przylegała proteza, zaczynało dawać się Strike'owi we znaki, gdy coraz szybciej kroczył ulicą. Po jego prawej stronie wyrósł nagle pub Nag's Head, jakby go ktoś wyczarował: niski, kwadratowy i ceglasty. Dopiero przy drzwiach zauważył ubranego na ciemno ochroniarza i przypomniał sobie, że jakiś czas temu Nag's Head dołączył do grona klubów ze striptizem.

– O kurde – mruknął.

Nie miał nic przeciwko półnagim kobietom wirującym wokół niego, gdy delektował się kuflem piwa, lecz nie znajdował uzasadnienia dla wygórowanych cen drinków w takich przybytkach, zwłaszcza gdy w ciągu jednego dnia stracił dwóch klientów. Wszedł zatem do pierwszego Starbucksa, jaki napotkał, znalazł wolne miejsce i oparł obolałą nogę na sąsiednim krześle, w zamyśleniu mieszając wielką czarną kawę. Miękkie kanapy w kolorze ziemi, wysokie kubki z amerykańską pianką, rześcy młodzi ludzie pracujący cicho i wydajnie za czystą szklaną ladą: z pewnością było to doskonałe antidotum na śmierdzące widmo Whittakera, a mimo to wiedział, że nie zdoła się od niego uwolnić. Czuł, że nie jest w stanie przestać ponownie tego przeżywać, przypominać sobie...

Gdy Whittaker mieszkał z Ledą i jej synem, przemoc i wykroczenia, jakich dopuszczał się jako nastolatek, były znane jedynie organom opieki społecznej na północy Anglii. Opowieści, które snuł o swojej przeszłości, były liczne, mocno ubarwione i często sprzeczne. Dopiero gdy go aresztowano pod zarzutem morderstwa, prawda wyciekła za sprawą ludzi z jego przeszłości, którzy ujawnili się albo w nadziei na pieniądze od prasy, albo powodowani chęcią zemsty, albo próbując na swój pokrętny sposób stanąć w jego obronie.

Whittaker pochodził z wyższej warstwy klasy średniej. Urodził się w zamożnej rodzinie, na czele której stał odznaczony orderami dyplomata. Do dwunastego roku życia uważał go za swojego ojca. W tym wieku odkrył, że jego starsza siostra, która, jak go przekonywano, mieszkała w Londynie i pracowała jako nauczycielka w szkole Montessori, w rzeczywistości była jego matką, że miała poważne problemy z alkoholem i narkotykami oraz że żyła w nędzy i brudzie, porzucona przez rodzinę. Od tej pory Whittaker, już i tak sprawiający kłopoty oraz mający skłonność do gwałtownych napadów wściekłości, w czasie których rzucał się na kogo popadło, szalał bez żadnych zahamowań. Wydalony ze szkoły z internatem, dołączył do lokalnego gangu i wkrótce został jego przywódcą. Ten etap jego życia znalazł finał w zakładzie poprawczym, po tym jak Whittaker przystawił nóż do gardła młodej dziewczynie, podczas gdy jego kumple ją gwałcili. W wieku piętnastu lat uciekł do Londynu, popełniając po drodze mnóstwo drobnych przestępstw, i wreszcie udało mu się odnaleźć biologiczną matkę. Ich krótkie entuzjastyczne spotkanie prawie natychmiast przerodziło się we wzajemną przemoc i wrogość.

– Wolne?

Wysoki chłopak pochylał się nad Strikiem i już zaciskał rękę na oparciu krzesła, na którym spoczywała noga detektywa. Przypominał mu Matthew, narzeczonego Robin, miał podobne falujące, jasnobrązowe włosy i zadbany wygląd. Strike stęknął i zdjął nogę, a potem kręcąc głową, patrzył, jak chłopak odchodzi z krzesłem, wracając do sześciorga znajomych. Strike zauważył, że dziewczyny czekały na niego z niecierpliwością: siedziały wyprostowane i rozpromieniły się, gdy postawił krzesło i znów do nich dołączył. Z jakiegoś powodu – czy przez podobieństwo do Matthew, czy dlatego że chłopak zabrał mu krzesło albo dlatego, że Strike od razu potrafił wyczuć dupka – gość wydał mu się dziwnie nieprzyjemny.

Nie dopiwszy kawy i mając żal, że zakłócono mu spokój, Strike podźwignął się z miejsca i wyszedł. W kroplach deszczu z powrotem kroczył po Whitechapel Road, znowu paląc i nie broniąc się już przed potężną falą wspomnień, która go uniosła...

Whittaker czuł niemal patologiczną potrzebę bycia w centrum zainteresowania. Miał żal, jeśli z jakiegokolwiek powodu uwaga Ledy skupiała się na pracy, dzieciach, przyjaciołach, i ilekroć uznał, że żona go zaniedbuje, błyskał swoim hipnotyzującym urokiem w stronę innych kobiet. Nawet Strike, który nie znosił go jak zarazy, musiał przyznać, że Whittaker miał potężny seksapil działający prawie na wszystkie kobiety, jakie przewinęły się przez skłot.

Wyrzucony z kolejnego zespołu Whittaker nadal marzył o gwiazdorskiej karierze. Znał trzy akordy gitarowe, a każdy skrawek papieru, jaki wpadł mu w ręce, pokrywał słowami piosenek mocno inspirowanymi satanistyczną biblią w czarnej okładce, opatrzonej pentagramem z koźlim łbem, leżącą na materacu, na którym spał z Ledą. Whittaker posiadał rozległą wiedzę na temat życia i kariery przywódcy amerykańskiej sekty Charlesa Mansona. Stara, trzeszcząca winylowa płyta Mansona *LIE: The Love and Terror Cult* tworzyła podkład muzyczny nauki Strike'a w szkole średniej.

Whittaker poznał legendę Ledy, zanim się spotkali, i lubił słuchać o imprezach, w których brała udział, i o mężczyznach, z którymi sypiała. Za jej pośrednictwem łączył się ze światem sławy i gdy Strike poznał go lepiej, doszedł do wniosku, że Whittaker chyba nade wszystko pragnie być znany. Nie wprowadzał moralnego rozróżnienia między swoim ukochanym Mansonem a ludźmi w rodzaju gwiazdy rocka Jonny'ego Rokeby'ego. Obaj znaleźli stałe miejsce w zbiorowej świadomości, z tym że Manson osiągnął w tej dziedzinie większy sukces, gdyż siła jego mitu nie zależała od mody: zło zawsze fascynowało.

Jednak nie tylko sława Ledy przyciągała Whittakera. Jego kochanka urodziła dzieci dwóm bogatym gwiazdom rocka, które łożyły na potomstwo. Wprowadzając się do skłotu, Whittaker był przekonany, że tkwienie w niedostatkach bohemy to tylko element stylu życia Ledy i że gdzieś niedaleko znajduje się olbrzymie źródło pieniędzy, do którego ojcowie Strike'a i Lucy – odpowiednio:

Jonny Rokeby i Rick Fantoni – pompują forsę. Najwyraźniej nie znał prawdy albo nie wierzył, że po latach niegospodarności i rozrzutności Ledy obaj mężczyźni zamrozili dopływ gotówki, tak żeby nie mogła jej roztrwonić. Z upływem czasu złośliwe aluzje i drwiny Whittakera odnoszące się do rzekomego skąpstwa Ledy stawały się coraz częstsze. Dochodziło do groteskowych napadów złości, gdy nie chciała wyłożyć forsy na fendera stratocastera, którego Whittaker sobie upatrzył, albo kupić mu atłasowej marynarki od Jeana Paula Gaultiera, która, choć Whittaker chodził śmierdzący i obdarty, nagle mu się zamarzyła.

Coraz bardziej naprzykrzał się żonie, opowiadając niestworzone i łatwe do obalenia kłamstwa: że wymaga pilnego leczenia, że jest winny dziesięć tysięcy funtów człowiekowi, który grozi mu połamaniem nóg. Ledę na zmianę to bawiło i przygnębiało.

– Kochanie, nie mam żadnej kasy – mówiła. – Naprawdę, kochanie, nie mam, przecież inaczej bym ci trochę dała, prawda?

Gdy Strike miał osiemnaście lat i szedł na studia, Leda zaszła w ciążę. Był przerażony, ale nawet wtedy nie przypuszczał, że jego matka poślubi Whittakera. Zawsze powtarzała synowi, że nienawidziła być żoną. Jej pierwsza, podjęta jeszcze przed dwudziestką, próba życia w małżeństwie trwała dwa tygodnie, po których Leda uciekła od męża. Małżeństwo nie było też chyba w stylu Whittakera.

Mimo to ślub się odbył, bez wątpienia dlatego, że Whittaker uznał go za jedyny pewny sposób, aby dobrać się do tajemniczych ukrytych milionów. Ceremonię zorganizowano w urzędzie stanu cywilnego w Marylebone, gdzie wcześniej wzięli ślub dwaj Beatlesi. Być może Whittaker sobie uroił, że zostanie sfotografowany w drzwiach tak jak Paul McCartney, lecz nikt się nim nie zainteresował. I dopiero śmierć jego rozpromienionej panny młodej ściągnęła tłum fotoreporterów na schody sądu.

Nagle Strike zdał sobie sprawę, że niechcący doszedł aż do stacji Aldgate East. Wyrzucał sobie, że cała ta wyprawa okazała się jedną wielką stratą czasu. Gdyby wsiadł do metra w Whitechapel, pokonałby już kawał drogi do domu Nicka i Ilsy. Zamiast tego nadwyrężył kolano i dotarł na stację w samą porę, żeby zdążyć na ścisk w godzinach szczytu.

Jego masywna sylwetka, na domiar złego z plecakiem, wywoływała milczące niezadowolenie wśród podróżnych zmuszonych dzielić z nim przestrzeń, lecz Strike ledwie ich zauważał. Przewyższając ludzi stojących w pobliżu o głowę, trzymał się uchwytu i wpatrywał w swoje rozkołysane odbicie w ciemnych szybach, wspominając ostatnią, najgorszą część historii: Whittakera w sądzie walczącego o wolność, ponieważ policja zauważyła nieścisłości w jego wyjaśnieniach dotyczących miejsca pobytu w dniu, w którym igła trafiła w ramię jego żony, oraz niekonsekwencję w relacji na temat źródła pochodzenia heroiny i narkotykowej historii Ledy.

Procesja obszarpanych współmieszkańców skłotu złożyła zeznania dotyczące burzliwego, pełnego przemocy związku Ledy z Whittakerem, stronienia Ledy od heroiny we wszelkiej postaci, pogróżek Whittakera, jego zdrad, wywodów na temat mordowania i pieniędzy, jego braku wyraźnego smutku po znalezieniu ciała Ledy. Raz po raz, niepotrzebnie histeryzując, podkreślali, że ich zdaniem na pewno on ją zamordował. Obrona zdyskredytowała ich bez najmniejszego trudu.

Pojawienie się w sądzie studenta Oksfordu było jak powiew świeżości. Sędzia z uznaniem zmierzył Strike'a wzrokiem: Cormoran był czysty, elokwentny i inteligentny, choć gdyby nie garnitur i krawat, jego potężna sylwetka mogłaby wywołać strach. Oskarżenie chciało, żeby odpowiedział na pytania dotyczące zainteresowania Whittakera rzekomym majątkiem Ledy. Strike opisał milczącemu sądowi wcześniejsze próby ojczyma dobrania się do fortuny, która w zasadzie istniała tylko w jego głowie, oraz ponawiane prośby, żeby Leda w dowód swojej miłości umieściła go w testamencie.

Whittaker obserwował Strike'a swoimi złotymi oczami, prawie zupełnie nieruchomy. W ostatniej minucie składania zeznań ich spojrzenia na chwilę się spotkały. Kącik ust Whittakera drgnął w leciutkim, pogardliwym uśmiechu. Palec wskazujący jego leżącej na stole dłoni uniósł się o centymetr i wykonał maleńki, szybki ruch w bok.

Strike doskonale wiedział, co to oznaczało. Ten mikrogest był przeznaczony wyłącznie dla niego, był miniaturową kopią gestu, który Strike zdążył dobrze poznać: poziomego, gwałtownego cięcia dłonią wymierzonego w gardło osoby, która śmiała obrazić Whittakera.

– Dostaniesz za swoje – mawiał Whittaker, wytrzeszczając złote oczy szaleńca. – Dostaniesz za swoje!

Dobrze się przygotował do rozprawy. Ktoś z jego zamożnej rodziny wykosztował się na porządnego adwokata. Wyszorowany i ubrany w garnitur zaprzeczał wszystkiemu łagodnym, cichym, pełnym szacunku głosem. Zanim zjawił się w sądzie, dopracował swoją wersję wydarzeń. Wszystko, co oskarżenie starało się wywlec, żeby nakreślić obraz mężczyzny, jakim naprawdę był – Charles Manson na starym gramofonie, satanistyczna biblia w łóżku, wywody upalonego Whittakera na temat zabijania dla przyjemności – torpedował z lekkim niedowierzaniem.

– Cóż mogę powiedzieć… jestem muzykiem, Wysoki Sądzie – oznajmił w którymś momencie. – Mrok ma w sobie poezję. Leda rozumiała to lepiej niż ktokolwiek inny.

Głos melodramatycznie mu się załamał i Whittaker zaczął szlochać mimo braku łez. Jego adwokat spytał pospiesznie, czy potrzebuje chwili, żeby dojść do siebie.

Wtedy Whittaker dzielnie pokręcił głową i przedstawił swoją gnomiczną opinię na temat śmierci Ledy.

– She wanted to die. She was *the quicklime girl*.

Wówczas nikt nie zrozumiał tych słów, być może jedynie Strike, który wielokrotnie słyszał tę piosenkę jako dziecko i nastolatek. Whittaker cytował z *Mistress of the Salmon Salt*.

Puścili go wolno. Ekspertyza lekarska potwierdziła, że normalnie Leda nie zażywała heroiny, lecz jej reputacja zadziałała na jej niekorzyść. Brała mnóstwo innych narkotyków. Była niesławną imprezowiczką. Mężczyznom w kędzierzawych perukach, których praca polegała na klasyfikowaniu przypadków nagłej śmierci, wydawało się zupełnie oczywiste, że umarła na brudnym materacu, goniąc za przyjemnościami, jakich nie mogło jej dać szare życie.

Na schodach sądu Whittaker ogłosił, że zamierza napisać biografię zmarłej żony, a potem zniknął z powierzchni ziemi. Obiecana książka nigdy nie powstała. Cierpiący w milczeniu dziadkowie Whittakera adoptowali syna jego i Ledy. Strike już nigdy nie zobaczył przyrodniego brata. Po cichu rzucił studia i zaciągnął się do wojska. Lucy poszła do koledżu. Życie toczyło się dalej.

Dzieci Ledy nigdy nie przechodziły obojętnie obok pojawiających się w prasie sporadycznych wzmianek o Whittakerze, zawsze związanych z jakimś przestępstwem. Oczywiście Whittaker nie trafiał na pierwszą stronę: on tylko poślubił kobietę, która zdobyła sławę, gdyż przespała się z kimś sławnym. Zainteresowanie, jakie budził, było jedynie słabym odbiciem odbicia.

– To gówno, które nie daje się spuścić – podsumował Strike w rozmowie z Lucy, ale jej to wcale nie rozśmieszyło. Była jeszcze mniej skłonna niż Robin sięgać po czarny humor, żeby radzić sobie z trudnymi sytuacjami.

Zmęczony i coraz bardziej głodny Strike, kołysząc się razem z pociągiem i czując ból w kolanie, był przybity i zły, przede wszystkim na siebie. Przez lata z determinacją zwracał się ku przyszłości. Przeszłości nie można było zmienić: nie zaprzeczał temu, co się stało, lecz nie zamierzał się nad tym rozwodzić, nie czuł potrzeby szukania skłotu sprzed blisko dwudziestu lat, przypominania sobie grzechotania tamtej skrzynki na listy, ponownego przeżywania wrzasków przerażonego kota, widoku matki w domu pogrzebowym: bladej i woskowej w sukience z rozszerzanymi rękawami...

„Ty pieprzony kretynie – pomyślał ze złością, lustrując wzrokiem mapę metra i próbując ustalić, ile razy będzie się musiał przesiąść, żeby dotrzeć do Nicka i Ilsy. – Whittaker nie przysłał tej nogi. Po prostu szukasz pretekstu, żeby dobrać mu się do skóry".

Ten, kto przysłał nogę, był zorganizowany, wyrachowany i skuteczny. Whittaker, którego znał blisko dwadzieścia lat wcześniej, był chaotyczny, porywczy i nieprzewidywalny.

A jednak...

„Dostaniesz za swoje..."

„She was *the quicklime girl*..."

– Kurwa mać! – powiedział głośno Strike, wywołując wokół konsternację.

Właśnie sobie uświadomił, że przegapił stację.

11

Przez następne dwa dni Strike i Robin na zmianę śledzili Platynę. Strike przy każdej okazji spotykał się z Robin w czasie pracy i nalegał, żeby wracała do domu przed zmrokiem, gdy w metrze jest jeszcze dużo ludzi. W czwartek wieczorem obserwował Platynę, dopóki bezpiecznie nie trafiła pod wiecznie podejrzliwe skrzydła swojego Dwa Razy, a następnie skierował się na Octavia Street w Wandsworth, gdzie w dalszym ciągu mieszkał, żeby uniknąć dziennikarzy.

Już po raz drugi w swojej karierze detektywa musiał schronić się u przyjaciół: Nicka i Ilsy. Chyba tylko u nich był w stanie wytrzymać, lecz na orbicie pracującego małżeństwa i tak czuł się dziwnie nieudomowiony. Mimo licznych niedostatków swojego ciasnego mieszkania na poddaszu nad agencją, mógł tam zupełnie swobodnie przychodzić o dowolnej porze, jadać o drugiej w nocy, gdy wracał z obserwacji, i chodzić po brzęczącej metalowej klatce schodowej bez obawy, że pobudzi współmieszkańców. Teraz uwierała go milcząca presja, żeby od czasu do czasu zjawiać się na wspólnym posiłku, i czuł się jak jednostka antyspołeczna, posilając się w środku nocy z lodówki, mimo że otwarcie go do tego zachęcano.

Z drugiej strony nie potrzebował wojska, żeby nauczyć się porządku i dobrej organizacji. Lata młodości spędzone w chaosie i brudzie pchnęły go w przeciwną stronę. Ilsa już zdążyła zauważyć, że Strike porusza się po domu, nie zostawiając w zasadzie żadnego śladu, w przeciwieństwie do jej męża, gastroenterologa, którego można znaleźć, idąc tropem porozrzucanych rzeczy i niedomkniętych szuflad.

Strike wiedział od znajomych z Denmark Street, że fotoreporterzy nadal wystają przed drzwiami jego agencji, więc był skazany na spędzenie reszty tygodnia w pokoju gościnnym Nicka i Ilsy o nagich białych ścianach i melancholijnej atmosferze oczekiwania na swoje prawdziwe przeznaczenie. Jego przyjaciele od lat bezskutecznie starali się o dziecko. Strike nigdy ich nie pytał o postępy i czuł, że zwłaszcza Nick jest mu wdzięczny za tę powściągliwość.

Obydwoje znał od dawna, Ilsę przez większość życia. Miała jasne włosy i okulary, pochodziła z St Mawes w Kornwalii, gdzie znajdował się najsolidniejszy dom, w jakim Strike kiedykolwiek mieszkał. W podstawówce chodził z Ilsą do klasy. Ilekroć odwiedzał Teda i Joan, co w dzieciństwie zdarzało mu się regularnie, odnawiali przyjaźń, która wyrosła na gruncie starej szkolnej przyjaźni Joan z matką Ilsy.

Jasnowłosy Nick, któremu po dwudziestce zaczęły się robić zakola, był przyjacielem Strike'a z państwowej szkoły średniej w Hackney, na której Strike zakończył edukację. Nick i Ilsa poznali się w Londynie na imprezie z okazji osiemnastki Strike'a, chodzili ze sobą przez rok, później się rozstali i poszli na inne uczelnie. Około dwudziestego piątego roku życia ponownie się spotkali. Ilsa była już zaręczona z kolegą prawnikiem, a Nick umawiał się z koleżanką lekarką. Oba te związki zakończyły się kilka tygodni później, a gdy minął kolejny rok, Nick i Ilsa wzięli ślub i Strike został drużbą.

Strike zjawił się w ich domu o wpół do jedenastej wieczorem. Gdy zamknął za sobą drzwi wejściowe, Nick i Ilsa powitali go z salonu, zachęcając, żeby nałożył sobie curry, którego mnóstwo im zostało.

– Co to? – spytał, patrząc zdezorientowany na długie sznury z chorągiewkami w barwach Wielkiej Brytanii, liczne kartki z odręcznie napisanymi życzeniami i coś, co wyglądało na dwieście czerwonych, białych i granatowych plastikowych kubeczków w olbrzymiej foliowej torbie.

– Pomagamy zorganizować uliczną imprezę z okazji królewskiego ślubu – powiedziała Ilsa.

– Chryste Wszechmogący – odrzekł ponuro Strike, nakładając na talerz górę letniego curry Madras.

– Będzie fajnie! Powinieneś przyjść.

Strike rzucił jej spojrzenie, na którego widok zachichotała.

– Udany dzień? – spytał Nick, podając Strike'owi puszkę tennenta.

– Nie – odrzekł, z wdzięcznością przyjmując piwo. – Kolejny klient zrezygnował. Zostało mi dwóch.

Nick i Ilsa wydali z siebie współczujące pomruki, po czym zapadła przyjemna cisza, w której Strike opychał się curry. Był zmęczony i przygnębiony, przez większość podróży do domu rozmyślał o tym, że tak jak się obawiał, pojawienie się uciętej nogi podziałało na jego rozwijaną z tak wielkim zaangażowaniem działalność zawodową jak kula do rozbiórek. Aktualnie jego zdjęcie mnożyło się w internecie i w gazetach w związku z przerażającym, niespotykanym aktem. Dziennikarze korzystali z pretekstu, żeby przypomnieć światu, iż Strike ma tylko jedną nogę, czego wprawdzie wcale się nie wstydził, lecz trudno to było uznać za reklamę. Przylgnęła do niego woń dziwności i perwersji. Został skażony.

– Są jakieś wieści w sprawie nogi? – spytała Ilsa, gdy Strike rozprawił się ze sporą częścią curry i dotarł do połowy puszki z piwem. – Policja coś znalazła?

– Jutro wieczorem spotkam się z Wardle'em i zdobędę najświeższe informacje, ale nie wygląda mi, żeby cokolwiek mieli. Skupiają się na tym gangsterze.

Nie przedstawił Nickowi i Ilsie szczegółów związanych z trzema mężczyznami, którzy, jak przypuszczał, mogli być na tyle niebezpieczni i mściwi, żeby mu przysłać nogę, wspomniał tylko, że kiedyś miał do czynienia z zawodowym przestępcą, któremu już się zdarzyło odciąć pewną część czyjegoś ciała i przesłać ją pocztą. Jak można się było spodziewać, obydwoje natychmiast przychylili się do opinii Wardle'a na temat prawdopodobnego winowajcy.

Po raz pierwszy od wielu lat, siedząc na ich wygodnej, zielonej kanapie, Strike przypomniał sobie, że Nick i Ilsa poznali Jeffa Whittakera. Impreza z okazji osiemnastki Strike'a odbyła się w pubie Bell w Whitechapel, jego matka była wtedy w szóstym miesiącu ciąży. Na twarzy cioci Joan widniała maska dezaprobaty zmieszanej z wymuszoną wesołością, a wujek Ted, zwykle pokojowo nastawiony, nie ukrywał złości i zniesmaczenia, gdy upalony jak świnia Whittaker przerwał dyskotekę, żeby zaśpiewać jedną z napisanych przez siebie piosenek. Strike pamiętał też swoją wściekłość, pragnienie bycia gdzieś daleko, wyjechania do Oksfordu, odcięcia się od tego wszystkiego. Nick i Ilsa pewnie niewiele z tej imprezy pamiętali: tego wieczoru byli pochłonięci sobą, ogłuszeni i zdumieni nagłą, głęboką wzajemną fascynacją.

– Martwisz się o Robin – powiedziała Ilsa, i nie zabrzmiało to jak pytanie.

Strike potakująco mruknął z ustami pełnymi chleba naan. W ciągu ostatnich czterech dni miał czas, żeby się nad tym zastanowić. W tej krytycznej sytuacji i nie z własnej winy Robin stała się jego piętą achillesową, słabym punktem, i przypuszczał, że ten, kto postanowił zaadresować nogę na jej nazwisko, dobrze o tym wiedział. Gdyby Strike zatrudniał mężczyznę, nie czułby teraz aż takiego niepokoju.

Oczywiście Strike nie zapominał, że Robin była wręcz nieocenionym skarbem. Umiała nakłonić niepokornych świadków do mówienia, gdy jego postura i budzące strach rysy twarzy wywoływały niechęć. Jej urok i bezpretensjonalność przełamywały opór, otwierały drzwi i setki razy ułatwiały Strike'owi pracę. Wiedział, że ma u niej dług, ale teraz po prostu marzył o tym, żeby na razie odsunęła się na bok i czekała w ukryciu, dopóki nie złapią nadawcy tej uciętej nogi.

– Lubię Robin – powiedziała Ilsa.

– Wszyscy lubią Robin – odrzekł niewyraźnie Strike, żując następną porcję naan. Mówił szczerze: jego siostra Lucy, przyjaciele, którzy wpadali do agencji, klienci – wszyscy podkreślali, że bardzo lubią jego współpracownicę. Gdy usłyszał w głosie Ilsy cichą pytającą nutkę, zapragnął nadać rozmowie o Robin bezosobowy wydźwięk, lecz Ilsa już zadawała następne pytanie, potwierdzając jego przeczucia:

– Jak ci się układa z Elin?

– W porządku – powiedział Strike.

– Nadal ukrywa cię przed byłym? – spytała Ilsa z lekką uszczypliwością.

– Nie lubisz jej, co? – odparł Strike, ku swojej uciesze niespodziewanie przenosząc dyskusję do obozu wroga. Znał Ilsę od trzydziestu lat, więc wiedział, że gwałtownie zaprzeczy.

– Ależ lubię... To znaczy w zasadzie jej nie znam, ale wydaje się... W każdym razie jesteś szczęśliwy, a to najważniejsze.

Myślał, że to wystarczy, żeby Ilsa porzuciła temat Robin – nie ona pierwsza spośród jego przyjaciół mówiła, że skoro tak dobrze dogadują się z Robin, to może...? Czy nigdy nie brał pod uwagę...? – lecz Ilsa była prawniczką i nie dawała się tak łatwo zniechęcić do zadawania pytań.

– Robin przesunęła ślub, prawda? Ustalili nową...?

– Tak – wszedł jej w słowo Strike. – Drugiego lipca. Przedłużyła sobie weekend, żeby pojechać do Yorkshire i pozałatwiać to, co się załatwia przed ślubem. Wraca we wtorek.

O dziwo, stał się sojusznikiem Matthew, nalegając, żeby Robin wzięła urlop w piątek i poniedziałek, i teraz czuł ulgę na myśl, że w domu rodzinnym jest oddalona od Londynu o czterysta kilometrów. Była srodze zawiedziona, że nie pójdzie ze Strikiem do Old Blue Last w Shoreditch na spotkanie z Wardle'em, lecz poza tym Strike chyba wyczuł w jej głosie lekką nutkę ulgi, jaką wywołała myśl o przerwie w pracy.

Ilsa wyglądała na nieco zasmuconą wiadomością, że Robin wciąż zamierza poślubić kogoś innego niż Strike, lecz zanim zdążyła coś dodać, w kieszeni Strike'a zabrzęczała komórka. Dzwonił Graham Hardacre, jego stary kolega z Wydziału do spraw Specjalnych.

– Przepraszam – powiedział Strike do Nicka i Ilsy, odstawiając talerz z curry i podnosząc się z kanapy – Muszę odebrać, to ważne... Cześć, Hardy!

– Możesz rozmawiać, Oggy? – spytał Hardacre, gdy Strike szedł w stronę drzwi wejściowych.

– Teraz już tak. – Strike dotarł trzema krokami do końca krótkiej ścieżki w ogródku i wyszedł na ciemną ulicę, żeby pospacerować i zapalić. – Co dla mnie masz?

– Szczerze mówiąc, stary – odrzekł Hardacre, który wydawał się zestresowany – byłoby znacznie łatwiej, gdybyś tu przyjechał i sam na to spojrzał. Mam tu panią chorąży, która jest prawdziwym wrzodem na dupie. Jakoś się nie polubiliśmy. Jeśli zacznę coś stąd wysyłać i ona się o tym dowie...

– A jeśli przyjadę?

– Bądź wcześnie rano, zostawię te pliki otwarte na komputerze. Przez nieuwagę, rozumiesz?

Hardacre już kiedyś podzielił się ze Strikiem informacjami, czego, formalnie biorąc, nie powinien był robić. Dopiero niedawno przeniósł się do 35. sekcji. Strike wcale się nie dziwił, że jego przyjaciel nie chce narobić sobie kłopotów.

Detektyw przeszedł na drugą stronę ulicy, usiadł na niskim murku otaczającym ogródek przed domem naprzeciwko, zapalił papierosa i spytał:

– Warto będzie po to jechać aż do Szkocji?

– To zależy, czego szukasz.

– Dawnych adresów... powiązań rodzinnych... opinie lekarskie i psychiatryczne też mogłyby się przydać. Brockbanka zwolniono ze służby z przyczyn zdrowotnych w 2003 roku, prawda?

– Zgadza się – potwierdził Hardacre.

Jakiś hałas z tyłu sprawił, że Strike wstał i się odwrócił. Właściciel murku, na którym siedział, właśnie wyrzucał śmieci do kubła. Był drobnym mężczyzną około sześćdziesiątki i w świetle ulicznej latarni Strike zauważył, jak irytacja na jego twarzy ustępuje miejsca przepraszającemu uśmiechowi na widok wzrostu i postury przybysza. Detektyw oddalił się wolnym krokiem, mijając domy szeregowe, przed którymi szeleściły bujne drzewa i żywopłoty poruszane wiosennym wietrzykiem. Wkrótce miały tu zawisnąć chorągiewki dla uczczenia zaślubin kolejnej pary. Niedługo potem szykował się ślub Robin.

– Przypuszczam, że nie znalazłeś zbyt wiele na temat Lainga – powiedział Strike lekko pytającym tonem. Kariera wojskowa Szkota trwała krócej niż Brockbanka.

– Nie... Ale, Chryste, wygląda na to, że niezły z niego numer – stwierdził Hardacre.

– Dokąd trafił z Glasshouse?

Glasshouse było wojskowym więzieniem w Colchester, gdzie umieszczano wszystkich skazanych członków personelu wojskowego, zanim trafili do cywilnego więzienia.

– Do HMP Elmley. Później nic na jego temat nie mamy, będziesz musiał spróbować w systemie nadzoru kuratorskiego.

– Taa – powiedział Strike, wydmuchując dym w stronę gwieździstego nieba. Obaj z Hardacre'em wiedzieli, że ponieważ Strike nie jest już funkcjonariuszem, ma nie większe prawo dostępu do dokumentacji systemu nadzoru kuratorskiego niż zwykły śmiertelnik. – Hardy, skąd dokładnie pochodzi Laing?

– Z Melrose. Kiedy się zaciągnął, jako najbliższego krewnego podał matkę... Sprawdziłem.

– Melrose – powtórzył z zadumą Strike.

Pomyślał o swoich dwóch klientach: o dzianym kretynie podniecającym się tym, że może być rogaczem, oraz o bogatej żonie i matce płacącej Strike'owi za dowody przeciwko mężowi, od którego odeszła i który teraz prześladował ich synów. Psychotata był w Chicago, a poczynania Platyny z pewnością mogły pozostać nieudokumentowane przez dwadzieścia cztery godziny.

Pozostawała oczywiście możliwość, że żaden z podejrzewanych przez Strike'a mężczyzn nie ma nic wspólnego z nogą i że to wszystko jest jedynie wytworem jego umysłu.

*A harvest of limbs**...

– Daleko jest z Edynburga do Melrose?

– Mniej więcej godzina, półtorej jazdy.

Strike zgasił papierosa w rynsztoku.

– Hardy, mógłbym przyjechać nocnym pociągiem w poniedziałek rano, skoczyć do ciebie do biura, a potem pojechać do Melrose i sprawdzić, czy Laing nie wrócił do rodziny albo czy ktoś przypadkiem nie wie, gdzie on teraz jest.

– Super. Oggy, odbiorę cię z dworca, jeśli dasz mi znać, gdzie wysiądziesz. W zasadzie – Hardacre szykował się do aktu szczodrości – jeśli zamierzasz przyjechać tylko na jeden dzień, pożyczę ci swój samochód.

---

* Żniwa kończyn.

Strike nie od razu wrócił do zaciekawionych przyjaciół i zimnego curry. Paląc następnego papierosa, spacerował po cichej ulicy i myślał. Potem sobie przypomniał, że w niedzielę wieczorem miał iść z Elin na koncert w Southbank Centre. Chciała w nim wzbudzić zainteresowanie muzyką klasyczną, choć nie krył, że nigdy za taką nie przepadał. Spojrzał na zegarek. Było już za późno, żeby zadzwonić i odwołać spotkanie. Pomyślał, że będzie musiał o tym pamiętać następnego dnia.

Gdy wracał do domu, jego myśli znowu popłynęły w stronę Robin. Bardzo rzadko wspominała o ślubie, do którego zostało zaledwie dwa i pół miesiąca. Słysząc, jak mówi Wardle'owi o jednorazowych aparatach fotograficznych dla gości, uświadomił sobie, jak niewiele ją dzieli od zostania panią Cunliffe.

„Jest jeszcze czas" – pomyślał, lecz nie sprecyzował na co.

12

... the writings done in blood.

[...] słowa napisane krwią.

Blue Öyster Cult, *OD'd on Life Itself*

Wielu mężczyznom mogłoby się wydawać, że branie pieniędzy za śledzenie w Londynie wystrzałowej blondynki to sama przyjemność, lecz obserwowanie Platyny coraz bardziej Strike'a nudziło. Po godzinach wysiadywania na Houghton Street, gdzie od czasu do czasu na zbudowanych ze szkła i stali pasażach London School of Economics pojawiała się półetatowa striptizerka w drodze do biblioteki, Strike poszedł za nią do Spearmint Rhino na zmianę zaczynającą się o czwartej po południu. Tam się urwał: miał o szóstej spotkanie z Wardle'em, a Raven obiecała zadzwonić, gdyby Platyna zrobiła coś niestosownego.

Zjadł kanapkę w sklepie niedaleko pubu, w którym się umówili. Raz zadzwoniła jego komórka, ale widząc, że to Lucy, zaczekał, aż połączy się z pocztą głosową. Coś mu mówiło, że niedługo są urodziny jego siostrzeńca Jacka, a nie miał zamiaru być na przyjęciu – nie po ostatnim razie, z którego zapamiętał przede wszystkim wścibstwo matek zaprzyjaźnionych z jego siostrą i rozrywające bębenki wrzaski nadmiernie podnieconych i wpadających w złość dzieci.

Pub Old Blue Last stał na końcu Great Eastern Street w Shoreditch. Był okazałym trzypiętrowym budynkiem z cegły, zaokrąglonym niczym dziób łodzi. Strike pamiętał, że kiedyś działał tam klub ze striptizem i burdel: podobno dawny szkolny przyjaciel jego i Nicka stracił tam cnotę z kobietą tak starą, że mogłaby być jego matką.

Tablica umieszczona tuż za drzwiami obwieszczała odrodzenie Old Blue Last jako klubu muzycznego. Strike zobaczył, że tego wieczoru od ósmej będzie mógł podziwiać występy na żywo zespołów Islington Boys' Club, Red Drapers, In Golden Tears i Neon Index. Jego usta wykrzywiły się w kpiącym uśmiechu, gdy przeciskał się do wyłożonej ciemnym drewnem sali, w której olbrzymie zabytkowe lustro za barem opatrzono pozłacanymi literami reklamującymi jasne piwa z poprzedniej epoki. Sferyczne lampy ze szkła zwisały z wysokiego sufitu, oświetlając tłum młodych mężczyzn i kobiet, z których większość wyglądała na studentów ubranych z niezrozumiałą dla Strike'a dbałością o aktualne trendy.

Choć jego matka w głębi serca była fanką zespołów występujących na stadionach, zabierała syna do wielu takich klubów jak ten, gdzie kapele, w których grali jej przyjaciele, mogły dać kilka występów, zanim z hukiem się rozpadły, by trzy miesiące później przegrupować się i pojawić w innym pubie. Old Blue Last wydał się Strike'owi zupełnie nie w stylu Wardle'a, który dotąd pił z nim jedynie w Feathers niedaleko Scotland Yardu. Powód wyszedł na jaw, gdy Strike dołączył do policjanta samotnie stojącego z kuflem piwa przy barze.

– Żona lubi Islington Boys' Club. Umówiliśmy się tu po pracy.

Strike nie poznał jeszcze żony Wardle'a i choć nigdy się nad tym zbytnio nie zastanawiał, przypuszczał, że jest hybrydą Platyny (ponieważ Wardle zawsze wodził wzrokiem za sztuczną opalenizną i skąpym odzieniem) i Helly, jedynej znanej mu żony stołecznego policjanta, zainteresowanej przede wszystkim swoimi dziećmi, domem i pikantnymi plotkami. To, że żona Wardle'a lubiła grający indie rocka zespół, o którym Strike nigdy wcześniej nie słyszał, i mimo że od razu poczuł do tego zespołu pogardę – podsunęło mu myśl, że z pewnością jest ciekawszą osobą niż ta, jakiej się spodziewał.

– Co dla mnie masz? – spytał Wardle'a, zdobywszy kufel piwa od coraz bardziej zajętego barmana. Na mocy milczącego porozumienia odeszli od baru i zajęli ostatni wolny stolik dla dwóch osób.

– Spece z zakładu medycyny sądowej pracują nad nogą – powiedział Wardle, gdy usiedli. – Uważają, że należała do kobiety w wieku od piętnastu do dwudziestu pięciu lat i że kiedy ten facet ją ucinał, właścicielka już nie żyła, tyle że, sądząc po skrzepnięciu krwi, od niedawna, a od ucięcia nogi do chwili jej doręczenia twojej przyjaciółce Robin przechowywano ją w zamrażarce.

Od piętnastu do dwudziestu pięciu lat. Według obliczeń Strike'a Brittany Brockbank miałaby teraz dwadzieścia jeden.

– Nie mogą być bardziej precyzyjni w sprawie wieku?

Wardle przecząco pokręcił głową.

– Na razie nie są w stanie niczego więcej powiedzieć. Dlaczego pytasz?

– Już ci mówiłem: Brockbank miał pasierbicę.

– Brockbank – powtórzył powoli Wardle tonem świadczącym o tym, że nikogo takiego nie pamięta.

– Jeden z typów, którzy według mnie mogli przesłać nogę – powiedział Strike, nie kryjąc zniecierpliwienia. – Były Szczur Pustynny. Duży, ciemnowłosy facet z kalafiorowatym uchem i…

– No, już wiem! – Wardle od razu się zdenerwował. – Chłopie, ciągle słyszę jakieś nazwiska. Brockbank… To ten z tatuażem na przedramieniu…

– Nie, ten z tatuażem to Laing – poprawił go Strike. – Szkot, którego wpakowałem do pudła na dziesięć lat. Brockbank obwinia mnie o uszkodzenie mózgu.

– A, tak.

– Jego pasierbica Brittany miała na nodze starą bliznę. Już ci mówiłem.

– Tak, tak, pamiętam.

Strike powstrzymał się od kąśliwości, pociągając łyk piwa. Byłby o wiele pewniejszy, że jego podejrzenia są traktowane poważnie, gdyby naprzeciwko siedział jego stary kumpel z Wydziału do spraw Specjalnych Graham Hardacre, a nie Wardle. Relacje Strike'a z Wardle'em od początku charakteryzowały się nieufnością, a ostatnio także lekką rywalizacją. Oceniał umiejętności detektywistyczne Wardle'a wyżej niż kilku innych funkcjonariuszy stołecznej policji, z którymi miał do czynienia, mimo że Wardle podchodził do własnych teorii z ojcowską sympatią, której nigdy nie okazywał teoriom Strike'a.

– Powiedzieli cokolwiek na temat blizny na łydce?

– Jest stara. Powstała na długo przed śmiercią.

– Kurwa mać! – zaklął Strike.

Stara blizna mogła nieszczególnie interesować zakład medycyny sądowej, lecz dla niego miała ogromne znaczenie. Właśnie tego się obawiał. Nawet Wardle, który przy każdej okazji miał zwyczaj nabijać się ze Strike'a, poczuł chyba coś na kształt empatii na widok zaniepokojenia detektywa.

– Stary – powiedział (to też była nowość) – to nie Brockbank. To Malley.

Strike właśnie tego się bał, bał się, że na samo wspomnienie o Malleyu Wardle rzuci się za nim w pogoń, zapominając o innych podejrzanych Strike'a, podniecony myślą, że ujmie bardzo groźnego gangstera.

– Masz dowody? – spytał otwarcie Strike.

– Grupa przestępcza z Harringay trudniła się stręczeniem prostytutek z Europy Wschodniej w Londynie i Manchesterze. Rozmawiałem z obyczajówką. W ubiegłym tygodniu zrobili nalot na burdel niedaleko stąd i zabrali stamtąd dwie Ukraineczki. – Wardle jeszcze bardziej ściszył głos. – Przesłuchują je nasze funkcjonariuszki. Podobno miały przyjaciółkę, która myślała, że jedzie do Wielkiej Brytanii, żeby zostać modelką, i nigdy nie spodobała jej się ta druga branża, nawet gdy stłukli ją na kwaśne jabłko. Dwa tygodnie temu Digger wywlekł ją z domu za włosy i odtąd jej nie widziały. Diggera też nie.

– Dla Diggera to codzienność – powiedział Strike. – Co nie znaczy, że to jest jej noga. Czy ktokolwiek słyszał, żeby Digger o mnie wspominał?

– Tak – oznajmił zwycięsko Wardle.

Strike odstawił kufel, z którego już miał pociągnąć łyk. Nie spodziewał się twierdzącej odpowiedzi.

– Naprawdę?

– Jedna z dziewczyn, które obyczajówka stamtąd zabrała, twierdzi, że niedawno słyszała, jak Digger o tobie wspominał.

– W jakim kontekście?

Wardle wypowiedział wielosylabowe słowo: nazwisko bogatego rosyjskiego właściciela kasyna, dla którego Strike rzeczywiście pracował pod koniec ubiegłego roku. Strike zmarszczył brwi. Według niego to, że Digger wiedział o pracy Strike'a dla właściciela kasyna, wcale nie znaczyło, że gangster odkrył, iż ostatnią odsiadkę zawdzięcza zeznaniom złożonym przez detektywa. Najnowsze wieści świadczyły jedynie o tym, że Rosjanin zaczął się obracać w mocno podejrzanych kręgach, co zresztą Strike zauważył już wcześniej.

– A co obchodzi Diggera, że Arcamaszczew mi płaci?

– Cóż, od czego by tu zacząć? – westchnął Wardle, co według Strike'a było ogólnikowością udającą szerokie spojrzenie na sprawę. – Jego grupa przestępcza działa na wielu frontach. Mówiąc najprościej, mamy gościa, którego sam wskazałeś, mówiąc, że już mu się zdarzyło przesyłać pocztą ucięte części ciała, i który zniknął z młodą dziewczyną tuż przed tym, zanim dostałeś uciętą nogę młodej dziewczyny.

– W takim ujęciu to rzeczywiście brzmi przekonująco – powiedział Strike, nie czując się ani trochę przekonany. – Zrobiłeś cokolwiek w sprawie Lainga, Brockbanka i Whittakera?

– Jasne – odrzekł Wardle. – Kazałem moim ludziom ich zlokalizować.

Strike miał nadzieję, że to prawda, i powstrzymał się od wyrażenia wątpliwości, wiedząc, że popsułby w ten sposób przyjazne stosunki z Wardle'em.

– Mamy też nagranie z monitoringu, na którym widać kuriera – dodał komisarz.

– No i?

– Twoja koleżanka jest dobrym świadkiem. To rzeczywiście była honda. Trefne tablice rejestracyjne. Ubranie dokładnie takie, jak opisała. Odjechał na południowy zachód. Tak się składa, że tam faktycznie jest siedziba firmy kurierskiej. Ostatnia kamera uchwyciła go w Wimbledonie. Dalej nie ma już śladu ani po nim, ani po motorze, ale jak powiedziałem, tablice były trefne. Teraz facet może być wszędzie.

– Trefne tablice – powtórzył Strike. – Piekielnie dobrze to sobie zaplanował.

Pub wypełniał się ludźmi. Wyglądało na to, że zespół zagra na piętrze: klienci przeciskali się w stronę drzwi prowadzących na górę i Strike słyszał znajomy pisk sprzężenia mikrofonu.

– Mam dla ciebie coś jeszcze – oświadczył bez entuzjazmu.

– Obiecałem Robin, że dam ci kopie.

Tego dnia rano wrócił do agencji jeszcze przed świtem. Prasa dała za wygraną i już nie próbowała go zdybać przy drzwiach, ale znajomy ze sklepu z gitarami naprzeciwko zawiadomił Strike'a, że fotoreporterzy czaili się tam aż do poprzedniego dnia wieczorem.

Wardle spojrzał na kserokopie dwóch listów. Wydawał się lekko zaintrygowany.

– Oba przyszły w ciągu ostatnich dwóch miesięcy – powiedział Strike. – Robin uważa, że powinieneś na nie spojrzeć. Jeszcze po jednym? – spytał, wykonując gest w stronę prawie pustego kufla Wardle'a.

Strike poszedł kupić dwa piwa, a Wardle zaczął czytać. Gdy detektyw wrócił do stolika, komisarz nadal trzymał list podpisany R.L. Strike sięgnął po drugi i przeczytał słowa napisane wyraźnym, zaokrąglonym pismem pilnej uczennicy:

[...] *że będę naprawdę sobą i naprawdę stanę się kompletna, dopiero gdy pozbędę się nogi. Nikt nie rozumie, że to nie jest i nigdy nie będzie*

część mnie. Rodzinie bardzo trudno zaakceptować
moją potrzebę amputacji, wszyscy myślą, że to mi
przejdzie, ale ty mnie rozumiesz [...]

„Mylisz się" – pomyślał Strike, rzucając kserokopię z powrotem na stolik. Przy okazji zauważył, że swój adres w Shepherd's Bush napisała najwyraźniej i najstaranniej, jak mogła, żeby jego odpowiedź zawierająca poradę, jak najlepiej uciąć sobie nogę, nie zaginęła po drodze. Podpisała się Kelsey, lecz nie podała nazwiska.

Wardle, nadal zatopiony w lekturze drugiego listu, wydał z siebie prychnięcie wyrażające rozbawienie połączone z odrazą.

– Ja pierdolę, czytałeś to?

– Nie – odparł Strike.

Do baru wciskało się jeszcze więcej młodych ludzi. Strike i Wardle razem z kilkoma innymi osobami po trzydziestce należeli do grona najstarszych klientów. Detektyw dostrzegł ładną, bladą młodą kobietę umalowaną jak gwiazdka z lat czterdziestych, z cienkimi czarnymi brwiami, karmazynową szminką na ustach i bladoniebieskimi włosami upiętymi w victory rolls, rozglądającą się w poszukiwaniu swojego chłopaka.

– Robin czyta listy od świrów i mi je streszcza, jeśli uzna to za konieczne.

– „Chcę masować twój kikut – przeczytał Wardle na głos. – Chcę, żebyś mnie używał jak żywej kuli. Chcę..." Jasna cholera. Przecież to nawet nie jest fizycznie...

Przewrócił kartkę na drugą stronę.

– „R.L." Jesteś w stanie odczytać ten adres?

– Nie. – Strike wytężył wzrok, ale pismo było ścisłe i niezwykle trudne do rozszyfrowania. Na pierwszy rzut oka jedynym czytelnym słowem w nabazgranym adresie było „Walthamstow".

– Eric, przecież miałeś czekać przy barze.

Młoda kobieta z bladoniebieskimi włosami i karmazynowymi ustami zjawiła się przy stoliku obok, trzymając drinka. Miała na sobie skórzaną kurtkę, a pod nią coś, co wyglądało jak letnia sukienka z lat czterdziestych.

– Przepraszam, kochanie, gadamy o pracy – powiedział nieporuszony Wardle. – To jest Cormoran Strike, a to April. Moja żona – dodał.

– Cześć – przywitał się Strike, wyciągając ogromną dłoń. Nigdy by się nie domyślił, że tak wygląda żona Wardle'a. Z powodów, których na skutek zmęczenia nie chciało mu się analizować, nabrał do Wardle'a większej sympatii.

– A, to ty! – zawołała April, posyłając Strike'owi promienny uśmiech, podczas gdy Wardle zsunął kserokopie listów ze stolika, złożył je i wsadził do kieszeni. – Cormoran Strike! Dużo o tobie słyszałam. Zostaniesz na koncercie?

– Wątpię – odrzekł, choć wcale nie gburowato. Była bardzo ładna. April z jakiegoś powodu nie chciała go wypuścić z klubu. Oznajmiła, że mają do nich dołączyć przyjaciele, i rzeczywiście, kilka minut po jej przyjściu zjawiło się jeszcze sześć osób. W grupie znalazły się dwie kobiety bez pary. Strike dał się namówić na przeniesienie się z nimi na górę, gdzie znajdowała się mała scena i sala wypełniona ludźmi. W odpowiedzi na jego pytania April wyjawiła, że jest stylistką i wcześniej tego dnia pracowała na planie zdjęciowym dla pewnego magazynu, a poza tym – dodała jak gdyby nigdy nic – dorywczo tańczy burleskę.

– Burleskę? – powtórzył Strike na cały głos, gdyż w sali na piętrze znowu rozlegały się piski spowodowane sprzężeniem, co wywołało krzyki i jęki protestu ze strony zebranych tam pijących. „Czy to przypadkiem nie jest artystyczny striptiz?" – zastanawiał się, gdy April dzieliła się z nim informacją, że jej przyjaciółka Coco – dziewczyna z włosami koloru pomidora, która uśmiechnęła się do niego i figlarnie pomachała palcami – też tańczy burleskę.

Wydawali się zgraną paczką i żaden z mężczyzn nie reagował na niego tą męczącą drażliwością, jaką przejawiał Matthew, ilekroć Strike znalazł się w jego zasięgu. Cormoran od dawna nie słuchał muzyki na żywo. Petite Coco już wyraziła pragnienie, żeby ktoś ją podniósł, aby mogła lepiej widzieć...

Gdy Islington Boys' Club wszedł na scenę, Strike wbrew swojej woli cofnął się do czasów i ludzi, o których starał się nie myśleć. Unosząca się w powietrzu woń zwietrzałego potu, znajomy dźwięk dostrajanych gitar, szum włączonego mikrofonu – byłby w stanie to wszystko znieść, gdyby postura i gibka androgyniczność wokalisty nie skojarzyły mu się z Whittakerem.

Cztery takty później Strike już wiedział, że wychodzi. Nie miał nic do zarzucenia temu rodzajowi ciężkiego, gitarowego rocka: zespół grał dobrze i mimo niefortunnego podobieństwa do Whittakera wokalista miał przyzwoity głos. Dawniej zbyt często skazany na to środowisko, tym razem mógł swobodnie poszukać spokoju oraz czystego powietrza i zamierzał skorzystać z tego przywileju.

Krzyknął na pożegnanie do Wardle'a, pomachał i uśmiechnął się do April, która puściła do niego oko i też pomachała, po czym ruszył do wyjścia i dzięki swej masie z łatwością przecisnął się przez tłum spoconych i już zdyszanych ludzi. Dotarł do drzwi, gdy Islington Boys' Club skończył pierwszą piosenkę. Brawa na górze zabrzmiały jak stłumione bębnienie gradu w blaszany dach. Już po chwili oddalał się z ulgą w stronę szumiących odgłosów ruchu ulicznego.

13

In the presence of another world.

W obecności innego świata.

Blue Öyster Cult, *In the Presence of Another World*

W sobotę rano Robin i jej matka wzięły starego land rovera i pojechały ze swojego rodzinnego miasteczka Masham do krawcowej w Harrogate na poprawki sukni ślubnej. Krój został zmieniony, gdyż początkowo ślub miał się odbyć w styczniu, a teraz kreację szykowano na lipiec.

– Schudła pani – powiedziała starszawa krawcowa, wpinając szpilki wzdłuż tylnej części gorsetu. – Lepiej niech już pani nie chudnie. Ta suknia jest stworzona dla lekkich krągłości.

Robin wybrała materiał i krój ponad rok temu, inspirując się trochę kreacją Eliego Saaba, na którą jej rodziców, wykładających też za pół roku forsę na połowę wesela jej starszego brata Stephena, z pewnością nie byłoby stać. Pensja, jaką Strike wypłacał Robin, nie starczyłaby nawet na tę tańszą wersję.

Oświetlenie w przymierzalni było korzystne, lecz odbicie Robin w lustrze ze złotą ramą wyglądało zbyt blado, miała ciężkie powieki i zmęczone oczy. Nie była pewna, czy przerobienie sukni na model bez ramiączek to dobry pomysł. W oryginalnym kroju podobały jej się między innymi długie rękawy. A może po prostu była zmęczona roztrząsaniem tematu sukni.

W przymierzalni pachniało nową wykładziną i woskiem do drewna. Gdy Linda, matka Robin, patrzyła, jak krawcowa upina, podwija i prostuje metry szyfonu, Robin, przygnębiona swoim odbiciem w lustrze, skupiła się na umieszczonym w kącie stojaczku z kryształowymi diademami i sztucznymi kwiatami.

– Proszę mi przypomnieć, czy dobrałyśmy już nakrycie głowy? – spytała krawcowa mająca bardzo często spotykany też wśród personelu pielęgniarskiego zwyczaj nadużywania pierwszej osoby liczby mnogiej. – Przed zimowym ślubem skłaniałyśmy się w stronę diademu, prawda? Myślę, że do sukni bez ramiączek warto spróbować kwiatów.

– Kwiaty byłyby ładne – zgodziła się Linda stojąca w rogu pomieszczenia.

Matka i córka były bardzo podobne. Choć szczupła niegdyś talia Lindy się poszerzyła, a jej wyblakłe rudozłote włosy niedbale upięte na czubku głowy były poprzetykane siwizną, miała takie same niebieskoszare oczy jak córka i właśnie skupiała je na swoim drugim dziecku z zatroskaniem i przenikliwością, które Strike'owi wydałyby się komicznie znajome.

Robin przymierzyła całą gamę kwiecistych stroików, ale żaden jej się nie spodobał.

– Chyba pozostanę przy diademie – stwierdziła.

– A może świeże kwiaty? – podsunęła Linda.

– Tak – powiedziała Robin, nagle owładnięta pragnieniem uwolnienia się od zapachu wykładziny i swojego obramowanego odbicia. – Chodźmy zobaczyć, czy kwiaciarka może coś doradzić.

Ucieszyła się, że przez kilka minut będzie miała przymierzalnię tylko dla siebie. Wyswobadzając się z sukni i wkładając dżinsy oraz sweter, szukała przyczyn swojego kiepskiego humoru. Choć żałowała, że ominęło ją spotkanie Strike'a z Wardle'em, chciała jak najszybciej oddalić się o tych kilkaset kilometrów od tajemniczego mężczyzny w czerni, który dostarczył jej uciętą nogę.

Wcale jednak nie czuła, że udało jej się uciec. Już w jadącym na północ pociągu znowu pokłóciła się z Matthew. Nawet tutaj, w przymierzalni przy James Street, gnębiły ją coraz liczniejsze lęki: topniejące zlecenia agencji, strach o to, co się stanie, jeśli Strike nie będzie mógł jej dłużej zatrudniać. Gdy się już ubrała, spojrzała na komórkę. Nie było żadnych wiadomości od Strike'a.

Kwadrans później wśród wiader z mimozami i liliami mówiła prawie wyłącznie monosylabami. Kwiaciarka robiła dużo zamieszania i uwijała się, przystawiając kwiaty do włosów Robin i niechcący dopuszczając do tego, że krople zimnej, zielonkawej wody skapnęły z długiej łodygi róży na jej kremowy sweter.

– Chodźmy do Bettys – zaproponowała Linda, gdy wreszcie zamówiły stroik z kwiatów.

Bettys of Harrogate było miejscową instytucją, herbaciarnią od dawna działającą w uzdrowisku. Na zewnątrz, gdzie klienci czekali pod czarno-złotą szklaną markizą, wisiały kosze z kwiatami, a w środku były lampki z puszek po herbacie i zdobione dzbanki, miękkie krzesła i kelnerki w fartuszkach wykonanych techniką *broderie anglaise*. Robin od dziecka uwielbiała patrzeć przez szklaną ladę na rzędy tłustych marcepanowych świnek oraz obserwować matkę kupującą któreś z luksusowych ciast owocowych zaprawionych alkoholem i sprzedawanych w osobliwych specjalnych puszkach.

Dziś, siedząc obok okna i patrząc na kwietniki z roślinami w podstawowych kolorach przypominające geometryczne figury zrobione z plasteliny dziecięcymi rączkami, Robin zrezygnowała z jedzenia, poprosiła tylko o dzbanek herbaty i znowu spojrzała na komórkę. Nic.

– Wszystko w porządku? – spytała Linda.

– Tak – zapewniła Robin. – Zastanawiałam się tylko, czy są jakieś wiadomości.

– Jakie wiadomości?

– Na temat nogi – odrzekła Robin. – Wczoraj wieczorem Strike spotkał się z Wardle'em... z oficerem stołecznej policji.

– Aha – powiedziała Linda i zapadła cisza, trwająca aż do momentu, gdy podano herbatę.

Linda zamówiła Grubego Nicponia, jedną z ogromnych babeczek Bettys. Posmarowała ją masłem i dopiero wtedy spytała:

– Próbujecie z Cormoranem znaleźć człowieka, który przysłał tę nogę, prawda?

Coś w tonie matczynego głosu podpowiadało Robin, że należy zachować ostrożność.

– Po prostu interesuje nas, co robi w tej sprawie policja.

– Aha – powiedziała Linda, żując i obserwując Robin.

Robin była rozdrażniona i miała z tego powodu poczucie winy. Suknia ślubna dużo kosztowała, a ona nie okazywała żadnej wdzięczności.

– Przepraszam, że jestem opryskliwa.

– Nic się nie stało.

– Chodzi o to, że Matthew ciągle nie może przeboleć, że pracuję dla Cormorana.

– Tak, słyszeliśmy co nieco dzisiaj w nocy.

– O Boże, mamo, przepraszam!

Robin myślała, że kłócili się cicho i nie obudzili rodziców. Sprzeczali się w drodze do Masham, zawiesili broń na czas kolacji z jej rodzicami, a potem wrócili do kłótni w salonie, kiedy Linda i Michael poszli spać.

– Często padało imię Cormorana, prawda? Przypuszczam, że Matthew...

– On wcale się nie martwi! – zaprzeczyła Robin.

Matthew uparcie traktował pracę Robin jak rodzaj żartu, ale gdy był zmuszony brać ją poważnie – na przykład kiedy ktoś przysyłał jego narzeczonej uciętą nogę – raczej się złościł, niż niepokoił.

– No cóż, jeśli się nie martwi, to powinien – odrzekła Linda. – Robin, ktoś ci przysłał fragment ciała martwej kobiety. Jakiś czas temu zadzwonił do nas Matt i powiadomił, że trafiłaś do szpitala z wstrząśnieniem mózgu. Nie mówię, żebyś odeszła z tej pracy! – dodała, nie dając się zastraszyć urażonej minie Robin. – Wiem, że właśnie to

chcesz robić! W każdym razie – wcisnęła większą część Grubego Nicponia do niestawiającej oporu ręki Robin – nie zamierzałam powiedzieć, że Matt się martwi. Zamierzałam spytać, czy jest zazdrosny.

Robin sączyła mocną herbatę, specjalność Bettys. Mimochodem pomyślała, czy nie warto by kupić kilku torebek do agencji.
Waitrose w Ealing nie oferował niczego równie dobrego. Strike
lubił mocną herbatę.

– Tak, Matt jest zazdrosny – przyznała w końcu.

– Zakładam, że nie ma powodów.

– Oczywiście, że nie! – oburzyła się Robin. Czuła się zdradzo-
na. Matka zawsze stała po jej stronie, zawsze...

– Nie masz się co denerwować – rzekła niewzruszona Linda.

– Nie sugerowałam, że zrobiłaś coś, czego nie powinnaś.

– To dobrze – powiedziała Robin, odruchowo jedząc babeczkę.

– Bo nie zrobiłam. To mój szef, nikt więcej.

– I twój przyjaciel – dodała Linda. – Sądząc po tym, jak o nim
mówisz.

– Tak – przyznała Robin, lecz uczciwość zmusiła ją do sprosto-
wania: – Ale to coś innego niż zwyczajna przyjaźń.

– Dlaczego?

– On nie lubi rozmawiać o sprawach osobistych. Prędzej wycis-
nęłabyś wodę z kamienia.

Nie licząc pewnego pamiętnego wieczoru – potem prawie o nim
nie wspominali – gdy Strike tak bardzo się upił, że ledwie mógł
ustać, w zasadzie nigdy nie dzielił się spontanicznie informacjami
ze swojego prywatnego życia.

– Ale dobrze się dogadujecie?

– No, bardzo dobrze.

– Wielu mężczyzn nie potrafi znieść, że ich druga połowa dobrze się dogaduje z innymi mężczyznami.

– Co mam zrobić, pracować wyłącznie z kobietami?

– Nie – powiedziała Linda. – Mówię tylko, że Matthew najwyraźniej czuje się zagrożony.

Czasami Robin podejrzewała, że według matki powinna była poznać więcej chłopaków, zanim związała się z Matthew. Łączyła je
mocna więź, Robin była jej jedyną córką. Teraz, wśród kawiarniane-

go postukiwania i pobrzękiwania, Robin uświadomiła sobie, czego się boi: Linda mogła jej powiedzieć, że jeśli chce, jeszcze nie jest za późno, żeby odwołać ślub. Robin była zmęczona i przygnębiona, lecz choć mieli za sobą kilka burzliwych miesięcy, wiedziała, że kocha Matthew. Suknia była uszyta, ceremonia w kościele umówiona, przyjęcie prawie opłacone. Musiała brnąć dalej i dotrzeć do linii mety.

– Strike mi się nie podoba. Poza tym jest w związku: spotyka się z Elin Toft. To prezenterka Radia Three.

Miała nadzieję, że ta wiadomość odwróci uwagę matki będącej zapaloną słuchaczką programów radiowych podczas gotowania i pracy w ogrodzie.

– Elin Toft? To ta przepiękna blondynka, która niedawno opowiadała wieczorem w telewizji o kompozytorach epoki romantyzmu? – spytała Linda.

– Chyba tak – odrzekła Robin z wyraźnym brakiem entuzjazmu i mimo że jej taktyka dywersyjna okazała się skuteczna, zmieniła temat. – Więc pozbywacie się land rovera?

– Tak. Oczywiście nic za niego nie dostaniemy. Może oddamy go na złom... na nic się już nie przyda – powiedziała Linda, lecz po chwili zaświtała jej nagła myśl: – Chcecie go z Matthew? Ma zrobione opłaty na najbliższy rok i zawsze jakoś przechodzi przegląd.

Robin żuła babeczkę i myślała. Matthew bez przerwy narzekał na brak samochodu, wiążąc ten niedostatek z jej niską pensją. Na widok audi A3 cabrio należącego do męża jego siostry dosłownie skręcało go z zazdrości. Robin wiedziała, że nie zadowoli go stary, poobijany land rover, w którym wiecznie czuć było mokrym psem i kaloszami. Ubiegłej nocy o pierwszej w salonie jej rodziców przedstawił listę szacunkowych zarobków ich wszystkich rówieśników, triumfalnie konkludując, że płaca Robin znajduje się na samym końcu tej tabeli ligowej. Czując nagły przypływ złośliwości, wyobraziła sobie, jak mówi narzeczonemu: „Matt, przecież mamy land rovera, nie musimy już odkładać na audi!".

– Mógłby się bardzo przydać w pracy, kiedy trzeba wyjechać poza Londyn – zauważyła. – Strike nie będzie musiał brać samochodu z wypożyczalni.

– Mhm – mruknęła Linda, błądząc chyba gdzieś myślami, lecz ze wzrokiem skupionym na twarzy Robin.

Gdy wróciły do domu, Matthew nakrywał do stołu ze swoim przyszłym teściem. Zwykle był bardziej pomocny w kuchni rodziców Robin niż w ich wspólnym mieszkaniu.

– Jak wygląda suknia? – spytał, co, jak przypuszczała Robin, było próbą pojednania.

– W porządku – odparła.

– Czy wyjawienie czegoś więcej przynosi pecha? – zażartował, a po chwili, widząc, że Robin się nie uśmiecha, dodał: – Założę się, że tak czy inaczej wyglądasz pięknie.

Łagodniejąc, wyciągnęła do niego rękę, a on puścił do niej oko i czule ścisnął jej palce. Potem Linda z hukiem postawiła między nimi półmisek tłuczonych ziemniaków i oznajmiła Matthew, że podarowała im starego land rovera.

– Co? – spytał, a na jego twarzy odmalowało się wyraźne rozczarowanie.

– Ciągle powtarzasz, że chcesz mieć samochód – obruszyła się Robin w imieniu matki.

– No tak, ale… land rover w Londynie?

– Dlaczego nie?

– Zrujnuje jego image – powiedział brat Robin, Martin, który właśnie wszedł do pokoju z gazetą w ręce. Czytał o koniach startujących w popołudniowej gonitwie Grand National. – Ale dla ciebie, Rob, land rover będzie jak ulał. Już widzę, jak razem z Kuternogą pędzicie nim na miejsce jakiejś zbrodni.

Matthew zacisnął zęby.

– Zamknij się, Martin – warknęła Robin, piorunując brata wzrokiem, gdy usiadł przy stole. – I chciałabym zobaczyć, jak nazywasz Strike'a Kuternogą, stojąc z nim twarzą w twarz – dodała.

– Pewnie by się uśmiał – odrzekł beztrosko Martin.

– Dlatego że jesteście tacy podobni? – odparowała szorstkim tonem. – Bo obydwaj macie na koncie olśniewające dokonania wojenne, ryzykowaliście życie i utratę kończyn?

Martin jako jedyny z czworga młodych Ellacottów nie poszedł na studia i jako jedyny nadal mieszkał z rodzicami. Zawsze był bardzo wyczulony na najmniejsze aluzje pod adresem jego marnych osiągnięć.

– O co ci, kurwa, chodzi? Powinienem pójść do wojska? – zaperzył się.

– Martin! – skarciła go Linda. – Nie wyrażaj się!

– Ciebie też objeżdża za to, że nadal masz obie nogi, Matt? – spytał Martin.

Robin rzuciła nóż i widelec na stół i wyszła z kuchni.

Znowu wrócił do niej obraz uciętej nogi z lśniącą, białą piszczelą wystającą z martwego ciała i z przybrudzonymi paznokciami, które właścicielka zapewne wolałaby wyczyścić albo pomalować, zanim ktokolwiek je zobaczy...

Rozpłakała się po raz pierwszy, odkąd dostała paczkę. Przez łzy nie widziała nawet wzoru na starej wykładzinie na schodach i musiała po omacku szukać gałki w drzwiach do sypialni. Podeszła do łóżka i padła twarzą w dół na czystą narzutę. Drżały jej ramiona, klatka piersiowa gwałtownie unosiła się i opadała, a Robin przyciskała ręce do mokrej twarzy, próbując stłumić szloch. Nie chciała, żeby ktokolwiek za nią poszedł, nie chciała musieć mówić i wyjaśniać, chciała jedynie zostać sama i wyzwolić emocje, które powściągała, żeby przetrwać tydzień w pracy.

W swobodzie, z jaką jej brat mówił o amputacji, pobrzmiewały echa dowcipów Cormorana na temat uciętej nogi. Zginęła kobieta, i to prawdopodobnie w potwornych, brutalnych okolicznościach, a wyglądało na to, że tylko Robin się tym przejmuje. Śmierć i topór zredukowały tę nieznaną dziewczynę do kawałka mięsa, do problemu, który należało rozwiązać, a ona, Robin, czuła się tak, jakby była jedyną osobą pamiętającą, że tej nogi używała żywa, oddychająca istota ludzka, być może jeszcze tydzień temu...

Po dziesięciu minutach nieprzerwanego płaczu przewróciła się na plecy, otworzyła załzawione oczy i rozejrzała się po swoim dawnym pokoju, jakby mógł przyjść jej z pomocą.

Kiedyś wydawał jej się jedynym bezpiecznym miejscem na ziemi. Przez trzy miesiące po rzuceniu studiów prawie z niego nie wychodziła, nawet żeby coś zjeść. Wtedy ściany miały wściekle różowy kolor będący następstwem błędnej decyzji podjętej w czasie remontu, gdy Robin miała szesnaście lat. Pamiętała jak przez mgłę, że nie była zadowolona z efektu, lecz nie chciała prosić ojca o przemalowanie, więc zasłoniła krzykliwy róż wszystkimi plakatami, jakie miała. Naprzeciw niej, na ścianie w nogach łóżka wisiało olbrzymie zdjęcie Destiny's Child. Choć teraz nie było tam niczego oprócz gładkiej bladozielonej tapety położonej przez Lindę, gdy Robin wyprowadziła się z domu, żeby dołączyć do Matthew w Londynie, Robin wciąż potrafiła przywołać wizerunki Beyoncé, Kelly Rowland i Michelle Williams wpatrujących się w nią z okładki płyty *Survivor*. Ten obraz był nieodłącznie związany z najgorszym okresem w jej życiu.

Na ścianie wisiały tylko dwa zdjęcia w ramkach: na jednym była Robin z kolegami i koleżankami z szóstej klasy w ostatnim dniu szkoły (Matthew stał w ostatnim rzędzie, najprzystojniejszy chłopak w klasie, nie wykrzywiał się i odmówił włożenia śmiesznego nakrycia głowy), a na drugim dwunastoletnia Robin jechała na Angusie, kucyku rasy Highland, żyjącym na farmie jej wuja kosmatym, silnym i upartym stworzeniu, które Robin hołubiła mimo jego krnąbrności.

Zrezygnowana i wyczerpana, zamrugała, żeby powstrzymać kolejne łzy i grzbietami dłoni wytarła mokrą twarz. Z kuchni dobiegały ją niewyraźne głosy. Była pewna, że jej matka doradza Matthew, by na jakiś czas zostawił Robin w spokoju, i miała nadzieję, że Matt jej posłucha. Czuła, że mogłaby przespać resztę weekendu.

Godzinę później, gdy nadal leżała na szerokim łóżku, smętnie patrząc przez okno na wierzchołek lipy w ogrodzie, Matthew zapukał do drzwi i wszedł z kubkiem herbaty.

– Twoja mama pomyślała, że chętnie się czegoś napijesz.

– Dzięki – powiedziała Robin.

– Wszyscy będziemy oglądali gonitwę. Mart postawił duże pieniądze na Ballabriggsa.

Ani słowa o jej przygnębieniu czy chamskich uwagach Martina. Swoim zachowaniem Matthew dawał jej do zrozumienia, że w pewien sposób się skompromitowała i postanowił jej wskazać wyjście z sytuacji. Od razu wiedziała, że Matt nie ma pojęcia, co czuła, gdy zobaczyła tę nogę i jej dotknęła. Nie, po prostu go drażniło, że Strike, którego żadne z Ellacottów nie miało okazji poznać, znowu stawał się tematem weekendowych rozmów. To była powtórka z Sarah Shadlock na meczu rugby.

– Nie lubię patrzeć, jak konie skręcają sobie karki – powiedziała. – Zresztą mam trochę pracy.

Stał, patrząc na nią z góry, a potem wyszedł, zamykając drzwi odrobinę zbyt gwałtownie i niedokładnie, wskutek czego odskoczyły z powrotem.

Robin usiadła, przygładziła włosy, wzięła głęboki oddech, a potem poszła po leżącą na toaletce torbę z laptopem. Miała wyrzuty sumienia, zabierając go w podróż do domu z nadzieją, że znajdzie czas na coś, co na własny użytek nazywała swoimi liniami dochodzenia. Wspaniałomyślne przebaczenie malujące się na twarzy Matthew położyło kres tym wyrzutom. Niech sobie ogląda gonitwę. Ona miała ciekawsze rzeczy do roboty.

Podeszła do łóżka, położyła pod plecy stertę poduszek, otworzyła laptopa i przeszła do zakładek, o których z nikim nie rozmawiała, nawet ze Strikiem, bez wątpienia gotowym nazwać to stratą czasu.

Spędziła już kilka godzin, analizując dwie odrębne, ale powiązane ze sobą linie dochodzenia zainspirowane listami, które Strike na jej usilną prośbę zabrał na spotkanie z Wardle'em: komunikat młodej kobiety pragnącej pozbyć się nogi oraz list osoby deklarującej chęć robienia z kikutem Strike'a rzeczy, od których Robin zbierało się na lekkie mdłości.

Robin zawsze fascynowały mechanizmy rządzące ludzkim umysłem. Przez jakiś czas studiowała psychologię. Młoda kobieta, która napisała do Strike'a, najwyraźniej cierpiała na BIID, czyli apotemnofilię: irracjonalne pragnienie pozbycia się zdrowej części ciała.

Po przeczytaniu kilku artykułów naukowych w internecie, Robin już wiedziała, że osoby cierpiące na BIID są nieliczne i że przyczyna ich stanu nie jest znana. Zaglądając na strony wsparcia, uświadomiła sobie, jak bardzo inni ludzie nie znoszą chorych z tym zaburzeniem. Na forach roiło się od złośliwych komentarzy, w których oskarżano cierpiących na BIID o pragnienie statusu kojarzącego się z nieszczęśliwym wypadkiem albo chorobą, o chęć zwrócenia na siebie uwagi w groteskowy i odrażający sposób. Na te ataki odpowiadano w równie złośliwy sposób: czy autor naprawdę myśli, że chory chce mieć BIID? Czy nie rozumie, jak trudno jest być transabledem – pragnąć paraliżu albo amputacji, potrzebować ich? Robin zastanawiała się, co Strike pomyślałby o historiach osób chorych na BIID, gdyby je przeczytał. Przypuszczała, że nie okazałby im współczucia.

Na dole otworzyły się drzwi do salonu. Usłyszała fragment wystąpienia komentatora, jej ojciec wygonił starego czekoladowego labradora, który puścił bąka, a Martin się roześmiał.

Ku swojemu rozgoryczeniu wyczerpana Robin nie była w stanie przypomnieć sobie nazwiska młodej dziewczyny, która napisała do Strike'a, prosząc o radę w kwestii pozbycia się nogi, lecz wydawało jej się, że była to Kylie albo jakoś tak. Przewijając powoli najpopularniejszą internetową stronę wsparcia, wypatrywała nazw użytkowników mogących w jakikolwiek sposób się z nią kojarzyć – gdzie bowiem jeśli nie do cyberprzestrzeni zwróciłaby się nastolatka z rzadką obsesją, żeby podzielić się swoimi fantazjami?

Drzwi do pokoju, wciąż uchylone po wyjściu Matthew, otworzyły się i do środka wczłapał wypędzony labrador Rowntree. Podszedł do Robin, która odruchowo podrapała go za uszami, a następnie klapnął obok łóżka. Przez chwilę uderzał ogonem w podłogę, a później, ciężko dysząc, zapadł w sen. Przy akompaniamencie jego chrapliwego sapania Robin dalej przeczesywała fora.

Zupełnie niespodziewanie poczuła ten dreszcz podniecenia, który poznała, pracując u Strike'a, i który był błyskawiczną nagrodą za znalezienie maleńkiej informacji mogącej mieć jakieś znaczenie, nie mieć żadnego albo – czasami – znaczyć wszystko.

Niemamgdziesięzwrócić: Wiecie cokolwiek na temat Camerona Strike'a?

Robin wstrzymała oddech i otworzyła całą dyskusję.

W@nBee*: tego detektywa z jedną nogą? no, to weteran.
Niemamgdziesięzwrócić: Słyszałam, że mógł to zrobić sam.
W@nBee: Nie, poszukaj w sieci, był w Afganistanie.

---

* W@nBee (właśc. *wannabee*) – osoba pragnąca stać się kimś innym niż jest; tu: dążąca do pozbycia się co najmniej jednej zdrowej kończyny.

I to wszystko. Robin przeczesała inne dyskusje na forum, lecz użytkownik Niemamgdziesięzwrócić nie zostawił kolejnych pytań i więcej się nie pokazał. To jeszcze nic nie znaczyło: mógł zmienić nazwę. Robin szukała, dopóki nie doszła do wniosku, że zajrzała w każdy zakątek strony, lecz nazwisko Strike'a też już się nie pojawiło.

Jej podniecenie słabło. Nawet zakładając, że autorka listu i Niemamgdziesięzwrócić to ta sama osoba, w liście wyraziła przekonanie, że Strike świadomie doprowadził do amputacji swojej nogi. Niewielu było sławnych ludzi po amputacji, co do których apotemnofil mógł mieć nadzieję, że okaleczyły się z własnej woli.

Z salonu na dole dobiegały teraz okrzyki kibiców. Robin porzuciła fora BIID i skupiła się na drugiej linii dochodzenia.

Lubiła myśleć, że odkąd podjęła pracę w agencji detektywistycznej, stwardniała jej skóra. Mimo to pierwsze wypady na teren fantazji akrotomofilów – osób czujących pociąg seksualny do ludzi po amputacji – na który dotarła już po kilku kliknięciach myszką, wywołały skurcz w jej żołądku utrzymujący się jeszcze długo po wyjściu z internetu. Tym razem znalazła wynurzenia jakiegoś mężczyzny (zakładała, że to mężczyzna), którego najbardziej podniecało fantazjowanie o kobiecie z kończynami uciętymi nad łokciami i kolanami. Najwidoczniej miejsce ucięcia kończyn miało dla niego szczególne znaczenie. Drugi mężczyzna (bo przecież to nie mogły być kobiety) od wczesnej młodości masturbował się, myśląc o przypadkowym zgilotynowaniu nóg swoich i najlepszego przyjaciela. Wszędzie dyskutowano o fascynacji kikutami, o ograniczonej mobilności osób po amputacji, o czymś, co, jak przypuszczała Robin, było dla tych ludzi wyrazem najwyższego oddania.

Podczas gdy na dole trajkotał charakterystyczny nosowy, niezrozumiały głos komentatora relacjonującego gonitwę, a krzyki jej braci zagrzewających zawodników do walki przybierały na sile, Robin przeglądała kolejne fora, szukając jakiejkolwiek wzmianki na temat Strike'a, a także związku łączącego ten rodzaj parafilii z przemocą.

Istotne wydało jej się to, że żadnej z osób snujących na tym forum fantazje o ludziach bez kończyn i o amputacji nie podniecały przemoc ani ból. Nawet mężczyzna, który marzył o gilotynie ucinającej nogi jemu i jego przyjacielowi, pisał o tym jasno i jednoznacznie: cięcie było jedynie koniecznym wstępem do powstania kikutów.

Czy osoba podniecona Strikiem jako człowiekiem po amputacji mogłaby uciąć kobiecie nogę i mu ją przysłać? Matthew wydałoby się to pewnie prawdopodobne, pomyślała z pogardą, ponieważ założyłby, że ktoś na tyle dziwny, żeby znajdować upodobanie w kikutach, jest wystarczająco stuknięty, żeby poćwiartować drugiego człowieka: o tak, według Matthew byłoby to możliwe. Na podstawie tego, co zapamiętała z listu od R.L., i po przestudiowaniu internetowych wynurzeń innych akrotomofilów bardziej prawdopodobne wydało jej się jednak, że coś, co R.L. miał na myśli, pisząc o „wynagrodzeniu tego" Strike'owi, oznaczało praktyki, które Strike uważałby za o wiele mniej apetyczne niż sama amputacja.

Oczywiście R.L. mógł być zarówno akrotomofilem, jak i psychopatą...

– TAK! TAK, KURWA! PIĘĆSET FUNCIAKÓW! – krzyknął Martin. Sądząc po rytmicznym łomocie dobiegającym z korytarza, uznał, że salon nie nadaje się do wykonania pełnego tańca zwycięstwa. Rowntree obudził się, półprzytomny zerwał się z miejsca i szczeknął. Panował taki hałas, że Robin nie słyszała zbliżającego się Matthew, dopóki nie otworzył drzwi. Odruchowo zaczęła klikać myszką, zamykając po kolei strony poświęcone seksualnej fetyszyzacji osób bez kończyn.

– Cześć – powiedziała. – Domyślam się, że Ballabriggs wygrał.

– Tak – potwierdził Matthew.

Po raz drugi tego dnia wykonał pojednawczy gest. Robin odsunęła laptopa, a Matthew pociągnął ją za rękę, pomagając jej wstać, i przytulił. Razem z ciepłem jego ciała poczuła ulgę, która przenikała przez nią, uspokajała. Nie zniosłaby kolejnej nocy kłótni.

Po chwili odsunął ją od siebie, a jego wzrok zatrzymał się w jakimś punkcie nad jej ramieniem.

– Co?

Spojrzała na laptopa. Na środku jasnego, białego ekranu z tekstem widniała otoczona ramką definicja:

Akrotomofilia (*rzecz.*)
rodzaj parafilii, w której źródłem seksualnej gratyfikacji
są fantazje lub akty z udziałem osoby po amputacji.

Na chwilę zapadło milczenie.
– Ile koni zginęło? – spytała Robin drżącym głosem.
– Dwa – odrzekł Matthew, po czym wyszedł z pokoju.

14

... you ain't seen the last of me yet,
I'll find you, baby, on that you can bet.

[...] jeszcze mnie zobaczysz,
Dobrze wiesz, co to znaczy.

Blue Öyster Cult, *Showtime*

O wpół do dziewiątej w niedzielę wieczorem Strike stał przed
stacją Euston i palił ostatniego papierosa przed dziesięciogodzinną
podróżą do Edynburga.

Elin była zawiedziona, że ominie go wieczorny koncert, i większość popołudnia spędzili w łóżku, na co Strike przystał bardziej niż
skwapliwie. Elin, piękna, opanowana i dość chłodna poza sypialnią,
w jej wnętrzu stawała się o wiele bardziej wylewna. Wspomnienie
pewnych erotycznych obrazów i dźwięków – jej alabastrowa skóra
nieco wilgotna pod jego ustami, jej blade usta szeroko otwarte, gdy
jęczała z rozkoszy – dodawały aromatu cierpkiemu smakowi nikotyny.
W eleganckim mieszkaniu Elin w Clarence Terrace palenie było nie-
dozwolone, ponieważ jej córeczka miała astmę. Zamiast sięgnąć po
papierosa po stosunku, Strike musiał walczyć z sennością z powodu
Elin pokazującej mu nagranie, na którym opowiadała o kompozytorach epoki romantyzmu w nocnym programie w telewizji.

– Wiesz, jesteś podobny do Beethovena – powiedziała do niego zamyślona, gdy kamera zbliżyła się do marmurowego popiersia kompozytora.

– Z rozwalonym nosem – odrzekł Strike. Już mu to mówiono.

– Właściwie po co jedziesz do Szkocji? – spytała Elin, gdy przypinał protezę, siedząc na łóżku w jej urządzonej w beżach i bieli sypialni, w której nie panowała jednak tak przygnębiająca, surowa atmosfera jak w pokoju gościnnym u Ilsy i Nicka.

– Badam trop – powiedział Strike, w pełni świadomy, że to gruba przesada. Jedynie jego własne przypuszczenia wiązały Donalda Lainga i Noela Brockbanka z uciętą nogą. I choć w głębi duszy ubolewał nad wydatkiem blisko trzystu funciaków na podróż w obie trony – nie żałował podjętej decyzji.

Rozgniótłszy niedopałek papierosa piętą sztucznej stopy, ruszył w stronę stacji, kupił torbę jedzenia w supermarkecie i wgramolił się do nocnego pociągu.

Jednoosobowy przedział z chowaną umywalką i wąską kuszetką był maleńki, ale kariera w wojsku zawiodła go w znacznie bardziej niewygodne miejsca. Z zadowoleniem odkrył, że jego metr osiemdziesiąt siedem w sam raz mieści się na posłaniu, a poza tym po zdjęciu protezy o wiele łatwiej było się poruszać w małej przestrzeni. Przeszkadzało mu jedynie to, że przedział był przegrzany: w swoim mieszkaniu na poddaszu utrzymywał temperaturę, jaką wszystkie znane mu kobiety skrytykowałyby i nazwały lodowatą, choć jeszcze żadna tam nie spała. Nigdy nie zapraszał do siebie swojej siostry Lucy, żeby nie pozbawiać jej złudzeń co do swoich aktualnych zarobków. Po zastanowieniu doszedł do wniosku, że w zasadzie jedyną kobietą, która kiedykolwiek tam była, jest Robin.

Pociąg szarpnął i ruszył. Za oknem migały ławki i filary. Strike opadł na posłanie, rozpakował pierwszą bagietkę z bekonem i odgryzł ogromny kęs, przypominając sobie Robin, która siedziała przy stole w jego kuchni, blada i wstrząśnięta. Cieszył się, że teraz była w domu w Masham, z dala od ewentualnych niebezpieczeństw: dzięki temu miał z głowy przynajmniej jedno dręczące zmartwienie.

Sytuacja, w jakiej się znalazł, była mu doskonale znana. Równie dobrze mógłby znowu być w wojsku, podróżować przez całą Wielką Brytanię jak najtańszym kosztem, żeby zameldować się w placówce Wydziału do spraw Specjalnych w Edynburgu. Nigdy tam nie stacjonował. Wiedział jednak, że biura mieszczą się w zamku stojącym na szczycie nierównej skalnej wychodni pośrodku miasta.

Kołysząc się wśród stukotu na korytarzu, poszedł się wysikać, a potem rozebrał do bokserek i położył na cienkich kocach, żeby pospać, a raczej się zdrzemnąć. Kołysanie pociągu było kojące, lecz gorąco i zmienna prędkość raz po raz wyrywały go ze snu. Od podróży vikingiem, który wyleciał w powietrze w Afganistanie, pozbawiając go połowy nogi i dwóch kolegów, Strike niechętnie pozwalał się wozić innym ludziom. Teraz odkrył, że jego lekka fobia obejmuje także pociągi. Gwizd lokomotywy mijającej jego wagon i pędzącej w przeciwną stronę trzy razy budził go równie skutecznie jak budzik. Najmniejszy przechył na zakręcie wywoływał potworne wizje, w których olbrzymi metalowy potwór przechylał się, przewracał, rozbijał i roztrzaskiwał na kawałki...

Pociąg wjechał na stację Waverley w Edynburgu kwadrans po piątej, lecz śniadanie serwowano dopiero od szóstej. Strike'a obudził steward idący wzdłuż przedziałów i rozdający tace. Gdy Cormoran otworzył drzwi, balansując na jednej nodze, młody chłopak w uniformie odruchowo krzyknął z przerażenia, wpatrując się w protezę leżącą na podłodze za Strikiem.

– Sorry, koleś – powiedział z silnym akcentem z Glasgow, gdy przeniósł wzrok z protezy na nogę Strike'a i uświadomił sobie, że pasażer jednak nie odrąbał sobie kończyny. – Niedługo wysiadka!

Rozbawiony Strike wziął tacę i zamknął drzwi. Po bezsennej nocy miał o wiele większą ochotę na papierosa niż na odgrzewanego, gumowatego croissanta, więc zabrał się do przypinania nogi i ubierania, złopiąc przy tym czarną kawę, i jako jeden z pierwszych pasażerów wyszedł powitać chłodny szkocki poranek.

Lokalizacja dworca stwarzała dziwne wrażenie, jakby człowiek znajdował się na dnie przepaści. Przez harmonijkowy szklany sufit Strike widział zarys ciemnych gotyckich budynków wznoszących się na wyższym poziomie. Znalazł miejsce obok postoju taksówek, gdzie umówił się z Hardacre'em, usiadł na zimnej metalowej ławce, obok nóg postawił plecak i zapalił.

Hardacre zjawił się dopiero dwadzieścia minut później, ale zanim to nastąpiło, Strike'a dopadły złe przeczucia. Tak bardzo się ucieszył, że uda mu się uniknąć wydatków na samochód z wypożyczalni, że uznał, iż spytanie Hardacre'a, czym jeździ, byłoby chamskie.

„Mini. Pieprzone mini..."

– Oggy!

Przywitali się na sposób amerykański, który przeniknął nawet do szeregów sił zbrojnych: pół niedźwiedziem, pół uściskiem ręki. Hardacre miał zaledwie metr siedemdziesiąt, był sympatycznie wyglądającym śledczym z rzednącymi, mysimi włosami. Strike wiedział jednak, że za jego nijaką aparycją skrywa się bystry, dociekliwy umysł. Byli razem przy aresztowaniu Brockbanka i już sam ten fakt wystarczyłby, żeby połączyła ich silna więź, zwłaszcza po kłopotach, w jakie przez to wpadli.

Chyba dopiero na widok starego przyjaciela wciskającego się do mini Hardacre'owi przyszło do głowy, że powinien był wspomnieć, jakim jeździ samochodem.

– Zapomniałem, że taki duży z ciebie skurczybyk – powiedział. – Dasz radę tym jeździć?

– No pewnie. – Strike odsunął fotel pasażera najdalej, jak się dało. – Dzięki za pomoc, Hardy.

Przynajmniej miał automatyczną skrzynię biegów.

Samochodzik wyjechał ze stacji i ruszył w górę ku czarnym jak smoła budynkom, które spoglądały na Strike'a przez szklany dach samochodu. Wczesny ranek miał barwę chłodnej szarości.

– Później ma być ładniej – mruknął Hardacre, gdy jechali stromą, brukowaną Royal Mile, mijając sklepy sprzedające szkocką kratę oraz flagi ze stojącym lwem, restauracje i kawiarnie, pensjonaty reklamujące wycieczki do miejsc nawiedzonych przez duchy oraz wąskie uliczki, na których końcu migała panorama miasta rozciągającego się nisko po prawej.

Na szczycie wzgórza ukazał się zamek: ciemny i złowrogi na tle nieba, otoczony wysokim, krętym kamiennym murem. Hardacre skręcił w prawo, oddalając się od zwieńczonej herbem bramy, przed którą już czaili się turyści chcący uniknąć stania w kolejkach. Przy drewnianej budce podał swoje nazwisko, machnął przepustką i przejechał, kierując się w stronę wjazdu wydrążonego w wulkanicznej skale, prowadzącego do oświetlonego reflektorami tunelu, wzdłuż którego przeciągnięto grube kable energetyczne. Gdy wyjechali z tunelu, znaleźli się wysoko nad miastem, a obok nich na parapecie muru obronnego stały armaty, za którymi widać było zamglone iglice i dachy czarno-złotego miasta sięgające aż do zatoki Firth of Forth.

– Ładnie – powiedział Strike, podchodząc do armat, żeby spojrzeć na pejzaż.

– Nieźle – przyznał Hardacre, spoglądając obojętnie na stolicę Szkocji. – Tędy, Oggy.

Weszli do zamku przez drewniane boczne drzwi. Strike szedł za Hardacre'em chłodnym, wąskim korytarzem wyłożonym kamiennymi płytami, a potem wspięli się po schodach na pierwsze piętro, co nie było łatwym zadaniem dla kolana jego prawej nogi. Reprodukcje przedstawiające wiktoriańskich żołnierzy w mundurach galowych wisiały na ścianach w nieregularnych odstępach.

Drzwi na pierwszym piętrze prowadziły do wyłożonego wytartą, ciemnoróżową wykładziną korytarza z rzędem biur i ze ścianami koloru szpitalnej zieleni. Choć Strike wcześniej tu nie był, od razu poczuł się jak u siebie, czego z pewnością nie powiedziałby o starym skłocie przy Fulbourne Street. Kiedyś to było jego życie: mógłby usiąść przy wolnym biurku i w ciągu dziesięciu minut wróciłby do pracy.

Na ścianach wisiały plakaty: jeden przypominał śledczym o znaczeniu procedur związanych ze Złotą Godziną – tym krótkim okresem po popełnieniu przestępstwa, w którym jest najwięcej tropów oraz informacji i najłatwiej je zgromadzić – na innym widniały zdjęcia z instytutu Drugs of Abuse. Były tam też białe tablice pokryte najnowszymi wiadomościami i terminami dla różnych spraw w toku – „czeka na analizę billingu i DNA", „konieczny formularz SPA 3" – i metalowe skrzynki z przenośnymi zestawami do zdejmowania odcisków palców. Drzwi do laboratorium były otwarte. Na wysokim metalowym stole w plastikowym worku na dowody rzeczowe leżała poduszka. Była pokryta ciemnobrązowymi plamami krwi. Kartonowe pudło obok zawierało butelki z alkoholem. Tam, gdzie był rozlew krwi, zawsze był też alkohol. W kącie stała pusta butelka po whisky Bell's, na którą zatknięto czerwony beret żandarmerii wojskowej, ten element umundurowania, od którego wywodziło się angielskie przezwisko członków tych służb*.

Korytarzem nadeszła krótkowłosa blondynka w kostiumie w prążki zmierzająca w przeciwną stronę.

– Cześć, Strike.

Nie od razu ją poznał.

– Emma Daniels. Catterick, 2002 – przypomniała mu z szerokim uśmiechem. – Nazwałeś naszego sierżanta sztabowego niechlujnym ciulem.

– A, tak – przyznał Strike, a Hardacre zarechotał. – Bo nim był. Obcięłaś włosy.

– A ty stałeś się sławny.

– Bez przesady – odrzekł.

Blady młody mężczyzna bez marynarki wysunął głowę z biura w dalszej części korytarza, zainteresowany rozmową.

– Musimy lecieć, Emma – oznajmił z werwą Hardacre. – Wiedziałem, że twój widok ich zaciekawi – dodał, zwracając się do Strike'a, gdy wepchnął prywatnego detektywa do swojego biura i zamknął drzwi.

W pomieszczeniu było dość ciemno, w dużej mierze dlatego, że okno wychodziło na nagą, urwistą ścianę skalną. Wystrój, na który składały się taka sama wytarta różowa wykładzina i bladozielone ściany co na korytarzu, ożywiały zdjęcia dzieci Hardacre'a i okazała kolekcja ceramicznych kufli do piwa.

– No dobra, Oggy – powiedział Hardacre, stukając w klawiaturę, a po chwili wstając, żeby ustąpić miejsca Strike'owi. – Tu masz Brockbanka.

Wydział do spraw Wewnętrznych miał dostęp do danych ze wszystkich trzech służb. Na monitorze widniało zdjęcie Noela Campbella Brockbanka. Zrobiono je, zanim Strike go poznał, za-

---

* Na żołnierzy brytyjskiej żandarmerii wojskowej mówi się *redcaps*, czyli czerwone berety.

nim twarz Brockbanka przyjęła ciosy, które na zawsze wgniotły jeden z jego oczodołów i powiększyły mu ucho. Ciemne, krótko ostrzyżone włosy, pociągła, wąska twarz, lekko posiniała na żuchwie, i niezwykle wysokie czoło: gdy zobaczyli się po raz pierwszy, Strike pomyślał, że ta podłużna głowa i lekko skrzywione rysy twarzy sprawiają wrażenie, jakby ktoś ścisnął głowę Brockbanka imadłem.

– Oggy, nie mogę ci pozwolić niczego wydrukować – zaznaczył Hardacre, gdy Strike usiadł na fotelu na kółkach przy komputerze – ale możesz zrobić zdjęcia monitora. Kawy?

– Herbaty, jeśli masz. Dzięki.

Hardacre wyszedł z pomieszczenia, starannie zamykając za sobą drzwi, a Strike wyjął komórkę i zrobił zdjęcia ekranu. Gdy nabrał pewności, że przyzwoicie uchwycił podobieństwo, przewinął w dół, gdzie znajdowały się pełne dane Brockbanka, i zapisał jego datę urodzenia oraz inne szczegóły.

Brockbank urodził się w pierwszy dzień świąt Bożego Narodzenia w tym samym roku co Strike. Zaciągając się do wojska, podał adres domowy w Barrow-in-Furness. Tuż przed wzięciem udziału w operacji Granby – lepiej znanej opinii publicznej jako pierwsza wojna w Zatoce Perskiej – ożenił się z wdową po innym żołnierzu, wychowującą dwie córki, między innymi Brittany. Gdy Brockbank służył w Bośni, urodził mu się syn.

Strike czytał kartotekę, robiąc notatki, i w końcu dotarł do przełomowych obrażeń, które zakończyły karierę Brockbanka. Hardacre wrócił z dwoma kubkami, Strike mruknął dziękuję i dalej studiował zawartość pliku. Nie było tam wzmianki na temat przestępstwa, o które oskarżono Brockbanka i którym zajmowali się Strike i Hardacre, obaj do dziś przekonani, że Brockbank był winny. To, że Brockbank uniknął odpowiedzialności było jedną z największych porażek w wojskowej karierze Strike'a. Z kolei jednym z jego najwyrazistszych wspomnień związanych z tym człowiekiem była mina Brockbanka, gdy z dziką, zwierzęcą furią rzucił się na Strike'a z nadtłuczoną butelką po piwie. Był mniej więcej tego wzrostu co Strike, może nawet wyższy. Dźwięk, który się rozległ, gdy Brockbank uderzył w ścianę po tym, jak Strike walnął go pięścią, przypominał, jak później powiedział Hardacre, zderzenie samochodu z nędznym barakiem wojskowym.

– Widzę, że pobiera ładniutką wojskową rentę – mruknął Strike, zapisując różne adresy, na które ją wysyłano, odkąd Brockbank odszedł z armii. Najpierw pojechał do domu: do Barrow-in-Furness. Potem do Manchesteru, gdzie spędził prawie rok. Ha! Więc to byłeś ty, draniu. Brockbank wyjechał z Manchesteru do Market Harborough, a następnie wrócił do Barrow-in-Furness. Co to jest, Hardy?

– Opinia psychologa – wyjaśnił Hardacre, który usiadł na niskim krześle przy ścianie i przeglądał własne pliki. – W ogóle nie powinieneś jej oglądać. Postąpiłem bardzo nieostrożnie, zostawiając ją tutaj.

– Bardzo – przyznał Strike, otwierając plik.

Właściwie jednak nie dowiedział się z niej niczego nowego. Brockbank był hospitalizowany tylko raz, gdy stało się jasne, że jest alkoholikiem. Lekarze długo debatowali, które z jego objawów można przypisać nadużywaniu alkoholu, które zespołowi stresu pourazowego, a które urazowemu uszkodzeniu mózgu. Strike musiał wyguglać kilka słów: afazja – trudności ze znalezieniem odpowiedniego słowa; dyzartria – zaburzenie mowy; aleksytymia – trudności ze zrozumieniem albo określeniem własnych emocji.

W tamtym okresie słaba pamięć była Brockbankowi bardzo na rękę. Czy trudno byłoby mu udawać niektóre z tych klasycznych objawów?

– Nie wzięli pod uwagę – powiedział Strike, który znał i lubił kilku mężczyzn z urazowym uszkodzeniem mózgu – że Brockbank od początku był piździelcem.

– Prawda – odrzekł Hardacre, sącząc kawę i nie przerywając pracy.

Strike zamknął akta Brockbanka i otworzył te Lainga. Jego zdjęcie dokładnie odpowiadało obrazowi żołnierza piechoty granicznej zapisanemu w pamięci Strike'a, który miał zaledwie dwadzieścia lat, gdy się poznali: szeroka, blada twarz, niskie czoło, małe, ciemne oczy fretki.

Strike dobrze pamiętał szczegóły krótkiej kariery wojskowej Lainga, której osobiście położył kres. Zanotował adres jego matki w Melrose, pobieżnie przeczytał resztę dokumentu, a następnie otworzył załączoną opinię psychologa.

„Wyraźne oznaki antyspołecznych zaburzeń osobowości i cech borderline [...], może stwarzać ciągłe zagrożenie dla innych [...]"

Słysząc głośne pukanie do drzwi, Strike zamknął akta na ekranie i wstał. Gdy Hardacre otworzył, do środka weszła nasrożona kobieta w garsonce.

– Masz dla mnie coś na Tipsona? – warknęła do Hardacre'a, mierząc Strike'a podejrzliwym spojrzeniem, z którego się domyślił, że już wcześniej doskonale wiedziała o jego obecności.

– Będę uciekał, Hardy – oznajmił natychmiast. – Wspaniale było cię zobaczyć.

Hardacre zwięźle przedstawił go pani chorąży, wyjaśniając pokrótce, skąd się znają, po czym odprowadził Strike'a do wyjścia.

– Posiedzę tu do późna – powiedział, żegnając się z nim w drzwiach uściskiem ręki. – Zadzwoń, jak już będziesz wiedział, o której oddasz samochód. Udanej podróży.

Gdy Strike ostrożnie schodził po kamiennych stopniach, siłą rzeczy pomyślał, że też mógłby tu być, pracować razem z Hardacre'em zgodnie ze znanymi mu procedurami i wymogami Wydziału do spraw Specjalnych. Wojsko chciało, żeby został, nawet mimo braku kawałka nogi. Ani razu nie żałował decyzji o odejściu, ale to nagłe, krótkie ponowne zanurzenie w dawnym życiu wywołało nieuniknioną tęsknotę.

Nigdy nie był bardziej świadomy zmiany, jaka zaszła w jego statusie, niż w chwili, gdy wyszedł na słabe słońce świecące przez szczelinę w gęstych chmurach. Mógł teraz spokojnie oddalić się od żądań niemądrych przełożonych i od otoczonego skałami biura, lecz z drugiej strony został pozbawiony władzy i możliwości, jakie dawała przynależność do brytyjskiej armii. Był zdany wyłącznie na siebie, wracając do czegoś, co mogło się okazać szukaniem wiatru w polu, uzbrojony jedynie w kilka adresów, goniąc za człowiekiem, który przysłał Robin nogę jakiejś kobiety.

15

Where's the man with the golden tattoo?

Gdzie się podział mężczyzna ze złotym tatuażem?

Blue Öyster Cult, *Power Underneath Despair*

Tak jak Strike przypuszczał, jazda mini, nawet po wykorzystaniu wszelkich możliwych sposobów, żeby dostosować pozycję fotela, okazała się bardzo niewygodna. Z powodu braku prawej stopy musiał naciskać gaz lewą nogą. Wymagało to przyjęcia ryzykownej i niewygodnej pozycji w ciasnej przestrzeni. Dopiero po opuszczeniu stolicy Szkocji i bezpiecznym wyjechaniu na spokojną i prostą drogę A7 do Melrose poczuł, że może przestać myśleć o technice jazdy pożyczonym samochodem i skupić się na szeregowym Donaldzie Laingu z Królewskiej Piechoty Granicznej, poznanym jedenaście lat temu na ringu bokserskim.

Do spotkania doszło wieczorem w surowej, słabo oświetlonej hali sportowej rozbrzmiewającej wrzaskliwymi okrzykami pięciuset wyjących rekrutów. On był wtedy kapralem Cormoranem Strikiem z Królewskiej Żandarmerii Wojskowej, w pełni sprawnym, wysportowanym i umięśnionym, z dwiema silnymi nogami, gotowym pokazać, na co go stać w Międzypułkowym Turnieju Bokserskim. Kibiców Lainga przyszło co najmniej trzy razy więcej niż kibiców Strike'a. Osobiście nikt do niego nic nie miał. Żandarmeria wojskowa z zasady nie cieszyła się sympatią. Patrzenie, jak ogłuszony czerwony beret pada na ring, miało być miłym zakończeniem wieczoru wypełnionego porządnym boksem. Obaj byli dużymi facetami i mieli stoczyć ostatnią walkę w turnieju. Wrzask tłumu dudnił w ich żyłach niczym drugi puls.

Strike zapamiętał czarne oczka przeciwnika i jego obcięte na jeża włosy koloru ciemnorudego lisiego futra. Na całej długości jego lewego przedramienia widniała wytatuowana żółta róża. Szyję miał o wiele szerszą niż wąska żuchwa, a bladą, bezwłosą klatkę piersiową umięśnioną niczym marmurowy pomnik Atlasa. Piegi rozsiane na jego rękach i ramionach odznaczały się na białej skórze jak ślady po ukąszeniu komara.

Przez pierwsze cztery rundy walczyli jak równy z równym, młodszy zawodnik był chyba trochę szybszy w nogach, Strike lepszy technicznie.

W piątej rundzie Strike zrobił unik, zamarkował uderzenie w twarz, a potem powalił Lainga ciosem w nerki. Przeciwnicy Strike'a zamilkli, gdy jego rywal gruchnął na matę, po czym w hali rozległo się buczenie przypominające ryk słoni.

Zanim sędzia doliczył do sześciu, Laing stał z powrotem na nogach, lecz zostawił na macie część samodyscypliny. Zaczął boksować jak szalony. Przez chwilę odmawiał przerwania zwarcia, za co dostał od sędziego surową reprymendę. Wymierzył cios po gongu – drugie ostrzeżenie.

W pierwszej minucie szóstej rundy Strike wykorzystał pogubienie się przeciwnika i zepchnął krwawiącego z nosa Lainga na liny. Gdy sędzia ich rozdzielił, a następnie dał sygnał do walki, Laing zrzucił z siebie ostatnią cienką błonkę kulturalnego zachowania i natarł na Strike'a głową. Sędzia próbował interweniować, a wtedy Laing dostał szału. Strike o włos uniknął kopniaka w krocze, po czym Laing zamknął go w uścisku, zatapiając zęby w jego twarzy. Strike słyszał krzyki sędziego i ciszę, jaka nagle zapadła na trybunach, gdy entuzjazm kibiców przerodził się w zaniepokojenie na widok złowrogiej siły emanującej z Lainga. Sędzia z trudem rozdzielił zawodników, wrzeszcząc na Lainga, lecz on zachowywał się tak, jakby niczego nie słyszał: zebrał siły i zamachnął się na Strike'a, który zdążył się jednak odsunąć i mocno uderzyć go w brzuch. Laing zgiął się wpół i pozbawiony tchu osunął się na kolana. Strike zszedł z ringu nagrodzony słabymi brawami, a z piekącego miejsca po ugryzieniu na kości policzkowej ciekła mu krew.

Dwa tygodnie później Strike, który zdobył w turnieju drugie miejsce, ustępując jedynie sierżantowi z trzeciej spadochronowej, został przeniesiony z Aldershot, lecz przedtem dotarła do niego wieść, że Laingowi zakazano opuszczania koszar z powodu agresji i braku dyscypliny na ringu. Kara miała być surowsza, ale podobno starszy oficer uwzględnił przedstawione przez Lainga okoliczności łagodzące. Laing twierdził, że wszedł na ring w silnym stresie spowodowanym wiadomością, że jego narzeczona poroniła.

Już wtedy, wiele lat przed zdobyciem dodatkowych informacji o Laingu, z powodu których Strike jechał teraz drogą krajową w pożyczonym mini, nie wierzył, że martwy płód mógł cokolwiek znaczyć dla wściekłego zwierzęcia ukrytego pod bezwłosą, mlecznobiałą skórą Lainga. Gdy Cormoran opuszczał ojczyznę, na jego twarzy wciąż widniały ślady po siekaczach.

Trzy lata później Strike przybył na Cypr, żeby zbadać sprawę rzekomego gwałtu. Gdy wszedł do pokoju przesłuchań, po raz drugi stanął twarzą w twarz z Donaldem Laingiem, teraz już trochę masywniejszym, paradującym z kilkoma nowym tatuażami, z całą twarzą pokrytą piegami od cypryjskiego słońca i ze zmarszczkami wokół głęboko osadzonych oczu.

Jak można się było spodziewać, adwokat Lainga sprzeciwił się, by dochodzenie prowadził człowiek, którego jego klient kiedyś pogryzł, więc Strike zamienił się z kolegą rozpracowującym na Cyprze siatkę handlarzy narkotyków. Gdy tydzień później spotkał się z nim na drinku, ku swojemu zdziwieniu dowiedział się, że kolega jest skłonny uwierzyć w bajeczkę Lainga utrzymującego, że on i rzekoma ofiara, miejscowa kelnerka, za obopólną zgodą uprawiali na chybcika seks po pijaku, a teraz kobieta tego żałowała, ponieważ ktoś doniósł jej chłopakowi, że wyszła z pracy razem z Laingiem. Nie było świadków rzekomego ataku, podczas którego, jak twierdziła kelnerka, Laing groził jej nożem.

– Dziewczyna lubi się zabawić – podsumował kolega z Wydziału do spraw Specjalnych.

Strike nie miał podstaw, żeby zaprzeczyć, ale pamiętał, że Laing zdołał już kiedyś wzbudzić sympatię starszego oficera, mimo że świadkami jego agresji i niesubordynacji były setki ludzi.

Gdy Strike spytał o szczegóły dotyczące wyjaśnień Lainga i jego zachowania, kolega opisał go jako bystrego, sympatycznego mężczyznę z cierpkim poczuciem humoru.

– Mógłby być bardziej zdyscyplinowany – przyznał śledczy po przeanalizowaniu akt Lainga – ale nie wygląda mi na gwałciciela. Ożenił się z dziewczyną z rodzinnego miasteczka, przyjechała tu razem z nim.

W palącym cypryjskim słońcu Strike wrócił do sprawy narkotyków. Dwa tygodnie później, chcąc wyglądać – jak to mówią w armii – „mniej po wojskowemu", miał już gęstą brodę i leżąc na drewnianej podłodze w zadymionym lofcie, słuchał dziwnej historii. Biorąc pod uwagę niechlujny wygląd Strike'a, jego rzymskie sandały, workowate szorty i spłowiałe bransoletki ze sznurka okręcone wokół grubego nadgarstka, nic dziwnego, że leżący obok niego młody upalony cypryjski diler nie domyślał się, że rozmawia z funkcjonariuszem brytyjskiej żandarmerii wojskowej. Gdy ramię w ramię wylegiwali się ze skrętami w rękach, wyjawił Strike'owi nazwiska kilku żołnierzy handlujących na wyspie narkotykami, i to nie tylko marihuaną. Chłopak mówił z tak silnym akcentem, a Strike był tak bardzo pochłonięty zapamiętywaniem poprzekręcanych nazwisk i pseudonimów, że początkowo nie skojarzył nazwiska Dunnullung z nikim mu znanym. Dopiero gdy kumpel zaczął opowiadać, jak „Dunnullung" związał i torturował własną żonę, Strike uświadomił sobie, że Dunnullung to Laing.

– Świrus – powiedział obojętnym tonem chłopak o spojrzeniu wołu. – Zrobił to dlatego, że próbowała od niego odejść.

Wypytywany ostrożnie i jakby mimochodem Cypryjczyk wyjawił, że usłyszał tę historię od samego Lainga. Wszystko wskazywało na to, że została opowiedziana trochę dla zabawy, a trochę ku przestrodze, żeby uświadomić młodemu mężczyźnie, z kim ma do czynienia.

Nazajutrz Strike zjawił się na skąpanym w południowym słońcu osiedlu Seaforth. Stały tam najstarsze na wyspie kwatery wojskowe, pomalowane na biało i trochę zniszczone. Strike postanowił złożyć wizytę w porze, w której Laing, uniknąwszy oskarżenia o gwałt, przebywał w pracy. Gdy zadzwonił do drzwi, usłyszał jedynie odległy płacz dziecka.

– Ona ma chyba agorafobię – podzieliła się swoją opinią ze Strikiem rozplotkowana sąsiadka, która pospiesznie wyszła w tym celu z domu. – Jest trochę dziwna. Bardzo nieśmiała.

– A jej mąż? – spytał Strike.

– Donnie? Och, Donnie to dusza towarzystwa – ożywiła się.

– Szkoda, że pan nie widział, jak naśladuje kaprala Oakleya! Och, robi to bezbłędnie. Jest przezabawny.

Istniały bardzo liczne przepisy dotyczące wchodzenia do domu innego żołnierza bez jego wyraźnej zgody. Strike głośno zapukał do drzwi, ale nikt nie otworzył. Nadal jednak słyszał płacz dziecka. Poszedł na tył domu. Wszystkie zasłony były zaciągnięte. Zapukał do drzwi. Nic.

Gdyby przyszło mu się tłumaczyć z podjętych działań, miałby na swoje usprawiedliwienie jedynie ten płacz dziecka. Może zresztą nie uznano by go za wystarczający powód do wtargnięcia do domu bez nakazu. Strike nie ufał nikomu, kto za bardzo polegał na instynkcie albo intuicji, lecz był przekonany, że w domu stało się coś złego. Posiadał szósty zmysł wyczulony na wszystko, co dziwne i potworne. Przez całe dzieciństwo widywał rzeczy, o których inni ludzie woleli myśleć, że zdarzają się tylko w filmach.

Naparł na drzwi ramieniem i za drugim razem ustąpiły. W kuchni brzydko pachniało. Od kilku dni nikt nie wynosił śmieci. Wszedł głębiej.

– Pani Laing?

Nikt nie odpowiadał. Słaby płacz dziecka dobiegał z pierwszego piętra. Strike wspiął się po schodach, cały czas nawołując.

Drzwi do głównej sypialni były otwarte. Dom tonął w półmroku. Okropnie śmierdziało.

– Pani Laing?

Leżała naga, przywiązana za jeden nadgarstek do wezgłowia, częściowo przykryta mocno zakrwawionym prześcieradłem. Na materacu obok zauważył niemowlę w samej pieluszce. Było wychudzone, wyglądało niezdrowo.

Gdy podbiegł, żeby ją uwolnić, a drugą ręką sięgnął po komórkę, chcąc wezwać karetkę, kobieta przemówiła łamiącym się głosem:

– Nie... Idź sobie... Wynoś się...

Strike rzadko widywał równie wielkie przerażenie. Jej mąż był tak nieludzki, że zaczęła mu przypisywać wręcz nadnaturalną moc. Nawet gdy Strike próbował uwolnić jej nadgarstek, zakrwawiony i spuchnięty, błagała, żeby zostawił ją w spokoju. Laing powiedział, że ją zabije, jeśli po jego powrocie dziecko nie będzie szczęśliwsze. Najwyraźniej nie była w stanie wyobrazić sobie przyszłości, w której Laing nie jest wszechmocny.

Donald Laing został skazany na szesnaście lat więzienia za to, co zrobił żonie; pogrążyły go zeznania Strike'a. Do ostatniej chwili wszystkiemu zaprzeczał, mówiąc, że jego żona sama się związała, że to lubiła, że to ją podniecało, że zaniedbywała dziecko, że próbuje go wrobić, że to wszystko zostało ukartowane.

To były jedne z najpaskudniejszych wspomnień Strike'a. Dziwnie się czuł, odświeżając je, gdy mini sunął pośród zielonych wzgórz połyskujących w coraz silniejszym słońcu. Strike nie znał takich pejzaży. W spokoju rozległych mas nagiego granitu i falujących wzgórz wyczuwał jakąś szlachetność, z którą nigdy wcześniej się nie zetknął. Większość dzieciństwa spędził na wybrzeżu, czując smak soli w powietrzu – tu było królestwo lasów i rzeki, tajemnicze i skryte w inny sposób niż St Mawes, miasteczko o długiej przemytniczej historii, gdzie kolorowe domy osuwały się na plażę.

Mijając efektowny wiadukt po prawej, pomyślał o psychopatach i o tym, że można ich znaleźć wszędzie, nie tylko w zniszczonych czynszówkach, slumsach i skłotach, lecz nawet tutaj, w tym spokojnym, pięknym miejscu. Tacy ludzie jak Laing przypominali szczury: wiedziałeś, że są, lecz nigdy o nich za bardzo nie myślałeś, dopóki nie spotkałeś któregoś na swojej drodze.

Po obu stronach szosy stały na straży dwa miniaturowe zamki z kamienia. Gdy Strike wjeżdżał do rodzinnego miasteczka Donalda Lainga, przez chmury przebiło się oślepiająco jasne słońce.

16

So grab your rose and ringside seat,
We're back home at Conry's bar.

Więc złap swoją różę i miejsce w pierwszym rzędzie,
Wróciliśmy do domu, do baru Conry'ego.

Blue Öyster Cult, *Before the Kiss*

Za szklanymi drzwiami sklepu przy głównej ulicy wisiała ściereczka do naczyń. Ozdobiono ją czarnymi rysunkami miejscowych atrakcji turystycznych, ale uwagę Strike'a zwróciło kilka wystylizowanych żółtych róż, takich jak ta, którą zapamiętał wytatuowaną na silnym przedramieniu Donalda Lainga. Przystanął, żeby przeczytać wierszyk pośrodku:

> It's oor ain toon
> It's the best toon
> That ever there be:
> Here's tae Melrose,
> Gem o'Scotland,
> The toon o'the free*.

Zostawił mini na parkingu obok opactwa z ciemnoczerwonymi łukami wznoszącymi się na tle bladoniebieskiego nieba. Na południowym wschodzie widać było potrójny szczyt wzgórza Eildon, które Strike zauważył na mapie. Dodawało linii horyzontu dramaturgii i charakteru. W pobliskiej kawiarni kupił bułkę z bekonem i zjadł ją przy stoliku na zewnątrz, wypalił papierosa, wypił drugą mocną herbatę tego dnia, po czym ruszył piechotą na poszukiwanie ulicy

---

* To nasze miasto, / najlepsze miasto, / jakie kiedykolwiek istniało: / wypijmy za Melrose, / klejnot Szkocji, / miasto wolności.

Wynd, na której Laing był zameldowany, gdy szesnaście lat temu zaciągał się do wojska. Strike nie do końca wiedział, jak się to wymawia: *wind* jak wiatr czy *wind* jak obrót wskazówki zegara?

W blasku słońca miasteczko wyglądało na zamożne. Strike kroczył pochyłą główną ulicą w stronę rynku, gdzie w misie pełnej kwiatów stała kolumna zwieńczona jednorożcem. Na okrągłym kamieniu na chodniku widniała dawna rzymska nazwa miasteczka, Trimontium, nawiązująca zapewne do pobliskiego wzgórza z trzema wierzchołkami.

Przegapił Wynd, która zgodnie z mapą w jego telefonie odchodziła od głównej ulicy. Zawrócił i w murze po prawej stronie znalazł prowadzące na ciemne wewnętrzne podwórko wąskie przejście, w którym mógł się zmieścić jedynie pieszy. Stary dom rodzinny Lainga miał jasnoniebieskie drzwi i wchodziło się do niego po niskich schodach.

Strike zapukał i prawie natychmiast otworzyła mu ładna, ciemnowłosa kobieta, o wiele za młoda, żeby być matką Lainga. Gdy wyjaśnił, po co przyszedł, odpowiedziała z lekkim akcentem, który wydał mu się całkiem atrakcyjny:

– Pani Laing? Nie ma jej tu dziesięć lat albo i dłużej. – Zanim zdążył się zniechęcić, dodała: – Mieszka teraz na Dingleton Road.

– Dingleton Road? Daleko to?

– Tylko kawałek stąd. – Pokazała za siebie, w prawo. – Nie znam numeru.

– Nie szkodzi. Dzięki za pomoc.

Wracając obskurnym przejściem w stronę słonecznego rynku, Strike uświadomił sobie, że nie licząc wulgaryzmów, które młody żołnierz mamrotał mu do ucha na ringu bokserskim, nigdy nie słyszał, żeby Donald Laing coś mówił. Na Cyprze Strike pracował pod przykrywką nad sprawą handlarzy narkotyków i w żadnym razie nie mógł się pokazywać z brodą w pobliżu kwatery głównej, więc przesłuchaniem aresztowanego Lainga zajęli się inni. Później, gdy z sukcesem zakończył sprawę narkotyków i zgolił brodę, zeznawał przeciwko Laingowi w sądzie, lecz wyjechał z Cypru, zanim Laing publicznie oświadczył, że nigdy nie związał ani nie torturował żony. Przechodząc przez rynek, Strike zastanawiał się, czy szkocki akcent nie był przypadkiem jednym z powodów, dla których ludzie tak chętnie wierzyli Donniemu Laingowi, przebaczali mu i go lubili. Chyba gdzieś czytał, że reklamodawcy, chcąc zasugerować solidność i uczciwość, wykorzystują szkocki akcent.

Jedyny pub, jaki dotąd zauważył, stał kawałek dalej, przy ulicy, którą minął w drodze na Dingleton Road. Wyglądało na to, że w Melrose lubią żółty kolor: ściany były białe, lecz drzwi i okno podkreślono jaskrawym jak kwas żółtym kolorem i czernią. Ku rozbawieniu urodzonego w Kornwalii Strike'a pub, mimo braku dostępu miasteczka do morza, nazywał się Ship Inn*. Skręcił w Dingleton Road, która biegła pod mostem, wspinała się na strome wzgórze i znikała z pola widzenia.

Określenie „niedaleko" było bardzo relatywne, o czym Strike wielokrotnie miał okazję się przekonać, odkąd stracił łydkę i stopę. Po dziesięciu minutach wspinania się na wzgórze, zaczął żałować, że nie wrócił po mini na parking obok opactwa. Dwa razy spytał przechodzące kobiety, czy nie wiedzą, gdzie mieszka pani Laing, lecz choć obie były uprzejme i przyjazne, żadna nie mogła mu pomóc. Brnął dalej, lekko spocony, mijając rząd białych parterowych budynków, aż w końcu napotkał idącego w przeciwną stronę starszego mężczyznę w tweedowym kaszkiecie, wyprowadzającego czarno-białego psa rasy border collie.

– Przepraszam – powiedział Strike. – Wie pan może, gdzie mieszka pani Laing? Zapomniałem numeru.

– Pani Laing? – odrzekł facet z psem, przyglądając się Strike'owi spod szpakowatych brwi. – A jakże, to moja sąsiadka.

„Dzięki Bogu".

– Trzy domy dalej – dodał mężczyzna, pokazując palcem. – To ten budynek ze studnią życzeń z przodu.

– Wielkie dzięki – odrzekł Strike.

Skręcając na podjazd domu pani Laing, zauważył kątem oka, że mężczyzna nie ruszył się z miejsca i go obserwuje, mimo że collie ciągnie go w dół ulicy.

---

* Gospoda pod Statkiem.

Parterowy dom pani Laing wyglądał czysto i solidnie. Kamienne zwierzątka jak z bajek Disneya stały porozstawiane na całym trawniku i wyglądały zza rabatek. Drzwi wejściowe znajdujące się z boku budynku spowijał cień. Dopiero gdy Strike podniósł rękę w stronę kołatki, uświadomił sobie, że za kilka sekund może stanąć twarzą w twarz z Donaldem Laingiem.

Gdy zapukał, przez minutę nic się nie działo – jeśli pominąć to, że starszy facet z psem zawrócił i stał obok furtki pani Laing, bez skrępowania gapiąc się na Strike'a. Detektyw przypuszczał, że mężczyzna pożałował wyjawienia adresu sąsiadki i postanowił sprawdzić, czy rosły nieznajomy nie chce przypadkiem zrobić jej krzywdy. Niepotrzebnie się martwił.

– Jest w domu – zawołał do Strike'a, który zastanawiał się, czy nie spróbować jeszcze raz. – Ale ma szmergla.

– Co ma? – odkrzyknął Strike, pukając po raz drugi.

– Szmergla. Hyzia.

Mężczyzna z psem zrobił kilka kroków po podjeździe w stronę Strike'a.

– Demencję starczą – przetłumaczył Anglikowi.

– A – powiedział Strike.

Drzwi się otworzyły, ukazując maleńką, pomarszczoną staruszkę z ziemistą cerą, ubraną w granatowy szlafrok. Spiorunowała Strike'a wzrokiem, patrząc na niego z rodzajem bezosobowej wrogości. Z jej brody wyrastało kilka sztywnych włosów.

– Pani Laing?

Nie odpowiedziała i tylko wpatrywała się w niego oczami, które choć teraz przekrwione i wyblakłe, dawniej musiały być – nie miał co do tego wątpliwości – przenikliwe jak u fretki.

– Proszę pani, szukam pani syna Donalda.

– Nie – powiedziała z zaskakującą gwałtownością. – Nie!

Wycofała się i zatrzasnęła drzwi.

– O kurde – mruknął Strike pod nosem, przez co przypomniał sobie o Robin. Prawie na pewno poradziłaby sobie lepiej od niego i oczarowała tę małą staruszkę. Powoli zawrócił, zastanawiając się, czy w Melrose jest jeszcze ktoś, kto mógłby mu pomóc – na pewno widział innych Laingów w spisie 192.com – i znalazł się dokładnie naprzeciwko mężczyzny z psem, który podszedł aż pod dom, okazując nieśmiałe podekscytowanie.

– Pan jest tym detektywem – powiedział. – Pan jest tym detektywem, który zamknął jej syna.

Strike był zdumiony. Nie miał pojęcia, jak mógł zostać rozpoznany przez starszego Szkota, którego nigdy wcześniej nie widział. Jego tak zwana sława miała bardzo małą moc, gdy chodziło o rozpoznawalność wśród obcych ludzi. Codziennie chodził ulicami Londynu i nikogo nie interesowało, kim jest, a dopóki się z kimś nie spotkał na gruncie zawodowym albo jego nazwisko nie padło w związku z jakimś dochodzeniem, rzadko go kojarzono z prasowymi doniesieniami na temat jego detektywistycznych sukcesów.

– A jakże, to pan! – ciągnął starszy mężczyzna, coraz bardziej podekscytowany. – Moja żona i ja przyjaźnimy się z Margaret Bunyan. – Widząc zdziwioną minę Strike'a, wyjaśnił: – Z matką Rhony.

Pojemna pamięć Strike'a potrzebowała kilku sekund, żeby odnaleźć informację, że żona Lainga, młoda kobieta, którą Strike znalazł przywiązaną do łóżka i przykrytą zakrwawionym prześcieradłem, miała na imię Rhona.

– Kiedy Margaret zobaczyła pana w gazetach, powiedziała nam: „To on, to człowiek, który uratował naszą Rhonę!". Dobrze się panu powodzi, prawda? Przestań, Wullie! – krzyknął podniesionym głosem do zniecierpliwionego psa, który nadal szarpał się na smyczy, próbując wrócić na ulicę. – O, a jakże, Margaret śledzi wszystkie pańskie poczynania, wszystkie artykuły w gazetach. Odkrył pan, kto zabił tę modelkę... i tego pisarza! Margaret nigdy nie zapomniała, co pan zrobił dla jej córki, nigdy.

Strike wymamrotał coś niezrozumiałego, mając nadzieję, że zostanie to zinterpretowane jako wdzięczność za uznanie Margaret.

– O czym chciał pan rozmawiać z panią Laing? Donnie znowu coś zmalował, prawda?

– Szukam go – odrzekł wymijająco Strike. – Wie pan może, czy wrócił do Melrose?

– O nie, nie wydaje mi się. Kilka lat temu odwiedził matkę, ale od tamtej pory go nie było. To małe miasto: gdyby Donnie Laing wrócił... usłyszelibyśmy o tym, no nie?

– Myśli pan, że pani... Bunyan, prawda?... mogłaby cokolwiek...?

– Byłaby zachwycona, gdyby pan ją odwiedził – podekscytował się starszy mężczyzna. – Nie, Wullie! – skarcił skomlącego border collie, próbującego go wyciągnąć na ulicę. – Zadzwonię do niej, dobrze? Jest w Darnick. To wioska na zachód od Melrose. Zadzwonić?

– Bardzo by mi pan pomógł.

Strike wszedł za nim do sąsiedniego domu i czekał w małym, nieskazitelnie czystym salonie, podczas gdy przejęty gospodarz trajkotał przez telefon przy akompaniamencie skomlenia coraz bardziej zdenerwowanego psa.

– Przyjedzie – powiedział mężczyzna, zasłaniając słuchawkę ręką. – Chce się pan z nią spotkać u mnie w domu? Zapraszam. Żona zaparzy herbatę...

– Dzięki, ale mam jeszcze parę spraw do załatwienia – skłamał Strike, który wątpił, by udało mu się przeprowadzić rozmowę w obecności takiego gaduły. – Mógłby pan spytać, czy znajdzie czas na lancz w Ship Inn? Za godzinę.

Determinacja psa chcącego iść na spacer przeważyła szalę na korzyść Strike'a. Mężczyźni zeszli razem ze wzgórza, a collie cały czas szarpał się na smyczy, zmuszając detektywa do szybszego, niżby chciał, marszu po stromej pochyłości. Na rynku z ulgą pożegnał się z pomocnym mężczyzna, który wesoło mu pomachał i ruszył w kierunku rzeki Tweed. Strike, lekko utykając, spacerował dla zabicia czasu po głównej ulicy, dopóki nie przyszła pora zawrócić w stronę Ship Inn.

Na końcu ulicy napotkał kolejną eksplozję czerni i kwasowej żółci, która, jak po chwili zdał sobie sprawę, wpływała na wystrój Ship Inn. Tu także ujrzał żółtą różę, symbol lokalnego klubu rugby. Przystanął z rękami w kieszeniach, spoglądając na niski murek biegnący wzdłuż gładkiej, równej połaci turkusowej, aksamitnej murawy otoczonej drzewami, na żółte słupy bramki do rugby lśniące w słońcu, na trybuny z prawej i lekko falujące wzgórza w tle. Boisko było starannie utrzymane niczym miejsce kultu i wydawało się niezwykle porządnie urządzone jak na tak małe miasteczko.

Wpatrując się w przestwór aksamitnej trawy, Strike przypomniał sobie Whittakera, śmierdzącego i palącego w kącie skłotu, podczas gdy Leda leżała obok i z otwartymi ustami słuchała opowieści o jego ciężkim życiu – teraz Strike wyraźnie widział, że była łatwowierna i z łapczywością pisklęcia połykała bajeczki, które opowiadał jej młody mąż. Z punktu widzenia Ledy szkoła Gordonstoun mogła się równać z więzieniem w Alcatraz: to zakrawało na skandal, że jej szczupłego poetę skazano na srogą, szkocką zimę, gdzie zbierał cięgi pośród błota i deszczu.

– Rugby, kochanie? O, nie! Moje biedactwo... *ty* grałeś w rugby!

Gdy siedemnastoletni Strike (paradujący wówczas ze spuchniętą wargą po treningu w klubie bokserskim) cicho roześmiał się nad pracą domową, Whittaker, chwiejąc się na nogach, stanął przed nim i krzyknął paskudnym, nienaturalnie brzmiącym cockneyem:

– Co się, kurwa, śmiejesz, głąbie?

Whittaker nie potrafił znieść, gdy ktoś się z niego śmiał. Potrzebował, wręcz pożądał uwielbienia. Gdy mu go brakowało, był gotów zadowolić się strachem lub nawet nienawiścią będącą dowodem jego mocy, lecz szyderstwo świadczyło o wyższości uzurpowanej sobie przez kogoś innego, a zatem było nie do zniesienia.

– Byłbyś, kurwa, wniebowzięty, co, głupi ćwoku? Już teraz uważasz się za pieprzonego oficera lepszego od karków grających w rugby. Powiedz jego bogatemu tatuśkowi, żeby go wysłał do pieprzonej Gordonstoun! – wrzasnął Whittaker do Ledy.

– Kochanie, uspokój się! – powiedziała, a po chwili, trochę bardziej stanowczym tonem dodała: – Nie, Corm!

Strike już wstał, gotowy walnąć Whittakera, czego nie mógł się doczekać. Nigdy nie miał ku temu lepszej okazji, ale matka stanęła między nimi, kładąc chude, ozdobione pierścionkami ręce na ich falujących klatkach piersiowych.

Strike zamrugał i jego oczom znowu ukazało się jasne, skąpane w słońcu boisko, miejsce niewinnych wysiłków i emocji. Czuł zapach liści, trawy i woń rozgrzanej gumy dobiegającą od strony pobliskiej drogi. Powoli zawrócił i ruszył w stronę Ship Inn, marząc o piwie, lecz podstępna podświadomość nie zamierzała mu jeszcze odpuścić.

Widok tego równego boiska do rugby wyzwolił inne wspomnienie: czarnowłosego, ciemnookiego Noela Brockbanka rzucającego się na niego z nadtłuczoną butelką po piwie. Brockbank był masywny, silny i szybki: rwacz. Strike pamiętał, jak uniósł pięść i omijając tę nadtłuczoną butelkę, dosięgnął celu w chwili, gdy szkło dotknęło jego szyi...

Pęknięcie podstawy czaszki – tak brzmiała diagnoza. Krwawienie z ucha. Rozległe uszkodzenie mózgu.

– Kurwa, kurwa, kurwa – wymamrotał Strike pod nosem w takt własnych kroków.

„Skup się na Laingu, przyjechałeś tu w sprawie Lainga".

Przeszedł pod metalowym galeonem z jaskrawożółtymi żaglami zawieszonym nad wejściem do Ship Inn. Tablica tuż za drzwiami informowała, że to jedyny pub w Melrose.

W środku natychmiast się uspokoił: ciepłe kolory, lśniące szkło i mosiądz, dywan przypominający patchwork z wyblakłych brązów, czerwieni i zieleni, ściany w brzoskwiniowej barwie i odsłonięte cegły. Wszędzie zauważał kolejne oznaki świadczące o sportowej obsesji Melrose: tablice ze zbliżającymi się meczami, kilka olbrzymich ekranów plazmowych, a nad pisuarem (minęły godziny, odkąd Strike sikał po raz ostatni) wisiał mały, przymocowany do ściany telewizor, w razie gdyby przyłożenie nastąpiło w chwili, gdy nie dało się już dłużej ignorować pełnego pęcherza.

Pamiętając, że czeka go powrotna podróż do Edynburga samochodem Hardacre'a, kupił sobie małego johna smitha i usiadł na skórzanej kanapie naprzeciwko baru, przeglądając laminowane menu i mając nadzieję, że Margaret Bunyan zjawi się punktualnie, gdyż właśnie sobie uświadomił, że jest głodny.

Przyszła zaledwie pięć minut później. Choć prawie nie pamiętał, jak wyglądała jej córka i nigdy wcześniej się nie spotkali, gdy tylko przystanęła na wycieraczce i utkwiła w nim spojrzenie, zdradziła ją mina wyrażająca obawę połączoną z niecierpliwym wyczekiwaniem.

Strike wstał, a ona niepewnym krokiem ruszyła w jego stronę, ściskając oburącz pasek ogromnej czarnej torby.

– To naprawdę pan – powiedziała z zapartym tchem.

Miała mniej więcej sześćdziesiąt lat, była drobna i krucha, nosiła okulary w metalowej oprawce, a spod mocno ondulowanych jasnych włosów wyłaniała się jej zaniepokojona twarz.

Strike wyciągnął swoją wielką rękę i uścisnął jej zimną, drobnokościstą dłoń, która lekko drżała.

– Tata Rhony jest dzisiaj w Hawick, nie może przyjechać, dzwoniłam do niego, prosił, żeby panu przekazać, że nigdy nie zapomnimy, co pan dla niej zrobił – powiedziała jednym tchem. Opadła na kanapę obok Strike'a i nadal wpatrywała się w niego z trwogą połączoną ze zdenerwowaniem. – Ciągle o tym pamiętamy. Czytamy o panu w gazetach. Było nam bardzo przykro z powodu pańskiej nogi. Tyle pan zrobił dla Rhony! To, co pan dla niej zrobił...

Nagle do jej oczu napłynęły łzy.

– ...byliśmy tak...

– Cieszę się, że zdołałem...

Znaleźć jej dziecko związane, nagie i zakrwawione na łóżku. Rozmawianie z członkami rodzin o tym, co spotkało ich ukochane osoby, było jedną z najgorszych części jego pracy.

– ...że zdołałem jej pomóc.

Pani Bunyan wydmuchała nos w chusteczkę wydobytą z dna czarnej torby. Czuł, że należy do tego pokolenia kobiet, które z zasady nigdy nie chodzą do pubu same, a już z pewnością nie kupują drinków przy barze, jeśli mają przy sobie mężczyznę, który może im oszczędzić tych katuszy.

– Proszę pozwolić, że coś dla pani zamówię.

– Tylko sok pomarańczowy – powiedziała speszona, wycierając oczy.

– Może jeszcze coś do jedzenia – zachęcał ją, zamierzając zamówić sobie łupacza w cieście piwnym i frytki.

Gdy wrócił po złożeniu zamówienia przy barze, spytała, co robi w Melrose, i natychmiast wyszła na jaw przyczyna jej zdenerwowania.

– Donnie tu nie wróci, prawda? Wrócił?

– O ile mi wiadomo, to nie – powiedział Strike. – Nie wiem, gdzie jest.

– Myśli pan, że ma coś wspólnego z...?

Ściszyła głos do szeptu.

– Czytaliśmy w gazecie... Wiemy, że ktoś panu przysłał... przysłał panu...

– Tak – potwierdził Strike. – Nie wiem, czy ma z tym coś wspólnego, ale chciałbym go znaleźć. Podobno po wyjściu z więzienia przyjechał odwiedzić matkę.

– Och, to było jakieś cztery, pięć lat temu – powiedziała Margaret Bunyan. – Zjawił się na progu jej domu i siłą wszedł do środka. Jego matka ma teraz alzheimera. Nie zdołała go powstrzymać, ale sąsiedzi zadzwonili po jego braci, a oni przyjechali i go wyrzucili.

– Wyrzucili go?

– Donnie jest najmłodszy. Ma czterech starszych braci. To twardzi mężczyźni – powiedziała pani Bunyan. – Wszyscy. Jamie mieszka w Selkirk i od razu przyjechał, żeby wyrzucić Donniego z domu matki. Podobno pobili go do nieprzytomności.

Z drżeniem upiła łyk soku pomarańczowego i ciągnęła dalej:

– Słyszeliśmy o tym. Nasz przyjaciel Brian, którego niedawno pan poznał, widział tę bójkę na ulicy. Czterech na jednego, wszyscy krzyczeli i wrzeszczeli. Ktoś wezwał policję. Jamie dostał pouczenie. Wcale się tym nie przejął – powiedziała pani Bunyan. – Nie chcieli go widzieć, ich matka też. Wygonili go z miasta. Byłam przerażona – ciągnęła. – Ze względu na Rhonę. On zawsze powtarzał, że po wyjściu z więzienia ją odnajdzie.

– I odnalazł? – spytał Strike.

– O tak – powiedziała z żalem pani Bunyan. – Wiedzieliśmy, że to zrobi. Rhona przeprowadziła się do Glasgow, zatrudniła się w biurze podróży. Mimo to ją znalazł. Przez pół roku żyła w strachu, że się zjawi, i pewnego dnia się zjawił. Wieczorem przyszedł do jej mieszkania, ale był chory. Nie taki jak kiedyś.

– Chory? – ożywił się Strike.

– Nie pamiętam na co, chyba na jakiś rodzaj artretyzmu. Rhona mówiła, że mocno utył. Przyszedł do niej wieczorem, wcześniej ją śledził, ale dzięki Bogu – powiedziała z żarem pani Bunyan – akurat był u niej narzeczony. Ma na imię Ben i jest policjantem – dodała triumfalnym tonem, aż poczerwieniały jej blade policzki.

Powiedziała to w taki sposób, jakby myślała, że sprawi tym Strike'owi szczególną przyjemność, jakby on i Ben byli współczłonkami jakiegoś wielkiego detektywistycznego bractwa.

– Teraz są już małżeństwem – ciągnęła pani Bunyan. – Nie mają dzieci, bo... No, wie pan dlaczego...

I bez ostrzeżenia trysnął strumień łez, spływając po twarzy pani Bunyan za okularami. Okropieństwa sprzed dziesięciu lat nagle znów stały się świeże i krwiste, jakby na stoliku przed nimi wylądowała góra podrobów.

– ...Laing wsadził w nią nóż – wyszeptała pani Bunyan.

Zwierzała mu się, jakby Strike był lekarzem albo księdzem, wyjawiając ciążące jej sekrety, którymi nie mogła się podzielić z przyjaciółmi: on już wiedział najgorsze. Gdy znowu pogrzebała w czarnej kwadratowej torbie w poszukiwaniu chusteczki, przypomniał sobie szeroką plamę krwi na prześcieradle i zdartą skórę na nadgarstku Rhony po próbach uwolnienia się. Dzięki Bogu, że jej matka nie mogła zajrzeć mu do głowy.

– Wsadził w nią nóż... Próbowali... no wie pan... to naprawić...

Gdy postawiono przed nimi dwa talerze z jedzeniem, roztrzęsiona pani Bunyan wzięła głęboki oddech.

– Ale mieli z Benem cudowne wakacje – wyszeptała gorączkowo, raz po raz wycierając zapadnięte policzki i unosząc okulary, żeby dotrzeć do oczu. – I hodują... hodują owczarki... owczarki niemieckie.

Strike był głodny, lecz nie mógł jeść podczas rozmowy o tym, co spotkało Rhonę Laing.

– Urodziła Laingowi dziecko, prawda? – spytał, przypominając sobie ciche kwilenie obok zakrwawionej, odwodnionej matki. – Teraz musi mieć z dziesięć lat.

– U-umarło – szepnęła, a łzy skapnęły jej z brody. – Ś-śmierć łóżeczkowa. Zawsze było chorowite. To się s-stało dwa dni po tym, jak zabrali D-Donniego. I o-on... Donnie... zadzwonił do Rhony z więzienia i powiedział, że wie, że to ona zabiła... zabiła... dziecko... i że kiedy wyjdzie, też ją zabije...

Strike na chwilę położył ogromną dłoń na ramieniu szlochającej kobiety, po czym podźwignął się na nogi i podszedł do młodej barmanki, która obserwowała ich z otwartymi ustami. Brandy wydawała się zbyt mocna dla tej kruchej istoty przy stoliku. Joan, ciotka Strike'a, tylko trochę starsza od pani Bunyan, zawsze uważała porto za lekarstwo. Zamówił kieliszek i wrócił na miejsce.

– Proszę. Niech pani to wypije.

Został nagrodzony ponownym wybuchem płaczu, lecz po chwili pani Bunyan wytarła twarz przemoczoną chusteczką, powiedziała drżącym głosem: „Bardzo pan miły", wypiła porto, gwałtownie wciągnęła powietrze i patrząc na niego, zamrugała jasnorzęsymi oczami różowymi jak u prosiaka.

– Domyśla się pani, gdzie Laing mógł się wybrać po tym, jak się zjawił u Rhony?

– Tak – szepnęła. – Ben popytał w biurze kuratora sądowego. Wszystko wskazuje na to, że Donnie pojechał do Gateshead, ale nie wiem, czy dalej tam jest.

„Gateshead". Strike przypomniał sobie Donalda Lainga znalezionego w internecie. Czy z Gateshead przeprowadził się do Corby? A może to byli dwaj różni mężczyźni?

– W każdym razie – ciągnęła pani Bunyan – nigdy więcej nie nachodził Rhony i Bena.

– To zrozumiałe – mruknął Strike, sięgając po nóż i widelec. – Gliniarz i owczarki niemieckie. Nie jest taki głupi.

Jego słowa dodały jej chyba odwagi i trochę ją pocieszyły, gdyż z nieśmiałym, smętnym uśmiechem zaczęła skubać swój makaron z serem.

– Pobrali się młodo – powiedział Strike, który chciał się dowiedzieć o Laingu jak najwięcej, usłyszeć wszystko, co mogłoby mu dać wyobrażenie o jego powiązaniach albo zwyczajach.

Potaknęła, przełknęła i odrzekła:

– O wiele za młodo. Zaczęła się z nim spotykać już jako piętnastolatka i bardzo nam się to nie podobało. Słyszeliśmy o Donniem Laingu różne rzeczy. Jakaś młoda dziewczyna mówiła, że wykorzystał ją na dyskotece dla młodych farmerów. Nic mu nie zrobili: policja powiedziała, że brakuje dowodów. Próbowaliśmy ostrzec Rhonę, że będą z nim kłopoty – westchnęła – ale to tylko zwiększyło jej determinację. Zawsze była uparta ta nasza Rhona.

– Był już oskarżony o gwałt? – spytał Strike. Ryba i frytki smakowały wyśmienicie. Z ulgą zauważył, że w pubie zbierają się ludzie i uwaga barmanki skupiła się na innych.

– O tak. To nieciekawa rodzina – powiedziała pani Bunyan z rodzajem afektowanego, małomiasteczkowego snobizmu, który Strike dobrze pamiętał ze swojego dzieciństwa. – Wszyscy bracia zawsze się bili i mieli kłopoty z policją, ale on był najgorszy. Własne rodzeństwo go nie lubiło. Szczerze mówiąc, matka chyba też. Chodziły słuchy – dodała z nagłym przypływem pewności siebie – że był z innego ojca. Rodzice ciągle się kłócili i mniej więcej w tym czasie, kiedy zaszła w ciążę z Donniem, byli w separacji. Ludzie mówią nawet, że prowadzała się z miejscowym policjantem. Nie wiem, czy to prawda. Policjant wyjechał, a pan Laing wrócił do żony, ale nigdy nie lubił Donniego, tego jestem pewna. W ogóle go nie lubił. Podobno wiedział, że chłopak nie jest jego. Donnie był najbardziej niesforny z nich wszystkich. Kawał chłopa. Dostał się do siódemek...

– Do siódemek?

– Do drużyny rugby – powiedziała i nawet ta mała, nobliwa dama była zdziwiona, że Strike nie od razu zrozumiał coś, co w Melrose traktowano bardziej jak religię niż sport. – Ale go wyrzucili. Brak dyscypliny. Tydzień po tym, jak wyleciał, „ktoś" zrył całe Greenyards. Boisko – dodała w obliczu zadziwiającej ignorancji Anglika.

Porto rozwiązało jej język. Usta jej się nie zamykały.

– Zajął się więc boksem. Poza tym był wygadany, a jakże. Kiedy Rhona go poznała – ona miała piętnaście lat, on siedemnaście – niektórzy mnie przekonywali, że wcale nie jest taki zły. A jakże – powtórzyła, potakująco kiwając głową na widok niedowierzania Strike'a. – Potrafił zjednać sobie obcych. Donnie Laing umiał być czarujący, jeśli chciał. Ale niech pan spyta Waltera Gilchrista, czy Donnie był czarujący. Walter wyrzucił go z pracy na farmie, bo Laing ciągle się spóźniał, i „ktoś" podłożył ogień w jego stodole. Och, nigdy nie udowodniono, że to Donnie. Podobnie jak nigdy nie udowodniono, że to on zniszczył boisko, ale wiem, jaka jest prawda. Rhona nie chciała słuchać. Myślała, że go zna. Że ludzie go nie rozumieją i takie tam. Mówiła, że jesteśmy uprzedzeni, ograniczeni. Donnie chciał się zaciągnąć do wojska. Krzyżyk na drogę, pomyślałam. Miałam nadzieję, że jeśli wyjedzie, Rhona o nim zapomni. Po jakimś czasie wrócił. Zaszła w ciążę, ale poroniła. Była na mnie zła, bo powiedziałam...

Nie chciała mu wyjawić, co powiedziała, ale Strike mógł się domyślić.

– ...a potem przestała się do mnie odzywać i wyszła za niego na jego pierwszej przepustce. Nie zaprosiła na ślub ani ojca, ani mnie – ciągnęła. – Wyjechali razem na Cypr. Ale wcześniej zabił nam kota.

– Co? – spytał zdziwiony Strike.

– Wiem, że to był on. Zanim Rhona za niego wyszła, ostrzegaliśmy ją, że popełnia okropny błąd. Tego wieczoru nie mogliśmy znaleźć Purdy. Następnego dnia leżała martwa na trawniku za domem. Weterynarz powiedział, że została uduszona.

Na plazmowym ekranie nad jej ramieniem Dimitar Berbatow w szkarłacie cieszył się z gola zdobytego w meczu z Fulhamem. Powietrze wypełniło się głosami Szkotów. Pobrzękiwało szkło, podzwaniały sztućce, a towarzyszka Strike'a opowiadała o śmierci i ranach.

– Wiem, że on to zrobił, wiem, że zabił Purdy – oznajmiła z żarem. – Niech pan pomyśli, co zrobił Rhonie i dziecku. To zły człowiek.

Jej palce pogmerały przy zapięciu torebki i wyjęła ze środka mały plik zdjęć.

– Mój mąż ciągle powtarzał: „Po co je trzymasz? Spal je". Ale zawsze myślałam, że pewnego dnia jego zdjęcia mogą nam się przydać. Proszę – powiedziała, wkładając je w wyciągnięte ręce Strike'a. – Niech je pan weźmie, niech je pan zatrzyma. Gateshead. Tam się przeprowadził.

Później, gdy wyszła, znowu płacząc i dziękując, Strike zapłacił rachunek i poszedł do Millers of Melrose, rodzinnego sklepu mięsnego, który zauważył, spacerując po mieście. Tam kupił kilka pasztecików z dziczyzną, przypuszczając, że będą o wiele smaczniejsze niż to, co zdołałby kupić na dworcu przed wejściem do nocnego pociągu do Londynu.

Wracając na parking krótką uliczką z kwitnącymi złotymi różami, znowu pomyślał o tatuażu na tamtym muskularnym przedramieniu.

Kiedyś, wiele lat temu, przynależność do tego uroczego miasteczka, otoczonego farmami i strzeżonego przez trzy wierzchołki wzgórza Eildon, miała dla Donniego Lainga jakieś znaczenie. Nie był jednak stworzony do pracy na roli ani do gry w drużynie rugby, nie mógł się przydać w miejscu, które zdawało się czerpać dumę z dyscypliny i uczciwej działalności. Melrose wypluło podpalacza stodół, dusiciela kotów, niszczyciela boisk, więc Laing szukał schronienia tam, gdzie wielu mężczyzn albo znalazło zbawienie, albo dostało za swoje: w brytyjskiej armii. Gdy wylądował w więzieniu i nawet ono go wypluło, próbował wrócić do domu, lecz nikt go tutaj nie chciał.

Czy w Gateshead czekało go cieplejsze powitanie? Czy przeprowadził się stamtąd do Corby? A może – zastanawiał się Strike, wciskając się z powrotem do Hardacre'owego mini – były to jedynie przystanki na drodze do Londynu i Strike'a?

17

The Girl That Love Made Blind

Dziewczyna zaślepiona miłością

Wtorek rano. To śpi po – jak powiedziało – długiej, ciężkiej nocy. Jakby go to, kurwa, w ogóle obchodziło. Musiał jednak udawać, że obchodzi. Przekonał To, żeby poszło się położyć, a gdy zaczęło głęboko, równo oddychać, przez chwilę je obserwował, wyobrażając sobie, że wydusza z niego pieprzone życie, patrzy jak To wytrzeszcza oczy i walczy o powietrze, a twarz powoli mu sinieje…

Gdy już był pewny, że To się nie obudzi, po cichu wyszedł z sypialni, włożył kurtkę i o poranku wymknął się, by poszukać Sekretarki. Po raz pierwszy miał okazję śledzić ją za dnia, lecz było za późno, żeby ją wytropić na stacji obok domu. Najlepsze, co mógł zrobić, to zaczaić się u wlotu Denmark Street.

Zauważył ją z daleka: tych jaskrawych, falujących, jasnorudych włosów nie można było przeoczyć. Próżna suka, pewnie lubiła się wyróżniać w tłumie, bo w przeciwnym razie zakryłaby je czymś, obcięła albo ufarbowała. One wszystkie chciały zwracać na siebie uwagę, co do tego nie miał najmniejszych wątpliwości: wszystkie.

Gdy znalazła się bliżej, jego niezawodna intuicja umożliwiająca wyczuwanie emocji podpowiedziała mu, że coś się zmieniło. Szła ze spuszczoną głową, przygarbiona, nie zwracała uwagi na rój ludzi wokół ściskających torebki, kubki z kawą i telefony.

Minął ją, idąc w przeciwną stronę i podchodząc tak blisko, że poczułby zapach jej perfum, gdyby nie to, że znajdowali się na ruchliwej ulicy pełnej spalin i pyłu. Równie dobrze mógłby być słupkiem przy drodze. Trochę go to zdenerwowało, mimo że przecież zamierzał przejść obok niezauważony. Wyróżnił ją, lecz ona traktowała go obojętnie.

Dokonał jednak pewnego odkrycia: płakała od wielu godzin. Wiedział, jak wyglądają zapłakane kobiety, widywał je wiele razy. Miały spuchnięte, zaczerwienione i kluchowate twarze, ciekło im z nosa i jęczały: wszystkie co do jednej. Lubiły zgrywać ofiarę. Człowiek miał ochotę je zabić, byleby się tylko zamknęły.

Zawrócił i poszedł za nią kawałek w stronę Denmark Street. Kobiety w takim stanie często bywały uległe w sposób, który nie byłby możliwy, gdyby nie czuły smutku czy strachu. Zapominały o tym wszystkim, co suki odruchowo robiły, żeby tacy jak on trzymali się od nich z daleka: o kluczach zaciśniętych w dłoni, telefonie w ręce, alarmach antygwałtowych w kieszeni, o chodzeniu w grupach. Domagały się uwagi, były wdzięczne za miłe słowo, za życzliwe ucho. Właśnie tak upolował To.

Przyspieszył kroku, gdy Sekretarka skręciła w Denmark Street, z której po ośmiu dniach wynieśli się wreszcie zniecierpliwieni dziennikarze. Otworzyła czarne drzwi do budynku i weszła do środka.

Zamierzała niedługo wyjść z powrotem czy może spędzić cały dzień ze Strikiem? Naprawdę miał nadzieję, że się pieprzą. I pewnie się pieprzyli. Bez dwóch zdań – tylko we dwoje cały czas w jednym biurze. Zaszył się w bramie i wyjął telefon, nie spuszczając z oka okna na drugim piętrze budynku numer dwadzieścia cztery.

18

I've been stripped, the insulation's gone.

Rozebrano mnie, warstwa izolacji zniknęła.

Blue Öyster Cult, *Lips in the Hills*

Tamten ranek, gdy Robin po raz pierwszy weszła do agencji Strike'a, był też pierwszym rankiem jej narzeczeństwa. Dziś, otwierając przeszklone drzwi, przypomniała sobie, jak wpatrywała się w ciemniejący szafir na palcu, a po chwili Strike wybiegł z agencji i o mało jej nie zrzucił z metalowych schodów.

Nie miała już na palcu pierścionka. Miejsce, gdzie tkwił przez te wszystkie miesiące, wydawało się teraz nadwrażliwe, jakby je napiętnował. Robin niosła podręczną torbę z ubraniem na zmianę i kilkoma kosmetykami.

„Nie możesz tu płakać. Nie wolno ci tu płakać".

Automatycznie wykonała zwykłe czynności, od których rozpoczynała dzień pracy: zdjęła płaszcz, powiesiła go razem z torebką na kołku obok drzwi, napełniła i włączyła czajnik, a torbę podręczną wepchnęła pod biurko, żeby Strike jej nie zobaczył. Raz po raz się odwracała, żeby sprawdzić, czy zrobiła to, co zamierzała. Czuła się bezcielesna jak duch, którego zimne palce przenikają przez paski torebek i czajniki.

Wystarczyły cztery dni, żeby rozpadł się związek trwający dziewięć lat. Cztery dni narastającej niechęci, wylewania żalów i rzucania oskarżeń. Z perspektywy czasu część z nich wydawała się zupełnie trywialna. Land rover, gonitwa Grand National, decyzja Robin o zabraniu laptopa do domu. W niedzielę doszło do małostkowej sprzeczki o to, czyi rodzice płacą za samochody wynajęte na ślub, a to doprowadziło do kolejnej kłótni o jej żałosną pensję. Wsiadając do land rovera w poniedziałek rano przed podróżą do Londynu, prawie się do siebie nie odzywali.

Ostatniej nocy, już w West Ealing, wybuchła awantura, przy której wszystkie wcześniejsze sprzeczki zbledły, zmieniając się jedynie w ostrzegawcze drgania przed katastrofą sejsmiczną mającą wszystko zniszczyć.

Za chwilę spodziewała się Strike'a. Słyszała, jak porusza się w mieszkaniu na górze. Wiedziała, że nie może sprawiać wrażenia roztrzęsionej ani niezdolnej do poradzenia sobie z sytuacją. Teraz została jej tylko praca. Musiała znaleźć pokój w cudzym mieszkaniu, gdyż tylko na to było ją stać za marne grosze, które płacił jej Strike. Próbowała sobie wyobrazić przyszłych współlokatorów. Pomyślała, że to będzie jak powrót do akademika.

„Nie myśl o tym teraz".

Robiąc herbatę, uświadomiła sobie, że zapomniała przynieść puszkę z Bettys, którą kupiła tuż po ostatniej przymiarce sukni ślubnej. Ta myśl prawie wytrąciła ją z równowagi, lecz potężnym wysiłkiem woli powstrzymała się od płaczu i zaniosła kubek do komputera, aby przebrnąć przez mejle, na które nie mogła odpowiedzieć, gdy na tydzień musieli opuścić agencję.

Wiedziała, że Strike właśnie wrócił ze Szkocji: przyjechał nocnym pociągiem. Zamierzała z nim o tym porozmawiać, żeby odwrócić uwagę od swoich czerwonych, spuchniętych oczu. Zanim rano wyszła z mieszkania, próbowała zmniejszyć opuchliznę za pomocą lodu i zimnej wody, lecz bez większego powodzenia.

Matthew próbował jej zagrodzić drogę do drzwi. On też wyglądał upiornie.

– Posłuchaj, musimy porozmawiać. Musimy.

„Już nie – pomyślała Robin, której zadrżały ręce, gdy unosiła gorącą herbatę do ust. – Nie muszę już robić niczego, na co nie mam ochoty".

Śmiałość tej myśli podważyła pojedyncza gorąca łza, która bez ostrzeżenia spłynęła jej po policzku. Wytarła ją przerażona. Nie przypuszczała, że zostały jej jeszcze jakieś łzy. Odwracając się w stronę monitora i ledwie wiedząc, co robi, zaczęła pisać na klawiaturze odpowiedź klientowi, który prosił o fakturę.

Słysząc odgłos kroków na schodach, wzięła się w garść. Drzwi się otworzyły. Podniosła głowę. Na progu stał mężczyzna, który nie był Strikiem.

Poraził ją pierwotny, instynktowny strach. Nie miała czasu analizować, dlaczego nieznajomy tak na nią wpłynął, wiedziała jedynie, że jest niebezpieczny. W mgnieniu oka obliczyła, że nie zdąży w porę dobiec do drzwi, że alarm antygwałtowy leży w kieszeni płaszcza i jej najlepszą bronią jest teraz ostry otwieracz do listów spoczywający kilkanaście centymetrów od jej lewej ręki.

Mężczyzna był wymizerowany i blady, miał ogoloną głowę, trochę piegów rozsianych na szerokim nosie oraz grube usta. Tatuaże pokrywały jego nadgarstki, knykcie i szyję. Złoty ząb połyskiwał z boku uśmiechniętych ust. Głęboka blizna biegła od środka górnej wargi w stronę kości policzkowej, ciągnąc usta do góry i wykrzywiając je w permanentny elvisowy uśmieszek. Miał na sobie workowate dżinsy oraz bluzę od dresu i zalatywał od niego mocny zapach zwietrzałego tytoniu i marihuany.

– Jak leci? – zagadnął. Raz po raz pstrykając palcami obu rąk zwisających po bokach, wchodził głębiej do poczekalni. Pstryk, pstryk, pstryk. – Jesteś sama?

– Nie – powiedziała, czując zupełną suchość w ustach. Chciała złapać za otwieracz do listów, zanim mężczyzna podejdzie bliżej. Pstryk, pstryk, pstryk. – Mój szef właśnie...

– Shanker! – zawołał Strike, stając w drzwiach.

Nieznajomy się odwrócił.

– Bunsen – powiedział i przestał pstrykać palcami, po czym wyciągnął rękę i przywitał się ze Strikiem żółwikiem. – Jak leci, brachu?

„Dobry Boże – pomyślała z ulgą Robin, rozluźniając się. Dlaczego Strike jej nie uprzedził, że ma przyjść ten mężczyzna?" Odwróciła się i skupiła na mejlach, żeby Cormoran nie zobaczył jej twarzy. Gdy prowadził Shankera do swojego gabinetu i zamykał drzwi, usłyszała nazwisko „Whittaker".

Normalnie żałowałaby, że nie może być obecna przy ich rozmowie. Skończyła odpowiadać na mejle i pomyślała, że powinna zaproponować kawę. Najpierw poszła jeszcze raz spryskać twarz zimną wodą w maleńkiej łazience na korytarzu, w której utrzymywał się silny zapach kanalizacji bez względu na to, ile odświeżaczy kupiła za pieniądze z kasetki.

Tymczasem Strike, który zdążył się jej przyjrzeć, był wstrząśnięty zmianą, jaka zaszła w jej wyglądzie. Nigdy nie widział, żeby była aż taka blada ani miała tak spuchnięte i przekrwione oczy. Gdy siedział przy biurku spragniony przyniesionych przez Shankera informacji na temat Whittakera, do głowy przyszła mu myśl: „Co ten drań jej zrobił?" i przez ułamek sekundy, zanim skupił całą uwagę na gościu, wyobraził sobie, jak wali Matthew w pysk i ma z tego frajdę.

– Co tak paskudnie wyglądasz, Bunsen? – spytał Shanker, rozsiadając się na krześle naprzeciwko i energicznie pstrykając palcami. Miał ten tik już jako nastolatek i Strike'owi było żal każdego, kto spróbowałby go uciszyć.

– Jestem wykończony – odparł Strike. – Dwie godziny temu wróciłem ze Szkocji.

– Nigdy nie byłem w Szkocji – powiedział Shanker.

Strike nie miał pojęcia, że Shanker nigdy w życiu nie wyjeżdżał z Londynu.

– No więc czego się dowiedziałeś?

– On dalej się tu kręci. – Shanker przestał pstrykać palcami, żeby wyjąć z kieszeni paczkę mayfairów. Zapalił papierosa tanią zapalniczką, nie pytając Strike'a o pozwolenie. Detektyw w myślach wzruszył ramionami, wyjął swoje benson & hedgesy i pożyczył od Shankera ogień. – Widziałem jego dilera. Gościu mówi, że Whittaker jest w Catford.

– Wyprowadził się z Hackney?

– Na to wygląda, Bunsen, chyba że zostawił tam swojego klona. Klonów nie szukałem. Daj mi następną stówę, a pójdę sprawdzić.

Rozbawiony Strike wydał z siebie krótkie prychnięcie. Ludzie nie doceniali Shankera i to był ich błąd. Jego nerwowość oraz wygląd kogoś, kto zażywał wszystkie nielegalne substancje, jakie tylko mógł, doprowadzały ich do błędnego wniosku, że teraz też jest na haju. W rzeczywistości był bystrzejszy i trzeźwiejszy niż wielu biznesmenów pod koniec dnia pracy, nawet jeśli pozostawał notorycznym przestępcą.

– Masz adres? – spytał Strike, wyciągając notes.

– Jeszcze nie – powiedział Shanker.

– Pracuje gdzieś?

– Rozpowiada, że organizuje trasę koncertową jakiejś kapeli metalowej.

– Ale?

– To alfons – powiedział rzeczowo Shanker.

Rozległo się pukanie do drzwi.

– Czy ktoś ma ochotę na kawę? – spytała Robin. Strike zauważył, że specjalnie odwraca twarz od światła. Odszukał wzrokiem jej lewą dłoń: nie było na niej pierścionka zaręczynowego.

– Chętnie – odrzekł Shanker. – Dwie łyżeczki cukru.

– Napiłbym się herbaty. Dzięki – powiedział Strike, patrząc, jak Robin się wycofuje. Sięgnął do biurka po starą metalową popielniczkę, którą zwędził z baru w Niemczech, i podsunął ją Shankerowi, zanim ten zdążył strzepnąć przyrastający popiół na podłogę.

– Skąd wiesz, że jest alfonsem?

– Od gościa, który spotkał go z gwoździem – wyjaśnił Shanker. Strike znał cockney: mosiężny gwóźdź oznaczał prostytutkę.

– Mówi, że Whittaker z nią mieszka. Bardzo młoda sztuka. To prawie nielegalne.

– No jasne – mruknął Strike.

Odkąd został śledczym, miewał do czynienia z najróżniejszymi aspektami prostytucji, ale tym razem chodziło o coś innego: o jego byłego ojczyma, człowieka, którego matka Strike'a kochała i idealizowała, któremu urodziła dziecko. Prawie poczuł woń Whittakera: jego brudne ubrania, jego zwierzęcy odór.

– Catford – powtórzył.

– No. Jak chcesz, mogę się tam rozejrzeć – zaproponował Shanker, ignorując popielniczkę i strzepując popiół na podłogę. – Ile to jest dla ciebie warte, Bunsen?

Gdy negocjowali honorarium Shankera, dyskutując o tym z humorem podszytym powagą dwóch mężczyzn doskonale wiedzących, że Shanker niczego nie zrobiłby za darmo, Robin przyniosła kawę i herbatę. W świetle jej twarz wyglądała upiornie.

– Odpisałam na najważniejsze mejle – powiedziała do Strike'a, udając, że nie zauważa jego badawczego spojrzenia. – Pójdę się zająć Platyną.

Shanker wydawał się mocno zaintrygowany tym oświadczeniem, ale nikt mu niczego nie wyjaśnił.

– Wszystko w porządku? – spytał ją Strike, żałując, że jest z nimi Shanker.

– Jasne – powiedziała Robin, podejmując żałosną próbę uśmiechnięcia się. – Odezwę się później.

– „Pójdę się zająć platyną"? – powtórzył zaciekawiony Shanker, gdy za Robin zamykały się drzwi do agencji.

– To brzmi lepiej, niż wygląda w rzeczywistości – zapewnił go Strike, odchylając się w fotelu, żeby wyjrzeć przez okno. Robin wyszła z budynku ubrana w trencz, skierowała się w górę Denmark Street i zniknęła mu z oczu. Jakiś duży facet w czarnej czapce wyszedł ze sklepu z gitarami naprzeciwko i ruszył w tę samą stronę, lecz uwagę Strike'a odwrócił Shanker, pytając:

– Bunsen, ktoś naprawdę przysłał ci pieprzoną nogę?

– Tak – potwierdził Strike. – Uciął ją, włożył do pudełka i doręczył osobiście.

– Ja pierdolę – powiedział Shanker, którego niełatwo było zszokować.

Gdy wyszedł z plikiem banknotów za wykonane usługi i otrzymawszy obietnicę takiej samej kwoty za dodatkowe szczegóły na temat Whittakera, Strike zadzwonił do Robin. Nie odebrała, ale nie było w tym nic dziwnego, jeśli akurat znajdowała się gdzieś, gdzie nie mogła swobodnie rozmawiać. Wysłał do niej esemesa:

Daj znać jak będziesz gdzieś gdzie możemy się spotkać

Następnie usiadł na jej opuszczonym krześle, aby zająć się swoją częścią korespondencji i faktur.

133

Po drugiej nocy w pociągu trudno mu jednak było się skupić. Pięć minut później spojrzał na komórkę, lecz Robin nie odpowiedziała. Wstał, żeby zaparzyć sobie następny kubek herbaty. Unosząc go do ust, poczuł lekką woń marihuany przeniesioną z ręki na rękę podczas pożegnania z Shankerem.

Shanker pochodził z Canning Town, lecz miał kuzynów w Whitechapel, którzy dwadzieścia lat temu wplątali się w zatarg z konkurencyjnym gangiem. Shanker chciał pomóc kuzynom i z tego powodu wylądował w rynsztoku na końcu Fulbourne Street, obficie krwawiąc z głębokiej rany na ustach i policzku, która trwale go oszpeciła. Właśnie tam znalazła go Leda Strike wracająca późnym wieczorem z wyprawy po bibułki do skrętów.

Przejście obojętnie obok leżącego w rynsztoku zakrwawionego chłopca w wieku jej syna było dla Ledy nie do pomyślenia. To, że ściskał w dłoni zakrwawiony nóż, że miotał przekleństwa i najwyraźniej znajdował się pod wpływem jakiegoś narkotyku w ogóle jej nie zniechęciło. Wytarła Shankera i mówiła do niego tak, jak nie mówił nikt, odkąd umarła jego matka, gdy miał osiem lat. Kiedy zabronił tej dziwnej kobiecie wezwać karetkę, gdyż bał się tego, co mogłoby go spotkać ze strony policji (przed chwilą ugodził napastnika nożem w udo), Leda obrała jedyny kurs, jaki wydawał jej się możliwy: zaprowadziła go do skłotu i osobiście się nim zajęła. Pocięła na kawałki plaster z opatrunkiem i nieporadnie zakleiła głęboką ranę, zastępując w ten sposób szwy, ugotowała rannemu rzadką breję pełną tytoniowego popiołu i kazała zdumionemu synowi znaleźć materac, na którym Shanker mógłby spać.

Leda od początku traktowała Shankera jak dawno zaginionego siostrzeńca, a on czcił ją w zamian tak, jak potrafi jedynie załamany chłopak kurczowo uczepiony wspomnienia o kochającej matce. Po powrocie do zdrowia korzystał z jej szczerego zaproszenia i wpadał z wizytą, gdy tylko miał ochotę. Shanker rozmawiał z Ledą tak, jak nie mógłby rozmawiać z żadnym innym człowiekiem, i był chyba jedyną osobą, która nie widziała w niej żadnych wad. Szacunek, jaki do niej czuł, obejmował także jej syna. Dwóch chłopaków, którzy pod każdym względem różnili się od siebie jak ogień i woda, jeszcze bardziej zbliżyła milcząca, lecz potężna nienawiść do Whittakera, który był szaleńczo zazdrosny o ten nowy element w życiu Ledy, lecz bał się okazywać mu taką pogardę jak Strike'owi.

Strike był pewny, że Whittaker dostrzegł w Shankerze deficyt, na który sam cierpiał: brak normalnych granic. Whittaker słusznie doszedł do wniosku, że choć nastoletni pasierb źle mu życzy, trzymają go w ryzach niechęć do zrobienia przykrości matce, szacunek dla prawa i zdecydowane wystrzeganie się nieodwracalnych działań mogących na zawsze przekreślić jego życiowe szanse. Shanker zaś nie znał takich ograniczeń i długie okresy jego pomieszkiwania z patchworkową rodziną trzymały w jakich takich ryzach nasilającą się tendencję Whittakera do stosowania przemocy.

To właśnie ze względu na regularną obecność Shankera w skłocie Strike uznał, że może spokojnie wyjechać na studia. Gdy się żegnali, nie był w stanie ubrać w słowa swojej największej obawy, ale Shanker i tak zrozumiał.

– Spokojna głowa, stary. Spokojna głowa.

Shanker nie mógł jednak siedzieć w skłocie bez przerwy. W dniu śmierci Ledy wyjechał w jedną ze swoich regularnych, związanych z narkotykami podróży służbowych. Strike nigdy nie zapomni ich następnego spotkania: smutku Shankera, jego poczucia winy i łez, których nie mógł powstrzymać. Podczas gdy Shanker negocjował w Kentish Town dobrą cenę za kilogram pierwszorzędnej boliwijskiej kokainy, Leda Strike powoli sztywniała na brudnym materacu. Sekcja zwłok wykazała, że zanim któryś ze współmieszkańców skłotu spróbował ją obudzić, sądząc, że zapadła w głęboki sen, nie oddychała od sześciu godzin.

Podobnie jak Strike, Shanker od początku był przekonany, że zabił ją Whittaker, a jego rozpacz i pragnienie bezzwłocznej zemsty były tak gwałtowne, że Whittaker powinien był się cieszyć, iż został aresztowany, zanim Shanker go dorwał. Wpuszczony na miejsce dla świadków Shanker, zamiast opowiedzieć o troskliwej kobiecie, która nigdy w życiu nie tknęła heroiny, zawołał: „To sprawka tego skurwiela!", a następnie usiłował przedostać się przez barierkę do Whittakera, za co bezceremonialnie wyrzucono go z sądu.

Świadomie odpychając od siebie te dawno pogrzebane wspomnienia, które po odgrzebaniu pachniały równie paskudnie, Strike upił łyk gorącej herbaty i znowu spojrzał na komórkę. Nadal nie było wiadomości od Robin.

19

Workshop of the Telescopes

Warsztat z teleskopami

Gdy tego ranka jego wzrok spoczął na Sekretarce, od razu wyczuł, że jest wytrącona z równowagi, roztrzęsiona. Wystarczyło na nią spojrzeć: siedziała w oknie wielkiej studenckiej restauracji Garrick obok London School of Economics. Dziś wyglądała nieładnie. Spuchnięta twarz, zaczerwienione oczy, blada cera. Pewnie nawet mógłby usiąść obok niej, a ta głupia suka by nie zauważyła. Skupiona na dziwce ze srebrnymi włosami, która pisała coś na laptopie kilka stolików dalej, nie zwracała uwagi na mężczyzn. Nie przeszkadzało mu to. Wiedział, że już niedługo go zauważy. To on będzie ostatnim obrazem w jej życiu.

Nie musiał dziś wyglądać jak ładny chłopczyk. Nigdy ich nie podrywał, gdy były przygnębione. Wtedy stawał się przyjacielem w biedzie, dobrodusznym nieznajomym. „Kochanie, nie wszyscy mężczyźni są tacy. Zasługujesz na kogoś lepszego. Pozwól, że odwiozę cię do domu. Zgódź się, podrzucę cię". Można było z nimi zrobić prawie wszystko, jeśli tylko zapomniały, że masz fiuta.

Wszedł do zatłoczonej restauracji, chyłkiem podszedł do lady, by kupić kawę, po czym znalazł miejsce w kącie, skąd mógł ją obserwować od tyłu.

Zniknął jej pierścionek zaręczynowy. Interesujące. To rzuciło nowe światło na podręczną torbę, którą nosiła dziś na ramieniu albo chowała pod stolikami. Czyżby zamierzała spać gdzieś indziej niż w mieszkaniu w Ealing? Może w końcu znajdzie się na jakiejś opuszczonej ulicy, idąc słabo oświetlonym skrótem lub wyludnionym podziemnym przejściem?

Jego pierwsze morderstwo było podobne: po prostu skorzystał z okazji. Pamiętał je obraz po obrazie, jak pokaz slajdów, gdyż było ekscytujące i nowe. Wydarzyło się, jeszcze zanim podniósł to do rangi sztuki, zanim zaczął w to grać jak w grę, którą w istocie było.

Była pulchna i ciemnowłosa. Jej koleżanka właśnie odjechała, wsiadła do samochodu klienta i zniknęła. Facet w aucie nie miał pojęcia, że wybiera, która z nich przeżyje noc.

Tymczasem on jeździł tam i z powrotem ulicą z nożem w kieszeni. Gdy nabrał pewności, że została sama, zupełnie sama, podjechał i przechylił się na miejsce pasażera, żeby zagadnąć do niej przez okno. Kiedy mówił, zaschło mu w ustach. Uzgodnili cenę i wsiadła do samochodu. Wjechali w pobliską ślepą uliczkę, z dala od latarni i przechodniów mogących ich niepokoić.

Dostał to, co chciał, a potem, kiedy się podnosiła, jeszcze zanim zapiął rozporek, uderzył ją pięścią, tak że odbiła się od drzwi i rąbnęła tyłem głowy w szybę. Nawet nie zdążyła pisnąć, gdy wyjął nóż.

Odgłos ostrza tnącego miękkie ciało, gorąca krew tryskająca mu na ręce – nawet nie krzyknęła, tylko gwałtownie wciągnęła powietrze, jęknęła i opadła na siedzenie, a on raz po raz wbijał w nią nóż. Zerwał jej z szyi złoty wisiorek. Wtedy jeszcze nie myślał o wzięciu największego trofeum: kawałka niej. Zamiast tego wytarł ręce w jej sukienkę, gdy oklapnięta siedziała obok, wstrząsana przedśmiertnymi drgawkami. Wycofał z uliczki, dygocząc ze strachu i ekstazy, po czym wyjechał z miasta razem ze zwłokami, uważając, żeby nie przekroczyć dozwolonej prędkości, i co kilka sekund spoglądając w lusterko wsteczne. Kilka dni wcześniej znalazł pewne miejsce, skrawek opuszczonego pola i zarośnięty rów. Gdy ją do niego sturlał, rozległo się wyraźne, mokre pláśnięcie.

Nadal miał jej wisiorek oraz kilka innych pamiątek. To były jego skarby. Zastanawiał się, co zabierze Sekretarce.

Chińczyk obok niego czytał coś na tablecie. *Ekonomię beha-wioralną.* Głupie psychologiczne pieprzenie. On też był kiedyś u psychologa, zmusili go.

– Opowiedz mi o swojej matce.

Mały łysy facet naprawdę użył takich słów – co za żart, co za banał. A mogłoby się wydawać, że psychologowie są inteligentni. Podjął tę grę dla zabawy i opowiedział temu kretynowi o swojej matce: że była zimną, podłą, popieprzoną suką. Jego narodziny były jej nie na rękę, postawiły ją w kłopotliwej sytuacji, i gdyby umarł, wcale by się nie przejęła.

– A ojciec?

– Nie mam ojca – odparł.

– To znaczy nigdy go pan nie widział?

Milczenie.

– Nie wie pan, kim on jest?

Milczenie.

– Czy po prostu go pan nie lubi?

Nie odpowiedział. Gra mu się znudziła. Chyba tylko bezmózgi dawały się nabrać na ten szajs. Już dawno zrozumiał, że inni ludzie naprawdę są bezmózgami.

W każdym razie powiedział prawdę: nie miał ojca. Mężczyzna, który podjął się tej roli, o ile można to tak nazwać – ten, który dzień w dzień go lał („człowiek surowy, ale sprawiedliwy") – wcale go nie spłodził. Przemoc i odrzucenie – tym była dla niego rodzina. Z drugiej strony to właśnie w domu nauczył się, jak przetrwać, jak mądrze się bić. Zawsze wiedział, że jest lepszy od innych, nawet gdy jako dziecko kulił się pod stołem w kuchni. Tak, już wtedy wiedział, że został stworzony z lepszego materiału niż drań nacierający na niego z wielką pięścią i zaciśniętymi zębami...

Sekretarka wstała w ślad za dziwką ze srebrnymi włosami, która właśnie wychodziła z laptopem w teczce. Dopił kawę i ruszył za nimi. Poszłoby mu z nią dzisiaj tak łatwo, tak łatwo! Zapomniała o wszelkiej ostrożności, prawie nie zwracała uwagi na platynową kurwę. Wsiadł do tego samego metra co one i stał odwrócony do Sekretarki plecami, lecz zza wyciągniętych rąk grupy turystów obserwował jej odbicie. Gdy wysiadła, z łatwością wmieszał się w tłum.

Wszyscy troje szli jak w procesji: srebrnowłosa dziwka, Sekretarka i on. Wspięli się po schodach, wyszli na chodnik, ruszyli ulicą w stronę Spearmint Rhino. Był już spóźniony, lecz nie potrafił się powstrzymać. Dotąd nie zostawała poza domem po zmroku, a torba podręczna i brak pierścionka zaręczynowego ułożyły się w okazję, której nie mógł przepuścić. Po prostu będzie musiał wymyślić jakąś bajeczkę dla Tego.

Srebrnowłosa dziwka zniknęła w klubie. Sekretarka zwolniła, a potem niezdecydowana stała na chodniku. Wyjął telefon i obserwował ją, zaszywszy się w ciemnej bramie.

20

I never realized she was so undone.

Nigdy nie przypuszczałem, że jest w takiej rozsypce.

Blue Öyster Cult, *Debbie Denise*
słowa: Patti Smith

Robin zapomniała o złożonej Strike'owi obietnicy, że po zmroku nie będzie przebywała poza domem. Właściwie to nawet nie zauważyła zachodu słońca, dopóki nie zdała sobie sprawy, że przesuwa się po niej światło reflektorów i rozjaśniły się wystawy sklepów. Dzisiaj Platyna zmieniła rozkład dnia. Normalnie byłaby w Spearmint Rhino już od kilku godzin i wirowała półnaga ku uciesze obcych mężczyzn, a nie szła ulicą w dżinsach, butach na wysokim obcasie i zamszowej kurtce z frędzlami. Najprawdopodobniej zamieniła się z którąś z koleżanek, lecz już niebawem miała tańczyć wokół rury, w związku z czym pojawiało się pytanie, gdzie Robin spędzi noc.

Jej komórka przez cały dzień wibrowała w kieszeni płaszcza. Matthew przysłał ponad trzydzieści esemesów.

Musimy porozmawiać.

Zadzwoń, proszę.

Robin, nie rozwiążemy żadnego problemu, jeśli ze mną nie porozmawiasz.

Ponieważ dzień mijał, a ona wciąż milczała, zaczął dzwonić. Później ton jego esemesów się zmienił.

Robin, wiesz, że cię kocham.

Żałuję, że to się stało. Chciałbym móc to zmienić, ale nie mogę.

To ciebie kocham, Robin. Zawsze cię kochałem i zawsze będę kochał.

Nie odpisywała, nie odbierała jego telefonów ani nie oddzwoniła. Wiedziała tylko, że nie wróci do mieszkania – nie dzisiaj. Nie miała pojęcia, co się stanie jutro albo pojutrze. Była głodna, wyczerpana i odrętwiała.

Późnym popołudniem Strike zrobił się prawie tak samo natrętny jak Matthew.

Gdzie jesteś? Zadzwoń proszę.

Odpisała, ponieważ z nim także nie była w stanie rozmawiać.

Nie mogę rozmawiać. Platyny nie ma w pracy.

Zawsze utrzymywali ze Strikiem pewien emocjonalny dystans i bała się, że jeśli będzie dla niej życzliwy, rozpłacze się, okazując tego rodzaju słabość, jaką z pewnością potępiał u asystentek. Nie mieli już prawie żadnych spraw, unosiło się nad nimi widmo mężczyzny, który przysłał jej nogę, a zatem nie mogła dać Strike'owi kolejnego powodu, żeby kazał jej pozostać w domu.

Jej odpowiedź go nie zadowoliła.

Zadzwoń jak najszybciej.

Zignorowała esemesa, tłumacząc sobie, że mogła go nie odebrać: przecież gdy go przysłał, była niedaleko metra, a wkrótce potem nie miała zasięgu, ponieważ jechała za Platyną na Tottenham Court Road. Wychodząc ze stacji, znalazła w telefonie kolejne nieodebrane połączenie i nową wiadomość od Matthew:

Muszę wiedzieć, czy wrócisz dzisiaj na noc. Umieram ze strachu o ciebie. Napisz tylko, czy żyjesz, o nic więcej nie proszę.

– Och, nie pochlebiaj sobie – mruknęła. – Jakbym chciała się przez ciebie zabić.

Dziwnie znajomy brzuchaty mężczyzna minął Robin w świetle pod markizą Spearmint Rhino. To był Dwa Razy. Zastanawiała się, czy jej się przywidziało, czy rzeczywiście posłał jej pełen samozadowolenia uśmieszek.

Czyżby zamierzał wejść do środka i patrzeć, jak jego dziewczyna wiruje w tańcu dla innych mężczyzn? Może dokumentowanie jego życia seksualnego go podniecało? Skąd się właściwie biorą takie dziwolągi?

Odwróciła się. Musiała zdecydować, co robić. Sto metrów dalej w ciemnej bramie jakiś mężczyzna w czapce chyba kłócił się przez komórkę.

Zniknięcie Platyny pozbawiło Robin celu. Gdzie zamierzała spać? Gdy tak stała, nie mogąc się zdecydować, minęła ją grupka młodych mężczyzn. Specjalnie przeszli tuż obok i jeden z nich otarł się o jej podręczną torbę. Wyczuła dezodorant Axe i zapach piwa.

– Masz tam kostium, mała?

Uświadomiła sobie, że stoi przed klubem ze striptizem. Gdy odruchowo odwróciła się w stronę agencji Strike'a, zadzwoniła jej komórka. Odebrała bezwiednie.

– Gdzie się podziewasz, do diabła? – zabrzmiał jej w uchu jego rozgniewany głos.

Ucieszyła się, że to nie Matthew, a Cormoran dodał:

– Przcz cały dzień próbuję się do ciebie dodzwonić! Gdzie ty właściwie jesteś?

– Na Tottenham Court Road – odrzekła, pospiesznie odchodząc od wciąż jeszcze dowcipkujących mężczyzn. – Platyna dopiero weszła do środka, a Dwa...

– Co ci mówiłem o wychodzeniu po zmroku?

– Ulica jest dobrze oświetlona – usprawiedliwiła się Robin.

Próbowała sobie przypomnieć, czy kiedykolwiek widziała w pobliżu hotel Travelodge. Potrzebowała jakiegoś czystego i taniego noclegu. Musiał być tani, gdyż zamierzała zapłacić ze wspólnego konta swojego i Matthew. Postanowiła nie wydać więcej, niż na nie wpłaciła.

– Wszystko w porządku? – spytał Strike, trochę mniej agresywnie.

Poczuła, jak rośnie jej gula w gardle.

– Tak – odrzekła najdobitniej, jak mogła. Próbowała zachowywać się profesjonalnie, być taka, jak chciał.

– Jestem jeszcze w agencji – powiedział. – Mówiłaś, że jesteś na Tottenham Court Road?

– Przepraszam, muszę kończyć – ucięła ze ściśniętym gardłem i się rozłączyła.

Czuła tak dojmujący strach przed rozpłakaniem się, że musiała zakończyć rozmowę. Wydawało jej się, że zamierzał zaproponować spotkanie. Gdyby jednak się spotkali, o wszystkim by mu powiedziała, a tego nie powinna robić.

Nagle łzy zaczęły jej płynąć po twarzy. Nie miała nikogo oprócz Strike'a. Otóż to! Wreszcie to przed sobą przyznała. Ludzie, z którymi jadali w weekendy posiłki, ci, z którymi chodzili na mecze rugby – oni wszyscy byli przyjaciółmi Matthew, jego kolegami z pracy, jego przyjaciółmi ze studiów. Ona nie miała nikogo oprócz Strike'a.

– Boże – powiedziała, wycierając oczy i nos rękawem płaszcza.

– Wszystko w porządku, skarbie? – zawołał bezzębny menel w bramie.

Nie była pewna, dlaczego znalazła się w pubie Tottenham – może dlatego, że znała obsługę, wiedziała, gdzie jest damska toaleta i że Matthew nigdy by tu nie zajrzał. Potrzebowała jedynie spokojnego kąta, aby móc poszukać taniego noclegu. Poza tym marzyła o drinku, co było do niej zupełnie niepodobne. Spryskała twarz zimną wodą w łazience, kupiła kieliszek czerwonego wina, zaniosła go do stolika i znowu wyjęła telefon. Miała kolejne nieodebrane połączenie od Strike'a.

Mężczyźni przy barze spoglądali w jej stronę. Domyślała się, jak wygląda: zapłakana i samotna, z podręczną torbą. Cóż, nie mogła nic na to poradzić. Wpisała w komórce: „Travelodge obok Tottenham Court Road" i czekała na powolną odpowiedź, pijąc wino chyba szybciej, niż powinna, na niemal pusty żołądek. Nie jadła śniadania ani lanczu: przez cały dzień przekąsiła tylko torebkę czipsów i jabłko w studenckiej kawiarni, do której Platyna poszła się uczyć.

Hotel Travelodge był w High Holborn. Musiał jej wystarczyć. Poczuła się nieco spokojniejsza, wiedząc, gdzie spędzi noc. Starannie unikając kontaktu wzrokowego z mężczyznami przy barze, poszła po drugi kieliszek wina. Nagle pomyślała, że chyba powinna zadzwonić do matki, lecz taka perspektywa znów wycisnęła jej łzy z oczu. Nie była w stanie zmierzyć się z miłością i rozczarowaniem Lindy, jeszcze nie.

Do pubu wszedł rosły mężczyzna w czapce, lecz Robin go nie zauważyła, ponieważ z determinacją wpatrywała się w resztę i wino, nie dając żadnemu z mężczyzn czających się przy barze najmniejszego powodu do przypuszczenia, że chciałaby, aby któryś się do niej dosiadł.

Po drugim kieliszku wina trochę się odprężyła. Pamiętała, że kiedyś Strike się tu upił, w tym samym pubie, tak że ledwie mógł iść. Że tamtego wieczoru jedyny raz jej się zwierzył. „Może właśnie dlatego tu przyszłam" – pomyślała, spoglądając w stronę kolorowej kopuły ze szkła. Do tego baru przychodzili ludzie, którzy odkryli, że ich ukochana osoba była niewierna.

– Jesteś tu sama? – spytał męski głos.

– Czekam na kogoś – powiedziała.

Gdy na niego spojrzała, poczuła, że ma trudności ze skupieniem wzroku. Był żylastym blondynem z wyblakłymi niebieskimi oczami i od razu się domyśliła, że jej nie uwierzył.

– Mogę zaczekać razem z tobą?

– Nie, kurwa, nie możesz – odezwał się znajomy głos.

To był Strike: masywny i nachmurzony, spiorunował nieznajomego wzrokiem, a ten jak niepyszny wrócił do dwóch kumpli przy barze.

– Co ty tu robisz? – spytała Robin, odkrywając ze zdziwieniem, że po dwóch kieliszkach wina jej język zdrętwiał i zrobił się ciężki.

– Szukam cię – powiedział.

– Skąd wiedziałeś, że...?

– Jestem detektywem. Ile tego wypiłaś? – zainteresował się, spoglądając na kieliszek po winie.

– Tylko jeden – skłamała, więc poszedł do baru po następny i po kufel doom bara dla siebie. Gdy składał zamówienie, rosły mężczyzna w czapce wymknął się z pubu, lecz Strike tego nie zauważył, gdyż był pochłonięty piorunowaniem wzrokiem blondyna, który dalej gapił się na Robin i zrezygnował chyba dopiero, gdy do stolika wrócił nachmurzony Strike z kuflem i kieliszkiem.

– Co się dzieje?

– Nic.

– Daruj sobie. Wyglądasz jak cholerna śmierć na chorągwi.

– No cóż – powiedziała Robin, pociągając wielki łyk wina.

– Możesz uznać, że podniosłeś mnie na duchu.

Strike krótko się roześmiał.

– Dlaczego masz ze sobą torbę? – Nie odezwała się, więc dodał:

– Gdzie się podział twój pierścionek zaręczynowy?

Otworzyła usta, żeby odpowiedzieć, lecz wezbrało w niej zdradliwe pragnienie rozpłakania się, które odebrało jej zdolność mowy. Po krótkiej wewnętrznej walce i kolejnym solidnym łyku wina oznajmiła:

– Już nie jestem zaręczona.

– Dlaczego?

– Zabawne, że akurat ty o to pytasz.

„Upiłam się – pomyślała, jakby opuściła ciało i patrzyła na siebie z boku. – Jak ja wyglądam! Upiłam się niespełna trzema kieliszkami wina, to przez brak jedzenia i snu".

– Co w tym zabawnego? – spytał zdezorientowany Strike.

– Nie rozmawiamy o sprawach prywatnych... Ty nie rozmawiasz o sprawach prywatnych.

– Z tego, co pamiętam, wywnętrzałem się przed tobą właśnie w tym pubie.

– Raz.

Widząc jej zaróżowione policzki i słysząc, jak plącze jej się język, domyślił się, że Robin jednak wypiła więcej niż dwa kieliszki. Rozbawiony i jednocześnie zaniepokojony, powiedział:

– Chyba powinnaś coś zjeść.

– To samo si wtedy poedziałam – odrzekła Robin. – Tego wieczoru, kiedy się… i w końcu poszliśmy na kebaba… A ja – oznajmiła z godnością – nie chcę kebaba.

– No wiesz, jesteśmy w Londynie. Pewnie możemy poszukać czegoś, co nie jest kebabem.

– Lubię czipsy – odparła, więc poszedł je kupić.

– Co się dzieje? – powtórzył, gdy wrócił do stolika. Po kilku sekundach przyglądania się, jak Robin usiłuje otworzyć opakowanie czipsów, wziął je od niej i ją wyręczył.

– Nic. Po prostu dziś w nocy zamierzam spać w Travelodge, i tyle.

– W Travelodge.

– No. Jest jeden przy… niedaleko.

Spojrzał na jej wyłączoną komórkę i domyślił się, że zapomniała ją naładować.

– Nie pamiętam gdzie dokładnie – ciągnęła. – Zostaw mnie tutaj, poradzę sobie – dodała, grzebiąc w torbie w poszukiwaniu czegoś, w co mogłaby wydmuchać nos.

– No – westchnął – sądząc po twoim wyglądzie, mogę być spokojny.

– Naprawdę wszystko w porządku – powiedziała żarliwie. – Jutro rano jak zwykle będę w pracy, zobaczysz.

– Myślisz, że cię szukałem, dlatego że martwię się o pracę?

– Nie musisz być miły! – jęknęła, chowając twarz w chusteczce.

– Nie zniosę tego! Bądź normalny!

– Czyli jaki? – spytał skołowany.

– Opryskliwy i nierozmo… nierozmow…

– A o czym chcesz rozmawiać?

– O niczym konkretnym – skłamała. – Po prostu myślałam… żeby zachowywać się profesnalnie.

– Co zaszło między tobą i Matthew?

– Co się dzieje między tobą i Elin? – odparowała.

– A czy to ważne? – spytał nieporuszony.

– No właśnie – odrzekła wymijająco, opróżniając trzeci kieliszek. – Chcę jesze je…

– Tym razem wypijesz coś bez alkoholu.

Czekając na niego, wpatrywała się w sufit. Namalowano tam sceny z teatru: Spodek hasał z Tytanią otoczony grupą wróżek.

– Z Elin wszystko w porządku – podjął Strike, gdy znowu usiadł. Doszedł do wniosku, że wymiana informacji to najlepszy sposób, żeby skłonić Robin do mówienia o swoich problemach. – Takie spokojne tempo jest mi na rękę. Ona ma dziecko i nie chce, żebym za bardzo się do niego zbliżył. Trudny rozwód.

– Aha – powiedziała Robin, mrugając oczami znad szklanki coli. – Jak się poznaliście?

– Przez Nicka i Ilsę.

– Skąd ją znają?

– Nie znają jej. Organizowali imprezę, a ona przyszła z bratem. To lekarz, pracuje z Nickiem. Nigdy wcześniej jej nie widzieli.

– Aha – powtórzyła Robin.

Na chwilę zapomniała o własnych problemach, skupiając uwagę na tym skrawku prywatnego świata Strike'a. Był taki normalny, taki zwyczajny! Poszedł na imprezę i zagadnął piękną blondynkę. Strike podobał się kobietom – Robin odkryła to w czasie ich wspólnej pracy. Gdy się u niego zatrudniła, nie rozumiała, jak to możliwe. Tak bardzo różnił się od Matthew.

– Czy Ilsa lubi Elin? – spytała Robin.

Strike'a zdumiał ten przebłysk przenikliwości.

– No… tak, chyba lubi – skłamał.

Robin sączyła colę.

– Okej. – Strike z trudem powstrzymywał zniecierpliwienie. – Twoja kolej.

– Rozstaliśmy się – oznajmiła.

Znając metodologię przesłuchań, uznał, że należy zamilknąć; po jakiejś minucie okazało się, że postąpił słusznie.

– On... coś mi powiedział – wyznała. – Wczoraj w nocy. Czekał.

– I tego nie można już cofnąć. Nie czegoś takiego.

Była blada i opanowana, lecz niemal czuł cierpienie kryjące się w tych słowach. Nadal milczał.

– Przespał się z inną – dodała cichym, zdławionym głosem.

Zapadło milczenie. Sięgnęła po paczkę z czipsami, zobaczyła, że zjadła wszystkie, i upuściła ją z powrotem na stolik.

– Cholera – mruknął Strike.

Był zaskoczony: nie tym, że Matthew przespał się z inną kobietą, lecz tym, że się do tego przyznał. Odniósł wrażenie, że przystojny młody księgowy to mężczyzna, który wie, jak ułożyć sobie życie, żeby mu było wygodnie, szufladkując i kategoryzując rzeczywistość wedle potrzeby.

– I to nie raz – podjęła Robin tym samym zduszonym głosem.

– Robił to miesiącami. Z kimś, kogo obydwoje znamy. Z Sarah Shadlock. To jego stara przyjaciółka ze studiów.

– Jezu – powiedział Strike. – Przykro mi.

Naprawdę było mu przykro, szczerze przykro z powodu jej cierpienia. Wiadomość wywołała jednak także inne emocje, które zwykle mocno trzymał na wodzy, uznając je za chybione i jednocześnie niebezpieczne, a one się naprężyły, sprawdzając, czy nie uda im się zrzucić krępujących je ograniczeń.

„Nie bądź pieprzonym głupkiem – pomyślał. – Nie możesz do tego dopuścić. Od razu wszystko spieprzyłoby się na amen".

– Co się stało, że się przyznał? – spytał Strike.

Nie odpowiedziała, ale ta scena przypomniała jej się z porażającą wyrazistością.

Ich magnoliowy salon był o wiele za mały, żeby pomieścić parę w stanie takiej furii. Całą drogę z Yorkshire przebyli w land roverze, którego Matthew nie chciał. W pewnym momencie jej podenerwowany narzeczony stwierdził, że to tylko kwestia czasu, żeby Strike uderzył do Robin, a co więcej przypuszczał, że ją to ucieszy.

– To tylko mój przyjaciel! – wrzasnęła na Matthew, stojąc obok ich taniej kanapy, podczas gdy bagaże stały jeszcze w korytarzu.

– Jak możesz sugerować, że podnieca mnie jego kalectwo...

– Jestcś naiwna jak cholera! – krzyknął. – Będzie twoim przyjacielem, dopóki nie spróbuje cię zaciągnąć do łóżka...

– Na jakiej podstawie tak go oceniasz? Też czekasz, żeby się rzucić na swoje koleżanki z pracy?

– Oczywiście, że nie, do diabła, ale ty jesteś w niego wpatrzona jak w pieprzony obrazek... To facet, siedzicie w tej agencji tylko we dwoje...

– On jest moim przyjacielem, tak samo jak Sarah Shadlock jest twoją przyjaciółką, ale przecież wy nigdy...

Zobaczyła to w jego twarzy. Przemknął po niej wyraz, jakiego jeszcze nigdy nie widziała. Jakby namacalne poczucie winy prześlizgnęło się po wysokich kościach policzkowych, gładko ogolonej brodzie i orzechowych oczach, które przez lata uwielbiała.

– ...Prawda? – spytała z nagłym wahaniem. – Prawda?

Zbyt długo się zastanawiał.

– Oczywiście – zaprzeczył z przekonaniem, jakby zatrzymany na chwilę film gwałtownie ruszył dalej. – Oczywiście, że nie...

– Zrobiłeś to – powiedziała. – Przespałeś się z nią.

Widziała to w jego twarzy. Nie wierzył w damsko-męskie przyjaźnie, ponieważ sam nigdy takiej nie zaznał. On i Sarah sypiali ze sobą.

– Kiedy? – spytała. – Nie, chyba nie... wtedy?

– Ja nie...

Usłyszała słaby protest mężczyzny, który wie, że przegrał, który wręcz chciał przegrać. Całą noc i cały dzień dręczyła ją jedna myśl: w pewnym sensie chciał, żeby się dowiedziała.

Jej dziwny spokój, nie tyle oskarżycielski, ile wynikający z oszołomienia, skłonił go do wyjawienia całej prawdy. Owszem, to stało się wtedy. Od początku czuł się z tego powodu okropnie... ale w tamtym czasie on i Robin ze sobą nie sypiali i pewnego wieczoru Sarah chciała go pocieszyć i, no cóż, sytuacja wymknęła się spod kontroli...

– Chciała cię pocieszyć? – powtórzyła Robin. Wreszcie ogarnęła ją złość, wyrywając ze stanu obezwładniającego niedowierzania. – Chciała pocieszyć ciebie?

– Wiesz, dla mnie to też był trudny okres! – krzyknął.

Strike patrzył, jak Robin nieświadomie kręci głową, próbując o tym nie myśleć, lecz od wspomnień zaróżowiły jej się policzki, a w oczach znowu zalśniły łzy.

– Co mówisz? – spytała Strike'a, wyrwana z zamyślenia.

– Pytałem, co go skłoniło do przyznania się.

– Nie wiem. Kłóciliśmy się. On uważa... – Wzięła głęboki oddech. Dwie trzecie butelki wina na pusty żołądek doprowadziły ją do tego, że wzięła przykład ze szczerości Matthew. – On nie wierzy, że jesteśmy tylko przyjaciółmi.

Dla Strike'a nie było to żadne zaskoczenie. Widział podejrzliwość w każdym spojrzeniu Matthew, słyszał niepewność w każdej kąśliwej uwadze, jaką narzeczony Robin rzucał pod jego adresem.

– No więc – ciągnęła z wahaniem Robin. – Zwróciłam mu uwagę, że jesteśmy tylko przyjaciółmi i że sam też ma platoniczną przyjaciółkę, swą starą drogą Sarah Shadlock. Wtedy wszystko wyszło na jaw. Miał z Sarah romans na studiach, kiedy ja... kiedy ja byłam w domu.

– Tak dawno temu?

– Myślisz, że skoro to było siedem lat temu, nie powinnam mieć pretensji? – spytała ostro. – Mimo że to zataił i ciągle się z nią widujemy?

– Po prostu się zdziwiłem, że przyznał się do tego po tak długim czasie – odrzekł spokojnie Strike, nie dając się wciągnąć w kłótnię.

– Aha – powiedziała Robin. – No cóż, było mu wstyd. Z powodu tego, kiedy to się stało.

– Na studiach? – spytał skołowany Strike.

– Tuż po tym, jak je rzuciłam – sprostowała.

– Aha.

Nigdy nie rozmawiali o tym, dlaczego przerwała studia psychologiczne i wróciła do Masham.

Robin nie zamierzała opowiadać Strike'owi tej historii, lecz wszystkie postanowienia odpłynęły w małym morzu alkoholu, którym wypełniła swoje głodne i wyczerpane ciało. Co by się stało, gdyby mu powiedziała? Na razie miał niepełny obraz sytuacji i nie był w stanie jej doradzić. Niewyraźnie zdała sobie sprawę, że liczy na jego pomoc. Bez względu na to, czy to jej się podobało, czy nie – bez względu na to, czy podobało się jemu – Strike był w Londynie jej najlepszym przyjacielem. Nigdy wcześniej nie stanęła z tym faktem twarzą w twarz. Alkohol podnosił ją na duchu i pozwalał przejrzeć na oczy. Mówi się *in vino veritas*, prawda? Strike na pewno znałby to powiedzenie. Miał dziwny zwyczaj sporadycznego cytowania łacińskich fraz.

– Wcale nie chciałam rzucać studiów – zaczęła powoli, czując zawroty głowy – ale coś się wydarzyło i później miałam problemy... Niedobrze. To niczego nie wyjaśniało.

– Wracałam od przyjaciółki, która mieszkała w innym akademiku – powiedziała. – Wcale nie było tak późno... raptem koło ósmej... ale już przed nim ostrzegano... w lokalnych wiadomościach...

Tak też było niedobrze. Za dużo szczegółów. Powinna była wyłożyć suche fakty, a nie przedstawiać wszystkie najdrobniejsze detale, tak jak wtedy w sądzie.

Głęboko westchnęła, spojrzała Strike'owi w twarz i wyczytała z niej, że on już się domyślił. Czując ulgę, że nie musi tego mówić, spytała:

– Czy mógłbyś zamówić jeszcze trochę czipsów?

Gdy wrócił do stolika, w milczeniu podał jej opakowanie. Nie spodobała jej się jego mina.

– Nie myśl o tym... to niczego nie zmienia! – zawołała z rozpaczą. – To było dwadzieścia minut mojego życia. Coś, co mi się przytrafiło. To nie jestem ja. To mnie nie definiuje.

Domyślił się, że musiała usłyszeć te słowa na jakiejś terapii. Przesłuchiwał ofiary gwałtów. Znał sformułowania, jakie im podsuwano, żeby zrozumiały coś, co dla kobiety było nie do pojęcia. Właśnie uzyskał odpowiedź na wiele pytań dotyczących Robin. Na przykład tych związanych z jej długim związkiem z Matthew: niezawodnym chłopakiem z rodzinnego miasteczka.

Pijana Robin wyczytała jednak w milczeniu Strike'a to, czego najbardziej się obawiała: zmianę w jego sposobie jej postrzegania, gdy z osoby jemu równej zmieniła się w ofiarę.

– To niczego nie zmienia! – powtórzyła ze złością. – Nadal jestem taka sama!

– Wiem o tym – powiedział – ale jednak spotkało cię coś zajebiście strasznego.

– No, tak… to prawda – mruknęła udobruchana. Potem znowu wybuchła. – Zamknięto go dzięki moim zeznaniom. Zauważyłam pewne szczegóły, kiedy… Miał pod uchem taką białą plamę… nazywają to bielactwem… I jedną nieruchomą, rozszerzoną źrenicę. Zaczęła trajkotać, pożerając trzecią paczkę czipsów tego dnia.

– Próbował mnie udusić. Oklapłam i udałam martwą, a wtedy uciekł. Zaatakował w tej masce jeszcze dwie dziewczyny i żadna z nich nie była w stanie podać policji szczegółów. Dzięki moim zeznaniom go przyskrzynili.

– Wcale mnie to nie dziwi – powiedział Strike.

Uznała to stwierdzenie za zadowalające. Przez chwilę siedzieli w milczeniu, a ona dojadała czipsy.

– Tylko że później nie byłam w stanie wyjść z pokoju – podjęła, jakby nie nastąpiła żadna przerwa. – W końcu uczelnia odesłała mnie do domu. Miałam odczekać tylko jeden semestr, ale… już nie wróciłam.

Robin zamyśliła się nad tym, wpatrzona przed siebie. Matthew zachęcał ją do pozostania w domu. Gdy agorafobia ustąpiła, co trwało ponad rok, zaczęła go odwiedzać na uniwersytecie w Bath, gdzie trzymając się za rękę, spacerowali pośród budynków z kamienia z Cotswolds, wzdłuż półksiężyców w stylu regencji i zadrzewionych brzegów Avonu. Ilekroć wychodzili gdzieś z jego przyjaciółmi, była wśród nich Sarah Shadlock, rechocząca z dowcipów Matthew, dotykająca jego ramienia, bez końca kierująca rozmowę na stare dobre czasy, którymi mogli się cieszyć, kiedy nie było z nimi Robin, uciążliwej dziewczyny Matthew z jego rodzinnego miasteczka…

„Chciała mnie pocieszyć. Wiesz, dla mnie to też był trudny okres!"

– No dobra – odezwał się Strike – musimy ci znaleźć jakiś nocleg.

– Pójdę do Travel…

– Nie, nie pójdziesz.

Nie chciał, żeby spała w miejscu, gdzie anonimowi ludzie mogą swobodnie spacerować po korytarzach albo wejść prosto z ulicy. Może miał paranoję, ale wolał, żeby nocowała gdzieś, gdzie krzyk nie utonie we wrzawie babskich wieczorów.

– Mogłabym się przespać w agencji – powiedziała Robin, podnosząc się chwiejnie z krzesła. Chwycił ją za ramię. – Jeśli masz jeszcze to łóżko polo...

– Nie będziesz spała w żadnej agencji – uciął. – Znam odpowiednie miejsce. Moja ciocia zatrzymała się tam z wujkiem, kiedy przyjechali obejrzeć *Pułapkę na myszy*. No, daj mi tę torbę.

Już kiedyś zdarzyło mu się objąć Robin, lecz wtedy sytuacja wyglądała zupełnie inaczej: używał jej w charakterze laski. Tym razem to ona miała problemy z utrzymaniem równowagi. Znalazł jej talię i mocno ją przytrzymał, gdy wychodzili z pubu.

– Matthew nie byłby tym zachwycony – odezwała się po chwili.

Strike milczał. Mimo tego, co usłyszał, nie był równie pewny jak Robin, że jej związek się zakończył. Była z Matthew przez dziewięć lat, a w Masham czekała na nią gotowa suknia ślubna. Pilnował się, żeby nie powiedzieć pod adresem Matthew żadnych krytycznych uwag, jakie mogłyby zostać powtórzone byłemu narzeczonemu w kolejnych kłótniach, które z pewnością ich nie ominą, gdyż więzi umacnianej przez dziewięć lat nie da się przeciąć w jedną noc. Zachowywał tę powściągliwość bardziej ze względu na Robin niż na siebie. Nie bał się Matthew.

– Kim był ten mężczyzna? – spytała Robin zaspanym głosem, gdy w milczeniu pokonali sto metrów.

– Który?

– Ten z rana... Myślałam, że to ten od nogi... Wystraszyłam się jak diabli.

– A... to Shanker. Stary przyjaciel.

– Jest przerażający.

– Nie zrobiłby ci krzywdy – zapewnił ją Strike. Po chwili dodał: – Ale nigdy nie zostawiaj go w agencji samego.

– Dlaczego?

– Zwędziłby wszystko, co nie jest przytwierdzone na stałe. Niczego nie robi za darmo.

– Skąd go znasz?

Historia Shankera i Ledy starczyła im aż do Frith Street, gdzie spoglądały na nich ciche rezydencje emanujące dostojeństwem i ładem.

– To tu? – spytała Robin, patrząc z otwartymi ustami na hotel Hazlitt's. – Nie mogę tu nocować... Tu będzie drogo!

– Ja płacę – powiedział Strike. – Potraktuj to jako tegoroczną premię. Bez gadania – dodał, gdy otworzyły się drzwi i młody uśmiechnięty mężczyzna odsunął się, żeby wpuścić ich do środka.

– To przeze mnie potrzebujesz bezpiecznego miejsca.

W wyłożonym boazerią korytarzu było przytulnie, poczuła się jak u kogoś w domu. Hotel miał tylko jedno wejście i nikt nie mógł otworzyć frontowych drzwi od zewnątrz.

Strike podał młodemu mężczyźnie swoją kartę kredytową i odprowadził chwiejącą się Robin do schodów.

– Możesz wziąć jutro wolne, jeśli...

– Będę o dziewiątej – powiedziała. – Cormoran, dzięki za... za...

– Nie ma sprawy. Dobrej nocy.

Gdy zamykał za sobą drzwi hotelu Hazlitt's, na Frith Street było spokojnie. Strike ruszył przed siebie z rękami głęboko w kieszeniach, zatopiony w myślach.

Została zgwałcona i porzucona na pastwę losu. „Jasna cholera".

Osiem dni temu jakiś drań wręczył jej uciętą nogę kobiety, a mimo to nie wspomniała słowem o swojej przeszłości, nie poprosiła o urlop i nie straciła ani odrobiny absolutnego profesjonalizmu, jakim codziennie wykazywała się w pracy. To Strike, gdy jeszcze nie wiedział, co ją spotkało, nalegał na najlepszy alarm antygwałtowy, powtarzał, żeby nie wychodziła po zmroku, regularnie się z nią kontaktował w ciągu dnia pracy...

W chwili, w której Strike zdał sobie sprawę, że oddala się od Denmark Street, zamiast się do niej przybliżać, w odległości dwudziestu metrów zauważył mężczyznę w czapce przyczajonego na rogu Soho Square. Bursztynowy koniuszek papierosa szybko zniknął, gdy człowiek się odwrócił i pospiesznie zaczął się oddalać.

– Przepraszam, kolego!

Głos Strike'a odbił się echem po cichym placu i detektyw przyspieszył kroku. Mężczyzna w czapce nie odwrócił się i ruszył biegiem.

– Hej! Kolego!

Strike też zaczął biec, jego kolano przy każdym gwałtownym kroku przeszywał ból. Ścigany obejrzał się i ostro skręcił w lewo. Strike biegł za nim najszybciej, jak potrafił. Gdy wpadł na Carlisle Street, wytężył wzrok, lustrując tłum zebrany przy wejściu do Toucan i zastanawiając się, czy mężczyzna się w niego wmieszał. Dysząc, minął biegiem klientów pubu i zbliżając się do skrzyżowania z Dean Street, zaczął się obracać, wypatrując uciekiniera. Mógł skręcić w lewo, w prawo albo pobiec dalej po Carlisle Street, a wszędzie było mnóstwo bram i piwnic, w których mężczyzna w czapce mógł się ukryć, jeśli oczywiście nie zatrzymał przejeżdżającej taksówki.

– Kurde – mruknął Strike. Kikut bolał go w miejscu zetknięcia z protezą. Zapamiętał jedynie wysoką, masywną sylwetkę, ciemny płaszcz oraz czapkę i zwrócił uwagę na podejrzany fakt: mężczyzna uciekł, zanim Strike zdążył go o cokolwiek zapytać – o godzinę, o drogę – albo poprosić o ogień.

Na chybił trafił skręcił w prawo, w Dean Street. Samochody śmigały w obu kierunkach. Przez blisko godzinę przeczesywał okolicę, zaglądając w ciemne bramy i piwniczne zagłębienia. Wiedział, że to prawie na pewno szukanie wiatru w polu, lecz jeśli – hipotetycznie – śledził ich ten sam mężczyzna, który przysłał nogę, najwidoczniej był zuchwałym draniem, którego niezdarny pościg Strike'a raczej nie przepłoszył.

Mężczyźni w śpiworach rzucali mu gniewne spojrzenia, gdy podchodził do nich o wiele bliżej, niż odważyłby się przeciętny obywatel. Dwa razy wypłoszył koty zza kubłów na śmieci, lecz nigdzie nie było widać mężczyzny w czarnej czapce.

21

... the damn call came,
And I knew what I knew and didn't want to know.

[...] zadzwonił ten przeklęty telefon
I wiedziałem, co wiedziałem i czego nie chciałem wiedzieć.

Blue Öyster Cult, *Live For Me*

Następnego dnia Robin obudziła się z bólem głowy i uczuciem ciężkości na dnie żołądka. Gdy zamierzała przewrócić się na drugi bok na obcych, śnieżnobiałych poduszkach, miała wrażenie, że bombardują ją wydarzenia ostatniego wieczoru. Potrząsając głową, żeby odsunąć włosy z oczu, usiadła i się rozejrzała. Między rzeźbionymi słupami drewnianego łoża z baldachimem rozpoznała niewyraźny zarys pokoju słabo oświetlonego linią jasnego światła między zasłonami z brokatu. Gdy jej oczy przywykły do pozłacanego półmroku, dostrzegła też portret grubego dżentelmena z bokobrodami oprawiony w złoconą ramę. Taki hotel nadawał się na kosztowną wycieczkę do miasta, a nie na przesypianie kaca z kilkoma ciuchami pospiesznie wrzuconymi do podręcznej torby.

Czy Strike umieścił ją w tym eleganckim, staromodnym luksusie w ramach wyprzedzającej rekompensaty za poważną rozmowę, którą zamierzał dziś z nią przeprowadzić? „Wszystko wskazuje na to, że zmagasz się z bardzo trudnymi emocjami... Chyba dobrze by ci zrobiła przerwa w pracy".

Dwie trzecie butelki kiepskiego wina i wszystko mu powiedziała. Robin cicho jęknęła i opadła z powrotem na poduszki, zasłaniając twarz ramionami i zatapiając się we wspomnieniach, które w chwili słabości i przygnębienia zawładnęły nią ze zdwojoną siłą.

Gwałciciel miał na twarzy gumową maskę goryla. Jedną ręką przytrzymywał Robin, drugą zaś przyciskał jej gardło do ziemi, a gdy ją gwałcił, mówił jej, że zginie, że wydusi z niej pieprzone życie. Jej mózg był szkarłatną jamą porażającej paniki, jego dłonie zacisnęły się wokół jej szyi jak pętla, jej przetrwanie zależało od zdolności udawania, że już nie żyje.

Później nastąpiły dni i tygodnie, podczas których czuła się tak, jakby faktycznie umarła i została uwięziona w ciele, z którym nic jej nie łączyło. Miała wrażenie, że jedyny sposób, żeby się ochronić, to oddzielić się od własnego ciała, zaprzeczyć związkowi z nim. Minęło dużo czasu, zanim poczuła, że znowu może wziąć je w posiadanie.

W sądzie mówił łagodnym, potulnym głosem – „tak, Wysoki Sądzie", „nie, Wysoki Sądzie" – nijaki biały mężczyzna w średnim wieku, z rumianą cerą, jeśli pominąć tę białą plamę pod uchem. Często mrugał bladymi, zmęczonymi oczami – oczami, które wcześniej były szparkami widocznymi przez otwory w masce.

To, co jej zrobił, zburzyło jej wizję świata, zakończyło jej edukację na uniwersytecie i zawiodło ją z powrotem do Masham. Zmusiło do przejścia wyczerpującej sprawy sądowej, w której krzyżowy ogień pytań wywołał prawie taką samą traumę jak napaść, gdyż obrona twierdziła, że to Robin zaprosiła go na klatkę schodową, żeby uprawiać seks. Wiele miesięcy po tym, jak jego ręce w rękawiczkach wynurzyły się z cienia i zasłaniając jej usta, wciągnęły do wnęki pod schodami, nie była w stanie znieść żadnego kontaktu fizycznego, nawet delikatnego uścisku członka rodziny. Gwałciciel skaził jej pierwszy i jedyny związek erotyczny, tak że musieli z Matthew zaczynać od nowa, a strach i poczucie winy towarzyszyły im na wszystkich etapach tej drogi.

Robin przycisnęła ręce do oczu, jakby można było siłą wymazać to wszystko z umysłu. Oczywiście wiedziała już, że młody Matthew, którego uważała za bezinteresowny wzór życzliwości i zrozumienia, figlował z nagą Sarah w swoim akademiku w Bath, podczas gdy ona godzinami samotnie leżała w łóżku w Masham, tępo wpatrzona w Destiny's Child. Teraz, w ciszy urządzonego z przepychem hotelu Hazlitt's, po raz pierwszy zastanawiała się nad tym, czy Matthew zostawiłby ją dla Sarah, gdyby była szczęśliwa i nie została skrzywdzona, a nawet czy w naturalny sposób mogliby się od siebie oddalić, gdyby skończyła studia.

Opuściła ręce i otworzyła oczy. Dzisiaj były suche, miała wrażenie, jakby zabrakło jej łez. Nie czuła już rozpaczy po wyznaniu Matthew, lecz raczej tępy ból przysłonięty panicznym strachem o to, że przekreśliła swoje perspektywy zawodowe. Jak mogła być taka głupia, żeby powiedzieć Strike'owi, co ją spotkało? Czyżby nie zdążyła się nauczyć, co się dzieje, kiedy jest szczera?

Rok po gwałcie, gdy przezwyciężyła agorafobię, a jej waga prawie wróciła do normy, gdy nie mogła się doczekać, żeby wrócić do świata i nadrobić stracony czas, ogólnikowo wyraziła zainteresowanie „czymś związanym" z pracą śledczego w sprawach karnych. Nie miała dyplomu i straciwszy niedawno część pewności siebie, nie ośmieliła się głośno powiedzieć o swoim szczerym pragnieniu zostania detektywem. I bardzo dobrze, gdyż wszyscy w jej otoczeniu usiłowali jej wybić z głowy nawet tę nieśmiało wyrażoną chęć poznania peryferii pracy policji, także matka, zazwyczaj najbardziej wyrozumiała istota na świecie. Wszyscy uznali to za dziwne nowe zainteresowanie i potraktowali jako oznakę wciąż trwającej choroby, objaw niezdolności Robin do odrzucenia tego, co ją spotkało.

Mylili się: pragnęła tego na długo przed gwałtem. W wieku ośmiu lat poinformowała braci, że będzie łapała rabusiów, a oni bezlitośnie ją wyśmiali, tylko dlatego, że należało się z niej wyśmiewać, bo przecież była dziewczyną i ich siostrą. Robin miała nadzieję, że ich reakcja nie odzwierciedla prawdziwej opinii na temat jej zdolności i opiera się na zbiorowym męskim odruchu, lecz odtąd już nigdy nie wyrażała zainteresowania pracą detektywa w rozmowach z trzema wrzaskliwymi, zarozumiałymi braćmi. Nikomu nie powiedziała, że wybrała studia psychologiczne, myśląc po cichu o profilowaniu przestępców.

Gwałciciel na dobre przekreślił jej dążenia do tego celu. Była to kolejna rzecz, którą jej odebrał. Trwanie przy swoich ambicjach podczas przezwyciężania stanu skrajnego osłabienia, w okresie, w którym wszyscy wokół prawdopodobnie spodziewali się, że znowu się załamie, okazało się zbyt trudne. Z powodu wyczerpania i poczucia obowiązku wobec rodziny, tak opiekuńczej i kochającej, gdy Robin najbardziej jej potrzebowała, musiała porzucić swoją wielką ambicję i wszyscy byli zadowoleni, widząc, jak o niej zapomina.

Później agencja pracy tymczasowej omyłkowo wysłała ją do prywatnego detektywa. Miała pracować tam przez tydzień, ale już u niego została. To zakrawało na cud. Jakimś sposobem, dzięki łutowi szczęścia, a potem własnemu talentowi i uporowi, dowiodła swojej wartości walczącemu o przetrwanie Strike'owi i wylądowała prawie dokładnie w miejscu, o którym marzyła, zanim zupełnie obcy człowiek wykorzystał ją dla swojej perwersyjnej przyjemności jak jednorazowy, nieożywiony przedmiot, a potem pobił i prawie udusił.

Dlaczego, dlaczego powiedziała Strike'owi, co ją spotkało? Martwił się o nią, jeszcze zanim mu wyjawiła swoją historię: i co teraz? Uzna, że jest zbyt słaba do tej pracy, była tego pewna, i teraz szybko odstawi ją na boczny tor, ponieważ kobieta po takich przejściach nie jest w stanie przyjąć wszystkich obowiązków, jakie powinna brać na barki jego współpracownica.

Cisza i spokój w nieskazitelnym pomieszczeniu urządzonym w stylu georgiańskim stały się przytłaczające.

Robin z wysiłkiem wygramoliła się spod ciężkiej kołdry i przeszła po pochyłej drewnianej podłodze do łazienki z wanną na lwich łapach, ale bez prysznica. Piętnaście minut później, gdy się ubierała, na toaletce zadzwoniła jej komórka, którą na szczęście naładowała poprzedniego dnia wieczorem.

– Cześć – powiedział Strike. – Jak się czujesz?

– W porządku – odparła drżącym głosem.

Chciał jej powiedzieć, żeby nie przychodziła do pracy, wiedziała to.

– Właśnie dzwonił Wardle. Znaleźli resztę ciała.

Robin gwałtownie usiadła na taborecie obitym haftowanym płótnem i obiema rękami przycisnęła komórkę do ucha.

– Co? Gdzie? Kim ona jest?

– Powiem ci, jak po ciebie wpadnę. Chcą z nami porozmawiać. O dziewiątej będę pod hotelem. Nie zapomnij czegoś zjeść – dodał.

– Cormoran! – zawołała, żeby się nie rozłączył.

– Co?

– Więc nadal… nadal u ciebie pracuję?

Zapadło krótkie milczenie.

– O co ci chodzi? Jasne, że nadal u mnie pracujesz.

– Więc nie… Nadal… Nic się nie zmieniło? – spytała.

– A będziesz robiła, co ci każę? Będziesz mnie słuchała, kiedy mówię, że masz nie wychodzić po zmroku?

– Tak – powiedziała z lekkim wahaniem.

– Dobrze. Do zobaczenia o dziewiątej.

Rozdygotana Robin głęboko westchnęła z ulgą. To jeszcze nie koniec: nadal chciał z nią pracować. Odkładając komórkę na toaletkę, zauważyła, że w nocy przyszedł najdłuższy esemes, jakiego kiedykolwiek dostała.

Robin, nie mogę spać, bo ciągle o tobie myślę.
Nie wyobrażasz sobie, jak bardzo żałuję, że to się

stało. Postąpiłem jak dupek i nie mam nic na swoje usprawiedliwienie. Miałem 21 lat i wtedy jeszcze nie wiedziałem tego, co wiem teraz: że nie ma nikogo takiego jak ty i że nigdy nie mógłbym pokochać kogoś tak mocno jak ciebie. Od tamtej pory nie było nikogo oprócz ciebie. Byłem zazdrosny o ciebie i Strike'a i pewnie powiesz, że nie mam prawa być zazdrosny po tym, co zrobiłem, ale chyba w głębi duszy myślę, że zasługujesz na kogoś lepszego ode mnie i właśnie to mnie gryzło. Wiem tylko, że cię kocham i że chcę się z tobą ożenić, a jeśli ty już tego nie chcesz, będę musiał się z tym pogodzić, ale proszę cię, Robin, napisz do mnie i daj znać, że wszystko z tobą OK. Proszę. Matt xxxxxxx

Robin odłożyła komórkę na toaletkę i dalej się ubierała. Zamówiła rogalika i kawę przez room service, a gdy je dostarczono, zdziwiła się, jak bardzo jedzenie i picie poprawiło jej samopoczucie. Dopiero potem przeczytała esemesa od Matthew jeszcze raz.

[...] chyba w głębi duszy myślę, że zasługujesz na kogoś lepszego ode mnie i właśnie to mnie gryzło.

To było wzruszające i zupełnie niepodobne do Matthew, który często wyrażał opinię, że odwoływanie się do podświadomych motywów to nic więcej jak krętactwo. Zaraz potem uświadomiła sobie jednak, że Matthew nigdy nie usunął Sarah ze swojego życia. Należała do grona jego najlepszych przyjaciół ze studiów: czule go objęła na pogrzebie jego matki, jadała z nimi kolacje w kameralnym czteroosobowym gronie, nadal flirtowała z Matthew, nadal siała niezgodę między nim a Robin.

Po krótkim zastanowieniu odpisała mu:

Nic mi nie jest.

Gdy jak zwykle schludna czekała na Strike'a przed hotelem Hazlitt's, za pięć dziewiąta podjechała czarna taksówka.

Strike był nieogolony, a ponieważ broda rosła mu z wigorem, jego twarz wyglądała jak usmolona.

– Oglądałaś wiadomości? – spytał, gdy tylko weszła do samochodu.

– Nie.

– Media właśnie się dowiedziały. Jak wychodziłem, mówili o tym w telewizji.

Pochylił się, żeby zamknąć plastikową przegrodę między nimi a kierowcą.

– Kim ona jest? – spytała Robin.

– Formalnie jeszcze jej nie zidentyfikowali, ale myślą, że to dwudziestoczteroletnia Ukrainka.

– Ukrainka? – zdziwiła się Robin.

– No. – Po chwili wahania dodał: – Gospodyni znalazła ją poćwiartowaną w zamrażarce w mieszkaniu. Brakuje prawej nogi. To na pewno ona.

Smak pasty do zębów w ustach Robin zaczął przypominać żrące chemikalia, rogalik i kawa przewróciły jej się w żołądku.

– Gdzie jest to mieszkanie?

– Przy Coningham Road w Shepherd's Bush. Mówi ci to coś?

– Nie, chyba że… O Boże. Boże! Dziewczyna, która chciała sobie odciąć nogę?

– Na to wygląda.

– Ale ona nie miała ukraińskiego nazwiska, prawda?

– Wardle uważa, że mogła używać innego. No wiesz, pseudonimu dziwki.

Taksówka wiozła ich po Pall Mall w stronę New Scotland Yardu. Białe neoklasycystyczne budynki przesuwały się za oknami po obu stronach: dostojne, wyniosłe i obojętne na dramaty kruchej ludzkości.

– Wardle właśnie tego się spodziewał – powiedział Strike po dłuższym milczeniu. – Zgodnie z jego teorią noga należała do ukraińskiej prostytutki po raz ostatni widzianej z Diggerem Malleyem.

Robin czuła, że to nie koniec wieści. Spojrzała na niego z obawą.

– W jej mieszkaniu znaleźli listy ode mnie – ciągnął Strike.

– Dwa, podpisane moim nazwiskiem.

– Przecież jej nie odpisałeś!

– Wardle wie, że są trefne. Podobno imię jest napisane z błędem, Cameron, ale mimo to musi mnie przesłuchać.

– Co jest w tych listach?

– Nie chciał mi powiedzieć przez telefon. Zachowuje się całkiem przyzwoicie -- dodał Strike. – Nie dopieprza się.

Przed nimi wyrósł pałac Buckingham. Olbrzymia marmurowa królowa Wiktoria marszczyła brwi na pomniku, spoglądając z góry na zdezorientowaną i skacowaną Robin, po czym zniknęła z widoku.

– Prawdopodobnie będą nam chcieli pokazać zdjęcia ciała, żeby sprawdzić, czy zdołamy je zidentyfikować.

– Okej – powiedziała Robin odważniej, niż się czuła.

– Doszłaś do siebie? – spytał Strike.

– Tak. Nie martw się o mnie.

– Rano i tak zamierzałem zadzwonić do Wardle'a.

– Dlaczego?

– Wczoraj w nocy, wracając z hotelu Hazlitt's, zauważyłem dużego faceta w czarnej czapce przyczajonego w bocznej uliczce. Coś w jego wyglądzie mi się nie spodobało. Zawołałem do niego – miałem zamiar poprosić o ogień – a on dał nogę. Tylko mi nie mów – dodał Strike, choć Robin nie wydała z siebie żadnego dźwięku – że jestem podenerwowany albo mi się przywidziało. Myślę, że nas śledził, i powiem ci coś jeszcze: chyba był w pubie, kiedy tam przyszedłem. Nie widziałem jego twarzy, tylko tył głowy, jak wychodził.

Ku jego zaskoczeniu, Robin wcale nie zbagatelizowała tych podejrzeń. Zamiast tego w skupieniu zmarszczyła brwi, próbując przywołać niewyraźne wspomnienie.

– Wiesz co... Wczoraj też gdzieś widziałam dużego faceta w czapce... Tak, stał w bramie na Tottenham Court Road. Ale jego twarz była w cieniu.

Strike zaklął pod nosem.

– Proszę, nie każ mi robić sobie przerwy w pracy – powiedziała Robin głosem bardziej piskliwym niż zazwyczaj. – Proszę. Uwielbiam tę robotę.

– A jeśli ten pojeb cię śledzi?

Nie zdołała powstrzymać dreszczu strachu, lecz determinacja wzięła górę. Była gotowa wiele zrobić, żeby pomóc w ujęciu tego zwierzęcia, kimkolwiek ono było...

– Będę uważała. Mam dwa alarmy antygwałtowe.

Strike nie wyglądał na uspokojonego.

Wysiedli przy New Scotland Yardzie i natychmiast zaprowadzono ich na górę do biura bez ścianek działowych, gdzie Wardle stał bez marynarki, mówiąc do grupy podwładnych. Na widok Strike'a i Robin od razu zostawił współpracowników i poprowadził detektywa razem z partnerką do małej sali.

– Vanessa! – zawołał, wychylając się za drzwi, gdy Strike i Robin zajęli miejsca przy owalnym stole. – Masz te listy?

Po chwili sierżant Ekwensi pojawiła się z dwiema wydrukowanymi kartkami w ochronnych plastikowych torebkach oraz z rozpoznaną przez Strike'a kopią jednego z dwóch napisanych odręcznie listów, które przekazał Wardle'owi w Old Blue Last. Sierżant Ekwensi, powitawszy Robin uśmiechem, który tej ostatniej znowu wydał się nadzwyczaj pokrzepiający, usiadła obok Wardle'a z notesem.

– Chcecie kawy albo czegoś innego? – spytał Wardle. Strike i Robin przecząco pokręcili głowami. Wardle przesunął listy w stronę Strike'a. Ten przeczytał je oba, a następnie przekazał siedzącej obok Robin.

– Żadnego z nich nie napisałem – oznajmił Wardle'owi.

– Tak przypuszczałem – powiedział Wardle. – Pani Ellacott, czy nie odpisała pani w imieniu Strike'a?

Robin przecząco pokręciła głową.

W pierwszym liście „Strike" przyznawał, że rzeczywiście sam zorganizował amputację swojej nogi, gdyż pragnął się jej pozbyć, i dodawał, że historia o minie-pułapce w Afganistanie była misterną przykrywką. Nie wiedział, jak Kelsey to odkryła, lecz błagał ją, żeby nikomu o tym nie mówiła. Później zgadzał się jej pomóc w „zrzuceniu brzemienia" oraz pytał, gdzie i kiedy mogliby się spotkać twarzą w twarz.

Drugi list był krótki i potwierdzał, że Strike przyjdzie do niej trzeciego kwietnia o siódmej wieczorem.

Oba listy podpisano „Cameron Strike" grubym, czarnym atramentem.

– Ten – zauważył Strike, ponownie sięgając po drugi list, gdy Robin skończyła czytać – brzmi tak, jakby wcześniej do mnie napisała, proponując czas i miejsce spotkania.

– Właśnie miałem o to spytać – powiedział Wardle. – Dostałeś następny list?

Strike spojrzał na Robin, która przecząco pokręciła głową.

– Okej – podjął Wardle. – Uporządkujmy fakty: kiedy przyszedł pierwszy list od... – spojrzał na kserokopię – osoby, która podpisała się Kelsey?

Odpowiedzi udzieliła Robin.

– Włożyłam kopertę do szuflady świ... – po twarzy Strike'a przemknął cień uśmiechu – do szuflady, w której trzymamy niechcianą korespondencję. Możemy sprawdzić datę na pieczątce, ale o ile dobrze pamiętam, to było na początku tego roku. Chyba w lutym.

– Okej, doskonale – powiedział Wardle. – Przyślemy kogoś po tę kopertę. – Uśmiechnął się do Robin, która wyglądała na wystraszoną. – Niech się pani uspokoi: wierzę wam. Jakiś kompletny świr próbuje wrobić Strike'a. To się nie trzyma kupy. Po co Strike miałby zadźgać kobietę, poćwiartować ją, a potem przesłać jej nogę do własnej agencji? Po co miałby zostawiać w jej mieszkaniu listy od samego siebie?

Robin próbowała odwzajemnić uśmiech.

– Zadźgał ją? – wtrącił się Strike.

– Ustalamy, co dokładnie ją zabiło – powiedział Wardle – ale w torsie są dwie głębokie rany, które najprawdopodobniej załatwiły sprawę, zanim zaczął ją ćwiartować.

Pod stołem Robin zacisnęła ręce w pięści, tak że paznokcie wbiły się głęboko w jej dłonie.

– Przejdźmy dalej – podjął Wardle, a sierżant Ekwensi włączyła długopis i przygotowała się do pisania. – Czy nazwisko Oksana Wołoszyna cokolwiek wam mówi?

– Nie – odrzekł Strike, a Robin przecząco pokręciła głową.

– Wszystko wskazuje na to, że tak brzmiało prawdziwe nazwisko ofiary – wyjaśnił Wardle. – Tak się podpisała na umowie najmu i gospodyni twierdzi, że okazała dowód tożsamości. Podawała się za studentkę.

– Podawała się? – spytała Robin.

– Próbujemy ustalić, kim naprawdę była – powiedział Wardle.

„No jasne – pomyślała Robin. – Przypuszcza, że prostytutką".

– Sądząc po liście, dobrze mówiła po angielsku – zauważył Strike. – O ile rzeczywiście ona go napisała.

Robin spojrzała na niego zdezorientowana.

– Skoro ktoś podrabia listy ode mnie, może również podrabiać listy od niej – dodał.

– Żeby spróbować naprawdę was ze sobą skontaktować?

– No właśnie: żeby zwabić mnie na spotkanie albo zostawić między nami jakiś papierowy ślad, który obciążyłby mnie po jej śmierci.

– Van, idź zobaczyć, czy są już zdjęcia zwłok – powiedział Wardle.

Sierżant Ekwensi wyszła z sali. Miała figurę modelki. Wnętrzności Robin zaczęły się przewracać pod wpływem paniki. Wardle, jakby to wyczuł, zwrócił się do niej ze słowami:

– Chyba nie musi pani ich oglądać, skoro Strike...

– Powinna je obejrzeć – uciął Strike.

Wardle wyglądał na zaskoczonego, a Robin, choć starała się tego nie okazywać, zaczęła się zastanawiać, czy Strike nie próbuje jej przypadkiem nastraszyć, żeby przestrzegała zasady niewychodzenia z domu po zmroku.

– Tak – powiedziała, nieźle udając spokój. – Chyba powinnam.

– Nie są... przyjemne – zaznaczył Wardle z nietypową dla siebie oględnością.

– Nogę zaadresowano na nazwisko Robin – przypomniał mu Strike. – Mogła kiedyś widzieć tę kobietę, tak samo jak ja. To moja partnerka. Wykonujemy tę samą pracę.

Robin spojrzała na niego z ukosa. Nigdy dotąd nie nazwał jej partnerką w rozmowie z kimś innym, w każdym razie nie w jej obecności. Nie patrzył na nią. Skupiła się z powrotem na Wardle'u. Była pełna obaw, lecz usłyszawszy, jak Strike stawia jej status zawodowy na równi ze swoim, wiedziała, że bez względu na to, co zobaczy, zrobi wszystko, żeby nie zawieść ani siebie, ani jego. Gdy wróciła

sierżant Ekwensi, trzymając w ręku plik zdjęć, Robin głośno przełknęła ślinę i wyprostowała się na krześle.

Najpierw wziął je Strike i jego reakcja wcale nie dodała jej otuchy.

– Ożeż kurwa!

– Najlepiej zachowana jest głowa – powiedział cicho Wardle
– bo włożył ją do zamrażarki.

Robin, która instynktownie cofnęłaby rękę od czegoś rozgrza-
nego do czerwoności, musiała zwalczyć równie silny odruch od-
wrócenia się, zamknięcia oczu i przełożenia zdjęcia na drugą stronę. Wzięła je jednak od Strike'a i spojrzała. Jej trzewia przybrały
konsystencję płynu.

Ucięta głowa tkwiła na resztkach szyi, wpatrując się w obiektyw
niewidzącymi oczyma, tak zamrożonymi, że nie było widać, jaki mają kolor. Ciemne usta były rozdziawione. Brązowe włosy sztywne,
przyprószone lodem. Policzki pełne i pucołowate, broda i czoło pokryte trądzikiem. Wyglądała młodziej niż na dwadzieścia cztery lata.

– Poznaje ją pani?

Głos Wardle'a rozległ się zaskakująco blisko. Wpatrując się w tę
odciętą głowę, Robin zupełnienie zapomniała o komisarzu.

– Nie – odrzekła.

Odłożyła zdjęcie na stół i wzięła od Strike'a następne. Lewą
nogę i dwie ręce wciśnięto do lodówki, gdzie zaczęły się rozkładać.
Przygotowując się na widok głowy, nie przypuszczała, że pozostałe
części mogą być równie okropne, i zawstydziła się, gdy wyrwał jej
się cichy pisk przerażenia.

– Tak, to straszne – powiedziała cicho sierżant Ekwensi. Robin
z wdzięcznością spojrzała jej w oczy.

– Na nadgarstku lewej ręki jest tatuaż – zauważył Wardle, podając im trzecie zdjęcie, na którym ta ręka leżała rozciągnięta na
stole. Czując już wyraźne mdłości, Robin spojrzała na fotografię
i dostrzegła napis „1D" zrobiony czarnym tuszem.

– Torsu nie musicie oglądać – powiedział Wardle, zbierając
zdjęcia ze stołu i oddając je sierżant Ekwensi.

– Gdzie był? – spytał Strike.

– W wannie – odparł Wardle. – Właśnie tam ją zabił: w łazience.
Wyglądało jak w rzeźni. – Zawahał się. – Uciął jej nie tylko nogę.

165

Robin ucieszyła się, że Strike nie spytał, co jeszcze uciął morderca. Wątpiła, by zdołała znieść odpowiedź.

– Kto ją znalazł? – spytał Strike.

– Właścicielka – odrzekł Wardle. – Jest w podeszłym wieku i kiedy dotarliśmy na miejsce, straciła przytomność. Prawdopodobnie dostała zawału. Zabrali ją do szpitala Hammersmith.

– Co ją skłoniło, żeby tam wejść?

– Zapach – powiedział Wardle. – Zadzwonili do niej lokatorzy z dołu. Postanowiła wpaść rano, przed pójściem na zakupy, żeby zastać Oksanę w domu. Ponieważ nikt nie otwierał, weszła do środka.

– Ci z dołu niczego nie słyszeli? Krzyków, czegokolwiek?

– To dom podzielony na mieszkania pełne studentów. Nie ma z nich żadnego pożytku – powiedział Wardle. – Głośna muzyka, kumple przychodzący i wychodzący o każdej porze. Kiedy spytaliśmy, czy z góry nie dobiegały jakieś odgłosy, gapili się na nas jak cielęta. Dziewczyna, która zadzwoniła po właścicielkę, dostała strasznej histerii. Mówi, że nigdy sobie nie wybaczy, że od razu nie zadzwoniła, jak poczuła ten smród.

– Tak, to by wiele zmieniło – mruknął Strike. – Mógłbyś wsadzić głowę na miejsce i dziewczyna byłaby jak nowa.

Wardle się roześmiał. Nawet sierżant Ekwensi się uśmiechnęła.

Robin gwałtownie wstała. Wczorajsze wino i poranny rogalik okropnie przewracały jej się w jelitach. Cicho przeprosiła i pospiesznie ruszyła do drzwi.

22

I don't give up but I ain't a stalker,
I guess I'm just an easy talker.

Nie rezygnuję, ale nie namawiam,
Chyba po prostu dobrze się ze mną rozmawia.

Blue Öyster Cult, *I Just Like To Be Bad*

– Dzięki, wiem, co to jest wisielczy humor – powiedziała Robin godzinę później, trochę poirytowana, a trochę rozbawiona. – Możemy o tym zapomnieć?

Strike żałował swojego dowcipu z policyjnej sali, gdyż Robin wróciła z dwudziestominutowego pobytu w toalecie blada i lekko spocona, a woń mięty świadczyła o tym, że znowu umyła zęby. Zamiast wziąć taksówkę, zaproponował, żeby odetchnęli świeżym powietrzem i poszli pieszo wzdłuż Broadway do Feathers, najbliższego pubu, gdzie zamówił dzbanek herbaty. Wolałby piwo, lecz Robin nie nauczono, żeby traktować alkohol jako nieodłącznego towarzysza rozlewu krwi, więc obawiał się, że kufel mógłby wzmocnić jej wrażenie, iż ma bezdusznego szefa.

O wpół do dwunastej w środę w Feathers było spokojnie. Usiedli przy stoliku w głębi ogromnego pubu, z dala od dwóch tajniaków rozmawiających ściszonym głosem przy oknie.

– Kiedy byłaś w toalecie, wspomniałem Wardle'owi o naszym przyjacielu w czapce – powiedział Strike. – Mówi, że postawi tajniaków w okolicy Denmark Street, żeby porozglądali się przez kilka dni.

– Myślisz, że wrócą dziennikarze? – spytała Robin, która dotąd nie miała czasu, żeby się tym przejmować.

– Mam nadzieję, że nie. Wardle zachowa te trefne listy w tajemnicy. Mówi, że ujawnienie takiej informacji byłoby temu świrowi na rękę. Skłania się do wniosku, że morderca naprawdę chce mnie wrobić.

– A ty nie?

– Nie – odrzekł Strike. – Nie jest aż tak stuknięty. Tu dzieje się coś dziwniejszego.

Zamilkł i Robin, nie chcąc mu przeszkadzać w myśleniu, też przestała się odzywać.

– To zwyczajny terror – powiedział powoli Strike, drapiąc się po nieogolonej brodzie. – Próbuje nas nastraszyć, namieszać w naszym życiu najbardziej, jak się da. I spójrzmy prawdzie w oczy: robi to skutecznie. Wokół agencji kręci się policja i wzywają nas do Scotland Yardu, straciliśmy większość klientów, ty jesteś...

– O mnie się nie martw! – wtrąciła natychmiast. – Nie chcę, żebyś się martwił...

– Robin, do kurwy nędzy – zdenerwował się Strike – wczoraj obydwoje go widzieliśmy. Wardle uważa, że powinienem ci kazać zostać w domu i...

– Proszę – jęknęła, czując, jak znowu dopadają ją te same obawy co rano – nie każ mi przestać pracować...

– Nie warto dać się zamordować, żeby uciec od życia rodzinnego!

Widząc, że się skrzywiła, natychmiast pożałował tych słów.

– Nie traktuję tego jak ucieczki – mruknęła. – Uwielbiam tę pracę. Dzisiaj rano obudziłam się zrozpaczona tym, co ci wczoraj powiedziałam. Bałam się, że... możesz uznać, że nie jestem wystarczająco twarda.

– To, co mi wczoraj powiedziałaś i czy jesteś twarda, nie ma tu nic do rzeczy. Tu chodzi o psychola, który prawdopodobnie cię śledzi i porąbał już jedną kobietę na kawałki.

Robin w milczeniu napiła się letniej herbaty. Była głodna jak wilk. Jednak na myśl o zjedzeniu jakiegoś pubowego dania zawierającego mięso na jej czoło występował pot.

– To nie jest jego pierwsze morderstwo, prawda? – spytał retorycznie Strike, skupiając ciemne oczy na ręcznie malowanych nazwach piwa nad barem. – Uciął jej głowę i kończyny, część ciała zabrał ze sobą. Czy coś takiego można zrobić bez przygotowania?

– Raczej nie – przyznała Robin.

– Zrobił to dla przyjemności. Urządził sobie w tej łazience jednoosobową orgię.

Robin nie była już pewna, czy czuje głód, czy mdłości.

– To jakiś sadystyczny maniak, który chowa do mnie urazę i postanowił połączyć przyjemne z pożytecznym – rozmyślał głośno Strike.

– Czy ten rysopis pasuje do któregoś z trzech podejrzanych? – spytała Robin. – Czy któryś z nich kogoś wcześniej zabił?

– No – powiedział Strike. – Whittaker. Zabił moją matkę.

„Ale w zupełnie inny sposób" – pomyślała Robin. Ledę Strike wysłała na tamten świat igła, a nie nóż. Z szacunku dla Strike'a, który miał ponurą minę, nie powiedziała tego na głos. Po chwili przypomniała sobie jeszcze o czymś.

– Pewnie wiesz – zaczęła ostrożnie – że Whittaker przez miesiąc trzymał w mieszkaniu zwłoki kobiety?

– No – potwierdził Strike. – Słyszałem.

Ta wiadomość dotarła do niego, gdy był na Bałkanach, przekazała mu ją Lucy. Znalazł w internecie zdjęcie Whittakera idącego do sądu. Jego były ojczym zmienił się prawie nie do poznania, ostrzygł się na krótko i zapuścił brodę, lecz nadal miał te świdrujące złote oczy. O ile Strike dobrze pamiętał, Whittaker bronił się, mówiąc, że bał się „następnego fałszywego oskarżenia" o morderstwo, więc próbował zmumifikować zwłoki kobiety, owijając je workami na śmieci i chowając pod podłogą. Obrońca przekonywał nieczułego sędziego, że nowatorskie podejście jego klienta do problemu wynikało z nadużywania narkotyków.

– Tylko że on jej nie zamordował, prawda? – spytała Robin, próbując sobie przypomnieć, co wyczytała w Wikipedii.

– Była martwa od miesiąca, więc sekcja zwłok raczej nie należała do najłatwiejszych – stwierdził Strike. Gdyby Shanker go teraz zobaczył, znowu powiedziałby, że paskudnie wygląda. – Osobiście obstawiałbym, że ją zabił. Czy facet może mieć aż takiego pecha, żeby dwie jego dziewczyny padły trupem w domu, podczas gdy on siedzi tam z założonymi rękami? Whittaker lubił śmierć, lubił zwłoki. Twierdził, że jako nastolatek był grabarzem. Miał jakiś pociąg do trupów. Ludzie brali go za zagorzałego fana rocka gotyckiego albo za jakiegoś taniego pozera – piosenki o nekrofilii, biblia satanistyczna, Aleister Crowley i te wszystkie bzdety – ale on był złym, amoralnym draniem, który mówił każdej napotkanej osobie, że jest złym, amoralnym draniem. I co? Kobiety pchały się do niego drzwiami i oknami. Muszę się napić – dodał Strike. Wstał i ruszył do baru.

Robin patrzyła, jak się oddala, lekko zaskoczona tym nagłym przypływem złości. Opinii, że Whittaker dwa razy zabił, nie potwierdzały ani sądy, ani, o ile wiedziała, dowody zebrane przez policję. Przywykła do tego, że Strike obstaje przy starannym gromadzeniu i dokumentowaniu faktów, do jego częstych napomnień, że przeczucia i osobiste animozje wprawdzie mogą wnosić pewne informacje, lecz nigdy nie powinny wyznaczać kierunku dochodzenia. Ale gdy w grę wchodziła sprawa jego matki...

Strike wrócił z kuflem nicholson's pale i dwiema kartami dań.

– Przepraszam – mruknął, siadając, po czym pociągnął duży łyk piwa. – Od dawna o tym wszystkim nie myślałem. Te przeklęte słowa piosenki.

– No tak – powiedziała Robin.

– Kurwa mać, to nie może być Digger – ciągnął sfrustrowany Strike, przeczesując palcami gęste, kręcone włosy, co w żaden sposób nie wpłynęło na jego fryzurę. – To zawodowy gangster! Gdyby się dowiedział, że przeciwko niemu zeznawałem, i chciał się zemścić, toby mnie, kurde, zastrzelił. Gdyby wiedział, że nasłałem na niego policję, nie bawiłby się w ucinanie nóg i teksty piosenek. To biznesmen.

– Wardle nadal myśli, że to on?

– Tak – powiedział Strike. – Kto jak kto, ale Wardle powinien wiedzieć, że procedury dotyczące anonimowych zeznań są szczelne. Inaczej całe miasto byłoby usiane martwymi gliniarzami.

Powstrzymał się od dalszej krytyki pod adresem Wardle'a, choć kosztowało go to sporo wysiłku. Facet był taktowny i pomocny, a przecież mógłby narobić mu kłopotów. Strike nie zapomniał, że gdy poprzednim razem wszedł w drogę stołecznej policji, trzymano go w pokoju przesłuchań przez bite pięć godzin, i to chyba wyłącznie na życzenie funkcjonariuszy, którzy chowali do niego urazę.

– Co z tymi dwoma, których znasz z wojska? – spytała Robin, ściszając głos, gdyż grupka pracownic biurowych właśnie sadowiła się przy pobliskim stoliku. – Z Brockbankiem i Laingiem. Czy któryś z nich wcześniej kogoś zabił? To znaczy – dodała – wiem, że byli żołnierzami, ale nie mówię o służbie.

– Nie zdziwiłbym się, gdybym usłyszał, że Laing kogoś wykończył – powiedział Strike – ale z tego, co wiem, zanim trafił do paki, niczego takiego nie zrobił. Okaleczył nożem byłą żonę: związał ją i pociął. Spędził za kratkami dziesięć lat i wątpię, czy zdołali go zresocjalizować. Jest na wolności od ponad czterech lat: to mnóstwo czasu, żeby popełnić morderstwo. Nie wspominałem ci... Spotkałem się w Melrose z jego byłą teściową. Według niej po wyjściu z pudła pojechał do Gateshead i wiemy, że w 2008 roku mógł być w Corby, ale... – dodał Strike – powiedziała mi też, że jest chory.

– Na co?

– To jakaś odmiana artretyzmu. Nie zna szczegółów. Czy niedomagający mężczyzna mógłby zrobić to, co widzieliśmy na zdjęciach? – Strike sięgnął po menu. – No dobra. Jestem cholernie głodny, a ty od dwóch dni nie jadłaś niczego oprócz czipsów.

Gdy Strike zamówił rdzawca z frytkami, a Robin śniadanie oracza, skierował rozmowę na jeszcze inne tory.

– Czy twoim zdaniem ofiara wyglądała na dwadzieścia cztery lata?

– Nie... nie jestem w stanie ocenić – odrzekła Robin, bezskutecznie broniąc się przed obrazem gładkich, pucołowatych policzków i zmrożonych, białych oczu. – Nie – dodała po krótkiej chwili. – Pomyślałam, że to... że ona... wygląda młodziej.

– Ja też.

– Muszę... do toalety – powiedziała, wstając.

– Wszystko w porządku?

– Po prostu muszę siku... Za dużo herbaty.

Patrzył, jak odchodzi, a potem dopił piwo, podążając za myślą, którą jeszcze nie podzielił się z Robin ani z nikim innym.

Oficer śledcza w Niemczech pokazała mu kiedyś dziecięce wypracowanie. Strike nigdy nie zapomniał ostatniego zdania napisanego starannym, dziewczęcym pismem na bladoróżowej kartce.

Pani zmieniła imię na Anastassia, ufarbowała włosy, zniknęła i nikt się nie dowiedział, dokąd wyjechała.

– Też chciałabyś tak zrobić, Brittany? – spytała cicho policjantka na nagraniu, które później obejrzał. – Chciałabyś uciec i zniknąć?

– To tylko opowiadanie! – upierała się Brittany, siląc się na pogardliwy śmiech. Splotła swoje małe palce, a jedną nogę prawie owinęła wokół drugiej. Jej rzadkie, jasne włosy zwisały smętnie wokół bladej, piegowatej twarzy. Miała przekrzywione okulary. Przypominała Strike'owi żółtą papużkę nierozłączkę. – Tylko to wymyśliłam!

Strike wiedział, że wkrótce testy DNA pokażą, kim jest kobieta z lodówki, a wtedy policja sięgnie w przeszłość, żeby sprawdzić, kim naprawdę była Oksana Wołoszyna, jeśli tak brzmiało jej prawdziwe nazwisko. Zastanawiał się, czy przypadkiem nie ma paranoi, skoro ciągle się martwi, że ciało mogło należeć do Brittany Brockbank. Dlaczego na pierwszym liście do niego widniało imię Kelsey? Dlaczego głowa wyglądała tak młodo, twarz wciąż była gładka i pucołowata jak u dziecka?

– Powinnam teraz śledzić Platynę – powiedziała smutnym głosem Robin po powrocie do stolika, spoglądając na zegarek. Obok pracownica biurowa świętowała chyba urodziny: przy wtórze donośnego śmiechu koleżanek właśnie rozpakowała czerwono--czarny gorset.

– Tym bym się nie przejmował – odrzekł Strike nieobecnym głosem, gdy postawiono przed nimi rybę z frytkami i śniadanie oracza. Przez chwilę jadł w milczeniu, po czym odłożył nóż i widelec, wyjął notes, sprawdził coś w zapiskach, które zrobił w biurze Hardacre'a w Edynburgu, i sięgnął po telefon. Robin patrzyła, jak wpisuje słowa w wyszukiwarce i zastanawiała się, co robi.

– Tak – powiedział po spojrzeniu na wyniki. – Jutro jadę do Barrow-in-Furness.

– Jedziesz... dokąd? – zdziwiła się. – Po co?

– Tam jest Brockbank. A w każdym razie powinien tam być.

– Skąd wiesz?

– W Edynburgu odnalazłem jego dawny adres i dowiedziałem się, że przesyłają tam jego rentę. Teraz jest tam zameldowana jakaś Holly Brockbank. Najprawdopodobniej jest z nim spokrewniona. Powinna wiedzieć, gdzie można go znaleźć. Jeśli uda mi się ustalić, że przez kilka ostatnich tygodni był w Kumbrii, będziemy wiedzieli, że nie dostarczał nikomu nóg i nie śledził cię w Londynie, prawda?

– Czegoś mi nie mówisz o Brockbanku – stwierdziła Robin, mrużąc niebieskoszare oczy.

Strike zignorował tę uwagę.

– Chcę, żebyś w czasie mojej nieobecności w mieście siedziała w domu. Walić Dwa Razy. Jeśli Platyna odejdzie z innym klientem, będzie mógł mieć pretensje wyłącznie do siebie. Obejdziemy się bez jego forsy.

– Wtedy zostanie nam jeden klient – zauważyła Robin.

– Obawiam się, że jeśli nie złapiemy tego świra, w ogóle nikt do nas nie przyjdzie – powiedział Strike. – Ludzie nie będą chcieli się do nas zbliżać.

– Jak zamierzasz się dostać do Barrow? – spytała Robin.

W jej głowie rodził się pewien plan. Czyżby przewidziała właśnie taki scenariusz?

– Pociągiem – odrzekł. – Przecież wiesz, że nie stać mnie teraz na wypożyczenie samochodu.

– A może – zaczęła triumfalnym tonem – zawiozę cię tam moim nowym... no, w zasadzie starym, ale sprawnym land roverem!

– Od kiedy masz land rovera?

– Od niedzieli. To stary samochód moich rodziców.

– Aha – powiedział. – No cóż, brzmi wspaniale...

– Ale?

– Nie, naprawdę bardzo byś mi pomogła...

– Ale? – powtórzyła z naciskiem, wyczuwając jakieś zastrzeżenia.

– Nie wiem, jak długo mi tam zejdzie.

– Nieważne. Przecież i tak kisiłabym się w domu.

Zawahał się. Zastanawiał się, w jakim stopniu jej pragnienie zawiezienia go do Kumbrii wynika z nadziei, że zrani w ten sposób Matthew. Doskonale potrafił sobie wyobrazić, co księgowy pomyśli o spontanicznej i nie wiadomo jak długiej wyprawie na północ, podczas której będą tylko we dwoje, a do tego przyjdzie im gdzieś nocować. W czystych zawodowych relacjach nie należy dopuszczać do wzajemnego wykorzystywania się w celu wzbudzenia zazdrości u partnerów.

– O cholera! – powiedział nagle, sięgając do kieszeni po komórkę.

– Co się stało? – spytała zaniepokojona.

– Właśnie sobie przypomniałem... Wczoraj wieczorem byłem umówiony z Elin. Kurwa... Zupełnie zapomniałem. Zaczekaj chwilę.

Wyszedł na ulicę, zostawiając Robin przy stoliku. Patrząc na masywną sylwetkę Strike'a chodzącego z telefonem przy uchu tam i z powrotem po drugiej stronie panoramicznych okien, była ciekawa, dlaczego Elin nie zadzwoniła ani nie zaesemesowała, żeby spytać, gdzie Strike się podziewa. Stamtąd był już tylko krok do zastanawiania się – wbrew podejrzeniom Strike'a po raz pierwszy – co powie Matthew, gdy Robin przyjdzie do domu tylko po to, żeby zabrać land rovera i zniknie z ubraniami na kilka dni.

„Nie będzie mógł mieć pretensji – pomyślała, podejmując odważną próbę buntu. – To już go nie dotyczy".

Myśl o konieczności zobaczenia się z Matthew nawet na chwilę wytrąciła ją jednak z równowagi.

Strike przyszedł, przewracając oczami.

– Złapałem minusa – oznajmił zwięźle. – Zamiast wczoraj, spotkamy się dzisiaj wieczorem.

Robin nie wiedziała, dlaczego wiadomość, że Strike wybiera się na spotkanie z Elin tak ją przygnębiła. Chyba była zmęczona. Różnych napięć i wstrząsów emocjonalnych z ostatnich trzydziestu sześciu godzin nie można było załagodzić jednym lanczem w pubie. Obok pracownice biurowe piszczały już ze śmiechu, a z innej paczki wyleciały kajdanki z futerkiem.

„To nie są jej urodziny – uświadomiła sobie Robin. – Ona wychodzi za mąż".

– No to mam cię wieźć czy nie? – spytała szorstko.

– Tak – powiedział Strike, który najwidoczniej przekonał się do tego pomysłu (a może po prostu rozweseliła go wizja randki z Elin?). – Wiesz, byłoby wspaniale. Dzięki.

23

Moments of pleasure, in a world of pain.

Chwile przyjemności w świecie bólu.

Blue Öyster Cult, *Make Rock Not War*

Nazajutrz rano na wierzchołkach drzew w Regent's Park leżały grube, miękkie, przypominające pajęczynę warstwy mgły. Strike, który szybko wyłączył budzik, nie chcąc obudzić Elin, stał przy oknie, balansując na jednej nodze i odgradzając się zasłoną, żeby nie wpuścić do sypialni światła z ulicy. Przez chwilę patrzył na upiorny park i hipnotyzował go wpływ wschodzącego słońca na liściaste gałęzie wystające z morza pary. Piękno można znaleźć prawie wszędzie, jeśli człowiek przystanie, żeby się rozejrzeć, lecz codzienna walka o przetrwanie sprawia, że łatwo zapomnieć o istnieniu tego zupełnie darmowego luksusu. Zachował wspomnienia piękna z dzieciństwa, zwłaszcza z okresów spędzonych w Kornwalii: morza połyskującego o poranku, błękitnego niczym skrzydło motyla, tajemniczego szmaragdowego i cienistego świata Rabarbarowej Ścieżki w ogrodzie Trebah, białych żagli unoszących się w oddali jak morskie ptaki na wzburzonych, ciemnoszarych falach.

W ciemności za jego plecami Elin poruszyła się w łóżku i westchnęła. Strike ostrożnie wyszedł zza zasłony, wziął protezę opartą o ścianę i usiadł na krześle w sypialni, żeby ją przymocować. Później, nadal poruszając się najciszej, jak umiał, ruszył z ubraniem w rękach w stronę łazienki.

Poprzedniego wieczoru po raz pierwszy się pokłócili: punkt zwrotny w każdym związku. Zupełny brak kontaktu po tym, jak nie zjawił się na wtorkowej randce, powinien uznać za ostrzeżenie, lecz Strike był za bardzo zajęty Robin i poćwiartowanym ciałem, żeby się nad tym zastanawiać. Owszem, Elin potraktowała go chłodno, kiedy zadzwonił, żeby przeprosić, ale po tym gdy tak chętnie zgodziła się na ponowne spotkanie, nie spodziewał się wręcz lodowatego przyjęcia, jakiego doświadczył, zjawiając się osobiście z dwudziestoczterogodzinnym opóźnieniem. Po kolacji zjedzonej przy akompaniamencie nieprzyjemnej, koturnowej rozmowy zaproponował, że sobie pójdzie i zostawi ją sam na sam z jej rozżaleniem. Gdy sięgnął po płaszcz, na chwilę się rozzłościła, lecz był to słaby rozbłysk mokrej zapałki. Pękła i z niewyraźną skruchą wygłosiła łzawą tyradę, z której dowiedział się, że, po pierwsze, Elin jest w trakcie terapii, po drugie, że terapeuta zdiagnozował u niej skłonność do biernej agresji, i, po trzecie, że jego niezjawienie się we wtorek tak głęboko ją zraniło, iż wypiła w samotności całą butelkę wina, siedząc przed telewizorem.

Strike jeszcze raz przeprosił, przywołując okoliczności łagodzące: trudną sprawę oraz jej groźny i zaskakujący obrót. Wyraził szczery żal, że zapomniał o ich randce, lecz dodał, że jeśli Elin nie jest w stanie mu wybaczyć, powinien sobie pójść.

Padła mu w ramiona, poszli prosto do łóżka i uprawiali najlepszy seks od początku ich krótkiego związku.

Goląc się w nieskazitelnie czystej łazience Elin ze światłami w suficie i śnieżnobiałymi ręcznikami, Strike pomyślał, że poszło mu całkiem gładko. Gdyby zapomniał o randce z Charlotte, kobietą, z którą był związany z przerwami przez szesnaście lat, odniósłby fizyczne obrażenia, szukałby jej teraz w zimnie poranka albo może próbował powstrzymać od skoku z wysokiego balkonu.

Uczucie, które żywił do Charlotte – najgłębsze, jakim kiedykolwiek darzył kobietę – nazywał miłością. Ból, jaki mu sprawiło, i jego długofalowe skutki bardziej przypominały jednak wirusa i nawet teraz nie był pewny, czy przezwyciężył chorobę. Niewidywanie się z nią, niedzwonienie, niekorzystanie z nowego adresu mejlowego, z którego przysłała mu zdjęcia, żeby pokazać swoją zrozpaczoną twarz w dniu ślubu z dawnym chłopakiem: Strike sam narzucił sobie taką kurację i dzięki niej pozbył się objawów. Wiedział jednak, że wyszedł z tego okaleczony, że nie jest już zdolny czuć tego, co kiedyś. Smutek Elin poprzedniego wieczoru nie chwycił go za serce tak jak dawniej smutek Charlotte. Miał wrażenie, że jego zdolność kochania została stępiona, zakończenia nerwowe uszkodzone. Nie zamierzał zranić Elin, widok jej łez nie sprawiał mu przyjemności, lecz najwyraźniej stracił zdolność współodczuwania bólu. Prawdę mówiąc, gdy szlochała, w głębi duszy planował powrót do domu.

Strike ubrał się, a potem cicho ruszył w stronę słabo oświetlonego przedpokoju, gdzie wrzucił przybory do golenia do torby spakowanej przed wyjazdem do Barrow-in-Furness. Drzwi po prawej były uchylone. Pod wpływem impulsu lekko je popchnął.

Mała dziewczynka, której nigdy nie widział, spała tu, gdy nie była u ojca. Różowo-biały pokój był nieskazitelnie czysty, na suficie wokół gzymsu namalowano wróżki. Lalki Barbie siedziały w równym rzędzie na komodzie, tępo się uśmiechając, a ich spiczaste piersi przykrywała tęcza, która powstała z ich jaskrawych sukienek.

Na podłodze obok maleńkiego łóżka z baldachimem leżało sztuczne futro z głową niedźwiedzia polarnego.

Strike nie znał prawie żadnych małych dziewczynek. Miał dwóch chrześniaków, choć w zasadzie żadnego nie chciał, i trzech siostrzeńców. Jego dobry przyjaciel w Kornwalii miał córki, lecz Strike właściwie w ogóle nie miał z nimi do czynienia. Mijały go biegiem jak bezkształtna masa kucyków i machających rączek: „Cześć, wujku Cormie, pa, wujku Cormie". Wychowywał się wprawdzie razem z siostrą, ale jej nigdy nie rozpieszczano jasnoróżowymi łóżkami z baldachimem, choć pewnie bardzo by tego chciała.

Strike wrócił do przedpokoju i pogrzebał w kieszeni. Zawsze nosił przy sobie notes i długopis. Napisał krótki liścik do Elin, robiąc aluzję do najlepszej części poprzedniego wieczoru, i zostawił go na stoliku w przedpokoju, żeby przypadkiem jej nie obudzić. Potem zarzucił torbę na ramię i równie cicho wyszedł z mieszkania. O ósmej miał się spotkać z Robin przy dworcu West Ealing.

Resztki mgły unosiły się nad Hastings Road, gdy Robin wyszła z domu, zarumieniona i zaspana, z reklamówką pełną jedzenia w jednej ręce i torbą z ubraniami na zmianę w drugiej. Otworzyła bagażnik starego, szarego land rovera, wrzuciła torbę i szybko podeszła z reklamówką do drzwi kierowcy.

Przed chwilą Matthew próbował ją przytulić w przedpokoju, czemu stawiła zdecydowany opór, kładąc obie ręce na jego gładkiej, ciepłej klatce piersiowej, odpychając go i krzycząc, żeby się odsunął. Miał na sobie tylko bokserki. Bała się, że teraz pospiesznie narzuca jakieś ciuchy, gotowy za nią wybiec. Zatrzasnęła drzwi samochodu i zapięła pas bezpieczeństwa, chcąc jak najszybciej ruszyć, lecz gdy przekręciła kluczyk w stacyjce, z domu wyskoczył bosy Matthew w koszulce i spodniach od dresu. Nigdy nie widziała, żeby miał tak zrozpaczoną, tak bezbronną minę.

– Robin – zawołał, gdy wcisnęła gaz, odjeżdżając od krawężnika. – Kocham cię. Kocham cię!

Zakręciła kierownicą i ryzykownie wyjechała z miejsca parkingowego, o mały włos nie zahaczając o hondę sąsiada. Widziała, jak Matthew maleje w tylnym lusterku. Mężczyzna, który zwykle nad sobą panował, teraz na całe gardło deklarował miłość, nie przejmując się, że wywoła ciekawość, drwiny i śmiech sąsiadów.

Serce Robin boleśnie waliło w piersi. Był kwadrans po siódmej, Strike na pewno nie czekał jeszcze przy dworcu. Na końcu drogi skręciła w lewo, chcąc jedynie bardziej oddalić się od Matthew.

Zerwał się o świcie, gdy próbowała się spakować, nie budząc go.

– Gdzie się wybierasz?

– Pomóc Strike'owi w śledztwie.

– Nie wrócisz na noc?

– Raczej nie.

– Dokąd jedziesz?

– Jeszcze nie wiem.

Bała się podać nazwę miasta, żeby za nimi nie pojechał. Gdy poprzedniego dnia wieczorem weszła do domu, Matthew płakał i błagał, co mocno nią wstrząsnęło. Nigdy nie widziała go w takim stanie, nawet po śmierci matki.

– Robin, musimy porozmawiać.

– Rozmawialiśmy wystarczająco długo.

– Czy twoja mama wie, dokąd jedziesz?

– Tak.

Kłamała. Jeszcze nie powiedziała matce o zerwaniu zaręczyn ani o tym, że jedzie ze Strikiem na północ. Miała przecież dwadzieścia sześć lat, to nie były sprawy jej matki. Tak naprawdę Matthew pytał, czy powiadomiła rodziców o odwołaniu ślubu, ponieważ obydwoje wiedzieli, że nie wsiadłaby do land rovera, żeby zawieźć Strike'a w nieznane miejsce, gdyby zaręczyny nadal były aktualne. Pierścionek z szafirem leżał dokładnie tam, gdzie go zostawiła: na regale wyładowanym jego starymi podręcznikami do księgowości.

– Niech to szlag – szepnęła Robin, mrugając, żeby powstrzymać łzy, i skręciła w pierwszą lepszą spokojną ulicę, starając się nie myśleć o swoim palcu bez pierścionka ani o udręczonej twarzy Matthew.

Podczas krótkiego spaceru Strike pokonał o wiele większą odległość niż ta, którą przemierzyły jego nogi. Oto Londyn, pomyślał, paląc pierwszego w tym dniu papierosa: wyszedłeś ze spokojnego, symetrycznego szeregowca Nasha przypominającego rzeźbę z lodów waniliowych. Sąsiad Elin, Rosjanin w prążkowanym garniturze, właśnie wsiadał do audi i w odpowiedzi na „...dobry" Strike'a oschle skinął głową. Po krótkim spacerze obok pomnika Sherlocka Holmesa przy stacji Baker Street detektyw znalazł się w brudnym pociągu metra, w otoczeniu gawędzących polskich robotników, świeżych i pełnych werwy o siódmej rano. Później czekał go rozgardiasz Paddington, przeciskał się z torbą na ramieniu wśród kawiarni i ludzi dojeżdżających do pracy. Wreszcie pokonał kilka przystanków Heathrow Connect w towarzystwie wielkiej rodziny z West Country, mimo porannego chłodu już ubranej jak na Florydę. Jej członkowie wpatrywali się w znaki na stacji jak nerwowe surykatki i ściskali rączki walizek, jakby lada chwila spodziewali się napadu.

Strike dotarł na dworzec West Ealing piętnaście minut przed czasem i rozpaczliwie łaknął papierosa. Rzucił torbę pod nogi i zapalił, mając nadzieję, że Robin się za bardzo nie pospieszy, ponieważ wątpił, żeby pozwoliła mu palić w land roverze. Ledwie jednak zdążył dwa razy się zaciągnąć, zza rogu wyjechał kanciasty samochód, a za przednią szybą wyraźnie zobaczył jaskrawą, jasnorudą głowę Robin.

– Możesz palić wewnątrz – zawołała, nie gasząc silnika, gdy zarzucił torbę z powrotem na ramię i przymierzył się do zgaszenia papierosa – pod warunkiem że opuścisz szybę.

Wspiął się do środka, wrzucił torbę do tyłu i zatrzasnął drzwi.

– I tak nie może tu bardziej śmierdzieć – dodała Robin, obsługując sztywną skrzynię biegów z typową dla siebie wprawą. – To królestwo psich zapachów.

Gdy zaczęli się oddalać od chodnika, Strike zapiął pas bezpieczeństwa i rozejrzał się po samochodzie. Wnętrze było zniszczone i podrapane, zdecydowanie unosiła się w nim ostra woń kaloszy i labradora. Strike'owi przypomniały się wojskowe pojazdy, którymi jeździł po najróżniejszych terenach Bośni i Afganistanu, lecz jednocześnie wzbogaciło się jego wyobrażenie o pochodzeniu Robin. Ten land rover przywodził na myśl błotniste drogi i zaorane pola. Przypomniał sobie, jak mówiła, że jej wuj ma farmę.

– Miałaś kiedyś kucyka?

Spojrzała na niego zdziwiona. Gdy mignęła mu jej cała twarz, zauważył zmęczone powieki i bladość. Bez wątpienia niewiele spała.

– Na litość boską, co to za pytanie?

– Takim samochodem jeździ się na zawody jeździeckie.

W jej odpowiedzi zabrzmiała lekka uraza:

– Owszem, miałam kucyka.

Roześmiał się, opuszczając szybę najniżej, jak się dało, i opierając na niej lewą rękę z papierosem.

– Dlaczego tak cię to bawi?

– Nie wiem. Jak się nazywał?

– Angus – odrzekła, skręcając w lewo. – Kawał skurczybyka. Ciągle mnie zrzucał.

– Nie ufam koniom – powiedział, paląc.

– Jeździłeś kiedyś?

Tym razem to Robin się uśmiechnęła. Pomyślała, że koński grzbiet to pewnie jedno z niewielu miejsc, w których Strike czułby się naprawdę zakłopotany.

– Nie – powiedział Strike. – I wolałbym, żeby tak pozostało.

– Mój wujek ma takiego, który by cię uniósł – ciągnęła Robin. – To rasa Clydesdale. Olbrzym.

– Zapamiętam – mruknął Strike, a ona się roześmiała.

Paląc w milczeniu, podczas gdy Robin skupiała się na lawirowaniu wśród coraz liczniejszych o poranku samochodów, Strike uświadomił sobie, że bardzo lubi ją rozśmieszać. Zauważył również, że czuje się o wiele szczęśliwszy, znacznie bardziej odprężony, siedząc tutaj, w rozklekotanym land roverze, i rozmawiając o bzdurach z Robin niż wczoraj wieczorem podczas kolacji z Elin.

Nie był mężczyzną, który opowiada sobie wygodne kłamstwa. Mógłby sobie tłumaczyć, że Robin reprezentuje łatwość przyjaźni, a Elin wzloty i upadki erotycznego związku. Wiedział jednak, że prawda jest o wiele bardziej skomplikowana, zwłaszcza że z palca Robin zniknął pierścionek z szafirem. Od chwili, w której się poznali, wiedział, że Robin oznacza zagrożenie dla spokoju jego umysłu, lecz ryzykowanie najlepszego układu zawodowego w jego życiu byłoby aktem rozmyślnego sabotażu, do którego on, po latach wyniszczających, przerywanych związków, po ciężkiej harówce i poświęceniach, żeby rozwinąć agencję detektywistyczną, nie mógł i nie zamierzał dopuścić.

– Ignorujesz mnie?

– Co?

Rzeczywiście mógł jej nie usłyszeć, silnik starego land rovera był bardzo głośny.

– Pytałam, jak poszło z Elin.

Nigdy wcześniej nie pytała go wprost o jego związki. Strike przypuszczał, że poufałość sprzed dwóch dni przeniosła ich na inny poziom zażyłości. Chętnie by tego uniknął, gdyby mógł.

– W porządku – powiedział wymijająco, wyrzucając niedopałek i zamykając okno, co nieznacznie zmniejszyło hałas.

– Więc ci wybaczyła?

– Niby co?

– Że zupełnie zapomniałeś o waszej randce! – zawołała Robin.

– A, to. No. Chociaż w zasadzie nie... ale chyba jednak tak.

Robin skręciła w A40 i dwuznaczna odpowiedź Strike'a wywołała w jej umyśle niespodziewany, wyrazisty obraz: Strike'a z włochatym cielskiem i bez połowy nogi splecionego z jasnowłosą i alabastrową Elin na tle czystej, białej pościeli... Była pewna, że pościel Elin jest biała, nordycka i czysta. Pewnie nie musiała sama prać swoich rzeczy. Elin wywodziła się z wysokiej warstwy klasy średniej i była tak bogata, że – w przeciwieństwie do Robin – nie musiała osobiście prasować poszewki przed telewizorem w ciasnym salonie w Ealing.

– A Matthew? – spytał Strike, gdy wjechali na autostradę. – Jak ci z nim poszło?

– W porządku – bąknęła Robin.

– Gówno prawda – stwierdził Strike.

Z ust Robin znowu wyrwał się śmiech, lecz miała mu trochę za złe, że domaga się więcej informacji, podczas gdy sam tak niewiele wyjawił jej o Elin.

– Chce, żebyśmy do siebie wrócili.

– To oczywiste – powiedział Strike.

– Jak to: „oczywiste"?

– Mówiłaś, żebym nie był taki skromny, więc sama też nie bądź.

Robin nie była pewna, jak na to zareagować, ale poczuła przyjemne zadowolenie. Strike chyba po raz pierwszy dał wyraz temu, że widzi w niej kobietę, i po cichu zanotowała tę wymianę zdań w myślach, żeby później przeanalizować ją w samotności.

– Przeprosił i ciągle powtarzał, żebym z powrotem włożyła pierścionek – powiedziała Robin. Resztka lojalności wobec Matthew nie pozwoliła jej wspomnieć o jego płaczu i błaganiach. – Ale ja...

Zamilkła i mimo że Strike chciał usłyszeć coś więcej, nie zadawał dalszych pytań i tylko opuścił szybę, żeby zapalić następnego papierosa.

Zatrzymali się na kawę na stacji benzynowej Hilton Park Services. Robin poszła do toalety, a Strike stanął w kolejce po kawę w Burger Kingu. Przejrzała się w lustrze i zerknęła na komórkę. Tak jak się spodziewała, Matthew przesłał wiadomość, lecz jej ton nie był już błagalny ani pojednawczy.

Jeśli się z nim prześpisz, z nami koniec. Może ci się wydaje, że w ten sposób wyrównasz rachunki, ale to nie będzie to samo. Sarah była dawno temu, byliśmy dzieciakami i nie zrobiłem tego po to, żeby cię zranić. Pomyśl, co przekreślasz, Robin. Kocham cię.

– Przepraszam – mruknęła Robin, odsuwając się na bok, żeby jakaś zniecierpliwiona dziewczyna mogła podejść do suszarki.

Jeszcze raz przeczytała esemesa od Matthew. Przyjemny przypływ gniewu zdusił mieszaninę litości i bólu zrodzoną po porannym pościgu. Tutaj, pomyślała, miała przed sobą autentycznego Matthew: **Jeśli się z nim prześpisz, z nami koniec.** Więc tak naprawdę nie wierzył, że mówiła poważnie, gdy zdejmowała pierścionek i oświadczała mu, że już nie chce za niego wyjść? „Koniec" miał być dopiero wtedy, kiedy zadecyduje o tym Matthew. **To nie będzie to samo.** Jej niewierność byłaby z definicji gorsza od jego niewierności. Dla niego jej podróż na północ była jedynie ćwiczeniem się w odwecie: martwa kobieta i morderca na wolności jedynie pretekstami, żeby okazać złośliwość.

„Wal się" – pomyślała, wkładając gwałtownie komórkę z powrotem do kieszeni i wchodząc do kawiarni, gdzie Strike siedział i jadł podwójnego Croissan'Wicha z kiełbasą i bekonem.

Na widok jej zarumienionej twarzy i zaciśniętych zębów odgadł, że odezwał się Matthew.

– Wszystko w porządku?

– Tak – powiedziała Robin, a po chwili, zanim zdążył spytać o coś jeszcze, dodała: – Opowiesz mi w końcu o Brockbanku?

Pytanie zabrzmiało trochę agresywniej, niż zamierzała. Ton esemesa Matthew ją rozwścieczył, podobnie jak to, że przez niego zaczęła się zastanawiać, gdzie właściwie będzie tej nocy spała.

– Skoro chcesz – odrzekł łagodnie Strike.

Wyjął telefon z kieszeni, otworzył zdjęcie Brockbanka, które zrobił przed monitorem Hardacre'a, i przesunął komórkę po stoliku w stronę Robin.

Robin wpatrywała się w pociągłą, zwieńczoną gęstymi, ciemnymi włosami śniadą twarz, która wyglądała nietypowo, lecz całkiem atrakcyjnie

– Teraz jest brzydszy – zaznaczył Strike, jakby czytał w jej myślach. – To zdjęcie zostało zrobione zaraz po tym, jak się zaciągnął. Teraz ma zapadnięty oczodół i kalafiorowate ucho.

– Ile ma wzrostu? – spytała Robin, przypominając sobie kuriera w skórze i z lustrzaną osłoną kasku.

– Tyle co ja albo więcej.

– Mówiłeś, że poznałeś go w wojsku.

– Tak – potwierdził Strike.

Przez kilka sekund myślała, że Strike nie zamierza nic więcej dodać, ale po chwili zorientowała się, że po prostu czeka, by para starszych ludzi zastanawiających się, gdzie usiąść, znalazła się poza zasięgiem jego głosu. Gdy tych dwoje sobie poszło, powiedział:

– Był majorem w Siódmej Brygadzie Pancernej. Ożenił się z wdową po koledze. Miała dwie małe córki. Później urodziło im się wspólne dziecko, chłopiec.

Po niedawnej lekturze akt Brockbanka fakty płynęły wartkim strumieniem, choć Strike pamiętałby je i bez wizyty w Edynburgu. Sprawa należała do tych, o których nigdy się nie zapomina.

– Starsza pasierbica miała na imię Brittany. W wieku dwunastu lat zwierzyła się koleżance ze szkoły w Niemczech, że jest molestowana. Koleżanka powiedziała matce, która to zgłosiła. Wezwano nas. Nie rozmawiałem z nią osobiście, zrobiła to pewna pani oficer. Ja tylko obejrzałem nagranie.

Wstrząsnęło nim, że starała się być taka dorosła, taka opanowana. Była przerażona tym, co się stanie z jej rodziną, skoro się wygadała, i próbowała wszystko odwołać.

Nie, oczywiście, że nie powiedziała Sophie, że groził zabiciem jej młodszej siostry, jeśli Brittany na niego doniesie! Nie, właściwie Sophie nie kłamała – to był tylko żart, i tyle. Spytała Sophie, co zrobić, żeby nie zajść w ciążę, bo... bo była ciekawa, każdy chce wiedzieć takie rzeczy. Oczywiście nie powiedziała też, że gdyby się wygadała, pociąłby jej mamę na kawałeczki... A ta historia z nogą? Och, to... No, to też był żart... To wszystko było żartem... Powiedział jej, że ma bliznę na nodze, bo prawie jej ją uciął, kiedy była mała, tylko że w porę przyszła mama i go powstrzymała. Zrobił to dlatego, że podeptała mu rabaty, ale to oczywiście też był żart – spytajcie mamę. Zaplątała się w drut kolczasty i tyle, mocno się poraniła, próbując się uwolnić. Mogli spytać mamę. On jej nie pociął. Nigdy by jej nie pociął, nie tatuś.

Strike wciąż pamiętał minę, jaka mimowolnie pojawiła się na jej twarzy, gdy Brittany zmusiła się do powiedzenia „tatuś": wyglądała jak dziecko próbujące połknąć zimne flaczki pod groźbą kary. Miała dwanaście lat, a już zdążyła się nauczyć, że życie jej rodziny będzie znośne, tylko jeśli ona się zamknie i bez słowa skargi zgodzi na wszystko, co on chce jej zrobić.

Strike nabrał niechęci do pani Brockbank już podczas pierwszego przesłuchania. Chuda i przesadnie umalowana, bez wątpienia na swój sposób także była ofiarą, lecz Strike miał wrażenie, że świadomie poświęciła Brittany, żeby ocalić dwoje pozostałych dzieci, że przymykała oczy na długie nieobecności w domu męża i starszej córki, że jej determinacja, aby nie wiedzieć, była równoznaczna ze współudziałem. Brockbank zagroził Brittany, że udusi jej matkę i siostrę, jeśli komukolwiek powie o tym, co jej robi w samochodzie, gdy zabiera ją na długie wycieczki do pobliskiego lasu lub w ciemne uliczki. Powiedział, że potnie je na kawałki, a potem zakopie w ogródku. Później zabierze Ryana – swojego synka, chyba jedynego członka rodziny, który był mu drogi – i wyjedzie gdzieś, gdzie nikt ich nie znajdzie.

– To był żart, tylko żart. Nie mówiłam poważnie.

Małe wykręcane palce, przekrzywione okulary, nogi zbyt krótkie, żeby stopy mogły dosięgnąć podłogi. Nadal kategorycznie odmawiała poddania się badaniom, gdy Strike i Hardacre pojechali do domu Brockbanka, żeby doprowadzić go na przesłuchanie.

– Kiedy się zjawiliśmy, był zalany. Powiedziałem mu, dlaczego przyjechaliśmy, a on rzucił się na mnie z nadtłuczoną butelką. Powaliłem go na ziemię – ciągnął Strike bez cienia dumy – ale nie powinienem był go dotykać. Nie musiałem.

Nigdy nie przyznał tego głośno, mimo że Hardacre (który w czasie późniejszego śledztwa okazał mu pełne wsparcie) też o tym wiedział.

– Skoro rzucił się na ciebie z butelką…

– Nie musiałem go powalać na ziemię, żeby mu ją zabrać.

– Mówiłeś, że był duży…

– Był zalany. Poradziłbym sobie bez walenia pięścią. Przyjechał ze mną Hardacre, było dwóch na jednego. Tak naprawdę cieszyłem się, że się na mnie rzucił. Miałem ochotę go walnąć. Prawy sierpowy dosłownie go ogłuszył. I właśnie dlatego mu się upiekło.

– Upiekło mu się…?

– Wywinął się – powiedział Strike. – Uszło mu to na sucho.

– Jak to?

Strike wypił jeszcze trochę kawy i wpatrzony w jakiś nieokreślony punkt, przypominał sobie tamte wydarzenia.

– Po tym, jak go uderzyłem, trafił do szpitala, bo na skutek wstrząśnienia mózgu dostał silnego ataku padaczkowego. Urazowe uszkodzenie mózgu.

– O Boże – jęknęła Robin.

– Potrzebna była natychmiastowa operacja, żeby powstrzymać krwawienie z mózgu. Ciągle miał ataki. Zdiagnozowali urazowe uszkodzenie mózgu, zespół stresu pourazowego i alkoholizm. Nie był w stanie pojawić się na procesie. Zbiegli się adwokaci. Oskarżono mnie o napaść. Na szczęście zespół moich obrońców odkrył, że w weekend poprzedzający zajście Brockbank grał w rugby. Trochę

popytali i okazało się, że dostał kolanem w głowę od stupiętnastoki-
lowego Walijczyka i zniesiono go z boiska na noszach. Młody lekarz
przeoczył krwawienie z ucha, bo pokrywały je siniaki i błoto. Po
prostu kazał mu wracać do domu i odpoczywać. Okazało się, że miał
pękniętą podstawę czaszki, a moi adwokaci odkryli to, gdy poprosili
lekarzy o obejrzenie prześwietlenia zrobionego po meczu. Pęknięcie czaszki to była wina walijskiego napastnika, nie moja. Mimo to
gdyby Hardy nie zeznał, że Brockbank rzucił się na mnie z butelką, byłbym ugotowany. Ostatecznie uznano, że działałem w samo-
obronie. Nie mogłem wiedzieć, że miał pękniętą czaszkę ani jaką
mu zrobię krzywdę tym ciosem pięścią. Tymczasem znaleźli w jego
komputerze pornografię dziecięcą. Historia Brittany pokrywała się
z relacjami wielu osób, które często widywały, jak ojczym gdzieś ją
wiezie. Jej nauczycielka zeznała, że dziewczyna była coraz bardziej
zamknięta w sobie. Przez dwa lata ją molestował i groził, że jeśli
komuś o tym powie, zabije ją, jej matkę i siostrę. Zdołał ją przekonać, że już raz próbował jej uciąć nogę. Miała bliznę wokół goleni.
Powiedział jej, że zamierzał ją odpiłować, ale zjawiła się jej matka
i go powstrzymała. Na przesłuchaniu matka zeznała, że to blizna po
wypadku, do którego doszło, kiedy Brittany była mała.

Robin milczała. Obiema rękami zasłaniała usta i wytrzeszczyła
oczy. Strike wyglądał przerażająco.

– Leżał w szpitalu, lekarze próbowali zapanować nad atakami,
a za każdym razem, gdy zamierzano go przesłuchać, Brockbank
udawał dezorientację i amnezję. Krążyła wokół niego chmara
adwokatów wyczuwających okrągłą sumkę: zaniedbanie ze strony
lekarza, napaść. Twierdził, że sam był ofiarą molestowania, że
pornografia dziecięca to tylko objaw jego problemów psychicznych, jego alkoholizmu. Brittany uparcie powtarzała, że wszystko
zmyśliła, matka wrzeszczała, że Brockbank nigdy nie tknął żadnego z jej dzieci, że jest idealnym ojcem, że już straciła jednego
męża, a teraz straci drugiego. Szefostwo domagało się wycofania
oskarżenia. Został zwolniony ze służby z przyczyn zdrowotnych
– ciągnął Strike, spoglądając ciemnymi oczami w niebieskoszare
oczy Robin. – Wymigał się od kary, a w dodatku dostał odszkodowanie i rentę, a potem poszedł wolno, zabierając ze sobą Brittany.

24

Step into a world of strangers
Into a sea of unknowns ...

Wejdź do świata obcych,
Do morza nieznanych [...]

Blue Öyster Cult, *Hammer Back*

Warczący land rover pożerał kilometry ze stoicką wprawą, lecz zanim pojawiły się pierwsze drogowskazy do Barrow-in-Furness, podróż na północ zaczęła się niemiłosiernie dłużyć. Mapa nie do końca oddawała, jak daleko znajduje się ten port, jak bardzo jest odizolowany. Barrow-in-Furness nie zostało stworzone po to, żeby przez nie przejeżdżać albo odwiedzać je przypadkiem. Było końcem świata, geograficzną ślepą uliczką.

Jechali przez najdalej wysunięte na południe krańce Krainy Jezior, wśród falujących pól pełnych owiec, suchych kamiennych murków i malowniczych wiosek przypominających Robin jej dom w Yorkshire, później przez Ulverston („miasto, w którym urodził się Stan Laurel"), aż wreszcie zobaczyli w oddali szerokie ujście rzeki oznaczające, że zbliżają się do wybrzeża. Po południu w końcu zawitali do nieładnego przemysłowego miasteczka z dominującymi na jego peryferiach magazynami i fabrykami po obu stronach drogi.

– Zanim pojedziemy do Brockbanka, pójdziemy coś zjeść – powiedział Strike, który od pięciu minut analizował mapę Barrow. Gardził elektronicznymi urządzeniami do nawigacji, uzasadniając to tym, że na załadowanie się papieru nie trzeba czekać, a wydrukowane na nim informacje nie znikają w niekorzystnych warunkach. – Kawałek dalej jest parking. Na rondzie skręć w lewo.

Minęli zniszczone boczne wejście na Craven Park, boisko drużyny rugby Barrow Raiders. Strike, który miał oczy szeroko otwarte, w razie gdyby gdzieś pojawił się Brockbank, chłonął charakterystyczną atmosferę tego miejsca. Jako człowiek urodzony w Kornwalii myślał, że zobaczy morze, poczuje jego smak, lecz miał wrażenie, że znajdują się wiele kilometrów od wybrzeża. Na pierwszy rzut oka Barrow-in-Furness kojarzyło się z olbrzymim podmiejskim centrum handlowym, gdzie zewsząd otaczały ich krzykliwe fasady outletów przy głównej ulicy, tylko że tu i tam między sklepami dla majsterkowiczów i pizzeriami stały dumne i niepasujące do reszty architektoniczne perełki świadczące o dostatniej przemysłowej przeszłości miasteczka. Izbę celną w stylu art déco przekształcono w restaurację. Na wiktoriańskiej uczelni technicznej ozdobionej klasycystycznymi rzeźbami widniały słowa *Labor Omnia Vincit*. Kawałek dalej znaleźli się wśród długich rzędów domów szeregowych, w otoczeniu pejzaży, jakie malował Lowry, w ulu zamieszkanym przez robotników.

– Nigdy nie widziałem tylu pubów – powiedział Strike, gdy Robin skręciła na parking. Marzyło mu się piwo, lecz pamiętając, że *Labor Omnia Vincit*, przystał na propozycję Robin, żeby przekąsili coś naprędce w pobliskiej kawiarni.

Kwietniowy dzień był jasny, lecz bryza przynosiła chłód znad niewidocznego morza.

– Nie narzucają się klientom, prawda? – mruknął na widok nazwy kawiarni: The Last Resort*. Obok mieściły się Second Chance** z używaną odzieżą oraz dobrze prosperujący lombard. Mimo mało obiecującej nazwy, w The Last Resort było przytulnie i czysto, lokal był pełen gawędzących starszych pań i wrócili na parking przyjemnie najedzeni.

– Jeśli nikogo nie zastaniemy, trudno będzie obserwować jego dom – stwierdził Strike, pokazując Robin mapę, gdy wsiedli do land rovera. – Stoi na samym końcu ślepej uliczki. Nie mamy gdzie się przyczaić.

– Przyszło ci do głowy – powiedziała Robin nie do końca obojętnym tonem, wyjeżdżając z parkingu – że Holly to Noel? Że zmienił płeć?

---

* *The Last Resort* (ang.) – Ostateczność.
** *Second Chance* (ang.) – Druga Szansa.

– Jeśli tak, znajdziemy go bez najmniejszego trudu – odrzekł Strike. – Na obcasach będzie miał ze dwa metry, a do tego kalafiorowate ucho. Skręć tutaj w prawo – dodał, gdy minęli klub nocny o nazwie Skint*. – Jezu, w Barrow nie owijają w bawełnę, prawda?

Widok na morze zasłonił im olbrzymi kremowy budynek z napisem „BAE Systems". Nie miał okien i wyglądał, jakby liczył z półtora kilometra długości, a do tego był nijaki, anonimowy i przerażający.

– Myślę, że Holly okaże się jego siostrą albo może nową żoną – powiedział Strike. – Teraz w lewo... Są w tym samym wieku. W prawo... Szukamy Stanley Road... Wygląda na to, że wylądujemy tuż obok BAE Systems.

I rzeczywiście, po jednej stronie prostej Stanley Road stały domy, a po drugiej biegł wysoki ceglany mur zwieńczony drutem kolczastym. Za tą bezwzględną barierą wznosił się złowrogi, biały budynek fabryki, przerażający samą swoją wielkością.

– „Teren obiektów jądrowych"? – zdziwiła się Robin, czytając napis na tablicy na murze i przyhamowując, żeby jechać jak najwolniej.

– Budują łodzie podwodne – powiedział Strike, patrząc na drut kolczasty. – Spójrz, wszędzie są policyjne ostrzeżenia.

W ślepej uliczce nikogo nie było. Kończyła się małym parkingiem obok placu zabaw. Robin zatrzymała samochód i zauważyła kilka przedmiotów, które utkwiły w drucie kolczastym nad murem. Piłka niewątpliwie wylądowała tam przez przypadek, lecz obok był także mały różowy wózek dla lalek, zaplątany i nie do odzyskania. Na jego widok poczuła się nieswojo: ktoś celowo go tam rzucił, żeby nie można go było dosięgnąć.

– Dlaczego wysiadasz? – spytał Strike, okrążając samochód od tyłu.

– Chciałam...

– Sam się rozmówię z Brockbankiem, jeśli w ogóle tam jest – powiedział Strike, zapalając papierosa. – Ty masz się do niego nie zbliżać.

Robin wróciła do land rovera.

---

* *Skint* (ang.) – spłukany, bez grosza.

– Postaraj się go nie walnąć, dobrze? – mruknęła w ślad za oddalającą się sylwetką Strike'a, gdy lekko utykając, z kolanem zesztywniałym po podróży szedł w stronę domu.

Część domów miała czyste okna i starannie poustawiane ozdoby za oknami, w innych wisiały firanki o różnym stopniu czystości. Niektóre były zaniedbane i sądząc po parapetach, było w nich brudno. Strike już prawie dotarł do brązowych drzwi, gdy nagle zatrzymał się w pół kroku. Robin zauważyła, że na końcu ulicy pojawiła się grupka mężczyzn w niebieskich kombinezonach i kaskach. Czy był wśród nich Brockbank? Czy dlatego Strike się zatrzymał?

Nie. Po prostu odebrał telefon. Odwrócił się od drzwi i od mężczyzn, powoli ruszył w stronę Robin, nie idąc już zdecydowanym krokiem, lecz niespiesznie, skupiony wyłącznie na głosie w słuchawce.

Jeden z mężczyzn w kombinezonach był wysoki, ciemnowłosy i brodaty. Czy Strike go zauważył? Robin jeszcze raz wyślizgnęła się z land rovera i udając, że pisze esemesa, zrobiła robotnikom kilka zdjęć, przybliżając obraz najbardziej, jak się dało. Skręcili za róg i zniknęli z pola widzenia.

Strike przystanął dziesięć metrów od niej, paląc i słuchając osoby, która mówiła do niego przez telefon. Jakaś siwa kobieta mrużyła oczy, przyglądając im się z okna na piętrze najbliższego domu. Chcąc rozwiać jej podejrzenia, Robin odwróciła się od domów i zrobiła zdjęcie olbrzymiej fabryki nuklearnej, jakby była turystką.

– Dzwonił Wardle – oznajmił Strike, podchodząc do niej od tyłu. Miał ponurą minę. – Ciało nie należy do Oksany Wołoszyny.

– Skąd to wiedzą? – spytała zdumiona Robin.

– Oksana przez trzy tygodnie była w domu w Doniecku. Ślub w rodzinie. Nie rozmawiali z nią bezpośrednio, ale jej matka powiedziała przez telefon, że Oksana nadal tam przebywa. Tymczasem właścicielka zdołała trochę dojść do siebie i wyznała policji, że była w szoku, gdy znalazła zwłoki, bo myślała, że Oksana pojechała na Ukrainę na wakacje. Wspomniała też, że głowa nie bardzo przypominała głowę Oksany.

Strike zmarszczył brwi i wsunął telefon z powrotem do kieszeni. Miał nadzieję, że dzięki tym wiadomościom Wardle skupi się na kimś innym niż Malley.

– Wracaj do samochodu – powiedział pogrążony w myślach i jeszcze raz ruszył w stronę domu Brockbanka.

Robin wróciła do land rovera. Kobieta w oknie na piętrze nadal się gapiła.

Na ulicy pojawiły się dwie policjantki w odblaskowych kamizelkach. Strike dotarł do brązowych drzwi. Rozległo się stukanie metalu w drewno. Nikt nie otworzył. Strike już miał zapukać jeszcze raz, gdy podeszły do niego policjantki.

Robin usiadła wyprostowana, zastanawiając się, czego, na litość boską, chce od niego policja. Po krótkiej rozmowie wszyscy troje odwrócili się i ruszyli w stronę land rovera.

Robin opuściła szybę, czując nagle nieuzasadnione poczucie winy.

– Panie pytają – zawołał Strike, gdy znalazła się w zasięgu jego głosu – czy nazywam się Michael Ellacott.

– Co? – zdziwiła się Robin, kompletnie skołowana na dźwięk imienia swojego ojca.

Przyszła jej do głowy niedorzeczna myśl, że Matthew wysłał za nimi policję – ale dlaczego miałby mówić, że Strike jest jej ojcem? Nagle zrozumiała, o co chodzi, i powiedziała:

– Samochód jest zarejestrowany na tatę. Zrobiłam coś złego?

– No cóż, zaparkowała pani na podwójnej ciągłej – odrzekła oschle jedna z policjantek – ale nie dlatego tu jesteśmy. Robiła pani zdjęcia fabryki. To nic złego – dodała, widząc spanikowaną minę Robin. – Ludzie robią to codziennie. Uchwyciły panią kamery monitoringu. Czy mogę zobaczyć pani prawo jazdy?

– Aha – powiedziała Robin, czując na sobie zdziwione spojrzenie Strike'a. – Ja tylko... myślałam, wie pani, że to będzie ładne zdjęcie. Drut kolczasty, ten biały budynek i... chmury...

Podała policjantce dokumenty, starannie unikając spojrzenia Strike'a. Była zawstydzona.

– Pan Ellacott to pani ojciec, prawda?

– Po prostu pożyczył nam samochód – wyjaśniła Robin, ze strachem myśląc o tym, że policja skontaktuje się z jej rodzicami, a oni się dowiedzą, że Robin jest w Barrow bez Matthew, bez pierścionka i niezaręczona...

– A gdzie państwo mieszkają?

– My nie... nie mieszkamy razem – powiedziała Robin.

Podali swoje nazwiska i adresy.

– Przyjechał pan do kogoś w odwiedziny, panie Strike? – spytała druga policjantka.

– Do Noela Brockbanka – odrzekł natychmiast Strike. – To stary przyjaciel. Przejeżdżałem niedaleko i pomyślałem, że zobaczę, co u niego słychać.

– Brockbank – powtórzyła policjantka, oddając Robin prawo jazdy. Robin miała nadzieję, że Brockbank jest znany policji i zmiana tematu szybko odwróci uwagę od jej niedawnej gafy. – Popularne tutejsze nazwisko. W porządku, nie zatrzymujemy państwa. Proszę nie robić tu więcej zdjęć.

– Przepraszam – powiedziała Robin do Strike'a, bezgłośnie poruszając ustami, gdy policjantki odeszły. Pokręcił głową, uśmiechając się mimo poirytowania.

– „Ładne zdjęcie"... „drut kolczasty"... „chmury"...

– A co byś wymyślił na moim miejscu? – obruszyła się. – Przecież nie mogłam im powiedzieć, że robiłam zdjęcia robotnikom, bo pomyślałam, że jeden z nich może być Brockbankiem... Spójrz...

Gdy jednak wyświetliła zdjęcie robotników, zdała sobie sprawę, że najwyższy z nich, facet z rumianymi policzkami, krótką szyją i ogromnymi uszami, to nie mężczyzna, którego szukają.

Otworzyły się drzwi najbliższego domu. Siwowłosa kobieta, która obserwowała ich z okna na piętrze, wyszła, ciągnąc za sobą kraciasty wózek na kółkach. Teraz już się uśmiechała. Robin była pewna, że kobieta widziała, jak przychodzi i odchodzi policja, i ucieszyła się, że nie są szpiegami.

– To na okrągło się tu zdarza – zawołała donośnie, a jej głos zadźwięczał na ulicy. „Na okrągło" wymówiła jak „na łokrągło". Robin nie znała tego akcentu, choć wydawało jej się, że zna kumbryjski, skoro pochodzi z sąsiedniego hrabstwa. – Wszędzie tu majo kamery. Spisujo numery rejestracyjne. Jużeśmy się przyzwyczaili.

– Nietrudno zauważyć londyńczyków – powiedział uprzejmie Strike, wzbudzając jej zainteresowanie.

– Państwo z Londynu? Co was sprowadza aż do Barra?

– Szukamy starego przyjaciela. Noela Brockbanka – powiedział Strike, wskazując sąsiedni dom – ale nikt nie otwiera. Pewnie jest w pracy.

Lekko zmarszczyła brwi.

– Noela, mówisz pan? Nie Holly?

– Z Holly też chętnie byśmy się spotkali, jeśli jest gdzieś w pobliżu – odrzekł Strike.

– Tera jest w pracy – powiedziała sąsiadka, spoglądając na zegarek. – W piekarni w Vickerstown. Albo – dodała z odrobiną wisielczego humoru – możecie spróbować wieczorem w Crow's Nest. Zwykle tam siedzi.

– Wpadniemy do piekarni, zrobimy jej niespodziankę – oznajmił Strike. – Gdzie to właściwie jest?

– To taki mały, biały budynek zara przy drodze z Vengeance Street.

Podziękowali jej i ruszyła przed siebie, zadowolona, że mogła pomóc.

– Dobrze usłyszałem? – mruknął Strike, otwierając mapę, gdy znowu bezpiecznie siedzieli w land roverze. – Vengeance Street*?

– Tak to zabrzmiało – powiedziała Robin.

Odbyli krótką podróż przez most nad ujściem rzeki, gdzie żeglujące łodzie unosiły się na szaroburej wodzie albo tkwiły zacumowane na przybrzeżnych równinach błotnych. Wzdłuż brzegu było coraz mniej utylitarnych, przemysłowych budynków i coraz więcej ulic z domami szeregowymi. Część z nich została pokryta tynkiem kamyczkowym, część była z czerwonej cegły.

– To nazwy statków – domyślił się Strike, gdy jechali po Amphitrite Street**.

Vengeance Street biegła pod górę. Po kilkuminutowym przeczesywaniu okolicy znaleźli małą, pomalowaną na biało piekarnię.

---

* Ulica Zemsty.
** Amfitryta – grecka bogini morza; HMS „Amphitrite" to także nazwa okrętów Royal Navy.

– To tu – powiedział od razu Strike, gdy Robin zaparkowała niedaleko przeszklonych drzwi. – To na pewno jego siostra, spójrz na nią.

Robin pomyślała, że pracownica piekarni wygląda na większą twardzielkę niż większość mężczyzn. Miała taką samą podłużną twarz z wysokim czołem jak Brockbank, oczy o surowym spojrzeniu obrysowała grubą kreską, kruczoczarne włosy ściągnęła w ciasną, nietwarzową kitkę. Koszulka z krótkimi, obcisłymi rękawami włożona pod biały fartuszek ukazywała grube, nagie ramiona pokryte tatuażami od ramienia po nadgarstek. W uszach wisiały liczne złote obręcze. Pionowa zmarszczka między brwiami nadawała kobiecie wygląd osoby wiecznie poirytowanej.

W piekarni było ciasno i tłoczno. Patrząc, jak Holly pakuje wypieki do woreczków, Strike przypomniał sobie paszteciki z dziczyzną z Melrose i pociekła mu ślinka.

– Znowu bym coś zjadł.

– Nie możesz z nią tam rozmawiać – powiedziała Robin. – Będzie lepiej, jeśli zagadniemy ją w domu albo w pubie.

– Mogłabyś tam skoczyć i przynieść mi pasztecik.

– Niespełna godzinę temu zjedliśmy bułki!

– Co z tego? Nie jestem na żadnej cholernej diecie.

– Ja też już nie – powiedziała Robin.

Te odważne słowa przypomniały jej, że suknia ślubna bez ramiączek nadal czeka w Harrogate. Czy naprawdę nie zamierzała się w nią zmieścić? Kwiaty, catering, druhny, wybór pierwszego tańca – czy to wszystko nie będzie już potrzebne? Przepadną zaliczki, trzeba będzie zwrócić prezenty, na twarzach przyjaciół i członków rodziny odmaluje się zdumienie, gdy się dowiedzą…

W land roverze było chłodno i niewygodnie, czuła zmęczenie po godzinach jazdy i przez kilka sekund – czas, jakiego potrzebowało jej serce, żeby słabo, zdradliwie ścisnąć się w piersi – na myśl o Matthew i Sarah Shadlock znowu chciało jej się płakać.

– Mogę zapalić? – spytał Strike i nie czekając na odpowiedź, opuścił szybę i do środka wdarło się zimne powietrze. Robin powstrzymała się od zaprotestowania. Przecież wybaczył jej ściągnięcie policji. Jakimś cudem chłodna bryza pomogła jej przygotować się do tego, co musiała mu powiedzieć.

– Nie możesz rozmawiać z Holly.

Spojrzał na nią i zmarszczył brwi.

– Dobrze byłoby zaskoczyć Brockbanka, ale jeśli Holly cię rozpozna, da mu znać, że go szukasz. Muszę to zrobić sama. Już wymyśliłam jak.

– Jasne... nie ma mowy – powiedział beznamiętnie Strike.

– Bardzo prawdopodobne, że mieszka albo z nią, albo parę ulic dalej. To wariat. Jeśli wyczuje podstęp, zrobi się nieprzyjemny. Nie pójdziesz tam sama.

Robin ciaśniej owinęła się płaszczem i chłodno odparła:

– Chcesz usłyszeć, co wymyśliłam, czy nie?

25

There's a time for discussion and a time for a fight.

Jest czas na dyskusję i czas na walkę.

Blue Öyster Cult, *Madness to the Method*

Strike'owi plan Robin się nie podobał, lecz musiał przyznać, że jest dobry, a niebezpieczeństwo, że Holly ostrzeże Noela – mniejsze niż potencjalne ryzyko Robin. Dlatego gdy o piątej Holly wyszła z pracy razem z koleżanką, Strike niepostrzeżenie ruszył za nią pieszo. Tymczasem Robin pojechała na odludny odcinek drogi obok szerokiego pasma bagnistych nieużytków, wyjęła swoją torbę z bagażnika, wyślizgnęła się z dżinsów i włożyła elegantsze, choć pogniecione spodnie.

Gdy jechała mostem w stronę centrum Barrow, Strike zadzwonił i poinformował ją, że Holly nie poszła do domu, lecz skierowała się prosto do pubu na końcu tej samej ulicy.

– Wspaniale, chyba tak będzie prościej – zawołała Robin w stronę komórki leżącej na miejscu pasażera i przełączonej na głośnik. Zagłuszały ją wibracje i klekot land rovera.

– Co?

– Mówię, że chyba tak... nieważne, jestem prawie na miejscu!

Strike czekał obok parkingu przed Crow's Nest. Ledwie otworzył drzwi po stronie pasażera, Robin wydała z siebie zduszony okrzyk:

– Chowaj się, chowaj się!

Holly stanęła w drzwiach pubu z kuflem w dłoni. Była wyższa od Robin i dwukrotnie od niej szersza, miała na sobie czarną koszulkę i dżinsy. Zapalając papierosa, zmrużyła oczy i rozejrzała się, patrząc na okolicę, którą znała na pamięć, i jej zwężone oczy na chwilę zatrzymały się na land roverze.

Strike pochylił głowę i najzwinniej, jak potrafił wgramolił się z powrotem na przednie siedzenie. Robin wcisnęła gaz i natychmiast odjechała.

– Nawet na mnie nie spojrzała, kiedy za nią szedłem – zaznaczył Strike, podźwigając się do pozycji siedzącej.

– Mimo to nie powinieneś jej się pokazywać – pouczyła go Robin. – Mogłaby cię zauważyć i coś sobie przypomnieć.

– Przepraszam, zapomniałem, że skończyłaś kurs z wyróżnieniem – odrzekł Strike.

– Oj, odwal się – odparła z nagłym poirytowaniem. Zaskoczyła go.

– Żartowałem.

Robin skręciła na parking, niewidoczny z Crow's Nest, a potem zajrzała do torebki w poszukiwaniu małego pudełeczka, które kupiła po południu.

– Czekaj tu.

– Jeszcze czego. Będę na parkingu i porozglądam się za Brockbankiem. Daj kluczyki.

Podała mu je niechętnie i poszła. Strike patrzył, jak idzie w stronę pubu i zastanawiał się, dlaczego nagle tak się zdenerwowała. Być może, pomyślał, Matthew też bagatelizował jej osiągnięcia, uznając je za marne.

Pub Crow's Nest stał w miejscu, w którym spotykały się Ferry Road i Stanley Road, tworząc ostry zakręt: był ogromnym budynkiem w kształcie beczki z czerwonej cegły. Holly nadal stała w drzwiach, paląc i pijąc z kufla. Robin poczuła nerwowe łaskotanie na dnie żołądka. Sama się do tego zgłosiła: teraz cała odpowiedzialność za znalezienie Brockbanka spoczywała na niej. Była podenerwowana z powodu głupoty, przez którą niedawno ściągnęła na nich policję, a rzucony nie w porę dowcip Strike'a przypomniał jej o zawoalowanych, lekceważących uwagach Matthew pod adresem jej szkolenia kontrwywiadowczego. Po oficjalnym pogratulowaniu jej najwyższych ocen narzeczony dał Robin do zrozumienia, że koniec końców nauczyła się tylko zdrowego rozsądku.

Gdy Robin zbliżała się do pubu, w kieszeni zadzwoniła komórka. Czując na sobie spojrzenie Holly, wyjęła telefon, żeby sprawdzić, kto dzwoni. To była jej matka. Ponieważ odrzucenie połączenia wyglądałoby trochę bardziej nietypowo niż odebranie go, przysunęła aparat do ucha.

– Robin? – usłyszała głos Lindy, gdy mijała Holly w drzwiach, nie patrząc w jej stronę. – Jesteś w Barrow-in-Furness?

– Tak – powiedziała Robin. Stojąc przed dwojgiem wewnętrznych drzwi, wybrała te z lewej, które zaprowadziły ją do ogromnego, obskurnego baru z wysokim sufitem. Dwaj mężczyźni w widzianych już niedawno niebieskich kombinezonach grali w bilard tuż obok drzwi. Robin raczej wyczuła, niż zobaczyła, jak kilka głów odwraca się w jej stronę. Unikając kontaktu wzrokowego, ruszyła w stronę baru, kontynuując rozmowę telefoniczną.

– Co ty tam robisz? – spytała Linda i nie czekając na odpowiedź, dodała: – Dzwonili do nas z policji, pytali, czy tata pożyczył ci samochód!

– Zaszło nieporozumienie – powiedziała Robin. – Mamo, naprawdę nie mogę teraz rozmawiać.

Z tyłu otworzyły się drzwi i obok przeszła Holly z wytatuowanymi rękami splecionymi na piersi, mierząc Robin z ukosa badawczym spojrzeniem, w którym ta wyczuła także wrogość. Nie licząc krótkowłosej barmanki, były tam jedynymi kobietami.

– Zadzwoniliśmy na stacjonarny – ciągnęła niezrażona matka – i Matthew powiedział, że wyjechałaś z Cormoranem.

– Tak – potwierdziła Robin.

– A gdy spytałam, czy znajdziecie czas, żeby wpaść do nas w weekend na lancz...

– Po co mielibyśmy przyjeżdżać na weekend do Masham? – spytała skołowana Robin. Kątem oka zobaczyła, że Holly zajmuje miejsce przy barze i gawędzi z mężczyznami w niebieskich kombinezonach z fabryki BAE.

– Są urodziny taty Matthew – przypomniała jej matka.

– A, no tak – odrzekła Robin. Zupełnie wyleciało jej to z głowy. Miało być przyjęcie. Od tak dawna było zaznaczone w kalendarzu, że przywykła do jego widoku i zapomniała o planowanej wyprawie do Masham.

– Robin, wszystko w porządku?

– Mamo, jak już mówiłam, naprawdę nie mogę teraz rozmawiać – powiedziała Robin.

– Nic ci nie jest?

– Nie! – zniecierpliwiła się Robin. – Wszystko w najlepszym porządku. Zadzwonię do ciebie później.

Rozłączyła się i odwróciła w stronę baru. Barmanka, która czekała, żeby przyjąć od niej zamówienie, taksowała ją wzrokiem tak samo jak wścibska sąsiadka ze Stanley Road. W pubie tę rezerwę odczuwało się jeszcze bardziej, lecz Robin już wiedziała, że nie jest to podyktowana szowinizmem niechęć lokalnych mieszkańców do obcych. Była to raczej nieufność ludzi ceniących sobie prywatność. Czując, że serce bije jej trochę szybciej niż zwykle, odezwała się z wymuszoną pewnością siebie:

– Dzień dobry, może mogłaby mi pani pomóc. Szukam Holly Brockbank. Powiedziano mi, że mogę ją tutaj zastać.

Barmanka zastanowiła się, po czym odparła bez uśmiechu:

– To ona, ta przy barze. Podać coś?

– Poproszę kieliszek białego wina – powiedziała Robin.

Kobieta, w którą się wcielała, z pewnością piłaby wino. Poza tym nie zniechęciłyby jej nieufność w oczach barmanki, odruchowa wrogość Holly ani taksujące spojrzenia mężczyzn przy stole bilardowym. Kobieta, którą udawała Robin, była opanowana, trzeźwo myśląca i ambitna.

Zapłaciła za wino, po czym ruszyła prosto do Holly i trzech mężczyzn gawędzących z nią przy barze. Byli zaciekawieni, ale nieufni. Zamilkli, gdy stało się jasne, że Robin idzie do nich.

– Dzień dobry – powiedziała z uśmiechem. – To pani jest Holly Brockbank?

– No – odparła Holly z ponurą miną. – A-ani to-o?

– Słucham?

Czując na sobie rozbawione spojrzenie kilku par oczu, Robin uśmiechała się dalej wyłącznie dzięki wysiłkowi woli.

– A – pani – to – ktoł? – spytała Holly, przedrzeźniając londyński akcent.

– Nazywam się Venetia Hall.

– Uuu, ale niefart – powiedziała Holly, uśmiechając się szeroko do robotnika obok, który głośno zarechotał.

Robin wyjęła z torebki wizytówkę, świeżo wydrukowaną po południu w automacie w centrum handlowym, gdy Strike został obok piekarni, żeby mieć Holly na oku. To on zasugerował, żeby użyła drugiego imienia. („Brzmi, jakbyś była cipkowatą paniusią z południa").

Robin podała Holly wizytówkę, odważnie spojrzała w jej mocno umalowane kredką oczy i powtórzyła:

– Venetia Hall. Jestem adwokatem.

Holly zrzedła mina. Mrużąc oczy, przeczytała informacje z wizytówki – jednej z dwustu, które Robin wydrukowała za cztery i pół funta.

Hardacre and Hall

ODSZKODOWANIA ZA USZKODZENIE CIAŁA

Venetia Hall
starsza wspólniczka

Tel. 0888 789654
Faks: 0888 465877 E-mail: venetia@h&hlegal.co.uk

– Szukam pani brata Noela – powiedziała Robin. – Chcemy...
– Jak mje tu pani znalazła?

Nieufność sprawiła, że Holly aż urosła, najeżyła się jak kot.

– Sąsiadka powiedziała, że można tu panią zastać.

Towarzysze Holly w niebieskich kombinezonach skwitowali to znaczącymi uśmiechami.

– Być może będziemy mieli dla pani brata dobre wieści – brnęła odważnie Robin. – Właśnie go poszukujemy.

– Nie wiem, dzie jest i nic mje to nie obchodzi.

Dwaj robotnicy odsunęli się od baru i ruszyli w stronę stolika. Został tylko jeden, który z lekkim uśmiechem obserwował konsternację Robin. Holly dopiła piwo, dała mu piątkę, przesuwając ją po barze, i poprosiła, żeby kupił następne, po czym zlazła z taboretu i zamaszystym krokiem poszła w stronę damskiej toalety, trzymając ręce sztywno jak mężczyzna.

– Jej braciak i ona ze sobo nie gadajo – powiedziała barmanka, która przesunęła się za barem, żeby podsłuchiwać. Chyba było jej trochę żal Robin.

– Pani pewnie nie wie, gdzie jest Noel? – spytała zdesperowana Robin.

– Nie ma go tu co najmniej od roku – odrzekła wymijająco.
– Kev, wiesz może, gdzie on się podziewa?

Przyjaciel Holly jedynie wzruszył ramionami i zamówił dla niej piwo. Akcent wskazywał, że pochodzi z Glasgow.

– No cóż, szkoda – powiedziała Robin, a jej czysty, opanowany głos wcale nie zdradzał szaleńczego bicia serca. Przerażała ją myśl, że wróci do Strike'a z pustymi rękami. – Rodzina mogłaby otrzymać wysokie odszkodowanie, gdyby tylko udało mi się go znaleźć.

Odwróciła się do wyjścia.

– Rodzina czy on? – spytał ostro mężczyzna z Glasgow.

– To zależy – odrzekła chłodno Robin, odwracając się z powrotem. Według niej Venetia Hall nie była osobą, która chętnie spoufalałyby się z ludźmi niezwiązanymi ze sprawą odszkodowania.
– Jeśli członkowie rodziny byli zmuszeni podjąć się roli opiekunów... Ale żeby to ocenić, musiałabym poznać szczegóły. Niektórzy krewni – skłamała – dostają bardzo znaczące odszkodowania.

Wracała Holly. Na widok Robin rozmawiającej z Kevinem zrobiła wściekłą minę. Robin też poszła do toalety i z łomoczącym sercem zastanawiała się, czy kłamstwo, które właśnie powiedziała, przyniesie owoce. Sądząc po wyrazie twarzy Holly, gdy się mijały, mogła też zostać osaczona obok umywalek i pobita.

Po wyjściu z toalety zobaczyła, że Holly i Kevin siedzą przy barze i dyskutują, prawie stykając się nosami. Wiedziała, że nie należy bardziej naciskać: albo Holly połknie przynętę, albo nie. Ciaśniej zawiązała pasek płaszcza i niespiesznie, lecz zdecydowanym krokiem przeszła obok nich, kierując się w stronę drzwi.

– Ej!

– Tak? – spytała Robin, nadal nieco oziębłe, ponieważ Holly była nieuprzejma, a Venetia Hall przywykła do pewnego szacunku.

– No dobra, o co w tym szyskim chodzi?

Kevin wyraźnie miał ochotę uczestniczyć w rozmowie, lecz najwidoczniej jego związek z Holly nie był na tyle zaawansowany, by mógł słuchać o jej prywatnych sprawach finansowych. Niezadowolony oddalił się w stronę automatu do gry.

– Możemy pogadać, o tam – powiedziała Holly do Robin, biorąc świeże piwo i pokazując stolik w rogu obok pianina.

Na parapecie pubu stały statki w butelkach: ładne, delikatne przedmioty w porównaniu z ogromnymi, okazałymi potworami budowanymi za oknami po drugiej stronie wysokiego muru. Tysiące plam ginęły wśród wzorów na wykładzinie. Rośliny za zasłonami były oklapnięte i smutne, ale przeróżne ozdoby i trofea sportowe stwarzały w wielkiej sali przytulną atmosferę, a jaskrawoniebieskie kombinezony klientów – wrażenie braterstwa.

– Kancelaria Hardacre and Hall reprezentuje ogromną rzeszę wojskowych, którzy doznali poważnych i możliwych do uniknięcia obrażeń poza polem walki – wyjaśniła Robin, puszczając przygotowaną zawczasu gadkę. – Przeglądając dokumenty, natrafiliśmy na przypadek pani brata. Oczywiście niczego nie możemy być pewni, dopóki z nim nie porozmawiamy, ale bylibyśmy bardzo zadowoleni, gdyby powiększył grono naszych klientów. To najprawdopodobniej ten rodzaj spraw, jakie z zasady wygrywamy. Jeśli do nas dołączy, zwiększy się nacisk na armię, żeby wypłaciła odszkodowania. Im więcej takich osób znajdziemy, tym lepiej. Oczywiście pan Brockbank nie poniesie żadnych kosztów. Nie ma wygranej – powiedziała, naśladując reklamy telewizyjne – nie ma opłat.

Holly milczała. Jej blada twarz była nachmurzona i nieruchoma. Na każdym palcu z wyjątkiem serdecznego miała tanie pierścionki z żółtego złota.

– Kevin mówił coś o kasie dla rodziny.

– Tak – odrzekła beztrosko Robin. – Jeśli obrażenia Noela dotknęły panią jako członka rodziny...

– A pewnie – warknęła Holly.

– W jaki sposób? – spytała Robin, wyjmując z torebki na ramię notes i czekając z ołówkiem gotowym do pisania.

Czuła, że alkohol i rozżalenie będą jej największymi sojusznikami podczas wydobywania informacji od Holly, coraz bardziej chętnej do opowiedzenia historii mogącej jej zdaniem zainteresować prawniczkę.

Na początek jej rozmówczyni postanowiła złagodzić wrażenie, że jest wrogo nastawiona do swojego kalekiego brata. Szczegółowo opowiedziała Robin o tym, jak Noel w wieku szesnastu lat zaciągnął się do wojska. Poświęcił armii wszystko: była całym jego życiem. O tak, ludzie nie zdają se sprawy, jakie ofiary ponosi żołnierz... Czy Robin wie, że Noel to jej brat bliźniak? Taa, urodzili się w Boże Narodzenie... Noel i Holly...

Opowiadając tę ocenzurowaną historię brata, dodawała blasku samej sobie. Mężczyzna, z którym dzieliła matczyne łono, wyruszył w świat, podróżował i walczył, awansując w hierarchii brytyjskiej armii. Jego odwaga i duch przygody świadczyły także o niej, pozostawionej w Barrow.

– ...i ożenił się z tako jedno Irene. Wdowo. Wzio ją z dwoma dzieciakami. Jezu. Jak to mówio, nie ma wdzięczności na tym świecie, no nie?

– Co ma pani na myśli? – spytała uprzejmie Venetia Hall, ściskając kieliszek z centymetrem ciepłego, octowego wina.

– Ożenił się z nio i urodził im się syn. Cudny chłopczyk... Ryan... Cudny. Nie widziałam go od... sześciu lat, dobrze mówię? Może od siedmiu. Suka. Taa, Irene po prostu spieprzyła, jak on był u lekarza. Zabrała dzieciaki… A syn był dla Noela szyskim. Szyskim… I to by było na tyle, jak chodzi o „w zdrowiu i w pieprzonej chorobie", nie? Pieprzona żona. I to kiedy najbardziej potrzebował pomocy. Suka.

A więc drogi Noela i Brittany dawno się rozeszły. A może się postarał, żeby odnaleźć pasierbicę, którą z pewnością winił za swoje fatalne w skutkach obrażenia w równym stopniu co Strike'a? Robin zachowała spokój, mimo że serce łomotało jej w piersi. Żałowała, że nie może od razu napisać do Strike'a esemesa.

Po odejściu żony Noel bez zaproszenia zjawił się w dawnym domu rodzinnym, w maleńkich dwóch pokojach na górze i dwóch na dole przy Stanley Road, gdzie Holly spędziła całe życie i gdzie od śmierci ojczyma mieszkała sama.

– Przyjęłam go – powiedziała Holly, prostując się na krześle. – Rodzina to rodzina.

Nie wspomniała o zeznaniach Brittany. Grała zatroskanego członka rodziny, oddaną siostrę i nawet jeśli to było tylko przedstawienie, Robin, już wystarczająco doświadczona, wiedziała, że zwykle nawet z największych śmieci można odsiać bryłki prawdy.

Zastanawiała się, czy Holly wie o oskarżeniu o molestowanie dziecka, skoro ta historia wydarzyła się w Niemczech i nie postawiono zarzutów. Tylko czy gdyby Brockbank faktycznie doznał urazu mózgu przed zwolnieniem ze służby, byłby wystarczająco przebiegły, żeby przemilczeć powód upokarzającego zakończenia kariery wojskowej? Czy gdyby był niewinny i niespełna rozumu, nie mówiłby, może nawet bez końca, o niesprawiedliwości, która zniszczyła mu życie?

Robin postawiła Holly trzecie piwo i zręcznie skierowała rozmowę w stronę losów Noela po odejściu z wojska.

– Nie był sobo. Ataki. Napady. Brał kupę leków. Niedawno przestałam się opiekować ojczymem po udarze, a tu do domu wraca Noel z tymi konwulsjami i…

Holly utopiła koniec zdania w piwie.

– To musiało być trudne – powiedziała Robin, pisząc w małym notesie. – Miał jakieś problemy z zachowaniem? Rodziny często wspominają, że tego rodzaju wyzwania są najgorsze.

– Taa – odparła Holly. – Nie poprawił mu się charakter po tym, jak o mało mu nie wybili mózgu z czaszki. Dwa razy rozwalił mi dom. Na łokrągło się na mnie wydzierał. On jest tera sławny, wie pani? – dodała posępnie.

– Słucham? – spytała zakłopotana Robin.

– Ten gadżij, co go pobił!

– Ga…?

– Pieprzony Cameron Strike!

– A, tak – powiedziała Robin. – Chyba o nim słyszałam.

– No! Jest tera pieprzonym prywatnym detektywem, piszo o nim szyskie gazety! Jak sprał Noela, był pieprzonym żołnierzem żandarmerii… Uszkodził go, kurwa, na całe, kurwa, życie…

Złorzeczenia trwały jakiś czas. Robin robiła notatki i czekała, aż Holly jej powie, dlaczego żandarmeria wojskowa przyszła po jej brata, lecz Holly albo tego nie wiedziała, albo postanowiła przemilczeć. Jedno było pewne: Noel Brockbank winił za swoją epilepsję wyłącznie Strike'a.

Po roku, który w opowieści Holly brzmiał jak rok pobytu w czyśćcu, w czasie którego Noel traktował siostrę bliźniaczkę i jej dom jak wygodne ujście dla swoich żalów i wściekłości, wyjechał do Manchesteru do pracy w charakterze ochroniarza, którą załatwił mu dawny przyjaciel z Barrow.

– Więc był w stanie podjąć pracę? – spytała Robin, gdy Holly przedstawiła jej obraz mężczyzny zupełnie nad sobą niepanującego, ledwie zdolnego powstrzymać wybuchy agresji.

– No, wtedy było z nim już w porządku, pod warunkiem że nie pił i brał leki. Cieszyłam się, że wyjechał. Goszczenie go tutaj dało mi w kość – powiedziała Holly, przypominając sobie nagle o odszkodowaniu obiecanym osobom, które mocno ucierpiały wskutek obrażeń odniesionych przez członka rodziny. – Miałam napady paniki. Poszłam do lekarza. Szysko jest w moich papierach.

Pełny opis wpływu złego zachowania Brockbanka na życie Holly zajął kolejne dziesięć minut. Robin z powagą i współczuciem kiwała głową i wtrącała zachęcające do dalszego mówienia zdania w rodzaju: „Tak, słyszałam to od innych członków rodzin" i „O tak, to by się bardzo przydało we wniosku". Robin zaproponowała spotulniałej Holly czwarte piwo.

– Tera ja stawiam – powiedziała Holly, bez przekonania wstając od stolika.

– Nie, nie, to wszystko pójdzie w koszty – zaoponowała Robin. Czekając na świeży kufel mcewana, spojrzała na komórkę. Przyszedł kolejny esemes od Matthew, którego nie otworzyła, i wiadomość od Strike'a, którą przeczytała.

Wszystko OK?
Tak – odpisała.

– Więc pani brat jest teraz w Manchesterze? – spytała po powrocie Holly do stolika.

– Nie – powiedziała siostra Brockbanka, pociągnąwszy duży łyk mcewana. – Wylali go.

– Och, naprawdę? – odrzekła Robin z ołówkiem gotowym do pisania. – Wie pani, jeśli to nastąpiło z powodu jego stanu zdrowia, możemy pomóc przy pozwie o niesprawiedliwe...

– To nie dlatego – przerwała jej Holly.

Na napiętej, posępnej twarzy na ułamek sekundy pojawiła się dziwna mina: przebłysk srebrnego światła między burzowymi chmurami, silnego i chcącego się przedostać.

– Wrócił tu – powiedziała Holly – i szysko zaczęło się od nowa...

Kolejne historie przemocy, awantur bez powodu i połamanych mebli zakończyły się tym, że Brockbank zdobył inną pracę, oględnie określoną jako „robota w ochronie", i wyjechał do Market Harborough.

– A potem znowu wrócił – powiedziała Holly i puls Robin przyspieszył.

– Więc jest w Barrow? – spytała.

– Nie – odrzekła Holly. Była już pijana i z trudem trzymała się wersji, którą zamierzała przedstawić prawniczce. – Przyjechał tylko na dwa tygodnie i tym razem mu powiedziałam, że jak jeszcze raz się pokaże, naślę na niego policję, i wyniósł się na dobre. Muszę się odlać – oznajmiła Holly. – I zajarać. Palisz?

Robin przecząco pokręciła głową. Holly z pewnym trudem podźwignęła się na nogi i ruszyła do toalety, dzięki czemu Robin mogła wyjąć komórkę z kieszeni i napisać do Strike'a.

Mówi, że nie ma go w Barrow, nie mieszka u rodziny. Upiła się. Jeszcze nad nią pracuję. Chce wyjść zapalić, nie wychylaj się.

Gdy tylko wcisnęła „wyślij", pożałowała trzech ostatnich słów. Obawiała się, że mogą wywołać następny sarkastyczny komentarz pod adresem jej kursu kontrwywiadowczego, ale prawie natychmiast przyszła odpowiedź i zobaczyła tylko jedno słowo:

Dobrze.

Gdy Holly w końcu wróciła do stolika, mocno pachniała rothmanami. Przyniosła białe wino, które podsunęła Robin, i piąte piwo dla siebie.

– Bardzo dziękuję – powiedziała Robin.

– Widzisz – podjęła Holly płaczliwym tonem, jakby nie było żadnej przerwy w rozmowie – to że tu mieszkał, naprawdę mocno wpłynęło na moje zdrowie.

– Bez wątpienia – odrzekła Robin. – Więc pan Brockbank mieszka w...?

– Był agresywny. Mówiłam ci, jak walno mojo głowo w drzwi lodówki?

– Tak, mówiła pani – potwierdziła Robin, nie tracąc cierpliwości.

– I podbił mi oko, jak próbowałam go powstrzymać od potłuczenia talerzy mamy...

– Okropne. Z pewnością należy się pani jakieś odszkodowanie – skłamała Robin, po czym, ignorując lekkie wyrzuty sumienia, przeszła prosto do sedna. – Zakładaliśmy, że pan Brockbank jest w Barrow, ponieważ tu przychodzi jego renta.

Po wypiciu czterech i pół piwa Holly reagowała z opóźnieniem. Obietnica rekompensaty za cierpienia rozjaśniła jej twarz: nawet głęboka zmarszczka, którą życie wyryło między jej brwiami, nadająca Holly wygląd wiecznie wściekłego człowieka, chyba gdzieś zniknęła. Na wspomnienie o rencie Brockbanka zrobiła się jednak bełkotliwie nieufna.

– Nie, wcale nie – zaprzeczyła.

– Tak wynika z naszych danych – powiedziała Robin.

Automat do gier grał syntetyczną muzyczkę i migotał w kącie; bile na stole do bilardu stukały i dudniły na suknie, akcent z Barrow mieszał się ze szkockim. Robin poczuła przebłysk intuicji graniczącej z pewnością. Holly korzystała z wojskowej renty.

– Oczywiście – podjęła Robin z przekonującą niefrasobliwością – wiemy, że pan Brockbank nie musi jej pobierać osobiście. Czasami niepełnosprawny rencista upoważnia do tego krewnych.

– No właśnie – powiedziała natychmiast Holly. Czerwone plamy wpełzały na jej bladą twarz. Mimo tatuaży i licznych kolczyków wyglądała dzięki temu dziewczęco. – Odbierałam jo dla niego zara na początku. Jak miał ataki.

„Dlaczego – pomyślała Robin – skoro był taki niedołężny, przekierowywał rentę do Manchesteru, a potem do Market Harborough, a jeszcze później z powrotem do Barrow?"

– Więc teraz mu ją pani przesyła? – spytała Robin i serce znowu zabiło jej szybciej. – Czy może już odbiera ją osobiście?

– Suchaj – powiedziała Holly.

Na ramieniu miała tatuaż Hell's Angels, czaszkę w skrzydlatym kasku, która zafalowała, gdy Holly pochyliła się w stronę Robin. Piwo, papierosy i cukier nadały jej oddechowi zjełczałą woń. Robin nawet się nie skrzywiła.

– Suchaj – powtórzyła – a załatwiacie ludzio odszkodowania, jak byli... jak ktoś ich skrzywdził, no wiesz, albo... takie tam?

– Zgadza się – powiedziała Robin.

– A jak ktoś był... jak opieka społeczna powinna była... powinna była coś zrobić, a nie zrobiła?

– Wszystko zależy od okoliczności – odrzekła Robin.

– Mama odeszła, jak mieliśmy dziewięć lat – wyznała Holly. – Zostawiła nas z ojczymem.

– Przykro mi – powiedziała Robin. – To straszne.

– Lata siedemdziesiąte – podsumowała Holly. – Szyscy mieli to gdzieś. Molestowanie dzieci.

W żołądku Robin gruchnął ołowiany blok. Czuła na twarzy cuchnący oddech Holly, tuż obok widziała jej plamistą twarz. Holly nie miała pojęcia, że sympatyczna prawniczka, która roztoczyła przed nią wizję worków z pieniędzmi, to tylko miraż.

– Robił to nam obu – podjęła Holly. – Mój ojczym. Noelowi też. Już jak byliśmy mali. Chowaliśmy się razem pod łóżko. A potem robił mi to Noel. Nie myśl se – dodała z nagłą powagą – że Noel nie potrafił być w porządku. Za małego byliśmy ze sobą blisko. W każdym razie – w jej tonie zabrzmiało poczucie podwójnej zdrady – jak miał szesnaście lat, zostawił nas i poszedł do wojska.

Robin, która nie zamierzała więcej pić, sięgnęła po wino i pociągnęła duży łyk. Drugi oprawca Holly był jej sojusznikiem przeciwko pierwszemu: mniejszym złem.

– To był drań – powiedziała Holly i Robin czuła, że ma na myśli ojczyma, a nie brata bliźniaka, który ją molestował, a potem wyjechał za granicę. – Ale jak miałam szesnaście lat, miał wypadek w pracy i potem już mogłam se z nim poradzić. Chemikalia przemysłowe. Skurwiel. Już mu nie stawał. Jechał na przeciwbólowych i innym gównie. A później dostał udaru.

Wyraz nieskrywanej wrogości na twarzy Holly doskonale uzmysłowił Robin, na jaką opiekę z jej strony mógł liczyć ojczym.

– Pojeb – powtórzyła cicho.

Robin usłyszała swoje pytanie:

– Czy kiedykolwiek leczyła się pani u psychologa?

„Naprawdę mówię jak cipkowata paniusia z południa".

Holly prychnęła.

– Kurwa, nie. Jeszcze nikomu o tym nie mówiłam. Pewnie słyszysz mnóstwo takich historii?

– O tak – powiedziała Robin. Była jej to winna.

– Ostatnim razem, jak Noel tu był – podjęła Holly, a pięć piw działało już na jej niekorzyść, mocno zniekształcając słowa – kazałam mu spierdalać i trzymać się ode mnie z daleka. Wynoś się albo zadzwonię na policję i powiem, co żeś mi robił, a wtedy zobaczymy, co oni na to, skoro te szyskie dziewczynki na łokrągło mówio, żeś się z nimi zabawiał.

Po tym zdaniu ciepłe wino w ustach Robin skwaśniało jeszcze bardziej.

– Dlatego stracił robotę w Manchesterze. Dobierał się do trzynastolatki. W Market Harborough było pewnie to samo. Nie chciał mi powiedzieć, dlaczego wrócił, ale ja wiem, że znowu coś takiego zrobił. Uczył się od mistrza – zakończyła Holly. – No to jak? Mogę kogoś pozwać?

– Myślę – zaczęła Robin, bojąc się udzielać rad, które mogłyby jeszcze bardziej skrzywdzić zranioną kobietę siedzącą obok niej – że najlepiej byłoby się z tym zgłosić na policję. Gdzie właściwie jest pani brat? – spytała, rozpaczliwie chcąc z niej wydobyć potrzebną informację i wyjść.

– Nie wiem – odparła Holly. – Jak mu powiedziałam, że pójdę na policję, to się wściekł, ale potem...

Wymamrotała coś niezrozumiałego, coś, w czym ledwie wyraźnie pobrzmiewało słowo „renta".

„Powiedział jej, że jeśli nie pójdzie na policję, będzie mogła zatrzymać jego rentę".

Zatem siedziała tu, wpędzając się piciem do grobu za pieniądze, które dostała od brata w zamian za nieujawnienie jego występków. Holly wiedziała, że jej brat prawie na pewno nadal „zabawia się" z innymi dziewczynkami... Czy kiedykolwiek słyszała o oskarżeniach Brittany? Czy się nimi przejęła? A może jej własne rany pokryły się tak grubymi bliznami, że stała się nieczuła na cierpienia innych? Wciąż mieszkała w domu, gdzie to wszystko się działo, gdzie frontowe okna wychodziły na mur i drut kolczasty... Robin zastanawiała się, dlaczego nie uciekła. Dlaczego nie wyjechała tak jak Noel? Po co zostawać w domu z widokiem na wysoki goły mur?

– Nie ma pani jego numeru telefonu ani nic? – spytała Robin.

– Nie – odparła Holly.

– Gdyby zdołała pani jakoś mnie z nim skontaktować, można by z tego wyciągnąć duże pieniądze – powiedziała zdesperowana Robin, porzucając finezję.

– To to poszednie miejse – wycedziła Holly po kilku minutach wytężania stępionego alkoholem umysłu i bezowocnego gapienia się na telefon. – W Marketarbrough...

Długo trwało, zanim znalazła numer telefonu do poprzedniego miejsca pracy Noela, ale w końcu jej się udało. Robin zanotowała numer, po czym wydobyła z własnego portfela dziesięć funtów i wcisnęła je do niestawiającej oporu ręki Holly.

– Bardzo mi pani pomogła. Naprawdę bardzo.

– Tak to już jest z gadżijami, no nie? Szyscy są tacy sami.

– Tak – powiedziała Robin, nie mając pojęcia, z czym właściwie się zgadza. – Będę z panią w kontakcie. Mam pani adres.

Wstała.

– No. To na razie. Tacy już so ci gadżije. Szyscy tacy sami.

– Ma na myśli mężczyzn – wyjaśniła barmanka, która podeszła, żeby zabrać część licznych pustych kufli Holly, uśmiechając się na widok wyraźnego zdumienia Robin. – Gadżij to mężczyzna. Ona mówi, że wszyscy mężczyźni są tacy sami.

– O tak – powiedziała Robin, nie do końca świadoma, że to mówi. – Święta prawda. Wielkie dzięki. Do widzenia, Holly... Trzymaj się...

26

Desolate landscape,
Storybook bliss ...

Wymarły krajobraz,
Sielanka z książek dla dzieci [...]

Blue Öyster Cult, *Death Valley Nights*

– Strata psychologii – powiedział Strike – to zysk prywatnego detektywa. Cholernie dobra robota, Robin.

Wzniósł za nią toast puszką mcewana. Siedzieli w zaparkowanym land roverze, jedząc rybę z frytkami niedaleko Olympic Takeaway. Rozświetlone okna baru potęgowały ciemność wokół. Na tle prostokątów światła regularnie przesuwały się sylwetki, które z chwilą wejścia do gwarnej smażalni przeobrażały się w trójwymiarowych ludzi, a wychodząc, z powrotem zmieniały się w cienie.

– Więc żona go zostawiła.
– Tak.
– I Holly mówi, że od tamtej pory nie widział dzieci?
– Tak.
Strike sączył mcewana i myślał. Chciał wierzyć, że Brockbank naprawdę stracił kontakt z Brittany, lecz jeśli ten podły drań jakimś cudem ją odnalazł?
– Nadal nie wiemy, gdzie on jest – westchnęła Robin.
– Wiemy, że tutaj go nie ma i nie było od około roku – powiedział Strike. – Wiemy, że nadal mnie obwinia o swoje nieszczęścia, dalej molestuje małe dziewczynki i jest o wiele zdrowszy na pieprzonym umyśle, niż się wydawał, kiedy leżał w szpitalu.
– Dlaczego tak mówisz?
– Wygląda na to, że nie pisnął słowem o oskarżeniu o molestowanie dziecka. Chodzi do roboty, mimo że mógłby siedzieć w domu i pobierać zasiłek dla niepełnosprawnych. Pewnie w pracy ma więcej okazji do poznawania młodych dziewczyn.
– Przestań – mruknęła Robin, gdyż wspomnienie wyznania Holly nagle ustąpiło miejsca obrazowi zamrożonej głowy, młodej, pucołowatej twarzy z lekko zdziwioną miną.
– Czyli zarówno Brockbank, jak i Laing są na wolności gdzieś w Wielkiej Brytanii i obaj nienawidzą mnie jak cholera.
Chrupiąc frytki, Strike pogrzebał w schowku na rękawiczki, wyjął atlas drogowy i przez chwilę w milczeniu przewracał kartki. Robin zawinęła resztę ryby z frytkami w gazetę i powiedziała:
– Muszę zadzwonić do mamy. Zaraz wracam.
Oparła się o uliczną latarnię kawałek dalej i wybrała numer rodziców.

211

– Wszystko w porządku, Robin?

– Tak, mamo.

– Co się dzieje między tobą a Matthew?

Robin spojrzała na lekko gwiaździste niebo.

– Chyba się rozstaliśmy.

– Chyba? – powtórzyła Linda. Nie wydawała się ani wstrząśnięta, ani zasmucona, lecz jedynie zainteresowana wszystkimi szczegółami.

Robin bała się, że opowiadając o tym na głos, może się rozpłakać, lecz żadne łzy nie zaszczypały jej w oczy i nie musiała się zmuszać do mówienia spokojnym tonem. Być może zrobiła się twardsza. Koszmarna historia życia Holly Brockbank i straszliwy koniec nieznanej dziewczyny z Shepherd's Bush z pewnością pozwalały nabrać dystansu do innych spraw.

– To się stało w poniedziałek wieczorem.

– Z powodu Cormorana?

– Nie – powiedziała Robin. – Przez Sarah Shadlock. Okazuje się, że Matt z nią sypiał, kiedy byłam... w domu. Kiedy... no wiesz kiedy. Po tym jak rzuciłam studia.

Z Olympic wytoczyli się dwaj młodzi mężczyźni, wyraźnie podchmieleni, krzycząc i obrzucając się wyzwiskami. Jeden z nich zauważył Robin i trącił drugiego łokciem. Ruszyli w jej stronę.

– Co słychać, mała?

Strike wysiadł z samochodu i zatrzasnął drzwi. Był o głowę wyższy od nich obu i w mroku wyglądał groźnie. Mężczyźni szybko zamilkli i odeszli chwiejnym krokiem. Detektyw zapalił papierosa i oparł się o samochód, nie wyłaniając się z ciemności.

– Mamo, jesteś tam?

– Powiedział ci o tym w poniedziałek wieczorem? – spytała Linda.

– Tak – odrzekła Robin.

– Dlaczego?

– Znowu kłóciliśmy się o Cormorana – mruknęła Robin, świadoma obecności Strike'a kilka metrów dalej. – Powiedziałam: „To relacja platoniczna, taka jak twoja i Sarah", i wtedy zobaczyłam jego minę... A potem się przyznał.

Jej matka długo, głęboko westchnęła. Robin czekała na słowa pocieszenia albo mądrości.

– Dobry Boże – powiedziała Linda. Znowu zapadło dłuższe milczenie. – Robin, jak ty się właściwie czujesz?

– W porządku, mamo, naprawdę. Pracuję. To mi pomaga.

– Dlaczego jesteś akurat w Barrow?

– Próbujemy namierzyć jednego z mężczyzn, którzy według Strike'a mogli mu przesłać nogę.

– Gdzie będziecie nocować?

– Zamierzamy się zatrzymać w Travelodge – odrzekła Robin.
– Oczywiście w osobnych pokojach – dodała pospiesznie.

– Rozmawiałaś z Matthew od czasu wyjazdu?

– Ciągle przysyła mi esemesy, pisze, że mnie kocha.

Mówiąc to, uświadomiła sobie, że ostatniego z nich nie przeczytała. Dopiero teraz sobie o nim przypomniała.

– Przepraszam – powiedziała Robin do matki. – Suknia, wesele i w ogóle... Tak mi przykro, mamo.

– To ostatnia rzecz, która by mnie martwiła – odparła Linda i jeszcze raz spytała: – Robin, dobrze się czujesz?

– Tak, przysięgam, że tak. – Zawahała się, a później dodała, niemal zaczepnie: – Cormoran zachował się wspaniale.

– Ale będziesz musiała porozmawiać z Matthew – powiedziała Linda. – Po tych wszystkich latach... nie możesz tak po prostu przestać się do niego odzywać.

Robin straciła nad sobą panowanie. Słowa wylały się z jej ust, głos drżał z wściekłości i trzęsły jej się ręce.

– Zaledwie dwa tygodnie temu byliśmy z Sarah i Tomem na meczu rugby. Sarah kręci się przy Matthew od czasu studiów... Sypiali ze sobą, kiedy ja byłam... kiedy byłam... Nigdy jej nie usunął ze swojego życia, ona zawsze go przytula, flirtuje z nim, mąci między nami... Na meczu ciągle mówiła o Strike'u: „Och, on jest taki atrakcyjny, jesteście w tej agencji tylko we dwoje, prawda?". A ja przez cały czas myślałam, że Matt tego nie odwzajemnia. Dobrze wiedziałam, że na studiach próbowała go zaciągnąć do łóżka, ale nigdy... Sypiali ze sobą przez półtora roku... I wiesz, co mi powiedział? Że go „pocieszała"... Musiałam ustąpić i zgo-

213

dzić się, żeby przyszła na nasz ślub, dlatego że nie pytając Matta o zdanie, zaprosiłam Strike'a. To była kara za to, że nie chciałam jej widzieć. Zawsze gdy Matt jest w pobliżu jej biura, jadają razem lancz...

– Przyjadę do ciebie do Londynu – oznajmiła Linda.

– Nie, mamo...

– Na jeden dzień. Zabiorę cię na lancz.

Robin smutno się roześmiała.

– Mamo, ja nie mam przerwy na lancz. To nie jest tego typu praca.

– Robin, przyjeżdżam i już.

Gdy głos jej matki brzmiał tak stanowczo, nie było sensu się spierać.

– Nie wiem, kiedy wrócę.

– W takim razie daj mi znać, a wtedy kupię bilet na pociąg.

– Ale... och, niech będzie – ustąpiła Robin.

Gdy się pożegnały, uświadomiła sobie, że koniec końców ma łzy w oczach. Mogła udawać, że jest inaczej, lecz myśl o przyjeździe Lindy bardzo ją pokrzepiła.

Spojrzała w stronę land rovera. Strike nadal stał oparty o samochód i on też rozmawiał przez telefon. A może tylko udawał? Mówiła dość głośno. Potrafił być taktowny, jeśli chciał.

Spojrzała na komórkę w swojej dłoni i otworzyła esemesa od Matthew.

Dzwoniła twoja mama. Powiedziałem jej, że wyjechałaś służbowo. Daj znać, czy mam powiedzieć tacie, że nie będziesz na jego urodzinach. Kocham cię, Robin. Mxxxxxx

Znowu to samo: tak naprawdę nie wierzył, że ich związek się zakończył. **Daj znać, czy mam powiedzieć tacie [...],** jakby to była burza w szklance wody, jakby Robin nie mogła się posunąć do tego, żeby nie zjawić się na imprezie u jego ojca... „Nawet nie lubię twojego przeklętego ojca...”

Rozzłoszczona napisała odpowiedź i wysłała ją.

Oczywiście że nie przyjadę.

Wróciła do samochodu. Wyglądało na to, że Strike naprawdę rozmawia przez telefon. Atlas drogowy leżał otwarty na miejscu pasażera: Strike patrzył na Market Harborough, miasteczko w Leicestershire. Usłyszała, jak mówi:

– No, ty też. No. Zobaczymy się, jak wrócę.

„Elin" – pomyślała.

Wgramolił się z powrotem do samochodu.

– Dzwonił Wardle? – zagadnęła niewinnie.

– Elin – odparł.

„Wie, że pojechaliśmy razem? Tylko we dwoje?"

Robin poczuła, że się czerwieni. Nie wiedziała, skąd się wzięła ta myśl. Przecież ona nie...

– Chcesz jechać do Market Harborough? – spytała, podnosząc atlas.

– Dlaczego nie – odrzekł Strike, pociągając kolejny łyk piwa. – To ostatnie miejsce, w którym pracował Brockbank. Może znajdziemy tam jakiś trop. Bylibyśmy głupi, gdybyśmy tego nie sprawdzili... a skoro już tam będziemy... – Wyjął atlas z jej rąk i przerzucił kilka stron. – Zostanie nam tylko dwadzieścia kilometrów do Corby. Moglibyśmy tam zajrzeć i sprawdzić, czy Laing, który w 2008 roku mieszkał tam z jakąś kobietą, to nasz Laing. Ona nadal tam jest: nazywa się Lorraine MacNaughton.

Robin przywykła do doskonałej pamięci Strike'a do nazwisk i szczegółów.

– Okej – powiedziała, myśląc z zadowoleniem, że poranek przyniesie dalszy ciąg dochodzenia, a nie tylko długą podróż z powrotem do Londynu. Może jeśli znajdą coś ciekawego, spędzą w drodze następną noc i nie będzie musiała oglądać Matthew przez kolejne dwanaście godzin... Po chwili przypomniała sobie, że nazajutrz wieczorem Matthew jedzie na północ na urodziny ojca. Będzie miała mieszkanie tylko dla siebie.

– Czy mógł ją jakoś znaleźć? – zastanowił się głośno Strike po chwili milczenia.

– Przepraszam... co? Kto?

– Czy po tych wszystkich latach Brockbank mógł wytropić Brittany i ją zabić? A może szukam w niewłaściwym miejscu, bo mam zajebiste poczucie winy?

Lekko uderzył pięścią w drzwi land rovera.

– Ale ta noga – ciągnął, dyskutując sam ze sobą. – Są na niej dokładnie takie same blizny. Rozmawiali o tym: „Kiedy byłaś mała, zamierzałem ci odpiłować nogę, ale powstrzymała mnie twoja mama". Pieprzony, podły drań. Kto jeszcze mógłby mi przesłać nogę z blizną?

– No cóż – odrzekła powoli Robin. – Chyba wiem, dlaczego wybrał nogę, i to niekoniecznie musi mieć związek z Brittany Brockbank.

Strike odwrócił głowę i spojrzał na nią.

– Mów dalej.

– Ktokolwiek zabił tę dziewczynę, mógł ci przesłać dowolny fragment jej ciała i osiągnąłby identyczny efekt – zaczęła. – Ręka albo... albo pierś... – ze wszystkich sił starała się zachować rzeczowy ton – też ściągnęłyby nam na głowę policję i prasę. Twoje interesy także zostałyby narażone na szwank i bylibyśmy równie wstrząśnięci... Ale on postanowił ci przysłać prawą nogę, uciętą dokładnie w tym miejscu, w którym amputowano twoją.

– Noga może mieć związek z tą pieprzoną piosenką. Chociaż z drugiej strony... – Zastanowił się. – Nie, gadam głupoty, prawda? Ręka też by pasowała. Albo szyja.

– On wyraźnie nawiązuje do twoich obrażeń – powiedziała Robin. – Z czym mu się kojarzy twoja amputowana noga?

– Bóg jeden wie – odrzekł Strike, obserwując jej profil.

– Z bohaterstwem – odrzekła.

Prychnął.

– Nie ma nic bohaterskiego w tym, że znalazłem się w nieodpowiednim czasie i w nieodpowiednim miejscu.

– Jesteś odznaczonym weteranem wojennym.

– Nie odznaczyli mnie za to, że wyleciałem w powietrze, tylko wcześniej.

– Nigdy mi o tym nie mówiłeś.

Odwróciła się do niego, ale nie pozwolił jej zboczyć z tematu.

– Mów dalej. Dlaczego akurat noga?

– Twoje obrażenia to wojenna spuścizna. Reprezentują odwagę, pokonanie wroga. W każdym artykule prasowym na twój temat wspominają o amputacji. Myślę, że jemu kojarzy się to ze sławą i osiągnięciami, a także z... z honorem. Próbuje zbagatelizować twoje obrażenia, powiązać je z czymś okropnym, sprawić, żeby społeczeństwo przestało cię postrzegać jako bohatera i zobaczyło w tobie człowieka, który dostaje fragment poćwiartowanej dziewczyny. Owszem, chce ci narobić kłopotów, ale przy okazji chce pomniejszyć twoje zasługi. To ktoś, kto pragnie tego, co osiągnąłeś, komu zależy na uznaniu i byciu kimś ważnym.

Strike pochylił się i wyjął z brązowej torby u swoich stóp drugą puszkę mcewana. W zimnym powietrzu rozległ się trzask zawleczki.

– Jeśli masz rację – powiedział, patrząc, jak dym z jego papierosa wije się w ciemności – jeśli tego psychola wścieka, że stałem się sławny, to na pierwsze miejsce wysuwa się Whittaker. Tylko na tym mu zawsze zależało: na sławie.

Robin czekała w milczeniu. Strike prawie nigdy nie wspominał o swoim ojczymie, lecz internet dostarczył jej mnóstwa szczegółów, którymi Cormoran nie zechciał się z nią podzielić.

– To największy pieprzony pasożyt, jakiego kiedykolwiek znałem – podjął Strike. – Próba uszczknięcia kawałka cudzej sławy byłaby bardzo w jego stylu.

W małej przestrzeni w samochodzie Robin znowu wyraźnie poczuła, że Strike wpada w złość. Na wzmianki o trzech podejrzanych zawsze reagował tak samo: Brockbank budził w nim poczucie winy, Whittaker złość. Tylko o Laingu potrafił mówić stosunkowo obiektywnie.

– Czy Shanker już się czegoś dowiedział?

– Mówi, że on jest w Catford. Namierzy go. Jestem przekonany, że Whittaker zaszył się w jakiejś brudnej norze. Nie wyjechał z Londynu.

– Skąd ta pewność?

– Tylko Londyn mógł go zadowolić – powiedział Strike, wpatrując się w szeregowe domy obok parkingu. – Wiesz, Whittaker pochodzi z Yorkshire, ale teraz jest czystej krwi cockneyem.

– Nie widziałeś go od wieków, prawda?

– Nie muszę go widzieć. Znam go. Należy do tej szumowiny, która ściąga do stolicy w poszukiwaniu wielkich sukcesów i nigdy nie wyjeżdża. Uważał, że Londyn to jedyne godne go miejsce. Whittaker potrzebował największej sceny.

Jego byłym ojczym nigdy nie zdołał się wygramolić z brudnych zakamarków stolicy, gdzie przestępczość, bieda i przemoc pleniły się jak bakterie, z podbrzusza miasta, które zamieszkiwał także Shanker. Nikt, kto tam nie żył, nie był w stanie zrozumieć, że Londyn jest krajem samym w sobie. Nawet mając Londynowi za złe, że skupia więcej władzy i pieniędzy niż jakiekolwiek inne brytyjskie miasto, nie mógł wiedzieć, że bieda ma specyficzny smak tam, gdzie wszystko kosztuje więcej, gdzie nieustanne podziały między tymi, którym się powiodło, a tymi, którym nie, są zawsze boleśnie widoczne. Odległości między mieszkaniem Elin z waniliowymi kolumnami w Clarence Terrace a brudnym skłotem w Whitechapel, gdzie umarła matka Strike'a, nie mierzyło się w kilometrach. Te dwa miejsca dzieliły niezliczone nierówności, loteria narodzin i szans, błędy w ocenie i uśmiechy losu. Obie kobiety, jego matka i Elin, były piękne i inteligentne, lecz jedną wessało bagno narkotyków i ludzkiego brudu, a druga siedziała wysoko nad Regent's Park za nieskazitelnie czystą szybą.

Robin też myślała o Londynie. To miasto oczarowało również Matthew, lecz jego nie interesowały zagmatwane światy, które codziennie badała, pracując jako detektyw. Z ekscytacją spoglądał ku błyszczącej powierzchni: na najlepsze restauracje, najlepsze dzielnice mieszkaniowe, jakby Londyn był olbrzymią planszą Monopoly. Nigdy nie był do końca związany z Yorkshire, z ich rodzinnym Masham. Wprawdzie tam urodził się jego ojciec, lecz zmarła niedawno matka pochodziła z Surrey i kreowała się na osobę, która pojechała na północ z konieczności. Uparcie tępiła wszelkie naleciałości językowe z Yorkshire u Matthew i jego siostry Kimberly. Jego wyuczony neutralny akcent był jednym z powodów, dla których bracia Robin nie byli zachwyceni, gdy zaczęła się z nim spotykać: mimo jej protestów, mimo nazwiska z Yorkshire wyczuli niedoszłego południowca.

– Dziwnie byłoby stąd pochodzić, prawda? – powiedział Strike, wciąż wpatrzony w szeregowce. – Tu jest jak na wyspie. Nigdy wcześniej nie słyszałem tego akcentu.

Gdzieś nieopodal zabrzmiał męski głos śpiewający skoczną piosenkę. Na początku Robin myślała, że to jakiś hymn. Później do solowego męskiego głosu dołączyły inne, a gdy wietrzyk zmienił kierunek, bardzo wyraźnie usłyszeli dwa wersy:

Friends to share in games and laughter
Songs at dusk and books at noon... *

– Szkolna piosenka – powiedziała Robin z uśmiechem. Już ich zauważyła: grupa mężczyzn w średnim wieku ubranych w czarne garnitury szła po Buccleuch Street i głośno śpiewała.

– Pogrzeb – domyślił się Strike. – Kumpel ze szkoły. Wystarczy spojrzeć.

Gdy ubrani na czarno mężczyźni zrównali się z samochodem, jeden z nich napotkał spojrzenie Robin.

– Męskie liceum w Barrow! – krzyknął do niej, unosząc pięść, jakby właśnie strzelił gola. Mężczyźni zawtórowali mu wesołym okrzykiem, lecz w ich podlanej alkoholem pewności siebie wyczuwało się melancholię. Znikając im z oczu, znowu zaczęli śpiewać piosenkę:

Harbour lights and clustered shipping
Clouds above the wheeling gulls...**

– Ech, rodzinne miasteczka – podsumował Strike.

Myślał o takich ludziach jak jego wujek Ted, Kornwalijczyk do szpiku kości, który mieszkał w St Mawes i miał tam umrzeć. Był częścią tkanki tego miejsca pamiętaną dopóty, dopóki żyli tam lokalni mieszkańcy uśmiechający się na wyblakłych zdjęciach łodzi ratunkowej na ścianach pubu. Po śmierci Teda – Strike miał na-

---

* Przyjaciele do zabaw i śmiechu, / Piosenek o zmierzchu i książek w południe...

** Światła portu i statków bez liku, / Chmury nad kołującymi mewami...

dzieję, że nie nastąpi ona wcześniej niż za dwadzieścia, trzydzieści lat – opłakiwaliby go tak samo jak koledzy ucznia liceum w Barrow: z alkoholem, ze łzami, lecz także ciesząc się, że został im dany. Co ciemnowłosy, zwalisty Brockbank, gwałciciel dzieci, i rudy jak lis Laing, oprawca własnej żony, zostawili w miasteczkach, w których przyszli na świat? Dojmującą ulgę, że już wyjechali, strach przed ich powrotem, skrzywdzonych ludzi i złe wspomnienia.

– Jedziemy? – spytała cicho Robin i Strike pokiwał głową, wrzucając rozżarzony niedopałek do ostatniego łyka mcewana, gdzie papieros zgasł z cichym, przyjemnym dla ucha syknięciem.

27

A dreadful knowledge comes ...

Zbliża się okropna wiadomość [...]

Blue Öyster Cult, *In the Presence of Another World*

W Travelodge dostali pokoje oddzielone pięcioma innymi. Robin się bała, że człowiek za kontuarem zaproponuje im wspólny nocleg, lecz Strike zręcznie wybrnął z sytuacji, prosząc o „dwie jedynki", zanim mężczyzna zdążył otworzyć usta.

To nagłe onieśmielenie było naprawdę nonsensowne, ponieważ przez cały dzień w land roverze dzieliła ich mniejsza odległość niż w windzie. Dziwnie się czuła, mówiąc Strike'owi dobranoc, gdy dotarła do drzwi swojego pokoju. Nawet nie zwolnił kroku. Powiedział tylko „...branoc" i poszedł do siebie, lecz zanim wszedł do pokoju, zaczekał, aż Robin poradzi sobie z kartą magnetyczną i zniknie, machnąwszy mu nerwowo na pożegnanie.

Po co pomachała? Nonsens.

Rzuciła torbę podręczną na łóżko i podeszła do okna. Rozciągał się z niego ponury widok na magazyny przemysłowe, które minęli kilka godzin wcześniej, wjeżdżając do miasta. Miała wrażenie, że opuścili Londyn o wiele dawniej niż w rzeczywistości.

Ogrzewanie było za bardzo podkręcone. Robin z wysiłkiem otworzyła zapieczone okno i do środka wpadło chłodne nocne powietrze skore do przypuszczenia szturmu na duszną przestrzeń kwadratowego pokoju. Podłączyła telefon do ładowarki, rozebrała się, włożyła koszulę nocną, umyła zęby i wślizgnęła się w chłodną pościel.

Wciąż czuła się dziwnie zdenerwowana, wiedząc, że śpi pięć pokoi od Strike'a. Oczywiście wszystko przez Matthew: „Jeśli się z nim prześpisz, z nami koniec".

Niesforna wyobraźnia nagle podsunęła jej odgłos pukania do drzwi i obraz Strike'a wpraszającego się pod byle pretekstem...

„Nie bądź śmieszna".

Przewróciła się na drugą stronę, przyciskając zarumienioną twarz do poduszki. Co jej chodziło po głowie? Przeklęty Matthew, podsuwał jej takie myśli, sądził ją swoją miarą...

Tymczasem Strike nie położył się jeszcze spać. Cały był zdrętwiały po długich godzinach unieruchomienia w samochodzie. Przyjemnie było odpiąć protezę. Mimo że prysznic nie był szczególnie wygodny dla człowieka z jedną nogą, skorzystał z niego, ostrożnie przytrzymując się drążka w drzwiach i starając się ulżyć obolałemu kolanu za pomocą ciepłej wody. Wytarł się i powoli wrócił do łóżka, podłączył komórkę do ładowarki i nago wszedł pod kołdrę.

Wyciągnięty, z rękami pod głową, wpatrywał się w ciemny sufit i myślał o Robin, leżącej pięć pokoi dalej. Zastanawiał się, czy Matthew znowu do niej napisał, czy rozmawiają przez telefon, czy Robin korzysta z prywatności, żeby popłakać po raz pierwszy tego dnia.

Z dołu dobiegły go odgłosy imprezy, prawdopodobnie wieczoru kawalerskiego: donośny męski śmiech, okrzyki, pohukiwanie, trzask drzwi. Ktoś włączył muzykę i w jego pokoju zadudnił bas. Przypomniały mu się noce przespane w agencji, w której muzyka docierająca z 12 Bar Café na dole wibrowała w metalowych nogach polowego łóżka. Miał nadzieję, że w pokoju Robin hałas nie jest aż tak dokuczliwy. Musiała wypocząć – jutro miała przed sobą kolejne czterysta kilometrów. Ziewając, przewrócił się na bok i mimo krzyków i dudnienia muzyki, prawie natychmiast zasnął.

Zgodnie z umową spotkali się nazajutrz w jadalni, gdzie Strike zasłonił Robin, żeby mogła ukradkiem napełnić termos kawą, i obydwoje nałożyli sobie na talerze góry grzanek. Strike oparł się pokusie i nie zjadł pełnego angielskiego śniadania, nagradzając się za tę wstrzemięźliwość kilkoma daniszami, które schował do plecaka. O ósmej znowu siedzieli w land roverze i jechali przez wspaniałą kumbryjską wieś, falującą panoramę wrzosowisk i torfowisk pod zamglonym błękitnym niebem. Skręcili na M6, kierując się na południe.

– Przykro mi, że nie mogę cię zmienić – powiedział Strike, sącząc kawę. – To sprzęgło by mnie wykończyło. Wykończyłoby nas oboje.

– Nic nie szkodzi – odrzekła Robin. – Przecież wiesz, że uwielbiam prowadzić.

Mknęli w przyjemnym milczeniu. Robin była jedyną osobą, której Strike pozwalał się wozić mimo głęboko zakorzenionego uprzedzenia do kobiet za kółkiem. Zwykle o tym nie mówił, lecz wynikało to z wielu nieprzyjemnych doświadczeń w roli pasażera: nerwowej nieporadności cioci z Kornwalii, rozkojarzenia Lucy i brawurowego igrania z niebezpieczeństwem w wykonaniu Charlotte. Wprawdzie jego dawna dziewczyna z Wydziału do spraw Specjalnych, Tracey, była dobrym kierowcą, lecz kiedyś na wąskiej drodze wysoko w górach tak bardzo sparaliżował ją strach, że musiała się zatrzymać i z trudem łapiąc powietrze, odmówiła ustąpienia mu miejsca za kółkiem, choć sama nie była w stanie dalej prowadzić.

– Matthew ucieszył się z land rovera? – spytał Strike, gdy pędzili po wiadukcie.

– Nie – odparła Robin. – Wolałby audi A3 cabrio.

– No jasne – mruknął Strike pod nosem, czego w klekoczącym samochodzie nie mogła usłyszeć. – Palant.

Minęły cztery godziny, zanim dojechali do Market Harborough, miasteczka, w którym, jak ustalili po drodze, żadne z nich dotąd nie było. Kręta droga wiodła przez liczne ładne wioseczki z dachami krytymi strzechą, z siedemnastowiecznymi kościołami, ogródkami ze sztucznie kształtowaną roślinnością i ulicami o takich nazwach jak Honeypot* Lane. Strike przypomniał sobie surowy, goły mur, drut kolczasty i górującą nad nim fabrykę łodzi podwodnych tworzące widok z okna rodzinnego domu Noela Brockbanka. Co przywiodło go tutaj, do tego bukolicznego piękna i urokliwego zakątka? Jaka firma mieściła się pod numerem telefonu, który Holly dała Robin, a który leżał zapisany na karteczce w portfelu Strike'a?

Wrażenie dostojnej starości tylko się wzmogło, gdy dotarli do Market Harborough. Bogato zdobiony wiekowy kościół Świętego Dionizego tkwił dumnie w sercu miasta, a obok niego, pośrodku głównej ulicy, stała niezwykła konstrukcja: mały, wzniesiony na palach dom z muru pruskiego.

Za tą osobliwą budowlą znaleźli miejsce parkingowe. Chcąc jak najszybciej zapalić i rozprostować kolano, Strike wysiadł, przypalił papierosa i poszedł spojrzeć na tabliczkę informującą, że dom na palach był szkołą średnią wzniesioną w 1614 roku. Wokół niego wypisano złotymi literami wersety z Biblii.

„Człowiek patrzy na to, co widoczne dla oczu, Pan natomiast patrzy na serce"**.

Robin została w land roverze i szukała na mapie najlepszej drogi do Corby, gdzie czekał ich następny postój. Gdy Strike wypalił papierosa, wspiął się z powrotem na miejsce pasażera.

– Okej, spróbuję zadzwonić pod ten numer. Jeśli masz ochotę rozprostować nogi, to kończą mi się papierosy.

Robin przewróciła oczami, lecz wzięła dychę, którą jej podał, i poszła na poszukiwanie benson & hedgesów.

Za pierwszym razem numer był zajęty. Za drugim odezwał się damski głos z silnym akcentem:

– Salon masażu Tajska Orchidea, w czym mogę pomóc?

– Cześć – powiedział Strike. – Dostałem wasz numer od przyjaciela. Gdzie mogę was znaleźć?

Podała mu adres przy St Mary's Road, od której, jak dowiedział się z mapy, dzieliło go zaledwie kilka minut.

---

* Garnek na miód, ale także efektowna roślina ozdobna zwana proteą królewską.
** Cyt. za *Biblią Tysiąclecia*, 1 Sm, 16:7 (biblia.deon.pl).

– Czy któraś z pań jest wolna dziś rano? – spytał.

– Jakie pan lubi? – odrzekł głos.

We wstecznym lusterku zobaczył wracającą Robin, jej jasnorude włosy swobodnie powiewały na wietrze, a w dłoni lśniła złota paczka benson & hedgesów.

– Ciemnowłose – powiedział po chwili wahania. – Tajki.

– Mamy wolne dwie Tajki. Jaka usługa pana interesuje?

Robin otworzyła drzwi po stronie kierowcy i wsiadła do środka.

– A jakie oferujecie? – spytał Strike.

– Zmysłowy masaż olejkami w wykonaniu jednej pani – dziewięćdziesiąt funtów. Zmysłowy masaż olejkami w wykonaniu dwóch pań – sto dwadzieścia. Pełny masaż nagim ciałem z olejkami – sto pięćdziesiąt. Cenę dodatkowych usług negocjuje pan z masażystką, okej?

– Okej, chciałbym... hm... jedną panią – powiedział Strike.
– Niedługo będę.

Rozłączył się.

– To salon masażu – wyjaśnił Robin, przyglądając się mapie – ale nie taki, do jakiego się chodzi z bolącym kolanem.

– Naprawdę? – spytała zaskoczona.

– One są wszędzie – powiedział. – Przecież wiesz.

Rozumiał jej zdziwienie. Scenka za przednią szybą – kościół Świętego Dionizego, świątobliwa szkoła średnia na palach, ruchliwa i zamożnie wyglądająca główna ulica, flaga z krzyżem świętego Jerzego łopocząca na lekkim wietrze przed pobliskim pubem – mogłaby się pojawić na plakacie reklamującym miasteczko.

– Co zamierzasz... Gdzie jest ten salon? – spytała Robin.

– Niedaleko – powiedział, pokazując jej na mapie. – Najpierw będę potrzebował bankomatu.

Czy naprawdę zamierzał zapłacić za masaż? – zastanawiała się zdumiona Robin, lecz nie wiedziała, jak sformułować to pytanie, i nie była pewna, czy chce usłyszeć odpowiedź. Zatrzymała się obok bankomatu, żeby Strike mógł zwiększyć debet o kolejne dwieście funtów, po czym pojechała zgodnie z jego wskazówkami na St Mary's Road biegnącą niedaleko końca głównej ulicy. St Mary's Road okazała się naprawdę porządnie wyglądającą ulicą z agencjami nieruchomości, salonami kosmetycznymi i kancelariami notarialnymi, z których większość mieściła się w ogromnych domach jednorodzinnych.

– To tu – powiedział Strike, pokazując palcem, gdy przejeżdżali obok dyskretnego zakładu na rogu. Na lśniącym fioletowo-złotym szyldzie widniał napis „Salon masażu Tajska Orchidea". Jedynie ciemne rolety w oknach sugerowały, że oferuje się tam coś więcej niż uzasadnione względami medycznymi zabiegi na obolałe stawy. Robin zaparkowała w bocznej uliczce i obserwowała Strike'a, dopóki nie zniknął jej z oczu.

Zbliżając się do drzwi salonu, Strike zauważył, że orchidea na lśniącym szyldzie nad wejściem uderzająco przypomina srom. Nacisnął dzwonek i natychmiast otworzył mu długowłosy mężczyzna prawie dorównujący mu wzrostem.

– Dzwoniłem przed chwilą – powiedział Strike.

Ochroniarz coś mruknął i skinął w stronę dwóch czarnych zasłon prowadzących w głąb. Tuż za nimi była mała, wyłożona wykładziną poczekalnia z dwiema sofami, na których starsza Tajka siedziała obok dwóch młodych kobiet. Jedna z nich wyglądała na jakieś piętnaście lat. W telewizorze w kącie lecieli *Milionerzy*. Gdy wszedł, znudzone dziewczyny się ożywiły. Starsza kobieta wstała. Energicznie żuła gumę.

– Dzwonił pan, nie?

– Zgadza się – powiedział Strike.

– Chce pan drinka?

– Nie, dzięki.

– Chce pan Tajkę?

– No – powiedział Strike.

– Którą?

– Tę. – Wskazał młodszą, ubraną w różową bluzkę wiązaną na karku, zamszową minispódniczkę i tandetne lakierowane szpilki. Uśmiechnęła się i wstała. Jej kościste nogi skojarzyły mu się z flamingiem.

– Okej – zgodziła się jego rozmówczyni. – Najpierw pan płaci, potem idzie do pokoju, okej?

Strike podał jej dziewięćdziesiąt funtów, a wybrana przez niego dziewczyna rozpromieniła się i skinęła na niego palcem. Miała ciało młodego chłopca, jeśli pominąć niewątpliwie sztuczne piersi, które przywiodły mu na myśl plastikowe lalki Barbie na półce w pokoju córki Elin.

Krótkim korytarzem poszli do pokoju. Było to małe pomieszczenie z jednym oknem z czarną roletą i nisko wiszącą lampą przesycone zapachem drzewa sandałowego. W kącie wciśnięto prysznic. Stół do masażu był obity czarną sztuczną skórą.

– Chcesz najpierw wziąć prysznic?

– Nie, dzięki – powiedział Strike.

– Okej, rozbierasz się tutaj – poinstruowała go, pokazując na maleńki, oddzielony zasłoną kąt, w którym mierzącemu metr osiemdziesiąt siedem Strike'owi byłoby bardzo trudno się zmieścić.

– Wolę zostać w ubraniu. Chcę z tobą porozmawiać.

Nie wydawała się zaskoczona. Widziała już wszystko.

– Mam zdjąć bluzkę? – spytała wesoło, sięgając w kierunku kokardki na karku. – Bez bluzki dziesięć funtów ekstra.

– Nie – powiedział Strike.

– Ulżyć ci ręką? – zaproponowała, spoglądając na jego rozporek. – Ulżyć ci ręką z olejkiem? Dwadzieścia ekstra.

– Nie, chcę z tobą tylko porozmawiać – powiedział Strike.

Po jej twarzy przemknęło zwątpienie, a potem pojawił się nagły strach.

– Jesteś z policji.

– Nie – zaprzeczył, podnosząc ręce, jakby się poddawał. – Nie jestem z policji. Szukam człowieka, który nazywa się Noel Brockbank. Pracował tu. Przypuszczam, że przy drzwiach… jako ochroniarz.

Wybrał tę dziewczynę dlatego, że wyglądała bardzo młodo. Znając skłonności Brockbanka, pomyślał, że szukałby kontaktu właśnie z nią, a nie z innymi dziewczynami. Tajka przecząco pokręciła głową.

– Odszedł – powiedziała.

– Wiem – odrzekł Strike. – Chcę się dowiedzieć dokąd.

– Mama go wylała.

Czy właścicielka była jej matką, czy tylko miała taki tytuł honorowy? Strike wolał nie mieszać w to Mamy. Wyglądała na cwaną twardzielkę. Przypuszczał, że musiałby słono zapłacić za informacje, które na nic by mu się nie przydały. Na szczęście wybrana

226

przez niego dziewczyna okazała się mniej wyrachowana. Mogła go skasować za potwierdzenie, że Brockbank tu pracował, że został wylany, lecz na to nie wpadła.

– Znałaś go? – spytał.

– Wyleciał w tygodniu, w którym tu przyszłam – powiedziała.

– Za co?

Dziewczyna spojrzała na drzwi.

– Czy ktokolwiek ma tu jego numer telefonu albo wie, dokąd pojechał?

Zawahała się. Strike sięgnął po portfel.

– Dam ci dwie dychy – powiedział – jeśli przedstawisz mnie komuś, kto ma informacje na temat jego aktualnego miejsca pobytu. Pieniądze będą twoje.

Stała i wpatrywała się w niego, bawiąc się rąbkiem zamszowej spódniczki jak dziecko, a po chwili wyszarpnęła dwie dziesiątki z jego ręki i wsadziła głęboko do kieszeni.

– Zaczekaj tu.

Usiadł na obitym sztuczną skórą stole do masażu i czekał. W małym pomieszczeniu było czysto jak w spa i to mu się podobało. Brud zdecydowanie nie działał na niego jak afrodyzjak. Zawsze przypominał mu o matce i Whittakerze w cuchnącym skłocie, o poplamionych materacach i gęstniejących w nozdrzach miazmatach ojczyma. Tutaj, obok równego rządka olejków na szafce, erotyczne myśli były wręcz gwarantowane. Wizja pełnego masażu nagim ciałem z olejkiem nie była nieprzyjemna.

Bez żadnego wyraźnego powodu jego myśli gwałtownie skręciły w stronę Robin siedzącej w samochodzie na ulicy. Szybko poderwał się z miejsca, jakby został przyłapany na czymś kompromitującym, a po chwili usłyszał tuż obok rozgniewane głosy Tajek. Drzwi raptownie się otworzyły, ukazując Mamę i wybraną przez niego dziewczynę, która wyglądała na wystraszoną.

– Zapłaciłeś za masaż z jedną dziewczyną! – warknęła rozeźlona Mama.

Podobnie jak jej podopieczna odszukała wzrokiem jego rozporek. Sprawdzała, czy nie skorzystał już z jakiejś usługi, czy przypadkiem nie próbuje dostać czegoś więcej za darmo.

– Zmienił zdanie – powiedziała spanikowana dziewczyna. – Chce dwie dziewczyny, jedną Tajkę i jedną blondynkę. Nic nie robiliśmy. Zmienił zdanie.

– Zapłaciłeś tylko za jedną – krzyknęła mama, mierząc w Strike'a szponiastym palcem.

Strike usłyszał ciężkie kroki i domyślił się, że nadciąga długowłosy odźwierny.

– Z radością – powiedział, klnąc w myślach – zapłacę też za masaż z dwiema dziewczynami.

– Dodatkowo sto dwadzieścia? – krzyknęła do niego mama, nie wierząc własnym uszom.

– Tak – potwierdził. – Nie ma sprawy.

Zmusiła go do powrotu do poczekalni, żeby zapłacił. Tym razem siedziała tam ruda dziewczyna z nadwagą w wyciętej sukience z lycry. Spoglądała na niego z nadzieją.

– On chce blondynkę – oznajmiła chuda Tajka, gdy Strike wręczył szefowej sto dwadzieścia funtów. Rudej zrzedła mina.

– Ingrid ma teraz klienta – powiedziała Mama, wrzucając gotówkę do szuflady. – Zaczekaj tu, aż skończy.

Usiadł zatem między kościstą Tajką a rudą i oglądał *Milionerów*, dopóki niski, siwobrody mężczyzna w garniturze nie wyszedł szybkim krokiem z korytarza i unikając kontaktu wzrokowego z osobami w poczekalni, nie zniknął za czarnymi zasłonami. Pięć minut później pojawiła się ubrana w fioletową lycrę i sięgające po uda buty szczupła tleniona blondynka, która, jak ocenił Strike, była mniej więcej w jego wieku.

– Idźcie z Ingrid – powiedziała mama i Strike razem z Tajką posłusznie poczłapali z powrotem do wyznaczonego pomieszczenia.

– On nie chce masażu – powiedziała z zapartym tchem pierwsza dziewczyna Strike'a, gdy drzwi się zamknęły. – Chce się dowiedzieć, gdzie jest Noel.

Blondynka zmarszczyła brwi i zmierzyła Strike'a spojrzeniem. Może i była ponad dwa razy starsza od koleżanki, lecz dobrze wyglądała, miała ciemnobrązowe oczy i wysokie kości policzkowe.

– Po co ci on potrzebny? – spytała ostro z czystym akcentem z Essex, po czym dodała spokojniej: – Jesteś z policji?

228

– Nie – zaprzeczył Strike.

Jej ładna twarz nagle się rozjaśniła.

– Zaraz, zaraz – powiedziała powoli. – Wiem, coś ty za jeden: ty jesteś ten Strike! Cameron Strike! Detektyw, co rozwiązał sprawę Luli Landry i... Jezu... czy to nie tobie ktoś ostatnio przysłał nogę?

– Ee... no tak, to ja.

– Noel miał na twoim punkcie pieprzoną obsesję! – ciągnęła. – W sumie to jak cię pokazali w wiadomościach, o niczym innym nie gadał.

– Naprawdę?

– No tak, ciągle powtarzał, że przez ciebie ma uszkodzony mózg!

– To nie tylko moja zasługa. Dobrze go znałaś, prawda?

– Nie aż tak dobrze! – powiedziała, dobrze interpretując jego pytanie. – Znałam jego przyjaciela z północy, Johna. Świetny facet, był jednym z moich stałych klientów, zanim wyjechał do Arabii Saudyjskiej. Chyba chodzili razem do szkoły. Zrobiło mu się żal Noela, bo to byli żołnierz i miał trochę problemów, więc go nam tu polecił. Powiedział, że gość ma złą passę. Namówił mnie, żebym mu wynajęła u siebie pokój i w ogóle.

Jej ton wyraźnie świadczył, że współczucie Johna dla Brockbanka uważa za chybione.

– Jak się dogadywaliście?

– Na początku był w porządku, ale jak przestawał się pilnować, bez przerwy głędził. O wojsku, o tobie, o swoim synu. Ma obsesję na punkcie syna, chce go odzyskać. Mówi, że to przez ciebie nie może się z nim widywać, ale nie rozumiem, jak to sobie wykombinował. Bez trudu można było się domyślić, dlaczego jego była żona nie chciała, żeby się zbliżał do małego.

– To znaczy?

– Mama go przyłapała, jak trzymał na kolanach jej wnuczkę i pakował jej rękę pod spódniczkę – powiedziała Ingrid. – Ona ma sześć lat.

– Aha – odrzekł Strike.

– Wyniósł się i nie zapłacił mi za dwa tygodnie. Więcej go nie widziałam. Krzyżyk, kurwa, na drogę.

– Wiesz, dokąd pojechał po tym, jak wyleciał z pracy?

– Nie mam pojęcia.

– Więc nie możesz mnie z nim skontaktować?

– Pewnie mam gdzieś jego numer komórki – powiedziała. – Nie wiem, czy jeszcze go używa.

– Mogłabyś…?

– Wyglądam, jakbym nosiła przy sobie komórkę? – spytała, wysoko unosząc ręce. Lycra i buty podkreślały każdą krągłość. Stwardniałe sutki wyraźnie odznaczały się pod cienkim materiałem. Mimo że zachęciła go, żeby się temu wszystkiemu przyjrzał, Strike zmusił się do utrzymania kontaktu wzrokowego.

– Mogłabyś się później ze mną spotkać i mi go dać?

– Nie wolno nam podawać klientom danych kontaktowych. Regulamin, skarbie: nie wolno nam nosić telefonów. Ale coś ci powiem – dodała, mierząc go wzrokiem. – Skoro to ty i skoro wiem, że walnąłeś tego drania, że jesteś bohaterem wojennym i w ogóle, po robocie spotkam się z tobą na końcu tej ulicy.

– Byłoby wspaniale – powiedział Strike. – Wielkie dzięki.

Nie wiedział, czy mu się przywidziało, czy naprawdę zobaczył kokieteryjny błysk w jej oku. Pewnie był rozkojarzony zapachem olejku do masażu i niedawnymi myślami o ciepłych, śliskich ciałach.

Odczekawszy dwadzieścia minut, czyli tyle, żeby Mama uznała, iż klientowi zapewniono ulgę, której potrzebował, Strike wyszedł z Tajskiej Orchidei i przeszedł na drugą stronę ulicy, gdzie w samochodzie czekała Robin.

– Dwieście trzydzieści funciaków za stary numer komórki – powiedział, gdy odjeżdżali od krawężnika i ruszali w stronę centrum miasta. – Cholera, mam nadzieję, że było warto. Szukamy Adam and Eve Street, podobno jest niedaleko, po prawej stronie. Kawiarnia nazywa się Appleby's. Niedługo mam się tam z kimś spotkać.

Robin znalazła miejsce parkingowe i czekali, rozmawiając o tym, co usłyszał od Ingrid na temat Brockbanka, i jedząc danisze, które Strike zwędził z hotelowego bufetu. Robin zaczynała rozumieć, skąd się bierze nadwaga Strike'a. Nigdy dotąd nie uczestniczyła w dochodzeniu trwającym ponad dwadzieścia cztery godziny. Gdy każdy posiłek pochodził z mijanych po drodze sklepów i był jedzony w biegu, człowiek szybko zniżał się do fast foodów i czekolady.

– To ona – powiedział Strike czterdzieści minut później, wyłażąc z land rovera i kierując się w stronę Appleby's. Robin obserwowała zbliżającą się blondynkę, teraz już w dżinsach i kurtce ze sztucznego futerka. Miała figurę modelki i Robin przypomniała się Platyna. Minęło dziesięć minut, potem piętnaście. Ani Strike, ani dziewczyna nie wyszli z kawiarni.

– Ile czasu może trwać przekazanie numeru telefonu? – spytała wkurzona Robin, zwracając się do wnętrza land rovera. W samochodzie było jej chłodno. – Myślałam, że chcesz jeszcze pojechać do Corby.

Mówił, że w salonie masażu do niczego nie doszło, ale kto wie. Może jednak doszło. Może ta dziewczyna wysmarowała Strike'a olejkiem i...

Robin zabębniła palcami w kierownicę. Pomyślała o Elin i o tym, jak ona by się poczuła, gdyby się dowiedziała, co Strike dziś robił. Później z lekkim zaskoczeniem przypomniała sobie, że nie spojrzała na telefon, żeby sprawdzić, czy Matthew znowu się z nią kontaktował. Wyjęła telefon z kieszeni płaszcza i zobaczyła, że nie ma nowych wiadomości. Odkąd mu napisała, że nie wybiera się na imprezę urodzinową jego ojca, milczał.

Blondynka i Strike wyszli z kawiarni. Wyglądało na to, że Ingrid nie chce go wypuścić. Gdy pomachał jej na pożegnanie, pochyliła się i pocałowała go w policzek, a potem odeszła, kołysząc biodrami. Strike zauważył, że Robin się temu przygląda i lekko zmieszany wrócił do samochodu.

– Ciekawie to wyglądało – powiedziała Robin.

– Czy ja wiem – odparł Strike, pokazując jej numer zapisany w telefonie jako **NOEL BROCKBANK KOMÓRKA**. – Po prostu dziewczyna lubi sobie pogadać.

Gdyby Robin była jego kumplem, nie zdołałby się powstrzymać i dodałby: „Miałem branie". Siedząc przy stoliku, Ingrid bezwstydnie z nim flirtowała, przewijając listę kontaktów w telefonie, zastanawiając się głośno, czy nadal ma ten numer, żeby zaczął się niepokoić, że już go skasowała, pytając go, czy kiedykolwiek był na prawdziwym tajskim masażu, próbując wybadać, dlaczego szuka Noela, pytając o rozwiązane przez niego sprawy, zwłaszcza o tę związaną z piękną martwą modelką, dzięki której zaistniał w mediach, a w końcu nalegając z ciepłym uśmiechem, żeby wziął również jej numer, „tak na wszelki wypadek".

– Chcesz od razu zadzwonić do Brockbanka? – spytała Robin, odwracając uwagę Strike'a od oddalającej się Ingrid.

– Co? Nie. Trzeba to zaplanować. Jeśli odbierze, możemy mieć tylko jedną szansę. – Spojrzał na zegarek. – Ruszajmy, nie chcę się zjawić zbyt późno w Cor...

Zadzwonił telefon w jego ręce.

– To Wardle – powiedział Strike.

Odebrał, przełączając komórkę na głośnik, żeby Robin też słyszała.

– Co się dzieje?

– Zidentyfikowaliśmy ciało – oznajmił Wardle. Jakaś nutka w jego głosie uprzedziła ich, że policja poznała nazwisko ofiary. W króciutkiej chwili ciszy, która nastąpiła po tych słowach, przez spanikowany umysł Strike'a przemknął obraz dziewczynki z małymi, ptasimi oczami.

– To Kelsey Platt, dziewczyna, która prosiła cię w liście o radę w sprawie pozbycia się nogi. Pisała szczerze. Miała szesnaście lat.

W Strike'a uderzyły równie wielkie fale ulgi i niedowierzania. Pomacał w poszukiwaniu długopisu, ale Robin już notowała.

– Starała się o dyplom czeladniczy z pedagogiki przedszkolnej w jakiejś szkole zawodowej i tam poznała Oksanę Wołoszynę. Kelsey mieszkała w Fincheley razem z przyrodnią siostrą i jej partnerem. Powiedziała im, że wyjeżdża na dwutygodniowe praktyki szkolne. Nie zgłosili zaginięcia, nie niepokoili się. Miała wrócić dopiero dzisiaj wieczorem. Oksana mówi, że Kelsey nie dogadywała się z siostrą i spytała, czy może u niej pomieszkać przez dwa tygodnie, żeby trochę odetchnąć. Wygląda na to, że dziewczyna wszystko sobie zaplanowała, napisała do ciebie, podając adres koleżanki. Siostra, co zrozumiałe, jest w zupełnej rozsypce. Na razie nie udało mi się z niej wydobyć żadnych sensownych zeznań, ale potwierdziła zgodność charakteru pisma w liście, a to, że jej siostra chciała się pozbyć nogi, raczej nie było dla niej zaskoczeniem. Pobraliśmy próbki DNA ze szczotki do włosów dziewczyny. Pasują. To ona.

Przy akompaniamencie skrzypnięcia fotelu pasażera Strike przysunął się do Robin, żeby przeczytać, co zanotowała. Poczuła zapach papierosów z jego ubrania i leciutką woń drzewa sandałowego.

– Z siostrą mieszka partner? – spytał.

– Jemu tego nie przypniesz – powiedział Wardle i Strike się domyślił, że komisarz już próbował. – Czterdzieści pięć lat, emerytowany strażak w niezbyt dobrej formie. Rozwalone płuca i niepodważalne alibi na tamten weekend.

– Na weekend...? – zaczęła Robin.

– Kelsey wyszła od siostry wieczorem pierwszego kwietnia. Wiemy, że musiała zginąć drugiego albo trzeciego, bo czwartego dostaliście nogę. Strike, będziesz musiał do mnie wpaść i odpowiedzieć jeszcze na kilka pytań. To rutyna, ale potrzebujemy oficjalnych zeznań w sprawie tych listów.

Wyglądało na to, że nie ma nic więcej do powiedzenia. Wardle przyjął podziękowania Strike'a za przekazanie wiadomości i rozłączył się, pozostawiając po sobie ciszę, która w uszach Robin drżała od wstrząsów następczych.

28

… oh Debbie Denise was true to me,
She'd wait by the window, so patiently.

[…] och Debbie Denise była mi wierna,
Tak cierpliwie czekała przy oknie.

Blue Öyster Cult, *Debbie Denise*
słowa: Patti Smith

– Cała ta wycieczka to strata czasu. Ofiarą nie jest Brittany. Sprawcą nie może być Brockbank.

Strike czuł niewysłowioną ulgę. Nagle kolory Adam and Eve Street wydały mu się czystsze, przechodnie pogodniejsi i sympatyczniejsi niż przed rozmową z Wardle'em. Ostatecznie okazało się, że Brittany żyje. Nie ponosił winy za tę tragedię. Noga nie należała do niej.

Robin milczała. Słyszała triumfalną nutę w głosie Strike'a, czuła jego ulgę. Sama oczywiście nigdy nie spotkała ani nie widziała Brittany Brockbank i choć cieszyła się, że dziewczyna jest bezpieczna, nie zmieniało to faktu, że inna dziewczyna zginęła w potwornych okolicznościach. Poczucie winy, które stoczyło się ze Strike'a, gruchnęło na kolana Robin. To ona rzuciła okiem na list Kelsey i odłożyła go do szuflady świrów, nie napisawszy odpowiedzi. Zastanawiała się, czy ta historia potoczyłaby się inaczej, gdyby skontaktowała się z Kelsey i poradziła jej, aby poszukała pomocy. Albo gdyby Strike do niej zadzwonił i powiedział, że stracił nogę w walce, że to, co usłyszała na temat jego kalectwa, było kłamstwem. Robin nękały bolesne wyrzuty sumienia.

– Jesteś pewny? – spytała głośno po minucie ciszy, podczas której obydwoje siedzieli zatopieni w myślach.

– Pewny czego? – odrzekł Strike, odwracając się do niej.

– Że to nie może być Brockbank.

– Skoro to nie jest Brittany... – zaczął Strike.

– Przed chwilą mówiłeś, że ta dziewczyna...

– Ingrid?

– Tak, Ingrid – powiedziała Robin z lekkim zniecierpliwieniem. – Przed chwilą mi mówiłeś, że według niej Brockbank ma obsesję na twoim punkcie. Wini cię za uraz mózgu i utratę rodziny.

Strike wpatrywał się w nią ze zmarszczonymi brwiami i myślał.

– Wszystko, co mówiłam wczoraj, że morderca chce cię oczernić i umniejszyć twoje zasługi wojenne, doskonale pasuje do tego, co wiemy o Brockbanku – ciągnęła Robin. – Nie uważasz, że spotkanie z Kelsey albo może zauważenie na jej nodze blizny podobnej do blizny Brittany lub dowiedzenie się, że chciała się pozbyć nogi, mogło go... bo ja wiem... do czegoś popchnąć? Chodzi mi o to – dodała nieśmiało – że nie do końca wiemy, jak uraz mózgu...

– Ten pieprzony uraz nie jest aż taki wielki – warknął Strike. – W szpitalu udawał. Jestem pewny.

234

Robin nic nie powiedziała, siedziała za kierownicą i obserwowała ludzi chodzących tam i z powrotem po Adam and Eve Street. Zazdrościła im. Nawet jeśli mieli jakieś zmartwienia, raczej nie obejmowały one poważnego uszkodzenia ciała i morderstwa.

– Masz trochę racji – przyznał w końcu Strike. Robin czuła, że ostudziła jego radość. Spojrzał na zegarek. – No, jeśli zamierzamy dotrzeć dzisiaj do Corby, powinniśmy już ruszać.

Szybko pokonali dwadzieścia kilometrów dzielące oba miasteczka. Widząc nachmurzoną minę Strike'a, Robin była prawie pewna, że detektyw rozmyśla o ich rozmowie na temat Brockbanka. Droga była nijaka, otoczona płaskimi polami, a wzdłuż pobocza ciągnęły się gdzieniegdzie żywopłoty i stały drzewa.

– No więc wróćmy do Lainga – powiedziała Robin, próbując wyrwać Strike'a z zadumy, która raczej nie była przyjemna. – Przypomnij mi...

– A tak, Laing – odrzekł powoli Strike.

Tak jak przypuszczała, pogrążył się w myślach o Brockbanku. Teraz zmusił się do skupienia na drugim podejrzanym.

– Laing związał żonę i pociął ją nożem. Z tego, co wiem, dwa razy był oskarżony o gwałt, ale nigdy nie trafił za to do paki. Poza tym próbował mi odgryźć połowę twarzy na ringu bokserskim. Mówiąc w skrócie, to agresywny, cwany drań – powiedział Strike – ale jak ci wspomniałem, jego teściowa uważa, że po wyjściu z więzienia był chory. Mówiła, że pojechał do Gateshead, ale nie zabawił tam długo, skoro w 2008 roku mieszkał w Corby z tą kobietą – powiedział, znowu zaglądając do mapy w poszukiwaniu ulicy Lorraine MacNaughton. – Wiek się zgadza, ramy czasowe też... zobaczymy. Jeśli Lorraine tam nie ma, wrócimy po piątej.

Jadąc zgodnie ze wskazówkami Strike'a, Robin przecięła centrum Corby, które okazało się bezładnym skupiskiem betonu i cegieł zdominowanym przez centrum handlowe. W panoramie królowała masywna siedziba urzędu, na której anteny połyskiwały jak żelazny mech. Nie było żadnego rynku, żadnego kościoła, a już z pewnością żadnej szkoły średniej z muru pruskiego na palach. Corby stworzono po to, żeby pomieścić robotników gwałtownie napływających w latach czterdziestych i pięćdziesiątych. Wiele budynków miało smętny, użytkowy wygląd.

– Połowa nazw ulic jest po szkocku – zauważyła Robin, gdy mijali Argyll Street i Montrose Street.

– Kiedyś nazywali to Małą Szkocją, prawda? – powiedział Strike, patrząc na drogowskaz do biurowca Edinburgh House. Słyszał, że w okresie największego rozkwitu Corby miało najliczniejszą szkocką populację na południe od granicy. Na balkonach mieszkań powiewały flagi z krzyżem świętego Andrzeja i stojącym lwem. – Od razu widać, dlaczego Laing czuł się tutaj bardziej jak w domu niż w Gateshead. Może nawiązał jakieś kontakty.

Pięć minut później znaleźli się w starej części miasta, gdzie ładne kamienne budynki nosiły ślady wioski, jaką Corby było przed powstaniem huty stali. Wkrótce potem znaleźli Weldon Road, przy której mieszkała Lorraine MacNaughton.

Budynki tworzyły zwarte sześciosegmentowe szeregi, a każdy dom był lustrzanym odbiciem sąsiedniego, tak że drzwi wejściowe znajdowały się obok siebie, a rozkład okien był odwrócony. Na kamiennych nadprożach widniały wyryte nazwy.

– Ten jest jej – powiedział Strike, pokazując na Summerfield obok bliźniaczo podobnego Northfield.

Ogródek przed Summerfield wysypano drobnym żwirem. Trawa przed Northfield wymagała skoszenia, co przypomniało Robin o jej mieszkaniu w Londynie.

– Chyba powinniśmy pójść razem – powiedział Strike, odpinając pas. – Przy tobie prawdopodobnie poczuje się swobodniej.

Dzwonek nie działał, więc Strike głośno zapukał do drzwi knykciami. Eksplozja gwałtownego szczekania uświadomiła mu, że w domu jest co najmniej jeden żywy lokator. Po chwili usłyszeli kobiecy głos – rozgniewany, lecz jakby bezradny.

– Szsz! Cicho! Przestań! Szsz! Nie!

Drzwi się otworzyły i ledwie Robin zdążyła zobaczyć mniej więcej pięćdziesięcioletnią kobietę o surowych rysach twarzy, z domu wybiegł szorstkowłosy jack russell, warcząc i zajadle szczekając, by po chwili zatopić zęby w kostce Strike'a. Na szczęście dla detektywa, lecz nie dla jacka russella, zęby natrafiły na stal. Pies zaskomlał, a Robin wykorzystała jego szok, szybko się pochyliła, chwyciła zwierzę za kark i podniosła. Pies, zaskoczony tym, że zadyndał w powietrzu, zupełnie się uspokoił.

– Żadnego gryzienia – powiedziała Robin.

Jack russell, najwyraźniej dochodząc do wniosku, że komuś, kto odważył się go podnieść, należy się szacunek, pozwolił jej się trzymać, obrócił się w powietrzu i próbował ją polizać po ręce.

– Przepraszam – odezwała się kobieta. – Należał do mojej matki. To jakiś cholerny potwór. No proszę, polubił panią. Istny cud.

Jej sięgające ramion brązowe włosy miały szare odrosty. Po obu stronach wąskich ust widniały głębokie zmarszczki marionetki. Podpierała się laską, jedną z kostek miała spuchniętą i zabandażowaną, a stopę wcisnęła w sandał odsłaniający pożółkłe paznokcie.

Strike się przedstawił, a następnie pokazał Lorraine swoje prawo jazdy i wizytówkę.

– Nazywa się pani Lorraine MacNaughton?

– No – powiedziała z wahaniem. Pospiesznie spojrzała na Robin, która uspokajająco uśmiechnęła się znad łba jacka russella. – A pan to... jak tam było napisane?

– Jestem detektywem – odrzekł Strike. – I byłem ciekawy, czy mogłaby mi pani coś powiedzieć na temat Donalda Lainga. Z danych biura numerów wynika, że mieszkał tu z panią dwa lata temu.

– No, mieszkał – powiedziała powoli.

– Nadal tu jest? – spytał Strike, mimo że znał odpowiedź.

– Nie.

Strike wskazał Robin.

– Czy zgodziłaby się pani, żebyśmy razem z koleżanką zadali pani kilka pytań? Szukamy pana Lainga.

Nastąpiło milczenie. Lorraine przygryzała wewnętrzną stronę wargi i marszczyła brwi. Robin wzięła jacka russella na ręce, a on z entuzjazmem polizał jej palce, na których bez wątpienia wyczuł ślady daniszy. Naderwana nogawka Strike'a powiewała na lekkim wietrzyku.

– Dobrze, proszę wejść – powiedziała Lorraine, po czym cofnęła się, żeby wpuścić ich do środka.

W zatęchłym salonie mocno śmierdziało starym dymem tyto-
niowym. Było tam mnóstwo gadżetów kojarzących się ze starszą
panią: szydełkowe osłonki na pudełka z chusteczkami, tanie poduszki z falbanami i cała gama wymyślnie ubranych misiów usado-
wionych na wypolerowanym kredensie. Na jednej ze ścian królował
obraz przedstawiający przebrane za pajacyka dziecko z oczami jak
spodki. Strike nie wyobrażał sobie, że Donald Laing mógłby tu
mieszkać, podobnie jak nie wyobrażał sobie byka leżącego w kącie.

Gdy weszli do środka, jack russell zaczął się wiercić, chcąc się
uwolnić z objęć Robin, i znowu zaczął szczekać na Strike'a.

– Och, zamknij się – jęknęła Lorraine. Opadła na wypłowiałą
kanapę obitą brązowym aksamitem, obiema rękami uniosła zabandażowaną nogę, kładąc ją na skórzanym pufie, a następnie sięgnęła
po paczkę superkingów i zapaliła.

– Powinnam ją trzymać w górze – wyjaśniła z papierosem
w ustach. Wzięła wypełnioną niedopałkami popielniczkę z rżnięte-
go szkła, którą położyła sobie na kolanach. – Codziennie przychodzi pielęgniarka środowiskowa, żeby zmienić mi opatrunek. Niech
państwo usiądą.

– Co się pani stało? – spytała Robin, przeciskając się obok stolika kawowego, żeby usiąść przy Lorraine na kanapie. Jack russell
natychmiast wskoczył tam za nią i na szczęście przestał szczekać.

– Oblałam się gorącą fryturą – odrzekła Lorraine. – W pracy.

– Jezu – powiedział Strike, sadowiąc się w fotelu. – Musiało potwornie boleć.

– No, bolało. Kazali mi siedzieć w domu co najmniej przez miesiąc. Na szczęście, kiedy to się stało, nie miałam daleko do pogotowia.

Okazało się, że Lorraine pracuje w stołówce w miejscowym
szpitalu.

– No więc co zrobił Donnie? – mruknęła Lorraine, wydmuchując
dym, gdy wyczerpał się temat jej poparzenia. – Znowu kogoś okradł?

– Skąd ten pomysł? – spytał ostrożnie Strike.

– Mnie okradł.

Robin już wiedziała, że szorstkość tej kobiety to tylko fasada.
Gdy Lorraine wypowiadała te słowa, jej długi papieros zadrżał.

– Kiedy to było? – zainteresował się Strike.

– Jak mnie zostawił. Zabrał całą biżuterię. Obrączkę mamy, wszystko. Wiedział, ile ona dla mnie znaczy. Nie minął jeszcze rok od pogrzebu. No tak, pewnego dnia po prostu wyszedł z domu i nie wrócił. Zadzwoniłam na policję, myślałam, że coś mu się stało. Później zdałam sobie sprawę, że mam pusto w portfelu i cała biżuteria zniknęła.

Wciąż czuła upokorzenie. Gdy o tym mówiła, zaróżowiły się jej zapadnięte policzki.

Strike pomacał w wewnętrznej kieszeni marynarki.

– Chcę się upewnić, że mówimy o tym samym człowieku. Poznaje pani mężczyznę z tego zdjęcia?

Podał jej jedną z fotek, które dostał od byłej teściowej Lainga w Melrose. Laing, wysoki i barczysty, w niebiesko-żółtym kilcie, z ciemnymi oczami jak u fretki i krótko ostrzyżonymi, rudymi jak u lisa włosami stał przed urzędem stanu cywilnego. Rhona kurczowo trzymała się jego ramienia, była od niego o ponad połowę chudsza i miała na sobie kiepsko dopasowaną, prawdopodobnie kupioną z drugiej ręki suknię ślubną.

Lorraine bardzo długo przyglądała się zdjęciu. W końcu powiedziała:

– To chyba on. Możliwe.

– Tutaj tego nie widać, ale na lewym przedramieniu miał wytatuowaną dużą żółtą różę – powiedział Strike.

– No – odrzekła posępnie Lorraine. – Zgadza się. Miał.

Paliła, wpatrując się w fotografię.

– Był żonaty, prawda? – spytała lekko drżącym głosem.

– Nie powiedział pani? – wtrąciła się Robin.

– Nie. Mówił, że nigdy nie miał żony.

– Jak go pani poznała? – zainteresowała się Robin.

– W pubie – odparła Lorraine. – Kiedy go znałam, już tak nie wyglądał.

Odwróciła się w stronę kredensu za plecami i niezdarnie podjęła próbę wstania z kanapy.

– Może pomogę? – zaproponowała Robin.

– W środkowej szufladzie. Chyba jest tam zdjęcie.

Jack russell znowu zaczął szczekać, gdy Robin otworzyła szufladę zawierającą zbieraninę pierścieni do serwetek, zrobionych szydełkiem chusteczek, pamiątkowych łyżeczek, wykałaczek i leżących luzem zdjęć. Robin wyjęła jak najwięcej tych ostatnich i podała je Lorraine.

– To on – powiedziała Lorraine, przejrzawszy wiele zdjęć, na których przeważnie widniała bardzo stara kobieta będąca zapewne jej matką. Lorraine od razu podała zdjęcie Strike'owi.

Nie poznałby Lainga, gdyby go minął na ulicy. Były bokser mocno spuchł, zwłaszcza na twarzy. Jego szyja stała się niewidoczna, skóra wydawała się napięta, a rysy twarzy zniekształcone. Jedną ręką obejmował uśmiechniętą Lorraine, a druga luźno zwisała z boku. Nie uśmiechał się. Strike przyjrzał się uważniej. Żółta róża była widoczna, lecz częściowo zasłonięta zaognionymi czerwonymi plamami pokrywającymi całe przedramię.

– Miał jakieś problemy skórne?

– Łuszczycowe zapalenie stawów – powiedziała Lorraine. – Mocno dawało mu się we znaki. To dlatego był na zasiłku. Musiał zrezygnować z pracy.

– Tak? – odrzekł Strike. – A gdzie wcześniej pracował?

– Przyjechał tu jako menedżer jednej z dużych firm budowlanych – wyjaśniła – ale potem zachorował i nie mógł dłużej pracować. Miał w Melrose własną firmę budowlaną. Był dyrektorem generalnym.

– Naprawdę? – zdziwił się Strike.

– No, to był rodzinny interes – ciągnęła Lorraine, przeszukując stertę zdjęć. – Odziedziczył go po ojcu. To znowu on, niech pan spojrzy.

Na tym zdjęciu trzymali się za ręce. Wyglądało, jakby zrobiono je w ogrodzie. Lorraine stała rozpromieniona, a Laing miał obojętną minę. Ciemne oczy wyglądały w jego okrągłej twarzy jak szparki. Miał charakterystyczny wygląd człowieka zażywającego sterydy. Włosy przypominające lisią sierść były takie jak kiedyś, lecz poza tym Strike musiał się mocno przypatrywać, żeby dostrzec rysy młodego, sprawnego boksera, który przed laty ugryzł go w twarz.

– Jak długo ze sobą byliście?

– Dziesięć miesięcy. Poznałam go zaraz po śmierci mamy. Miała dziewięćdziesiąt dwa lata… Mieszkałyśmy tu razem. Pomagałam naszej sąsiadce pani Williams i w ogóle. Miała osiemdziesiąt siedem lat. Demencja starcza. Jej syn jest w Ameryce. Donnie był dla niej dobry. Kosił jej trawnik i robił zakupy.

„Drań wiedział, co się opłaca" – pomyślał Strike. Laing był wtedy chory, bezrobotny i spłukany, więc samotna kobieta w średnim wieku, niemająca nikogo na utrzymaniu, umiejąca gotować i posiająca własny dom, a do tego pieniądze po niedawno zmarłej matce, musiała być dla niego darem niebios. Warto było udać trochę współczucia, żeby wkraść się w jej łaski. Laing potrafił być ujmujący, jeśli chciał.

– Kiedy się poznaliśmy, wydawał się w porządku – powiedziała ponuro Lorraine. – Dogadzał mi na wszelkie sposoby. A przecież sam nie czuł się dobrze. Miał spuchnięte stawy i w ogóle. Musiał chodzić na zastrzyki... Później zrobił się trochę humorzasty, ale myślałam, że to przez kłopoty ze zdrowiem. Nikt nie oczekuje od chorych, że zawsze będą weseli, prawda? Nie wszyscy są tacy jak moja mama. Cholera, to była cudowna kobieta, bardzo chorowała, a mimo to zawsze była uśmiechnięta i... i...

– Podam pani chusteczkę – zaproponowała Robin i powoli, żeby nie zrzucić jacka russella, który trzymał łeb na jej kolanach, przechyliła się w stronę pudełka z szydełkową osłonką.

– Zgłosiła pani kradzież biżuterii? – zainteresował się Strike, gdy Lorraine wzięła chusteczkę, której użyła między jednym a drugim głębokim zaciągnięciem się superkingiem.

– Nie – odburknęła. – Bo i po co? I tak by jej nie znaleźli.

Robin domyśliła się, że Lorraine nie chciała, by dowiedziano się o jej upokorzeniu. Rozumiała ją.

– Czy kiedykolwiek był agresywny? – spytała delikatnie.

Lorraine wydawała się zaskoczona.

– Nie. To dlatego tu przyjechaliście? Skrzywdził kogoś?

– Nie wiemy – powiedział Strike.

– Wątpię, żeby mógł kogoś skrzywdzić – odrzekła. – Nie należał do tego rodzaju mężczyzn. To samo powiedziałam policji.

– Przepraszam – wtrąciła się Robin, głaszcząc po głowie jacka russela, który zapadł w drzemkę. – Myślałam, że nie zgłosiła pani kradzieży.

– To było później – wyjaśniła Lorraine. – Mniej więcej miesiąc po tym, jak zniknął. Ktoś się włamał do pani Williams, ogłuszył ją i okradł. Policja pytała, gdzie jest Donnie. Powiedziałam: „Już dawno go nie ma, wyprowadził się". Zresztą on by tego nie zrobił, oświadczyłam im. Był dla niej dobry. Nie uderzyłby staruszki. Trzymali się kiedyś za ręce w ogródku piwnym. Kosił sąsiadce trawnik. Nie chciała uwierzyć, że byłby aż taki zły.

– Domyślam się, że pani sąsiadka nie zdołała przedstawić policji rysopisu – powiedział Strike.

Lorraine przecząco pokręciła głową.

– Po tym już nie doszła do siebie. Zmarła w domu. Teraz w Northfield mieszka jakaś rodzina – dodała Lorraine. – Troje małych dzieci. Szkoda, że nie słyszycie, jak hałasują. W dodatku mają czelność narzekać na psa!

Znaleźli się w ślepym zaułku. Lorraine nie miała pojęcia, dokąd pojechał Laing. Nie przypominała sobie, żeby mówił o jakimkolwiek miejscu, z którym czuł się związany, nie licząc Melrose, i nigdy nie poznała żadnych jego przyjaciół. Gdy zrozumiała, że on już nie wróci, usunęła jego numer z komórki. Pozwoliła im zabrać dwa zdjęcia Lainga, ale poza tym nie mogła im pomóc.

Jack russell głośno zaprotestował, gdy Robin odsunęła ciepłe kolano, i wszystko wskazywało na to, że ma ochotę wyładować psią złość na wstającym z fotela Strike'u.

– Przestań, Tigger – zdenerwowała się Lorraine, z trudem zatrzymując na kanapie wyrywającego się psa.

– Proszę nas nie odprowadzać, trafimy do drzwi – zawołała Robin, przekrzykując psa, który szczekał jak szalony. – Bardzo dziękujemy za pomoc!

Zostawili ją w zagraconym, zadymionym salonie, z zabandażowaną kostką w górze, prawdopodobnie trochę smutniejszą i bardziej zaniepokojoną niż przed ich wizytą. Histeryczne ujadanie psa towarzyszyło im aż do furtki.

– Mogliśmy przynajmniej zrobić jej herbatę albo coś – powiedziała Robin z poczuciem winy, gdy z powrotem wsiedli do land rovera.

– Nie ma pojęcia, ile miała szczęścia, że wyszła z tego cało – pocieszył ją Strike. – Pomyśl o tej biednej staruszce – pokazał w stronę Northfield – zatłuczonej na śmierć dla paru funciaków.

– Myślisz, że to Laing?

– Jasne, że to cholerny Laing – powiedział Strike, gdy Robin zapuszczała silnik. – Kiedy rzekomo jej pomagał, przeprowadził rekonesans. Zauważyłaś, że mimo ostrego artretyzmu był w stanie kosić trawniki i mordować staruszki?

Robin była głodna i zmęczona, a od stęchłego smrodu papierosów bolała ją głowa. Potaknęła i powiedziała, że tak, chyba zauważyła. Rozmowa z Lorraine ją przygnębiła i perspektywa następnych dwóch i pół godzin za kółkiem wydawała jej się mało kusząca.

– Możemy już jechać? – spytał Strike, spoglądając na zegarek. – Obiecałem Elin, że wrócę dziś wieczorem.

– Nie ma sprawy – odrzekła Robin.

A jednak z jakiegoś powodu – może przez bolącą głowę, może na myśl o samotnej kobiecie siedzącej w Summerfield wśród wspomnień o ukochanych osobach, które ją opuściły – poczuła, że z łatwością mogłaby się znowu rozpłakać.

29

I Just Like To Be Bad

Ja po prostu lubię być zły

Czasami trudno mu było przebywać z ludźmi uważającymi się za jego przyjaciół: z mężczyznami, z którymi się trzymał, gdy potrzebował pieniędzy. Trudnili się głównie kradzieżą, a ich rozrywką było chodzenie na dziwki w sobotnie wieczory. Lubili go, uważali za kumpla, za kolesia, za równego sobie. Za równego sobie!

W dniu, w którym policja ją znalazła, marzył tylko o tym, żeby być sam i delektować się doniesieniami w mediach. Z przyjemnością czytał artykuły w gazetach. Czuł dumę: po raz pierwszy mógł zabić w domowym zaciszu, nie musiał się spieszyć, zorganizował wszystko tak, jak chciał. Tak samo zamierzał postąpić z Sekretarką. Pragnął nacieszyć się nią żywą, zanim ją zabije.

Frustrowało go jedynie to, że nigdzie nie wspomniano o listach, które miały skierować uwagę policji na Strike'a, skłonić ją do przesłuchiwania tego skurwiela i wiercenia mu dziury w brzuchu, zmieszać jego nazwisko z błotem i zmusić głupią opinię publiczną do wysnucia wniosku, że miał z tym coś wspólnego.

W gazetach były jednak niezliczone artykuły na temat tego, co zrobił, zdjęcia mieszkania, w którym ją załatwił, wywiady z tym gogusiowatym policjantem. Zachował je wszystkie: były pamiątkami w takim samym stopniu jak kawałki jej ciała zabrane do jego prywatnej kolekcji.

Oczywiście musiał ukrywać przed Tym swoją dumę i radość, gdyż To wymagało teraz bardzo ostrożnego traktowania. To nie było szczęśliwe, o nie. Życie nie układało się tak, jak To oczekiwało, i musiał udawać, że zajebiście go to obchodzi, że się tym przejmuje, że jest miłym facetem, dlatego że To było przydatne: dawało mu pieniądze i być może wkrótce będzie musiało dać także alibi. Nigdy nie wiadomo, kiedy takie jak To mogą się przydać. Już kiedyś o mało nie wpadł.

To było, gdy zabił drugi raz, w Milton Keynes. Nie należy srać na własną wycieraczkę: tak brzmiała jedna z jego najważniejszych zasad. Nigdy przedtem ani potem nie był w Milton Keynes i nic go z tym miejscem nie wiązało. Ukradł samochód, ale nie z chłopakami, to była solowa robota. Jakiś czas wcześniej przygotował trefne tablice rejestracyjne. Później po prostu jeździł, zastanawiając się, czy mu się poszczęści. Po pierwszym morderstwie podjął dwie nieudane próby: usiłował zagadywać dziewczyny w pubach, w klubach, starał się zostać z nimi sam na sam, ale nie szło mu to tak dobrze jak dawniej. Nie był już taki przystojny, wiedział o tym, lecz nie chciał popaść w rutynę i mordować prostytutek. Jeśli za każdym razem szukało się takich samych, policja w końcu kojarzyła fakty. Raz udało mu się wytropić w uliczce podchmieloną dziewczynę, ale zanim zdążył sięgnąć po nóż, pojawiła się zgraja rozchichotanych dzieciaków, więc się zmył. Potem dał sobie spokój ze zwyczajnym podrywaniem. Wiedział, że musi użyć siły.

Jeździł godzinami, coraz bardziej sfrustrowany: w Milton Keynes nie było ani śladu potencjalnej ofiary. Dziesięć minut przed północą już miał się poddać i wytropić jakąś dziwkę, lecz nagle zauważył tę dziewczynę. Kłóciła się z chłopakiem na rondzie, na środku drogi: krótkowłosa brunetka w dżinsach. Minął tę parę i przyjrzał jej się we wstecznym lusterku. Patrzył, jak wściekła dziewczyna odchodzi, odurzona własną złością i łzami równie skutecznie jak alkoholem. Rozjuszony mężczyzna, którego zostawiła, krzyknął coś za nią, a potem wściekły ruszył w przeciwną stronę.

Zawrócił i pojechał w kierunku dziewczyny. Szła i płakała, wycierając oczy rękawem.

Opuścił szybę.

– Wszystko w porządku, kochanie?

– Odwal się!

Przypieczętowała swój los, zaszywając się w krzakach przy drodze, żeby oddalić się od jego wolno jadącego samochodu. Sto metrów dalej wyszłaby na dobrze oświetlony odcinek ulicy.

Musiał tylko zjechać na pobocze i zaparkować. Zanim wysiadł z samochodu, włożył kominiarkę i z nożem w ręce niespiesznie cofnął się do miejsca, gdzie zniknęła. Słyszał, jak próbuje się wydostać z gęstej kępy drzew i krzaków posadzonej tam zgodnie z planem urbanistów, żeby złagodzić kontury szerokiej, szarej dwupasmówki. Nie postawiono tam żadnej latarni. Okrążając ciemne zarośla, był niewidoczny dla przejeżdżających kierowców. Kiedy wydostała się z powrotem na chodnik, już czekał, żeby przystawić jej nóż do gardła i wepchnąć ją tam z powrotem.

Zanim porzucił ciało, spędził w krzakach godzinę. Wyrwał jej kolczyki z uszu, a potem z zapamiętaniem machał nożem, odkrawając kawałek po kawałku. Zaczekał, aż nikt nie będzie przejeżdżał, i zdyszany uciekł z powrotem do kradzionego samochodu, nie zdejmując kominiarki.

Odjechał, a każda cząsteczka jego ciała była upojona i syta, kieszenie przesiąkły krwią. Właśnie podniosła się mgła.

Poprzednio wykorzystał samochód z pracy, który następnie dokładnie wyczyścił pod samym nosem kolegów. Tym razem wątpił, żeby komukolwiek udało się usunąć krew z tych tapicerowanych siedzeń, a wszędzie było jego DNA. Co miał zrobić? Nigdy nie był tak bliski paniki.

Pojechał wiele kilometrów na północ, a potem porzucił samochód na pustym polu daleko od głównej drogi i jakichkolwiek zabudowań. Tam, trzęsąc się z zimna, zdjął trefne tablice, zamoczył jedną skarpetkę w benzynie z baku, a potem rzucił ją na zakrwawione przednie siedzenie i podpalił. Minęło dużo czasu, zanim samochód porządnie zajął się ogniem. Kilka razy musiał podsycać płomień, aż w końcu o trzeciej rano, gdy obserwował to wszystko pod osłoną drzew, auto eksplodowało. Potem uciekł.

Była zima, tak że przynajmniej kominiarka nie wyglądała podejrzanie. Zagrzebał trefne tablice rejestracyjne w lesie i popędził ze spuszczoną głową, ściskając w kieszeniach swoje cenne pamiątki. Myślał o tym, żeby je też zakopać, ale nie potrafił się na to zdobyć. Plamy krwi na spodniach pokrył błotem, a na dworcu nie zdjął kominiarki. Siedząc w rogu wagonu, udawał pijanego i ludzie trzymali się od niego z daleka: chcąc, żeby zostawiono go w spokoju, mamrotał pod nosem, tworząc atmosferę zagrożenia i szaleństwa, która działała jak kordon.

Zanim wrócił do domu, znaleźli jej ciało. Widział to jeszcze tej samej nocy w telewizji, jedząc z tacy na kolanach. Znaleźli spalony samochód, ale tablic nie, a co więcej – to naprawdę dowodziło jego niebywałego szczęścia, osobliwego błogosławieństwa, jakie dostał od opiekuńczego kosmosu – chłopaka, z którym się pokłóciła aresztowano, postawiono w stan oskarżenia i mimo że dowody przeciwko niemu były słabe, został skazany! Do dziś na myśl, że ten palant siedzi w pace, czasami głośno się śmiał...

Te długie godziny w ciemności, gdy spotkanie z policją mogło być fatalne w skutkach, gdy bał się, że poproszą go o opróżnienie kieszeni albo że jakiś bystrooki pasażer zauważy na nim zaschniętą krew, wiele go jednak nauczyły. Zaplanuj każdy szczegół. Niczego nie zostawiaj przypadkowi.

Właśnie dlatego musiał wyskoczyć po maść Vicks VapoRub. Teraz przede wszystkim należało dopilnować, żeby nowy głupi plan Tego nie kolidował z jego planem.

30

I am gripped, by what I cannot tell ...

Zawładnęło mną, ale nie wiem co [...]

Blue Öyster Cult, *Lips in the Hills*

Strike był przyzwyczajony do zmienności cechującej prowadzenie śledztwa: gorączkowych działań przeplatanych wymuszoną biernością. Mimo to w czasie weekendu po wyprawie do Barrow, Market Harborough i Corby czuł dziwne napięcie.

Stopniowemu ponownemu zanurzaniu się w życiu cywili, trwającemu przez ostatnie dwa lata, towarzyszyły naciski, przed którymi wojsko go chroniło. Przyrodnia siostra Lucy, jedyna z jego rodzeństwa, z którą się wychowywał, zadzwoniła w sobotę z samego rana, żeby spytać, dlaczego nie odpowiedział na zaproszenie na przyjęcie urodzinowe swojego drugiego siostrzeńca. Wyjaśnił, że wyjechał i nie miał dostępu do agencyjnej skrzynki, lecz ona prawie go nie słuchała.

– Jack uważa cię za bohatera, przecież wiesz – powiedziała. – Naprawdę chce, żebyś przyszedł.

– Wybacz, Lucy – odrzekł Strike. – Nie dam rady. Prześlę mu prezent.

Gdyby Strike nadal służył w Wydziale do spraw Specjalnych, Lucy nie próbowałaby szantażu emocjonalnego. Łatwo było unikać rodzinnych zobowiązań, podróżując po świecie. Traktowała go wtedy jak nieodłączny element olbrzymiej, nieprzejednanej wojskowej machiny. Gdy uparcie odmawiał ugięcia się w obliczu odmalowanego przez nią obrazu opuszczonego ośmiolatka, na próżno wypatrującego wujka Cormorana przy furtce w ogrodzie, dała za wygraną i spytała, jak mu idą poszukiwania człowieka, który przysłał mu nogę. Ton jej głosu sugerował, że odebranie takiej przesyłki jest w jakimś sensie kompromitacją. Chcąc jak najszyb-

247

ciej zakończyć tę rozmowę, oznajmił jej niezgodnie z prawdą, że całkowicie zdał się na policję.

Lubił młodszą siostrę, lecz z czasem pogodził się z tym, że ich związek opiera się prawie wyłącznie na wspólnych i w dużej mierze traumatycznych wspomnieniach. Nigdy nie zwierzał się Lucy, chyba że zmuszały go do tego okoliczności, a to z prostego powodu, że zwierzenia zwykle wywoływały niepokój albo lęk. Lucy żyła w stanie permanentnego rozczarowania, że w wieku trzydziestu siedmiu lat jej brat nadal wystrzega się tego wszystkiego, co było jej zdaniem niezbędne, żeby go uszczęśliwić: pracy w stałych godzinach, pieniędzy, żony i dzieci.

Strike, zadowolony, że się jej pozbył, zaparzył sobie trzeci kubek herbaty tego ranka i położył się na łóżku obok sterty gazet. W kilku z nich było zdjęcie ZAMORDOWANEJ KELSEY PLATT w granatowym szkolnym mundurku i z uśmiechniętą, nieładną, pryszczatą twarzą.

W samych bokserkach, z włochatym brzuchem, bynajmniej niepomniejszonym wskutek napełniania go przez ostatnie dwa tygodnie licznymi daniami na wynos i batonikami, schrupał opakowanie półsłodkich herbatników, przeglądając kilka artykułów, lecz nie dowiedział się z nich niczego nowego, więc skupił się na zapowiedzi zaplanowanego na następny dzień meczu Arsenalu z Liverpoolem.

Gdy czytał, zadzwoniła komórka. Nie zdawał sobie sprawy, jak bardzo jest spięty: zareagował tak błyskawicznie, że zaskoczył Wardle'a.

– Niech mnie diabli, szybki jesteś. Siedziałeś na telefonie?

– Co nowego?

– Byliśmy u siostry Kelsey. Ma na imię Hazel, jest pielęgniarką. Przyglądamy się najbliższemu otoczeniu ofiary, przeszukaliśmy jej pokój i zabezpieczyliśmy laptopa. Korzystała z internetu, udzielała się na jakimś forum dla ludzi, którzy chcą sobie odrąbać kawałek ciała, i pytała tam o ciebie.

Strike podrapał się po gęstych, kręconych włosach i słuchał dalej, wpatrzony w sufit.

– Mamy dane dwóch osób, z którymi regularnie rozmawiała na tym forum. W poniedziałek powinienem dostać ich zdjęcia. Gdzie będziesz?

– Tu, w agencji.

– Partner jej siostry, były strażak, mówi, że Kelsey ciągle go pytała o ludzi uwięzionych w budynkach, o wypadki samochodowe i tego typu rzeczy. Naprawdę chciała się pozbyć tej nogi.

– Jezu – mruknął Strike.

Gdy Wardle się rozłączył, Strike poczuł, że nie jest w stanie się skupić na zakulisowych przetasowaniach na stadionie Emirates. Kilka minut później przestał udawać, że pochłania go los kadry kierowniczej Arsène'a Wengera i wrócił do gapienia się na pęknięcia na suficie, w zamyśleniu bez końca obracając w dłoni komórkę.

Wiadomość, że noga nie należała do Brittany Brockbank, wywołała tak wielką ulgę, że Strike poświęcił ofierze mniej uwagi niż zwykle. Teraz po raz pierwszy zastanowił się nad Kelsey i jej listem, którego nie chciało mu się przeczytać.

Myśl, że ktokolwiek może dążyć do amputacji, wydawała mu się odrażająca. Raz po raz obracał komórkę w dłoni, szeregując wszystko, co wiedział o Kelsey, i próbując zbudować jej mentalny obraz z nazwiska oraz litości pomieszanej z niesmakiem. Miała szesnaście lat, słabo dogadywała się z siostrą, uczyła się na przedszkolankę… Strike sięgnął po notes i zaczął pisać: „Chłopak ze szkoły?", „Nauczyciel?". Wypytywała o Strike'a w internecie. Dlaczego? Skąd jej przyszło do głowy, że sam amputował sobie nogę? A może wymyśliła to na podstawie prasowych doniesień na jego temat?

„Choroba psychiczna?", „Fantastka?" – pisał.

Wardle już przeglądał jej internetowe kontakty. Strike przestał pisać, przypominając sobie zdjęcie pucołowatej twarzy Kelsey w zamrażarce, spoglądającej na niego zamrożonymi oczami. Dziecięca krągłość. Od początku myślał, że wygląda na o wiele mniej niż dwadzieścia cztery lata. Prawdę mówiąc, wyglądała młodo nawet jak na szesnastolatkę.

Wypuścił ołówek z dłoni i dalej obracał komórkę w lewej ręce, myśląc…

Czy Brockbank był „prawdziwym" pedofilem – jak to ujął pewien psycholog, którego Strike poznał przy okazji innej sprawy o gwałt w wojsku – czy tylko mężczyzną, którego podniecały dzieci? A może był jakimś innym rodzajem brutala, mężczyzną krzywdzącym małe dziewczynki tylko dlatego, że były dostępne i najłatwiej mógł je zastraszyć, zmuszając do milczenia, lecz jeśli trafiła mu się inna łatwa ofiara, przejawiał szersze seksualne zainteresowania? Krótko mówiąc, czy dziecinnie wyglądająca szesnastolatka była za stara, żeby podniecić Brockbanka, czy też zgwałciłby każdą łatwą do uciszenia kobietę, gdyby mu się nawinęła? Kiedyś Strike miał do czynienia z dziewiętnastoletnim żołnierzem, który próbował zgwałcić sześćdziesięciosiedmiolatkę. Seksualna brutalność niektórych mężczyzn potrzebowała jedynie okazji.

Strike nie zadzwonił jeszcze pod numer Brockbanka, który dostał od Ingrid. Jego ciemne oczy pobiegły w stronę malutkiego okna, za którym było widać słabo rozświetlone słońcem niebo. Może powinien był przekazać numer Brockbanka Wardle'owi. Może powinien to zrobić natychmiast… Ale gdy zaczął przewijać listę kontaktów, dopadły go wątpliwości. Co do tej pory wskórał, dzieląc się z Wardle'em swoimi przypuszczeniami? Nic. Policjant był zajęty w centrum dowodzenia, gdzie bez wątpienia przesiewał informacje pochłonięty własnymi hipotezami, a hipotezom Strike'a – co prywatny detektyw zdążył zauważyć – dawał nie więcej wiary, niż pomysłom każdego, kto miał przeczucia, ale nie dowody. To, że Wardle, dysponując wszystkimi policyjnymi środkami, nie znalazł jeszcze Brockbanka, Lainga ani Whittakera, wskazywało, że nie przywiązuje do tych tropów dużej wagi.

Nie, jeśli Strike chciał znaleźć Brockbanka, bez wątpienia powinien trzymać się mistyfikacji wymyślonej przez Robin: prawniczki chcącej zapewnić byłemu majorowi odszkodowanie. Łatwa do zweryfikowania historia spotkania z jego siostrą w Barrow mogła okazać się przydatna. W zasadzie, pomyślał Strike, siadając na łóżku, niezłym pomysłem byłoby zadzwonienie do Robin już teraz i danie jej numeru do Brockbanka. Wiedział, że jest sama w mieszkaniu w Ealing, a Matthew wyjechał do Masham. Mógł do niej zadzwonić i…

„O nie, nawet o tym nie myśl, ty głupi zasrańcu".

W głowie zakwitł mu obraz jego i Robin w Tottenham, obraz, do którego mógł doprowadzić ten telefon. Obydwoje nie mieli nic do roboty. Porozmawialiby o sprawie przy odrobinie alkoholu... „W sobotę wieczorem? Puknij się".

Strike gwałtownie wstał, jakby leżenie na łóżku zaczęło mu sprawiać ból. Ubrał się i poszedł do supermarketu.

Wracając na Denmark Street z wypchanymi reklamówkami, odniósł wrażenie, że mignął mu tajniak od Wardle'a przysłany po to, żeby mieć oko na postawnych mężczyzn w czapkach. Młody facet w ocieplanej kurtce był superczujny, jego wzrok odrobinę za długo spoczywał na detektywie, gdy ten przechodził, kołysząc zakupami.

Znacznie później, kiedy Strike zjadł już samotnie wieczorny posiłek w swoim mieszkaniu, zadzwoniła Elin. Jak zwykle spotkanie w sobotni wieczór nie wchodziło w rachubę. Gdy rozmawiali, słyszał w tle jej bawiącą się córeczkę. Już wcześniej umówili się na kolację w niedzielę, lecz zadzwoniła, żeby spytać, czy nie miałby ochoty spotkać się z nią wcześniej. Jej mąż chciał za wszelką cenę przeforsować sprzedaż wartościowego mieszkania w Clarence Terrace, więc zaczęła się rozglądać za nowym lokum.

– Chciałbyś ze mną obejrzeć nowe mieszkanie? – spytała. – Jutro o drugiej jestem umówiona w lokalu pokazowym.

Wiedział, albo wydawało mu się, że wie, iż to zaproszenie nie wynika z żadnej żarliwej nadziei, że pewnego dnia zamieszkają tam razem – spotykali się dopiero od trzech miesięcy – lecz stąd, że Elin w miarę możliwości zawsze wolała być w czyimś towarzystwie. Jej wizerunek kobiety chłodnej i samowystarczalnej był mylący. Pewnie nigdy by się nie poznali, gdyby nie to, że wolała pójść na imprezę pełną nieznanych kolegów i przyjaciół brata, niż spędzić kilka godzin w samotności. Oczywiście nie było w tym nic złego, nie ma przecież nic złego w byciu towarzyskim, tylko że Strike już od roku organizował sobie życie tak, jak mu pasowało, i trudno było zerwać z tym przyzwyczajeniem.

– Nie mogę – powiedział. – Przykro mi. Do trzeciej mam robotę.

Skłamał przekonująco. Przyjęła to stosunkowo dobrze. Ustalili, że zgodnie z wcześniejszym planem spotkają się w bistro w niedzielę wieczorem, a to oznaczało, że będzie mógł spokojnie obejrzeć mecz Arsenalu z Liverpoolem.

Gdy się rozłączył, jeszcze raz pomyślał o Robin, siedzącej samotnie w mieszkaniu, które dzieliła z Matthew. Sięgając po papierosa, włączył telewizor i w ciemności ponownie opadł na poduszki.

Robin miała dziwny weekend. Postanowiła nie wpadać w przygnębienie tylko dlatego, że była sama, a Strike poszedł do Elin (dlaczego w ogóle o tym pomyślała? Oczywiście, że do niej poszedł, przecież był weekend i to, jak go spędzał, nie powinno było jej interesować). Posiedziała kilka godzin przy laptopie, uparcie drążąc jedną ze swoich starych hipotez, oraz drugą – nową.

W sobotę późnym wieczorem dokonała w internecie odkrycia, po którym trzy razy podskoczyła zwycięsko w maleńkim salonie i o mało nie zadzwoniła do Strike'a, żeby mu o tym powiedzieć. Dopiero po kilku minutach, w czasie których waliło jej serce i przyspieszył oddech, zdołała się uspokoić i przekonać samą siebie, że lepiej zaczekać z wieściami do poniedziałku. Uznała, że przekazanie mu ich osobiście da jej o wiele większą satysfakcję.

Wiedząc, że Robin jest sama, jej matka zadzwoniła do niej dwa razy i dopytywała się, kiedy może przyjechać do Londynu.

– Nie wiem, mamo, jeszcze nie teraz – westchnęła Robin w niedzielę rano. Siedziała w piżamie na kanapie, znowu z otwartym laptopem, i próbowała ciągnąć internetową rozmowę z członkiem społeczności BIID, który podpisywał się jako <<Δēvōtēē>>*. Odebrała telefon od matki tylko dlatego, że się bała, iż zignorowanie połączenia może się skończyć niezapowiedzianą wizytą.

<<Δēvōtēē>>: gdzie chcesz się przeciąć?
TransHopeful: w połowie uda
<<Δēvōtēē>>: obie nogi?

– Może jutro? – spytała Linda.

---

* Δēvōtēē (właśc. *devotee*) – wielbiciel, miłośnik; tu: osoba odczuwająca podniecenie na widok ludzi po amputacji kończyn.

– Nie – odparła natychmiast Robin. Podobnie jak Strike, składała gładko i przekonująco. – Teraz nad czymś pracuję. Lepiej będzie w przyszłym tygodniu.

TransHopeful: Tak, obie. Znasz kogoś, kto to zrobił?
<<Δēvōtēė>>: Nie mogę podać tej info na forum. Gdzie mieszkasz?

– Nie widziałam się z nim – powiedziała Linda. – Robin, piszesz na komputerze?
– Nie. – Robin skłamała jeszcze raz z palcami zastygłymi nad klawiaturą. – Z kim się nie widziałaś?
– Jak to z kim? Z Matthew!
– A. No cóż, nie spodziewałam się, że do was wpadnie.
Starała się pisać ciszej.

TransHopeful: W Londynie.
<<Δēvōtēė>>: Ja też. Prześlesz mi zdjęcie?

– Byliście na imprezie u pana Cunliffe'a? – spytała, próbując zagłuszyć odgłos stukania w klawisze.
– Oczywiście, że nie! – powiedziała Linda. – Daj mi znać, który dzień w przyszłym tygodniu będzie ci najbardziej odpowiadał, a kupię sobie bilet. Zbliża się Wielkanoc, będzie tłok.
Robin się zgodziła, odwzajemniła czułe pożegnanie Lindy i całą uwagę skupiła na <<Δēvōtēė>>. Niestety, gdy odmówiła przesłania mu albo jej (była prawie pewna, że to mężczyzna) zdjęcia, <<Δēvōtēė>> stracił zainteresowanie ich rozmową na forum i zamilkł.

Myślała, że Matthew wróci w niedzielę wieczorem, ale się nie pojawił. Gdy o ósmej spojrzała na kalendarz w kuchni, przypomniała sobie, że od dawna zamierzał wziąć wolny poniedziałek. Pewnie nawet sama się na to zgodziła, kiedy robili plany na ten weekend, i powiedziała Matthew, że też poprosi Strike'a o wolny dzień. Całe szczęście, że się rozstali, pocieszyła się: uniknęła kolejnej kłótni o godziny pracy.

Później jednak płakała, sama w sypialni pełnej reliktów ich wspólnej przeszłości, takich jak: pluszowy słoń, podarowany jej na ich pierwsze walentynki – w tamtych czasach Matt nie był taki wyrobiony; pamiętała, jaki zrobił się czerwony, gdy wręczał jej ten prezent – i szkatułka na biżuterię, otrzymana od niego na dwudzieste pierwsze urodziny. Do tego liczne zdjęcia, na których uśmiechali się podczas wakacji w Grecji i Hiszpanii oraz stali wystrojeni na ślubie jego siostry. Największe zdjęcie ze wszystkich ukazywało ich ramię w ramię w dniu jego ukończenia studiów. Miał na sobie togę, a Robin stała obok w letniej sukience i rozpromieniona świętowała osiągnięcie, z którego ją obrabował człowiek w masce goryla.

31

Nighttime flowers, evening roses,
Bless this garden that never closes.

Nocne kwiaty, wieczorne róże,
Błogosławionego ogrodu nie zamykają stróże.

Blue Öyster Cult, *Tenderloin*

Następnego dnia wspaniały wiosenny poranek, który powitał Robin po wyjściu z mieszkania, poprawił jej humor. Nie zapominała o ostrożności, jadąc metrem w stronę Tottenham Court Road, ale nigdzie nie zauważyła rosłego mężczyzny w czapce. Podczas porannej podróży do pracy wpadło jej natomiast w oko rosnące podekscytowanie dziennikarzy królewskim ślubem. Kate Middleton była na pierwszej stronie chyba wszystkich gazet czytanych przez pasażerów metra. Robin znowu dotkliwie odczuła to puste, wrażliwe miejsce na trzecim palcu, gdzie przez ponad rok tkwił pierścionek zaręczynowy. Ponieważ jednak nie mogła się doczekać, kiedy podzieli się ze Strikiem wynikami swojego samodzielnego śledztwa, postanowiła nie popadać w przygnębienie.

Ledwie wyszła ze stacji Tottenham Court Road, usłyszała, jak jakiś mężczyzna woła ją po imieniu. Przez ułamek sekundy bała się, że Matthew przygotował na nią zasadzkę, lecz po chwili zobaczyła Strike'a przepychającego się przez tłum z plecakiem na ramieniu. Domyśliła się, że noc spędził z Elin.

– ...dobry. Jak ci minął weekend? – spytał. Zanim zdążyła odpowiedzieć, dodał: – Nie. Przepraszam. To jasne, że był do dupy.

– Na szczęście nie cały – powiedziała Robin, gdy jak zwykle omijali przeszkody w postaci barierek i dziur w drodze.

– Co masz? – spytał głośno Strike, przekrzykując nieustanny warkot.

– Słucham? – zawołała.

– Czego. Się. Dowiedziałaś?

– Skąd wiesz, że czegoś się dowiedziałam?

– Masz tę minę – wyjaśnił. – Tę, którą robisz, kiedy bardzo chcesz mi o czymś powiedzieć.

Uśmiechnęła się.

– Żeby ci pokazać, potrzebuję komputera.

Skręcili za rogiem w Denmark Street. Przed drzwiami agencji stał ubrany na czarno człowiek z bukietem czerwonych róż.

– O, na litość boską... – westchnęła Robin.

Nagły strach ustąpił: wcześniej jej umysł wykasował na chwilę naręcze kwiatów i widziała jedynie mężczyznę w czerni – ale to oczywiście nie był kurier. To – zobaczyła, gdy do niego podeszli – był młody chłopak z długimi włosami, dostawca z Interflory, w dodatku bez kasku. Strike wątpił, czy chłopak kiedykolwiek wręczał pięćdziesiąt czerwonych róż mniej ucieszonej odbiorczyni.

– Ojciec go do tego namówił – mruknęła posępnie Robin, gdy Strike otworzył przed nią drzwi i wcisnęła się do środka, niezbyt delikatnie obchodząc się z drżącą kwiecistą aranżacją. – Na pewno powiedział: „Wszystkie kobiety uwielbiają róże". Niczego więcej nie potrzeba: wystarczy pęk cholernych kwiatów.

Strike szedł za nią po metalowych schodach. Był rozbawiony, lecz starał się tego nie okazywać. Otworzył drzwi do agencji, a Robin podeszła do swojego biurka i bezceremonialnie rzuciła na nie kwiaty, które zadrżały w przewiązanej wstążką plastikowej torebce z zielonkawą wodą. Dołączono do nich liścik. Nie chciała go otwierać w obecności Strike'a.

– No więc? – spytał, wieszając plecak na kołku obok drzwi.

– Czego się dowiedziałaś?

Zanim zdążyła się odezwać, rozległo się pukanie do drzwi. Za mleczną szybą rysowała się wyraźnie sylwetka Wardle'a: jego falujące włosy, skórzana kurtka.

– Byłem w okolicy. Nie przyszedłem za wcześnie, prawda? Wpuścił mnie jakiś gościu.

Wzrok Wardle'a natychmiast powędrował w stronę róż na biurku Robin.

– Urodziny?

– Nie – odparła szorstko. – Kawy?

– Ja się tym zajmę – powiedział Strike, podchodząc do czajnika i nie przestając mówić do Robin. – Wardle przyszedł nam coś pokazać.

Robin poczuła rozczarowanie: czyżby policjant miał ją uprzedzić? Dlaczego nie zadzwoniła do Strike'a w sobotę wieczorem, kiedy dokonała swojego odkrycia?

Wardle usiadł na kanapie obitej sztuczną skórą, która zawsze wydawała donośne, pierdzące odgłosy, gdy siadała na niej nieco cięższa osoba. Wyraźnie zaskoczony policjant ostrożnie zmienił pozycję i otworzył jakąś teczkę.

– Okazuje się, że Kelsey udzielała się na stronie dla ludzi zamierzających pozbyć się kończyn – powiedział do Robin.

Robin usiadła tam gdzie zwykle, przy biurku. Róże zasłaniały jej widok na policjanta. Wzięła je zniecierpliwiona i położyła na podłodze obok.

– Wspomniała o Strike'u – ciągnął Wardle. – Pytała, czy ktoś coś o nim słyszał.

– Podpisywała się jako Niemamgdziesięzwrócić? – odezwała się Robin, starając się mówić zwyczajnym tonem. Wardle spojrzał na nią zdumiony, a Strike odwrócił się z łyżeczką do kawy zastygłą w powietrzu.

– No, tak – przyznał policjant, gapiąc się na nią. – Do diabła, skąd o tym wiesz?

– Znalazłam to forum w ubiegły weekend – wyjaśniła Robin.

– Pomyślałam, że Niemamgdziesięzwrócić to może być dziewczyna, która napisała list.

– Jezu – powiedział Wardle, przenosząc wzrok z Robin na Strike'a. – Powinniśmy zaproponować jej pracę.

– Ona już ma pracę – odparł Strike. – Mów dalej. Kelsey pisała...

– No tak, w końcu wymieniła się adresami mejlowymi z dwiema osobami. To nic wielkiego, ale próbujemy ustalić, czy faktycznie się spotkali. W Prawdziwym Świecie – dodał Wardle.

Strike pomyślał, że to dziwne: określenie – tak popularne w dzieciństwie, gdy chciało się odróżnić świat fantazji i zabawy od nudnego świata dorosłych i faktów – teraz oznaczało życie poza internetem. Podał Wardle'owi i Robin kawę, a potem poszedł do swojego gabinetu po krzesło, wolał nie dzielić z komisarzem pierdzącej kanapy.

Gdy wrócił, Wardle pokazywał Robin wydruki ekranu z profilów dwóch osób na Facebooku.

Uważnie je obejrzała, po czym podała Strike'owi. Na jednym była młoda przysadzista kobieta o okrągłej, bladej twarzy, z czarnym bobem i w okularach. Na drugim jasnowłosy dwudziestoparolatek z asymetrycznymi oczami.

– Ona pisze bloga o byciu „transabledem", cokolwiek to, kurwa, znaczy, a on prosi na wszystkich forach o pomoc w odrąbaniu sobie kawałków ciała. Jeśli chcecie znać moją opinię, obydwoje mają poważne problemy. Rozpoznajecie któreś z nich?

Strike przecząco pokręcił głową, Robin też. Wardle westchnął i zabrał zdjęcia z powrotem.

– Tak przypuszczałem.

– Co z innymi mężczyznami, z którymi się zadawała? Jacyś koledzy albo nauczyciele ze szkoły? – zainteresował się Strike, myśląc o pytaniach, które przyszły mu do głowy w sobotę.

– Jej siostra twierdzi, że Kelsey miała jakiegoś tajemniczego chłopaka, którego nigdy jej nie przedstawiła. Hazel wątpi w jego istnienie. Rozmawialiśmy z dwiema przyjaciółkami Kelsey ze szkoły i żadna z nich nigdy nie widziała jej chłopaka, ale jeszcze nad tym pracujemy. A skoro mowa o Hazel – ciągnął Wardle, po czym sięgnął po kawę i zanim powiedział coś więcej, upił łyk – obiecałem, że przekażę ci wiadomość. Chciałaby się z tobą spotkać.

– Ze mną? – zdziwił się Strike. – Dlaczego?

– Nie wiem – odrzekł Wardle. – Chyba chce się przed wszystkimi usprawiedliwić. Jest w fatalnym stanie.

– Chce się usprawiedliwić?

– Ma poczucie winy, bo traktowała tę sprawę z nogą jak jakieś dziwactwo i próbę zwrócenia na siebie uwagi, a teraz czuje, że to dlatego Kelsey szukała pomocy u kogoś innego.

– Wie, że nie odpisałem na ten list? Że nigdy nie miałem z Kelsey żadnego kontaktu?

– Tak, tak, wyjaśniłem jej to. Mimo wszystko chce z tobą porozmawiać. Nie wiem, o co jej chodzi – powiedział lekko zniecierpliwiony Wardle – ale to tobie przesłano nogę jej siostry. Wiesz, jacy są ludzie w szoku. Poza tym jesteś Cormoranem Strikiem, prawda? – dodał Wardle z nutą rozdrażnienia w głosie. – Pewnie myśli, że Cudowny Chłopiec rozwiąże sprawę, skoro policja się guzdrze.

Robin i Strike powstrzymali się od porozumiewawczych spojrzeń, a naburmuszony Wardle mówił dalej:

– Mogliśmy lepiej potraktować tę Hazel. Nasi ludzie trochę za ostro przesłuchiwali jej partnera. To ją do nas zniechęciło. Może pomyślała, że dobrze byłoby cię mieć po swojej stronie: detektywa, który już kiedyś uratował przed pudłem jedno niewiniątko.

Strike postanowił zignorować pobrzmiewającą w tym urazę.

– Oczywiście musieliśmy przesłuchać gościa, który z nią mieszka – dodał Wardle na użytek Robin. – Rutynowa sprawa.

– Tak – powiedziała Robin. – Oczywiście.

– Oprócz partnera siostry i tego rzekomego chłopaka nie było w jej życiu innych mężczyzn? – spytał Strike.

– Chodziła do psychologa, chudego czarnego faceta po pięćdziesiątce, który w czasie jej śmierci był u rodziny w Bristolu. Jest jeszcze opiekun parafialnej grupy młodzieży, niejaki Darrell

– wyliczał Wardle. – Grubas w ogrodniczkach. Przez całe przesłuchanie płakał jak bóbr. W niedzielę był w kościele i zachowywał się, jak należy. Poza tym nie ma żadnego alibi, które można by sprawdzić, ale jakoś go sobie nie wyobrażam z tasakiem. O nikim więcej nie wiemy. W jej klasie były prawie same dziewczyny.

– A w tej parafialnej grupie młodzieży?

– Też prawie same dziewczyny. Najstarszy chłopak ma czternaście lat.

– Jak policja zapatruje się na moje spotkanie z Hazel? – spytał Strike.

– Nie możemy ci tego zabronić – powiedział Wardle, wzruszając ramionami – pod warunkiem że przekażesz nam wszystkie użyteczne informacje, ale wątpię, żebyś znalazł coś więcej. Wszystkich przesłuchaliśmy, przeszukaliśmy pokój Kelsey, mamy jej laptopa i idę o zakład, że żadna z osób, z którymi rozmawialiśmy, nic nie wie. Wszyscy myśleli, że pojechała na szkolne praktyki.

Wardle podziękował za kawę, szczególnie ciepło uśmiechnął się do Robin, czego prawie w ogóle nie odwzajemniła, i wyszedł.

– Ani słowa na temat Brockbanka, Lainga albo Whittakera – mruknął Strike, gdy ucichły brzękliwe odgłosy kroków na klatce schodowej. – Nigdy nie wspominałaś, że szperałaś w necie – dodał.

– Nie miałam dowodu, że to ta dziewczyna, która napisała list – powiedziała Robin – ale rzeczywiście pomyślałam, że Kelsey mogła szukać pomocy w sieci.

Strike podźwignął się na nogi, wziął kubek z jej biurka, a gdy już zmierzał w stronę drzwi, spytała z oburzeniem:

– Nie interesuje cię, co zamierzałam powiedzieć?

Odwrócił się zaskoczony.

– To nie było to?

– Nie!

– No więc?

– Chyba znalazłam Donalda Lainga.

Strike nie odezwał się i tylko stał ze skonsternowaną miną, trzymając kubki w obu dłoniach.

– Znalazłaś...? Jak?

Robin odwróciła się do komputera, skinęła do Strike'a, żeby podszedł, i zaczęła pisać. Przysunął się i spoglądał jej przez ramię.

– Najpierw – zaczęła – przypomniałam sobie o łuszczycowym zapaleniu stawów. Potem... Spójrz.

Otworzyła stronę charytatywnej organizacji JustGiving. Z małego zdjęcia u góry spoglądał nachmurzony mężczyzna.

– Niech mnie szlag, to on! – powiedział Strike tak głośno, że Robin lekko podskoczyła. Postawił kubki i przysunął krzesło zza biurka, żeby spojrzeć na monitor. Robiąc to, przewrócił róże.

– Cholera... przepraszam...

– To nic – uspokoiła go Robin. – Siadaj, ja posprzątam.

Ustąpiła mu miejsca i Strike usiadł na obrotowym krześle.

Zdjęcie było małe i Strike powiększył je kliknięciem. Szkot stał na czymś, co wyglądało na mały balkon z balustradą z grubego, zielonkawego szkła. Nie uśmiechał się i prawą ręką opierał się na kuli. Nadal rzucały się w oczy jego niskie czoło i krótkie, szczeciniaste włosy, które jednak pociemniały z wiekiem i nie były już rude jak lisie futro. Starannie się ogolił, jego skórę znaczyły blizny po ospie. Miał mniej spuchniętą twarz niż na zdjęciu Lorraine, lecz przybrał na wadze od czasów, gdy był umięśniony jak marmurowy pomnik Atlasa i ugryzł Strike'a w twarz na ringu bokserskim. Miał na sobie żółtą koszulkę, a na prawym przedramieniu widniała wytatuowana róża, którą jednak zmodyfikował: teraz przebijał ją sztylet, a krople krwi kapały z kwiatu na nadgarstek. Za stojącym na balkonie Laingiem widać było zamazany, nieregularny wzór z czarnych i srebrnych okien.

Podał prawdziwe nazwisko:

Prośba Donalda Lainga o wsparcie
Jestem brytyjskim weteranem i cierpię na łuszczycowe zapalenie stawów. Zbieram pieniądze dla organizacji Arthritis Research. Proszę, wpłacajcie, ile możecie.

Jego strona istniała od trzech miesięcy. Zebrał zero procent z tysiąca funtów, na które liczył.

– Żadnych bzdetów na temat tego, że cokolwiek zrobi za te pieniądze – zauważył Strike. – Tylko „dajcie mi".

– Nie „mi" – poprawiła go Robin z podłogi, gdzie papierowym ręcznikiem wycierała rozlaną wodę z kwiatów. – Chce przekazać pieniądze na cele dobroczynne.

– Tak twierdzi.

Strike wytężał wzrok, przyglądając się nieregularnemu wzorowi za plecami Lainga.

– Przypomina ci to coś? Te okna w tle?

– Na początku pomyślałam o Gherkinie – odrzekła Robin, wyrzucając nasiąknięte wodą ręczniki do kosza i wstając z podłogi – ale układ okien jest inny.

– Nie ma żadnych informacji na temat tego, gdzie mieszka – zauważył Strike, klikając wszędzie, gdzie się dało, żeby sprawdzić, jakie jeszcze informacje może kryć ta strona. – Na pewno podał JustGiving swoje dane.

– Z jakiegoś powodu nikt nie przypuszcza, że źli ludzie też mogą zachorować – powiedziała Robin. Spojrzała na zegarek. – Za piętnaście minut powinnam śledzić Platynę. Lepiej już pójdę.

– No – mruknął Strike, nadal wpatrzony w zdjęcie Lainga. – Bądźmy w kontakcie i... A, zapomniałem: muszę cię o coś prosić. – Wyjął komórkę z kieszeni. – Brockbank.

– Więc jednak nadal myślisz, że to może być on? – spytała Robin, na chwilę przestając wkładać kurtkę.

– Niewykluczone. Chcę, żebyś do niego zadzwoniła i pociągnęła wątek Venetii Hall, prawniczki od odszkodowań za uszkodzenie ciała.

– Aha. Nie ma sprawy – powiedziała Robin, wyjmując własną komórkę, żeby zapisać numer, który jej pokazał, lecz pod powłoką rzeczowości rozpierała ją radość. Sama wymyśliła Venetię, to była jej kreacja, a teraz Strike opierał na tym całe dochodzenie.

Dopiero w połowie skąpanej w słońcu Denmark Street przypomniała sobie, że do sponiewieranych róż dołączono liścik i że zostawiła go w agencji, nie czytając.

32

What's that in the corner?
It's too dark to see.

Co jest w tym kącie?
Zbyt ciemno, żeby dojrzeć.

Blue Öyster Cult, *After Dark*

Robin, którą przez cały dzień otaczały uliczny hałas i donośne głosy, nie miała okazji, żeby zadzwonić do Noela Brockbanka
wcześniej niż o piątej po południu. Jak zwykle zaczekała, aż Platyna pójdzie do pracy, po czym weszła do japońskiej restauracji obok
klubu ze striptizem i zaniosła zieloną herbatę do stolika w cichym
kącie. Tam odczekała pięć minut, chcąc się upewnić, że wszelkie
odgłosy w tle, jakie usłyszy Brockbank, mogą się kojarzyć z gwar-
ną kancelarią przy głównej ulicy, i z łomoczącym sercem wybrała
numer.

Nadal był aktywny. Robin przez dwadzieścia sekund wsłuchi-
wała się w sygnał, a potem, akurat w chwili, gdy uznała, że nikt nie
odbierze, ktoś to zrobił.

W słuchawce rozległ się bardzo ciężki, chrapliwy oddech. Robin znieruchomiała z komórką przyciśniętą do ucha. Potem lekko
podskoczyła, gdy piskliwy dziecięcy głos zawołał:

– HALO!

– Halo? – powiedziała ostrożnie.

W tle odezwał się stłumiony kobiecy głos:

– Co tam masz, Zahara?

Rozległo się szuranie, a potem znacznie głośniejsze:

– To Noela, szukał...

Na linii zapadła cisza. Robin powoli opuściła komórkę, nadal
waliło jej serce. Wyobraziła sobie lepki paluszek, który przypadkiem przerwał połączenie.

Telefon zaczął wibrować w jej dłoni: ktoś oddzwaniał z numeru Brockbanka. Wzięła głęboki oddech, żeby się uspokoić, i odebrała.

– Venetia Hall, słucham.

– Co? – powiedział kobiecy głos.

– Mówi Venetia Hall... Z Hardacre and Hall – odrzekła Robin.

– Co? – powtórzyła kobieta. – To pani przed chwilą dzwoniła? Mówiła z londyńskim akcentem. Robin zaschło w ustach.

– Tak, to ja – powiedziała Robin alias Venetia. – Szukam pana Noela Brockbanka.

– Dlaczego?

Po ledwie zauważalnym wahaniu Robin odparła:

– Czy mogę spytać, z kim rozmawiam?

– Po co? – Kobieta wydawała się coraz bardziej agresywna. – Kim pani jest?

– Nazywam się Venetia Hall i jestem prawniczką specjalizującą się w odszkodowaniach za uszkodzenie ciała.

Przy sąsiednim stoliku usiadła jakaś para i zaczęła głośno mówić po włosku.

– Co? – spytała po raz kolejny kobieta na drugim końcu linii.

Przeklinając w duchu sąsiadów, Robin zaczęła mówić głośniej i przedstawiła tę samą historyjkę, którą opowiedziała Holly w Barrow.

– Pieniądze dla niego? – spytała nieznana kobieta z nieco mniejszą wrogością.

– Tak, jeśli wygramy sprawę – zaznaczyła Robin. – Czy mogę spytać...?

– Skąd pani o nim wie?

– Natrafiliśmy na akta pana Brockbanka, badając inną...

– Ile będzie tych pieniędzy?

– To zależy. – Robin wzięła głęboki oddech. – Gdzie jest pan Brockbank?

– W pracy.

– Czy mogę spytać, gdzie...?

– Powiem mu, żeby do pani oddzwonił. Na ten numer, tak?

– Tak, proszę – powiedziała Robin. – Będę w kancelarii jutro od dziewiątej.

– Vene... Ven... Jak się pani nazywa?

Robin przeliterowała jej imię Venetia.

– No dobra, w porządku. Powiem, żeby oddzwonił. To do widzenia.

Idąc do metra, Robin zadzwoniła do Strike'a, żeby powiedzieć, co się stało, ale jego numer był zajęty.

Gdy schodziła do tunelu, powoli traciła dobry humor. Wiedziała, że Matthew już będzie w domu. Miała wrażenie, że minęło dużo czasu, odkąd po raz ostatni widziała byłego narzeczonego, i na myśl o spotkaniu czuła strach. Jadąc do Ealing, popadała w jeszcze większe przygnębienie. Żałowała, że nie ma jakiegoś dobrego powodu, żeby tam nie wracać, lecz chcąc nie chcąc, spełniła daną Strike'owi obietnicę, by po zmroku nie przebywać poza domem.

Czterdzieści minut później dotarła na stację West Ealing. Idąc ze strachem w sercu w stronę mieszkania, po raz drugi spróbowała zadzwonić do Strike'a.

– Cholernie dobra robota! – pochwalił ją, gdy mu oznajmiła, że udało jej się połączyć z numerem Brockbanka. – Mówisz, że ta kobieta miała londyński akcent?

– Chyba tak – odrzekła Robin, czując, że Strike przeoczył ważniejszą sprawę – i wygląda na to, że ma też małą córkę.

– No jasne. Pewnie właśnie dlatego jest tam Brockbank.

Myślała, że wykaże większą troskę o dziecko przebywające w najbliższym otoczeniu mężczyzny, którego znał jako pedofila – ale nie. Szybko zmienił temat.

– Właśnie rozmawiałem przez telefon z Hazel Furley.

– Z kim?

– Z siostrą Kelsey, pamiętasz? Z tą, która chce się ze mną spotkać? Umówiłem się z nią na sobotę.

– Aha – powiedziała Robin.

– Wcześniej nie mogę, Psychotata wrócił z Chicago. To nawet lepiej. Przecież Dwa Razy nie będzie nas wiecznie utrzymywał.

Robin milczała. Nadal myślała o dziecku, które odebrało telefon. Reakcja Strike'a na tę wiadomość ją rozczarowała.

– Wszystko w porządku? – spytał.

– Tak – powiedziała. Dotarła do końca Hastings Road. – No to do zobaczenia jutro – dodała.

Pożegnał się i rozłączył. Czując, że rozmowa ze Strikiem niespodziewanie jeszcze bardziej popsuła jej humor, z lekkim niepokojem ruszyła w stronę drzwi wejściowych.

Obawy okazały się niepotrzebne. Matthew, który wrócił z Masham, nie był już tym mężczyzną, który co godzina błagał Robin o rozmowę. Spał na kanapie. Przez następne trzy dni ostrożnie się omijali: Robin z chłodną uprzejmością, on z miną ostentacyjnego poświęcenia, które chwilami ocierało się o parodię. Biegł myć kubki, gdy tylko skończyła pić, a w czwartek rano spytał z szacunkiem, jak jej idzie w pracy.

– Och, litości – powiedziała Robin, omijając go w drodze do drzwi.

Domyśliła się, że rodzina kazała mu zostawić ją w spokoju, dać jej trochę czasu. Jeszcze nie rozmawiali o tym, jak zawiadomią gości o odwołaniu ślubu: Matthew wyraźnie nie chciał podjąć tej dyskusji. Robin codziennie próbowała zacząć rozmowę na ten temat, ale rezygnowała. Czasami zadawała sobie pytanie, czy to tchórzostwo nie ujawnia przypadkiem jej skrywanego pragnienia, żeby znowu włożyć pierścionek. Kiedy indziej była pewna, że jej opory wynikają z wyczerpania, niechęci do tego, co, jak wiedziała, będzie ich jak dotychczas najgorszą i najbardziej bolesną konfrontacją, a także z potrzeby zebrania sił przed ostatecznym rozstaniem. Choć Robin niezbyt entuzjastycznie zachęcała matkę do wizyty, podświadomie miała nadzieję, że da jej ona wystarczająco dużo siły i pokrzepienia, by mogła zrobić to, co należy.

Róże na jej biurku powoli zwiędły. Nikt nie zadał sobie trudu, żeby zmienić im wodę, więc umarły po cichu w opakowaniu, w którym je dostarczono. Nie było też Robin, która mogłaby je wyrzucić, a Strike, zaglądający do agencji nieregularnie, żeby coś stamtąd wziąć, uznał, że zachowałby się niestosownie, gdyby pozbył się jej kwiatów albo wciąż jeszcze nieotwartego liścika.

Po tygodniu regularnych kontaktów Robin i Strike wrócili do trybu pracy oznaczającego rzadsze spotkania: na zmianę śledzili Platynę i Psychotatę, który wrócił z Ameryki i natychmiast znowu zaczął prześladować swoich synów. W czwartek po południu rozmawiali przez telefon, zastanawiając się, czy Robin powinna zadzwonić do Brockbanka, który jeszcze nie oddzwonił. Po namyśle Strike stwierdził, że Venetia Hall, zajęta adwokatka, z pewnością miałaby ważniejsze sprawy na głowie.

– Jeśli nie skontaktuje się z tobą do jutra, możesz spróbować jeszcze raz. Minie pełny tydzień. Oczywiście jego przyjaciółka mogła nie zapisać numeru.

Gdy Strike się rozłączył, Robin znowu zaczęła się przechadzać po Edge Street w Kensington, gdzie mieszkała rodzina Psychotaty. To otoczenie jeszcze bardziej ją przygnębiło. Zaczęła już szukać w internecie nowego mieszkania, lecz te, na które było ją stać z pensji wypłacanej przez Strike'a, wyglądały jeszcze gorzej, niż się obawiała: mogła liczyć najwyżej na pokój we wspólnym domu.

Otaczające ją piękne wiktoriańskie budynki przerobione z dawnych stajni, z lśniącymi drzwiami wejściowymi, bujną, pnącą roślinnością, skrzynkami na parapetach i jasnymi, otwieranymi pionowo oknami kojarzyły się z wygodną, dostatnią egzystencją, do jakiej aspirował Matthew w czasach, gdy Robin wydawała się gotowa do rozpoczęcia bardziej lukratywnej kariery. Od początku mu mówiła, że nie zależy jej na pieniądzach, a przynajmniej nie tak bardzo jak jemu, i nadal tak było, lecz pomyślała, że tylko dziwak mógłby się przechadzać wśród tych ładnych, cichych domów, nie porównując ich – ze szkodą dla tych drugich – z „małym pokojem w wegańskim domu, gdzie nie toleruje się komórek w pomieszczeniach wspólnych", który cenowo mieścił się w jej zasięgu, albo z pokojem wielkości kredensu w Hackney w „przyjaznym i szanującym się gronie gotowym PRZYJĄĆ CIĘ NA POKŁAD!".

Jej komórka znowu zadzwoniła. Wyjęła ją z kieszeni kurtki, myśląc, że to Strike, i poczuła ucisk w żołądku: dzwonił Brockbank. Wzięła głęboki oddech i odebrała.

– Venetia Hall.

– To pani jest tą prawniczką?

Nie wiedziała, jaki głos spodziewała się usłyszeć. Brockbank przyjął w jej umyśle monstrualną postać, ten gwałciciel dzieci, zbir z podłużną brodą i nadtłuczoną butelką, który według Strike'a udawał amnezję. Miał niski głos, a akcent, choć w żadnym razie nie tak silny jak u siostry bliźniaczki, wyraźnie kojarzył się z Barrow.

– Tak – powiedziała Robin. – Czy to pan Brockbank?

– Taa, zgadza się.

W jego milczeniu było coś złowrogiego. Robin pospiesznie przedstawiła swoją fikcyjną historię o odszkodowaniu, jakie może na niego czekać, jeśli zechce się z nią spotkać. Gdy skończyła, milczał. Trzymała nerwy na wodzy, ponieważ Venetia Hall miała wystarczająco pewności siebie, żeby nie spieszyć się z przerwaniem ciszy, lecz trzaski słabego połączenia wytrącały ją z równowagi.

– A jak mnie pani znalazła, hę?

– Natrafiliśmy na informacje o pańskiej sprawie, gdy prowadziliśmy dochodzenie...

– Dochodzenie?

Dlaczego czuła się taka zagrożona? Nie mógł być nigdzie w pobliżu, lecz mimo to się rozejrzała. Na słonecznej pięknej ulicy było pusto.

– Dochodzenie w sprawie podobnych obrażeń odniesionych poza polem walki przez innych żołnierzy – wyjaśniła, żałując, że jej głos brzmi tak piskliwie.

Znowu zapadła cisza. Zza rogu wyjechał samochód i toczył się w jej stronę.

„Niech to szlag" – pomyślała zrozpaczona Robin, uświadamiając sobie, że za kierownicą siedzi owładnięty obsesją ojciec, którego powinna była obserwować z ukrycia. Gdy odwróciła się w stronę jego samochodu, spojrzał jej prosto w twarz. Pochyliła głowę i powoli oddaliła się od szkoły.

– No to co mam zrobić, hę? – spytał Noel Brockbank w jej uchu.

– Czy moglibyśmy się spotkać i porozmawiać o pańskiej sprawie? – odrzekła Robin, czując wyraźny ból w klatce piersiowej spowodowany łomotaniem serca.

– Myślałem, że już pani zna moją sprawę – odparł, a włoski na jej karku stanęły dęba. – Piździelec, co się nazywa Cameron Strike, uszkodził mi mózg.

– Tak, widziałam to w pańskich aktach – powiedziała Robin z zapartym tchem – ale należy spisać pańskie zeznania, żebyśmy mogli...

– Spisać zeznania?

Nastąpiła cisza, która nagle wydała się niebezpieczna.

– Na pewno nie jest pani mendą?

Robin Ellacott, dziewczyna z północy, zrozumiałaby; Venetia Hall, londynka, prawie na pewno nie. „Mendami" nazywano w Kumbrii policjantów.

– Słucham? Nie jestem... czym? – spytała, robiąc, co w jej mocy, żeby wypowiedzieć to tonem uprzejmego zakłopotania.

Psychotata zaparkował przed swoim dawnym domem. Lada chwila jego synowie mieli wyjść z opiekunką na plac zabaw. Gdyby ich zaczepił, Robin miała zrobić zdjęcia. Zaniedbywała płatne zlecenie: powinna była dokumentować poczynania Psychotaty.

– Policjantką – warknął Brockbank.

– Policjantką? – powtórzyła, nadal siląc się na ton wyrażający niedowierzanie połączone z rozbawieniem. – Oczywiście, że nie.

– Na pewno?

Drzwi dawnego domu Psychotaty otworzyły się. Robin zobaczyła rude włosy opiekunki i usłyszała, jak otwierają się drzwi samochodu. Starała się, żeby w jej odpowiedzi zabrzmiały uraza i zdezorientowanie.

– Oczywiście, że jestem pewna. Panie Brockbank, jeśli nie jest pan zainteresowany...

Ręka, w której trzymała telefon, lekko się spociła. Po chwili zaskoczył ją słowami:

– No dobra, spotkam się z panią.

– Doskonale – powiedziała Robin, gdy opiekunka prowadziła dwóch małych chłopców w stronę chodnika. – Gdzie pan mieszka?

– W Shoreditch – odrzekł Brockbank.

Robin poczuła mrowienie we wszystkich nerwach. Był w Londynie.

– Więc gdzie byłoby panu najwygodniej...?

– Co to za hałas?

Niania krzyczała na Psychotatę, który ruszył w stronę jej i chłopców. Jedno z dzieci zaczęło płakać.

– Och, ja właściwie... Dziś jest moja kolej na odebranie syna ze szkoły – powiedziała Robin, starając się zagłuszyć krzyki i piski w tle.

Po drugiej stronie zapadła cisza. Rzeczowa Venetia Hall z pewnością by ją przerwała, lecz Robin sparaliżowało coś, co jak sobie tłumaczyła, było irracjonalnym strachem.

Po chwili przemówił głosem tak groźnym, jakiego Robin jeszcze nigdy nie słyszała, tym bardziej że prawie zanucił słowa, tak bardzo zbliżając usta do słuchawki, że poczuła, jakby szeptał jej do ucha.

– Czy my się znamy, dziewczynko?

Robin próbowała coś powiedzieć, ale z jej ust nie wydobył się żaden dźwięk. Na linii zapadła cisza.

33

Then the door was open and the wind appeared ...

Wtedy otworzyły się drzwi i do środka wpadł wiatr [...]

Blue Öyster Cult, *(Don't Fear) The Reaper*

– Zawaliłam sprawę z Brockbankiem – oznajmiła Robin. – Naprawdę mi przykro, nie wiem, jak to się stało! Poza tym nie odważyłam się zrobić zdjęć Psychotacie, bo stałam za blisko.

Był piątek, dziewiąta rano i Strike przyszedł do agencji nie z mieszkania na poddaszu, lecz z ulicy, znowu z plecakiem. Gdy wchodził po schodach, słyszała, jak nuci pod nosem. Nocował u Elin. Robin zadzwoniła do niego poprzedniego dnia wieczorem, żeby powiedzieć o rozmowie z Brockbankiem, ale Strike nie mógł długo rozmawiać i obiecał, że wysłucha jej nazajutrz.

– Psychotatą się nie przejmuj. Dorwiemy go kiedy indziej – uspokoił ją Strike, zająwszy się czajnikiem. – A z Brockbankiem poszło ci świetnie. Wiemy, że jest w Shoreditch, wiemy, że o mnie myśli, i wiemy, że podejrzewa cię o bycie policjantką. Czy jego podejrzenia biorą się stąd, że jeździ po całym kraju i zabawia się z dziećmi, czy może stąd, że ostatnio zarąbał nastolatkę?

Odkąd Brockbank wypowiedział jej do ucha swoje ostatnie pięć słów, Robin była lekko roztrzęsiona. Poprzedniego wieczoru ona i Matthew prawie się do siebie nie odzywali, więc z powodu niemającego ujścia nagłego poczucia zagrożenia, które nie do końca rozumiała, całą wiarę pokładała w tym, że niedługo zobaczy się ze Strikiem i porozmawiają o znaczeniu złowrogiego pożegnania Brockbanka: „Czy my się znamy, dziewczynko?". Dziś ucieszyłaby się na widok poważnego, ostrożnego Strike'a, który potraktował paczkę z nogą jak pogróżkę i ostrzegł ją, żeby po zmroku nie wychodziła z domu. Mężczyzna, który właśnie wesoło robił sobie kawę, mówiąc rzeczowym tonem o molestowaniu dzieci i morderstwie, nie dawał jej pocieszenia. Nie miał pojęcia, jak brzmiał głos Brockbanka, gdy nucił jej do ucha.

– Wiemy o Brockbanku coś jeszcze – powiedziała zduszonym głosem. – Mieszka z małą dziewczynką.

– Niekoniecznie. Nie wiemy, gdzie zostawił telefon.

– W porządku – odparła Robin, czując jeszcze większe podenerwowanie. – Skoro chcesz być drobiazgowy: wiemy, że ma bliskie kontakty z małą dziewczynką.

Odwróciła się pod pretekstem posortowania korespondencji, którą podniosła z wycieraczki po przyjściu do pracy. To, że pojawił się w agencji, nucąc pod nosem, działało jej na nerwy. Prawdopodobnie noc z Elin była miłym urozmaiceniem zapewniającym mu rozrywkę i odpoczynek. Robin też byłaby zachwycona, mogąc odetchnąć po dniach nieustannej czujności i wieczorach lodowatej ciszy. Świadomość, że zachowuje się nieracjonalnie, w żaden sposób nie zmniejszyła jej rozżalenia. Zdjęła z biurka zwiędłe róże w suchym plastikowym woreczku i łodygami do góry wepchnęła je do kosza.

– Nic nie możemy zrobić w sprawie tego dziecka – powiedział Strike.

Robin przeszyło niezwykle przyjemne ukłucie złości.

– W takim razie przestanę się nim przejmować – warknęła.

Próbując wyjąć rachunek z koperty, niechcący przerwała go na pół.

– Myślisz, że to jedyne dziecko zagrożone molestowaniem? W samym Londynie są ich setki.

Robin, która w głębi ducha myślała, że skoro okazała złość, Strike zmięknie, podniosła głowę. Wpatrywał się w nią lekko zmrużonymi oczami i bez cienia współczucia.

– Martw się dalej, skoro chcesz, ale to strata energii. Ani ja, ani ty nie możemy pomóc temu dziecku. Brockbank nie figuruje w żadnych rejestrach. Nigdy nie był skazany. Nawet nie wiemy, gdzie to dziecko jest ani co...

– Ono ma na imię Zahara – weszła mu w słowo.

Ku przerażeniu Robin jej głos zabrzmiał jak zduszony pisk, twarz poczerwieniała i do oczu napłynęły łzy. Znowu się odwróciła, tyle że za późno.

– Ej, Robin – powiedział życzliwie Strike, lecz ona gwałtownie pomachała dłonią, żeby zamilkł. Nie chciała się załamać. Trzymała się w garści tylko dzięki umiejętności podążania naprzód, skupiania się na tym, co było do zrobienia.

– Nic mi nie jest – odparła przez zaciśnięte zęby. – Naprawdę. Zapomnijmy o tym.

Teraz nie mogła już wyznać, jak groźne wydały jej się ostatnie słowa Brockbanka. Nazwał ją dziewczynką. A ona nie była żadną dziewczynką. Nie była załamana ani dziecinna – już nie – ale Zahara...

Usłyszała, że Strike wychodzi na korytarz, a po chwili zobaczyła przez łzy gruby zwitek papieru toaletowego.

– Dziękuję – bąknęła niewyraźnie, biorąc go od Strike'a i wydmuchując nos.

W ciszy upłynęło kilka minut, podczas których Robin raz po raz wycierała oczy i smarkała, unikając wzroku Strike'a, który przekornie siedział w poczekalni, zamiast pójść do swojego gabinetu.

– No co? – powiedziała w końcu i znowu poczuła złość, widząc, że Strike po prostu stoi i na nią patrzy.

Uśmiechnął się. Z jakiegoś powodu nagle zachciało jej się śmiać.

– Zamierzasz tu stać do południa? – spytała, udając wkurzenie.

– Nie – odparł Strike, nadal się uśmiechając. – Po prostu chciałem ci coś pokazać.

Pogrzebał w plecaku i wyjął lśniący katalog z nieruchomościami.

– To broszura Elin – wyjaśnił. – Wczoraj oglądała tam mieszkanie. Zastanawia się nad kupnem.

Robin natychmiast odechciało się śmiać. Jak Strike'owi mogło przyjść do głowy, że rozweseli ją wiadomość, iż jego dziewczyna zastanawia się nad zakupem niedorzecznie drogiego mieszkania? A może zamierzał oznajmić (zmienny nastrój Robin gwałtownie się pogorszył), że chcą z Elin razem zamieszkać? Jak na filmie szybko przebiegającym przed oczami zobaczyła puste mieszkanie na poddaszu, Strike'a żyjącego w luksusie i siebie w maleńkim pokoiku na peryferiach Londynu, szepczącą przez komórkę, żeby nie usłyszała jej wegańska właścicielka.

Strike położył przed nią broszurę. Na okładce był wysoki nowoczesny wieżowiec zwieńczony czymś na kształt dziwnej twarzy przypominającej tarczę, w której osadzono turbiny wiatrowe niczym troje oczu. Napis pod zdjęciem głosił: „Strata SE1, najatrakcyjniejsze mieszkania w Londynie".

– Widzisz? – powiedział.

Jego zwycięska mina rozdrażniła Robin do granic możliwości, między innymi dlatego, że takie chełpienie się wizją cudzego luksusu wydawało się do niego zupełnie niepodobne, ale zanim zdążyła się odezwać, rozległo się pukanie do szklanych drzwi.

– Niech mnie cholera – powiedział szczerze zdumiony Strike, otwierając drzwi Shankerowi, który wszedł do środka, pstrykając palcami i tak jak poprzednio przynosząc ze sobą woń papierosów, marihuany i niemytego ciała.

– Byłem w okolicy – oznajmił, nieświadomie powtarzając słowa Erica Wardle'a. – Znalazłem go, Bunsen.

Shanker opadł na kanapę obitą sztuczną skórą, rozkraczył się i wyjął paczkę mayfairów.

– Znalazłeś Whittakera? – spytał Strike, którego przede wszystkim zdumiało to, że Shanker nie śpi mimo tak wczesnej pory.

– A kogo jeszcze kazałeś mi szukać? – odparł Shanker, głęboko wciągając dym, wyraźnie zadowolony z wrażenia, jakie zrobił. – Catford Broadway. Mieszkanie nad smażalnią. Gwóźdź mieszka razem z nim.

Strike wyciągnął rękę i uścisnął Shankerowi dłoń. Mimo złotego zęba i blizny wykrzywiającej górną wargę uśmiech jego gościa był dziwnie chłopięcy.

– Chcesz kawy? – spytał go Strike.

– No, nalej – powiedział Shanker, który najwyraźniej miał ochotę popławić się w blasku chwały. – Jak leci? – dodał wesoło, zwracając się do Robin.

– W porządku, dziękuję – odparła z cierpkim uśmiechem, wracając do nieotwartych kopert.

– To się nazywa fart – mruknął Strike do Robin ściszonym głosem, gdy w czajniku głośno gotowała się woda, a Shanker palił i sprawdzał esemesy w telefonie. – Wszyscy trzej są w Londynie. Whittaker w Catford, Brockbank w Shoreditch, a teraz już wiemy, że Laing jest w Elephant and Castle – a w każdym razie, że był tam trzy miesiące temu.

Potaknęła, ale po chwili spytała ze zdziwieniem:

– Skąd wiemy, że Laing był w Elephant and Castle?

Strike postukał w lśniącą broszurę Straty na jej biurku.

– A myślałaś, że dlaczego ci to pokazałem?

Robin nie miała pojęcia, o co mu chodzi. Skołowana przez kilka sekund wpatrywała się w broszurę, zanim zrozumiała, co miał na myśli. Tu i ówdzie w nieregularnych rzędach ciemnych okien wstawionych na całej długości zaokrąglonej kolumny umieszczono srebrne panele: to było tło widoczne za Laingiem stojącym na betonowym balkonie.

– Aa – powiedziała słabym głosem.

Strike nie przeprowadzał się do Elin. Nie wiedziała, dlaczego znowu robi się czerwona. Miała wrażenie, że zupełnie nie panuje nad emocjami. Co się z nią dzieje, na litość boską? Obróciła się na krześle, żeby znowu skupić uwagę na korespondencji i ukryć twarz przed obydwoma mężczyznami.

– Shanker, nie wiem, czy mam przy sobie wystarczająco kasy, żeby ci zapłacić – powiedział Strike, zaglądając do portfela. – Odprowadzę cię i zahaczymy o bankomat.

– Nie ma sprawy, Bunsen – odrzekł Shanker, pochylając się nad koszem Robin, żeby strzepnąć popiół osypujący się z papierosa. – Jak będziesz potrzebował pomocy przy Whittakerze, wiesz, gdzie mnie szukać.

– No, dzięki. Ale chyba dam sobie radę.

Robin sięgnęła po ostatnią kopertę, która wydawała się sztywna i w jednym rogu trochę grubsza, jakby zawierała kartkę z dołączoną nowatorską ozdóbką. Gdy chciała ją otworzyć, zauważyła, że przesyłkę zaadresowano na jej nazwisko, a nie Strike'a. Zawahała się, patrząc na nią niepewnie. Jej nazwisko i adres agencji napisano na komputerze. Pieczątkę pocztową przystawiono w centrum Londynu, a list nadano poprzedniego dnia.

Głosy Strike'a i Shankera rozbrzmiewały i cichły, lecz nie byłaby w stanie powiedzieć, o czym rozmawiają.

„To nic – pomyślała. – Jesteś przewrażliwiona. Coś takiego nie mogłoby się zdarzyć po raz drugi".

Głośno przełknęła ślinę, otworzyła kopertę i niepewnie wyjęła kartkę.

Widniał na niej obraz Jacka Vettriana: blondynka siedząca bokiem w fotelu przykrytym udrapowaną płachtą. Kobieta trzymała filiżankę, a eleganckie nogi w czarnych pończochach i szpilkach skrzyżowała i oparła o podnóżek. Do kartki niczego nie przypięto. To, co wyczuła przez kopertę, przyklejono wewnątrz.

Strike i Shanker nadal rozmawiali. Mimo smrodu niemytego ciała Shankera Robin wyczuła woń rozkładu.

– O Boże – powiedziała cicho, ale żaden z mężczyzn jej nie usłyszał. Otworzyła kartkę z obrazem Vettriana.

W rogu tkwił przyklejony przezroczystą taśmą gnijący palec od nogi. Starannie napisane na komputerze drukowane litery układały się w słowa:

SHE'S AS BEAUTIFUL AS A FOOT*

Robin upuściła kartkę na biurko i wstała. Miała wrażenie, że w zwolnionym tempie odwraca się do Strike'a. Jego wzrok przesunął się z jej przerażonej twarzy na ohydny przedmiot leżący na biurku.

– Odsuń się od tego.

Zrobiła, co kazał. Było jej niedobrze i drżała, a na domiar złego Shanker to wszystko widział.

---

* Jest piękna jak stopa.

– Co? – powtarzał Shanker. – Co? O co chodzi? Co?

– Ktoś mi przysłał ucięty palec – oznajmiła Robin opanowanym głosem, który nie należał do niej.

– Jaja se, kurwa, robicie – powiedział Shanker, podchodząc ze szczerym zaciekawieniem.

Strike powstrzymał Shankera przed podniesieniem kartki leżącej tam, gdzie upuściła ją Robin. Znał słowa „She's as Beautiful as a Foot". Tak brzmiał tytuł następnej piosenki Blue Öyster Cult.

– Zadzwonię po Wardle'a. – Zanim sięgnął po komórkę, napisał na samoprzylepnej karteczce czterocyfrowy PIN i wyjął z portfela kartę kredytową. – Robin, idź po resztę pieniędzy dla Shankera, a potem tu wracaj.

Wzięła karteczkę i kartę kredytową, wdzięczna za szansę odetchnięcia świeżym powietrzem.

– A ty, Shanker – dodał ostro Strike, gdy obydwoje podeszli do szklanych drzwi – odprowadź ją, dobra? Odprowadź ją do agencji.

– Jasne, Bunsen – odparł Shanker, jak zawsze zelektryzowany dziwnością, działaniem i wonią niebezpieczeństwa.

34

The lies don't count, the whispers do.

Kłamstwa się nie liczą, szepty tak.

Blue Öyster Cult, *The Vigil*

Tego wieczoru Strike siedział sam przy kuchennym stoliku w swoim mieszkaniu na poddaszu. Krzesło było niewygodne, a kolano amputowanej nogi bolało go po kilkugodzinnym śledzeniu Psychotaty, który wziął dziś wolne, żeby prześladować syna podczas wycieczki do Muzeum Historii Naturalnej. Facet był właścicielem firmy, bo w przeciwnym razie na pewno wylaliby go z pracy za te wszystkie godziny, które mu upływały na zastraszaniu własnych dzieci. Za to Platyna chodziła przez nikogo nieobserwowana i niefotografowana. Dowiedziawszy się, że wieczorem przyjeżdża matka Robin, Strike nalegał, żeby asystentka wzięła trzy dni wolnego. Odrzucił wszystkie jej obiekcje, odprowadził ją do metra i podkreślił, że ma do niego napisać esemesa, gdy już bezpiecznie dotrze do domu.

Strike marzył o wyspaniu się, lecz czuł zbyt wielkie zmęczenie, żeby wstać i pójść do łóżka. Drugi komunikat od zabójcy zaniepokoił go bardziej, niż był gotowy przyznać w obecności asystentki. Choć przesyłka z nogą była przerażająca, żywił dotąd cichą nadzieję, że zaadresowanie paczki na nazwisko Robin było jedynie złośliwym ozdobnikiem dodanym po namyśle. Druga przesyłka, pomijając oko puszczone przy okazji do Strike'a (*She's As Beautiful As a Foot*), nie pozostawiała żadnych złudzeń, że ten człowiek, kimkolwiek był, miał Robin na oku. Nawet tytuł obrazu na kartce, którą wybrał – wizerunku samotnej, długonogiej blondynki – brzmiał złowrogo: *Myślę o tobie*.

Wściekłość wzbierała w Strike'u, przezwyciężając zmęczenie. Przypomniał sobie bladą twarz Robin i wiedział, że jego asystentka porzuciła nieśmiałą nadzieję, iż przesłanie nogi było przypadkowym aktem szaleńca. Mimo wszystko Robin głośno sprzeciwiała się wzięciu urlopu, zwracając uwagę na to, że ich jedyne dwa płatne zlecenia często ze sobą kolidują: Strike nie byłby w stanie samodzielnie wykonać obu zadań i w rezultacie codziennie musiałby decydować, czy śledzić Platynę, czy Psychotatę. Był jednak niewzruszony: powinna wrócić do pracy dopiero po powrocie matki do Yorkshire.

Ich prześladowcy udało się ograniczyć działalność Strike'a do dwóch klientów. Detektyw był zmuszony po raz drugi wpuścić do agencji policję i obawiał się, że prasa odkryje, co zaszło, mimo że Wardle obiecał nie ujawniać informacji o kartce i palcu. Zgadzał się ze Strikiem, że jednym z celów zabójcy jest skupienie uwagi prasy oraz policji na detektywie i że zawiadamiając media, oddałby mu przysługę.

Komórka Strike'a głośno zadzwoniła w małej kuchni. Spoglądając na zegarek, zobaczył, że jest dwadzieścia po dziesiątej. Ponieważ myślał o Robin, chwycił ją i od razu przystawił do ucha, nie zauważając nazwiska Wardle'a na wyświetlaczu.

– Dobre wieści – powiedział Wardle. – No, tak jakby. Nie zabił następnej kobiety. To palec Kelsey. Z drugiej nogi. Kto nie marnuje, temu nie brakuje, no nie?

Strike, który nie był w nastroju do żartów, odpowiedział dość opryskliwie. Gdy Wardle się rozłączył, detektyw dalej siedział przy stoliku w kuchni, zatopiony w myślach, a na Charing Cross Road, rozbrzmiewał warkot samochodów. Jedynie świadomość, że nazajutrz rano musi pojechać do Finchley na spotkanie z siostrą Kelsey, zmotywowała go w końcu do rozpoczęcia codziennej, uciążliwej czynności zdejmowania protezy przed snem.

Dzięki wędrownym zwyczajom matki jego znajomość Londynu była bardzo dobra, lecz miała pewne luki i jedną z nich było właśnie Finchley. Wiedział o tej dzielnicy tylko tyle, że w latach osiemdziesiątych, gdy razem z Ledą i Lucy kursowali między skłotami w takich miejscach jak Whitechapel i Brixton, był to okręg wyborczy Margaret Thatcher. Finchley było zbyt oddalone od centrum, żeby odpowiadać rodzinie całkowicie zależnej od transportu publicznego i dań na dowóz oraz zbyt drogie dla kobiety, której często brakowało monet do licznika prądu – było miejscem, gdzie, jak kiedyś z rozmarzeniem ujęłaby to Lucy, mieszkały porządne rodziny. Wychodząc za specjalistę od kosztów budowlanych i wydając na świat trzech wspaniałych synów, Lucy zaspokoiła swoje dziecięce pragnienie ładu i bezpieczeństwa.

Strike pojechał metrem do West Finchley i z powodu fatalnej sytuacji finansowej zamiast poszukać taksówki, zdecydował się na długi spacer do Summers Lane. Zrobiło się ciepło i lekko spocony mijał kolejne ulice domów jednorodzinnych, przeklinając je za bujną roślinność, ciszę i brak punktów orientacyjnych. W końcu, pół godziny po wyjściu ze stacji, znalazł dom Kelsey Platt, mniejszy niż wiele sąsiednich budynków, z pobieloną elewacją i ogrodzeniem z kutego żelaza.

Zadzwonił do drzwi i natychmiast usłyszał głosy za mleczną szybą podobną do tej w drzwiach jego agencji.

– To chyba ten detektyw, kotku – odezwał się głos mówiący z akcentem z Newcastle.

– Otwórz! – odpowiedziała piskliwie jakaś kobieta.

Ogromna czerwona sylwetka zamajaczyła za szybą i drzwi się otworzyły, ukazując przedpokój prawie całkiem zasłonięty zwalistym, bosym mężczyzną w szkarłatnym szlafroku frotté. Był łysy, lecz gęsta siwa broda w połączeniu ze szkarłatnym szlafrokiem skojarzyłyby się ze Świętym Mikołajem – gdyby się uśmiechnął. On jednak gorączkowo wycierał twarz rękawem. Oczy za okularami były spuchnięte jak po ugryzieniu pszczoły i przypominały szparki, a na rumianych policzkach lśniły łzy.

– Przepraszam – burknął, odsuwając się, żeby wpuścić Strike'a.

– Pracuję na nocną zmianę – dodał, tłumacząc się ze stroju.

Strike przemknął bokiem. Mężczyzna mocno pachniał old spice'em i kamforą. U podnóża schodów stały dwie obejmujące się kobiety, blondynka i brunetka, i obie szlochały. Na widok Strike'a wypuściły się z objęć i otarły łzy.

– Przepraszam – westchnęła brunetka. – Sheryl to nasza sąsiadka. Była w Magaluf, dopiero się dowiedziała o Kelsey.

– Przepraszam. – Sheryl z czerwonymi oczami powtórzyła za nią jak echo. – Hazel, nie będę ci zawracała głowy. Jeśli będziesz czegoś potrzebować… czegokolwiek, ty albo Ray… czegokolwiek.

Sheryl minęła Strike'a w ciasnym przedpokoju – „Przepraszam" – i uścisnęła Raya. Przez chwilę razem się kołysali: dwoje wysokich ludzi przytulonych brzuchami i obejmujących się nawzajem za szyje. Ray znowu zaczął chlipać, wtulając twarz w jej szerokie ramię.

– Niech pan wejdzie – powiedziała Hazel, po czym czkając i wycierając oczy, zaprowadziła Strike'a do salonu. Przypominała wieśniaczkę z obrazów Bruegla: miała okrągłe policzki, mocny podbródek i szeroki nos. Nad jej spuchniętymi oczami wisiały brwi gęste i krzaczaste jak gąsienice niedźwiedziówek. – Tak jest przez cały tydzień. Ludzie się dowiadują, przychodzą i… przepraszam – dokończyła ze ściśniętym gardłem.

Przeproszono go sześć razy w ciągu dwóch minut. Inne kultury byłyby zawstydzone niedostatecznym okazywaniem smutku po czyjejś śmierci – tu, w spokojnym Finchley, wstydzono się, że on ten smutek widzi.

– Nikt nie wie, co powiedzieć – szepnęła Hazel, powstrzymując się od płaczu i wykonując gest w stronę kanapy. – Przecież nie potrącił jej samochód ani nie była chora. Ludzie nie wiedzą, co się mówi, gdy kogoś... – Zawahała się i wzdrygnęła przed ostatnim słowem, kończąc zdanie potężnym pociągnięciem nosem.

– Przepraszam – powiedział Strike, przejmując zwyczaj.

– Wiem, że to dla pani okropny okres.

Salon był nieskazitelnie czysty i z jakiegoś powodu niegościnny, być może ze względu na chłodną kolorystykę. Komplet wypoczynkowy obity pasiastym, srebrnoszarym materiałem, biała tapeta z cienkim szarym paskiem, poduszki ustawione na rogach, idealna symetria ozdób na kominku. W wytartym z kurzu ekranie telewizora połyskiwało odbite światło z okna.

Mglista sylwetka Sheryl ocierającej łzy przemknęła po drugiej stronie firanek. Ray, przygarbiony, szurając bosymi nogami, przeszedł za drzwiami salonu, wycierając oczy pod okularami końcem paska szlafroka. Hazel wyjaśniła, jakby czytała w myślach Strike'a:

– Ray złamał kręgosłup, próbując wydostać rodzinę z płonącego pensjonatu. Ściana nie wytrzymała i jego drabina runęła. Z trzeciego piętra.

– Chryste! – powiedział Strike.

Hazel drżały usta i ręce. Strike przypomniał sobie, co mówił Wardle: że policja niezbyt dobrze ją potraktowała. Z perspektywy kobiety w takim szoku podejrzliwość wobec Raya albo przesłuchiwanie go wydawało się niewybaczalnym okrucieństwem, nieuzasadnionym potęgowaniem ich przeraźliwej męki. Strike doskonale wiedział, z jaką brutalnością biurokracja potrafi ingerować w osobistą tragedię. Bywał po obu stronach barykady.

– Ktoś chce browara? – zawołał ochryple Ray z – jak Strike przypuszczał – kuchni.

– Idź spać! – odkrzyknęła Hazel, ściskając mokrą kulę z chusteczek. – Sama przyniosę! Idź spać!

– Na pewno?

– Idź spać, obudzę cię o trzeciej!

Hazel wytarła całą twarz świeżą chusteczką, jakby to była myjka do twarzy.

– Nie jest typem, któremu zależałoby na zasiłku dla niepełnosprawnych i tak dalej, ale nikt nie chce mu dać porządnej pracy – powiedziała do Strike'a ściszonym głosem, gdy Ray, pociągając nosem i szurając nogami, znowu przeszedł korytarzem. – Nie z jego kręgosłupem, w jego wieku i z jego nie najlepszymi płucami. Pieniądze do ręki... praca na zmiany...

Zamilkła, zadrżały jej usta i po raz pierwszy spojrzała Strike'owi w oczy.

– Naprawdę nie wiem, dlaczego poprosiłam, żeby pan przyszedł – wyznała. – Mam zupełny mętlik w głowie. Mówili, że do pana napisała, ale pan jej nie odpowiedział, a potem przysłali panu jej... jej...

– To musiał być dla pani potworny szok – wszedł jej w słowo Strike, w pełni świadomy tego, że cokolwiek powie, to będzie za mało.

– To jest... – odrzekła z przejęciem – ...straszne. Straszne. O niczym nie wiedzieliśmy. O niczym. Myśleliśmy, że pojechała na praktyki. Jak policja zapukała do drzwi... Ona mówiła, że wyjeżdża ze szkoły, i ja jej uwierzyłam, to miały być jakieś praktyki. Brzmiało to całkiem zwyczajnie... Nigdy nie przypuszczałam... Ale to była straszna kłamczucha. Bez przerwy kłamała. Mieszkała ze mną trzy lata, a mimo to... A mimo to nie udało mi się jej powstrzymać.

– Na jaki temat kłamała? – zainteresował się Strike.

– Na każdy – powiedziała Hazel, wykonując dość gwałtowny gest. – Jeśli był wtorek, mówiła, że jest środa. Czasami robiła to zupełnie bez potrzeby. Nie wiem dlaczego. Nie wiem.

– Dlaczego z panią mieszkała? – spytał Strike.

– Jest moją... Była moją przyrodnią siostrą. Z jednej mamy. Tatę straciłam, jak miałam dwadzieścia lat. Mama wyszła za faceta z pracy i urodziła się Kelsey. Były między nami dwadzieścia cztery lata różnicy... Wyprowadziłam się z domu... Traktowała mnie raczej jak ciocię niż siostrę. Później, trzy lata temu, mama i Malcolm mieli w Hiszpanii wypadek samochodowy. Pijany kierowca. Malcolm zginął na miejscu, mama przez cztery dni była w śpiączce i potem też odeszła. Kelsey nie ma innych krewnych, więc wzięłam ją do siebie.

Patrząc na idealny porządek, poduszki ustawione na rogach, czyste, wypolerowane do połysku powierzchnie, Strike zastanawiał się, jak się tu czuła nastolatka.

– Nie dogadywałyśmy się z Kelsey – podjęła Hazel, jakby znowu czytała w myślach Strike'a. Gdy wskazała na piętro, gdzie Ray poszedł spać, z jej oczu popłynęły nowe łzy. – On miał o wiele więcej wyrozumiałości dla jej wymysłów i fochów. Ma dorosłego syna, który pracuje za granicą. I lepsze podejście do dzieci niż ja. Potem wpadła tu policja – dodała z nagłym przypływem wściekłości. – Poinformowali nas, że ją... i zaczęli wypytywać Raya, jakby to on mógł... jakby kiedykolwiek, za milion lat... Powiedziałam do niego: to jakiś koszmar. Takie rzeczy widuje się w wiadomościach, prawda?, apeluje się do dzieci, żeby wróciły do domu... Sądzi się ludzi za to, czego nigdy nie zrobili... Kto by pomyślał... Kto by pomyślał... Ale my nawet nie wiedzieliśmy, że ona zaginęła. Szukalibyśmy jej. Nie wiedzieliśmy. Policja wypytywała Raya... gdzie był i sama nie wiem o co...

– Mnie powiedzieli, że Ray nie ma z tym nic wspólnego – wtrącił Strike.

– No, teraz w to wierzą – odrzekła Hazel, płacząc ze złości. – Po tym jak trzej mężczyźni zeznali, że był razem z nimi przez cały kawalerski weekend i na dowód pokazali zdjęcia...

Nie widziała żadnego sensu w tym, żeby w związku ze śmiercią Kelsey przesłuchiwać mężczyznę, który z nią mieszkał. Strike, pamiętając zeznania Brittany Brockbank, Rhony Laing i wielu innych podobnych im osób, wiedział, że większość gwałcicieli i morderców to nie obcy ludzie w maskach, którzy wyciągają rękę z ciemnej wnęki pod schodami. Byli ojcami, mężami, facetami matki albo siostry...

Hazel wytarła łzy, gdy tylko wypłynęły na jej krągłe policzki, i nagle spytała:

– A właściwie co pan zrobił z tym jej niemądrym listem?

– Moja asystentka włożyła go do szuflady, w której przechowujemy nietypową korespondencję – odrzekł Strike.

– Policja powiedziała, że jej pan nie odpisał. Mówią, że listy, które znaleźli, zostały podrobione.

– Zgadza się – potwierdził Strike.

– Więc ten, kto to zrobił, musiał wiedzieć, że się panem interesowała.

– Tak – przyznał.

Hazel energicznie wydmuchała nos, a potem spytała:

– No to chce pan herbaty?

Zgodził się, uznając, że Hazel potrzebuje chwili, żeby dojść do siebie. Gdy wyszła z pokoju, swobodnie się rozejrzał. Jedyne zdjęcie stało na modułowym stoliku w kącie obok niego. Ukazywało roześmianą kobietę po sześćdziesiątce w słomkowym kapeluszu. Domyślił się, że to matka Hazel i Kelsey. Nieco ciemniejszy pasek na powierzchni stolika obok zdjęcia wskazywał, że stała tu jeszcze jedna fotografia, która zapobiegła wypłowieniu tego małego skrawka taniego drewna. Domyślił się, że było to szkolne zdjęcie Kelsey, to, które drukowały wszystkie gazety.

Hazel wróciła z tacą, niosąc na niej kubki z herbatą i talerz herbatników. Strike ostrożnie postawił swój kubek na podkładce obok zdjęcia matki i powiedział:

– Słyszałem, że Kelsey miała chłopaka.

– Bzdura – odparła Hazel, opadając z powrotem na fotel. – To też kłamstwo.

– Skąd taki…?

– Mówiła, że on ma na imię Niall. Niall. Litości!

Z jej oczu znowu popłynęły łzy. Strike nie miał pojęcia, dlaczego chłopak Kelsey nie mógłby mieć na imię Niall, i nie krył zdziwienia.

– One Direction – podpowiedziała zza chusteczki.

– Słucham? – spytał zupełnie skołowany Strike. – Chyba nie…

– Ten zespół. Zajęli trzecie miejsce w *X Factor*. Ona ma obsesję… miała obsesję na jego punkcie… a Niall był jej ulubieńcem. No więc co mieliśmy pomyśleć, kiedy powiedziała, że poznała chłopaka, który ma na imię Niall, ma osiemnaście lat i motor?

– Rozumiem.

– Mówiła, że poznała go u psychologa. Widzi pan, chodziła do psychologa. Twierdziła, że poznała Nialla w poczekalni, że trafił tam dlatego, że stracił rodziców, tak jak ona. Nam nigdy nie pokazał się na oczy. Skarżyłam się Rayowi: „Ona znowu to robi, znowu plecie te swoje koszałki-opałki", a Ray na to: „Daj spokój, to ją uszczęśliwia", ale ja nie lubiłam, jak kłamała – ciągnęła Hazel z fanatycznym błyskiem w oku. – Ona kłamała bez przerwy, przychodziła do domu z plastrem na nadgarstku, mówiła, że się skaleczyła, a okazywało się, że to tatuaż z One Direction. Przecież sam pan wie, że zmyśliła ten wyjazd na szkolne praktyki, sam pan wie... Ciągle kłamała i niech pan patrzy, jak to się skończyło!

Z olbrzymim, wyraźnym wysiłkiem zapanowała nad kolejną erupcją łez, zaciskając drżące usta i mocno przykładając chusteczki do oczu. Wzięła głęboki oddech i dorzuciła:

– Ray ma pewną teorię. Chciał to powiedzieć policjantom, ale ich to nie obchodziło, bardziej interesowali się tym, gdzie był, kiedy ją... W każdym razie Ray ma przyjaciela, Ritchiego, który daje mu czasem cynk o jakiejś robocie w ogrodzie, no i widzi pan, Kelsey poznała Ritchiego...

Przedstawiła tę teorię, dodając olbrzymią ilość szczegółów i powtórzeń. Strike, przywykły do rozwlekłego stylu niewprawnych świadków, słuchał grzecznie i z uwagą.

Hazel wyjęła z szuflady komody zdjęcie, które, po pierwsze, dowiodło, że gdy zamordowano Kelsey, Ray był z trzema przyjaciółmi na kawalerskim weekendzie w Shoreham-by-Sea, a po drugie, ukazało rany na ciele Ritchiego. Ritchie i Ray siedzieli na kamieniach obok kępy mikołajka nadmorskiego, szeroko się uśmiechali, trzymali piwo i mrużyli oczy przed słońcem. Pot połyskiwał na łysej głowie Raya i rozświetlał spuchniętą twarz Ritchiego, jego szwy i siniaki. Młodszy mężczyzna miał nogę usztywnioną ortezą.

– ...bo widzi pan, Ritchie przyszedł tu zaraz po wypadku i Ray myśli, że wtedy Kelsey wpadła na ten swój pomysł z nogą. Zamierzała udawać, że miała wypadek.

– Ritchie nie mógł być tym jej chłopakiem, prawda? – spytał Strike.

– Ritchie?! Jest niezbyt bystry. Powiedziałby nam. Zresztą prawie go nie znała. To wszystko to był tylko jej wymysł. Ray chyba ma rację. Znowu planowała coś zrobić z nogą i udawać, że spadła z motoru jakiegoś chłopaka.

Byłaby to doskonała teoria, pomyślał Strike, gdyby Kelsey leżała teraz w szpitalu, udając, że miała wypadek motocyklowy i odmawiając podania szczegółów, żeby chronić fikcyjnego chłopaka. Musiał oddać Rayowi sprawiedliwość i przyznać, że faktycznie był to plan, na jaki mogłaby wpaść szesnastolatka, plan łączący górnolotność z krótkowzrocznością w niebezpiecznych proporcjach. Wątpił jednak, by Ray miał rację. Bez względu na to, czy Kelsey kiedykolwiek planowała upozorowanie wypadku motocyklowego, dowody świadczyły, że porzuciła ten zamiar i wolała poprosić Strike'a o instrukcje dotyczące pozbycia się nogi.

Z drugiej strony, po raz pierwszy ktoś wspomniał o jakimś związku między Kelsey a motocyklistą, więc Strike'a znów zaciekawiło absolutne przekonanie Hazel, że chłopak Kelsey był wymyślony.

– No cóż, w szkole dla przedszkolanek raczej nie ma chłopaków – powiedziała Hazel – a gdzież indziej mogłaby go poznać? Niall. W poprzedniej szkole ani poza nią też nie miała chłopaka. Chodziła na terapię i czasami do kościoła przy naszej ulicy, jest tam grupa dla młodzieży, ale tam nie ma żadnego Nialla z motorem – ciągnęła Hazel. – Policja to sprawdziła, pytała jej przyjaciół, czy cokolwiek wiedzą. Darrell, który prowadzi tę grupę, był strasznie załamany. Dzisiaj rano Ray go spotkał, wracając do domu. Mówi, że Darrell zauważył go po drugiej stronie ulicy i wybuchnął płaczem.

Strike miał ochotę robić notatki, ale wiedział, że zniszczyłoby to atmosferę zaufania, którą starał się podtrzymać.

– Kto to jest Darrell?

– On nie miał z tym nic wspólnego. To młody pracownik kościoła. Pochodzi z Bradford – odrzekła ogólnikowo Hazel. – I Ray jest przekonany, że jest gejem.

– Czy Kelsey mówiła w domu o swoim… – Strike się zawahał, nie wiedząc, jak to nazwać. – O swoim problemie z nogą?

– Mnie nie – odrzekła beznamiętnie Hazel. – Nie chciałam tego słuchać, nie chciałam o tym wiedzieć, nie znosiłam tego. Powiedziała mi, jak miała czternaście lat, i od razu ją poinformowałam, co o tym sądzę. Próba zwrócenia na siebie uwagi i tyle.

– Miała na nodze starą bliznę. W jaki sposób…?

– Zrobiła to sobie zaraz po śmierci mamy. Jakbym nie miała wystarczająco dużo zmartwień. Obwiązała nogę kablem, próbowała odciąć krążenie.

Strike dostrzegł w jej twarzy mieszaninę odrazy i złości.

– Była w samochodzie, którym jechali mama i Malcolm, siedziała z tyłu. Musiałam jej załatwić terapeutę i w ogóle. On uważał, że to, co zrobiła z nogą, to było wołanie o pomoc czy coś takiego. Smutek. Poczucie winy osoby, która przeżyła, nie pamiętam. Ale od jakiegoś czasu już nie mówiła, że chce się pozbyć nogi... No nie wiem – powiedziała Hazel, kręcąc głową.

– Wspominała o tym jeszcze komuś? Rayowi?

– Czasami. To znaczy on wiedział, jaka ona jest. Jak się poznaliśmy, jak się wprowadził, naopowiadała mu niestworzonych historii: na przykład że jej tata był szpiegiem i właśnie dlatego mieli ten wypadek. Sama nie wiem, co jeszcze. Więc wiedział, ale się na nią nie złościł. Po prostu zmieniał temat, rozmawiał z nią o szkole i takie tam...

Jej twarz nabrała nieatrakcyjnego ciemnoczerwonego koloru.

– Powiem panu, czego ona chciała – wypaliła. – Chciała jeździć na wózku... żebyśmy ją wozili jak dziecko, rozpieszczali, i żeby była w centrum zainteresowania. Tylko o to jej chodziło. Jakiś rok temu znalazłam jej pamiętnik. To, co tam wypisywała, co lubiła sobie wyobrażać, o czym fantazjowała... Absurd!

– Na przykład? – spytał Strike.

– Na przykład pisała, że pozbędzie się nogi, zacznie jeździć na wózku, podjedzie pod samą scenę na koncercie One Direction, a oni ją zauważą i potem bardzo się nią przejmą, bo będzie niepełnosprawna – powiedziała Hazel jednym tchem. – Niech pan to sobie wyobrazi. Obrzydliwość. Niektórzy ludzie naprawdę są niepełnosprawni, choć nigdy tego nie chcieli. Jestem pielęgniarką. Wiem, co mówię. Widuję ich. No – dodała, spoglądając na nogi Strike'a – ale panu chyba nie muszę tego tłumaczyć... Pan tego nie zrobił, prawda? – spytała nagle bez ogródek. – Pan nie... pan sobie nie uciął... nie zrobił pan tego... sam?

Zastanawiał się, czy właśnie dlatego chciała się z nim spotkać. Może w jakiś poplątany, podświadomy sposób próbowała znaleźć punkt orientacyjny na morzu, po którym nagle zaczęła dryfować, może starała się dowieść – mimo że jej siostra już nie żyła i nie mogła tego zrozumieć – że ludzie nie robią takich rzeczy, nie w prawdziwym świecie, w którym poduszki stoją zgrabnie na rogach, a kalectwo jest jedynie skutkiem nieszczęśliwego zrządzenia losu, walących się ścian albo wybuchu przydrożnych bomb?

– Nie – odrzekł. – Ja wyleciałem w powietrze.

– Otóż to, sam pan widzi! – zawołała dziwnie agresywnym, zwycięskim tonem, znowu zalewając się łzami. – Mogłabym jej to powiedzieć... Mogłabym jej to powiedzieć, gdyby tylko... gdyby tylko mnie spytała... ale ona twierdziła – dodała Hazel, połykając łzy – że czuje się tak, jakby ta noga nie należała do niej. Jakby jej posiadanie było czymś złym i jakby musiała się jej pozbyć... jak jakiegoś guza albo coś. Nie chciałam tego słuchać. To było zupełnie bez sensu. Ray powiedział, że próbował jej przemówić do rozsądku. Powiedział jej: nie masz pojęcia, o czym marzysz, nie chciałabyś leżeć w szpitalu tak jak ja po złamaniu kręgosłupa, miesiącami w gipsie, w ranach, z zakażeniami i całą resztą. On się na nią nie złościł. Mówił do niej: chodź, pomożesz mi w ogródku albo coś w tym rodzaju, odwracał jej uwagę. Policja powiedziała, że Kelsey rozmawiała w internecie z takimi ludźmi jak ona. Nie mieliśmy pojęcia. Z drugiej strony, skończyła szesnaście lat, a przecież nie można przeszukiwać nastolatkom laptopów, prawda? Zresztą i tak bym nie wiedziała, czego szukać.

– Czy kiedykolwiek o mnie wspominała? – spytał Strike.

– Policję też to interesowało. Nie. Nie przypominam sobie, żeby kiedykolwiek o panu mówiła, Ray też. To znaczy bez urazy... Pamiętam proces po śmierci Luli Landry, ale nie przypomniałabym sobie, jak pan się nazywa albo wygląda. Na pewno bym pamiętała, gdyby o panu wspomniała. Ma pan takie śmieszne imię... Bez urazy.

– A jej przyjaciele? Często wychodziła z domu?

– Nie miała prawie żadnych przyjaciół. Nie była lubiana. W szkole też wszystkich okłamywała, a nikt tego nie lubi, prawda? Gnębili ją za to. Uważali, że jest dziwna. Prawie w ogóle nie wychodziła z domu. Nie mam pojęcia, kiedy miałaby się spotykać z tym swoim Niallem.

Jej złość wcale nie zaskoczyła Strike'a. Kelsey była nieplanowanym dodatkiem do jej nieskazitelnego domu. Teraz Hazel miała do końca życia nosić w sobie poczucie winy i żal, przerażenie i wyrzuty sumienia, między innymi dlatego, że życie jej siostry dobiegło końca, zanim zdążyła wyrosnąć z dziwactw, które je od siebie odsunęły.

– Czy mógłbym skorzystać z łazienki? – spytał Strike.

Pokiwała głową, wycierając oczy.

– Za drzwiami prosto i po schodach.

Strike opróżnił pęcherz, czytając oprawiony w ramkę i zawieszony nad spłuczką dyplom za „odwagę i chwalebne zachowanie" przyznany strażakowi Rayowi Williamsowi. Przypuszczał, że powiesiła go tu Hazel, a nie Ray. Poza tym w łazience nie było niczego interesującego. Ta sama co w salonie dbałość o czystość i porządek sięgała aż do wnętrza szafki na lekarstwa, dzięki której Strike się dowiedział, że Hazel wciąż miesiączkuje, że ona i Ray kupują pastę w ekonomicznym opakowaniu i że jedno z nich albo obydwoje cierpią na hemoroidy.

Wyszedł z łazienki najciszej, jak potrafił. Zza zamkniętych drzwi dobiegały stłumione pomruki wskazujące, że Ray śpi. Strike zrobił dwa zdecydowane kroki w prawo i znalazł się w pakamerze Kelsey.

Wszystko pasowało do wszystkiego i miało identyczny liliowy odcień: ściany, narzuta, abażur i zasłony. Nawet gdyby Strike nie widział reszty domu, mógłby się domyślić, że w tym chaosie porządek narzuca się siłą.

Ogromna korkowa tablica gwarantowała brak szpecących śladów po pinezkach na ścianach. Kelsey obkleiła ją zdjęciami pięciu ładnych chłopców, którzy, jak Strike przypuszczał, tworzyli One Direction. Ich głowy i nogi wystawały poza ramę. Szczególnie często pojawiał się blondyn. Oprócz fotografii One Direction wycinała też zdjęcia szczeniąt, przeważnie rasy shih tzu, oraz różne słowa i skrótowce: „occupy", „fomo" i „zajefajnie". Często pojawiało się imię Niall, zwykle wpisane w serduszko. Ten chaotyczny, nieuporządkowany kolaż świadczył o postawie krańcowo różnej od precyzji, z jaką łóżko przykryto narzutą, a liliowy dywan ułożono pod kątem prostym.

Na wąskim regale wyróżniał się nowy egzemplarz książki *One Direction: na zawsze młodzi – oficjalna historia naszego sukcesu w X Factor*. Poza tym na półce stała seria *Zmierzch*, pudełko na biżuterię, gąszcz małych ozdóbek, w którym nawet Hazel nie zdołała zaprowadzić symetrii, plastikowa tacka z tanimi kosmetykami do makijażu i dwie przytulanki.

Korzystając z tego, że Hazel jest na tyle ciężka, by podczas wchodzenia po schodach narobić hałasu, Strike szybko otworzył szuflady. Oczywiście policja zabrała wszystkie interesujące rzeczy: laptopa, każdy skrawek zapisanego papieru, każdy numer telefonu albo zanotowane nazwisko, a także pamiętnik, jeśli Kelsey nadal go prowadziła, po tym jak Hazel zaczęła węszyć. Pozostała zbieranina przedmiotów: pudełko z papierem listowym takim jak ten, na którym do niego napisała, stara konsola Nintendo DS, opakowanie sztucznych paznokci, pudełeczko z gwatemalskimi laleczkami poprawiającymi humor oraz, w dolnej szufladzie nocnego stolika, kilka ukrytych w puchatym piórniku sztywnych, zafoliowanych blisterów z tabletkami. Wyjął je: jajowate kapsułki koloru musztardy opatrzone nazwą Accutane. Wziął jeden z blisterów i schował do kieszeni, po czym zamknął szufladę i ruszył w stronę szafy, która była nieposprzątana i trochę zatęchła. Kelsey lubiła czerń i róż. Szybko pomacał fałdy materiału, przeszukując kieszenie, lecz niczego nie znalazł, dopóki nie natrafił na workowatą sukienkę, z której wydobył coś, co wyglądało jak pognieciony los na loterii albo bilecik z szatni z numerem 18.

Hazel nie ruszyła się z miejsca, odkąd Strike wyszedł z salonu. Domyślił się, że mógłby zostać na górze dłużej, a i tak by nie zauważyła. Gdy ponownie wszedł do pokoju, lekko się wzdrygnęła. Znowu płakała.

– Dziękuję, że pan przyszedł – powiedziała niewyraźnie, wstając. – Przepraszam, ja...

I rozpłakała się na dobre. Strike położył rękę na jej ramieniu i zanim się obejrzał, wtuliła twarz w jego klatkę piersiową, szlochając i trzymając go za poły płaszcza bez śladu kokieterii, powodowana wyłącznie bólem. Objął ją i stali tak przez całą minutę, aż kilka razy gwałtownie westchnęła i się od niego odsunęła, a ręce Strike'a z powrotem opadły.

Pokręciła głową, nie znajdując już więcej słów, i odprowadziła go do drzwi. Jeszcze raz złożył jej kondolencje. Pokiwała głową. Jej twarz wyglądała upiornie w świetle dnia wpadającym do obskurnego przedpokoju.

– Dziękuję, że pan przyszedł – wykrztusiła. – Po prostu musiałam się z panem spotkać. Nie wiem dlaczego. Bardzo pana przepraszam.

35

Dominance and Submission

Dominacja i uległość

Od wyprowadzki z domu mieszkał z trzema kobietami, ale ta – To – wystawiała go na ciężką próbę. Wszystkie trzy brudne suki twierdziły, że go kochają, cokolwiek to miało znaczyć. Dzięki tej ich tak zwanej miłości z dwiema pierwszymi jakoś dało się wytrzymać. Oczywiście w głębi serca wszystkie były fałszywymi pizdami, za wszelką cenę chcącymi dostawać więcej, niż dawały, ale żadna z dwóch pierwszych nie mogła się równać z Tym. Był zmuszony znosić więcej niż kiedykolwiek wcześniej, ponieważ To było ważną częścią jego wielkiego planu.

Nieustannie jednak fantazjował o zabiciu Tego. Wyobrażał sobie, jak ta głupia twarz wiotczeje, gdy on zatapia głęboko w brzuchu Tego swój nóż, a To nie może uwierzyć, że Skarb (To nazywało go Skarbem) ją zabija, mimo że gorąca krew zaczyna oblewać mu ręce, a rdzawa woń wypełnia powietrze wciąż drżące od krzyków…

Konieczność udawania miłego gościa fatalnie wpływała na jego samokontrolę. Czarowanie ich, wabienie i przypodobywanie im się to była łatwizna, jego druga natura, od zawsze. Utrzymywanie pozorów przez dłuższy okres to jednak zupełnie inna historia. Udawanie wykańczało go nerwowo. Czasami wystarczyło, że To oddychało, a już miał ochotę chwycić nóż i dźgnąć je w pieprzone płuca…

Wiedział, że jeśli wkrótce jakiejś nie załatwi, to, kurwa, normalnie eksploduje.

W poniedziałek z samego rana znalazł pretekst, żeby wyjść z domu, lecz gdy zbliżał się do Denmark Street z zamiarem wytropienia Sekretarki idącej do pracy, nagle wyczuł zagrożenie, jak szczur, któremu drżą nozdrza, gdy wietrzy niebezpieczeństwo.

Przystanął obok budki telefonicznej po przeciwnej stronie ulicy i mrużąc oczy, spojrzał na postać stojącą na rogu Denmark Street, tuż obok sklepu z instrumentami muzycznymi pomalowanego na krzykliwe kolory cyrkowego plakatu.

Znał policję, znał jej ruchy, jej gierki. Młody mężczyzna stojący z rękami w kieszeniach ocieplanej kurtki udawał wyluzowanego, zwykłego przechodnia...

A przecież to on wymyślił tę pieprzoną grę. Umiał się stać właściwie niewidzialny. Spójrzcie na tego głąba: stoi na rogu i myśli, że jeśli włożył ocieplaną kurtkę, to wmiesza się w tłum... „Nigdy nie kituj kiciarza, koleś".

Powoli zawrócił i zniknął z widoku za budką telefoniczną, gdzie zsunął z głowy czapkę... Miał ją, gdy Strike go gonił. Możliwe, że gość w ocieplanej kurtce dostał rysopis. Powinien był o tym pomyśleć, powinien był przewidzieć, że Strike zadzwoni po swoich kumpli z policji, pieprzony tchórz...

„Ale nie zrobili portretu pamięciowego" – pomyślał, a gdy z powrotem szedł ulicą, jego samoocena znowu wzrosła. Strike, choć nie zdawał sobie z tego sprawy, był o kilkadziesiąt centymetrów od niego, a mimo to nadal nie miał pieprzonego pojęcia, kim on jest. Boże, kiedy już załatwi Sekretarkę, miło będzie patrzeć, jak Strike i ta jego pieprzona agencja znikają z powierzchni ziemi pod błotną lawiną rozgłosu, a policja i prasa rzucają się na detektywa, wytykając mu bliskie relacje z ofiarą, nieumiejętność ochronienia własnej pracownicy, podejrzewając go o jej zamordowanie, doprowadzając do kompletnej ruiny...

Już planował następny ruch. Pójdzie do London School of Economics, gdzie Sekretarka często śledziła tę drugą dziwkę, i tam ją znajdzie. Tymczasem potrzebował innej czapki i może też innych okularów przeciwsłonecznych. Pomacał w kieszeniach w poszukiwaniu pieniędzy. Nie miał prawie nic, kurwa, jak zwykle. Pomyślał, że będzie musiał nakłonić To do powrotu do pracy. Miał już dość słuchania, jak To jęczy, biadoli i szuka wymówek, żeby siedzieć w domu.

W końcu kupił dwie nowe czapki: bejsbolówkę i szarą, z wełny, w miejsce czarnej wersji z polaru, którą wyrzucił do kosza na Cambridge Circus. Potem wsiadł do metra do Holborn.

Nie było jej tam. Ani żadnych studentów. Po bezowocnym rozglądaniu się w poszukiwaniu rudozłotych włosów, przypomniał sobie, że jest poniedziałek wielkanocny. London School of Economics zamknięto z powodu dnia wolnego od pracy.

Dwie godziny później wrócił na Tottenham Court Road, poszukał jej w Court i przez chwilę czaił się w pobliżu wejścia do Spearmint Rhino, lecz jej nie znalazł.

Po tych kilku dniach, w czasie których nie mógł wyjść z domu i jej śledzić, rozczarowanie sprawiło mu niemal fizyczny ból. Zdenerwowany zaczął chodzić po cichych bocznych uliczkach z nadzieją, że z naprzeciwka wyjdzie jakaś dziewczyna, jakakolwiek, wcale niekoniecznie Sekretarka. Ostrza pod jego kurtką zadowoliłyby się teraz kimkolwiek.

Może tak bardzo nią wstrząsnęła jego karteczka z pozdrowieniami, że odeszła z pracy. Wcale tego nie chciał. Chciał, żeby była przerażona i wytrącona z równowagi, ale żeby dalej pracowała dla Strike'a, bo to za jej pośrednictwem zamierzał dopaść tego drania.

Gorzko zawiedziony wrócił do Tego wczesnym wieczorem. Wiedział, że będzie musiał z Tym siedzieć przez następne dwa dni i ta perspektywa pozbawiała go resztek samokontroli. Gdyby mógł wykorzystać To, tak jak zamierzał wykorzystać Sekretarkę, sprawa wyglądałaby zupełnie inaczej, to byłoby jego wybawienie: spieszyłby się do domu, trzymając noże w pogotowiu – ale się nie odważył. Potrzebował Tego żywego i całkowicie podporządkowanego.

Jeszcze czterdzieści osiem godzin temu omal nie eksplodował ze złości i rozsadzającej go agresji. W środę wieczorem powiedział Temu, że nazajutrz będzie musiał wyjść wcześnie do roboty, i otwarcie oświadczył, że już najwyższa pora, żeby To także wróciło do pracy. Jęczenie i skomlenie, które z tego wynikły, tak podziałały mu na nerwy, że w końcu wpadł w złość. To, przerażone jego nagłą wściekłością, próbowało go udobruchać. Potrzebowało go, chciało go, przepraszało...

Spał osobno, udając, że dalej jest zły. Dzięki temu mógł się swobodnie onanizować, lecz nie osiągnął satysfakcji. Chciał – potrzebował – kontaktu z kobiecym ciałem za pośrednictwem ostrej stali, chciał poczuć swoją dominację, gdy tryska krew, usłyszeć całkowitą uległość w krzykach, w błaganiach, w agonalnych spazmach i jękach. Wspomnienia chwil, w których to robił, nie przyniosły mu ukojenia, tylko jeszcze bardziej go rozpaliły. Pałał żądzą zrobienia tego ponownie: pragnął Sekretarki.

W czwartek rano obudził się za piętnaście piąta, ubrał, włożył bejsbolówkę i wyszedł, żeby pojechać przez Londyn do mieszkania, które dzieliła z gogusiem. Zanim dotarł do Hastings Road, słońce już wzeszło. Stary land rover zaparkowany niedaleko domu zapewnił mu osłonę. Oparł się o niego i przez przednią szybę obserwował okna mieszkania.

O siódmej zauważył jakiś ruch za oknami salonu i niedługo potem goguś wyszedł z domu ubrany w garnitur. Wydawał się wymizerowany i nieszczęśliwy. „Myślisz, że teraz jesteś nieszczęśliwy, ty głupi dupku... Zaczekaj, aż się zabawię z twoją dziewczyną..."

Potem wreszcie się zjawiła, tyle że w towarzystwie jakiejś starszej kobiety, bardzo do niej podobnej.

„Noż kurwa mać".

Co ona wyprawia, chodzi na spacerki ze swoją pieprzoną matką? To zakrawało na kpinę. Czasami miał wrażenie, że cały świat sprzysiągł się przeciwko niemu, żeby nie mógł robić tego, co chce, żeby go ograniczać. Zajebiście nienawidził tego uczucia, że jego wszechmoc się ulatnia, że ludzie i okoliczności go osaczają, redukując do jednego z wielu unieszkodliwionych, gotujących się ze złości śmiertelników. Ktoś mu za to zapłaci.

36

I have this feeling that my luck is none too good ...

Mam wrażenie, że szczęście mi nie sprzyja [...]

Blue Öyster Cult, *Black Blade*

Gdy w czwartek rano włączył się budzik, Strike wyciągnął ciężką rękę i tak mocno walnął w przycisk na górze starego zegarka, że ten spadł ze stolika nocnego na podłogę. Mrużąc oczy, musiał przyznać, że słońce przebijające się przez cienkie zasłony zdaje się potwierdzać hałaśliwą opinię budzika. Czuł wręcz obezwładniającą pokusę, żeby przewrócić się na drugi bok i z powrotem zasnąć. Jeszcze przez kilka sekund leżał, zasłaniając oczy przedramieniem, nie dopuszczając do siebie dnia, a później z jego ust wydobyło się coś między westchnieniem a jękiem i odrzucił kołdrę. Gdy macał w poszukiwaniu klamki w drzwiach do łazienki, pomyślał, że w ciągu ostatnich pięciu nocy spał średnio jakieś trzy godziny na dobę.

Tak jak przewidziała Robin, odesłanie jej do domu oznaczało, że musiał wybierać między Platyną a Psychotatą. Ponieważ niedawno był świadkiem, jak ten drugi nieoczekiwanie rzucił się na swoje dzieci, i ponieważ widział łzy i strach chłopców, postanowił, że Psychotacie należy się pierwszeństwo. Zostawił Platynę z jej niewinnym rozkładem dnia i lwią część tygodnia poświęcił na potajemne robienie zdjęć skradającemu się ojcu: zbierał kolejne zdjęcia człowieka szpiegującego własne dzieci i osaczającego je, ilekroć matki nie było w pobliżu.

Gdy nie śledził Psychotaty, był zajęty własnym dochodzeniem. Policja działała o wiele wolniej, niżby chciał, nadal nie miała najmniejszego dowodu, że Brockbank, Laing albo Whittaker mieli jakikolwiek związek ze śmiercią Kelsey Platt. Strike wypełnił prawie każdą wolną godzinę ostatnich pięciu dni nieustanną, nieustępliwą, żmudną pracą policyjną, którą wcześniej wykonywał jedynie w wojsku.

Balansując na jednej nodze, gwałtownie przekręcił rączkę prysznica w stronę przeciwną do ruchu wskazówek zegara, chcąc, żeby lodowata woda brutalnie go obudziła, schłodziła jego spuchnięte oczy i wywołała gęsią skórkę pod ciemnymi włosami na jego piersi, nogach i rękach. Zaletą jego maleńkiego prysznica było to, że gdyby się poślizgnął, nie miałby gdzie upaść. Umył się i skacząc na jednej nodze, wrócił do sypialni, gdzie z grubsza wytarł się ręcznikiem i włączył telewizor.

Nazajutrz miał się odbyć królewski ślub i przygotowania do niego zdominowały wszystkie kanały informacyjne. Przypinał protezę, ubierał się i popijał grzankę herbatą, a podekscytowani prezenterzy i komentatorzy telewizyjni co chwila wspominali o ludziach, którzy już czekali w namiotach wzdłuż trasy i wokół opactwa westminsterskiego, oraz o liczbie turystów napływających do Londynu, żeby obejrzeć ceremonię. Strike wyłączył telewizor i zszedł do agencji, szeroko ziewając i zastanawiając się, jak ten multimedialny potok rozmów o ślubie wpływa na Robin, której nie widział od ubiegłego piątku, gdy odebrała kartkę z obrazem Jacka Vettriana i małą ohydną niespodzianką.

Mimo że na górze właśnie wypił wielki kubek herbaty, po wejściu do agencji odruchowo włączył czajnik, a następnie położył na biurku Robin listę klubów go-go i barów ze striptizem oraz salonów masażu, którą zaczął tworzyć w wolnym czasie. Zamierzał poprosić Robin, żeby pociągnęła to dalej i obdzwoniła wszystkie tego typu miejsca, jakie zdoła znaleźć w Shoreditch, co mogła bezpiecznie robić, nie wychodząc z domu. Gdyby istniała jakaś szansa, że Robin się zgodzi, wysłałby ją do Masham razem z matką. Wspomnienie jej bladej twarzy prześladowało go przez cały tydzień.

Tłumiąc drugie potężne ziewnięcie, opadł na krzesło Robin, żeby sprawdzić mejle. Wprawdzie zamierzał ją odesłać do domu, lecz nie mógł się doczekać, kiedy ją zobaczy. Brakowało mu Robin w agencji – jej entuzjazmu, zaradności, niewymuszonej uprzejmości, a poza tym chciał jej powiedzieć o kilku odkryciach, jakich dokonał podczas upartej pogoni za trzema mężczyznami, na których punkcie miał teraz obsesję.

Zaliczył już prawie dwanaście godzin w Catford, próbując przyuważyć Whittakera wchodzącego albo wychodzącego z mieszkania nad smażalnią, mieszczącego się przy ruchliwej ulicy dla pieszych biegnącej za Catford Theatre. Teatr otaczały sklepy rybne, pracownie perukarskie, kawiarnie i piekarnie, a nad nimi były mieszkania z trzema łukowatymi oknami tworzącymi trójkąt. Cienkie zasłony w lokalu, gdzie według Shankera mieszkał Whittaker, cały czas były zaciągnięte. Za dnia ulica zapełniała się straganami, zapewniając Strike'owi przydatną osłonę. Wymieszane zapachy kadzidełek ze stoiska z łapaczami snów i wielkich kawałów surowej ryby leżących nieopodal na lodzie wypełniały mu nozdrza, aż w końcu prawie przestał je wyczuwać.

Strike przez trzy wieczory obserwował mieszkanie ze znajdującego się naprzeciw niego bocznego wejścia do teatru i nie zobaczył niczego oprócz zarysów postaci poruszających się za zasłonami. Wreszcie w środę wieczorem drzwi obok smażalni się otworzyły i ukazała się w nich wychudzona nastolatka.

Ciemne, brudne włosy odgarnęła z zapadniętej, króliczej twarzy o sinym gruźliczym odcieniu bladości. Miała na sobie krótką koszulkę, zapinaną na suwak bluzę z kapturem i legginsy upodabniające jej nogi do wyciorów do fajki. Ze splecionymi rękami przyciśniętymi do piersi weszła do smażalni, opierając się o drzwi, dopóki nie ustąpiły i o mało nie wpadła do środka. Strike tak szybko przebiegł przez ulicę, że złapał je, zanim się zamknęły, i ustawił się za nią w kolejce.

Gdy podeszła do lady, sprzedawca zwrócił się do niej po imieniu.

– Wszystko w porządku, Stephanie?

– No – powiedziała cichym głosem. – Poproszę dwie cole.

Miała liczne kolczyki w uszach, nosie i ustach. Odliczyła monety i wyszła ze spuszczoną głową, nie patrząc na Strike'a.

Wrócił do zacienionego miejsca przy drzwiach teatru po drugiej stronie ulicy, gdzie zjadł kupione właśnie frytki, nie odrywając oczu od rozświetlonych okien nad smażalnią. Kupno dwóch butelek coli sugerowało, że Whittaker jest na górze, być może leżał rozciągnięty nago na materacu w pozie, w jakiej Strike bardzo często go widywał, gdy był nastolatkiem. Cormoran uważał, że jest obiektywny, lecz gdy stał w kolejce w smażalni i czuł, że od tego drania może go dzielić zaledwie kilka metrów, że odgradzają ich od siebie jedynie cienkie drewno i gipsowy sufit, serce zaczęło mu bić jak szalone. Uparcie obserwował mieszkanie, dopóki około pierwszej w nocy nie zgasło światło w oknach, lecz nie zauważył śladu Whittakera.

Z Laingiem poszło mu niewiele lepiej. Staranna analiza Google Street View wykazała, że balkon, na którym lisowaty Laing pozował do zdjęcia dla JustGiving, należał do mieszkania w Wollaston Close w niskim, obskurnym bloku niedaleko Straty. Ani w spisie abonentów telefonicznych, ani na liście wyborców z tej nieruchomości nie było śladu Lainga, lecz mimo to Strike miał nadzieję, że Szkot może tam mieszkać jako czyjś gość, wynajmować kwaterę i obywać się bez telefonu stacjonarnego. We wtorek wieczorem przez kilka godzin obserwował mieszkania, uzbrojony w parę gogli noktowizyjnych, które po zmroku umożliwiały mu zaglądanie przez okna bez zasłon, lecz nie zauważył, żeby Szkot tam wchodził, żeby stamtąd wychodził ani by poruszał się w którymkolwiek z tych lokali. Nie chcąc, żeby Laing odkrył, że jest śledzony, Strike postanowił zrezygnować z pukania do drzwi, lecz za dnia czaił się niedaleko ceglanych łuków pobliskiego wiaduktu zabudowanych tak, by stworzyć tunelowate lokale. Prowadzono w nich drobną działalność handlowo-usługową: ekwadorską kawiarnię, salon fryzjerski. Milczący i nachmurzony Strike rzucał się w oczy, jedząc i pijąc wśród wesołych imigrantów z Ameryki Południowej.

Nowe ziewnięcie Strike'a zmieniło się w kolejny jęk zmęczenia, gdy przeciągnął się na krześle Robin, więc nie usłyszał brzękliwych kroków na schodach. Zanim zdał sobie sprawę, że ktoś się zbliża, i spojrzał na zegarek – było zdecydowanie za wcześnie na Robin, która powiedziała mu, że jej matka ma pociąg o jedenastej – na ścianie za mleczną szybą drzwi pojawił się czyjś cień. Rozległo się pukanie i ku zdumieniu Strike'a do środka wszedł Dwa Razy.

Brzuchaty biznesmen w średnim wieku był o wiele bogatszy, niż mógłby sugerować jego wymiętoszony, nijaki wygląd. Twarz Dwa Razy, zupełnie niezapadającą w pamięć, ani przystojną, ani ładną, wykrzywiała dziś konsternacja.

– Rzuciła mnie – oznajmił Strike'owi bez wstępów.

Opadł na kanapę obitą sztuczną skórą, wywołując erupcję sztucznych gazów, która kompletnie go zaskoczyła. Strike przypuszczał, że było to dla niego drugie zaskoczenie tego dnia. Facet, który zazwyczaj zrywał z blondynkami, pokazując im zgromadzone dowody ich niewierności, musiał przeżyć szok, gdy sam został porzucony. Im lepiej Strike poznawał swojego klienta, tym lepiej rozumiał, że Dwa Razy traktował to jak jakiś rodzaj satysfakcjonującego seksualnego punktu kulminacyjnego. Ten człowiek miał w sobie dziwną mieszaninę masochisty i podglądacza z obsesją na punkcie kontrolowania innych.

– Naprawdę? – spytał Strike, wstając i podchodząc do czajnika. Potrzebował kofeiny. – Bardzo uważnie ją obserwowaliśmy i nie zauważyliśmy śladu innego mężczyzny.

Tak naprawdę przez cały tydzień nie zrobił w sprawie Platyny niczego oprócz odbierania telefonów od Raven, z których kilka przełączył na pocztę głosową, gdy akurat śledził Psychotatę. Teraz zaczął się zastanawiać, czy je wszystkie odsłuchał. Miał wielką nadzieję, że Raven nie donosiła mu o pojawieniu się innego bogacza, gotowego pokryć część studenckich wydatków Platyny w zamian za wyłączne przywileje, gdyż w przeciwnym razie musiałby się na dobre pożegnać z pieniędzmi Dwa Razy.

– No więc dlaczego mnie rzuciła? – spytał ostro Dwa Razy.

„Bo jesteś pieprzonym dziwolągiem".

– No cóż, nie mogę przysiąc, że nie znalazła sobie kogoś innego – powiedział Strike, starannie dobierając słowa i zalewając w kubku kawę rozpuszczalną. – Mówię tylko, że jeśli tak jest, to była cholernie sprytna. Śledziliśmy każdy jej ruch – skłamał. – Kawy?

– Myślałem, że jesteście najlepsi – burknął Dwa Razy. – Nie, nie piję rozpuszczalnej.

Zadzwoniła komórka Strike'a. Wyjął ją z kieszeni i sprawdził, kto dzwoni. Wardle.

– Przepraszam, muszę odebrać – oznajmił niezadowolonemu klientowi. – Cześć, Wardle.

– Wykluczyliśmy Malleya – poinformował go Wardle.

O wyczerpaniu Strike'a najlepiej świadczyło to, że te słowa przez parę sekund nic dla niego nie znaczyły. Potem do niego dotarło, że Wardle mówi o gangsterze, który kiedyś odciął facetowi penisa, i o którego winie w związku z przesłaniem nogi komisarz wydawał się dotąd przekonany.

– Digger... racja – powiedział Strike, chcąc pokazać, że uważnie słucha. – Wykluczyliście go, tak?

– To nie może być on. Kiedy została zamordowana, był w Hiszpanii.

– W Hiszpanii – powtórzył Strike.

Dwa Razy zabębnił grubymi palcami w podłokietnik.

– No – mruknął Wardle. – Na pieprzonej Minorce.

Strike pociągnął łyk tak mocnej kawy, jakby powstała z wlania wrzątku prosto do słoika. Z boku czaszki narastał ból. Rzadko bolała go głowa.

– Ale zrobiliśmy postępy w sprawie tych dwóch zdjęć, które ci pokazałem – ciągnął Wardle. – Mówię o łebku i dziewczynie, którzy udzielali się na stronie dla tych świrów, gdzie Kelsey o ciebie pytała.

Strike niewyraźnie przypomniał sobie pokazane przez Wardle'a zdjęcia młodego mężczyzny z asymetrycznymi oczami oraz czarnowłosej kobiety w okularach.

– Przesłuchaliśmy ich i okazało się, że nigdy się z nią nie spotkali, kontaktowali się tylko przez internet. Poza tym on ma niepodważalne alibi na dzień jej śmierci: pracował na podwójnej zmianie w supermarkecie. W Leeds. Sprawdziliśmy. Ale – dodał Wardle i Strike poczuł, że komisarz zmierza do czegoś, co wydaje mu się obiecujące – jest jeszcze typek, który kręcił się na tym forum. Nazywa się Devotee i napędzał im wszystkim lekkiego stracha. Ma słabość do ludzi po amputacji. Lubił pytać kobiety, gdzie chciałyby być przecięte i wszystko wskazuje, że z paroma próbował się spotkać. Ostatnio zupełnie zamilkł. Próbujemy go namierzyć.

– Uhm – mruknął Strike, doskonale świadomy rosnącego poirytowania Dwa Razy. – Brzmi obiecująco.

– No. Nie zapomniałem też o liście, który dostałeś od tego gościa zafascynowanego twoim kikutem – dodał Wardle. – Nim też się interesujemy.

– Wspaniale – powiedział Strike, nie do końca wiedząc, co mówi, i podniósł rękę, żeby pokazać Dwa Razy, który właśnie zamie-

298

rzał wstać z kanapy, że już kończy. – Słuchaj, Wardle, nie mogę teraz rozmawiać. Może później.

Gdy Wardle się rozłączył, Strike próbował udobruchać Dwa Razy, który wpadł w lekką złość, czekając na zakończenie rozmowy telefonicznej. Strike, który nie mógł sobie pozwolić na odrzucenie stałego klienta, ugryzł się w język i nie spytał Dwa Razy, co niby mógł poradzić na to, że Platyna go rzuciła. Gdy wielkimi łykami pił czarną jak smoła kawę, czując, jak w jego głowie narasta ból, przede wszystkim marzył o tym, by móc powiedzieć Dwa Razy „spierdalaj".

– No więc co zamierza pan z tym zrobić? – spytał klient.

Strike nie był pewny, czy Dwa Razy prosi go o zmuszenie Platyny, żeby do niego wróciła, o śledzenie jej po całym Londynie w nadziei, że nakryje ją z innym chłopakiem, czy o zwrot pieniędzy. Zanim jednak zdążył odpowiedzieć, usłyszał kroki na metalowych schodach i damskie głosy. Ledwie Dwa Razy zdążył rzucić Strike'owi zdumione, pytające spojrzenie, otworzyły się szklane drzwi.

Robin wydała się Strike'owi wyższa niż Robin przechowywana w jego pamięci: wyższa, ładniejsza i bardziej zawstydzona. Za nią – w normalnych okolicznościach wywołałoby to jego zainteresowanie i rozbawienie – weszła kobieta, w której od razu rozpoznał jej matkę. Była wprawdzie trochę niższa i zdecydowanie szersza od Robin, lecz miała takie same jasnorude włosy, takie same niebieskoszare oczy, a jej twarz wyrażała doskonale znaną Strike'owi życzliwą dociekliwość.

– Bardzo przepraszam – powiedziała Robin, zauważając Dwa Razy i gwałtownie nieruchomiejąc. – Możemy zaczekać na dole... Chodź, mamo...

Ich niezadowolony klient wstał, wyraźnie zdenerwowany.

– Nie, nie, naprawdę nie trzeba – odrzekł. – Nie byłem umówiony. Pójdę już. Poproszę tylko ostatnią fakturę, Strike.

Przecisnął się na korytarz.

Półtorej godziny później Robin i jej matka siedziały w milczeniu, ich taksówka jechała w stronę King's Cross, a walizka Lindy lekko kołysała się na podłodze.

Linda uparła się, żeby przed powrotem do Yorkshire poznać Strike'a.

– Pracujesz z nim od ponad roku. Chyba nie będzie miał nic przeciwko temu, że wpadnę się przywitać? Chciałabym przynajmniej zobaczyć, gdzie pracujesz, żebym mogła to sobie wyobrażać, kiedy opowiadasz o agencji...

Robin opierała się, jak mogła, zakłopotana na samą myśl o przedstawieniu Strike'owi matki. Wydawało jej się to dziecinne, niestosowne i niemądre. Martwiło ją zwłaszcza to, że zjawiając się w towarzystwie matki, umocni Strike'a w przeświadczeniu, iż jest zbyt roztrzęsiona, aby zajmować się sprawą Kelsey.

Gorzko żałowała, że nie zdołała ukryć przerażenia z powodu kartki z reprodukcją Vettriana. Powinna była pamiętać, że nie należy zdradzać nawet odrobiny strachu, zwłaszcza po tym, jak opowiedziała Strike'owi o gwałcie. Mówił, że to niczego nie zmieniło, ale ona wiedziała swoje: miała liczne doświadczenia z ludźmi mówiącymi jej, co jest albo nie jest dla niej dobre.

Taksówka pędziła po Inner Circle i Robin musiała sobie powtarzać, że to nie wina jej matki, iż natknęły się na Dwa Razy. Powinna była najpierw zadzwonić do Strike'a. Tak naprawdę miała nadzieję, że go nie zastaną albo będzie w mieszkaniu na poddaszu, że będzie mogła oprowadzić Lindę po agencji i zabrać ją stamtąd, nie przedstawiając ich sobie. Bała się, że jeśli do niego zadzwoni, Strike specjalnie zaczeka na jej matkę, powodowany charakterystyczną dla niego przekorą połączoną z zaciekawieniem.

Linda i Strike gawędzili, gdy Robin parzyła herbatę i z rozmysłem milczała. Podejrzewała, że jednym z powodów, dla których Linda chciała poznać Strike'a, była chęć oceny stopnia zażyłości łączącej go z jej córką. Na szczęście Strike wyglądał okropnie, dobre dziesięć lat starzej niż w rzeczywistości, miał zarośniętą twarz i podkrążone oczy, jak zawsze, gdy pracował, rezygnując ze snu. Linda musiałaby się bardzo starać, żeby podejrzewać Robin o potajemne zauroczenie szefem, którego zobaczyła w takim stanie.

– Polubiłam go – odezwała się jej matka, gdy ich oczom ukazał się budynek dworca St Pancras z czerwonej cegły – i muszę powiedzieć, że choć może nie jest ładny, to jednak coś w sobie ma.

– Tak – odrzekła chłodno Robin. – Sarah Shadlock uważa tak samo.

Zanim wyszły i ruszyły na dworzec, Strike poprosił Robin o pięć minut na osobności. W gabinecie przekazał jej niedokończoną listę salonów masażu, barów ze striptizem i klubów go-go w Shoreditch, prosząc, by zaczęła żmudny proces obdzwaniania ich w poszukiwaniu Noela Brockbanka.

– Im dłużej się nad tym zastanawiam – powiedział – tym bardziej nabieram przekonania, że on nadal pracuje jako ochroniarz albo bramkarz. Co innego pozostałoby dużemu facetowi po urazie mózgu i z taką przeszłością?

Przez szacunek do mogącej to słyszeć Lindy, Strike nie dodał, że jego zdaniem Brockbank na pewno dalej pracuje w branży erotycznej, gdzie najłatwiej znaleźć bezbronne kobiety.

– Okej – odrzekła Robin, zostawiając listę Strike'a tam, gdzie ją położył, czyli na jej biurku. – Odwiozę mamę, a potem przyjadę...

– Nie, chcę, żebyś pracowała w domu. Zapisuj wszystkie rozmowy, zwrócę ci koszty.

W umyśle Robin mignęło zdjęcie Destiny's Child z płyty *Survivor*.

– Kiedy mam przyjść do agencji?

– To zależy, ile ci to zajmie – odparł. Trafnie interpretując jej minę, dodał: – Słuchaj, chyba właśnie na dobre straciliśmy Dwa Razy. Psychotatą mogę się zająć sam...

– A co z Kelsey?

– Ty próbujesz namierzyć Brockbanka – powiedział, pokazując na listę. Po chwili (pękała mu głowa, lecz Robin o tym nie wiedziała) dodał: – Słuchaj, jutro nikt nie pracuje, jest święto państwowe, królewski ślub...

Nie mógłby się wyrazić jaśniej: nie chciał, żeby plątała mu się pod nogami. Podczas jej nieobecności w agencji coś się zmieniło. Może Strike przypomniał sobie, że jednak nie została wyszkolona przez żandarmerię wojskową, że zanim dostarczono jej nogę, nigdy nie widziała uciętych kończyn, że krótko mówiąc, nie jest taką partnerką, jaka mogłaby mu się przydać w tej ekstremalnej sytuacji.

– Właśnie miałam pięć dni wolnego...

– Na litość boską – zniecierpliwił się – masz tylko stworzyć listę i dzwonić... Czy naprawdę musisz to robić tutaj?

„Masz tylko stworzyć listę i dzwonić".

Przypomniała sobie, jak Elin nazwała ją sekretarką Strike'a. Gdy siedziała w taksówce obok matki, lawa złości i rozżalenia zmiotła jej racjonalność. Nazwał ją swoją partnerką w obecności Wardle'a, kiedy chciał, żeby obejrzała zdjęcia rozczłonkowanych zwłok. Nie dostała jednak żadnej nowej umowy, nie nastąpiły żadne formalne renegocjacje ich relacji zawodowych. Pisała na klawiaturze szybciej niż Strike grubymi, włochatymi palcami, zajmowała się mnóstwem faktur i mejli. To ona segregowała większość dokumentów. Może, pomyślała, Strike sam powiedział Elin, że Robin jest jego sekretarką. Może nazywając ją partnerką, rzucił jej tylko ochłap, może to był tylko symboliczny gest. Może (teraz już specjalnie podsycała swoje rozżalenie, i dobrze o tym wiedziała) Strike i Elin rozmawiali o niedostatkach Robin podczas swoich potajemnych kolacji z dala od męża Elin. Może zwierzył się swojej dziewczynie, że bardzo żałuje zatrudnienia kobiety, która przecież przyszła do niego jako zwyczajna pracownica tymczasowa. Pewnie o gwałcie też jej powiedział.

„Wiesz, dla mnie to też był trudny okres".

„Masz tylko stworzyć listę i dzwonić".

Dlaczego płakała? Łzy wściekłości i frustracji pociekły jej po twarzy.

– Robin? – odezwała się Linda.

– To nic, nic – warknęła Robin, wycierając oczy nasadą dłoni.

Rozpaczliwie chciała wrócić do pracy po pięciu dniach w domu z matką i Matthew, po krępującej trójstronnej ciszy w maleńkiej przestrzeni, po szeptanych rozmowach, które – wiedziała o tym – Linda prowadziła z Matthew, gdy ona była w łazience, i o które postanowiła nie pytać. Nie chciała znowu utknąć w domu. Choć mogło to wyglądać irracjonalnie, czuła się bezpieczniej w centrum Londynu, rozglądając się w poszukiwaniu tej rosłej postaci w czapce, niż w swoim mieszkaniu przy Hastings Road.

Wreszcie zatrzymali się przy King's Cross. Robin bardzo się starała panować nad emocjami, świadoma rzucanych z ukosa spojrzeń Lindy, gdy szły przez zatłoczony dworzec w stronę peronu. Wiedziała, że wieczorem znowu zostanie sama z Matthew i będzie się nad nimi unosiło widmo ostatniej, rozstrzygającej rozmowy. Nie chciała, żeby matka do niej przyjeżdżała, lecz w obliczu jej rychłego wyjazdu musiała przyznać, że obecność Lindy przyniosła jej pociechę, z jakiej nie do końca zdawała sobie sprawę.

– No dobrze – powiedziała matka Robin, gdy jej walizka bezpiecznie trafiła na półkę, a ona sama wróciła na peron, żeby ostatnich kilka minut spędzić z córką. – To dla ciebie.

Trzymała w ręku pięćset funtów.

– Mamo, nie mogę...

– Owszem, możesz – nalegała Linda. – Przeznacz to na kaucję za nowe mieszkanie... albo na parę butów ślubnych od Jimmy'ego Choo.

We wtorek poszły pooglądać wystawy na Bond Street i gapiły się przez szyby na biżuterię bez skazy, na torebki kosztujące więcej niż samochody z drugiej ręki, na ubrania od projektantów, o których obie mogły jedynie pomarzyć. Daleko temu było do sklepów w Harrogate. Z największą pożądliwością Robin patrzyła na wystawy sklepów obuwniczych. Matthew nie lubił, gdy wkładała bardzo wysokie obcasy, i dlatego specjalnie wyraziła pragnienie posiadania dwunastocentymetrowych szpilek.

– Nie mogę – powtórzyła Robin na rozbrzmiewającym echem i gwarem dworcu. Za kilka miesięcy rodzice mieli się dołożyć do ślubu jej brata Stephena. Wpłacili już pokaźną zaliczkę na jej wesele, raz przełożone, kupili jej suknię i pokryli koszty przeróbek, stracili jedną zaliczkę na wynajem samochodów...

– Chcę, żebyś to wzięła – powiedziała surowo Linda. – Albo zainwestuj w samotne życie, albo kup sobie buty na ślub.

Robin znowu walczyła ze łzami i milczała.

– Cokolwiek postanowisz, ja i tata w pełni cię poprzemy – ciągnęła Linda – ale chcę, żebyś zadała sobie pytanie, dlaczego nikogo nie powiadomiłaś o odwołaniu ślubu. Nie możesz żyć w takim zawieszeniu. To nie służy żadnemu z was. Weź te pieniądze. Podejmij decyzję.

Mocno objęła Robin, pocałowała ją w miejsce tuż pod uchem i wsiadła do pociągu. Robin udało się pomachać jej z uśmiechem, ale gdy pociąg wreszcie odjechał, zabierając jej matkę do Masham, do ojca, do labradora Rowntree i wszystkiego, co przyjazne i znajome, Robin opadła na zimną metalową ławkę, schowała twarz w dłoniach i po cichu zapłakała w banknoty, które dostała od Lindy.

– Rozchmurz się, skarbie. Na nim świat się nie kończy.

Podniosła głowę. Stał przed nią zaniedbany mężczyzna. Szeroki brzuch wylewał mu się znad paska, a na twarzy widniał lubieżny uśmiech.

Robin powoli wstała. Dorównywała mu wzrostem. Spojrzała mu prosto w oczy.

– Odwal się – powiedziała.

Zamrugał. Jego uśmiech zmienił się w grymas niezadowolenia. Gdy odchodziła, wpychając pieniądze Lindy do kieszeni, usłyszała, jak mężczyzna coś za nią krzyczy, ale nie zrozumiała co i wcale jej to nie obchodziło. Wzbierała w niej olbrzymia wściekłość na mężczyzn traktujących okazywanie emocji jak wspaniałą zachętę, na mężczyzn, którzy pożerają wzrokiem twoje piersi, udając, że oglądają wino na półkach, na mężczyzn, dla których sama twoja obecność jest lubieżnym zaproszeniem.

Jej furia rozdęła się i objęła Strike'a, który odesłał ją do domu do Matthew, ponieważ uznał ją za kulę u nogi. Wolał narazić na szwank swoje interesy, które pomagała mu rozwijać, i walczyć dalej na własną rękę, niż pozwolić jej robić to, w czym była dobra, w czym czasem nawet go przyćmiewała, a wszystko z powodu skazy, jaką już zawsze miał w niej widzieć, dlatego że przed siedmioma laty znalazła się obok niewłaściwych schodów w niewłaściwym czasie.

No więc dobrze, obdzwoni te jego przeklęte kluby go-go i bary ze striptizem w poszukiwaniu drania, który nazwał ją „dziewczynką", lecz poza tym zrobi coś jeszcze. Nie mogła się doczekać, kiedy powie o tym Strike'owi, ale spieszyły się z Lindą na pociąg, a teraz, gdy kazał jej zostać w domu, nie miała już ochoty mu mówić.

Zacisnęła pasek i pomaszerowała ze zmarszczonymi brwiami, czując, że ma pełne prawo zbadać jeden trop na własną rękę, nie informując o tym Strike'a.

37

This ain't the garden of Eden.

To nie jest rajski ogród.

Blue Öyster Cult, *This Ain't the Summer of Love*

Skoro musiała zostać w domu, postanowiła, że obejrzy ślub. Nazajutrz z samego rana z otwartym laptopem na kolanach, leżącą obok komórką i grającym w tle telewizorem siadła na kanapie w salonie. Matthew też miał wolne, lecz był w kuchni i nie wchodził jej w drogę. Zrezygnował z uprzejmych propozycji herbaty, pytań o pracę i służalczej troski. Po wyjeździe matki Robin wyczuła w nim zmianę. Wydawał się zaniepokojony, niepewny, poważniejszy. Widocznie w czasie cichych rozmów Linda zdołała mu uświadomić, że być może nie uda się już naprawić tego, co się popsuło.

Robin doskonale wiedziała, że musi zadać *coup de grâce*. Pożegnalne słowa Lindy uświadomiły jej dobitnie, że to sprawa niecierpiąca zwłoki. Nie znalazła jeszcze nowego mieszkania, lecz musiała powiedzieć Matthew, że się wyprowadza, i uzgodnić, jak powiadomią o tym przyjaciół i rodzinę. Mimo to siedziała na kanapie i wolała pracować, niż zająć się sprawą, która zdawała się wypełniać małe mieszkanie, napierać na ściany, tworzyć sztywną atmosferę nieustannego napięcia.

Komentatorzy z kwiatami w butonierkach i komentatorki z bukiecikami przy sukniach trajkotali na ekranie o dekoracjach w opactwie westminsterskim. Sławni goście zmierzali ku wejściu, a Robin, jednym uchem słuchając relacji, zapisywała numery klubów go-go, barów ze striptizem i salonów masażu w Shoreditch i w najbliższej okolicy. Od czasu do czasu przewijała stronę, żeby przejrzeć opinie klientów, licząc, że ktoś mógł wspomnieć o bramkarzu Noelu, lecz padały tam jedynie imiona tancerek. Klienci często je sobie polecali, kierując się ich rzekomo entuzjastycznym stosunkiem do wykonywanej pracy. Mandy z jednego z salonów masażu dawała „pełne trzydzieści minut" i „nigdy nie stwarzała atmosfery pośpiechu"; cudowna Sherry z Beltway Strippers zawsze była „chętna, uczynna i skora do śmiechu". „Mogę zdecydowanie polecić Zoe – napisał inny klient. – Wspaniała osoba i cudowny »happy end«!!!"

Gdyby Robin była w innym humorze – albo w innym życiu – pewnie uznałaby te opinie za zabawne. Wielu bowiem mężczyzn płacących za seks pragnęło wierzyć, że entuzjazm kobiet jest prawdziwy, że się nie spieszą, gdyż mają z tego przyjemność, że naprawdę bawią je dowcipy klientów, że czerpią autentyczną rozkosz z masowania ich ciałem i z zadowalania ręką. Jeden z recenzentów zamieścił na stronie wiersz o swojej ulubionej dziewczynie.

Choć Robin sumiennie tworzyła listę numerów, wątpiła, by Brockbank ze swą niechlubną przeszłością mógł znaleźć zatrudnienie w przybytkach wyższej klasy, prezentujących na swoich stronach internetowych profesjonalnie oświetlone, wyretuszowane nagie dziewczyny i zapraszających pary do przychodzenia razem.

Robin wiedziała, że burdele są nielegalne, lecz nie trzeba było zbyt długo podróżować w cyberprzestrzeni, żeby znaleźć o nich jakąś wzmiankę. Odkąd zatrudniła się u Strike'a, została mistrzynią tropienia informacji w słabiej dostępnych zakamarkach internetu i już po chwili skrupulatnie porównywała wzmianki o lokalnych przybytkach zamieszczone na kiepsko zaprojektowanych stronach poświęconych wymianie takich informacji. Na najtańszym krańcu tego rynku nie było żadnych wierszy: „Za anal biorą tu 60 funtów"; „Same cudzoziemki, nie mówią po angielsku"; „Te bardzo młode są pewnie jeszcze czyste, w pozostałe nie radziłbym wsadzać fiuta".

Często podawano jedynie przybliżoną lokalizację. Wiedziała, że Strike nie pozwoliłby jej szukać piwnic i czynszówek, gdzie pracowały „głównie dziewczyny z Europy Wschodniej" albo „same chińskie dziwki".

Robiąc sobie przerwę i podświadomie mając nadzieję, że dzięki temu poluzuje się ciasny supeł w jej piersi, Robin spojrzała na telewizor. Książęta William i Harry szli razem nawą. Gdy na nich patrzyła, otworzyły się drzwi do salonu i wszedł Matthew z kubkiem herbaty. Nie spytał, czy też chciałaby się napić. Bez słowa usiadł na fotelu i zaczął się gapić w ekran.

Robin wróciła do pracy, ale cały czas czuła przy sobie krępującą obecność Matthew. Dołączając do niej bez słowa, zrobił odstępstwo od swoich dotychczasowych zwyczajów. Akceptacja jej odrębności – nieprzeszkadzanie jej, nawet żeby zaproponować herbatę – także była nowością. Podobnie jak to, że nie sięgnął po pilota, żeby zmienić kanał.

Kamery wróciły przed hotel Goring, gdzie pełniły wartę w oczekiwaniu na wyjście Kate Middleton w sukni ślubnej. Robin ukradkiem spoglądała znad laptopa, powoli przewijając szereg ledwie zrozumiałych komentarzy na temat jakiegoś burdelu niedaleko Commercial Road.

Lawina podekscytowanych głosów i braw skłoniła ją do podniesienia głowy w samą porę, żeby zobaczyć, jak Kate Middleton wsiada do limuzyny. Długie koronkowe rękawy, takie same jak te, które Robin usunęła z własnej sukni ślubnej...

Limuzyna powoli odjeżdżała. Kate Middleton siedziała w środku, prawie całkiem zasłonięta przez ojca. A więc postanowiła nie upinać włosów. Robin też. Tak podobało się Matthew. Ale nie miało to już znaczenia...

Tłumy wiwatowały na całej długości The Mall, wszędzie jak okiem sięgnąć powiewały brytyjskie flagi.

Gdy Matthew się do niej odwrócił, Robin udała, że znowu jest pochłonięta pracą.

– Chcesz herbaty?

– Nie – powiedziała. – Dzięki – dodała niechętnie, wiedząc, jak agresywnie to zabrzmiało.

Obok niej zapiszczała komórka. Matthew często marszczył brwi albo się naburmuszał, gdy działo się to w dniu wolnym od pracy: myślał, że to Strike, i czasami miał rację. Tym razem tylko się odwrócił, żeby dalej oglądać telewizję.

Robin sięgnęła po telefon i przeczytała esemesa, który właśnie przyszedł:

Skąd mam wiedzieć, że nie jesteś dziennikarką?

To był trop, który badała bez wiedzy Strike'a. Miała już przygotowaną odpowiedź. Gdy tłum na ekranie wiwatował na widok jadącej powoli limuzyny, napisała:

Gdyby dziennikarze o tobie wiedzieli, już staliby pod twoim domem. Pisałam, że możesz mnie znaleźć w internecie. Jest tam zdjęcie, na którym idę do sądu złożyć zeznania w sprawie morderstwa Owena Quine'a. Znalazłeś je?

Odłożyła komórkę, jej serce biło szybciej.

Kate Middleton wysiadała z limuzyny przed opactwem. W koronkowej sukni miała wąziutką talię. Wyglądała na taką szczęśliwą... naprawdę szczęśliwą... Robin z łomoczącym sercem patrzyła, jak piękna kobieta w diademie idzie w stronę wejścia do opactwa.

Jej komórka znowu pisnęła.

Tak, widziałem zdjęcie. No i?

Matthew wydał jakiś dziwny dźwięk, pijąc z kubka. Robin go zignorowała. Prawdopodobnie myślał, że pisze do Strike'a, na co zazwyczaj reagował grymasami i odgłosami poirytowania. Robin przełączyła komórkę w tryb aparatu, uniosła ją na wysokość twarzy i zrobiła sobie zdjęcie.

Flesz zaskoczył Matthew, który rozejrzał się ze zdziwieniem. Płakał.

Robin drżały palce, gdy przesyłała esemesem swoje zdjęcie. Potem, nie chcąc patrzeć na Matthew, znowu skupiła się na telewizorze.

Kate Middleton z ojcem szła teraz powoli wyłożoną szkarłatnym dywanem nawą rozdzielającą morze gości w kapeluszach. Na oczach Robin następował punkt kulminacyjny miliona bajek i baśni: plebejuszka szła ku swemu księciu, piękno nieodparcie zbliżało się do wyższych sfer...

Robin wbrew woli przypomniała sobie wieczór, gdy Matthew oświadczył się jej pod pomnikiem Erosa na Piccadilly Circus. Na stopniach siedzieli menele i gdy Matthew padł na kolana, zaczęli gwizdać. Ta niespodziewana scena na brudnych schodach zupełnie ją zaskoczyła, Matthew ryzykował swój najlepszy garnitur na mokrych, ubłoconych kamieniach. Dolatywały do nich alkoholowe wyziewy wymieszane z zapachem spalin: ujrzała granatowe aksamitne pudełeczko, a potem mrugnął do niej szafir, mniejszy i bledszy niż ten na palcu Kate Middleton. Później Matthew powiedział, że wybrał go dlatego, iż pasował do jej oczu. Gdy zgodziła się za niego wyjść, jeden z meneli wstał i zaklaskał z pijackim entuzjazmem. Pamiętała, jak mrugające neony Piccadilly odbijały się w rozpromienionej twarzy Matthew.

Dziewięć lat wspólnego życia, wspólnego dojrzewania, kłócenia się i godzenia, miłości. Dziewięć lat trwania przy sobie mimo traumy, która powinna była ich rozdzielić.

Przypomniała sobie dzień po oświadczynach, w którym agencja pracy tymczasowej wysłała ją do Strike'a. Miała wrażenie, że od tamtych chwil upłynęło o wiele więcej czasu niż w rzeczywistości. Czuła się teraz inną osobą... w każdym razie dopóty, dopóki Strike, unikając odpowiedzi na pytanie, kiedy będzie mogła wrócić do pracy jako jego partnerka, nie kazał jej zostać w domu i spisywać numery telefonów.

– Oni też się rozstali.

– Co? – spytała Robin.

– Rozstali się – powiedział Matthew i głos mu się załamał. Skinął głową w stronę telewizora. Książę William właśnie odwrócił się ku pannie młodej. – Na jakiś czas ze sobą zerwali.

– Wiem – odparła.

Starała się zachować zimną krew, lecz Matthew miał zrozpaczoną minę.

„Chyba w głębi duszy myślę, że zasługujesz na kogoś lepszego ode mnie".

– Czy my... czy między nami naprawdę skończone? – spytał.

Kate Middleton dołączyła do księcia Williama przy ołtarzu. Wydawali się uszczęśliwieni, że znowu są razem.

Robin wpatrywała się w ekran. Wiedziała, że jej odpowiedź zostanie potraktowana jako ostateczna. Pierścionek zaręczynowy nadal leżał tam, gdzie go zostawiła, na regale, nad starymi podręcznikami do księgowości. Odkąd go zdjęła, żadne z nich go nie tknęło.

– Najukochańsi... – zaczął dziekan Westminsteru na ekranie.

Robin pomyślała o dniu, w którym Matthew po raz pierwszy zaprosił ją na randkę, i przypomniała sobie, jak wracała ze szkoły, czując w sercu żar podekscytowania i dumy. Przypomniała sobie, jak rozchichotana Sarah Shadlock oparła się o niego w pubie w Bath i jak Matthew się od niej odsunął, lekko marszcząc brwi. Pomyślała o Strike'u i Elin... „A co oni mają z tym wspólnego?"

Przypomniała sobie Matthew bladego i roztrzęsionego w szpitalu, gdzie trzymano ją przez dwadzieścia cztery godziny po gwałcie. Żeby móc przy niej być, nie poszedł na egzamin, po prostu bez słowa wyjechał z Bath. Jego matkę to zdenerwowało. Musiał zdawać w sesji poprawkowej.

„Miałem 21 lat i wtedy jeszcze nie wiedziałem tego, co wiem teraz: że nie ma nikogo takiego jak ty i że nigdy nie mógłbym pokochać kogoś tak mocno jak ciebie..."

Sarah Shadlock bez wątpienia go obejmowała, gdy pijany opowiadał jej o swoich poplątanych uczuciach do Robin, cierpiącej na agorafobię, niepozwalającej się dotknąć...

Zapiszczała komórka. Robin odruchowo po nią sięgnęła i spojrzała na wyświetlacz.

W porządku, wierzę, że to ty.

Nie była w stanie skupić się na tym, co przeczytała, i odłożyła komórkę na kanapę, nie pisząc odpowiedzi. Płaczący mężczyźni wyglądali tak tragicznie. Oczy Matthew przybrały szkarłatny kolor. Jego ramiona gwałtownie dygotały.

– Matt – szepnęła przy akompaniamencie jego cichego szlochania. – Matt...

Wyciągnęła rękę.

38

Dance on Stilts

Taniec na szczudłach

Niebo było marmurkoworóżowe, lecz na ulicach nadal roiło się od ludzi. Milion londyńczyków i przybyszów spoza miasta tłoczyło się na chodnikach: czerwone, białe i granatowe czapki, brytyjskie flagi i plastikowe korony, żłopiący piwo pajace ściskali za ręce dzieci z pomalowanymi twarzami, wszyscy podskakiwali i falowali unoszeni ckliwymi sentymentami. Wypełniali metro, tłoczyli się na ulicach i gdy się między nimi przeciskał, szukając tego, czego potrzebował, co najmniej raz usłyszał refren hymnu państwowego śpiewany fałszywie przez podchmielonych ludzi, a raz z wirtuozerią przez grupkę rozbawionych Walijek, które zatarasowały mu wyjście ze stacji.

To zostało w domu i płakało. Ślub na chwilę wyrwał To z przygnębienia, roztkliwił do przesady i doprowadził do łzawego rozczulania się nad sobą, do błagalnych aluzji do podejmowania zobowiązań i bycia razem. Zapanował nad sobą tylko dlatego, że każdy jego nerw, każdy atom jego istnienia skupiał się na tym, co go czekało wieczorem. Koncentrując się na rychłej uldze, był cierpliwy oraz kochający i uradowane To pozwoliło sobie na więcej niż dotąd: próbowało go zatrzymać w domu.

Już włożył kurtkę z nożami i w końcu nie wytrzymał. Nie tknął Tego nawet palcem, lecz umiał przerażać i zastraszać samymi słowami, samą mową ciała, ukazując nagle drzemiącą w nim bestię. Wyszedł z domu i trzasnął drzwiami, zostawiając zastraszone, przerażone To.

Przepychając się przez tłum pijących na chodniku, pomyślał, że będzie się musiał bardzo starać, żeby zatrzeć złe wrażenie. Bukiet jakichś nędznych kwiatów, udawany żal, trochę bzdetów o życiu w stresie... Na samą myśl jego twarz wykrzywiła się ze wstrętem. Nikt nie śmiał się postawić facetowi o takim wzroście i z taką miną, mimo że torując sobie drogę, potrącił kilka osób. Były dla niego jak mięsiste kręgle i miały w sobie tyle samo życia i znaczenia co kręgle. Z jego punktu widzenia liczyło się tylko to, czy ktoś może być dla niego użyteczny. Właśnie dlatego Sekretarka stała się taka ważna. Nigdy nie śledził kobiety aż tyle czasu.

Owszem, poprzednim razem też trochę to trwało, ale wtedy było inaczej: ta głupia mała suka z taką radością wpadła w jego szpony, jakby porąbanie na kawałki było jej życiową ambicją. Bo oczywiście było...

Na myśl o tym uśmiechnął się. Brzoskwiniowe ręczniki i odór jej krwi... Znowu ogarniało go to uczucie wszechmocy. Wiedział, że tego wieczoru którąś dopadnie...

Headin' for a meeting, shining up my greeting... *

Rozglądał się w poszukiwaniu jakiejś dziewczyny, która odłączyła się od gęstego tłumu, zamroczona alkoholem i sentymentalnością, lecz wszystkie poruszały się w grupach i zaczynał dochodzić do wniosku, że jednak lepiej poszłoby mu z kurwą.

Czasy się zmieniły. Dawniej było inaczej. Teraz dziwki nie musiały już chodzić po ulicach, miały komórki i internet. Kupienie sobie kobiety było równie łatwe jak zamówienie jedzenia z dostawą, lecz nie chciał zostawiać śladu w sieci ani w spisie połączeń jakiejś suki. Na ulicach zostały tylko najgorsze szmaty. Wiedział, gdzie je znaleźć, ale musiał wybrać takie miejsce, z którym nic go nie wiązało, gdzieś z dala od Tego...

Dziesięć minut przed północą był w Shacklewell, chodził ulicami z dolną częścią twarzy zakrytą postawionym kołnierzem kurtki i w czapce nasuniętej głęboko na czoło, a gdy szedł, noże ciężko obijały mu się o pierś: jeden zwyczajny, do krojenia mięsa, i niewielka maczeta. Oświetlone okna restauracji serwujących curry i licznych pubów, wszędzie chorągiewki w barwach Wielkiej Brytanii... Znajdzie ją, nawet gdyby miało mu to zająć całą noc...

Na ciemnym rogu stały trzy kobiety w króciutkich spódniczkach, paląc i rozmawiając. Przeszedł drugą stroną ulicy i jedna

---

* Idę na spotkanie, dopieszczam powitanie – fragment *Dance on Stilts* Blue Öyster Cult.

z nich coś do niego krzyknęła, ale ją zignorował, zaszywając się w ciemności. Trzy to za dużo: zostawało dwóch świadków.

Polowanie pieszo było łatwiejsze i jednocześnie trudniejsze. Nie musiał się obawiać uchwycenia przez kamery tablic rejestracyjnych, lecz trudno mu było znaleźć odpowiednie miejsce – nie mówiąc już o znacznie bardziej skomplikowanej ucieczce.

Krążył po ulicach kolejną godzinę, aż w końcu znalazł się z powrotem na tym odcinku drogi, gdzie wcześniej stały trzy kurwy. Teraz były już tylko dwie. Łatwiejsze zadanie. Mniej świadków. Twarz miał prawie całkiem zasłoniętą. Zawahał się, w tej samej chwili przejeżdżający samochód zwolnił i kierowca zamienił z dziewczynami kilka słów. Jedna z nich wsiadła do środka i pojazd odjechał.

Cudowna trucizna wypełniła mu żyły i mózg. Tak samo było za pierwszym razem: wtedy też została mu ta brzydsza, mógł z nią zrobić, co tylko chciał.

Nie było czasu na wahanie. Któraś z jej koleżanek mogła wrócić.

– To znowu ty, skarbie?

Miała chropawy głos, mimo że wyglądała młodo: ufarbowane henną rude włosy obcięła na niechlujnego boba, oboje uszu i nos ozdobiła kolczykami. Nos miała wilgotny i zaróżowiony, jakby była przeziębiona. Do skórzanej kurtki i gumowej minispódniczki włożyła przyprawiające o zawrót głowy obcasy, na których balansowała z wyraźnym trudem.

– Ile? – spytał, lecz prawie nie słuchał odpowiedzi. Liczyło się gdzie.

– Jeśli chcesz, możemy pójść do mnie.

Zgodził się, ale był spięty. Lepiej, żeby wynajmowała samodzielny pokój albo kawalerkę: pusto na schodach, nikogo, kto mógłby usłyszeć albo zobaczyć, tylko jakaś brudna, ciemna nora i ciało błagające o bycie. Jeśli się okaże, że to jakieś wspólne mieszkanie, jakiś burdel pełny innych dziewczyn i z grubą starą suką na straży albo, co gorsza, z alfonsem...

Kołysząc się na obcasach, weszła na ulicę, zanim światło dla pieszych zmieniło się na zielone. Chwycił ją za ramię i pociągnął do tyłu, a przed nimi przemknął biały van.

– Mój wybawca! – zachichotała. – Dzięki, skarbie.

Czuł, że coś brała. Widział wiele takich jak ona. Jej zaczerwieniony, cieknący nos go odrzucał. Odbici w ciemnych witrynach, które mijali po drodze, wyglądali jak ojciec i córka – ona bardzo niska i chuda, on wysoki i zwalisty.

– Widziałeś ślub? – spytała.

– Co?

– Królewski ślub. Wyglądała przepięknie.

Nawet tej małej brudnej kurwie odbiło na punkcie ślubu. Paplała o nim, kiedy szli, zdecydowanie za często się śmiała, chwiała się na tanich szpilkach, a on cały czas milczał.

– Szkoda tylko, że jego mama tego nie doczekała, no nie? Już prawie jesteśmy na miejscu – dodała, pokazując czynszówkę przecznicę dalej. – To moja chata.

Widział ją w oddali: na schodach siedział jakiś facet, wokół oświetlonych drzwi stali ludzie. Gwałtownie się zatrzymał.

– Nie.

– No co ty! Skarbie, nimi się nie przejmuj, znają mnie – zapewniła z powagą.

– Nie – powtórzył i z nagłą furią mocno zacisnął rękę na jej chudym ramieniu. W co ona pogrywa? Myśli, że urodził się wczoraj?

– Tam – powiedział, pokazując ciemną przestrzeń między dwoma budynkami.

– Skarbie, w domu jest łóżko...

– Tam – powtórzył ze złością.

Spojrzała na niego trochę speszona, mrugając mocno umalowanymi oczami, ale głupia suka miała zmącony umysł i przekonał ją bez słów, samą siłą swojej osobowości.

– No, niech ci będzie, skarbie.

Pod ich butami coś zachrzęściło, chyba żwir. Bał się, że mogą tam być światła na fotokomórkę albo czujniki ruchu, lecz dwadzieścia metrów od ulicy czekała na nich tylko gęstsza, głębsza ciemność.

Podał jej banknoty. Sama rozpięła mu spodnie. Był jeszcze miękki. Gdy na kolanach pracowała w ciemności, starając się, żeby nabrzmiał, on cicho wyjmował noże ukryte w kurtce. Wysunął je spod nylonowej podszewki i trzymał po jednym w każdej ręce. Jego dłonie pociły się na plastikowych rękojeściach...

314

Tak mocno kopnął ją w brzuch, że poleciała na plecy. Zduszony, świszczący wdech, a potem chrzęst żwiru podpowiedziały mu, gdzie wylądowała. Skoczył naprzód z wciąż rozpiętym rozporkiem, ze spodniami zsuwającymi się z bioder, potknął się o jej ciało i znalazłszy ją w ten sposób, dopadł do niej.

Raz po raz zatapiał w niej nóż do mięsa: trafił w kość, prawdopodobnie w żebro, i dźgnął ponownie. Rozległ się świst dobiegający z jej płuc, a potem go zszokowała: krzyknęła.

Siedział na niej okrakiem, lecz zaciekle walczyła i nie mógł znaleźć jej gardła, żeby ją wykończyć. Lewą ręką zadał potężny cios maczetą, lecz, o dziwo, pozostało w niej wystarczająco dużo życia, żeby wrzasnąć jeszcze raz...

Z jego ust wylał się potok przekleństw. Dźgał ją nożem do mięsa. Gdy próbowała go powstrzymać, zranił ją w dłoń, i wtedy wpadł na pewien pomysł – przycisnął jej rękę do ziemi, ukląkł na niej i uniósł nóż...

– Ty mały, pieprzony lachociągu...

– Kto tam jest?

„Ożeż kurwa".

Jakiś męski głos dobiegający z ciemności od strony ulicy powtórzył:

– Kto tam jest?

Zlazł z niej, wciągnął majtki i spodnie, po czym wycofał się najciszej, jak potrafił, z dwoma nożami w lewej ręce, a w prawej z czymś, co było chyba jej dwoma palcami, wciąż ciepłymi, kościstymi i krwawiącymi... Nadal jęczała i skomlała... Po chwili wydała z siebie ostatni długi świst i zamilkła...

Chwiejąc się na nogach, ruszył przed siebie w nieznane, byle dalej od nieruchomej postaci, a zmysły miał wyostrzone jak u kota, który wyczuwa zbliżającego się psa.

– Wszystko tam w porządku? – spytał odbijający się echem męski głos.

Dotarł do grubego muru i po omacku posuwał się wzdłuż niego, aż mur zmienił się w ogrodzenie z siatki. W świetle odległej latarni ulicznej zauważył zarys czegoś, co prawdopodobnie było rozpadającym się warsztatem samochodowym za płotem, ciężkie sylwetki pojazdów złowrogo wyglądały w półmroku. Gdzieś w przestrzeni, którą właśnie opuścił, rozległy się kroki: mężczyzna podszedł, żeby sprawdzić, kto krzyczał.

Nie wolno mu było spanikować. Nie wolno było uciekać. Hałas by go zgubił. Powoli przesuwał się wzdłuż siatki otaczającej stare samochody w stronę ciemnej plamy, która mogła albo prowadzić na sąsiednią ulicę, albo być ślepym zaułkiem. Wsunął zakrwawione noże z powrotem do kurtki, wrzucił jej palce do kieszeni i skradał się dalej, wstrzymując oddech.

W uliczce rozległ się krzyk:

– Ja pierdolę! Andy... ANDY!

Zaczął biec. Teraz, gdy ich wrzaski odbijały się echem od ścian, z pewnością już go nie słyszeli, a kiedy ciężko gnał w stronę ciemności, wszechświat – jakby znowu postanowił mu sprzyjać – rozłożył pod jego stopami miękki trawiasty grunt...

Ślepy zaułek, prawie dwumetrowy mur. Po drugiej stronie słyszał warkot samochodów. Nie było innego wyjścia: dysząc, zaczął się niezdarnie wspinać i żałował, że nie jest taki jak kiedyś: sprawny, silny i młody. Próbował się podciągnąć, szukając stopami jakiegoś oparcia, a jego mięśnie rozrywał ból...

Panika może zdziałać cuda. Znalazł się na górze i zeskoczył. Ciężko wylądował na ziemi. Jego kolana z trudem to wytrzymały: zatoczył się, lecz odzyskał równowagę.

„Idź dalej, idź dalej... spokojnie... spokojnie... spokojnie..."

Samochody ze świstem przejeżdżały ulicą. Ukradkiem wytarł zakrwawione ręce w kurtkę. W oddali rozległy się krzyki, zbyt daleko, żeby mógł zrozumieć słowa... Musiał jak najszybciej się stamtąd wynieść. Zamierzał pójść do miejsca, o którym To nie wiedziało.

Przystanek autobusowy. Podbiegł i ustawił się w kolejce. Nieważne, dokąd pojedzie, byleby tylko jak najdalej stąd.

Na bilecie został krwawy ślad jego kciuka. Włożył go głęboko do kieszeni i natknął się na jej ucięte palce.

Autobus odjechał z warkotem. Oddychał długo i powoli, próbując się uspokoić.

Ktoś na górze znowu zaczął śpiewać hymn. Autobus przyspieszył. Gwałtownie biło mu serce. Powoli jego oddech się uspokoił.

Wpatrując się w swoje odbicie w brudnym oknie, obracał w dłoni jej wciąż jeszcze ciepły mały palec. Panika ustąpiła miejsca euforii. Uśmiechnął się do ciemnego odbicia w szybie, dzieląc się swoim triumfem z jedyną istotą, która mogła go zrozumieć.

39

The door opens both ways ...

Drzwi otwierają się w obie strony [...]

Blue Öyster Cult, *Out of the Darkness*

– Spójrz – powiedziała zdumiona Elin w poniedziałek rano, stojąc z miseczką granoli przed telewizorem. – Nie do wiary!

Strike właśnie wszedł do kuchni, świeżo umyty i ubrany po ich nocnej randce, na którą jak zwykle umówili się w niedzielę wieczorem. W nieskazitelnej kremowobiałej przestrzeni pełno było powierzchni ze stali nierdzewnej i delikatnego oświetlenia jak na sali operacyjnej na miarę dwudziestego pierwszego wieku. Na ścianie za stołem wisiał telewizor plazmowy. Na ekranie prezydent Obama stał na podium i przemawiał.

– Zabili Usamę Ibn Ladina! – powiedziała Elin.

– Jasna cholera – odrzekł Strike, przystając, żeby przeczytać informacje z paska na dole ekranu.

Mimo czystych ubrań i ogolonej brody nadal wyglądał nędznie z powodu wyczerpania. Godziny poświęcone na poszukiwanie Lainga i Whittakera zaczęły boleśnie dawać mu się we znaki: miał przekrwione oczy i poszarzałą skórę.

Podszedł do ekspresu do kawy, napełnił sobie kubek i wypił kilkoma haustami. Poprzedniego wieczoru o mało nie zasnął na Elin i do nielicznych małych sukcesów poprzedniego tygodnia zaliczył to, że przynajmniej tę robotę udało mu się dokończyć. Teraz stał oparty o wyspę ze stalowym blatem, patrzył na wyglądającego jak spod igły prezydenta i szczerze mu zazdrościł. Przynajmniej Obama dopadł swojego wroga.

Ujawnione szczegóły śmierci Ibn Ladina dostarczyły Elin i Strike'owi tematu do rozmowy, gdy podwoziła go do metra.

– Ciekawe, czy zanim wkroczyli, byli pewni, że to on – powiedziała, zatrzymując się przed stacją.

Strike też się nad tym zastanawiał. Oczywiście Ibn Ladin miał charakterystyczny wygląd: grubo ponad metr osiemdziesiąt... Myśli Strike'a popłynęły z powrotem do Brockbanka, Lainga i Whittakera.

– W środę idziemy z ludźmi z pracy na drinka. Może masz ochotę się przyłączyć? – Wydawała się trochę skrępowana. – Z Duncanem już prawie wszystko uzgodniliśmy. Mam dość ukrywania się.

– Przepraszam, nie da rady – powiedział. – Nie teraz, kiedy prowadzę tyle obserwacji, już ci mówiłem.

Musiał przed nią udawać, że szukanie Brockbanka, Lainga i Whittakera to płatne zlecenia, ponieważ w przeciwnym razie nigdy by nie zrozumiała, dlaczego tak bardzo mu zależy na rozwiązaniu tej sprawy.

– No dobrze, w takim razie będę czekała na telefon – odrzekła i wyczuł w jej głosie chłodną nutę, którą jednak postanowił zignorować.

„Czy to ma sens?" – zadał sobie pytanie, schodząc do metra z plecakiem przewieszonym przez ramię. Nie miał na myśli mężczyzn, których szukał, lecz Elin. To, co zaczęło się jako przyjemne urozmaicenie, zaczynało stawać się uciążliwym zobowiązaniem. Przewidywalność ich randek – te same restauracje, takie same noce – zaczynała go nużyć, lecz gdy Elin zaproponowała porzucenie schematu, wcale się nie ucieszył. Mógł na poczekaniu wymyślić tuzin sposobów, w jakie wolałby spędzić wolny wieczór, niż pójść na drinka ze zgrają prezenterów Radia Three. Na czele listy znajdowało się spanie.

Niedługo – czuł, że ten moment jest już bliski – będzie chciała przedstawić go córce. Choć Strike miał już trzydzieści siedem lat, dotąd skutecznie unikał statusu „chłopaka mamusi". Wspomnienia mężczyzn, którzy przewinęli się przez życie Ledy – część z nich była porządna, większość nie (czołowym przedstawicielem tej drugiej grupy był Whittaker) – pozostawiły w nim niesmak graniczący z odrazą. Nie miał ochoty oglądać w oczach jakiegoś dziecka strachu i nieufności, które wyczytywał w spojrzeniu swojej siostry Lucy, ilekroć w drzwiach stawał kolejny nieznajomy mężczyzna. Nie wiedział, jaką sam miał wtedy minę. Tak długo, jak się dało, uparcie nie dopuszczał do siebie tej części życia Ledy, skupiając się na jej uściskach i śmiechu, na matczynym zachwycie jego osiągnięciami.

Gdy wychodził z metra na stacji Notting Hill Gate, kierując się w stronę szkoły, zawibrował jego telefon: esemesowała była żona Psychotaty.

Chciałam się upewnić, czy pan wie, że chłopców nie ma dzisiaj w szkole z powodu święta. Są u dziadków. Tam za nimi nie pójdzie.

Strike zaklął pod nosem. Rzeczywiście zapomniał o dniu wolnym od pracy. Miało to tę zaletę, że teraz mógł spokojnie pójść do agencji, nadgonić trochę papierkowej roboty, a potem pojechać na Catford Broadway, dla odmiany za dnia. Żałował tylko, że esemes nie przyszedł, zanim zapuścił się do Notting Hill.

Czterdzieści pięć minut później Strike wchodził ciężkim krokiem po metalowych schodach do swojej agencji i po raz enty zadawał sobie pytanie, dlaczego nigdy nie skontaktował się z właścicielem w sprawie uruchomienia ażurowej windy. Gdy jednak dotarł do szklanych drzwi, jego uwagę przykuło coś innego: dlaczego w środku pali się światło?

Tak mocno popchnął drzwi, że Robin, choć słyszała jego mozolne kroki, lekko podskoczyła na krześle. Wpatrywali się w siebie: ona wyzywająco, on oskarżycielsko.

– Co ty tu robisz?

– Pracuję – powiedziała.

– Kazałem ci pracować w domu.

– Już skończyłam – odparła, stukając palcem w plik kartek leżących obok niej na biurku, pokrytych odręcznymi notatkami

319

i numerami telefonów. – To wszystkie numery, które udało mi się znaleźć w Shoreditch.

Wzrok Strike'a podążył za jej ręką, lecz jego uwagę zwrócił nie mały plik starannie zapisanych kartek, na które wskazała, lecz pierścionek zaręczynowy z szafirem.

Nastąpiła chwila ciszy. Robin zastanawiała się, dlaczego serce wali jej w piersi. Jakie to niedorzeczne, że tak się obawiała jego krytyki... Przecież to jej sprawa, czy chce wyjść za Matthew... Absurdem było nawet to, że miała potrzebę tłumaczenia się przed samą sobą...

– Wróciliście do siebie? – spytał Strike, odwracając się do niej plecami, żeby powiesić kurtkę i plecak.

– Tak.

Znowu zapadło krótkie milczenie. Odwrócił się i spojrzał jej w twarz.

– Nie mam dla ciebie pracy. Została nam tylko jedna sprawa. Sam mogę się zająć Psychotatą.

Zmrużyła niebieskoszare oczy.

– A co z Brockbankiem, Laingiem i Whittakerem?

– Jak to co?

– Już nie próbujesz ich znaleźć?

– Próbuję, ale to nie jest...

– Więc jak zamierzasz się zajmować czterema sprawami naraz?

– To nie są sprawy. Nikt nam nie płaci...

– Więc to takie hobby, tak? – powiedziała Robin. – To dlatego przez cały weekend wyszukiwałam numery telefonów?

– Słuchaj, masz rację, chcę ich namierzyć. – Strike próbował zebrać argumenty mimo ogromnego zmęczenia i innych, mniej łatwych do określenia emocji (znowu miała na palcu pierścionek... od początku przypuszczał, że tak będzie... odesłanie jej do domu, żeby poprzebywała z Matthew, oczywiście ułatwiło sprawę) – ale nie...

– Z chęcią się zgodziłeś, żebym zawiozła cię do Barrow – odrzekła Robin, która była przygotowana na tę kłótnię. Doskonale wiedziała, że Strike nie chce jej z powrotem w agencji. – Nie miałeś nic przeciwko temu, żebym rozmawiała z Holly Brockbank i Lorraine MacNaughton, prawda? Więc co się nagle zmieniło?

– Przysłano ci następny pieprzony fragment ciała, Robin, oto, co się, kurwa, zmieniło!

Nie zamierzał krzyczeć, ale jego głos odbił się echem od szafek na dokumenty.

Robin była niewzruszona. Już widywała rozzłoszczonego Strike'a, słyszała, jak przeklina, widziała, jak wali pięścią w metalowe szuflady. Nie przeszkadzało jej to.

– Tak – przyznała ze spokojem – i byłam tym wstrząśnięta. Chyba większość ludzi byłaby wstrząśnięta, gdyby dostała palec wsadzony w pocztówkę. Sam też miałeś dość nietęgą minę.

– Tak, i właśnie dlatego...

– ...próbujesz sam rozpracować cztery sprawy i odesłałeś mnie do domu. Ale ja nie prosiłam o urlop.

W euforii, która nastąpiła po ponownym włożeniu pierścionka na palec, Matthew pomógł jej nawet przygotować argumenty przemawiające za powrotem do pracy. Patrząc z perspektywy czasu, było to dość niezwykłe – on udawał Strike'a, a ona przedstawiała mu swoje racje – lecz teraz Matthew był gotów pomóc jej we wszystkim, byleby tylko drugiego lipca zgodziła się za niego wyjść.

– Chciałam od razu wrócić do...

– To, że chciałaś wrócić do pracy – przerwał jej Strike – nie oznacza, że powrót do pracy leży w twoim interesie.

– Och, nie wiedziałam, że jesteś certyfikowanym psychologiem pracy – odparła z lekkim sarkazmem.

– Słuchaj – powiedział Strike, bardziej rozdrażniony jej chłodnym racjonalizmem niż byłby wściekłością i łzami (szafir znowu zimno zamigotał na jej palcu) – jestem twoim pracodawcą i to ja decyduję, czy...

– Myślałam, że jestem twoją partnerką – odparowała Robin.

– To niczego nie zmienia – odrzekł. – Partnerka czy nie, nadal ponoszę odpowiedzialność za...

– Więc wolisz patrzeć, jak agencja upada, niż pozwolić mi pracować? – spytała Robin. Na jej bladej twarzy pojawił się rumieniec złości i choć Strike przeczuwał swoją klęskę, czerpał niejasną przyjemność z tego, że Robin traci zimną krew. – Pomogłam ci rozkręcić ten interes! Ktokolwiek to jest, wyświadczasz mu przysługę, odsuwając mnie na bok, zaniedbując płatne zlecenia i zaharowując się na...

– Skąd wiesz, że...?

– Bo gównianie wyglądasz – powiedziała odważnie i zaskoczony Strike o mało nie roześmiał się po raz pierwszy od wielu dni. – Albo jestem twoją partnerką, albo nie – ciągnęła. – Jeśli zamierzasz mnie traktować jak jakąś porcelanę na specjalne okazje, wyjmowaną tylko wtedy, kiedy masz pewność, że nic jej się nie stanie, to... to z nami koniec. Koniec z tą agencją. Zrobię lepiej, jeśli skorzystam z propozycji Wardle'a...

– Jakiej propozycji? – spytał ostro.

– Powiedział, że powinnam się zatrudnić w policji – dokończyła Robin, patrząc Strike'owi prosto w twarz. – Wiesz, że nie traktuję tego jak zabawy. Nie jestem małą dziewczynką. Przetrwałam gorsze rzeczy niż odebranie przesyłki z palcem. Więc... – Zebrała się na odwagę. Miała nadzieję, że nie będzie musiała stawiać ultimatum – ...decyduj. Decyduj, czy jestem twoją partnerką, czy... kulą u nogi. Jeśli nie możesz na mnie polegać... jeśli nie możesz pozwolić, żebym podejmowała takie samo ryzyko jak ty... to powinnam... – Głos o mało jej się nie załamał, lecz zmusiła się do dokończenia zdania: – ...powinnam odejść.

Pod wpływem emocji trochę za mocno obróciła się na krześle, chcąc znaleźć się z powrotem naprzeciwko komputera, i w rezultacie przez chwilę siedziała wpatrzona w ścianę. Udając, że nic się nie stało, obróciła krzesło w stronę monitora i kontynuowała otwieranie mejli, czekając na jego odpowiedź.

Nie wspomniała mu o tropie. Musiała się dowiedzieć, czy nadal jest jego partnerką, i dopiero potem podzielić się z nim swoimi odkryciami albo dać mu je w prezencie pożegnalnym.

– Ktokolwiek to jest, masakruje kobiety dla przyjemności – powiedział cicho Strike – i jasno dał do zrozumienia, że to samo chciałby zrobić z tobą.

– Rozumiem – odrzekła Robin ze ściśniętym gardłem, nie odrywając oczu od monitora. – Ale chyba zdajesz sobie sprawę, że jeśli wie, gdzie pracuję, to pewnie wie też, gdzie mieszkam, a skoro jest taki zdeterminowany, to wyśledzi mnie wszędzie. Nie możesz pojąć, że o wiele bardziej wolałabym pomóc go złapać, niż siedzieć i czekać, aż zaatakuje?

Nie zamierzała błagać. Wyrzuciła ze skrzynki dwanaście spamów, zanim ponownie się odezwał, mówiąc zmęczonym głosem.

– W porządku.

– Co: „w porządku"? – spytała, rozglądając się ostrożnie.

– W porządku... wracasz do pracy.

Rozpromieniła się. Nie odwzajemnił jej uśmiechu.

– Och, rozchmurz się – powiedziała, wstając i okrążając biurko.

Przez jedną szaloną chwilę myślał, że go uściska – wydawała się taka szczęśliwa (a skoro zabezpieczenie w postaci pierścionka wróciło na jej palec, może szef stał się postacią, którą wolno bezpiecznie ściskać, aseksualnym nierywalem) – lecz ona tylko poszła do czajnika.

– Mam pewien trop – oznajmiła.

– Tak? – powiedział, wciąż usiłując zrozumieć nową sytuację. (Jakie wyznaczy Robin zadanie, żeby nie narażać jej na zbyt wielkie niebezpieczeństwo? Dokąd mógłby ją wysłać?)

– Tak. Nawiązałam kontakt z jedną z osób z forum BIID, która rozmawiała z Kelsey.

Szeroko ziewając, Strike opadł na kanapę obitą sztuczną skórą, która pod jego ciężarem jak zwykle wydała odgłos kojarzący się ze wzdęciem, i próbował sobie przypomnieć, o kim Robin mówi. Był tak bardzo niewyspany, że jego zazwyczaj pojemna i precyzyjna pamięć stała się zawodna.

– Z... facetem czy z kobietą? – spytał, niewyraźnie przypominając sobie zdjęcia, które pokazał mu Wardle.

– Z mężczyzną – powiedziała Robin, zalewając wrzątkiem torebki z herbatą.

Po raz pierwszy od początku ich współpracy z radością skorzystał z okazji, żeby zakwestionować jej działania.

– Więc bez mojej wiedzy udzielałaś się w internecie? Grałaś w gierki ze zgrają anonimowych typów, nie wiedząc, z kim zadzierasz?

– Przecież ci mówiłam, że byłam na tym forum! – oburzyła się Robin. – Widziałam, że Kelsey o ciebie pytała, pamiętasz? Nazwała się Niemamgdziesięzwrócić. Powiedziałam ci to wszystko, kiedy przyszedł Wardle. Jemu to zaimponowało – dodała.

– Ale już zostawił cię w tyle – odparł Strike. – Przesłuchał obie osoby, z którymi Kelsey kontaktowała się przez internet. To ślepa uliczka. One nigdy się z nią nie spotkały. Teraz policja rozpracowuje gościa, który nazywa się Devotee i namawiał na spotkanie kobiety z tej internetowej strony.

– Już o nim wiem.

– Skąd?

– Poprosił, żebym mu przesłała swoje zdjęcie, a kiedy tego nie zrobiłam, przestał się odzywać...

– Flirtujesz z tymi świrami?

– Och, na litość boską – zniecierpliwiła się Robin. – Udawałam, że cierpię na to samo zaburzenie co oni, trudno to nazwać flirtowaniem... I nie sądzę, żeby należało się przejmować tym Devotee.

Podała Strike'owi kubek z herbatą, która miała jego ulubiony odcień kreozotu. Jak na ironię tylko go to zdenerwowało, zamiast udobruchać.

– Więc myślisz, że nie należy się przejmować Devotee? Skąd taki wniosek?

– Interesowałam się trochę akrotomofilią, odkąd przyszedł do ciebie list od tego mężczyzny zafiksowanego na twojej nodze, pamiętasz? Tak jak inne parafilie, prawie nigdy nie wiąże się to z przemocą. Moim zdaniem jest o wiele bardziej prawdopodobne, że masturbuje się nad klawiaturą na myśl o tych wszystkich wannabees.

Strike, nie znajdując odpowiedzi, tylko napił się herbaty.

– W każdym razie – podjęła Robin (poczuła się urażona, że Strike nie podziękował za herbatę) – typek, z którym Kelsey rozmawiała przez internet, ten, który też marzy o amputacji, okłamał Wardle'a.

– Jak to?

– Spotkał się z Kelsey w prawdziwym życiu.

– Tak? – spytał Strike, postanawiając nie okazywać zbytniego zainteresowania. – Skąd wiesz?

– Napisał mi. Przeraził się, kiedy skontaktowała się z nim policja. Nikt z jego rodziny ani przyjaciół nie wie o jego obsesji na punkcie pozbycia się nogi. Spanikował i skłamał, że nigdy nie widział się z Kelsey. Bał się, że gdyby się przyznał, zrobiłoby się o nim głośno i musiałby zeznawać w sądzie. Tak czy inaczej, kiedy już go przekonałam, że ja to ja i że nie jestem dziennikarką ani policjantką...

– Powiedziałaś mu prawdę?

– Tak, to najlepsze, co mogłam zrobić, bo jak już nabrał pewności, że nie kłamię, zgodził się na spotkanie.

– A dlaczego myślisz, że naprawdę chce się z tobą spotkać? – spytał Strike.

– Dlatego że mamy atut, którego brakuje policji.

– Czyli co?

– Czyli – powiedziała chłodno, żałując, że nie może udzielić innej odpowiedzi – ciebie. Jason zrobi absolutnie wszystko, żeby cię poznać.

– Mnie? – spytał speszony Strike. – Dlaczego?

– Ponieważ jest przekonany, że sam uciąłeś sobie nogę.

– Co?!

– Kelsey go zapewniała, że zrobiłeś to osobiście. Chce się dowiedzieć jak.

– Jezu... kurwa mać – zaklął Strike. – Jest psychicznie chory? Oczywiście, że jest – odpowiedział sobie natychmiast. – Przecież chce sobie odciąć pieprzoną nogę. Kurwa mać.

– Wiesz, trwa debata na temat tego, czy BIID to choroba psychiczna, czy może jakiś rodzaj anomalii mózgowej – odparła Robin. – Jeśli prześwietli się mózg osoby cierpiącej...

– Mniejsza z tym – wszedł jej w słowo Strike, zbywając ten temat machnięciem ręki. – Dlaczego uważasz, że ten świr ma coś ciekawego do...?

– Spotkał się z Kelsey – zniecierpliwiła się Robin – a ona na pewno mu powiedziała, skąd ma pewność, że jesteś jednym z nich. Chłopak ma dziewiętnaście lat, pracuje w supermarkecie w Leeds, ma ciotkę w Londynie, przyjedzie tu, zatrzyma się u niej i się ze mną spotka. Próbujemy uzgodnić termin. Musi sprawdzić, kiedy będzie mógł wziąć wolne. Słuchaj, od niego mamy już tylko dwa kroki do osoby, która przekonała Kelsey, że amputowano ci nogę na twoje życzenie – ciągnęła, rozczarowana i jednocześnie poirytowana brakiem entuzjazmu Strike'a w związku z wynikami jej samodzielnej pracy, lecz mimo wszystko nadal miała cień nadziei, że przestanie być taki drażliwy i krytyczny. – A ta osoba prawie na pewno jest mordercą!

Strike wypił jeszcze trochę herbaty, pozwalając, by to, co powiedziała, powoli przeniknęło do jego wyczerpanego mózgu. Rozumowała logicznie. Namówienie Jasona na spotkanie było ważnym osiągnięciem. Powinien był ją pochwalić. Zamiast tego siedział w milczeniu i pił herbatę.

– Jeśli uważasz, że powinnam zadzwonić do Wardle'a i mu to przekazać... – powiedziała Robin z wyraźnym żalem.

– Nie – zaprzeczył Strike i pośpiech, z jakim to zrobił, dał Robin małą satysfakcję. – Dopóki się nie dowiemy, co ten chłopak... nie będziemy zawracać Wardle'owi głowy. Damy mu znać, jak już usłyszymy, co ma do powiedzenia ten cały Jason. Mówiłaś, że kiedy przyjedzie do Londynu?

– Stara się o urlop, jeszcze nie wiem.

– Jedno z nas mogłoby pojechać do niego do Leeds.

– Woli przyjechać tutaj. Usiłuje to ukryć przed znajomymi.

– Okej – powiedział szorstko Strike, pocierając przekrwione oczy i próbując ułożyć dla Robin plan zajęć, który nie narażałby jej na niebezpieczeństwo. – W takim razie naciskaj go dalej i zacznij dzwonić pod te numery. Może uda ci się natrafić na ślad Brockbanka.

– Już zaczęłam go szukać – odparła i usłyszał w jej głosie ukryty bunt zwiastujący rychłe żądanie powrotu na ulicę.

– Poza tym – dodał, myśląc w pośpiechu – chciałbym, żebyś poobserwowała Wollaston Close.

– Mam się rozejrzeć za Laingiem?

– Właśnie. Nie rzucaj się w oczy, nie kręć się tam po zmroku, a jeśli zobaczysz tego faceta w czapce, wynoś się stamtąd albo włącz ten swój cholerny alarm antygwałtowy. Najlepiej jedno i drugie.

Nawet opryskliwość Strike'a nie była w stanie stłumić radości Robin, że wróciła na pokład jako jego pełnoprawna partnerka w interesach.

Nie wiedziała, że Strike uważał i miał nadzieję, iż wysyła ją w ślepy zaułek. Dniem i nocą obserwował drzwi niewielkiego bloku, regularnie zmieniając pozycję oraz używając gogli noktowizyjnych, żeby lustrować balkony i okna. Nie zobaczył niczego, co mogłoby wskazywać, że w środku czai się Laing: żaden barczysty cień nie poruszał się za zasłoną, nigdzie nie było śladu niskiego czoła ani ciemnych oczu fretki, nie zauważył żadnej masywnej postaci kuśtykającej o kulach ani idącej zamaszystym krokiem boksera, którym Laing kiedyś był (gdy chodziło o Donalda Lainga, Strike niczego nie wykluczał). W każdym mężczyźnie wchodzącym do budynku albo wychodzącym z niego Strike wypatrywał cienia podobieństwa do zdjęcia Lainga ze strony JustGiving albo do pozbawionej twarzy postaci w czapce, lecz żaden z nich nawet w niewielkim stopniu nie odpowiadał temu rysopisowi.

– No – powiedział – w takim razie zajmiesz się Laingiem i… Daj mi połowę tych numerów… podzielimy się nimi. Ja będę dalej szukał Whittakera. Pamiętaj, że masz regularnie dzwonić, dobra?

Podźwignął się z kanapy.

– Oczywiście – odrzekła uradowana Robin. – A, jeszcze jedno… Cormoran…

Był już prawie w gabinecie, ale się odwrócił.

– …co to jest?

Trzymała tabletki Accutane, które znalazł w szufladzie Kelsey, a po sprawdzeniu ich w internecie, zostawił w tacce na korespondencję.

– A – mruknął. – To nic ważnego.

Część jej radości wyparowała. Poczuł niewyraźne wyrzuty sumienia. Wiedział, że zachowywał się jak gbur. Nie zasługiwała na to. Spróbował wziąć się w garść.

– Lek na trądzik – wyjaśnił. – Należał do Kelsey.

– Oczywiście, przecież pojechałeś do niej do domu, widziałeś się z jej siostrą! Jak tam było? Co ci powiedziała?

Strike nie czuł się na siłach, żeby opowiadać o Hazel Furley. Miał wrażenie, że od tamtej rozmowy minęło dużo czasu, był wyczerpany i nadal czuł do Robin nieuzasadnioną wrogość.

– Nic nowego – odparł. – Nic ważnego.

– Więc dlaczego zabrałeś te tabletki?

– Myślałem, że to mogą być pigułki antykoncepcyjne… Że może Kelsey knuła coś, o czym siostra nie wiedziała.

– Aha – odrzekła Robin. – Więc rzeczywiście są bez znaczenia.
Wyrzuciła je do kosza.

Ego – tylko i wyłącznie ego – zmusiło Strike'a do podjęcia wysiłku i kontynuowania tej rozmowy. Robin wpadła na dobry trop, a on nie miał nic oprócz mało konkretnego pomysłu związanego z lekiem Accutane.

– Poza tym znalazłem numerek – powiedział.

– Co?

– Coś w rodzaju bilecika z szatni.

Patrzyła na niego wyczekująco.

– Z numerem osiemnaście – dodał Strike.

Czekała na dalsze wyjaśnienia, lecz żadnych nie usłyszała. Strike ziewnął i uznał swoją porażkę.

– Do zobaczenia później. Informuj mnie, co robisz i gdzie jesteś.

Wszedł do gabinetu, zamknął drzwi, usiadł przy biurku i rozwalił się w fotelu. Zrobił wszystko, co było w jego mocy, żeby ją powstrzymać przed powrotem na ulicę. Teraz marzył tylko o tym, żeby usłyszeć, jak wychodzi.

40

... *love is like a gun*
And in the hands of someone like you
I think it'd kill.

[...] miłość jest jak pistolet,
A w rękach kogoś takiego jak ty
Chyba mogłaby zabić.

Blue Öyster Cult, *Searchin' for Celine*

Robin była o dziesięć lat młodsza od Strike'a. Zjawiła się w jego agencji jako tymczasowa sekretarka, nieposzukiwana i niemile widziana, w najgorszym momencie jego życia zawodowego. Zamierzał ją zatrzymać tylko na tydzień, i to wyłącznie dlatego, że gdy przyszła, o mało nie zrzucił jej z metalowych schodów. Czuł, że jest jej to winien. Jakimś sposobem zdołała go przekonać, żeby pozwolił jej zostać dłużej, najpierw na drugi tydzień, potem na miesiąc i wreszcie na zawsze. Dzięki niej o włos uniknął bankructwa, pracowała na sukces jego agencji, nauczyła się tej roboty, a teraz prosiła jedynie o to, by pozwolił sobie pomóc, gdy agencja znowu przechodziła kryzys, i by mogła razem z nim walczyć o jej przetrwanie.

Wszyscy lubili Robin. On też ją lubił. Jak mógłby jej nie lubić po tym wszystkim, przez co razem przeszli? Jednak już na początku powiedział sobie: ani kroku dalej. Należało zachować dystans. Granice musiały pozostać nienaruszone.

Wkroczyła w jego życie w tym samym dniu, w którym na dobre zerwał z Charlotte po szesnastu latach przerywanego związku. Nadal nie był w stanie powiedzieć, czy sprawił mu on więcej przyjemności, czy bólu. Uczynność Robin, jej sumienność, fascynacja tym, czym się zajmował, i podziw, jakim go darzyła (skoro miał być ze sobą szczery, powinien być szczery do końca), okazały się balsamem na rany zadane przez Charlotte, na obrażenia wewnętrzne o wiele trwalsze niż pożegnalne prezenty w postaci podbitego oka i zadrapań.

Wtedy szafir na trzecim palcu Robin był zaletą: zabezpieczeniem i kropką. Nie dopuszczając niczego więcej, umożliwił Strike'owi swobodne... Właściwie co? Poleganie na niej? Zaprzyjaźnienie się z nią? Pierścionek zaręczynowy niepostrzeżenie doprowadził do osłabienia barier, wskutek czego, patrząc wstecz, Strike zdał sobie sprawę, że podzielili się ze sobą osobistymi informacjami, których prawie nikt nie znał. Robin była jedną z zaledwie trzech osób (tak przypuszczał) wiedzących o dziecku, które Charlotte rzekomo straciła, lecz które mogło w ogóle nie istnieć albo zostać usunięte. Strike zaś należał do garstki ludzi wiedzących o niewierności Matthew. Mimo całej determinacji detektywa, żeby trzymać Robin na dystans, raczej podtrzymywali się nawzajem – i to dosłownie. Doskonale pamiętał, co czuł, obejmując ją w talii, gdy niepewnym krokiem szli do hotelu Hazlitt's. Była wystarczająco wysoka, by mógł z łatwością ją prowadzić. Nie lubił się schylać. Nigdy nie podobały mu się bardzo niskie kobiety.

„Matthew nie byłby tym zachwycony" – powiedziała.

Byłby jeszcze mniej zachwycony, gdyby wiedział, jak bardzo podobało się to Strike'owi.

Daleko jej było do urody Charlotte. Charlotte należała do tego rodzaju piękności, na widok których mężczyźni milkną w pół słowa, które oszałamiają ich tak, że nie mogą wydobyć z siebie głosu. Robin, jak siłą rzeczy zauważał, gdy pochylała się, żeby wyłączyć komputer pod ścianą, była bardzo seksowna, lecz w jej obecności mężczyźni nie zapominali języka w gębie. Sądząc po zachowaniu Wardle'a, skłaniała ich wręcz do większej gadatliwości.

Lubił jednak jej twarz. Lubił jej głos. Lubił przy niej być.

Nie chodziło o to, że chciał z nią być – to byłoby szaleństwo. Nie mogliby razem prowadzić agencji i romansować. W każdym razie nie była dziewczyną, z którą miewa się romanse. Znał ją tylko jako kobietę zaręczoną albo osamotnioną po zerwaniu zaręczyn i dlatego widział w niej istotę stworzoną do małżeństwa.

Bliski złości zsumował to, co o niej wiedział i zaobserwował, a co sprawiało, że skrajnie się od siebie różnili i ucieleśniało jej bezpieczniejszy, odrębny i bardziej konwencjonalny świat. Od szóstej klasy miała tego samego nadętego chłopaka (choć teraz rozumiał to trochę lepiej), miłą rodzinę z klasy średniej w Yorkshire, rodziców od dziesiątek lat będących małżeństwem, najwyraźniej szczęśliwym, labradora, land rovera oraz kucyka. Nawet przeklętego kucyka!

Po chwili do jego głowy wdarły się inne wspomnienia i od obrazu bezpiecznej i uporządkowanej przeszłości oddzieliła się inna Robin: ukazała mu się kobieta, która nadawałaby się do Wydziału do spraw Specjalnych. Była to Robin pobierająca lekcje jazdy dla zaawansowanych, narażająca się na wstrząśnienie mózgu, żeby dopaść mordercę, ze spokojem owijająca Strike'owi poranione ramię płaszczem jak opaską uciskową, po tym jak został dźgnięty nożem, i wioząca go do szpitala. Robin, która tak skutecznie improwizowała podczas przesłuchiwania podejrzanych, że wyciągała z nich informacje, jakich nie zdołała wydobyć policja; Robin, która wymyśliła Venetię Hall i z powodzeniem się w nią wcieliła; która przekonała przerażonego młodego mężczyznę marzącego o amputacji nogi, żeby jej zaufał; która dała Strike'owi sto innych dowodów swojej inicjatywy, zaradności i odwagi mogących już dawno zrobić z niej nieumundurowaną oficer policji, gdyby nie to, że kiedyś weszła do ciemnej klatki schodowej, gdzie czekał na nią zamaskowany drań.

I ta kobieta zamierzała poślubić Matthew! Matthew, który liczył, że jego narzeczona zatrudni się w dziale kadr i dołoży ładną pensyjkę do jego własnej, który dąsał się i narzekał na jej długi, nienormowany czas pracy i marne zarobki... Czy nie widziała, że zamierza zrobić coś cholernie głupiego? Dlaczego, do kurwy nędzy, z powrotem włożyła pierścionek na palec? Czyżby nie zasmakowała wolności podczas ich wyprawy do Barrow, którą Strike wspominał z sympatią wytrącającą go z równowagi?

„Popełnia zajebiście wielki błąd, i tyle".

Właśnie: i tyle. To nie było nic osobistego. Bez względu na to, czy była zaręczona, zamężna czy wolna, nic nie mogłoby wyniknąć ze słabości, którą, jak był zmuszony przyznać, od jakiegoś czasu do niej miał. Postanowił przywrócić zawodowy dystans, który z jakiegoś powodu zniknął po jej alkoholowych wyznaniach i w miłej atmosferze ich wycieczki na północ, oraz na razie odłożyć krystalizujący się plan zakończenia związku z Elin. Czuł się bezpieczniej, mając w odwodzie inną kobietę, w dodatku piękną, której entuzjazm i doświadczenie w łóżku z pewnością mogły mu zrekompensować ich niezaprzeczalne niedopasowanie poza nim.

Zaczął się zastanawiać, jak długo Robin będzie u niego pracowała po tym, jak zostanie panią Cunliffe. Matthew z pewnością wykorzysta każdy gram mężowskiego wpływu, żeby odciągnąć ją od zawodu tyleż niebezpiecznego, co kiepsko płatnego. No cóż, to już jej zmartwienie: jak sobie pościeli, tak się wyśpi.

Tylko że gdy już raz się zerwało, o wiele łatwiej zerwać ponownie. Wiedział o tym jak mało kto. Ile razy rozstawali się z Charlotte? Ile razy ich związek się rozpadał i ile razy próbowali odbudować ten wrak? Pod koniec więcej było pęknięć niż budulca: żyli w pajęczej sieci szczelin spajanych nadzieją, bólem i iluzją.

Do ślubu Robin i Matthew zostały tylko dwa miesiące.

Był jeszcze czas.

41

See there a scarecrow who waves through the mist.

Spójrz na stracha na wróble falującego we mgle.

Blue Öyster Cult, *Out of the Darkness*

Tak się złożyło, że w ciągu następnego tygodnia Strike bardzo rzadko widywał Robin. Prowadzili obserwację w różnych miejscach i wymieniali się informacjami prawie wyłącznie przez telefon.

Zgodnie z jego przewidywaniami ani na Wollaston Close, ani w jej okolicach nie było śladu po byłym żołnierzu Królewskiej Piechoty Granicznej. Nie udało mu się także namierzyć Whittakera w Catford. Wychudzona Stephanie jeszcze kilka razy wychodziła z mieszkania nad smażalnią i do niego wracała. Choć Strike nie mógł jej obserwować przez całą dobę, wkrótce był pewny, że widział wszystkie jej ubrania: kilka brudnych dżersejowych koszulek i jedną znoszoną bluzę z kapturem. Jeśli, jak bez wahania stwierdził Shanker, była prostytutką, to pracowała nieregularnie. Choć starał się, żeby go nie zauważyła, wątpił, czy jej zapadnięte oczy w ogóle by go zarejestrowały, nawet gdyby przestał się ukrywać. Były przymknięte, pełne wewnętrznego mroku, niedopuszczające świata zewnętrznego.

Strike próbował ocenić, czy Whittaker jest prawie zawsze w środku czy prawie zawsze poza mieszkaniem przy Catford Broadway, lecz pod tym adresem nie zarejestrowano żadnego telefonu stacjonarnego, a nieruchomość należała do niejakiego Dareshaka, który albo ją wynajmował, albo nie był w stanie pozbyć się dzikich lokatorów.

Gdy pewnego wieczoru detektyw stał obok drzwi dla aktorów teatru i palił papierosa, obserwując oświetlone okna i zastanawiając się, czy tylko mu się przywidziało, że w środku ktoś się porusza, zawibrowała jego komórka i na wyświetlaczu ukazało się nazwisko Wardle'a.

– Co słychać? – powiedział.

– Chyba sprawa ma ciąg dalszy – odrzekł policjant. – Wygląda na to, że nasz przyjaciel znowu zaatakował.

Strike przyłożył komórkę do drugiego ucha, żeby nie usłyszeli tego przechodnie.

– Mów.

– Ktoś potraktował nożem dziwkę w Shacklewell i na pamiątkę uciął jej dwa palce. Zrobił to specjalnie: przygwoździł jej rękę do ziemi i ciachnął.

– Jezu. Kiedy to było?

– Dziesięć dni temu, dwudziestego dziewiątego kwietnia. Dopiero teraz wybudzili ją ze śpiączki farmakologicznej.

– Przeżyła? – spytał Strike, odrywając wzrok od okien, za którymi mógł się czaić Whittaker, i całą uwagę skupiając na Wardle'u.

– Jakimś pieprzonym cudem – powiedział Wardle. – Dźgnął ją w brzuch, przebił płuco, a potem uciął palce. To niepojęte, że ostrze ominęło najważniejsze organy. Na pewno uznał, że ją zabił. Zaprowadziła go między dwa budynki, żeby mu obciągnąć, ale coś mu przeszkodziło: dwaj studenci idący po Shacklewell Lane usłyszeli krzyk i weszli w uliczkę, żeby sprawdzić, co się dzieje. Gdyby się zjawili pięć minut później, byłoby po niej. Przeprowadzono dwie transfuzje, żeby utrzymać ją przy życiu.

– I? – spytał Strike. – Co mówi?

– Na razie jest nafaszerowana lekami i samego ataku nie pamięta. Twierdzi, że był dużym, masywnym białym typem w czapce. W ciemnej kurtce. Miał postawiony kołnierz. Nie za dobrze widziała jego twarz, ale myśli, że pochodził z północy.

– Naprawdę? – spytał Strike, czując, że serce łomocze mu jak nigdy dotąd.

– Tak mówi. Ale jest oszołomiona. A, i uratował ją przed wejściem pod samochód. To ostatnia rzecz, jaką pamięta. Wciągnął ją z powrotem na chodnik, kiedy nadjeżdżał jakiś van.

– Dżentelmen – mruknął Strike, wydmuchując dym w gwiaździste niebo.

333

– No – powiedział Wardle. – Pewnie chciał, żeby jej ciało pozostało nienaruszone.

– Są jakieś szanse na portret pamięciowy?

– Jutro spróbujemy wysłać do niej rysownika, ale nie wiążę z tym wielkich nadziei.

Strike stał w ciemności i intensywnie myślał. Czuł, że nowy atak wstrząsnął Wardle'em.

– Jakieś wieści w sprawie któregoś z moich podejrzanych? – spytał.

– Jeszcze nie – odrzekł krótko Wardle.

Sfrustrowany Strike postanowił nie naciskać. Potrzebował łatwego dostępu do policyjnego dochodzenia.

– A co z tym waszym Devotee? – spytał, odwracając się z powrotem w stronę okien mieszkania Whittakera, gdzie chyba nic się nie zmieniło. – Jak ci idzie z tym wątkiem?

– Próbuję nasłać na gościa ludzi od przestępstw internetowych, ale mówią, że mają teraz ważniejsze sprawy – odparł Wardle nie bez goryczy. – Ich zdaniem to tylko zwyczajny zboczeniec.

Strike przypomniał sobie, że podobnego zdania była Robin. Nie zostało nic więcej do dodania. Pożegnał się z Wardle'em, a potem zagłębił w swojej niszy w zimnym murze i paląc papierosa, wrócił do obserwowania zasłoniętych okien Whittakera.

Następnego dnia Strike i Robin spotkali się przypadkiem w agencji. Strike, który właśnie wyszedł z mieszkania, trzymając pod pachą kartonowe pudło pełne zdjęć Psychotaty, nie zamierzał zachodzić do agencji, ale na widok sylwetki Robin majaczącej za mleczną szybą zmienił zdanie.

– ...dobry.

– Cześć – powiedziała Robin.

Ucieszyła się na jego widok, a jeszcze bardziej ucieszyło ją, że się uśmiechał. Ostatnio ich kontakty charakteryzowało dziwne skrępowanie. Strike miał na sobie swój najlepszy garnitur, dzięki czemu wyglądał szczuplej.

– Co się tak wystroiłeś? – spytała.

– Pilne spotkanie z adwokatem: żona Psychotaty chce, żebym pokazał wszystko, co mam, wszystkie zdjęcia, na których czai się pod szkołą i wyskakuje na dzieci. Zadzwoniła wczoraj późnym wieczorem, po tym jak zjawił się w domu zalany i im groził: zamierza wytoczyć najcięższe działa i zdobyć sądowy zakaz zbliżania się.

– Czy to oznacza, że przestajemy go obserwować?

– Wątpię. Psychotata nie podda się tak łatwo – odrzekł Strike, spoglądając na zegarek. – Zresztą nieważne... Mam tylko dziesięć minut, a muszę ci przekazać najnowsze wieści.

Powiedział jej o próbie zamordowania prostytutki w Shacklewell. Gdy skończył, wyglądała poważnie i po namyśle spytała:

– Zabrał palce?

– No.

– Mówiłeś... Kiedy byliśmy w Feathers, mówiłeś, że twoim zdaniem Kelsey nie jest jego pierwszą ofiarą. Byłeś pewny, że przygotowywał się do tego, co jej zrobił.

Przytaknął.

– Nie wiesz może, czy policja szukała innych przypadków mordowania kobiet, którym ucinano fragmenty ciała?

– Na pewno – powiedział Strike, mając nadzieję, że się nie myli, i zapisując w pamięci, żeby spytać o to Wardle'a. – Tak czy inaczej – dodał – teraz to zrobi.

– Czy ta prostytutka będzie w stanie go rozpoznać?

– Jak wspomniałem, zasłonił twarz. Był dużym, białym facetem w czarnej kurtce.

– Pobrali od niej próbki DNA? – spytała Robin.

Obydwoje odruchowo pomyśleli o tym, co przeszła Robin w szpitalu po ataku gwałciciela. Strike, który prowadził dochodzenia w sprawie gwałtów, znał procedurę. Robin nagle przypomniał się ponury moment, gdy cała obolała siusiała do pojemnika, mając jedno oko zupełnie zamknięte po ciosie pięścią, z gardłem spuchniętym na skutek duszenia, a później musiała się położyć na kozetce i jakaś pani doktor delikatnie rozchyliła jej kolana...

– Nie – powiedział Strike. – Facet nie... Nie doszło do penetracji. No, lepiej już pójdę. Dzisiaj możesz zapomnieć o śledzeniu Psychotaty: wie, że dał plamę, więc raczej nie pokaże się przed szkołą. Gdybyś mogła mieć na oku Wollaston...

– Zaczekaj! To znaczy... jeśli masz czas – dodała.

– Tylko dwie minuty – odrzekł, ponownie spoglądając na zegarek. – O co chodzi? Chyba nie zauważyłaś Lainga?

– Nie, ale... możliwe, że wytropiłam Brockbanka.

– Żartujesz!

– To klub ze striptizem niedaleko Commercial Road. Obejrzałam go na Google Street View. Wygląda dość obskurnie. Zadzwoniłam, spytałam o Noela Brockbanka i jakaś kobieta powiedziała: „Kto?", a potem dodała: „Ma pani na myśli Nile'a?". Zasłoniła słuchawkę ręką, chwilę porozmawiała z inną kobietą, pytając ją, jak się nazywa ten nowy bramkarz. Wygląda na to, że dopiero się zatrudnił. Więc opisałam go z wyglądu i wtedy powiedziała: „No, to Nile". Oczywiście – dodała skromnie Robin – to wcale nie musi być on i tak dalej, może to jakiś inny ciemnowłosy mężczyzna, który naprawdę ma na imię Nile, ale kiedy wspomniałam o podłużnej brodzie, ona od razu...

– Jak zwykle się spisałaś – pochwalił ją Strike, spoglądając na zegarek. – Muszę lecieć. Prześlij mi namiary na ten klub ze striptizem, dobrze?

– Myślałam, że mogłabym...

– Nie, masz zostać na Wollaston Close – uciął Strike. – Bądźmy w kontakcie.

Gdy zamknęły się za nim szklane drzwi i z brzękiem schodził po metalowych schodach, Robin pocieszyła się myślą, że ją pochwalił. Liczyła jednak na szansę zrobienia czegoś innego niż bezsensowne gapienie się godzinami na mieszkania przy Wollaston Close. Zaczynała przypuszczać, że Lainga tam nie ma, a co gorsza, że Strike o tym wie.

Wizyta w kancelarii była krótka, ale owocna. Prawnika zachwyciły liczne dowody od Strike'a, które wyraźnie dokumentowały nieustanne łamanie przez Psychotatę sądowych postanowień dotyczących opieki nad dziećmi.

– O, doskonale – rozpromienił się nad powiększonym zdjęciem młodszego syna, który z płaczem kulił się za nianią, gdy jego ojciec awanturował się i wygrażał palcem tej odważnej kobiecie, prawie stykając się z nią nosem. – Doskonale, doskonale...

Po chwili, zauważając minę swojej klientki, pospiesznie ukrył radość wywołaną widokiem cierpienia dziecka i zaproponował herbatę.

Godzinę później Strike, wciąż w garniturze, lecz z krawatem wciśniętym do kieszeni, szedł za Stephanie do centrum handlowego Catford. Oznaczało to konieczność przejścia pod olbrzymią rzeźbą z włókna szklanego przedstawiającą uśmiechniętego czarnego kota, umieszczoną na dźwigarze rozciągniętym nad uliczką prowadzącą do hali. Jego dyndającą łapę dzieliły dwa piętra od zawadiacko uniesionego ogona. Wyglądał, jakby zamierzał skoczyć na przechodzących obok klientów albo ich pochwycić.

Strike postanowił śledzić Stephanie pod wpływem chwili – nigdy wcześniej tego nie robił – a po sprawdzeniu, dokąd poszła i z kim się spotkała, zamierzał wrócić, żeby dalej obserwować mieszkanie. Szła jak zwykle mocno opleciona rękami, jakby chciała utrzymać się w ten sposób w całości, ubrana w znaną mu szarą bluzę z kapturem, czarną minispódniczkę i legginsy. Chudość jej przypominających patyczki nóg podkreślały masywne trampki. Weszła do apteki i Strike patrzył przez okno, jak zgarbiona czeka na krześle na realizację recepty, z nikim nie nawiązując kontaktu wzrokowego i gapiąc się na swoje stopy. Odebrawszy białą papierową torebkę, wróciła tą samą drogą, którą przyszła, przechodząc pod olbrzymim kotem z dyndającą łapą i najwyraźniej idąc do mieszkania. Minęła jednak smażalnię przy Catford Broadway, kawałek dalej skręciła w prawo przy Afro-karaibskim Centrum Spożywczym i zniknęła w małym pubie o nazwie Catford Ram dobudowanym do zaplecza centrum handlowego. Elewację pubu, mającego chyba tylko jedno okno, obłożono drewnem, które upodobniłoby go do wiktoriańskiego kiosku, gdyby nie to, że ktoś obkleił ją reklamami fast foodów, Sky Sports i darmowego Wi-Fi.

Cały teren był wyłączony z ruchu kołowego, lecz niedaleko wejścia do pubu zaparkował poobijany szary transit, zapewniający Strike'owi przydatną osłonę. Detektyw skrył się za nim i rozważył różne ewentualności. Na tym etapie spotkanie twarzą w twarz z Whittakerem na nic by się zdało, a pub wydawał się zbyt mały, żeby można się było w nim ukryć przed byłym ojczymem, o ile to właśnie z nim miała się tu spotkać Stephanie. Tak naprawdę Strike'owi zależało jedynie na porównaniu aktualnego wyglądu Whittakera z postacią w czarnej czapce i może jeszcze z mężczyzną w wojskowej kurtce, który obserwował pub Court.

Strike oparł się o transita i zapalił papierosa. Gdy postanowił poszukać trochę bardziej oddalonego punktu obserwacyjnego, żeby zobaczyć, z kim Stephanie wyjdzie z pubu, tylne drzwi samochodu, za którym się przyczaił, gwałtownie się otworzyły.

Strike pospiesznie cofnął się o kilka kroków, a ze środka wygramoliło się czterech mężczyzn we mgle dymu o silnym, gryzącym zapachu palonego plastiku, który były funkcjonariusz Wydziału do spraw Specjalnych natychmiast skojarzył z crackiem.

Wszyscy czterej byli zaniedbani, mieli brudne dżinsy i koszulki, a z powodu zapadniętych policzków i przedwczesnych zmarszczek, trudno było oszacować ich wiek. Usta dwóch z nich zachodziły na pozbawione zębów dziąsła. Na chwilę zdumiał ich widok nieznajomego mężczyzny stojącego tak blisko w czystym garniturze i, sądząc po jego zdziwionej minie, domyślili się chyba, że nie wiedział, co się dzieje w samochodzie. Zatrzasnęli drzwi transita.

Trzech pewnym krokiem poszło do pubu, ale czwarty stał w miejscu. Gapił się na Strike'a, a Strike gapił się na niego. To był Whittaker.

Był większy, niż Strike pamiętał. Detektyw wiedział, że były ojczym prawie dorównuje mu wzrostem, lecz zapomniał, jak dobrze jest zbudowany, jakie szerokie ma ramiona, jak grube kości pod mocno wytatuowaną skórą. Gdy stali, mierząc się wzrokiem, jego cienka koszulka ozdobiona logo Slayera, militarystyczna i zarazem okultystyczna, opinała jego ciało i ukazywała zarys żeber.

Żółta twarz Whittakera była wysuszona jak stare jabłko, ciało zniszczone, skóra skurczyła się na szkielecie, a pod wysokimi kośćmi policzkowymi utworzyły się zagłębienia. Zmatowiałe włosy przerzedzały się na skroniach: zwisały strąkami wokół wydłużonych płatków uszu ozdobionych srebrnymi tulejami. Stali tak, Strike we włoskim garniturze, nietypowo jak na niego szykownym, i Whittaker, śmierdzący oparami cracku, ze złotymi oczami heretyckiego kapłana przysłoniętymi pomarszczonymi, opadającymi powiekami.

Strike nie byłby w stanie powiedzieć, jak długo się sobie przyglądali, lecz w tym czasie przez jego umysł przepłynął całkowicie spójny strumień myśli...

Gdyby Whittaker był mordercą, mógłby spanikować, ale widok Strike'a za bardzo by go nie zaskoczył. Ale jeśli nie był mordercą, powinien był przeżyć potężny szok, zastając Strike'a tuż obok swojego transita. Tylko że Whittaker nigdy nie zachowywał się tak jak inni ludzie. Zawsze lubił pozować na człowieka, którego nic nie szokuje, na wszechwiedzącego.

Po chwili zareagował i Strike od razu poczuł, że nierozsądnie byłoby się po nim spodziewać czegoś innego niż to, co zrobił. Whittaker szeroko się uśmiechnął, odsłaniając poczerniałe zęby, i w Strike'u natychmiast wezbrała nienawiść sprzed dwudziestu lat. Marzył o tym, żeby walnąć Whittakera pięścią w twarz.

– Proszę, proszę – powiedział cicho Whittaker. – Toż to sierżant Sherlock kurwa Holmes.

Odwrócił głowę i Strike zobaczył skórę prześwitującą między rzadkimi włosami. To, że Whittaker łysiał, sprawiło mu pewną przyjemność. Skurwiel był próżny. Na pewno mu się to nie podobało.

– Banjo! – zawołał Whittaker do ostatniego z trzech towarzyszy, którzy właśnie dotarli do drzwi pubu. – Zawołaj ją tu!

Cały czas bezczelnie się uśmiechał, mimo że oczami szaleńca wodził od transita do Strike'a i z powrotem w stronę pubu. Raz po raz zaciskał brudne palce. Mimo pozornej beztroski był zdenerwowany. Dlaczego nie spytał, co Strike tam robi? A może już wiedział?

Kumpel nazwany Banjo wyszedł z pubu, ciągnąc Stephanie za chudy nadgarstek. W wolnej ręce nadal ściskała białą torebkę z apteki. Opakowanie wydawało się uderzająco nieskazitelne na tle tanich, brudnych ciuchów jej i Banja. Wokół jej szyi podskakiwał złoty łańcuszek.

– No co mnie tak...? O co ci...? – jęczała, niczego nie rozumiejąc.

Banjo postawił ją obok Whittakera.

– Przynieś nam piwo – polecił Whittaker Banjowi, który posłusznie się oddalił, szurając nogami. Whittaker położył rękę na chudym karku Stephanie, a ona spojrzała na niego z niewolniczym uwielbieniem dziewczyny, która, podobnie jak kiedyś Leda, dostrzegała w Whittakerze cudowne zalety, zupełnie niewidoczne dla Strike'a. Potem Whittaker ścisnął jej szyję palcami, aż skóra wokół nich pobielała, i zaczął nią potrząsać, nie aż tak energicznie, by zwrócić uwagę przechodniów, lecz z wystarczającą siłą, żeby na jej twarzy natychmiast odmalował się rozpaczliwy strach.

– Wiesz coś o tym?

– O-o czym? – wyjąkała. W białej papierowej torebce grzechotały tabletki.

– O nim! – odparł cicho Whittaker. – Przecież tak bardzo cię interesuje, ty mała, brudna suko...

– Zostaw ją – powiedział Strike, odzywając się po raz pierwszy.

– Czy ja wyglądam na kogoś, kto słucha twoich rozkazów? – spytał cicho Whittaker z szerokim uśmiechem i obłędem w oczach.

Z nagłą, szokującą siłą, chwycił Stephanie oburącz za szyję i podniósł ją całą, tak że wypuściła białą torebkę na chodnik i próbowała się wyswobodzić, machając nogami, a jej twarz robiła się fioletowa.

Strike nie myślał, nie zastanawiał się. Mocno walnął Whittakera w brzuch, a ten runął na plecy, ciągnąc za sobą Stephanie. Zanim Strike zdążył temu zapobiec, usłyszał uderzenie jej głowy w beton. Whittaker, któremu na chwilę zabrakło tchu, próbował wstać, a spomiędzy jego czarnych zębów wylewał się strumień mamrotanych przekleństw. Strike zobaczył kątem oka trzech kumpli Whittakera, z Banjem na czele, przeciskających się przez drzwi pubu: wszystko widzieli przez brudne okno. Jeden z nich trzymał krótki, zardzewiały nóż.

– No, dalej! – podjudzał ich Strike, stając w rozkroku i szeroko otwierając ramiona. – Ściągnijcie gliniarzy do swojej ćpuńskiej meliny na kółkach!

Leżący na ziemi Whittaker, nadal nie mogąc złapać tchu, wykonał gest, który powstrzymał jego przyjaciół, co było najrozsądniejszym posunięciem byłego ojczyma, jakie Strike kiedykolwiek widział. Zza okna pubu spoglądały liczne twarze.

– Ty pieprzony matkoje... ty matkojebco... – rzęził Whittaker.

– Taa, porozmawiajmy o matkach – powiedział Strike, pomagając Stephanie wstać. W uszach szumiała mu krew. Korciło go, żeby tłuc Whittakera, aż jego żółta twarz zmieni się w miazgę.

– On zabił moją – dodał, zwracając się do dziewczyny i patrząc w jej zapadnięte oczy. Ręce miała tak chude, że prawie obejmował je dłońmi. – Słyszałaś? On już zabił jedną kobietę. A może więcej.

Whittaker próbował chwycić Strike'a za kolana i powalić go na ziemię. Strike kopnął go, nadal trzymając Stephanie. Czerwone ślady po palcach Whittakera odznaczały się na jej białej szyi, podobnie jak odciśnięty łańcuszek, na którym wisiał wygięty kontur serduszka.

– Chodź ze mną – powiedział do niej Strike. – To pieprzony morderca. Są schroniska dla kobiet. Odejdź od niego.

Jej oczy przypominały otwory wiertnicze prowadzące do ciemności, jakiej nigdy nie widział. Równie dobrze mógłby jej oferować jednorożca: jego propozycja była szalona, nie mieściła się w jej rzeczywistości i, o dziwo, mimo że Whittaker tak mocno ścisnął jej gardło, że nie była w stanie się odezwać, wyrwała się Strike'owi, jakby był porywaczem, po czym chwiejnym krokiem podeszła do Whittakera i troskliwie nad nim przykucnęła. Asymetryczne serduszko zakołysało się na jej szyi.

Whittaker pozwolił sobie pomóc, wstał i odwrócił się do Strike'a, rozcierając brzuch, który przyjął cios, a potem, w typowym dla niego, maniakalnym stylu, zaczął rechotać jak staruszka. Whittaker wygrał: obaj to wiedzieli. Stephanie przywarła do niego jak do wybawcy. Wepchnął brudne paluchy głęboko we włosy z tyłu jej głowy i mocno ją do siebie przyciągnął, a następnie pocałował, wsadzając jej język do gardła. Wolną ręką skinął na wciąż jeszcze przyglądających się temu kumpli, żeby wsiadali do transita. Banjo wspiął się na miejsce kierowcy.

– Do zobaczenia, maminsynku – szepnął Whittaker do Strike'a, wpychając Stephanie na pakę. Zanim drzwi się zamknęły, ucinając wyzwiska i drwiny jego towarzyszy, Whittaker spojrzał Strike'owi prosto w oczy i z szerokim uśmiechem wykonał w powietrzu znajomy gest podrzynania gardła. Transit odjechał.

Nagle Strike zdał sobie sprawę, że kilka osób stoi wokół niego i gapi się z tępymi minami publiczności zaskoczonej niespodziewanym zgaszeniem świateł w teatrze. Reszta nadal przyciskała twarze do okna pubu. Nie pozostało mu nic innego, jak tylko zapamiętać numer rejestracyjny starego poobijanego transita, zanim skręci za róg. Gdy wściekły stamtąd odchodził, gapie się rozstąpili, robiąc mu przejście.

42

I'm living for giving the devil his due.

Żyję po to, by dać diabłu, co mu się należy.

Blue Öyster Cult, *Burnin' for You*

„Każdemu zdarza się coś spieprzyć" – tłumaczył sobie Strike. Jego kariera wojskowa też nie obyła się bez wpadek. Można trenować najciężej, jak się da, sprawdzać każdy element wyposażenia, przygotowywać się na każdą ewentualność, a mimo to spotyka cię jakiś pech i masz przesrane. Pewnego razu w Bośni wadliwy telefon komórkowy nieoczekiwanie się rozładował, wywołując ciąg niefortunnych zdarzeń zakończonych tym, że przyjaciel Strike'a ledwie uszedł z życiem, skręciwszy w niewłaściwą ulicę w Mostarze.

W żaden sposób nie zmieniało to faktu, że gdyby podwładny w Wydziale do spraw Specjalnych prowadził dochodzenie i oparł się o tył niedbale zaparkowanego transita, nie sprawdziwszy, czy w środku jest pusto, Strike miałby na ten temat dużo do powiedzenia, i to głośno. Nie zamierzał konfrontować się z Whittakerem – w każdym razie tak sobie powtarzał – lecz po chwili trzeźwej refleksji musiał przyznać, że jego działania świadczyły o czymś zgoła przeciwnym. Sfrustrowany długimi godzinami obserwowania mieszkania Whittakera w zasadzie nie zadał sobie trudu, żeby schować się przed klientami pubu, i choć oczywiście nie mógł wiedzieć, że Whittaker jest w samochodzie, z perspektywy czasu poczuł dziką przyjemność, wiedząc, że wreszcie przywalił temu skurwielowi.

Boże, naprawdę miał ochotę zrobić mu krzywdę. Ten chełpliwy śmiech, włosy w strąkach, koszulka Slayera, gryzący zapach, palce zaciśnięte na chudej, białej szyi, szydercze słowa o matkach: emocje, które eksplodowały w Strike'u na niespodziewany widok Whittakera, były emocjami jego osiemnastoletniego ja, skorego do bójki, nieprzejmującego się konsekwencjami.

Pomijając przyjemność związaną z uderzeniem Whittakera, spotkanie przyniosło mu niewiele istotnych informacji. Próbował przeprowadzić retrospektywne porównania, lecz na podstawie samego wyglądu nie mógł ani zidentyfikować, ani wykluczyć Whittakera jako rosłego mężczyzny w czapce. Goniąc przez Soho ciemną postać, nie zauważył u niej zmatowiałych włosów Whittakera, ale mogła przecież związać długie strąki albo wetknąć je pod czapkę. Wydawała się bardziej zwalista od Whittakera, lecz watowane kurtki na pewno dodają objętości. Reakcja Whittakera na spotkanie Strike'a obok transita też nie podsunęła detektywowi żadnych konkretnych tropów. Im dłużej o tym myślał, tym bardziej nie mógł się zdecydować, czy w pełnej samozadowolenia minie Whittakera wyczytał triumf ani czy ostatni gest jego ojczyma, brudne palce przecinające powietrze, był tylko typowym dla niego aktorskim popisem, czczą pogróżką, infantylnym odwetem człowieka zdeterminowanego, by za wszelką cenę być najgorszym, najstraszniejszym z ludzi.

Mówiąc w skrócie, ich spotkanie pokazało, że Whittaker pozostał brutalnym narcyzem, i dostarczyło Strike'owi dwóch dodatkowych informacji. Po pierwsze, Stephanie zdenerwowała Whittakera, okazując zainteresowanie Strikiem, i choć Cormoran przypuszczał, że po prostu zaciekawił ją dawny pasierb jej chłopaka, nie wykluczał ewentualności, że nastąpiło to, gdy Whittaker wspomniał o chęci odegrania się na Strike'u albo gdy mu się wymknęło, że planuje zemstę. Po drugie, Whittakerowi udało się zyskać kilku kumpli. Choć zawsze – Strike nie mógł pojąć dlaczego – przyciągał pewien typ kobiet, to w latach, w których się znali, był nielubiany i pogardzany prawie przez wszystkich mężczyzn. Zwykle drwili oni z jego dziwactw, satanistycznych bzdetów, pragnienia bycia w centrum uwagi w każdym towarzystwie i, rzecz jasna, mieli mu za złe, że w tak niewytłumaczalny, magnetyczny sposób przyciągał kobiety. Teraz jednak wyglądało na to, że Whittakerowi udało się znaleźć swego rodzaju ekipę, mężczyzn, którzy dzielili się z nim narkotykami i pozwalali sobą dyrygować.

Strike doszedł do wniosku, że jedyna pożyteczna rzecz, jaką może zrobić w najbliższym czasie, to powiedzieć Wardle'owi, co się wydarzyło, i podać mu numer rejestracyjny transita. Zrobił to z nadzieją, że policja uzna, iż warto przetrząsnąć pojazd w poszukiwaniu narkotyków i wszelkich innych obciążających dowodów albo, jeszcze lepiej, że należy przetrząsnąć mieszkanie nad smażalnią.

Wardle bez cienia entuzjazmu wysłuchał Strike'a upierającego się, że wyczuł zapach cracku. Po zakończeniu rozmowy detektyw był zmuszony przyznać, że na miejscu Wardle'a też nie uznałby swoich informacji za wystarczający powód do zdobycia nakazu przeszukania. Najwyraźniej policjant uważał, że Strike uwziął się na byłego ojczyma, i żadne powiązania między Strikiem, Whittakerem i Blue Öyster Cult nie były w stanie skłonić Wardle'a do zmiany zdania.

Gdy wieczorem zadzwoniła Robin, by jak zwykle zdać mu raport, Strike powiedział jej, co się wydarzyło, a to przyniosło mu ulgę i pokrzepienie. Też miała mu coś do przekazania, lecz natychmiast skupiła się na wieści, że stanął twarzą w twarz z Whittakerem. Wysłuchała całej historii z zaciekawieniem i w milczeniu.

– No cóż, cieszę się, że go uderzyłeś – odrzekła, gdy skończył sobie wypominać, że dopuścił do sprzeczki na ulicy.

– Naprawdę? – spytał zdziwiony.

– Oczywiście. Przecież dusił tę dziewczynę!

W chwili, gdy Robin wypowiadała te słowa, już ich pożałowała. Nie chciała dawać Strike'owi dodatkowych powodów, żeby przypomniał sobie coś, o czym nigdy nie powinna była mu mówić.

– Jak każdy błędny rycerz, spisałem się do dupy. Upadła razem z nim i uderzyła głową w chodnik. Zupełnie nie rozumiem – dodał po krótkim zastanowieniu – dlaczego się tak zachowała. Przecież to była jej szansa. Mogła od niego odejść: zaprowadziłbym ją do schroniska, pomógłbym jej. Dlaczego, kurwa, do niego wróciła? Dlaczego kobiety to robią?

Robin przez ułamek chwili wahała się przed udzieleniem odpowiedzi i w tym momencie uświadomił sobie, że mogła wziąć jego słowa do siebie.

– Przypuszczam… – zaczęła Robin, a Strike jednocześnie powiedział:

– Nie miałem na myśli…

Obydwoje zamilkli.

– Przepraszam, mów – odezwał się znowu.

– Chciałam tylko powiedzieć, że przecież prześladowani ludzie kurczowo trzymają się swoich prześladowców. Przechodzą pranie mózgu i wydaje im się, że nie ma innego wyjścia.

„Ja byłem jej innym wyjściem, do cholery: stałem tam, dokładnie naprzeciwko niej!"

– Pokazał się dzisiaj Laing? – spytał Strike.

– Nie – odrzekła Robin. – Wiesz, naprawdę nie sądzę, żeby on tam mieszkał.

– Mimo to myślę, że warto…

– Słuchaj – weszła mu w słowo – widziałam lokatorów wszystkich mieszkań poza jednym. Każdy z nich wchodzi i wychodzi. To ostatnie albo jest puste, albo ktoś leży tam martwy, bo drzwi nigdy się nie otwierają. Nie zauważyłam nawet nikogo z opieki ani pielęgniarek przychodzących z wizytą.

– Poczekamy jeszcze tydzień – powiedział Strike. – To jedyny trop, jaki mamy w związku z Laingiem. Posłuchaj – dodał z rozdrażnieniem, gdy próbowała zaprotestować. – Będę w takiej samej sytuacji, obserwując klub ze striptizem.

– Z tą różnicą, że Brockbank tam jest – odparła ostro Robin.

– Uwierzę, kiedy go zobaczę – odparował Strike.

Kilka minut później pożegnali się w atmosferze obopólnego słabo skrywanego niezadowolenia.

W każdym dochodzeniu zdarzały się zastoje i kryzysy, gdy kończyły się informacje i inspiracja, lecz Strike'owi z trudem przychodziło pogodzenie się z tym. Przez nieznanego nadawcę nogi jego agencja przestała zarabiać. Ostatnia płacąca klientka, żona Psychotaty, już go nie potrzebowała. Psychotata, mając nadzieję, że nie musi przekonywać sędziego o bezzasadności sądowego zakazu zbliżania się do dzieci, tak naprawdę się na ten zakaz zgodził.

Agencja nie miała szans przetrwać w smrodzie porażki i jej bliźniaczki perwersji. Tak jak Strike przewidział, jego nazwisko mnożyło się teraz w internecie w związku z zabójstwem i poćwiartowaniem Kelsey Platt, a ohydne szczegóły nie tylko przyćmiły wszelkie wzmianki na temat jego wcześniejszych sukcesów, lecz także utrudniły reklamę jego usług detektywistycznych. Nikt nie chciał zatrudniać tak niesławnego człowieka, nikomu nie podobał się detektyw tak blisko związany z nierozwikłaną sprawą morderstwa.

Dlatego zdeterminowany i lekko zdesperowany Strike wybrał się do klubu ze striptizem, gdzie miał nadzieję znaleźć Noela Brockbanka. Okazało się, że to kolejny dawny pub w bocznej uliczce obok Commercial Road w Shoreditch. Ceglana fasada była miejscami wykruszona, na zaciemnionych oknach nieudolnie namalowano białe sylwetki nagich kobiet. Nazwa pubu (The Saracen) nadal widniała napisana szerokimi złotymi literami na obłażącej z farby czarnej płycie nad dwuskrzydłowymi drzwiami.

Dzielnicę zamieszkiwał ogromny odsetek muzułmanów. Strike mijał ludzi w hidżabach i taqijach, robiących zakupy w licznych sklepach z tanią odzieżą o takich nazwach jak International Fashion albo Made in Milan, ze smutnymi manekinami w syntetycznych perukach oraz nylonowych i poliestrowych ubraniach. Na Commercial Road roiło się od bangladeskich banków, zapuszczonych agencji handlu nieruchomościami, szkół angielskiego i podupadających sklepów spożywczych z brudnymi witrynami oferujących przejrzałe owoce, lecz nie było tam żadnej ławki, na której mógłby usiąść, ani nawet niskiego, zimnego murka. Mimo częstej zmiany punktu obserwacyjnego, Strike'a wkrótce rozbolało kolano po długich okresach nadaremnego stania i czekania, gdyż nigdzie nie było widać Brockbanka.

Mężczyzna przy drzwiach był przysadzisty i bez szyi, a nikt oprócz klientów i striptizerek nie wchodził do klubu ani z niego nie wychodził. Dziewczyny zjawiały się i znikały i podobnie jak ich miejsce pracy były bardziej zaniedbane i mniej wyrafinowane niż te zatrudniane w Spearmint Rhino. Niektóre miały tatuaże i kolczyki, kilka nadwagę, a jedna, która wchodząc do budynku o jedenastej przed południem, wyglądała na pijaną, była wyraźnie brudna, co Strike zauważył nawet przez okno baru z kebabami stojącego dokładnie naprzeciwko klubu Saracen. Po trzech dniach obserwacji Cormoran – choć nie przyznał w rozmowie z Robin, iż wiązał z tym miejscem wielkie nadzieje – chcąc nie chcąc doszedł do wniosku, że albo Brockbank nigdy tu nie pracował, albo już go wylali.

Zanim w przygnębiającym schemacie braku innych tropów coś się zmieniło, nastał piątkowy poranek. Gdy Strike przyczaił się przy wejściu do wyjątkowo ponurego sklepu odzieżowego o nazwie World Flair, zadzwoniła jego komórka i usłyszał głos Robin:

– Jutro Jason przyjeżdża do Londynu. Ten od nogi. Ze strony dla marzących o amputacji.

– Wspaniale! – powiedział Strike, czując ulgę na samą myśl o porozmawianiu z kimś. – Gdzie się z nim spotkamy?

– To będą oni – wyraźnie zastrzegła Robin. – Spotykamy się z Jasonem i Burzą. To...

– Słucham? – przerwał jej Strike. – Z Burzą?

– Wątpię, żeby to było jej prawdziwe imię – odrzekła cierpko Robin. – To ta kobieta, z którą Kelsey komunikowała się przez internet. Czarne włosy i okulary.

– A tak, pamiętam – powiedział Strike, przytrzymując komórkę między żuchwą a ramieniem, żeby zapalić papierosa.

– Przed chwilą rozmawiałam z nią przez telefon. To wielka aktywistka społeczności transabledów i jest dość apodyktyczna, ale Jason uważa ją za cudowną osobę i chyba czuje się przy niej bezpieczniej.

– W porządku – mruknął Strike. – Więc gdzie mamy się spotkać z Jasonem i Burzą?

– Chcą iść do Gallery Mess. To kawiarnia w Saatchi Gallery.

– Naprawdę? – Strike pamiętał, że Jason pracuje w supermarkecie, więc zdziwił się, że po przyjeździe do Londynu od razu marzy mu się sztuka współczesna.

– Burza jeździ na wózku – wyjaśniła Robin – a ta galeria podobno jest łatwo dostępna dla niepełnosprawnych.

– Okej – powiedział Strike. – O której?

– O pierwszej – odparła Robin. – Burza... hm... spytała, czy stawiamy.

– Chyba będziemy musieli.

– Cormoran... Jeszcze jedno... Czy rano mogłabym wziąć wolne?

– No pewnie. Coś się stało?

– Nic, po prostu mam... kilka ślubnych spraw do załatwienia.

– Nie ma sprawy. Ej – dodał, zanim zdążyła się rozłączyć – może przed pójściem tam, spotkamy się, żeby porozmawiać? Uzgodnimy strategię.

– Wspaniale! – powiedziała Robin i Strike, poruszony jej entuzjazmem, zaproponował spotkanie w barze kanapkowym przy King's Road.

43

Freud, have mercy on my soul.

Freudzie, zlituj się nad moją duszą.

Blue Öyster Cult, *Still Burnin'*

Gdy nazajutrz Robin zjawiła się w Pret A Manger przy King's Road z białą torbą zarzuconą na ramię, Strike czekał już od pięciu minut. Był równie słabo zorientowany w damskiej modzie co większość byłych żołnierzy, lecz nawet on rozpoznał nazwisko Jimmy'ego Choo.

– Buty – powiedział, pokazując na torbę, gdy zamówił dla Robin kawę.

– Zgadłeś – odrzekła z szerokim uśmiechem. – Buty. Tak. Na ślub – dodała, ponieważ ostatecznie nie powinni byli dłużej unikać tego tematu. Traktowali jej powrót do Matthew jak jakieś dziwne tabu. – Nadal chcesz przyjechać, prawda? – dodała, gdy usiedli przy stoliku obok okna.

Strike zastanawiał się, czy kiedykolwiek zgodził się zjawić na jej ślubie. Dostał drugie zaproszenie, które podobnie jak pierwsze było sztywną kremową kartką z wytłoczonymi czarnymi literami, ale nie przypominał sobie, żeby potwierdził swój przyjazd. Robin patrzyła na niego wyczekująco i przypomniała mu się Lucy oraz jej próby zmuszenia go do udziału w imprezie urodzinowej siostrzeńca.

– No – mruknął niechętnie.

– Potwierdzić w twoim imieniu? – spytała Robin.

– Nie – odparł. – Sam to zrobię.

Przypuszczał, że będzie to wymagało zatelefonowania do jej matki. „Właśnie tak kobiety cię wrabiają" – pomyślał. Dopisują cię do list, a potem zmuszają, żebyś potwierdził przybycie i podjął zobowiązanie. Dają do zrozumienia, że jeśli się nie zjawisz, zmarnuje się talerz gorącego jedzenia, krzesło ze złotym oparciem będzie stało puste, a kartonowa wizytówka na stole obwieści twoją żenującą nieuprzejmość całemu światu. W tej chwili nie był w stanie wymyślić dosłownie niczego, co budziłoby w nim większą niechęć niż patrzenie, jak Robin wychodzi za Matthew.

– Chcesz... chciałbyś, żebym zaprosiła Elin? – spytała odważnie Robin, licząc, że Strike choć trochę się rozchmurzy.

– Nie – odrzekł bez wahania, lecz usłyszał w tej propozycji błagalną nutę i szczera sympatia do Robin sprawiła, że jego lepsza strona ponownie wzięła górę. – No to pokaż te buty.

– Nie mówisz poważnie!

– Przecież poprosiłem, prawda?

Robin wyjęła pudełko z torby z namaszczeniem, które rozbawiło Strike'a, zdjęła pokrywę i odsunęła bibułkę. Zobaczył wysokie, połyskliwe szpilki w kolorze szampana.

– Trochę rockandrollowe jak na ślub – zauważył. – Myślałem, że są... bo ja wiem... w kwiatki.

– Prawie nie będzie ich widać – odrzekła, głaszcząc jeden z butów palcem wskazującym. – Mieli też platformy, ale...

Nie dokończyła zdania. Prawda wyglądała tak, że Matthew nie lubił, gdy była zbyt wysoka.

– No więc jak rozegramy sprawę z Jasonem i Burzą? – spytała, zamykając pudełko i wkładając buty z powrotem do torby.

– Przejmiesz inicjatywę – powiedział Strike. – To ty się z nimi kontaktowałaś. W razie potrzeby się włączę.

– Zdajesz sobie sprawę – zaczęła skrępowana – że Jason spyta cię o nogę? Że on myśli, że... skłamałeś na temat tego, jak ją straciłeś?

– No.

– Okej. Po prostu nie chcę, żebyś się poczuł urażony i w ogóle.

– Chyba dam radę. – Strike'a rozbawiła jej zatroskana mina. – Nie zamierzam go bić, jeśli to masz na myśli.

– To dobrze – odparła Robin. – Bo sądząc po jego zdjęciach, złamałbyś go na pół.

Szli ramię w ramię po King's Road – Strike palił papierosa – w stronę wejścia do galerii, nieco oddalonego od ulicy, widocznego za pomnikiem sir Hansa Sloane'a w peruce i pończochach. Przeszli pod łukiem w ścianie z jasnej cegły, wchodząc na trawiasty plac, który gdyby nie hałas ruchliwej ulicy za nimi, mógłby należeć do jakiejś wiejskiej posiadłości. Z trzech stron otaczały go dziewiętnastowieczne budynki. Na wprost, tam, gdzie kiedyś mogły się mieścić baraki, była Gallery Mess.

Strike, który spodziewał się przy galerii stołówki, uświadomił sobie, że wchodzi do znacznie elegantszego miejsca i nie bez obaw przypomniał sobie o debecie na koncie oraz o tym, że zgodził się zapłacić za coś, co prawie na pewno miało być lanczem dla czterech osób.

Pomieszczenie, w którym się znaleźli, było podłużne i wąskie, a za łukowatymi przejściami po lewej stronie widać było drugą, szerszą salę. Gdy szli za kelnerem w głąb restauracji, białe obrusy, kelnerzy w garniturach, wysokie sufity i dzieła sztuki współczesnej na ścianach potęgowały niepokój Strike'a związany z czekającym go rachunkiem.

Parę, której szukali, łatwo było zauważyć wśród gustownie ubranej, przeważnie damskiej klienteli. Jason był żylastym młodzieńcem z długim nosem, miał na sobie brązową bluzę z kapturem i dżinsy i wyglądał, jakby przy najmniejszej prowokacji zamierzał rzucić się do ucieczki. Gdy siedział wpatrzony w serwetkę, przypominał zaniedbaną czaplę. Burza, której czarne, obcięte na boba włosy z pewnością były farbowane i która nosiła grube, kwadratowe okulary w czarnej oprawce, była jego fizycznym przeciwieństwem: blada, przysadzista i kluchowata z małymi, głęboko osadzonymi oczami przypominającymi rodzynki w bułce. Miała na sobie czarną koszulkę z wielobarwnym kreskówkowym kucykiem rozciągniętym na obfitym biuście i siedziała na wózku inwalidzkim obok stolika. Przed obydwojgiem leżały otwarte menu. Burza już zamówiła kieliszek wina.

Na widok Strike'a i Robin kobieta się rozpromieniła, wyciągnęła krótki palec i szturchnęła nim Jasona w ramię. Chłopak rozejrzał się z niepokojem. Strike zauważył wyraźną asymetrię jego jasnoniebieskich oczu: jedno było o dobry centymetr wyżej od drugiego. Nadawało mu to dziwnie bezbronny wygląd, jakby dokańczano go w pośpiechu.

– Cześć – przywitała się Robin i z uśmiechem podała rękę najpierw Jasonowi. – Miło cię w końcu poznać.

– Cześć – mruknął, podając jej wiotkie palce. Rzucił Strike'owi krótkie spojrzenie i odwrócił się zarumieniony.

– No, dzień dobry! – powiedziała Burza i z szerokim uśmiechem wyciągnęła rękę do Strike'a. Zręcznie cofnęła wózek o kilkanaście centymetrów i zaproponowała, żeby wziął sobie krzesło stojące przy sąsiednim stoliku. – To wspaniałe miejsce. Bardzo łatwo się tu poruszać, a obsługa jest naprawdę pomocna. Przepraszam! – głośno zaczepiła przechodzącego kelnera. – Czy możemy prosić o jeszcze dwa menu?

Strike usiadł obok niej, a Jason przesunął się, żeby zrobić miejsce dla Robin.

– Urocze miejsce, prawda? – podjęła Burza, sącząc wino. – A obsługa ma cudowne podejście do ludzi na wózkach. Trudno sobie wyobrazić bardziej życzliwy personel. Polecę ten lokal na mojej stronie. Robię listę obiektów przyjaznych niepełnosprawnym.

Jason przygarbił się nad menu, najwyraźniej bojąc się nawiązać z kimkolwiek kontakt wzrokowy.

– Powiedziałam mu, żeby zamawiał, co tylko chce – oznajmiła Burza Strike'owi bez cienia skrępowania. – Nie miał pojęcia, ile zarabiasz na rozwiązywaniu takich spraw. Powiedziałam: prasa płaci mu krocie za samą relację. Pewnie właśnie tym się teraz zajmujesz: rozwiązujesz głośne sprawy?

Strike pomyślał o swoim gwałtownie pikującym saldzie, o pokoju nad agencją dumnie zwanym kawalerką i o druzgocącym wpływie, jaki ucięta noga wywarła na jego agencję.

– Staramy się – odparł, unikając wzroku Robin.

Robin wybrała najtańszą sałatkę i wodę. Burza zamówiła przystawkę i danie główne, zachęcając Jasona, żeby zrobił tak samo, a następnie zebrała menu i oddała je kelnerowi z miną łaskawej gospodyni.

– Więc, Jason… – zaczęła Robin.

Burza natychmiast weszła jej w słowo, zwracając się do Strike'a:

– Jason się denerwuje. Nie do końca przemyślał reperkusje spotkania z tobą. Musiałam mu je uzmysłowić, dniem i nocą wisieliśmy na telefonach. Szkoda, że nie widziałeś rachunków… Powinnam cię nimi obciążyć, ha, ha! A tak serio… – nagle spoważniała – …naprawdę byśmy chcieli, żebyś od razu nas zapewnił, że nie wpadniemy w kłopoty, dlatego że nie powiedzieliśmy o wszystkim policji. Bo w sumie nie mieliśmy żadnych przydatnych informacji. Ona była tylko biedną dziewczyną z problemami. My nic nie wiemy. Spotkaliśmy się z nią tylko raz i nie mamy pojęcia, kto ją zabił. Na pewno wiesz o tym więcej od nas. Szczerze mówiąc, bardzo się zmartwiłam, jak usłyszałam, że Jason rozmawiał z twoją partnerką, bo chyba nikt nie zdaje sobie sprawy, jak prześladuje się naszą społeczność. Mnie też grożą śmiercią… Powinnam cię zatrudnić, żebyś przeprowadził śledztwo, ha, ha.

– Kto ci groził śmiercią? – spytała Robin z uprzejmym zdziwieniem.

– Widzisz, to przez tę moją stronę internetową – powiedziała Burza, ignorując Robin i zwracając się do Strike'a. – To ja ją prowadzę. Jakbym była drużynową… albo matką przełożoną, ha, ha… W każdym razie to mnie wszyscy się zwierzają i do mnie przychodzą po radę, więc oczywiście to mnie atakują różni ignoranci, którzy obierają nas sobie za cel. Zresztą chyba sama się o to proszę. Często toczę cudze boje, prawda, Jason? W każdym razie – ciągnęła, przerywając tylko po to, żeby łapczywie napić się wina – nie mogę się zgodzić, żeby Jason z tobą rozmawiał, jeśli nie zagwarantujesz, że nie wpadnie przez to w jakieś tarapaty.

Strike zastanawiał się, jakie jej zdaniem miał w tym zakresie uprawnienia. Sytuacja wyglądała tak, że zarówno Jason, jak i Burza zataili przed policją informacje i bez względu na to, co nimi kierowało i czy te informacje mogły się okazać użyteczne, czy nie, zachowali się niemądrze i potencjalnie szkodliwie.

– Wątpię, żeby któreś z was wpadło w tarapaty – skłamał z łatwością.

– No cóż, okej, miło to słyszeć – stwierdziła Burza z dozą samozadowolenia – bo oczywiście chcemy ci pomóc. Powiedziałam Jasonowi: skoro ten psychopata zamierza dręczyć społeczność BIID, a wszystko wskazuje, że tak, to przecież, do diabła, mamy obowiązek pomóc. Wcale bym się nie zdziwiła, gdyby nas nienawidził. Te wszystkie wyzwiska na stronie internetowej, ta wrogość. W głowie się nie mieści. Oczywiście to wynika z ignorancji, ale wyzywają nas ludzie, którzy, mogłoby się wydawać, powinni stać po naszej stronie, bo doskonale wiedzą, jak to jest być ofiarą dyskryminacji.

Podano napoje. Ku przerażeniu Strike'a kelner z Europy Wschodniej wlał jego spitfire'a do szklanki z lodem.

– Ej! – oburzył się.

– Piwo nie było zimne – wyjaśnił kelner, zaskoczony reakcją Strike'a, którą najwyraźniej uznał za przesadzoną.

– Do kurwy nędzy – mruknął Strike, wyjmując lód ze szklanki. Nie dość, że czekał go wysoki rachunek za lancz, to jeszcze musiał znosić lód w piwie. Lekko naburmuszony kelner podał Burzy drugi kieliszek wina. Robin skorzystała z okazji:

– Jason, kiedy nawiązałeś kontakt z Kelsey...

Ale Burza już odstawiła kieliszek i znowu weszła jej w słowo:

– Sprawdziłam w archiwum: Kelsey po raz pierwszy weszła na stronę w grudniu. No, powiedziałam o tym policji, wszystko jej powiedziałam. Kelsey o ciebie pytała – zwróciła się do Strike'a tonem sugerującym, że wzmianka na jej stronie internetowej powinna mu schlebiać – a potem zaczęła rozmawiać z Jasonem. Wymienili się adresami mejlowymi i odtąd kontaktowali już bezpośrednio, prawda, Jason?

– No – bąknął.

– Później zaproponowała spotkanie i Jason zwrócił się do mnie… prawda, Jason?… Mówiąc w skrócie, uważał, że będzie się czuł pewniej, jeśli pójdę razem z nim, bo to przecież internet, prawda? Nigdy nic nie wiadomo. Mogła być kimkolwiek. Mogła być mężczyzną.

– Dlaczego chciałeś się spotkać z Kel…? – zaczęła Robin, zwracając się do Jasona, lecz Burza znowu ją zagłuszyła:

– Oczywiście obydwoje interesowali się tobą – powiedziała do Strike'a. – A właściwie Kelsey go tobą zainteresowała, prawda, Jason? Wiedziała o tobie dosłownie wszystko – dodała z chytrym uśmiechem, jakby łączyły ich jakieś wstydliwe sekrety.

– Więc czego się od niej o mnie dowiedziałeś? – spytał Strike chłopaka.

Jason zrobił się czerwony jak burak i nagle Robin zaczęła się zastanawiać, czy przypadkiem nie jest gejem. Podczas szeroko zakrojonych poszukiwań na forach wyczuła erotyczny podtekst w fantazjach niektórych – choć nie wszystkich – użytkowników, a <<Δēvōtēē>> był najodważniejszy.

– Powiedziała – wymamrotał Jason – że jej brat cię zna. Że z tobą pracował.

– Naprawdę? – zainteresował się Strike. – Na pewno mówiła o bracie?

– No.

– Nie miała brata. Tylko siostrę.

Asymetryczne oczy Jasona nerwowo przesunęły się po przedmiotach na stoliku i dopiero potem wróciły do Strike'a.

– Jestem pewny, że mówiła o bracie.

– Pracował ze mną w wojsku, tak?

– Nie, raczej nie w wojsku. Później.

„Bez przerwy kłamała… Jeśli był wtorek, mówiła, że jest środa".

– A ja myślałam, że usłyszała to od swojego chłopaka – wtrąciła się Burza. – Mówiła, że ma chłopaka, który nazywa się Neil, pamiętasz, Jason?

– Niall – bąknął Jason.

– Tak? Niech będzie, Niall. Przyjechał po nią, jak byliśmy na kawie, pamiętasz?

– Chwileczkę. – Strike uniósł dłoń i Burza posłusznie zamilkła.

– Widzieliście Nialla?

– Tak – potwierdziła Burza. – Przyjechał po nią. Motorem.

Na chwilę zapadła cisza.

– Mężczyzna na motorze przyjechał po nią do... Gdzie się spotkaliście? – spytał Strike, a spokojny ton jego głosu zadawał kłam gwałtownie bijącemu sercu.

– W Café Rouge przy Tottenham Court Road – powiedziała Burza.

– To niedaleko naszej agencji – zauważyła Robin.

Jason zrobił się jeszcze bardziej czerwony.

– Och, Kelsey i Jason doskonale o tym wiedzieli, ha, ha! Mieliście nadzieję, że uda wam się spotkać Cormorana, prawda, Jason? Ha, ha, ha – roześmiała się ubawiona Burza, gdy kelner przyniósł jej przystawkę.

– Jason, przyjechał po nią mężczyzna na motorze?

Burza miała pełne usta i w końcu chłopak mógł się odezwać.

– No – potwierdził, nieśmiało spoglądając na Strike'a. – Czekał na nią na ulicy.

– Widziałeś go? – spytał Strike, przeczuwając odpowiedź.

– Nie, bo tak jakoś... Stał tak jakoś za rogiem.

– Nie zdjął kasku – powiedziała Burza, spłukując pierwszy kęs przystawki winem, żeby szybciej wrócić do rozmowy.

– Pamiętacie, jakiego koloru był ten motor? – spytał Strike.

Burza myślała, że był raczej czarny, a Jason uparcie twierdził, że czerwony, lecz zgadzali się co do tego, że stał zbyt daleko, żeby mogli rozpoznać markę.

– Pamiętacie może coś jeszcze, co Kelsey mówiła o swoim chłopaku? – spytała Robin.

Obydwoje przecząco pokręcili głowami.

Dania główne podano w środku rozwlekłego wywodu Burzy na temat poparcia i pomocy, jakie oferowała na swojej stronie internetowej. Dopiero gdy napełniła usta frytkami, Jason zebrał się wreszcie na odwagę i zwrócił bezpośrednio do Strike'a.

– Czy to prawda? – spytał nagle. Gdy to powiedział, znowu zrobił się czerwony jak burak.

– Co takiego? – odrzekł Strike.

– Że... że ty...

Energicznie żując, Burza przechyliła się na wózku w stronę Strike'a, położyła rękę na jego przedramieniu i przełknęła.

– Że zrobiłeś to sam – szepnęła, nieśmiało puszczając do niego oko.

Jej grube uda oderwane od wózka leciutko przesunęły się w powietrzu, zamiast bezwładnie zawisnąć na ruchomym torsie. Strike był w szpitalu Selly Oak z mężczyznami cierpiącymi na porażenie poprzeczne i czterokończynowe wskutek odniesionych na wojnie obrażeń, widział ich wychudzone nogi i zmiany, jakie wprowadzali do ruchów górnej części ciała, żeby poradzić sobie z bezwładnym ciężarem na dole. Po raz pierwszy dotarło do niego to, co robi Burza. Ona nie potrzebowała wózka inwalidzkiego. Była całkowicie sprawna.

O dziwo tym, dzięki czemu zdołał zachować spokój i uprzejmość, okazała się mina Robin: poczuł ulgę, widząc, z jaką odrazą i wściekłością spojrzała na Burzę. Zwrócił się do Jasona:

– Żebym mógł ci wyjawić, czy to prawda, czy nie, musisz mi powiedzieć, co słyszałeś.

– No... – zaczął Jason, który prawie nie tknął burgera Black Angus – Kelsey mówiła, że poszedłeś z jej bratem do pubu i... i się upiłeś, i powiedziałeś mu prawdę. Podobno wziąłeś broń, oddaliłeś się w ciemności jak najdalej od bazy w Afganistanie, a potem... strzeliłeś sobie w nogę i znalazłeś lekarza, który ci ją amputował.

Strike pociągnął solidny łyk piwa.

– A dlaczego to zrobiłem?

– Co? – spytał zdezorientowany Jason, mrugając.

– Próbowałem odejść ze służby z powodów zdrowotnych czy...?

– Och, nie! – powiedział Jason z dziwnie urażoną miną. – Nie, ty... – Rumienił się tak bardzo, że wydawało się mało prawdopodobne, by w reszcie jego ciała została jakaś krew – ...byłeś taki jak my. Potrzebowałeś tego – szepnął. – Chciałeś tej amputacji.

Robin nagle poczuła, że nie może patrzeć na Strike'a, i udała zainteresowanie dziwacznym obrazem przedstawiającym rękę trzymającą but. Równie dobrze mogłaby to być brązowa doniczka z wyrastającym z niej różowym kaktusem.

– Czy ten... brat... który wspomniał o mnie Kelsey... wiedział, że chciała się pozbyć nogi?

– Raczej nie. Nie. Twierdziła, że jestem jedyną osobą, której o tym mówi.

– Więc twoim zdaniem to był tylko zbieg okoliczności, że wspomniał o...?

– Ludzie o tym nie mówią – weszła mu w słowo Burza, przy pierwszej okazji wracając do rozmowy. – To wstydliwa sprawa, bardzo wstydliwa. W pracy się nie ujawniłam – ciągnęła beztrosko, wykonując gest w stronę swoich nóg. – Muszę mówić, że to uraz kręgosłupa. Gdyby wiedzieli, że jestem transabledem, nigdy by tego nie zrozumieli. Nawet nie chcę zaczynać opowiadać o uprzedzeniach wśród personelu medycznego, bo to absolutnie niepojęte. Dwa razy zmieniałam lekarza pierwszego kontaktu. Nie zamierzałam znowu wysłuchiwać, jak się mnie namawia na wizytę u cholernego psychiatry. Nie, Kelsey mówiła, że nie była w stanie nikomu o tym powiedzieć, kochane biedactwo. Nie miała gdzie się zwrócić. Nikt jej nie rozumiał. Dlatego zgłosiła się do nas... i oczywiście do ciebie – powiedziała do Strike'a, uśmiechając się z lekką wyższością, ponieważ w przeciwieństwie do niej zignorował Kelsey. – Pamiętaj, że nie jesteś sam. Ludzie, którym udało się osiągnąć to, czego pragnęli, zwykle opuszczają naszą społeczność. Rozumiemy to, oczywiście, że rozumiemy, ale wiele by dla nas znaczyło, gdyby zostali i opisali, jakie to uczucie wreszcie znaleźć się w ciele, które jest nam przeznaczone.

Robin bała się, że Strike może wybuchnąć w tej eleganckiej, białej przestrzeni, gdzie miłośnicy sztuki rozmawiali ściszonym głosem. Nie wzięła jednak pod uwagę samokontroli, jakiej były oficer Wydziału do spraw Specjalnych nauczył się w ciągu długich lat prowadzenia przesłuchań. Uprzejmy uśmiech, z jakim słuchał Burzy, był wprawdzie nieco ponury, lecz Strike zachowywał spokój.

– Więc nie sądzisz, żeby to brat podsunął Kelsey pomysł skontaktowania się ze mną? – zwrócił się do Jasona.

– Nie – powiedział Jason. – Myślę, że sama na to wpadła.

357

– A właściwie czego ode mnie chciała?

– No, przecież to oczywiste – wtrąciła się rozbawiona Burza.

– Chciała, żebyś jej doradził, jak zrobić to, co zrobiłeś!

– Też tak myślisz, Jason? – spytał Strike i chłopak pokiwał głową.

– No... Chciała się dowiedzieć, jak bardzo będzie musiała uszkodzić nogę, żeby ją ucięli, i chyba liczyła, że poznasz ją z lekarzem, który amputował twoją.

– To wieczny problem – powiedziała Burza, najwyraźniej nie zauważając, jakie wrażenie robi na Strike'u. – Znalezienie chirurgów, na których można polegać. Większość nie ma dla nas za grosz współczucia. Ludzie umierają, próbując to zrobić sami. W Szkocji był jeden cudowny chirurg, który przeprowadził dwie amputacje dla cierpiących na BIID, ale później mu to uniemożliwiono. To było dobre dziesięć lat temu. Ludzie jeżdżą za granicę, ale jeśli nie mają za co, jeśli nie stać ich na wyjazd... Sam rozumiesz, dlaczego Kelsey chciała położyć łapki na twojej liście kontaktów!

Robin z brzękiem upuściła nóż i widelec, odczuwając w imieniu Strike'a całą odrazę, jakiej według niej doświadczał. „Na jego liście kontaktów"! Jakby amputacja była rzadkim przedmiotem, który kupił na czarnym rynku...

Strike wypytywał Jasona i Burzę przez następne piętnaście minut, zanim doszedł do wniosku, że nie wiedzą już niczego, co mogłoby mu się przydać. Z relacji z ich jedynego spotkania z Kelsey wyłaniał się obraz niedojrzałej i zrozpaczonej dziewczyny, czującej tak potężną potrzebę pozbycia się nogi, że wspierana przez oboje cyberprzyjaciół była gotowa zrobić wszystko, byleby tylko osiągnąć cel.

– Taa – westchnęła Burza. – Była jedną z nas. Podjęła już podobną próbę w dzieciństwie, za pomocą drutu. Zgłaszali się do nas tak zdesperowani ludzie, że kładli nogi na torach kolejowych. Jeden facet usiłował zamrozić sobie nogę ciekłym azotem. W Ameryce dziewczyna specjalnie spartaczyła skok narciarski, ale w takich sytuacjach istnieje ryzyko, że możesz nie osiągnąć stopnia niepełnosprawności, na jakim ci zależy...

– A tobie na jakim zależy? – zainteresował się Strike. Przed chwilą podniósł rękę, prosząc o rachunek.

– Chcę sobie przerwać rdzeń kręgowy – odrzekła Burza ze stoickim spokojem. – Porażenie poprzeczne. Tak. Byłoby idealnie, gdyby zrobił to chirurg. Na razie zadowalam się tym – powiedziała, jeszcze raz pokazując na wózek inwalidzki.

– Korzystasz z toalet dla niepełnosprawnych, z podnośników dla wózków inwalidzkich i takie tam? – spytał Strike.

– Cormoran – odezwała się Robin ostrzegawczym tonem.

Tego się obawiała. Był zestresowany i niewyspany. Chyba powinna była się cieszyć, że udało im się uzyskać wszystkie niezbędne informacje.

– Ta potrzeba – odparła niewzruszona Burza – towarzyszy mi od dziecka. Jestem w niewłaściwym ciele. Muszę być sparaliżowana.

Przyszedł kelner. Robin wyciągnęła rękę po rachunek, gdyż Strike go nie zauważył.

– Szybko, proszę – ponagliła ponurego kelnera. Był to ten sam mężczyzna, na którego Strike warknął za wrzucenie lodu do szklanki z piwem.

– Znasz wiele niepełnosprawnych osób, prawda? – pytał Strike Burzę.

– Parę – odrzekła. – Mamy przecież wiele wspól…

– Macie, kurwa, wszystko wspólne. Wszystko, kurwa…

– Wiedziałam – mruknęła Robin pod nosem, wyrywając kelnerowi terminal i pospiesznie wsuwając w niego wizę. Strike wstał, górując nad Burzą, która nagle straciła rezon, a Jason skulił się na krześle, jakby miał ochotę zniknąć w swojej bluzie z kapturem.

– Corm, daj spo… – zaczęła Robin, gwałtownie wyjmując kartę z urządzenia.

– Do waszej wiadomości – powiedział Strike, zwracając się do Burzy i Jasona. Robin chwyciła swój płaszcz i próbowała odciągnąć Cormorana od stolika. – Jechałem samochodem, który wybuchł.

– Jason przyłożył dłonie do szkarłatnych policzków, a jego oczy wypełniły się łzami. Burza tylko gapiła się bez słowa. – Kierowcę rozerwało na pół… To dopiero sensacja, co? – spytał bezlitośnie Burzę. – Tylko że on zginął, więc długo się nią, kurwa, nie nacieszył. Drugi facet stracił pół twarzy, a ja nogę. Żaden z nas o tym nie marzył…

– Okej. – Robin wzięła Strike'a pod rękę. – Wychodzimy. Jason, wielkie dzięki za spotkanie…

– Leczcie się – powiedział głośno Strike, pokazując na Jasona i pozwalając, by Robin wyprowadziła go z restauracji pełnej gapiących się na nich klientów i kelnerów. – Leczcie, się, kurwa. Na głowę!

Oddech Strike'a zaczął wracać do normy, dopiero gdy znaleźli się na porośniętej drzewami ulicy, prawie przecznicę od galerii.

– Okej – mruknął, mimo że Robin się nie odezwała. – Ostrzegałaś mnie. Przepraszam.

– W porządku – odrzekła łagodnie. – Mamy wszystko, na czym nam zależało.

W milczeniu pokonali kilka metrów.

– Zapłaciłaś? Nie zauważyłem.

– Tak. Zwrócę sobie z kasetki.

Szli dalej. Mijali ich dobrze ubrani mężczyźni i kobiety, zajęci, zabiegani. Awangardowo wyglądająca dziewczyna z dredami przepłynęła obok w długiej sukience w tureckie wzory, lecz torebka za pięćset funtów zdradzała, że jej hipisowska tożsamość jest równie fałszywa jak kalectwo Burzy.

– Dobrze, że jej nie walnąłeś – powiedziała Robin. – Na wózku. W otoczeniu miłośników sztuki.

Strike zaczął się śmiać. Robin pokręciła głową.

– Wiedziałam, że nie wytrzymasz – westchnęła, ale się uśmiechała.

44

Then Came The Last Days of May

I nastał koniec maja

Myślał, że była martwa. Nie przejął się tym, że nie mówili o niej w wiadomościach – przecież była dziwką. O pierwszej, którą załatwił, też nie pisali w gazetach. Prostytutki się, kurwa, nie liczyły, były niczym, nikt się nimi nie przejmował. Za to Sekretarka wywoła sensację, dlatego że pracuje u tego drania – porządna dziewczyna z ładniutkim narzeczonym, prasa za takimi szaleje...

Ale nie pojmował, jak ta kurwa mogła przeżyć. Pamiętał jej tułów pod nożami, odgłos cięcia i przebijania wydawany przez metal rozkrawający skórę, szuranie stali o kość, tryskającą krew. W gazecie pisali, że znaleźli ją jacyś studenci. Pieprzeni studenci.

Ale nadal miał jej palce.

Stworzyła portret pamięciowy. Co za pieprzona komedia! Policjanci to ogolone małpy w mundurach, wszyscy co do jednego. Myśleli, że ten portret się na coś przyda? Zupełnie nie był do niego podobny, ani trochę. To mógł być każdy, biały albo czarny. Gdyby w pokoju nie siedziało To, roześmiałby się na głos, ale To nie byłoby zadowolone, widząc go zaśmiewającego się nad artykułem o martwej dziwce i portrecie pamięciowym...

Ostatnio To było bardzo naburmuszone. Musiał się nieźle starać, żeby mu wynagrodzić niedawne szorstkie potraktowanie, musiał przeprosić, grać miłego faceta. „Byłem przygnębiony – powiedział. – Bardzo przygnębiony". Musiał To przytulić, kupić mu kwiaty i siedzieć w domu, żeby odpokutować swoją złość, a teraz To, jak wszystkie kobiety, próbowało wykorzystać sytuację, dostać coś więcej – najwięcej, jak się da.

– Nie lubię, kiedy tak znikasz.

„Jak tak dalej będzie, sama, kurwa znikniesz".

Opowiedział jej bajeczkę o szansie na pracę, ale po raz pierwszy najnormalniej w świecie ośmieliła się, kurwa, zadawać mu pytania: skąd wiesz o tej pracy? Jak długo cię nie będzie?

Patrzył, jak To gada, i wyobrażał sobie, że bierze zamach i tak mocno wali pięścią w tę paskudną, pieprzoną twarz, że gruchocze jej kości...

Jeszcze przez jakiś czas To było mu jednak potrzebne, przynajmniej dopóki nie załatwi Sekretarki.

To nadal go kochało i to był jego atut: wiedział, że może je utemperować, grożąc rozstaniem. Nie chciał jednak nadużywać tej możliwości. Dlatego nie ustawał w wysiłkach, przynosił kwiaty, całował i był miły, żeby wspomnienie jego wściekłości osłabło i zatarło się w tej głupiej, tępej głowie. Dolewał jej do drinków trochę zmiękczacza, coś ekstra, żeby nie mogła odzyskać równowagi, żeby płakała mu w ramię, kurczowo się go trzymała.

Cierpliwy, miły, ale zdeterminowany.

W końcu To się zgodziło: tydzień poza domem, z dala od niej. Mógł robić, co chciał.

45

Harvester of eyes, that's me.

Oto ja, żniwiarz oczu.

Blue Öyster Cult, *Harvester of Eyes*

Inspektor Eric Wardle bynajmniej nie był zachwycony, że Jason i Burza okłamali jego ludzi, lecz gdy w poniedziałek wieczorem na zaproszenie Wardle'a spotkali się na piwie w Feathers, Strike zauważył, że mniej to inspektora rozzłościło, niż można się było spodziewać. Wyjaśnienie jego zaskakującej wyrozumiałości było proste: wiadomość, że mężczyzna na motorze zabrał Kelsey ze spotkania w Café Rouge, doskonale pasowała do nowej ulubionej hipotezy Wardle'a.

– Pamiętasz faceta podpisującego się jako Devotee, który udzielał się na tej stronie? Fetyszyzował kikuty i zamilkł, kiedy zamordowano Kelsey.

– No – powiedział Strike, przypominając sobie, że Robin udało się z nim skontaktować.

– Namierzyliśmy go. Zgadnij, co ma w garażu.

Sądząc po tym, że nikogo nie aresztowano, Strike założył, że nie znaleźli fragmentów zwłok, więc uprzejmie odrzekł:

– Motocykl?

– Kawasaki ninja – uściślił Wardle. – Wiem, szukamy hondy – dodał, ubiegając Strike'a – ale jak się u niego zjawiliśmy, gość o mało nie posrał się ze strachu.

– Jak większość ludzi na widok policji kryminalnej na progu swojego domu. Mów dalej.

– To mały spocony typek, nazywa się Baxter, jest przedstawicielem handlowym i nie ma alibi na weekend drugiego i trzeciego ani na ten dwudziestego dziewiątego. Rozwiedziony, bezdzietny, twierdzi, że został w domu, żeby obejrzeć królewski ślub. Oglądałbyś królewski ślub, gdyby w domu nie było kobiety?

– Nie – powiedział Strike, który obejrzał ślub jedynie w wiadomościach.

– Utrzymuje, że motocykl należy do jego brata, a on tylko go dogląda, ale po kilku pytaniach przyznał, że parę razy się przejechał. Więc wiemy, że umie jeździć motocyklem, a hondę mógł przecież pożyczyć.

– Co mówił na temat strony internetowej?

– Zupełnie to bagatelizuje, twierdzi, że tylko się zgrywał, że niczego takiego nie miał na myśli, że nie kręcą go kikuty, ale kiedy spytaliśmy, czy możemy obejrzeć jego komputer, wcale nie był zadowolony. Powiedział, że zanim podejmie decyzję, chciałby porozmawiać z adwokatem. Wtedy daliśmy mu spokój, ale jutro znowu zamierzamy do niego wpaść. Na przyjacielską pogawędkę.

– Przyznał, że rozmawiał z Kelsey przez internet?

– Trudno, żeby temu zaprzeczał, skoro mamy jej laptopa i materiały od Burzy. Pytał Kelsey, jakie ma plany w związku z nogą, zaproponował spotkanie, ale odmówiła. W każdym razie w internecie. Cholera, przecież to oczywiste, że musimy mu się przyjrzeć – powiedział Wardle w odpowiedzi na sceptyczne spojrzenie Strike'a. – Nie ma alibi, ma motor, słabość do kikutów i próbował się z nią spotkać!

– Taa, jasne – odparł Strike. – Jakieś inne tropy?

– Właśnie dlatego chciałem się z tobą zobaczyć. Znaleźliśmy tego twojego Donalda Lainga. Jest w Wollaston Close w Elephant and Castle.

– Naprawdę? – Strike był szczerze zdziwiony.

Delektując się tym, że przynajmniej raz udało mu się zaskoczyć Strike'a, Wardle uśmiechnął się z wyższością.

– No. I facet jest chory. Znaleźliśmy go za pośrednictwem strony JustGiving. Poszliśmy do nich i zdobyliśmy jego adres.

Rzecz jasna, właśnie na tym polegała różnica między Strikiem a Wardle'em: ten drugi nadal miał odznakę, władzę i wpływy, których Strike się wyrzekł, odchodząc z armii.

– Widziałeś go? – spytał Strike.

– Wysłałem tam dwóch ludzi i nie zastali go w domu, ale sąsiedzi potwierdzili, że tam mieszka. Wynajmuje, mieszka sam i wszystko wskazuje na to, że jest bardzo chory. Podobno na jakiś czas pojechał do domu do Szkocji. Na pogrzeb przyjaciela. Niedługo ma wrócić.

– Cholernie prawdopodobna bajeczka – mruknął Strike do kufla z piwem. – Jeśli Laing ma w Szkocji jakiegoś przyjaciela, zjem to szkło.

– Jak sobie chcesz – odparł Wardle, trochę rozbawiony, a trochę zniecierpliwiony. – Myślałem, że się ucieszysz, że ścigamy twoich podejrzanych.

– Cieszę się – powiedział Strike. – Więc mówisz, że jest chory, tak?

– Według sąsiada chodzi o kulach. Podobno bardzo często bywa w szpitalu.

Na otoczonym skórzaną tapicerką ekranie nad ich głowami puszczano mecz Arsenalu z Liverpoolem z ubiegłego miesiąca, ze ściszonym głosem. Strike patrzył, jak van Persie strzela karnego, który, jak sądził, oglądając to wcześniej na swoim przenośnym telewizorku w mieszkaniu, mógł pomóc Arsenalowi zdobyć tak bardzo potrzebne zwycięstwo. Oczywiście Arsenal przegrał. Ostatnio los coraz rzadziej uśmiechał się do Gunnersów, podobnie jak do Strike'a.

– Spotykasz się z kimś? – spytał niespodziewanie Wardle.

– Co? – zdziwił się Strike.

– Spodobałeś się Coco – wyjaśnił Wardle, upewniając się, że Strike zauważył jego znaczący uśmieszek, którym chciał dobitnie uświadomić detektywowi, iż sam uważa to za absurd. – Coco, przyjaciółce mojej żony. Rude włosy, pamiętasz?

Strike pamiętał, że Coco tańczy burleskę.

– Obiecałem, że spytam – ciągnął Wardle. – Mówiłem jej, że ponury z ciebie drań. Twierdzi, że jej to nie przeszkadza.

– Przekaż, że bardzo mi miło – powiedział zgodnie z prawdą Strike – ale tak, spotykam się z kimś.

– Ale nie z tą twoją partnerką z pracy, co? – spytał Wardle.

– Nie – odrzekł Strike. – Ona wychodzi za mąż.

– Twoja strata, stary – mruknął Wardle, ziewając. – Ja bym się z nią umówił.

– Podsumujmy – powiedziała Robin następnego dnia rano w agencji. – Gdy tylko się dowiadujemy, że Laing faktycznie mieszka w Wollaston Close, chcesz, żebym przestała prowadzić tam obserwację.

– Wysłuchaj mnie do końca – odparł Strike, szykując herbatę. – Sąsiedzi twierdzą, że wyjechał.

– Przed chwilą mówiłeś, że twoim zdaniem wcale nie pojechał do Szkocji!

– To, że odkąd obserwujesz jego mieszkanie, drzwi są zamknięte, wskazuje, że jednak gdzieś pojechał. – Strike wrzucił torebki z herbatą do dwóch kubków. – Nie kupuję historyjki o pogrzebie przyjaciela, ale wcale bym się nie zdziwił, gdyby wpadł z wizytą do Melrose i próbował wycisnąć trochę kasy ze swojej zniedołężniałej matki. To na pewno pasowałoby do wyobrażenia naszego Donniego na temat udanego urlopu.

– Jedno z nas powinno tam być, bo kiedy wróci…

– Jedno z nas tam będzie – uspokoił ją Strike – a tymczasem chcę, żebyś zajęła się…

– Brockbankiem?

– Nie, Brockbankiem zajmuję się ja – powiedział Strike. – Chcę, żebyś spróbowała ze Stephanie.

– Z kim?

– Ze Stephanie. Dziewczyną Whittakera.

– Dlaczego? – spytała głośno Robin, gdy woda w czajniku zagotowała się jak zwykle przy akompaniamencie crescendo klekoczącej pokrywki i donośnego bulgotania, a para wodna pokryła okno.

– Chcę sprawdzić, czy mogłaby nam powiedzieć, co Whittaker robił w dniu śmierci Kelsey i w nocy, kiedy ta dziewczyna w Shacklewell straciła palce. Konkretnie trzeciego i dwudziestego dziewiątego kwietnia.

Strike zalał torebki z herbatą wrzątkiem i wmieszał mleko, stukając łyżeczką w ścianki kubka. Robin nie była pewna, czy ta zmiana rozkładu dnia powinna ją cieszyć, czy martwić. W sumie uznała, że się cieszy, ale jej niedawne przypuszczenia, że Strike próbuje ją odsunąć na boczny tor, bynajmniej się nie rozwiały.

– Nadal uważasz, że Whittaker może być mordercą?

– Tak – powiedział Strike.

– Ale nie masz żadnych...

– Nie mam żadnych dowodów obciążających któregokolwiek z nich, prawda? – odparł Strike. – Zamierzam szukać, aż jakieś zdobędę albo oczyszczę ich wszystkich z podejrzeń.

Podał jej kubek z herbatą i opadł na kanapę obitą sztuczną skórą, która, o dziwo, tym razem pod nim nie pierdnęła. Było to drobne zwycięstwo, lecz z braku innych lepsze niż nic.

– Miałem nadzieję, że uda mi się wyeliminować Whittakera na podstawie jego aktualnego wyglądu – podjął Strike – ale wiesz co, ten facet w czapce to naprawdę mógł być on. Co do jednego nie mam wątpliwości: dalej jest takim samym draniem, jakim był, kiedy go znałem. Kompletnie zawaliłem sprawę Stephanie i dziewczyna na pewno nie zechce ze mną rozmawiać, ale tobie może z nią pójść lepiej. Jeśli da mu alibi na te dni albo wskaże kogoś, kto mógłby je dać, będziemy musieli jeszcze raz przemyśleć całą sprawę. Jeśli nie, Whittaker zostaje na liście.

– A ty co będziesz robił, kiedy ja zajmę się Stephanie?

– Zostanę przy Brockbanku. Doszedłem do wniosku – powiedział Strike, rozprostowując nogi i wzmacniając się łykiem herbaty – że pójdę dzisiaj do klubu ze striptizem i dowiem się, co się z nim stało. Mam dość jedzenia kebabów i kręcenia się po sklepach z ciuchami w oczekiwaniu, aż się pojawi.

Robin milczała.

– Co? – spytał Strike, patrząc na jej minę.

– Nic.

– No, wyduś to z siebie.

– Okej... A jeśli on tam jest?

– Nie będę się martwił na zapas... Nie zamierzam go bić – zapewnił ją Strike, odgadując jej myśli.

– Okej – powiedziała Robin, lecz po chwili dodała: – Ale Whittakera uderzyłeś.

– To było co innego – odrzekł Strike, a gdy się nie odezwała, wyjaśnił: – Whittaker to szczególny przypadek. Rodzina.

Roześmiała się, choć niezbyt wesoło.

Gdy przed wejściem do Saracena przy Commercial Road Strike wyjął z bankomatu pięćdziesiąt funtów, urządzenie bez ceregieli pokazało mu ujemne saldo na rachunku. Detektyw z ponurą miną podał dychę bramkarzowi bez szyi stojącemu obok drzwi i przecisnął się przez pasy czarnej folii zasłaniające wnętrze, w którym słabe oświetlenie nie było w stanie zamaskować ogólnego wrażenia zaniedbania.

Wewnątrz usunięto wszystkie ślady dawnego pubu. Nowy wystrój kojarzył się z domem kultury, tyle że zniszczonym, słabo oświetlonym i opustoszałym. Podłogę zrobiono z polerowanych sosnowych desek, w których odbijał się szeroki neonowy pas biegnący wzdłuż baru ciągnącego się przez całą długość sali.

Niedawno minęło popołudnie, lecz na małej scenie w głębi klubu już wirowała dziewczyna. Skąpana w czerwonym świetle i tańcząca przed ustawionymi pod kątem lustrami, żeby można było podziwiać każdy skrawek jej upstrzonego dołeczkami ciała, zdejmowała stanik przy dźwiękach *Start Me Up* Rolling Stonesów. Na wysokich taboretach siedziało w sumie czterech mężczyzn, każdy przy własnym wysokim stoliku. Dzielili uwagę między dziewczynę niezdarnie kołyszącą się wokół rury a telewizor z dużym ekranem nastawiony na kanał Sky Sports.

Strike ruszył prosto do baru, gdzie stanął naprzeciwko tabliczki z napisem „Klient przyłapany na masturbacji zostanie wyrzucony".

– Co podać, kochanie? – spytała długowłosa dziewczyna z fioletowym cieniem na powiekach i kółkiem w nosie.

Strike zamówił kufel johna smitha i zajął miejsce przy barze. Nie licząc bramkarza, jedynym innym pracownikiem płci męskiej w zasięgu wzroku był człowiek siedzący za konsolą obok striptizerki. Był przysadzisty, jasnowłosy, w średnim wieku i ani trochę nie przypominał Brockbanka.

– Miałem nadzieję, że spotkam tu przyjaciela – powiedział Strike do barmanki, która nie mając innych klientów do obsłużenia, stała oparta o bar, w zamyśleniu wpatrywała się w telewizor i dłubała w długich paznokciach.

– Tak? – spytała znudzonym głosem.

– Tak – potwierdził Strike. – Mówił, że tu pracuje.

Do baru zbliżył się mężczyzna w jaskrawej marynarce i dziewczyna poszła go obsłużyć.

Start Me Up dobiegło końca, a wraz z piosenką skończył się występ striptizerki. Naga zeskoczyła ze sceny, chwyciła szlafrok i zniknęła za kotarą w głębi klubu. Nikt nie zaklaskał.

Jakaś kobieta w bardzo krótkim nylonowym kimonie i pończochach wyślizgnęła się zza kotary i przeszła się po klubie, podsuwając klientom pusty kufel, a oni jeden po drugim wkładali ręce do kieszeni i dawali jej trochę drobnych. Do Strike'a podeszła na końcu. Dał jej dwa funciaki. Ruszyła prosto na scenę, gdzie ostrożnie postawiła kufel z monetami obok konsoli DJ-a, zrzuciła z siebie kimono i weszła na scenę w staniku, majtkach, pończochach i butach na obcasie.

– Panowie, myślę, że to wam się spodoba… Powitajcie, proszę, uroczą Mię!

Zaczęła podrygiwać do *Are „Friends" Electric?* Gary'ego Numana. Jej ruchy nie były ani odrobinę zsynchronizowane z muzyką.

Barmanka wróciła na miejsce obok Strike'a, żeby dalej oddawać się lenistwu. Tam gdzie siedział, ekran telewizora był najlepiej widoczny.

– No, jak wspomniałem – zaczął znowu Strike – przyjaciel mówił, że tu pracuje.

– Mhm – mruknęła.

– Nazywa się Noel Brockbank.

– Tak? Nie znam.

– Rzeczywiście – powiedział Strike, ostentacyjnie się rozglądając, choć już ustalił, że Brockbanka nie ma w pobliżu. – Chyba pomyliłem miejsce.

Pierwsza striptizerka wyszła zza kotary przebrana w jaskrawożółtą minisukienkę na cieniutkich ramiączkach, która ledwie zakrywała jej krocze i jakimś cudem wyglądała bardziej nieprzyzwoicie niż jej wcześniejsza nagość. Podeszła do mężczyzny w jaskrawej marynarce i o coś go spytała, ale przecząco pokręcił głową. Rozejrzała się, napotkała spojrzenie Strike'a, uśmiechnęła się i podeszła.

– Hejka – przywitała się. Mówiła z irlandzkim akcentem. Okazało się, że jej włosy, które w czerwonym świetle na scenie wydawały mu się jasne, mają jaskrawy, miedziany kolor. Pod grubą warstwą pomarańczowej szminki i gęstymi sztucznymi rzęsami kryła się dziewczyna wyglądająca jak ktoś, kto powinien być teraz w szkole. – Jestem Orla. A ty?

– Cameron – przedstawił się Strike, gdyż właśnie tak nazywała go większość ludzi, którym nie udało się dosłyszeć jego imienia.

– No to jak, Cameron, masz ochotę na prywatny taniec?

– Gdzie?

– O tam – powiedziała, pokazując na kotarę, za którą się przebrała. – Jeszcze nigdy cię tu nie widziałam.

– Wiem. Szukam kogoś.

– Jak ona się nazywa?

– To on.

– Skarbie, jeśli to ma być on, trafiłeś pod zły adres – odrzekła.

Była taka młoda, że samo słuchanie, jak mówi do niego skarbie, wydawało się lekko sprośne.

– Postawić ci drinka? – spytał.

Zawahała się. Prywatny taniec oznaczał więcej pieniędzy, lecz być może ten Cameron należał do gości, którzy potrzebują rozgrzewki.

– Czemu nie.

Strike zapłacił wygórowaną cenę za wódkę z syropem z limonki, którą sztywno sączyła na taborecie obok niego. Jej piersi wylewały się z sukienki, a skóra przypominała mu teksturą skórę zamordowanej Kelsey: była gładka i jędrna, z mnóstwem młodzieńczego tłuszczyku. Na ramieniu miała wytatuowane trzy niebieskie gwiazdki.

– Może ty znasz mojego przyjaciela? – powiedział Strike. – Nazywa się Noel Brockbank.

Mała Orla nie była głupia. W bystrych spojrzeniach, które rzucała mu z ukosa, podejrzliwość mieszała się z wyrachowaniem. Podobnie jak masażystka w Market Harborough zastanawiała się, czy przypadkiem nie jest policjantem.

– Jest mi winien pieniądze – wyjaśnił Strike.

Przez chwilę dalej mu się przyglądała, marszcząc gładkie czoło, po czym najwidoczniej łyknęła jego kłamstwo.

– Noel – powtórzyła. – Chyba już odszedł. Zaczekaj chwilę... Edie?

Znudzona barmanka nie oderwała wzroku od telewizora.

– Hm?

– Jak się nazywał ten facet, którego Des niedawno wyrzucił? Ten, który tu pracował tylko kilka dni?

– Nie wiem, jak mu tam było.

– No, ten zwolniony miał chyba na imię Noel – powiedziała Orla do Strike'a. Po chwili z nagłą i ujmującą szczerością dodała: – Daj dyszkę, a się upewnię.

Wzdychając w myślach, podał jej banknot.

– Zaczekaj tu – poleciła wesoło Orla. Ześlizgnęła się z taboretu przy barze, wsadziła dyszkę za gumkę majtek, nieelegancko obciągnęła sukienkę i niespiesznym krokiem podeszła do DJ-a, który przyglądał się Strike'owi z nachmurzoną miną, słuchając, co Orla ma mu do powiedzenia. Gburowato skinął głową. Jego obwisła twarz żarzyła się w czerwonym świetle. Orla wróciła truchtem z zadowoloną miną.

– Tak jak mówiłam! – oznajmiła Strike'owi. – Nie było mnie, jak to się stało, ale miał jakiś atak czy coś.

– Atak? – powtórzył Strike.

– No, pracował dopiero pierwszy tydzień. Taki duży facet, nie? Z podłużną brodą?

– Zgadza się – potwierdził Strike.

– No więc się spóźnił i Des nie był zadowolony. Des to ten tam – dodała niepotrzebnie, pokazując na DJ-a, który podejrzliwie przyglądał się Strike'owi, zmieniając muzykę z Are „Friends"

Electric? na *Girls Just Wanna Have Fun* Cyndi Lauper. – Des objechał go za spóźnienie, a ten twój koleś normalnie padł na ziemię i zaczął się skręcać. Podobno zlał się w spodnie – dorzuciła Orla z wyraźnym zadowoleniem.

Strike wątpił, żeby Brockbank zsikał się z powodu reprymendy Desa. Wyglądało na to, że naprawdę miał atak epilepsji.

– Co było potem?

– Dziewczyna twojego kumpla wybiegła z…

– Jak się nazywa ta dziewczyna?

– Zaczekaj… Edie?

– Hm?

– Jak się nazywa ta czarna z twistami? No, ta z wielkimi buforami. Ta, której Des tak nie lubi.

– Alyssa.

– Alyssa – powtórzyła Orla, zwracając się do Strike'a. – Wybiegła z zaplecza i darła się na Desa, żeby zadzwonił po karetkę.

– Zadzwonił?

– No. Zabrali tego twojego kolesia, a Alyssa pojechała razem z nim.

– A czy Brock… czy Noel jeszcze tu potem pracował?

– Na cholerę komu bramkarz, który pada na ziemię i leje w spodnie tylko dlatego, że ktoś na niego krzyczy? – odparła Orla. – Słyszałam, że Alyssa prosiła Desa, żeby dał mu drugą szansę, ale Des nie daje drugich szans.

– Więc Alyssa nazwała Desa skąpym piździelcem – dorzuciła Edie, wynurzając się nagle ze swojej apatii – i ją też wylał. Głupia suka. Potrzebuje pieniędzy. Ma dzieci.

– Kiedy to wszystko się stało? – spytał Strike Orlę i Edie.

– Dwa tygodnie temu – powiedziała Edie. – Ale ten koleś to była jakaś menda. Krzyżyk na drogę.

– Dlaczego mówisz, że to była menda? – zainteresował się Strike.

– Coś takiego od razu widać – odrzekła Edie z rodzajem znużenia wielkiej ekspertki. – Od razu. Alyssa ma zajebiście kiepski gust, jeśli chodzi o mężczyzn.

Druga striptizerka została już tylko w stringach i z entuzjazmem potrząsała tyłkiem w stronę nielicznej publiczności. Do klubu weszli dwaj starsi mężczyźni i po krótkim wahaniu ruszyli w stronę baru, nie odrywając oczu od stringów, które najwyraźniej miały za chwilę zniknąć.

– Nie wiesz, gdzie mógłbym znaleźć Noela? – spytał Strike Edie, która wydawała się zbyt znudzona, żeby zażądać pieniędzy za informacje.

– Mieszka z Alyssą gdzieś w Bow – powiedziała barmanka. – Załatwiła sobie mieszkanie komunalne, ale ciągle na nie narzekała. Nie wiem, gdzie dokładnie – dodała, uprzedzając pytanie Strike'a. – Nigdy u niej nie byłam ani nic.

– Myślałam, że je lubi – dorzuciła bez przekonania Orla. – Mówiła, że mają tam dobry żłobek.

Striptizerka wyślizgnęła się ze stringów i machała nimi nad głową jak lassem. Zobaczywszy wszystko, co było do zobaczenia, dwaj nowi klienci dobili do baru. Jeden z nich, tak stary, że mógłby być dziadkiem Orli, skupił kaprawe oczka na jej rowku między piersiami. Rzeczowo zmierzyła go wzrokiem, a potem zwróciła się do Strike'a:

– No to chcesz prywatny taniec czy nie?

– Raczej nie – powiedział Strike.

Zanim zdążył dokończyć zdanie, odstawiła kieliszek, zsunęła się z taboretu i popłynęła w stronę sześćdziesięciolatka, który szeroko się uśmiechnął, pokazując więcej szczerb niż zębów.

Obok Strike'a stanęła zwalista postać: bramkarz bez szyi.

– Des prosi na słówko – oznajmił tonem, który byłby złowrogi, gdyby nie to, że jak na tak barczystego mężczyznę miał zaskakująco cienki głos.

Strike się rozejrzał. DJ, który z niezadowoleniem przyglądał mu się z drugiego końca sali, skinął do niego ręką.

– Jakiś problem? – spytał Strike bramkarza.

– Jeśli tak, Des ci powie – zabrzmiała lekko złowieszcza odpowiedź.

Strike przeszedł zatem przez salę, żeby porozmawiać z DJ-em, i stanął obok niego jak wyrośnięty uczeń wezwany do dyrektora przy pulpicie. W pełni świadomy absurdalności sytuacji, musiał zaczekać, aż trzecia striptizerka bezpiecznie postawi swoją szklankę z monetami obok konsoli, zrzuci z siebie fioletowy szlafrok i wejdzie na scenę w czarnej koronkowej bieliźnie i na obcasach z akrylu. Była mocno wytatuowana, a spod grubej warstwy makijażu przezierały pryszcze.

– Panowie: cycki, dupa i laska z klasą. Jackaline!

Zabrzmiała *Africa* w wykonaniu Toto. Jackaline zaczęła wirować wokół rury, w czym była o wiele bardziej biegła niż obie jej koleżanki, a Des zasłonił mikrofon ręką i pochylił się.

– No, koleś. – Wyglądał starzej i miał ostrzejsze rysy niż w czerwonym świetle sceny. Mierzył Strike'a przenikliwym spojrzeniem, a wzdłuż jego żuchwy biegła blizna głęboka jak na twarzy Shankera. – Po co wypytujesz o bramkarza?

– To mój przyjaciel.

– Nie podpisał umowy.

– Nie twierdziłem, że podpisał.

– Niesłuszne zwolnienie z pracy, też mi, kurwa, pomysł. Nigdy mi nie mówił, że ma pieprzone ataki. Przysłała cię tu ta suka Alyssa?

– Nie – powiedział Strike. – Słyszałem, że Noel tu pracował.

– To pieprzona, stuknięta kretynka.

– Nie mam pojęcia. Szukam jego, a nie jej.

Des podrapał się pod pachą i przez chwilę mierzył Strike'a wrogim spojrzeniem, a nieco ponad metr dalej Jackaline zsuwała ramiączka stanika i odwrócona tyłem mierzyła powłóczystym spojrzeniem sześciu oglądających ją mężczyzn.

– Gówno prawda, że ten drań był kiedykolwiek w siłach specjalnych – rzucił agresywnym tonem Des, jakby Strike się przy tym upierał.

– Tak mówił?

– Ona tak mówiła. Alyssa. Nie wzięliby takiego pieprzonego wraka. Zresztą – dodał Des, mrużąc oczy – nie tylko to mi się w nim nie spodobało.

– Tak? A co jeszcze?

– To już moja sprawa. Przekaż jej to ode mnie. Nie chodziło tylko o ten pieprzony atak. Niech spyta Mię, dlaczego nie chciałem go z powrotem. A jeśli jeszcze raz zrobi coś głupiego z moim pieprzonym samochodem albo przyśle któregoś ze swoich kumpli, żeby szukał na mnie haków, to, kurwa, zobaczymy się w sądzie. Przekaż jej to!

– Nie ma sprawy – odrzekł Strike. – Masz jej adres?

– Odpierdol się, dobra? – warknął Des. – Wypad stąd.

Pochylił się do mikrofonu.

– Ładnie! – powiedział, mierząc Jackaline wystudiowanym pożądliwym spojrzeniem, gdy rytmicznie potrząsała piersiami w szkarłatnym świetle. Pokazał Strike'owi, żeby spadał, po czym wrócił do swojej sterty starych winylowych płyt.

Nie mając innego wyjścia, Strike pozwolił się odeskortować do drzwi. Nikt się nim nie zainteresował. Uwaga publiczności nadal była podzielona między Jackaline a Lionela Messiego na dużym telewizorze. Przy drzwiach Strike odsunął się, przepuszczając grupkę młodych mężczyzn w garniturach. Wszyscy wyglądali już na wstawionych.

– Cycki! – zawołał pierwszy z nich, pokazując na striptizerkę.
– Cycki!!!

Bramkarz poczuł się urażony takim wejściem. Doszło do krótkiej wymiany zdań i krzykacz został utemperowany przez kolegów i krytyczne uwagi bramkarza przekazane wraz z kilkoma dźgnięciami palcem wskazującym w klatkę piersiową.

Strike cierpliwie zaczekał na rozwiązanie problemu. Gdy w końcu pozwolono młodym mężczyznom wejść, oddalił się przy pierwszych dźwiękach *The Only Way Is Up* w wykonaniu Yazz.

46

Subhuman

Podczłowiek

Sam na sam ze swoimi trofeami czuł się całkowicie spełniony. Były dowodem jego wyższości, jego zdumiewającej umiejętności przemykania się między małpami w policyjnych mundurach oraz tępymi jak barany masami ludzi, i brania, co tylko chciał – jak półbóg.

Oczywiście trofea dawały mu coś jeszcze.

Chyba nigdy mu nie stawał w chwili zabijania. Gdy wcześniej o tym myślał, owszem: czasami doprowadzał się do onanistycznej gorączki, myśląc o tym, co zrobi, dopieszczając i inscenizując w głowie różne możliwości. Potem – na przykład teraz, gdy trzymał w ręce chłodną, gumowatą, skurczoną pierś, którą odciął od torsu Kelsey i która zrobiła się już lekko chropawa wskutek częstego kontaktu z powietrzem poza lodówką – też nie miał z tym żadnego problemu. Teraz był twardy jak maszt.

Palce tej nowej trzymał w pudełku na lód. Wyjął jeden z nich, przycisnął do ust, a potem ugryzł – mocno. Wyobraził sobie, że ona nadal jest do nich dołączona i krzyczy w agonii. Wgryzł się głębiej, delektując się pękaniem zimnego ciała, a jego zęby mocno nacisnęły na kość. Jedną ręką pogmerał przy sznurku spodni od dresu...

Potem włożył wszystko z powrotem do lodówki, zamknął drzwi i lekko je poklepał, uśmiechając się pod nosem. Pomyślał, że wkrótce będzie tam tego więcej. Sekretarka nie była mała: na oko miała z metr sześćdziesiąt siedem albo i metr siedemdziesiąt.

Był tylko jeden drobny problem... nie wiedział, gdzie się podziała. Zgubił trop. Rano nie było jej w agencji. Poszedł do London School of Economics, gdzie znalazł tę platynową sukę, ale ani śladu Sekretarki. Szukał w Court, sprawdził nawet w Tottenham. Było to jednak tylko chwilowe utrudnienie. Wiedział, że ją wywęszy. W razie potrzeby jutro rano znowu mógł ją wytropić na stacji West Ealing.

Zrobił sobie kawę i wlał do niej sporo whisky z butelki, którą trzymał tu od miesięcy. Oprócz kawy i alkoholu nie miał prawie nic w brudnej norze, w której ukrywał swoje skarby, w swoim tajemnym sanktuarium: tylko czajnik, kilka nadtłuczonych kubków, lodówkę – ołtarz jego profesji – stary materac do spania i stację dokującą do iPoda. To było ważne. Stało się częścią jego rytuału.

Gdy usłyszał ich po raz pierwszy, pomyślał, że są do dupy, lecz w miarę jak rosła jego obsesja na punkcie pogrążenia Strike'a, lubił ich muzykę coraz bardziej. Lubił jej słuchać przez słuchawki, śledząc Sekretarkę albo czyszcząc noże. Teraz to była dla niego święta muzyka. Słowa niektórych piosenek towarzyszyły mu jak fragmenty nabożeństwa. Im dłużej słuchał, tym wyraźniej czuł, że oni rozumieją.

W obliczu noża kobiety redukowały się do najprostszej formy. Przerażenie je oczyszczało. Stawały się w pewien sposób nieskalane, gdy prosiły i błagały o życie. Cult (tak ich w myślach nazywał) chyba to rozumiał. Ci muzycy to czuli.

Włożył iPoda do stacji i wybrał jeden ze swoich ulubionych kawałków: *Dr. Music*. Potem podszedł do umywalki i popękanego lusterka do golenia. Maszynka i nożyczki już czekały: wszystkie narzędzia, jakich potrzebuje mężczyzna, żeby się zupełnie przeobrazić.

Eric Bloom śpiewał z pojedynczego głośnika w stacji dokującej:

Girl, don't stop that screamin'
You're sounding so sincere ...*

47

I sense the darkness clearer ...

Wyraźniej czuję ciemność [...]

Blue Öyster Cult, *Harvest Moon*

Dzisiaj – pierwszego czerwca – Robin wreszcie mogła powiedzieć: „Za miesiąc wychodzę za mąż". Nagle drugi lipca wydał jej się bardzo bliski. Krawcowa w Harrogate chciała się umówić na ostatnią przymiarkę, lecz Robin nie miała pojęcia, kiedy uda jej się znaleźć czas na wyprawę do domu. Przynajmniej kupiła buty. Jej matka przyjmowała potwierdzenia od gości i regularnie informo-

---

* Dziewczyno, nie przestawaj krzyczeć / brzmisz tak szczerze [...]

wała córkę o zmianach na liście. Robin czuła się dziwnie wyłączona z tego wszystkiego. Godziny nużącego wystawania na Catford Broadway, gdzie obserwowała mieszkanie nad smażalnią, dzieliła przepaść od pytań o kwiaty, o rozmieszczenie gości na weselu i o to (największe zmartwienie Matthew), czy poprosiła już Strike'a o dwa tygodnie urlopu na miodowy miesiąc, który Matthew zorganizował i który miał być niespodzianką.

Robin nie pojmowała, jak to możliwe: ślub był już tak blisko, a ona nawet tego nie zauważyła. W przyszłym miesiącu, już w przyszłym miesiącu zostanie Robin Cunliffe – przynajmniej wszystko na to wskazywało. Matthew bez wątpienia oczekiwał, że żona przyjmie jego nazwisko. Ostatnio był niezwykle wesoły. Gdy mijali się w przedpokoju, przytulał ją bez słowa i ani razu nie narzekał na długie godziny, jakie spędzała w pracy – godziny zahaczające o ich weekendy.

Od kilku dni zawoził ją rano do Catford, jadąc do firmy w Bromley, w której przeprowadzał audyt. Nie mówił już złego słowa na pogardzanego land rovera, nawet gdy zgrzytały biegi i utykał na skrzyżowaniach, powtarzał, że to cudowny prezent, że dając im go, Linda była bardzo miła, że samochód niezwykle się przydaje, gdy wysyłają go poza miasto. Poprzedniego dnia, podwożąc Robin, zaproponował, że skreśli Sarah Shadlock z listy gości weselnych. Robin czuła, że już samo poruszenie tego tematu wymagało od niego zebrania się na odwagę, bał się, że wspomnienie o Sarah może wywołać kłótnię. Przez chwilę się zastanawiała, próbując określić, co właściwie czuje, i w końcu odmówiła.

– Sarah mi nie przeszkadza – powiedziała. – Wolałabym, żeby przyszła. Nic się nie stanie.

Usunięcie z listy uzmysłowiłoby Sarah, że Robin dopiero teraz się dowiedziała, co zaszło przed laty. Robin wolała udawać, że wie o tym od początku, że Matthew przyznał się dawno temu i że ona wcale się tym nie przejmuje. Miała swoją dumę. Gdy jednak jej matka, która też się nad tym zastanawiała, spytała, kogo Robin chce posadzić obok Sarah, skoro Shaun, wspólny przyjaciel Sarah i Matthew ze studiów, nie mógł przyjechać, Robin odpowiedziała pytaniem:

– Czy Cormoran już potwierdził?

– Nie – odrzekła jej matka.

– Aha – powiedziała Robin. – Ale mówi, że przyjedzie.

– Chcesz go posadzić obok Sarah?

– Nie, oczywiście, że nie! – odburknęła Robin.

Zapadło krótkie milczenie.

– Przepraszam – powiedziała Robin. – Przepraszam, mamo... Jestem zestresowana... Nie, czy mogłabyś posadzić Cormorana obok... sama nie wiem kogo...

– Przyjedzie z dziewczyną?

– Mówi, że nie. Posadź go gdziekolwiek, byle nie obok tej cholernej... To znaczy nie obok Sarah.

Był najcieplejszy poranek od początku roku i Robin postanowiła zaczekać, aż pojawi się Stephanie. Ludzie robiący zakupy na Catford Broadway mieli na sobie koszulki i sandały. Czarne kobiety mijały ją w kolorowych chustach na głowach. Robin, która włożyła letnią sukienkę i starą dżinsową kurtkę, wcisnęła się w jedną z tych samych co zwykle wnęk w budynku teatru, udając, że rozmawia przez telefon dla zabicia czasu, a później, że ogląda pachnące świeczki i kadzidełka na najbliższym straganie.

Trudno się skoncentrować, gdy człowiek jest przekonany, że kazano mu szukać wiatru w polu. Strike uparcie twierdził, że nadal podejrzewa Whittakera o zamordowanie Kelsey, lecz Robin w głębi duszy nie była o tym przekonana. Coraz bardziej skłaniała się do opinii Wardle'a, że Strike uwziął się na byłego ojczyma i że dawne żale utrudniały mu zazwyczaj trzeźwy osąd. Spoglądając raz po raz na nieruchome zasłony w mieszkaniu Whittakera, przypomniała sobie, że po raz ostatni widziano Stephanie, gdy Whittaker wpychał ją na pakę transita. Zastanawiała się, czy dziewczyna w ogóle jest w mieszkaniu.

Od lekkiego rozżalenia, że czeka ją kolejny zmarnowany dzień, z łatwością przeszła do rozpamiętywania największej urazy, jaką czuła do Strike'a: przywłaszczył sobie zadanie tropienia Noela Brockbanka. Z jakiegoś powodu Robin uważała Brockbanka za swojego podejrzanego. Gdyby nie wcieliła się tak skutecznie w Venetię Hall, nigdy by się nie dowiedzieli, że Brockbank mieszka w Londynie, a gdyby nie wpadła na to, że Nile to Noel, nigdy nie wytropiliby go w klubie Saracen. Nawet niski głos w jej uchu – „Czy my się znamy, dziewczynko?" – wprawdzie wywoływał dreszcze, lecz jednocześnie tworzył dziwny rodzaj więzi.

Zmieszany z wonią kadzidełek zapach surowej ryby, który w ostatnich dniach zaczął kojarzyć się Robin z Whittakerem i Stephanie, wypełniał jej nozdrza, gdy stała oparta o chłodny kamień i obserwowała nieruchome drzwi ich mieszkania. Jej nieposłuszne myśli jak lisy do śmietnika pomknęły z powrotem do Zahary, małej dziewczynki, która odebrała telefon Brockbanka. Od tamtej rozmowy Robin myślała o niej codziennie i po powrocie Strike'a z klubu ze striptizem wypytała go o wszystkie szczegóły dotyczące matki dziecka.

Powiedział Robin, że dziewczyna Brockbanka nazywa się Alyssa i jest czarna, więc Zahara też musiała być czarna. Może była podobna do tej małej dziewczynki ze sztywnymi warkoczykami, która dreptała ulicą, mocno trzymając matkę za palec wskazujący i wpatrując się w Robin ponurymi, ciemnymi oczami. Robin się uśmiechnęła, ale dziewczynka nie odpowiedziała uśmiechem, tylko nadal jej się przyglądała, mijając ją razem z matką. Robin uśmiechała się dalej, aż dziewczynka, odwróciwszy się prawie o sto osiemdziesiąt stopni, żeby nie stracić z nią kontaktu wzrokowego, potknęła się w swoich maleńkich sandałkach. Upadła na ziemię i zaczęła płakać. Niewzruszona matka podniosła ją i poszła dalej. Robin z poczuciem winy wróciła do obserwowania okien Whittakera, a zawodzenie dziewczynki, która się przewróciła, rozbrzmiewało na całej ulicy.

Zahara prawie na pewno mieszkała w tym mieszkaniu w Bow, o którym wspomniał Strike. Jej matka podobno nie była zadowolona z tego lokalu, ale jedna z dziewczyn, z którymi Strike rozmawiał, powiedziała mu...

Jedna z dziewczyn mu powiedziała...

– No jasne! – mruknęła podekscytowana Robin. – No jasne!

Strike na pewno o tym nie pomyślał – oczywiście, że nie, przecież był mężczyzną! Sięgnęła po telefon i zaczęła szukać.

W Bow było siedem żłobków. Robin w zamyśleniu wsunęła komórkę z powrotem do kieszeni i zelektryzowana swoimi myślami, jak zwykle zaczęła się przechadzać wśród straganów, od czasu do czasu zerkając na okna mieszkania Whittakera i na wiecznie zamknięte drzwi, lecz była całkowicie pochłonięta tropieniem Brockbanka. Widziała dwa możliwe rozwiązania: obserwować wszystkie siedem żłobków i wypatrywać czarnej kobiety odbierającej dziewczynkę o imieniu Zahara (tylko skąd miałaby wiedzieć, która to matka i które dziecko?) albo... albo... Przystanęła obok straganu oferującego etniczną biżuterię, prawie jej nie widząc, zaprzątnięta myślami o Zaharze.

Zupełnie przypadkiem oderwała wzrok od pary kolczyków z piórek i koralików, akurat gdy Stephanie, którą Strike trafnie opisał, wyszła drzwiami obok smażalni. Blada dziewczyna z przekrwionymi oczami, mrugająca w jasnym słońcu jak królik albinos, popchnęła drzwi do smażalni, wtoczyła się do środka i ruszyła w stronę lady. Zanim Robin zdążyła ochłonąć, Stephanie ją minęła, trzymając puszkę coli, i z powrotem weszła do budynku przez białe drzwi.

„Cholera".

– Nic się nie dzieje – powiedziała Strike'owi godzinę później przez telefon. – Nadal jest w środku. Nie miałam szansy nic zrobić. Weszła i wyszła w ciągu jakichś trzech minut.

– Nie ruszaj się stamtąd – odrzekł Strike. – Może znowu wyjdzie. Przynajmniej wiemy, że się obudziła.

– Jakieś postępy w sprawie Lainga?

– Żadnych, kiedy tam byłem. Musiałem wrócić do agencji. Wiadomość dnia: Dwa Razy mi przebaczył. Przed chwilą wyszedł. Potrzebujemy pieniędzy, więc nie mogłem odmówić.

– Och, na litość boską... Czy to możliwe, że już znalazł nową dziewczynę? – spytała Robin.

– Nie znalazł. Chce, żebym sprawdził jakąś nową striptizerkę, z którą flirtuje. Mam się dowiedzieć, czy nie jest już w jakimś związku.

– Dlaczego po prostu jej nie spyta?

– Spytał. Dziewczyna mówi, że z nikim się nie spotyka, ale kobiety to paskudne krętaczki i oszustki, Robin, przecież wiesz.

– A tak, oczywiście – westchnęła. – Zapomniałam. Słuchaj, mam pewien pomysł w związku z Bro... Zaczekaj, coś się dzieje.

– Wszystko w porządku? – spytał ostro.

– Tak… Nie rozłączaj się.

Zatrzymał się przed nią transit. Spacerowała wokół niego z komórką przy uchu, próbując ustalić, co się dzieje. Zauważyła, że kierowca był obcięty na jeża, lecz oślepiało ją słońce odbijające się od przedniej szyby i nie mogła dojrzeć rysów twarzy. Na chodniku zjawiła się Stephanie. Ciasno opleciona rękami przemaszerowała przez ulicę i wspięła się na pakę samochodu. Robin odsunęła się, przepuszczając transita i udając, że rozmawia przez telefon. Jej wzrok napotkał oczy kierowcy. Były ciemne, przysłonięte opadającymi powiekami.

– Pojechała gdzieś, wsiadła na pakę starego transita – powiedziała Robin do Strike'a. – Kierowca nie wyglądał na Whittakera. Mógł być jakimś mieszańcem albo południowcem znad Morza Śródziemnego. Trudno go było dojrzeć.

– W takim razie wiemy, że Stephanie nie wypadła z gry. Pewnie pojechała zarobić dla Whittakera trochę pieniędzy.

Robin starała się nie mieć do niego żalu za ten obojętny ton. Przypomniała sobie, że ciosem w brzuch uwolnił Stephanie, gdy Whittaker ją dusił. Przystanęła i spojrzała na wystawę saloniku prasowego. Gadżety związane z królewskim ślubem nadal były mocno eksponowane. Na ścianie za Azjatą przy kasie wisiała brytyjska flaga.

– Co mam robić? Jeśli chcesz się zająć nową dziewczyną Dwa Razy, mogę poobserwować Wollaston Close. To całkiem… uch – gwałtownie wciągnęła powietrze.

Odwróciła się, żeby stamtąd odejść, i zderzyła się z mężczyzną z kozią bródką, który rzucił pod jej adresem jakieś przekleństwo.

– Przepraszam – szepnęła odruchowo, gdy facet przecisnął się obok niej i wszedł do saloniku prasowego.

– Co się stało? – spytał Strike.

– Nic… Wpadłam na kogoś… Słuchaj, pojadę do Wollaston Close – powiedziała.

– W porządku – odrzekł z wyraźnym wahaniem – ale jeśli Laing się pojawi, spróbuj tylko zrobić mu zdjęcie. Nie zbliżaj się do niego.

– Nie zamierzałam – odparła.

– Zadzwoń, jeśli będziesz miała jakieś wieści. Jeśli nie będzie wieści, też zadzwoń.

Krótki przypływ entuzjazmu na myśl o powrocie do Wollaston Close przeminął, zanim Robin dotarła na stację Catford. Nie była pewna, dlaczego nagle poczuła się przygnębiona i niespokojna. Może powinna była coś zjeść. Postanowiwszy zerwać z czekoladowym nałogiem, który zagrażał jej szansom na zmieszczenie się w przerobioną suknię ślubną, kupiła sobie nieapetycznie wyglądającego batonika zbożowego, a potem wsiadła do pociągu.

Zując kawałek sprasowanych trocin, gdy pociąg niósł ją w stronę Elephant and Castle, zaczęła w zamyśleniu rozcierać żebra obolałe po zderzeniu z rosłym mężczyzną z bródką. Narażanie się na przekleństwa ze strony innych ludzi było oczywiście ceną mieszkania w Londynie. Nie przypominała sobie, żeby w Masham ktoś choćby raz obrzucił ją na ulicy przekleństwami.

Z jakiegoś powodu pospiesznie się rozejrzała, lecz w pobliżu nie było chyba żadnego rosłego mężczyzny – ani w prawie pustym wagonie, ani w sąsiednich. Po zastanowieniu doszła do wniosku, że tego ranka nie była tak czujna jak zwykle, że uśpiło ją znajome już otoczenie na Catford Broadway, pochłonęły myśli o Brockbanku i Zaharze. Zastanawiała się, czy by zauważyła, gdyby ktoś ją tam obserwował... Nie, z pewnością miała paranoję. Matthew podrzucił ją rano land roverem. Morderca nie mógłby jej śledzić aż do Catford, chyba że czekał na Hastings Road w jakimś pojeździe.

„W każdym razie – pomyślała – powinna wystrzegać się samozadowolenia". Wychodząc z pociągu, zauważyła wysokiego ciemnowłosego mężczyznę idącego kawałek za nią i specjalnie przystanęła, żeby puścić go przodem. Nawet na nią nie spojrzał. „Zdecydowanie mam paranoję" – pomyślała, wyrzucając do kosza niedojedzony batonik zbożowy.

Gdy dotarła na parking w Wollaston Close było wpół do drugiej, budynek Strata wznosił się nad zniszczonymi starymi blokami jak wysłannik przyszłości. Długa letnia sukienka i dżinsowa kurtka, tak dobrze pasujące do rynku w Catford, tu wydawały się jakby studenckie. Znowu udając, że rozmawia przez komórkę, Robin mimochodem spojrzała w górę i jej serce na chwilę zamarło.

Coś się zmieniło. Ktoś odsunął zasłony.

Była superczujna i nie zwolniła kroku, w razie gdyby akurat patrzył przez okno. Zamierzała znaleźć jakieś mało widoczne miejsce, z którego mogłaby obserwować balkon. Była tak pochłonięta szukaniem idealnego miejsca do przyczajenia się i stwarzaniem pozorów naturalnej rozmowy, że nie patrzyła, jak idzie.

– O nie! – pisnęła, gdy prawa noga wyślizgnęła się spod jej ciała, a lewa nadepnęła na rąbek długiej sukienki, w wyniku czego Robin zrobiła nieelegancki półszpagat, przewróciła się na bok i upuściła komórkę. – Kurde – jęknęła. To, na czym się poślizgnęła, wyglądało jak wymiociny albo nawet skutek rozwolnienia: ku jej przerażeniu część mazi przywarła do sukienki, a upadając, podrapała sobie rękę, lecz najbardziej martwiło ją właśnie pochodzenie tej gęstej, żółtobrązowej, kleistej papki.

Gdzieś niedaleko jakiś mężczyzna parsknął śmiechem. Wściekła i upokorzona Robin próbowała wstać i nie umazać przy tym jeszcze bardziej ubrania i butów, więc nie od razu rozejrzała się w poszukiwaniu źródła drwin.

– Wybacz, mała – powiedział ktoś z miękkim szkockim akcentem tuż za jej plecami. Gwałtownie się obejrzała i poczuła, jakby przeszyło ją kilka woltów prądu.

Mimo ciepłego dnia miał na sobie wiatroszczelną czapkę z długimi nausznikami, kurtkę w czerwono-czarną kratę i dżinsy. Jego zwaliste ciało opierało się na kulach i spoglądał na nią z góry, nadal się uśmiechając. Blade policzki, brodę i worki pod małymi, ciemnymi oczami zniekształcały głębokie blizny po trądziku. Gruba szyja wylewała się znad kołnierzyka.

Z jednej ręki zwisała mu reklamówka zawierająca coś, co wyglądało na kilka produktów spożywczych. Dostrzegła koniuszek wytatuowanego sztyletu, który, jak wiedziała, wyżej na przedramieniu przebijał żółtą różę. Krople wytatuowanej krwi kapiące mu na nadgarstek wyglądały jak rany.

– Potrzebny ci kran – powiedział, pokazując z szerokim uśmiechem na jej nogę i rąbek sukienki – i porządna szczotka.

– Tak – odrzekła drżącym głosem. Schyliła się po komórkę. Ekran był pęknięty.

– Mieszkam tu – ciągnął, kiwając głową w stronę mieszkania, które obserwowała z przerwami przez miesiąc. – Możesz wejść, jeśli chcesz. Umyjesz się.

– Och, nie… Nic się nie stało. Ale bardzo dziękuję – odparła Robin jednym tchem.

– Nie ma sprawy – powiedział Donald Laing.

Jego wzrok prześlizgnął się po jej ciele. Poczuła mrowienie skóry, jakby przesunął po niej palcem. Odwrócił się na kulach i zaczął odchodzić, a reklamówka niezgrabnie zadyndała. Robin stała tam, gdzie ją zostawił, i czuła napływającą do twarzy krew.

Nie odwrócił się. Nauszniki jego czapki kołysały się jak uszy spaniela, gdy powoli i z wysiłkiem skręcał za blokiem i znikał z widoku.

– Boże – szepnęła Robin. Czując pieczenie ręki i kolana, na które upadła, w zamyśleniu odgarnęła włosy z twarzy. Dopiero wtedy, czując zapach palców, z ulgą zdała sobie sprawę, że ta śliska substancja to curry. Idąc pospiesznie za róg, żeby zniknąć sprzed okien Donalda Lainga, wcisnęła przyciski uszkodzonej komórki i zadzwoniła do Strike'a.

48

Here Comes That Feeling

I pojawia się to uczucie

Fala upałów, która zalała Londyn, była jego wrogiem. W koszulce nie mógł schować noży, a czapki i postawione kołnierze zapewniające mu dotąd anonimowość, wyglądały nie na miejscu.

Pozostawało mu jedynie czekać – ze złością, bezradnie, w miejscu, o którym To nie miało pojęcia.

Wreszcie w niedzielę pogoda się popsuła. Deszcz obmył spalone słońcem parki, zatańczyły wycieraczki samochodów, turyści przywdziali foliowe poncha i na przekór wszystkiemu brnęli przez kałuże.

Podekscytowany i zdeterminowany naciągnął czapkę głęboko na czoło i włożył swoją specjalną kurtkę. Gdy szedł, noże odbijały mu się od klatki piersiowej, schowane w podłużnych prowizorycznych kieszeniach, które powstały po rozcięciu podszewki. Ulice stolicy były niewiele mniej zatłoczone niż tej nocy, gdy zaszlachtował dziwkę, której palce leżały teraz w pojemniku na lód. Turyści i londyńczycy nadal krążyli wszędzie jak mrówki. Część kupiła parasolki i czapki w barwach narodowych. Szturchał niektórych dla czystej przyjemności towarzyszącej rozpychaniu się.

Czuł coraz silniejszą potrzebę mordowania. Kilka ostatnich zmarnowanych dni upłynęło szybko, jego urlop od Tego powoli się kończył, lecz Sekretarka nadal była żywa i wolna. Szukał jej godzinami, próbując ją wytropić, i nagle przeżył szok: ta bezczelna suka wyrosła tuż przed nim, w biały dzień... Tylko że wszędzie wokół byli świadkowie...

Słaba kontrola impulsów, powiedziałby pewnie ten pieprzony psychiatra, wiedząc, jak się zachował na jej widok. Słaba kontrola impulsów! Jeśli chciał, potrafił doskonale kontrolować swoje impulsy – był człowiekiem o nadludzkim sprycie, zabił trzy kobiety i okaleczył czwartą, a policja nadal nic o nim nie wiedziała, więc pieprzyć tego psychiatrę i jego głupie diagnozy – ale gdy zobaczył ją przed sobą po tylu jałowych dniach, chciał ją nastraszyć, chciał podejść blisko, naprawdę blisko, tak blisko, żeby poczuć jej zapach, przemówić do niej, spojrzeć w jej zalęknione oczy.

Potem sobie poszła, a on nie odważył się iść za nią – jeszcze nie – i puszczenie jej wolno prawie go dobiło. Powinna była już leżeć w kawałkach w lodówce. Powinien był już widzieć jej twarz w tej ekstazie przerażenia i śmierci, posiąść ją bez reszty i móc się nią bawić.

Szedł zatem w chłodnym deszczu, płonąc w środku, ponieważ była niedziela i Sekretarka znowu zniknęła, wróciła tam, gdzie nie mógł jej dopaść, do swojego gogusia.

Potrzebował większej swobody, znacznie większej swobody. To bez przerwy siedziało w domu, szpiegowało go, kurczowo się go trzymało, poważnie krzyżując mu plany. Wiedział, że nie może tak dłużej być. Zdołał już wypchnąć opierające się To z powrotem do pracy. Teraz musiał poudawać, że znalazł nową robotę. W razie potrzeby będzie kradł, żeby zdobyć gotówkę, i udawał, że ją zarobił – nie po raz pierwszy. Dzięki tej wolności zyska czas, którego bardzo potrzebował, aby być w pobliżu, gdy Sekretarka straci czujność, gdy nikt nie będzie patrzył, gdy skręci w niewłaściwą uliczkę...

Przechodnie mieli dla niego równie mało życia co automaty. Głupcy, głupcy, głupcy... Gdziekolwiek szedł, rozglądał się za nią, za tą, którą załatwi w następnej kolejności. Nie, nie za Sekretarką, bo ta suka znowu schowała się za białymi drzwiami z gogusiem, lecz za jakąkolwiek kobietą na tyle głupią lub pijaną, by napatoczyć się mężczyźnie z nożami. Musiał ją załatwić, zanim wróci do Tego, po prostu musiał. Tylko dzięki temu zdoła jakoś wytrzymać, gdy znowu przyjdzie mu udawać mężczyznę, którego To pokochało. Jego oczy błyszczały pod czapką, kiedy dokonywał selekcji i odsiewał: kobiety z mężczyznami, kobiety z uczepionymi dziećmi. Żadna nie była sama, żadna nie była taka, jakiej potrzebował...

Zanim zapadł zmrok, przeszedł wiele kilometrów: mijał oświetlone puby, gdzie mężczyźni i kobiety śmiali się i flirtowali, mijał restauracje i kina, rozglądając się, czekając z cierpliwością myśliwego. W niedzielę wieczorem ludzie pracujący wracali do domu wcześnie, ale to było bez znaczenia: nadal wszędzie roiło się od turystów, przyjezdnych przyciągniętych historią i tajemniczością Londynu...

Dochodziła już północ, gdy wpadły w jego wprawne oko niczym kępa dorodnych grzybów w wysokiej trawie: grupka rozwrzeszczanych, podchmielonych dziewczyn rechoczących i zataczających się na chodniku. Były na jednej z tych sprawiających mu szczególną przyjemność ponurych, zaniedbanych ulic, gdzie pijacka szamotanina i krzyk dziewczyny nie były niczym nadzwyczajnym. Poszedł za nimi, trzymając się w odległości dziesięciu metrów, i patrzył, jak przechodzą pod ulicznymi latarniami, szturchając się łokciami i rechocząc – wszystkie oprócz jednej. Była najbardziej pijana i wyglądała najmłodziej z nich wszystkich: zbierało jej się na wymioty, od razu to zauważył. Potykała się o własne nogi, zostawała lekko w tyle, mała, głupia dziwka. Żadna z jej przyjaciółek nie zdawała sobie sprawy, w jakim stanie jest ta najmłodsza. Takie lubił najbardziej: pijane w sztok piszczały i rechotały, idąc chwiejnym krokiem.

Sunął za nimi jak gdyby nigdy nic.

Odgłosy wymiotów zwróciłyby uwagę przyjaciółek, które zatrzymałyby się i zebrały wokół niej. Próbując powstrzymać torsje, nie była w stanie mówić. Powoli odległość między nią a przyjaciółkami rosła. Dziewczyna zataczała się i chwiała, przypominając mu tę poprzednią na jej głupich wysokich obcasach. Ta nie mogła przeżyć, żeby stworzyć portret pamięciowy.

Zbliżała się taksówka. Przewidział ten scenariusz, zanim zobaczył, jak zamienia się w rzeczywistość. Dziewczyny hałaśliwie zatrzymały samochód, piszcząc i machając rękami, a potem wsiadły do środka, jedno grube dupsko po drugim. Przyspieszył kroku, pochylając głowę, żeby ukryć twarz. Uliczne lampy odbijały się w kałużach, światełko na dachu taksówki zgasło, zawarczał silnik...

Zapomniały o niej. Zatoczyła się na ścianę, wyciągając rękę, żeby się przytrzymać.

Miał zaledwie kilka sekund. Któraś z przyjaciółek lada chwila zauważy, że jej nie ma.

– Wszystko w porządku, skarbie? Źle się czujesz? No, chodź. Tędy. Nic ci nie będzie. Tylko chodź ze mną.

Zaczęła wymiotować, gdy wciągał ją w boczną uliczkę. Wstrząsana torsjami bezskutecznie próbowała wyswobodzić rękę. Krztusiła się, a rzygowiny bryzgały jej na buty.

– Brudna suka – warknął, zaciskając dłoń na rękojeści noża pod kurtką. Siłą ciągnął ją w stronę ciemnej wnęki między sklepem z filmami dla dorosłych a drugim ze starzyzną.

– Nie – wydusiła z siebie, lecz zakrztusiła się wymiocinami.

Po drugiej stronie ulicy otworzyły się drzwi, po schodach spłynęło światło. Ludzie ze śmiechem wylegli na chodnik.

Pchnął ją na ścianę i pocałował, przygwożdżając całym ciałem, gdy próbowała się bronić. Smakowała paskudnie, rzygami. Drzwi naprzeciwko się zamknęły, grupka ludzi przeszła obok, ich głosy odbiły się echem w cichej nocy, światło zgasło.

– Kurwa mać – powiedział z obrzydzeniem, uwalniając jej usta, lecz nadal przyciskając ją ciałem do muru.

Zaczerpnęła tchu, żeby krzyknąć, ale on trzymał już gotowy nóż i z łatwością zatopił go głęboko między jej żebrami. Było bez porównania łatwiej niż z poprzednią, która tak zaciekle i uparcie walczyła. Dźwięk zamarł na pokrytych wymiocinami ustach i gorąca krew wylała mu się na urękawiczoną rękę, mocząc materiał. Dziewczyna konwulsyjnie drgnęła, próbowała coś powiedzieć, jej oczy wywróciły się do góry, odsłaniając białka, a całe ciało oklapło, wciąż przyszpilone nożem.

– Grzeczna dziewczynka – szepnął, wysuwając z niej nóż do mięsa. Umierając, padła mu w ramiona.

Wciągnął ją głębiej we wnękę, w której sterta śmieci czekała na zabranie. Rozkopał czarne worki, rzucił ją w kąt i wyjął maczetę. Pamiątki były najważniejsze, lecz miał jedynie kilka sekund. Mogły się otworzyć inne drzwi albo te tępe suki, jej przyjaciółki, wróciłyby po nią taksówką...

Ciął i odkrawał, po czym włożył swoje ciepłe, krwawiące trofea do kieszeni, a ją przykrył stertą śmieci.

Wszystko zajęło mu niespełna pięć minut. Czuł się jak król, jak bóg. Odszedł, bezpiecznie schowawszy noże. Dyszał na chłodnym, czystym nocnym powietrzu, a gdy już znalazł się na głównej ulicy, kawałek pokonał biegiem. Gdy w oddali usłyszał nawołujące donośne damskie głosy, był już o przecznicę dalej.

– Heather! Heather, gdzie jesteś, idiotko?

– Heather was nie słyszy – szepnął w ciemność.

Próbował się powstrzymać od śmiechu, wtulając twarz w kołnierz, lecz nie był w stanie stłumić radości. Głęboko w kieszeniach jego mokre palce bawiły się gumowatą chrząstką i skórą, do której wciąż były przyczepione jej kolczyki – małe plastikowe rożki z lodami.

49

It's the time in the season for a maniac at night.

To sezon na nocnego szaleńca.

Blue Öyster Cult, *Madness to the Method*

Gdy rozpoczął się drugi tydzień czerwca, nadal było chłodno, chwilami deszczowo i trochę wietrznie. Słoneczny blask wielkiej gali towarzyszący królewskiemu ślubowi zatarł się w pamięci: skończył się oszałamiający przypływ romantycznego rozgorączkowania, z wystaw sklepowych usunięto ślubne towary i tablice z gratulacjami, a stołeczne gazety wróciły do bardziej przyziemnych spraw, między innymi do zbliżającego się strajku pracowników metra.

Potem na pierwszych stronach środowych gazet eksplodowała przerażająca wieść. Pod workami pełnymi śmieci znaleziono okaleczone ciało młodej kobiety, a gdy policja zaapelowała o informacje, w ciągu kilku godzin świat usłyszał, że po ulicach Londynu grasuje Kuba Rozpruwacz dwudziestego pierwszego wieku.

Zaatakował i okaleczył trzy kobiety, lecz wszystko wskazywało na to, że stołeczna policja nie wpadła na jego trop. W gazetach mnożyły się mapy Londynu z zaznaczonymi miejscami, w których doszło do napaści, oraz zdjęcia trzech ofiar. W szalonym pędzie, żeby poznać wszelkie aspekty tej historii, dziennikarze, świadomi, że zjawili się na tej imprezie z lekkim opóźnieniem, pokazywali, iż postanowili nadrobić stracony czas. Wcześniej traktowali zamordowanie Kelsey Platt jako jednostkowy akt szaleńca i sadysty, a atak na Lilę Monkton, osiemnastoletnią prostytutkę, właściwie nie wywołał żadnego oddźwięku w mediach. Dziewczyna kupcząca swoim ciałem w dniu królewskiego ślubu nie mogła przecież oczekiwać, że zmiecie świeżo upieczoną księżną z pierwszych stron.

Zamordowanie Heather Smart, dwudziestojednoletniej pracownicy oszczędnościowej kasy mieszkaniowej z Nottingham, to była zupełnie inna sprawa. Nagłówki właściwie pisały się same, ponieważ Heather była cudownie wdzięcznym tematem: bohaterką ze stałą pracą i chłopakiem uczącym w podstawówce, pragnącą po prostu obejrzeć najważniejsze atrakcje stolicy. W przeddzień swojej śmierci przyjechała obejrzeć *Króla Lwa*, zjadła dim sum w Chinatown i pozowała do zdjęć w Hyde Parku na tle jeżdżących konno kawalerzystów z gwardii królewskiej. Można było wysmażyć niekończące się centymetry tekstu na temat długiego weekendu, podczas którego świętowała trzydzieste urodziny bratowej zakończone brutalną, potworną śmiercią obok zaplecza sklepu z atrakcjami dla dorosłych.

Ta historia, podobnie jak wszystkie najlepsze historie, rozmnożyła się jak ameba, tworząc nieskończoną serię nowych prasowych wątków, opinii i spekulacji, a każda z nich wywoływała nowy chór sprzeciwu. Dyskutowano o nagannych skłonnościach młodych Brytyjek do picia alkoholu, co skutkowało obwinianiem ofiary. Pojawiały się przerażające artykuły o przemocy seksualnej studzone przypomnieniami, że tego rodzaju napaści są w Anglii o wiele rzadsze niż w innych krajach. Publikowano wywiady ze zrozpaczonymi, nękanymi poczuciem winy przyjaciółkami, które przez przypadek porzuciły Heather, co z kolei wywołało ataki i szkalowanie w mediach społecznościowych, a następnie uaktywniło obrońców pogrążonych w smutku młodych kobiet.

W każdej z tych historii czaił się cień nieznanego mordercy, szaleńca ćwiartującego kobiety. Dziennikarze znowu ruszyli na Denmark Street w poszukiwaniu mężczyzny, który dostał paczkę z nogą Kelsey. Strike uznał, że przyszła pora, by Robin odbyła często dyskutowaną, lecz codziennie odkładaną podróż do Masham na ostatnią przymiarkę sukni ślubnej, a on sam znowu ulotnił się do Nicka i Ilsy z plecakiem i przytłaczającym poczuciem bezradności. Na Denmark Street nadal stał tajniak, w razie gdyby dostarczono pocztą coś podejrzanego. Wardle obawiał się, że może przyjść następna część ciała zaadresowana do Robin.

Przytłoczony wymogami śledztwa prowadzonego pod okiem państwowych mediów, Wardle nie był w stanie spotkać się ze Strikiem przez sześć dni po odkryciu zwłok Heather. W końcu wczesnym wieczorem Cormoran znowu wybrał się do Feathers i zastał tam wymizerowanego komisarza, któremu bardzo zależało na przedyskutowaniu sprawy z mężczyzną wtajemniczonym w nią i jednocześnie pozostającym z boku.

– Co za pieprzony tydzień – westchnął Wardle, przyjmując kupione przez Strike'a piwo. – Znowu zacząłem palić cholerne papierosy. April jest strasznie wkurzona.

Pociągnął długi łyk piwa, a następnie podzielił się ze Strikiem prawdziwymi informacjami na temat odkrycia zwłok Heather. Historie publikowane w prasie, jak Strike zdążył już zauważyć, były sprzeczne w wielu potencjalnie istotnych miejscach, lecz wszyscy zgodnie obwiniali policję, że znaleziono ją dopiero po dwudziestu czterech godzinach.

– Ona i jej przyjaciółki były zalane – zaczął komisarz, otwarcie wykładając fakty. – Cztery wsiadły do taksówki, tak naprute, że zapomniały o Heather. Dopiero na sąsiedniej ulicy zauważyły, że jej nie ma. Taksówkarz był wkurzony, bo zachowywały się głośno i wulgarnie. Kiedy powiedział, że nie może zawrócić na środku ulicy, jedna z nich zaczęła go wyzywać. Doszło do wielkiej kłótni, więc minęło dobre pięć minut, zanim zgodził się pojechać po Heather. Gdy w końcu dotarli na ulicę, na której, jak im się wydawało, została – pamiętaj, że są z Nottingham, w ogóle nie znają Londynu – nigdzie nie było jej widać. Taksówkarz wolno jechał ulicą, a one opuściły szybę i ją wołały. Później jednej z nich się wydało, że w oddali widzi Heather wsiadającą do autobusu. No więc dwie wysiadły z taksówki – nie ma w tym żadnej logiki, były kompletnie zalane – i zaczęły biec, krzycząc za autobusem, żeby się zatrzymał, a dwie pozostałe wychyliły się z taksówki i krzyczały na tamte dwie, żeby wsiadały do środka i pojechały za autobusem taksówką. Później ta, która wcześniej wdała się w kłótnię z taksówkarzem, nazwała go głupim Pakistanem, a on kazał im spierdalać i odjechał. No więc mówiąc w skrócie – ciągnął Wardle – te wszystkie pomyje, które na nas wylewają, dlatego że nie znaleźliśmy jej w ciągu dwudziestu czterech godzin, to wina alkoholu i rasizmu. Te kretynki były przekonane, że Heather wsiadła do autobusu, więc zmarnowaliśmy półtora dnia, próbując namierzyć kobietę w podobnym płaszczu. Potem właściciel Centrum Rozrywki dla Dorosłych poszedł wystawić kubły na śmieci i znalazł ją pod workami. Miała odcięte uszy i nos.

– Więc to prawda – powiedział Strike.

Jej okaleczona twarz była jedynym szczegółem, co do którego gazety nie miały wątpliwości.

– No, prawda – westchnął Wardle. – Rozpruwacz z Shacklewell. Brzmi wspaniale.

– Jacyś świadkowie?

– Nikt niczego nie widział.

– A co z Devotee i jego motorem?

– Wykluczyliśmy go – przyznał Wardle z ponurą miną. – Ma mocne alibi na noc śmierci Heather, ślub w rodzinie, a dwóch poprzednich napaści też nie udało nam się z nim powiązać.

Strike miał wrażenie, że Wardle próbuje mu powiedzieć coś jeszcze, więc cierpliwie czekał.

– Nie chcę, żeby prasa się o tym dowiedziała – podjął Wardle, ściszając głos – ale wydaje nam się, że mógł załatwić jeszcze dwie.

– Jezu. – Strike szczerze się zaniepokoił. – Kiedy.

– Dawne historie – powiedział Wardle. – Niewyjaśnione morderstwo w Leeds w 2009 roku. Prostytutka pochodząca z Cardiff. Zadźgana. Tej niczego nie uciął, ale zabrał łańcuszek, który zawsze nosiła, i wrzucił ją do rowu za miastem. Ciało znaleziono dopiero po dwóch tygodniach. Później, w ubiegłym roku, zamordowano i okaleczono dziewczynę w Milton Keynes. Nazywała się Sadie Roach. Posadzili za to jej chłopaka. Przyjrzałem się sprawie. Rodzina mocno się starała o jego zwolnienie i wyszedł po apelacji. Niczego nie mogli mu udowodnić, oprócz tego, że para się kłóciła i że kiedyś groził jakiemuś facetowi scyzorykiem. Pokazaliśmy wszystkie pięć spraw psychologom i specjalistom od medycyny sądowej, a oni doszli do wniosku, że jest wystarczająco dużo wspólnych cech wskazujących na tego samego sprawcę. Wygląda na to, że używa dwóch narzędzi: noża do mięsa i maczety. Wszystkie ofiary były bezbronne – prostytutki, pijane, niezrównoważone emocjonalnie – i wszystkie oprócz Kelsey dopadł na ulicy. Każdej zabrał coś, co uważał za trofeum. Za wcześnie, żeby powiedzieć, czy jest jakaś zgodność między pobranymi od nich próbkami DNA. To raczej mało prawdopodobne. Nie wygląda na to, żeby z którąkolwiek uprawiał seks. Jego kręci coś innego.

Strike był głodny, ale coś mu mówiło, że nie należy przerywać milczenia nachmurzonego Wardle'a. Policjant napił się jeszcze piwa, a potem, nie patrząc Strike'owi w oczy, dodał:

– Sprawdzam wszystkich twoich typów. Brockbanka, Lainga i Whittakera.

„No kurwa, najwyższa pora".

– Brockbank jest interesujący – powiedział Wardle.

– Znaleźliście go? – spytał Strike, zastygając z kuflem przy ustach.

– Jeszcze nie, ale wiemy, że pięć tygodni temu regularnie bywał w kościele w Brixton.

– W kościele? Jesteś pewny, że to ten sam facet?

– Wysoki były żołnierz, były zawodnik drużyny rugby, podłużna broda, jedno oko zapadnięte, kalafiorowate ucho, ciemne włosy obcięte na jeża – wyrecytował Wardle. – Nazywa się Noel Brockbank. Ma metr osiemdziesiąt siedem albo metr dziewięćdziesiąt. Silny północny akcent.

– To on – powiedział Strike. – Ale, cholera, w kościele?

– Zaczekaj chwilę – odrzekł Wardle. – Muszę się odlać.

„Chociaż właściwie dlaczego nie miałby być w kościele?" – pomyślał Strike, idąc do baru po dwa następne piwa. W pubie robiło się coraz tłoczniej. Razem z piwem przyniósł do stolika menu, ale nie mógł się na nim skupić. „Młode dziewczyny w chórze... Nie on pierwszy wpadłby na ten pomysł..."

– Tego mi było trzeba – odezwał się Wardle, podchodząc do stolika. – Chyba pójdę zapalić, zaraz do ciebie wrócę...

– Najpierw dokończ to, co miałeś powiedzieć o Brockbanku – poprosił Strike, podsuwając mu świeże piwo.

– Prawdę mówiąc, znaleźliśmy go przypadkiem – odrzekł Wardle, siadając z powrotem i przyjmując piwo. – Jeden z naszych ludzi śledził matkę lokalnego bossa narkotykowego. Uważamy, że mama nie jest taka niewinna, jak twierdzi, więc nasz człowiek poszedł za nią do kościoła, a tam zobaczył Brockbanka, który stał w drzwiach i rozdawał śpiewniki. Brockbank zaczął gadać z gliniarzem, nie wiedząc, z kim ma do czynienia, a nasz człowiek nie miał pojęcia, że Brockbank jest poszukiwany. Cztery tygodnie później ten policjant usłyszał, jak mówię o poszukiwaniu Noela Brockbanka w związku ze sprawą Kelsey Platt, i powiedział, że miesiąc temu w Brixton poznał gościa o tym samym nazwisku. Widzisz, Strike? – zakończył Wardle z cieniem swojego charakterystycznego znaczącego uśmieszku. – Jednak zwracam uwagę na twoje cynki. Byłbym niemądry, robiąc inaczej po sprawie Landry.

„Zwróciłeś na nie uwagę, dopiero jak niczego nie wskórałeś z Diggerem Malleyem i Devotee" – pomyślał Strike, lecz wydał z siebie dźwięki mające świadczyć o tym, że jest wdzięczny i pod wrażeniem, i dopiero potem wrócił do najważniejszej kwestii.

– Mówiłeś, że Brockbank przestał chodzić do kościoła?

– No – westchnął Wardle. – Wczoraj tam pojechałem i zamieniłem słowo z pastorem. Młody gość, zapaleniec, kościół w podupadłej części śródmieścia... Znasz te klimaty – ciągnął komisarz, lecz był w błędzie, ponieważ kontakty Strike'a z klerem ograniczały się głównie do kapelanów wojskowych. – Długo opowiadał o Brockbanku. Mówił, że los ciężko go doświadczył.

– Uszkodzenie mózgu, zwolnienie z wojska z przyczyn zdrowotnych, utrata rodziny i tego typu bzdety? – spytał Strike.

– Z grubsza biorąc – potwierdził Wardle. – Mówił, że tęskni za synem.

– Uhm – mruknął posępnie Strike. – Wie, gdzie Brockbank mieszka?

– Nie, ale podobno jego dziewczyna...

– Alyssa?

Wardle lekko zmarszczył brwi i sięgnął do wewnętrznej kieszeni kurtki. Wyjął z niej notes i sprawdził.

– No, na to wygląda – przyznał. – Alyssa Vincent. Skąd wiedziałeś?

– Oboje właśnie zostali wylani z klubu ze striptizem. Za chwilę ci wyjaśnię – dodał pospiesznie, ponieważ Wardle zaczął odchodzić od tematu. – Mów dalej o Alyssie.

– No więc udało jej się zdobyć mieszkanie komunalne we wschodnim Londynie niedaleko matki. Brockbank powiedział pastorowi, że zamierza się wprowadzić do niej i dzieci.

– Dzieci? – powtórzył Strike i jego myśli pofrunęły ku Robin.

– To dwie małe dziewczynki.

– Wiemy, gdzie jest to mieszkanie? – spytał Strike.

– Jeszcze nie. Pastorowi było żal, że Brockbank się przeprowadza – powiedział Wardle, niespokojnie spoglądając w stronę chodnika, gdzie dwóch mężczyzn paliło papierosy. – Wyciągnąłem z niego, że Brockbank był w kościele w niedzielę trzeciego kwietnia, czyli mniej więcej w czasie, gdy zginęła Kelsey.

Z powodu rosnącego zniecierpliwienia Wardle'a Strike nie skomentował tych wieści i tylko zaproponował, żeby razem poszli na papierosa.

Zapalili i przez chwilę stali bez słowa. Ludzie przechodzili chodnikiem, idąc w obu kierunkach, zmęczeni po wielu godzinach siedzenia w biurach. Zbliżał się wieczór. Bezpośrednio nad nimi między indygo nadchodzącej nocy a koralowym neonem zachodzącego słońca został wąski pasek zwyczajnego nieba, nudnego, nijakiego powietrza.

– Jezu, brakowało mi tego – powiedział Wardle i zanim podjął przerwany wątek, zaciągnął się, jakby to było mleko matki. – No więc w ten weekend Brockbank był w kościele i bardzo się udzielał. Podobno ma świetne podejście do dzieci.

– Nie wątpię – mruknął Strike.

– Coś takiego wymagałoby mocnych nerwów, prawda? – zauważył Wardle, wydmuchując dym ku drugiej stronie ulicy ze wzrokiem utkwionym w rzeźbę Epsteina *Dzień* zdobiącą biura London Transport. Chłopiec stał przed mężczyzną na tronie i był tak skręcony w pasie, że obejmował króla z tyłu i jednocześnie pokazywał widzom penisa. – Zabić i poćwiartować dziewczynę, a potem zjawić się w kościele, jakby nic się nie stało.

– Jesteś katolikiem? – spytał Strike.

Wardle wyglądał na zaskoczonego.

– Tak się składa, że jestem – odrzekł podejrzliwie. – A co?

Strike pokręcił głową i lekko się uśmiechnął.

– Wiem, że psychol by się tym nie przejął – powiedział nieco urażony Wardle. – Po prostu mówię… W każdym razie nasi próbują się dowiedzieć, gdzie on teraz mieszka. Jeśli to budynek komunalny i zakładając, że Alyssa Vincent to prawdziwe imię i nazwisko jego kobiety, nie powinno być z tym większych problemów.

– Wspaniale – odparł Strike. Policja miała środki, z którymi on i Robin nie mogli konkurować. Być może w końcu pojawią się jakieś przełomowe informacje. – A co z Laingiem?

– A – mruknął Wardle, gasząc pierwszego papierosa i natychmiast zapalając następnego – o nim wiemy więcej. Od półtora roku mieszka sam w Wollaston Close. Utrzymuje się z zasiłku dla niepełnosprawnych. W weekend drugiego i trzeciego miał infekcję klatki piersiowej i jego przyjaciel Dickie przyszedł mu pomóc. Nie mógł sam iść na zakupy.

– Cholernie wygodne – zauważył Strike.

– Albo prawdziwe – odparł Wardle. – Spytaliśmy Dickiego i potwierdził wszystko, co mówił Laing.

– Czy Laing był zaskoczony, że policja pyta, co robił?

– Na początku wyglądał na mocno zdziwionego.

– Wpuścił was do mieszkania?

– Nie złożyło się. Spotkaliśmy go, jak przechodził o kulach przez park, i ostatecznie porozmawialiśmy z nim w lokalnej kafejce.

– W tej ekwadorskiej w tunelu?

Wardle zmierzył Strike'a surowym spojrzeniem, które detektyw ze spokojem odwzajemnił.

– Jego też obserwowałeś, prawda? Nie mieszaj nam szyków, Strike. Pracujemy nad tym.

Strike mógłby odpowiedzieć, że trzeba było zainteresowania ze strony prasy i klęski ulubionych hipotez Wardle'a, żeby policja zaangażowała poważne środki w tropienie trzech mężczyzn wytypowanych przez Strike'a. Postanowił to jednak przemilczeć.

– Laing nie jest głupi – ciągnął Wardle. – Gdy zaczęliśmy go wypytywać, szybko się połapał, o co chodzi. Wiedział, że to ty podałeś nam jego nazwisko. Czytał w gazetach, że przysłano ci nogę.

– Co miał w tej sprawie do powiedzenia?

– Chyba w głębi duszy uważa, że ci się należało – odrzekł Wardle z lekkim uśmiechem – ale w sumie jego reakcja nie była zaskakująca. Trochę zaciekawienia, trochę niechęci.

– Wyglądał na chorego?

– No – odparł Wardle. – Nie wiedział, że do niego przyjdziemy, a jak go znaleźliśmy, wlekł się o kulach. Z bliska robi nieciekawe wrażenie. Przekrwione oczy. Ma jakby popękaną skórę. Chyba kiepsko z nim.

Strike milczał. Nadal nie do końca wierzył w chorobę Lainga. Mimo wyraźnych dowodów zażywania sterydów, łuszczycowych zmian skórnych i ran, które widział na zdjęciach, wciąż uparcie odrzucał myśl, że Laing rzeczywiście jest chory.

– Co robił, kiedy zamordowano te kobiety?

– Mówi, że był sam w domu – powiedział Wardle. – W żaden sposób nie można tego potwierdzić ani obalić.

– Hm – mruknął Strike.

Wrócili do pubu. Ich stolik zajęła jakaś para, więc znaleźli inny, obok panoramicznego okna z widokiem na ulicę.

– A co z Whittakerem?

– Namierzyliśmy go wczoraj wieczorem. Pojechał w trasę z jakimś zespołem.

– Jesteś pewny? – spytał podejrzliwie Strike, przypominając sobie, co mówił Shanker: że Whittaker tak twierdzi, lecz w rzeczywistości pasożytuje na Stephanie.

– No, jestem pewny. Byliśmy u jego dziewczyny narkomanki...

– Weszliście do mieszkania?

– Rozmawiała z nami w drzwiach, zresztą nic dziwnego – powiedział Wardle. – W tej norze śmierdzi. W każdym razie twierdziła, że wyjechał z chłopakami, podała adres koncertu i faktycznie tam był. Stary transit zaparkowany na ulicy i jeszcze starszy zespół. Słyszałeś kiedyś o Death Cult?

– Nie – odrzekł Strike.

– I dobrze, są do dupy – powiedział Wardle. – Musiałem tam wysiedzieć pół godziny, zanim udało mi się podejść do Whittakera. Grali w piwnicznym pubie w Wandsworth. Przez cały następny dzień szumiało mi w uszach. Whittaker chyba się nas spodziewał – ciągnął Wardle. – Podobno kilka tygodni temu spotkał cię obok swojego transita.

– Wspominałem ci o tym – przypomniał mu Strike. – Smród cracku...

– A tak, tak. Słuchaj, nie mam do niego za grosz zaufania, ale twierdzi, że Stephanie może mu dać alibi na cały dzień królewskiego ślubu, co wykluczyłoby napaść na dziwkę w Shacklewell, i utrzymuje, że w dniach śmierci Kelsey i Heather był razem z Death Cult.

– Opracował sobie wszystkie trzy daty, hę? – odparł Strike.

– Jak miło. Czy Death Cult potwierdza jego wersję?

– Szczerze mówiąc, ci jego kolesie byli bardzo mało konkretni – powiedział Wardle. – Wokalista ma aparat słuchowy. Nie wiem, czy dotarły do niego wszystkie moje pytania. Nie martw się, moi ludzie sprawdzają ich zeznania – dodał, widząc zmarszczone brwi Strike'a. – Dowiemy się, czy naprawdę tam był, czy nie.

Wardle ziewnął i przeciągnął się.

– Muszę wracać do biura – oznajmił. – Chyba czeka mnie nocka w robocie. Odkąd zajęła się tym prasa, dostajemy mnóstwo informacji.

Strike był już potwornie głodny, ale w pubie panował hałas, więc uznał, że wolałby zjeść gdzieś, gdzie można pomyśleć. Przeszedł z Wardle'em kawałek ulicą. Obaj znów zapalili papierosy.

– Psycholog zwrócił nam uwagę na pewną kwestię – powiedział Wardle, gdy kurtyna ciemności opadła na niebo nad ich głowami. – Jeśli mamy rację i to rzeczywiście jest seryjny zabójca, zwykle korzysta z okazji. Ma cholernie dobre *modus operandi*, bo gdyby wszystkiego dokładnie nie planował, nie mógłby tak długo się wymykać, ale w przypadku Kelsey zmienił schemat. Doskonale wiedział, gdzie ją znaleźć. Listy i pewność, że będzie tam sama... Na pewno to zaplanował. Problem w tym, że chociaż cholernie się staramy, nie udało nam się znaleźć żadnego dowodu, że któryś z twoich podejrzanych kiedykolwiek się do niej zbliżył. Dosłownie rozebraliśmy jej laptopa na części i niczego tam nie było. Jedyne osoby, z którymi kiedykolwiek rozmawiała o nodze, to te dziwoląg Jason i Burza. Nie miała prawie żadnych przyjaciół, a ci, których miała, to były dziewczyny. W jej telefonie też nie znaleźliśmy niczego dziwnego. O ile wiemy, żaden z twoich podejrzanych nigdy nie mieszkał ani nie pracował w Finchley ani w Shepherd's Bush, a już na pewno nie zbliżał się do jej szkoły. Nic ich nie wiąże z żadną ze znanych jej osób. Jak, do diabła, któremuś z nich udałoby się do niej zbliżyć bez wiedzy rodziny, i to na tyle, żeby móc nią manipulować?

– Wiemy, że miała swoje sekrety – powiedział Strike. – Nie zapominaj o rzekomym chłopaku, który okazał się bardzo prawdziwy, kiedy odebrał ją z Café Rouge.

– No – westchnął Wardle. – Nadal nie mamy żadnego tropu tego przeklętego motoru. Daliśmy opis dziennikarzom, ale nikt się nie zgłosił. Co u twojej partnerki? – dodał, przystając przed szklanymi drzwiami swojego miejsca pracy, lecz najwyraźniej postanawiając wypalić papierosa do ostatniego milimetra. – Nie jest zbyt wstrząśnięta?

– Wszystko z nią w porządku – odparł Strike. – Pojechała do Yorkshire na przymiarkę sukni ślubnej. Zmusiłem ją, żeby wzięła wolne. Ostatnio często pracowała w weekendy.

Robin wyjechała bez narzekania. Po co miałaby siedzieć w Londynie, gdy dziennikarze obstawili Denmark Street. Wykonywała kiepsko płatną robotę, a policja obserwowała Brockbanka, Lainga i Whittakera skuteczniej, niż mogłaby to robić prywatna agencja.

– Powodzenia – mruknął Strike, gdy Wardle ruszył w swoją stronę. Policjant uniósł rękę w geście podziękowania i pożegnania, po czym zniknął w ogromnym budynku za wolno obracającym się graniastosłupem z połyskującym napisem New Scotland Yard.

Strike zawrócił w stronę metra, marząc o kebabie i roztrząsając w myślach problem zasygnalizowany przed chwilą przez Wardle'a. Jak którykolwiek z podejrzanych mógł się zbliżyć do Kelsey Platt na tyle, żeby poznać jej plany albo zdobyć jej zaufanie?

Pomyślał o Laingu mieszkającym samotnie w ponurym mieszkaniu w Wollaston Close, pobierającym zasiłek dla niepełnosprawnych, niedołężnym i z nadwagą, wyglądającym o wiele starzej niż na swoje trzydzieści cztery lata. Kiedyś był rozrywkowym facetem. Czy nadal potrafiłby tak oczarować młodą dziewczynę, że jeździłaby z nim motorem albo ufnie zaprosiła do mieszkania w Shepherd's Bush, o którym jej rodzina nie miała pojęcia?

A Whittaker, śmierdzący crackiem, z poczerniałymi zębami i rzednącymi, matowymi włosami? Owszem, kiedyś miał hipnotyzujący urok, a wychudzonej, uzależnionej od narkotyków Stephanie podobał się chyba nawet teraz, lecz obiektem jedynej znanej namiętności Kelsey był ładnie ostrzyżony blondyn starszy od niej zaledwie o kilka lat.

Pozostawał jeszcze Brockbank. Masywny, śniady były rwacz wydawał się Strike'owi wręcz odpychający, tak różny od ładnego Nialla, jak to tylko możliwe. Brockbank jednak mieszkał i pracował wiele kilometrów od domu Kelsey i choć obydwoje chodzili do kościoła, ich parafie znajdowały się po przeciwnych stronach Tamizy. Policja z pewnością trafiłaby już na ślad ewentualnych kontaktów między tymi dwiema grupami wiernych.

Czy brak widocznego związku między Kelsey i trzema podejrzanymi Strike'a wykluczał ich jako potencjalnych morderców? Choć logika zdecydowanie skłaniała do odpowiedzi twierdzącej, jakiś głos w głębi Strike'a nadal uparcie szeptał, że nie.

50

I'm out of my place, I'm out of my mind …

Tracę pewność, tracę rozum [...]

Blue Öyster Cult, *Celestial the Queen*

Cała podróż Robin do domu była naznaczona przedziwnym poczuciem odrealnienia. Przyszła panna młoda z nikim nie mogła się dogadać, nawet ze swoją matką, pochłoniętą przygotowaniami do ślubu i choć pełną zrozumienia dla córki nieustannie spoglądającej na telefon w oczekiwaniu na nowe wiadomości o Rozpruwaczu z Shacklewell, to jednak trochę urażoną.

Siedząc znowu w znajomej kuchni z drzemiącym Rowntreem u stóp i planem rozmieszczenia weselnych gości rozłożonym na wyszorowanym drewnianym stole, Robin poczuła, jak bardzo zaniedbała ślubne obowiązki. Linda bez przerwy bombardowała ją pytaniami o prezenty dla gości, przemówienia, buty druhen, stroik na głowę, najodpowiedniejszy moment, żeby porozmawiać z pastorem, adres, pod którym Robin i Matt chcieliby odebrać prezenty albo o to czy Sue, ciocia Matthew, powinna siedzieć u szczytu stołu czy nie. Robin myślała, że podczas pobytu w domu uda jej się odpocząć. Zamiast tego musiała, z jednej strony, stawiać czoła ogromnej fali banalnych pytań matki, a z drugiej – odpowiadać na równie liczne pytania swojego brata Martina, który ślęczał nad artykułami dotyczącymi odkrycia zwłok Heather Smart, aż w końcu Robin straciła cierpliwość i zarzuciła mu niezdrowe zainteresowanie makabrycznymi szczegółami, a wyczerpana nerwowo Linda zabroniła wspominać w swoim domu o mordercy.

Tymczasem Matthew, choć starał się tego nie okazywać, był zły, że Robin jeszcze nie poprosiła Strike'a o dwa tygodnie urlopu z okazji miodowego miesiąca.

– Na pewno się zgodzi – powiedziała narzeczonemu przy kolacji. – Nie mamy prawie żadnych zleceń i mówi, że policja przejęła wszystkie nasze tropy.

– Nie potwierdził jeszcze przyjazdu – odezwała się Linda, badawczo przyglądając się córce, która prawie nic nie jadła.

– Kto? – spytała Robin.

– Strike. Nie dostałam od niego potwierdzenia.

– Przypomnę mu – odrzekła Robin, pociągając duży łyk wina.

Nikomu, nawet Matthew, nie powiedziała, że ciągle ma koszmary, budzi się w ciemności i nie może złapać tchu, leżąc w tym samym łóżku, w którym miesiącami spała po gwałcie. W tych snach ciągle przychodził do niej rosły mężczyzna. Czasami wdzierał się do agencji, w której pracowała ze Strikiem. Częściej wyłaniał się ze lśniącymi nożami z ciemności w bocznych londyńskich uliczkach. Tego ranka już się zabierał do wyłupienia jej oczu, lecz obudziła się zdyszana, gdy Matthew zaspanym głosem spytał, co mówiła.

– Nic – powiedziała, odgarniając spocone włosy z czoła. – Nic.

W poniedziałek Matthew musiał wrócić do pracy. Wydawał się zadowolony, zostawiając ją w Masham, żeby pomagała Lindzie w przygotowaniach do ślubu. Po południu matka i córka spotkały się z pastorem kościoła Świętej Marii Dziewicy, żeby po raz ostatni omówić szczegóły nabożeństwa.

Robin bardzo starała się skupić na sugestiach wesołego kapłana, na jego kościelnej przemowie motywacyjnej, lecz jej spojrzenie cały czas zbaczało w stronę ogromnego kamiennego kraba kurczowo uczepionego ściany po prawej stronie nawy.

Fascynował ją w dzieciństwie. Nie mogła pojąć, dlaczego duży, rzeźbiony krab wspina się po kamieniach kościoła, aż w końcu jej ciekawość udzieliła się Lindzie, która poszła do miejscowej biblioteki, zajrzała do źródeł i zwycięsko poinformowała córkę, że krab był godłem starej rodziny Scrope'ów i umieszczono go pod wmurowaną na jej cześć tablicą pamiątkową.

Wyjaśnienie rozczarowało dziewięcioletnią Robin. W pewnym sensie wcale jej na nim nie zależało. Po prostu lubiła być jedyną osobą chcącą poznać prawdę.

Gdy następnego dnia stała u krawcowej w przypominającej pudełko przymierzalni, wyposażonej w lustro w pozłacanej ramie i wypełnionej zapachem nowej wykładziny, zadzwonił Strike. Robin wiedziała, że to on, ponieważ przypisała jego numerowi specjalny dzwonek. Rzuciła się do torebki, wywołując cichy okrzyk podenerwowania i zdziwienia ze strony krawcowej, której wyrwała z rąk fałdy zręcznie upinanego szyfonu.

– Halo? – powiedziała Robin.

– Cześć! – przywitał się Strike.

Ta jedna sylaba uświadomiła jej, że stało się coś złego.

– O Boże, zabił następną? – wypaliła, zapominając o krawcowej kucającej przy rąbku jej sukni ślubnej. Kobieta z ustami pełnymi szpilek wpatrzyła się w jej odbicie w lustrze.

– Przepraszam na chwilę. Nie, nie mówiłam do ciebie! – dodała, w razie gdyby Strike zamierzał się rozłączyć. – Przepraszam – powtórzyła, gdy za krawcową zasunęła się kotara, po czym opadła w sukni ślubnej na taboret w kącie. – Nie byłam sama. Zginął ktoś jeszcze?

– Tak – odrzekł Strike – ale to nie to, co myślisz. Chodzi o brata Wardle'a.

Zmęczony i skołatany mózg Robin próbował powiązać fakty, które nie chciały ułożyć się w całość.

– To nie ma nic wspólnego ze sprawą – powiedział Strike. – Rozpędzona półciężarówka przejechała go na przejściu dla pieszych.

– Boże – odparła bardzo poruszona Robin. Na chwilę zapomniała, że śmierć może nastąpić inaczej niż z rąk psychopatycznego nożownika.

– Pieprzona tragedia, bez dwóch zdań. Miał troje dzieci i czwarte w drodze. Przed chwilą rozmawiałem z Wardle'em. Zajebiście okropna sprawa.

Mózg Robin chyba wreszcie zaskoczył.

– Więc Wardle...?

– Urlop okolicznościowy – powiedział Strike. – Zgadnij, kto przejął śledztwo.

– Chyba nie Anstis? – spytała Robin z nagłym zaniepokojeniem.

– Gorzej – mruknął Strike.

– Nie... tylko nie Carver – powiedziała, przeczuwając najgorsze.

Spośród wszystkich policjantów, których Strike zdołał obrazić i przyćmić przy okazji swoich dwóch najgłośniejszych detektywistycznych triumfów, inspektor Roy Carver został zdeklasowany najbardziej i w rezultacie chował do niego największą urazę. Prasa szeroko opisywała, wręcz wyolbrzymiała błędy, jakie popełnił podczas dochodzenia w sprawie wypadnięcia sławnej modelki z balkonu jej penthouse'a. Spocony mężczyzna z łupieżem i nakrapianą, fioletową twarzą koloru peklowanej wołowiny nie przepadał za Strikiem, jeszcze zanim detektyw publicznie dowiódł, że policjantowi nie udało się znaleźć mordercy.

– Zgadłaś – powiedział Strike. – Właśnie przez trzy godziny miałem go tu na głowie.

– O Boże... Dlaczego?

– Nie żartuj – odrzekł Strike. – Dobrze wiesz dlaczego. Carver tylko marzył, żeby znaleźć pretekst do przesłuchania mnie w związku z serią morderstw. Ledwie się powstrzymał przed spytaniem, czy mam alibi, i poświęcił cholernie dużo czasu tym trefnym listom do Kelsey.

Robin jęknęła.

– Dlaczego, na litość boską, dopuścili Carvera do...? Przecież po tamtej wpadce...

– Nam pewnie trudno w to uwierzyć, ale nie zawsze był takim kutasem. Widocznie szefostwo uznało, że w sprawie Landry miał pecha. Podobno to tylko tymczasowe rozwiązanie, dopóki nie wróci Wardle, ale Carver już mnie ostrzegł, żebym trzymał się z daleka od jego śledztwa. Kiedy spytałem, co udało im się ustalić w związku z Brockbankiem, Laingiem i Whittakerem, w zasadzie kazał mi spierdalać z moim ego i moimi przeczuciami. Gwarantuję ci, że nie dostaniemy więcej informacji o postępach w sprawie.

– Ale będzie musiał się trzymać kierunków wyznaczonych przez Wardle'a – powiedziała Robin. – Prawda?

– Biorąc pod uwagę, że najwyraźniej wolałby odrąbać sobie fiuta, niż pozwolić, żebym znowu rozwiązał jego sprawę, można założyć, że dokładnie zbada wszystkie moje tropy. Problem w tym, że zracjonalizował sobie sprawę Landry, uznając, że po prostu miałem szczęście, i chyba uważa, że typując tych trzech podejrzanych, chcę się tylko popisać. Żałuję jak cholera – dodał – że nie zdobyliśmy adresu Brockbanka, zanim Wardle poszedł na urlop.

Ponieważ Robin milczała przez minutę, słuchając Strike'a, krawcowa najwidoczniej uznała, że należy sprawdzić, czy mogą wrócić do przymiarki, i wysunęła głowę zza kotary. Robin, której twarz przybrała nagle błogi wyraz, zniecierpliwiona pomachała ręką, pokazując jej, że jeszcze nie skończyła.

– Otóż mamy adres Brockbanka – powiedziała do Strike'a triumfalnym tonem, gdy kotara ponownie się zsunęła.

– Co?

– Nie mówiłam ci, bo myślałam, że Wardle już go znalazł, ale na wszelki wypadek postanowiłam... Obdzwoniłam okoliczne żłobki, podając się za Alyssę, mamę Zahary. Mówiłam, że chcę się upewnić, czy mają nasz nowy adres. Jakaś pani przeczytała mi go z listy kontaktowej rodziców. Mieszkają przy Blondin Street w Bow.

– Jezu Chryste, Robin, toż to, kurwa, genialne!

Gdy krawcowa w końcu wróciła do pracy, zastała o wiele weselszą pannę młodą niż ta, którą zostawiła w przymierzalni. Brak entuzjazmu klientki podczas przerabiania sukni zmniejszał przyjemność, jaką zwykle czerpała z pracy. Robin była zdecydowanie najlepiej wyglądającą panną młodą, jaka się do niej zgłosiła, i kobieta liczyła na zdjęcie, które mogłaby wykorzystać do celów reklamowych, gdy suknia będzie już gotowa.

– Cudownie – powiedziała rozpromieniona Robin do krawcowej, gdy ta wyprostowała ostatni szew i razem kontemplowały jej odbicie w lustrze. – Absolutnie cudownie.

Po raz pierwszy pomyślała, że suknia naprawdę wygląda całkiem nieźle.

51

Don't turn your back, don't show your profile,
You'll never know when it's your turn to go.

Nie odwracaj się plecami, nie pokazuj profilu,
Nigdy nie wiadomo, kiedy przyjdzie kolej na ciebie.

Blue Öyster Cult, *Don't Turn Your Back*

Sprawa wywołała olbrzymi odzew ze strony opinii publicznej. Obecnie badamy ponad tysiąc dwieście tropów i część z nich wygląda obiecująco – powiedział inspektor Roy Carver. – Nadal apelujemy o informacje na temat czerwonej hondy cb750, którą wykorzystano do przetransportowania fragmentu ciała Kelsey Platt, i chcielibyśmy porozmawiać z każdym, kto w nocy 5 lipca, gdy zamordowano Heather Smart, był na Old Street.

Według Robin nagłówek „Policja bada nowe tropy w poszukiwaniu Rozpruwacza z Shacklewell" nie znajdował uzasadnienia w żadnym fragmencie krótkiego artykułu pod nim, choć było chyba zrozumiałe, że Carver nie chciał się dzielić z prasą szczegółami faktycznie poczynionych postępów.

Większą część strony zajmowało pięć zdjęć kobiet, które uznawano teraz za ofiary Rozpruwacza. Ich tożsamość i smutny los odciśnięto na klatkach piersiowych czarną czcionką.

Martina Rossi, 28 lat, prostytutka zadźgana na śmierć, skradziono łańcuszek.

Martina była pulchną, śniadą kobietą ubraną w białą koszulkę na ramiączkach. Jej nieostre zdjęcie wyglądało na selfie. Z łańcuszka na szyi zwisała mała harfa w kształcie serca.

Sadie Roach, 25 lat, asystentka działu administracji, zadźgana na śmierć i okaleczona, straciła kolczyki.

Była ładną, ostrzyżoną na chłopaka dziewczyną z obręczami w uszach. Sądząc po obciętych postaciach wokół niej, zdjęcie zrobiono na jakimś spotkaniu rodzinnym.

Kelsey Platt, 16 lat, uczennica, zadźgana i poćwiartowana.

Tu była znajoma, pucołowata twarz dziewczyny, która napisała do Strike'a. Uśmiechnięta Kelsey pozowała w szkolnym mundurku.

Lila Monkton, 18 lat, prostytutka zaatakowana nożem, ucięte palce, przeżyła.

Niewyraźne zdjęcie wymizerowanej dziewczyny z jaskrawymi, rudymi włosami ufarbowanymi henną i obciętymi na kosmatego boba. Flesz aparatu odbijał się w jej licznych kolczykach.

Heather Smart, 22 lata, zatrudniona w branży finansowej, zadźgana na śmierć, odcięto jej nos i uszy.

Heather miała okrągłą twarz i niewinny wygląd, falujące mysie włosy, piegi i nieśmiały uśmiech.

Robin oderwała wzrok od „Daily Express" i głęboko westchnęła. Matthew został wysłany do High Wycombe, żeby przeprowadzić audyt u jakiegoś klienta, więc tym razem nie mógł jej podrzucić. Minęła godzina i dwadzieścia minut, zanim dotarła z Ealing do Catford metrem pełnym turystów i ludzi jadących do pracy, spoconych w londyńskim upale. Gdy pociąg zwolnił przed stacją Catford Bridge, wstała i ruszyła w stronę drzwi, kołysząc się razem z resztą pasażerów.

Miała za sobą dziwny tydzień w pracy po powrocie z Masham. Strike, który najwyraźniej nie zamierzał podporządkować się poleceniu Carvera i trzymać z dala od jego śledztwa, traktował jednak inspektora na tyle poważnie, żeby zachować ostrożność.

– Jeśli zdoła dowieść, że mącimy w policyjnym dochodzeniu, będzie po agencji – powiedział. – A oboje wiemy, że bez względu na to, co zrobię, stwierdzi, że próbowałem wszystko popsuć.

– Więc dlaczego dalej się tym zajmujemy?

Robin grała adwokata diabła, ponieważ byłaby bardzo nieszczęśliwa i zawiedziona, gdyby Strike oznajmił, że kończą interesować się tą sprawą.

– Bo Carver uważa, że moje podejrzenia są gówno warte, a ja uważam, że Carver to niekompetentny ćwok.

Śmiech Robin ucichł bardzo szybko, gdy Strike zadecydował, że powinna wrócić do Catford i obserwować dziewczynę Whittakera.

– Dalej? – spytała. – Po co?

– Wiesz po co. Chcę się przekonać, czy Stephanie rzeczywiście może mu dać alibi na dni, w których popełniono morderstwa.

– Wiesz co? – zaczęła Robin, zbierając się na odwagę. – Spędziłam w Catford mnóstwo czasu. Jeśli nie robi ci to różnicy, wolałabym się zająć Brockbankiem. Może spróbuję coś wyciągnąć z Alyssy?

– Jeśli chcesz odmiany, mamy jeszcze Lainga – powiedział Strike.

– Widział mnie z bliska, kiedy się przewróciłam – odparła natychmiast. – Nie sądzisz, że byłoby lepiej, gdybyś sam się nim zajął?

– Obserwowałem jego mieszkanie, kiedy ciebie nie było – odrzekł.

– No i?

– I przeważnie siedzi w domu, ale czasem wychodzi na zakupy.

– Już nie myślisz, że to mógł być on, prawda?

– Nie wykluczyłem go – powiedział Strike. – Dlaczego tak cię ciągnie do Brockbanka?

– No cóż – odrzekła odważnie – myślę, że dużo zrobiłam, żebyśmy go odnaleźli. Zdobyłam od Holly adres w Market Harborough, a w żłobku adres przy Blondin Street...

– Martwisz się o dzieci, które z nim mieszkają – wszedł jej w słowo.

Robin przypomniała sobie małą czarną dziewczynkę ze sztywnymi warkoczykami, która przewróciła się, patrząc na nią na Catford Broadway.

– A jeśli tak, to co z tego?

– Wolałbym, żebyś została przy Stephanie – odparł Strike.

Zdenerwowała się. Zdenerwowała się tak bardzo, że od razu poprosiła o dwa tygodnie urlopu, i to chyba agresywniejszym tonem, niż zrobiłaby to w innych okolicznościach.

– Dwa tygodnie? – Spojrzał na nią zdziwiony. Przywykł raczej do tego, że błaga go o możliwość zostania w pracy.

– Z okazji miesiąca miodowego.

– A – powiedział. – Racja. No. To chyba już niedługo, prawda?

– Na to wygląda. Ślub jest drugiego.

– Chryste, to już... Za jakieś trzy tygodnie?

Zdenerwowało ją, że nie pamiętał.

– Tak. – Wstała i sięgnęła po kurtkę. – Mógłbyś potwierdzić przyjazd?

Wróciła zatem do Catford między uczęszczane stragany, do zapachu kadzidełek i surowej ryby, do bezsensownych godzin wypełnionych staniem pod przyczajonymi niedźwiedziami nad bocznym wejściem do Broadway Theatre.

Tym razem schowała włosy pod słomkowym kapeluszem i założyła okulary przeciwsłoneczne, lecz i tak nie była pewna, czy przypadkiem straganiarze jej nie rozpoznali, gdy po raz kolejny zaczaiła się naprzeciwko trzech okien mieszkania Whittakera i Stephanie. Odkąd wróciła do obserwowania dziewczyny, widziała ją tylko dwa razy i nigdy nie miała najmniejszej okazji, by z nią porozmawiać. Whittaker w ogóle się nie pokazywał. Robin znowu oparła się o chłodną, szarą, kamienną ścianę teatru, szykując się na kolejny długi dzień nudy, i ziewnęła.

Późnym popołudniem była już zgrzana, zmęczona i starała się nie mieć żalu do matki, która przez cały dzień słała jej esemesy z pytaniami związanymi ze ślubem. Gdy poprosiła, żeby Robin zadzwoniła do kwiaciarki mającej do niej kolejne uciążliwe pytanie, Robin uznała, że musi się czegoś napić. Zastanawiając się, jak zareagowałaby Linda, gdyby jej odpisała, że postanowiła zdecydować się na sztuczne kwiaty – na głowie, w bukiecie, w całym kościele, byle tylko nie musieć podejmować kolejnych decyzji – ruszyła w stronę smażalni, w której sprzedawano chłodzone napoje gazowane.

Ledwie zdążyła dotknąć klamki, gdy wpadł na nią ktoś, kto także chciał wejść do środka.

– Przepraszam – powiedziała odruchowo, a potem dodała:
– O Boże.

Twarz Stephanie była spuchnięta i fioletowa, jedno oko miała prawie całkiem zamknięte.

Nie zderzyły się mocno, ale niższa dziewczyna aż odskoczyła. Robin wyciągnęła rękę, żeby uchronić ją przed upadkiem.

– Jezu... Co ci się stało?

Powiedziała to tak, jakby znała Stephanie. W pewnym sensie czuła, że ją zna. Z obserwowania drobnych przyzwyczajeń tej dziewczyny i zapoznawania się z językiem jej ciała, ubraniami oraz upodobaniem do coli zrodziło się jednostronne poczucie więzi. Dlatego teraz naturalnie i z łatwością zadała Stephanie pytanie, jakie mało który Brytyjczyk skierowałby do obcego człowieka:

– Wszystko w porządku?

Robin nie do końca wiedziała, jak to się stało, że dwie minuty później siedziały ze Stephanie w przyjemnie zacienionym miejscu przy stoliku w Stage Door Café niedaleko smażalni. Stephanie wyraźnie cierpiała z bólu i wstydziła się swojego wyglądu, lecz jednocześnie była zbyt głodna i spragniona, żeby zostać w mieszkaniu. Zwyczajnie uległa silniejszej osobowości, zaskoczona zatroskaniem starszej od siebie dziewczyny i propozycją darmowego posiłku. Robin paplała bez sensu, idąc ze Stephanie ulicą i zachowując pozory, że jej donkiszotowska propozycja pójścia na kanapkę wynika z poczucia winy po tym, jak o mało nie przewróciła Stephanie, łapiąc za klamkę.

Stephanie mrukliwie podziękowała za fantę i kanapkę z tuńczykiem, lecz po kilku gryzach przyłożyła dłoń do policzka, jakby coś ją zabolało, i odłożyła kanapkę.

– Ząb? – spytała zatroskana Robin.

Dziewczyna potaknęła. Z niezamkniętego oka wypłynęła łza.

– Kto ci to zrobił? – spytała z naciskiem Robin, sięgając ponad stołem, żeby wziąć Stephanie za rękę.

Znowu grała jakąś postać, wcielała się w rolę i improwizowała. Jej słomkowy kapelusz i długa letnia sukienka podświadomie kojarzyły się z hipisowską altruistką, która sądzi, że może uratować Stephanie. Robin poczuła leciutki odwzajemniony uścisk palców, mimo że Stephanie przecząco pokręciła głową, pokazując, że nie zamierza wydać napastnika.

– Znasz go? – szepnęła Robin.

Po twarzy Stephanie popłynęły kolejne łzy. Odsunęła rękę i napiła się fanty, znowu się krzywiąc, gdy zimny płyn dotarł do miejsca, gdzie, jak przypuszczała Robin, ukruszył się ząb.

– To twój ojciec? – szepnęła Robin.

Takie przypuszczenie mogłoby się samo nasunąć. Stephanie miała najwyżej siedemnaście lat. Była tak chuda, że prawie nie miała piersi. Łzy zmyły wszelki ślad kredki, którą zwykle obrysowywała oczy. Jej brudna twarz była dziecięca, miała lekki nagryz pionowy, lecz dominowały na niej fioletowe i szare siniaki. Whittaker okładał ją, aż pękły naczynia krwionośne prawego oka: widoczny skrawek miał szkarłatny kolor.

– Nie – szepnęła Stephanie. – Chłopak.

– Gdzie on jest? – spytała Robin, jeszcze raz sięgając po rękę Stephanie, schłodzoną kontaktem z zimną fantą.

– Wyjechał – powiedziała Stephanie.

– Mieszka z tobą?

Stephanie potaknęła, a potem spróbowała wypić jeszcze trochę fanty, trzymając lodowaty płyn z dala od uszkodzonej części twarzy.

– Nie chciałam, żeby wyjeżdżał – szepnęła.

Gdy Robin pochyliła się w jej stronę, powściągliwość dziewczyny nagle ustąpiła w obliczu życzliwości i łagodności.

– Poprosiłam, żeby wziął mnie ze sobą, ale on nie chciał. Wiem, że poszedł na dziwki, wiem to. Ma inną, słyszałam jak Banjo coś mówił. Ma na boku inną dziewczynę.

Ku zaskoczeniu Robin okazało się, że źródłem największego bólu Stephanie, o wiele gorszym niż pęknięty ząb oraz posiniaczona i zmaltretowana twarz, jest myśl, że brudny, handlujący crackiem Whittaker mógłby być gdzieś indziej, spać z inną kobietą.

– Chciałam tylko pojechać razem z nim – powtórzyła Stephanie i jeszcze więcej łez popłynęło po jej twarzy, podrażniając ledwie widoczne oko, które zrobiło się wściekle czerwone.

Robin wiedziała, że miła, lekko postrzelona dziewczyna, w którą się wcieliła, zaczęłaby teraz żarliwie błagać Stephanie, żeby zostawiła człowieka, który tak okropnie ją pobił. Jednocześnie byłby to najpewniejszy sposób – nie miała co do tego wątpliwości – by Stephanie wstała i wyszła.

– Zdenerwował się, dlatego że chciałaś z nim pojechać? – powtórzyła. – Dokąd?

– Mówił, że jedzie z Cultem, tak jak ostatnio... To taki zespół – mruknęła Stephanie, wycierając nos grzbietem dłoni. – Jeżdżą razem w trasy... Ale to tylko wymówka – dodała, płacząc jeszcze bardziej – żeby łazić w różne miejsca i dymać dziewczyny. Powiedziałam, że pojadę razem z nim... bo poprzednim razem mnie zabrał... i dla niego obrobiłam cały zespół.

Robin ze wszystkich sił starała się nie dać po sobie poznać, że zrozumiała, co przed chwilą usłyszała. Jednak jakaś iskra złości i odrazy musiała skazić niezmąconą życzliwość, którą starała się emanować, ponieważ Stephanie nagle się wycofała. Nie chciała, żeby ktoś ją osądzał. Osądzano ją codziennie przez całe życie.

– Byłaś u lekarza? – spytała cicho Robin.

– Co? Nie – odparła Stephanie, oplatając się chudymi rękami.

– Kiedy twój chłopak ma wrócić?

Stephanie tylko pokręciła głową i wzruszyła ramionami. Wyglądało na to, że chwilowa sympatia, którą udało się wzbudzić Robin, osłabła.

– Ten Cult – zaimprowizowała Robin, czując suchość w ustach
– to chyba nie Death Cult, co?

– No, to oni – powiedziała lekko zdziwiona Stephanie.

– O którym koncercie mówiłaś? Niedawno ich widziałam!
„Tylko, na litość boską, nie pytaj, gdzie…"

– Grali w pubie, który nazywał się… Green Fiddle albo jakoś
tak. W Enfield.

– A, to nie, byłam na jakimś innym koncercie – powiedziała
Robin. – Kiedy grali w Enfield?

– Muszę siku – mruknęła Stephanie, rozglądając się po kawiarni.

Powłócząc nogami, poszła do toalety. Gdy drzwi się za nią zamknęły, Robin gorączkowo wpisała słowa do wyszukiwarki. Po
kilku próbach znalazła to, czego szukała: Death Cult grał w klubie Fiddler's Green w Enfield w sobotę 4 czerwca, w przeddzień
śmierci Heather Smart.

Cienie przed kawiarnią, w której zostały już tylko one dwie,
coraz bardziej się wydłużały. Zbliżał się wieczór. Wiedziała, że za
chwilę zamkną ten lokal.

– Dzięki za kanapkę i w ogóle – powiedziała Stephanie, stając
obok stolika. – Muszę już…

– Zamów coś jeszcze. Jakąś czekoladę albo coś – zachęciła ją
Robin, mimo że kelnerka wycierająca stoliki sprawiała wrażenie,
jakby chciała je wyprosić.

– Dlaczego? – spytała Stephanie, po raz pierwszy przejawiając
nieufność.

– Bo naprawdę chciałabym z tobą porozmawiać o twoim chłopaku – odrzekła Robin.

– Dlaczego? – powtórzyła nastolatka, teraz już trochę nerwowo.

– Proszę, usiądź. To nic złego – namawiała Robin. – Po prostu
się o ciebie martwię.

Stephanie zawahała się, po czym powoli opadła z powrotem na
krzesło. Robin po raz pierwszy zauważyła ciemnoczerwony ślad
na jej szyi.

– Chyba nie… chyba nie próbował cię udusić? – spytała.

– Co?

Stephanie dotknęła swojej chudej szyi i do jej oczu znowu napłynęły łzy.

– A, to... To przez mój łańcuszek. Dał mi go, a potem... Dlatego że za mało zarabiam – powiedziała i rozpłakała się na dobre.

– Sprzedał go.

Nie mając pojęcia, co jeszcze mogłaby zrobić, Robin wyciągnęła drugą rękę i oburącz mocno trzymała dłoń Stephanie, jakby dziewczyna znajdowała się na jakiejś ruchomej, oddalającej się płaszczyźnie.

– Mówiłaś, że kazał ci... z całym zespołem? – spytała cicho Robin.

– To było za darmo – odparła zapłakana Stephanie i Robin zrozumiała, że dziewczyna kontynuuje temat zarabiania pieniędzy.

– Tylko im obciągnęłam.

– Po koncercie? – spytała Robin, uwalniając jedną rękę, żeby wcisnąć Stephanie papierowe serwetki.

– Nie – powiedziała Stephanie, wycierając nos. – Następnego dnia wieczorem. Nocowaliśmy w transicie przed domem wokalisty. On mieszka w Enfield.

Robin nie uwierzyłaby, że można czuć odrazę i jednocześnie radość. Skoro Stephanie była z Whittakerem w wieczór piątego czerwca, Whittaker nie mógł zabić Heather Smart.

– Czy on... twój chłopak... przy tym był? – spytała ściszonym głosem. – Przez cały czas, kiedy... no wiesz...?

– Co tu się, kurwa, dzieje?

Robin podniosła głowę. Stephanie gwałtownie cofnęła rękę, wyglądała na przestraszoną.

Nad nimi stał Whittaker. Robin natychmiast skojarzyła go ze zdjęciami widzianymi w internecie. Był wysoki i barczysty, lecz jednocześnie żylasty. Starą czarną koszulkę sprał prawie do szarości. Złote oczy heretyckiego kapłana fascynowały intensywnością spojrzenia. Mimo matowych włosów, zapadniętej, pożółkłej twarzy, mimo że budził w niej odrazę, wyczuła dziwną aurę szaleństwa, jaką wokół siebie wytwarzał, magnetyczne przyciąganie podobne do odoru padliny. Wywoływał przemożną chęć dowiedzenia się o nim czegoś więcej, jak wszystko, co brudne i zgniłe – i to mimo że taka chęć wydawała się niestosowna.

– A ty to kto? – spytał, nie agresywnie, lecz jakby mrucząc. Bez cienia skrępowania wpatrywał się w dekolt jej sukienki.

– Zderzyłam się z twoją dziewczyną przed smażalnią – powiedziała Robin. – Postawiłam jej fantę.

– Taak?

– Zamykamy – głośno wtrąciła kelnerka.

Robin czuła, że pojawienie się Whittakera to dla kelnerki trochę za dużo. Jego zapach, tuleje w uszach, tatuaże i oczy szaleńca byłyby niemile widziane w większości lokali serwujących jedzenie.

Stephanie wyglądała na przerażoną, mimo że Whittaker zupełnie ją ignorował. Całą uwagę skupił na Robin, którą bardzo to krępowało. Zapłaciła rachunek, następnie wstała i wyszła na ulicę, a on podążył tuż za nią.

– No to... do widzenia – powiedziała słabym głosem do Stephanie.

Żałowała, że nie ma odwagi Strike'a. On w obecności Whittakera namawiał Stephanie, żeby poszła razem z nim, lecz Robin nagle zaschło w ustach. Whittaker gapił się na nią, jakby zauważył coś fascynującego i rzadkiego na kupie gnoju. Za nimi kelnerka ryglowała drzwi. Zachodzące słońce rzucało zimne cienie na ulicę, którą Robin znała wyłącznie jako rozgrzaną i śmierdzącą.

– Po prostu byłaś miła, prawda, skarbie? – spytał cicho Whittaker i Robin nie wiedziała, czy w jego głosie jest więcej złośliwości czy uprzejmości.

– Martwię się o Stephanie – powiedziała, zmuszając się do spojrzenia w te szeroko rozstawione oczy – bo jej obrażenia wyglądają bardzo poważnie.

– To? – odparł Whittaker, przykładając rękę do fioletowo-szarej twarzy Stephanie. – Spadła z rowerka, prawda, Steph? Mała, głupia niezdara.

Nagle Robin zrozumiała instynktowną nienawiść Strike'a do tego człowieka. Też nabrała ochoty, żeby go walnąć.

– Mam nadzieję, że jeszcze się zobaczymy, Steph – powiedziała.

Nie odważyła się dać dziewczynie numeru telefonu w obecności Whittakera. Zawróciła i zaczęła iść, czując się jak najgorszy tchórz. Stephanie za chwilę miała wejść z tym człowiekiem do mieszkania. Robin powinna była zrobić coś więcej, ale co? Co mogła powiedzieć, żeby życie tej dziewczyny się zmieniło? Miała powiadomić policję o napaści? Czy nie byłoby to ingerowanie w śledztwo Carvera?

Dopiero gdy zniknęła Whittakerowi z oczu, opuściło ją wrażenie, że po plecach chodzą jej niewidzialne mrówki. Wyjęła komórkę i zadzwoniła do Strike'a.

– Wiem – powiedziała, zanim Strike zaczął ją ochrzaniać – robi się późno, ale jestem już w drodze na stację, a kiedy usłyszysz, czego się dowiedziałam, na pewno zrozumiesz.

Szła szybko, zziębnięta w coraz większym chłodzie wieczoru, relacjonując mu wszystko, co mówiła Stephanie.

– Więc Whittaker ma alibi? – spytał powoli Strike.

– Na dzień śmierci Heather tak, o ile Stephanie mówi prawdę, a jestem przekonana, że nie kłamała. Była z nim... i z całym Death Cultem.

– Na pewno powiedziała, że Whittaker tam był, kiedy obsługiwała jego kolesiów z zespołu?

– Chyba tak. To znaczy właśnie miała mi odpowiedzieć, ale zjawił się Whittaker i... Zaczekaj chwilę.

Robin zatrzymała się i rozejrzała. Zajęta rozmową, w drodze na stację skręciła w niewłaściwą ulicę. Słońce właśnie zachodziło. Wydawało jej się, że kątem oka zauważyła, jak za budynkiem znika czyjś cień.

– Cormoran?

– Jestem.

Może tylko jej się przywidziało. Była na nieznanej ulicy, ale w oknach paliło się światło, a w oddali szła jakaś para. Powtarzała sobie, że jest bezpieczna. Wszystko było w porządku. Musiała po prostu zawrócić.

– Coś się stało? – spytał ostro Strike.

– Nie – powiedziała. – Po prostu skręciłam w niewłaściwą ulicę.

– Gdzie dokładnie jesteś?

– Niedaleko stacji Catford Bridge. Nie wiem, jak się tu znalazłam.

Nie chciała wspominać o cieniu. Ostrożnie przeszła na drugą stronę coraz ciemniejszej ulicy, żeby nie musieć przechodzić obok budynku, przy którym chyba kogoś zauważyła, i przełożywszy komórkę do lewej ręki, mocniej ścisnęła alarm antygwałtowy w prawej kieszeni.

– Wracam tą samą drogą, którą przyszłam – powiedziała do Strikie'a, chcąc, żeby wiedział, gdzie się znajduje.

– Zauważyłaś coś podejrzanego? – spytał z naciskiem.

– Nie wiem... chyba tak – przyznała.

Gdy jednak zrównała się z przerwą między budynkami, gdzie przed chwilą wydawało jej się, że widzi jakąś postać, nikogo tam nie było.

– Jestem zdenerwowana – powiedziała, przyspieszając kroku. – Spotkanie z Whittakerem to nic przyjemnego. Facet zdecydowanie ma w sobie coś... paskudnego.

– Gdzie teraz jesteś?

– Jakieś siedem metrów od miejsca, w którym pytałeś mnie o to poprzednim razem. Zaczekaj, widzę tablicę z nazwą ulicy. Wracam na drugą stronę, już wiem, gdzie źle skręciłam, powinnam była...

Usłyszała kroki dopiero, gdy znalazł się tuż za nią. Dwa silne ramiona w czarnych rękawach zacisnęły się wokół niej, przyszpilając jej ręce do boków, wyduszając powietrze z płuc. Komórka wyślizgnęła jej się z ręki i z trzaskiem upadła na chodnik.

52

Do not envy the man with the x-ray eyes.

Nie zazdrość człowiekowi z rentgenem w oczach.

Blue Öyster Cult, *X-Ray Eyes*

Strike, który stał w cieniu magazynu w Bow, obserwując Blondin Street, usłyszał nagły, stłumiony okrzyk Robin, uderzenie komórki o chodnik, a następnie szamotaninę i szuranie nóg o asfalt.

Zaczął biec. Nadal miał połączenie z Robin, ale niczego nie słyszał. Panika wyostrzyła mu zmysły i zablokowała wszelką percepcję bólu, gdy biegł sprintem po coraz ciemniejszej ulicy w kierunku najbliższej stacji. Potrzebował drugiego telefonu.

– Kolego, muszę to pożyczyć! – ryknął do dwóch idących z naprzeciwka czarnych chłopaków, z których jeden cicho rechotał do komórki. – Ktoś popełnia przestępstwo, muszę pożyczyć ten telefon!

Wzrost i władcza aura rozpędzonego Strike'a skłoniły nastolatka do oddania telefonu z miną wyrażającą strach i oszołomienie.

– Za mną! – wrzasnął Strike do obu chłopaków, mijając ich biegiem w drodze na ruchliwsze ulice, gdzie mógłby znaleźć taksówkę. Cały czas przyciskał do drugiego ucha własną komórkę.

– Policja! – krzyknął do telefonu chłopaka, gdy osłupiałe nastolatki biegły razem z nim niczym ochroniarze. – Niedaleko stacji Catford Bridge ktoś zaatakował kobietę, akurat rozmawiałem z nią przez telefon! To się dzieje w tej... Nie, nie wiem, na jakiej ulicy, ale to zaraz obok stacji... Teraz. Kiedy ją dopadł, właśnie z nią rozmawiałem, słyszałem to... No... Kurwa, szybko!

– Dzięki, koleś – wysapał Strike, wciskając komórkę z powrotem w ręce właściciela, który przebiegł za nim jeszcze kilka metrów, zanim zdał sobie sprawę, że już nie musi.

Strike gwałtownie skręcił za róg. Bow było dla niego zupełnie nieznanym zakątkiem Londynu. Przebiegł obok pubu Bow Bells, nie zwracając uwagi na bolesne kłucie ścięgien w kolanie, poruszając się niezdarnie z tylko jedną wolną ręką, którą sobie pomagał, by utrzymać równowagę, i z milczącym telefonem wciąż przyciśniętym do ucha. Po chwili na drugim końcu linii rozległ się dźwięk alarmu antygwałtowego.

– TAKSI! – ryknął w stronę jaśniejącego w oddali światełka.

– ROBIN! – wrzasnął do telefonu, pewny, że pisk alarmu i tak go zagłuszy. – ROBIN, WEZWAŁEM POLICJĘ! POLICJA JUŻ JEDZIE! SŁYSZYSZ, POJEBIE?

Taksówka odjechała, nie zatrzymując się. Klienci Bow Bells gapili się na rozpędzonego szaleńca chwiejącego się na nogach, wydzierającego się i klnącego do telefonu. Pojawiła się druga taksówka.

417

– TAKSI! TAKSI! – zawołał Strike i samochód zawrócił, kierując się w jego stronę. W tym samym momencie do ucha przemówił mu zduszony głos Robin:

– Jesteś... tam?

– JEZU CHRYSTE! CO SIĘ STAŁO?

– Przestań... krzyczeć...

Z olbrzymim trudem ściszył głos.

– Co się stało?

– Nie widzę – powiedziała. – Nic... nie widzę...

Strike szarpnął za klamkę tylnych drzwi taksówki i wskoczył do środka.

– Na stację Catford Bridge, szybko! Jak to nic nie...? Co on ci zrobił? NIE MÓWIĘ DO CIEBIE! – krzyknął do zaskoczonego taksówkarza. – Jedź! Jedź!

– Nie... to ten twój cholerny... alarm... opryskał mi... twarz... o... kurde...

Taksówka pędziła ulicami, a Strike z wysiłkiem powstrzymywał się, żeby nie zmusić kierowcy do wciśnięcia gazu do dechy.

– Co się stało? Zranił cię?

– Tro.. trochę... Są tu jacyś ludzie...

Słyszał, że ktoś przy niej jest, że ci ludzie mamroczą i z przejęciem o czymś rozmawiają.

– ...do szpitala... – powiedziała Robin gdzieś z dala od telefonu.

– Robin? ROBIN?

– Przestań krzyczeć! – odparła. – Słuchaj, wezwali karetkę, jadę do...

– CO ON CI ZROBIŁ?

– Pociął mi... rękę... Chyba będzie trzeba szyć... Boże, jak piecze...

– Do którego szpitala? Daj mi kogoś, z kim mogę porozmawiać! Jadę do ciebie!

Dwadzieścia pięć minut później Strike przyjechał na oddział ratunkowy szpitala uniwersyteckiego w Lewisham, mocno utykając i z tak zbolałą miną, że miła pielęgniarka od razu go zapewniła, iż zaraz zajmie się nim lekarz.

– Nie – powiedział, zbywając ją machnięciem ręki i ciężkim krokiem podchodząc do recepcji. – Przyjechałem do kogoś... Nazywa się Robin Ellacott i została napadnięta...

Jego oczy gorączkowo błądziły po wypełnionej ludźmi poczekalni, w której młody chłopak chlipał na kolanach matki, a jęczący pijak ściskał rękami zakrwawioną głowę. Pielęgniarz pokazywał starszej pani mającej trudności z oddychaniem, jak korzystać z inhalatora.

– Strike... Tak... Pani Ellacott mówiła, że pan przyjedzie – powiedziała recepcjonistka, sprawdzając dane w komputerze z namysłem, który Strike uznał za zbędny i irytujący. – Korytarzem prosto i w prawo... za pierwszą zasłoną.

W pośpiechu lekko się poślizgnął na błyszczącej podłodze, zaklął i popędził dalej. Kilka osób odprowadziło wzrokiem jego ogromną, niezgrabną postać, zastanawiając się, czy nie ma przypadkiem nierówno pod sufitem.

– Robin? Kurwa mać!

Jej twarz szpeciły szkarłatne plamy, miała spuchnięte oczy. Młody lekarz, który oglądał dwudziestocentymetrową ranę na jej przedramieniu, warknął:

– Proszę zaczekać, aż skończę!

– To nie krew! – zawołała Robin, gdy Strike wycofał się za zasłonę. – To ten przeklęty sprej z twojego alarmu antygwałtowego!

– Proszę się nie ruszać – powiedział lekarz.

Strike przez chwilę spacerował za zasłoną. Pięć innych zasłoniętych łóżek ustawionych wzdłuż ściany oddziału skrywało swoje sekrety. Gumowe podeszwy pielęgniarek piszczały na mocno wypolerowanej szarej podłodze. Boże, jak on nie znosił szpitali: ich zapach i instytucjonalna czystość podszyta lekką wonią ludzkiego rozkładu natychmiast przenosiły go do długich miesięcy, które spędził w Selly Oak po tym, jak oderwało mu nogę.

Co on narobił? Co on narobił?! Pozwolił jej pracować, wiedząc, że ten drań ma ją na oku. Mogła zginąć. Powinna była zginąć. Pielęgniarki przechodziły, szeleszcząc niebieskimi fartuchami. Za zasłoną Robin cicho krzyknęła z bólu i Strike zacisnął zęby.

– No cóż, miała niezwykłe szczęście – powiedział lekarz, gdy dziesięć minut później gwałtownie odsunął zasłonę. – Mógł jej przeciąć tętnicę ramienną. Naruszył jednak ścięgno i nie dowiemy się, jak dalece, dopóki nie zabierzemy jej na blok operacyjny.

Najwyraźniej uznał, że są parą. Strike nie wyprowadził go z błędu.

– Trzeba operować?

– Żeby zszyć naruszone ścięgno – powiedział lekarz, jakby Strike był trochę ociężały umysłowo. – Poza tym trzeba porządnie oczyścić ranę. Chcę też zrobić prześwietlenie żeber – dodał i poszedł.

Strike zebrał się na odwagę i wszedł za zasłonę.

– Wiem, że dałam ciała – powiedziała Robin.

– Jasna cholera, myślałaś, że chcę cię ochrzanić?

– Chyba tak – odparła, podciągając się trochę na łóżku. Rękę owinięto jej na razie bandażem. – Było już ciemno. Nie zachowałam ostrożności, prawda?

Ciężko usiadł obok łóżka na krześle, które zwolnił lekarz, i przez przypadek strącił na podłogę metalową nerkę. Zabrzęczała i zaklekotała. Strike postawił na niej sztuczną stopę, żeby ją uciszyć.

– Robin, jak ci się, kurwa, udało uciec?

– Samoobrona – odrzekła. Po chwili, trafnie interpretując jego minę, dodała ze złością: – Wiedziałam. Nie wierzyłeś, że potrafię się obronić.

– Wierzyłem – zapewnił ją – ale Jezu... Kurwa mać...

– Chodziłam w Harrogate na kurs do pewnej wspaniałej kobiety, byłej wojskowej – wyjaśniła Robin i moszcząc się na poduszkach, znowu lekko się skrzywiła. – Po... wiesz, po czym.

– Zanim poszłaś na kurs dla zaawansowanych kierowców czy potem?

– Potem – odrzekła – bo przez jakiś czas miałam agorafobię. Dzięki jeździe samochodem mogłam znowu wyjść z pokoju, a później poszłam na kurs samoobrony. Pierwszy, na jaki się zapisałam, prowadził mężczyzna, który okazał się kretynem – ciągnęła Robin. – Same chwyty judo i... zupełnie bez sensu. Ale Louise była wspaniała.

– Tak? – powiedział Strike.

Jej opanowanie wytrącało go z równowagi.

– Tak. Nauczyła nas, że kobiecie nie są potrzebne efektowne chwyty. Liczy się mądra i szybka reakcja. Nigdy nie daj się zaciągnąć w inne miejsce. Celuj w słabe punkty, a potem uciekaj co sił w nogach. Złapał mnie od tyłu, ale usłyszałam go, zanim mnie dopadł. Ćwiczyłam to z Louise mnóstwo razy. Jeśli atakuje od tyłu, trzeba się pochylić.

– Trzeba się pochylić – powtórzył głucho Strike.

– Trzymałam w ręce alarm antygwałtowy. Od razu się pochyliłam i walnęłam go w jaja. Miał spodnie od dresu. Na chwilę mnie wypuścił i znowu się potknęłam o tę przeklętą sukienkę... Wyjął nóż... Nie pamiętam dokładnie, co było potem... Wiem, że mnie zranił, kiedy próbowałam wstać... Ale udało mi się wcisnąć przycisk alarmu, który zaczął piszczeć i to go wystraszyło... Tusz opryskał mi całą twarz i jemu na pewno też, bo był blisko... Miał kominiarkę... Niewiele widziałam... Ale kiedy się nade mną pochylił, porządnie walnęłam go w tętnicę szyjną... Tego też nauczyła mnie Louise: walić w bok szyi. Jeśli dobrze się to zrobi, można kogoś nawet ogłuszyć... Zatoczył się, a potem chyba zauważył, że zbliżają się ludzie i uciekł.

Strike zaniemówił.

– Strasznie chce mi się jeść – powiedziała Robin.

Strike pomacał w kieszeniach i wyjął twixa.

– Dzięki.

Jednak zanim zdążyła odgryźć kęs, pielęgniarka eskortująca obok jakiegoś staruszka powiedziała z naciskiem:

– Nic doustnie, jedzie pani na blok!

Robin przewróciła oczami i oddała Strike'owi twixa. Zadzwoniła jej komórka. Zdumiony Strike patrzył, jak Robin odbiera.

– Mamo... cześć – powiedziała.

Ich oczy się spotkały. Strike wyczytał z twarzy Robin niewyrażone na głos pragnienie oszczędzenia matce, przynajmniej na razie, relacji o tym, co się stało. Taktyki dywersyjne okazały się jednak zbędne, ponieważ Linda paplała, nie dopuszczając córki do głosu. Robin położyła komórkę na kolanach i ze zrezygnowaną miną przełączyła ją na głośnik.

– ... jak najszybciej dać jej znać, bo nie ma teraz sezonu na konwalie i jeśli je chcesz, trzeba będzie złożyć specjalne zamówienie.

– Okej – powiedziała Robin. – Podaruję sobie konwalie.

– W takim razie byłoby wspaniale, gdybyś mogła zadzwonić do niej osobiście i powiedzieć, co chcesz w zamian, bo niełatwo być pośredniczką, Robin. Ona mówi, że zostawiła ci mnóstwo wiadomości głosowych.

– Przepraszam, mamo – powiedziała Robin. – Zadzwonię do niej.

– Tu nie wolno rozmawiać przez komórkę! – upomniała ją druga pielęgniarka.

– Przepraszam – powtórzyła Robin. – Mamo, muszę kończyć. Później porozmawiamy.

– Gdzie jesteś? – spytała Linda.

– Jestem... zadzwonię później – ucięła Robin i przerwała połączenie.

Spojrzała na Strike'a i spytała:

– Nie interesuje cię, który z nich to był?

– Zakładam, że nie wiesz – odparł Strike. – Przecież miał kominiarkę, a ciebie oślepił tusz.

– Jednego jestem pewna – powiedziała Robin. – To nie był Whittaker. Chyba że zaraz po tym, jak się rozstaliśmy, przebrał się w spodnie od dresu. Whittaker miał na sobie dżinsy i był... Nie pasuje pod względem fizycznym. Ten facet był silny, ale miękki, wiesz? Tyle że wysoki. Twojego wzrostu.

– Mówiłaś Matthew, co się stało?

– Już tu je...

Widząc, jak na jej twarzy maluje się coś bliskiego przerażeniu, pomyślał, że za chwilę się odwróci i zobaczy zbliżającego się wściekłego Matthew. Zamiast niego przy łóżku Robin stanęła niechlujna postać inspektora Roya Carvera w towarzystwie wysokiej, eleganckiej sierżant Vanessy Ekwensi.

Carver był bez marynarki. Wielkie, mokre plamy rozchodziły się promieniście spod jego pach. Wiecznie różowe białka jego jasnoniebieskich oczu zawsze stwarzały wrażenie, jakby pływał w mocno chlorowanej wodzie. W gęstych, siwiejących włosach pełno było płatków łupieżu.

– Jak się pani...? – zaczęła sierżant Ekwensi, skupiając migdałowe oczy na przedramieniu Robin, lecz Carver przerwał jej oskarżycielskim warknięciem.

– W coście się znowu wpakowali, co?

Strike wstał. Wreszcie miał doskonałą okazję, żeby dać ujście tłumionej dotychczas chęci ukarania kogoś, kogokolwiek, za to, co właśnie spotkało Robin, i skierować swoje poczucie winy i niepokój na jakiś godny tego obiekt.

– Chcę z tobą porozmawiać – powiedział do niego Carver.

– Ekwensi, spisz jej zeznania.

Zanim ktokolwiek zdążył się odezwać albo poruszyć, młoda, sympatyczna i nieświadoma napiętej sytuacji pielęgniarka stanęła między dwoma mężczyznami i uśmiechnęła się do Robin.

– Zabieram panią na prześwietlenie – oznajmiła.

Robin sztywno wstała z łóżka i odeszła, spoglądając przez ramię na Strike'a i robiąc ostrzegawczą minę, która miała go skłonić do zachowania powściągliwości.

– Tam – warknął Carver do Strike'a.

Detektyw wyszedł zza zasłony w ślad za policjantem. Carver zarekwirował mały pokój dla odwiedzających, gdzie, jak przypuszczał Strike, przekazywano krewnym wieść o rychłej albo faktycznej śmierci pacjentów. Stało w nim kilka miękkich krzeseł, na stoliku czekało pudełko chusteczek, a na ścianie wisiał abstrakcyjny obraz w pomarańczowych odcieniach.

– Mówiłem, żebyś się do tego nie mieszał – powiedział Carver, siadając na środku pokoju z rękami splecionymi na piersi i rozkraczonymi nogami.

Po zamknięciu drzwi pokój wypełnił się jego smrodem. Carver wydzielał inną woń niż Whittaker: nie był przeżarty brudem i narkotykami, lecz było go czuć potem, którego nie mógł opanować w ciągu dnia pracy. Światło jarzeniówek nie służyło jego plamistej cerze. Łupież, mokra koszula, skóra w ciapki: wyglądał, jakby w widoczny sposób rozpadał się na kawałki. Strike bez wątpienia przyspieszył ten proces, upokarzając go w prasie po zabójstwie Luli Landry.

– Wysłałeś ją, żeby obserwowała Whittakera, prawda? – spytał Carver, a jego twarz powoli robiła się jeszcze bardziej czerwona, jakby właśnie się gotował. – To, co się stało, to twoja wina.

– Pierdol się – powiedział Strike.

Dopiero teraz, z nosem wypełnionym wonią potu Carvera, przyznał przed sobą, że wiedział o czymś już od jakiegoś czasu: Whittaker nie był mordercą. Strike wysłał Robin do Stephanie, uznając, że będzie tam najbezpieczniejsza, lecz jednak nadal pracowała w terenie, a przecież od tygodni śledził ją morderca.

Carver wiedział, że uderzył w czuły punkt. Szeroko się uśmiechnął.

– Wykorzystujesz mordowane kobiety, żeby odegrać się na ojczymku – powiedział, czerpiąc przyjemność z widoku czerwieniejącego Strike'a i patrząc z uśmiechem, jak dłonie detektywa zaciskają się w pięści. Nic nie sprawiłoby Carverowi większej radości niż oskarżenie Strike'a o napaść i obaj o tym wiedzieli. – Sprawdziliśmy Whittakera. Sprawdziliśmy twoje wszystkie pieprzone przeczucia. Na żadnego z tych trzech facetów niczego nie znaleźliśmy. A teraz posłuchaj.

Podszedł do Strike'a. Był od niego o głowę niższy, lecz emanował siłą wściekłego, rozgoryczonego, ale sprawującego władzę mężczyzny, który musi się wykazać i może korzystać z całej mocy służb mundurowych. Wycelował palcem w klatkę piersiową Strike'a i powiedział:

– Trzymaj się od tego z daleka. Powinieneś się, kurwa, cieszyć, że nie masz krwi partnerki na rękach. Jeśli jeszcze raz znajdę cię w pobliżu naszego dochodzenia, to cię, kurwa, przymknę. Zrozumiano?

Dźgnął Strike'a kwadratowym palcem w mostek. Strike oparł się pokusie, żeby walnąć go po łapie, ale nie zdołał powstrzymać drgnięcia mięśnia w żuchwie. Przez kilka sekund mierzyli się nawzajem wzrokiem. Carver uśmiechnął się szerzej, sapiąc, jakby właśnie zwyciężył w meczu zapaśniczym, a następnie dumnym krokiem ruszył do drzwi i wyszedł, zostawiając Strike'a gotującego się z wściekłości i przepełnionego nienawiścią do samego siebie.

Gdy powoli szedł korytarzem oddziału ratunkowego, od strony dwuskrzydłowych drzwi nadbiegł wysoki, przystojny Matthew w garniturze, z oczami szaleńca i rozwianymi włosami. Po raz pierwszy od początku ich znajomości Strike poczuł do niego coś innego niż niechęć.

– Cześć, Matthew – powiedział.

Matthew spojrzał na Strike'a, jakby go nie poznał.

– Poszła na prześwietlenie – poinformował go Strike. – Możliwe, że już wróciła. Tam – pokazał palcem.

– Dlaczego na...?

– Żebra – odrzekł Strike.

Matthew odepchnął go na bok. Strike nie zaprotestował. Czuł, że na to zasłużył. Patrzył, jak narzeczony Robin pędzi do niej, a następnie, po chwili wahania, odwrócił się w stronę dwuskrzydłowych drzwi i wyszedł.

Bezchmurne niebo było już usiane gwiazdami. Gdy dotarł do ulicy, przystanął, żeby zapalić papierosa, i zaciągnął się nim jak wcześniej Wardle, jakby nikotyna była życiodajną substancją. Zaczął iść, czując już ból w kolanie. Z każdym krokiem lubił się mniej.

– RICKY! – krzyknęła jakaś kobieta na ulicy, błagając małego chłopca, żeby nie uciekał, i szamocząc się z ciężką, wielką torbą.

– RICKY, WRACAJ!

Chłopczyk chichotał jak szalony. Strike odruchowo schylił się i złapał małego, gdy ten pędził w stronę ulicy.

– Dziękuję! – powiedziała matka chłopca, gdy o mało nie płacząc z ulgi, podbiegła do Strike'a. Z torby w jej ramionach wypadły kwiaty. – Idziemy odwiedzić jego tatę... O Boże...

Chłopczyk rozpaczliwie wyrywał się z uścisku Strike'a. Detektyw postawił go obok matki, która zbierała z chodnika pęk żonkili.

– Trzymaj je – surowo poleciła chłopcu, który usłuchał. – Dasz je tatusiowi. Nie upuść! Dziękuję – powtórzyła, zwracając się do Strike'a, i pomaszerowała, mocno ściskając synka za wolną rączkę. Malec posłusznie szedł obok matki, dumny, że dostał zadanie do wykonania, a sztywne żółte kwiaty trzymał pionowo niczym berło.

Strike pokonał kilka kroków, a potem gwałtownie zatrzymał się na środku chodnika, wpatrzony przed siebie, jakby zahipnotyzowało go coś niewidzialnego, zawieszonego w zimnym powietrzu naprzeciwko. Chłodny wiaterek łaskotał go w twarz, gdy tak stał, zupełnie obojętny na otoczenie, skupiony wyłącznie na swoich myślach.

Żonkile... konwalie... kwiaty, na które nie ma teraz sezonu.

Po chwili znowu rozbrzmiało echo głosu tamtej kobiety – „Ricky, nie!" – powodując nagłą, gwałtowną reakcję łańcuchową w mózgu Strike'a, oświetlając prowizoryczny pas do lądowania dla teorii, która – był tego pewny jak prorok – doprowadzi do mordercy. Podobnie jak stalowy szkielet budynku odsłaniany w pożarze, Strike ujrzał w tym przebłysku olśnienia zamysł mordercy, dostrzegając w nim poważne błędy, które wcześniej przeoczył – które wszyscy przeoczyli – a teraz wreszcie mogły pogrążyć przestępcę i udaremnić jego makabryczny plan.

53

You see me now a veteran of a thousand psychic wars …

Teraz mnie widzisz, weterana tysiąca psychicznych wojen […]

Blue Öyster Cult, *Veteran of the Psychic Wars*

Łatwo było udawać niefrasobliwość w jasno oświetlonym szpitalu. Robin czerpała siłę nie tylko ze zdumienia i podziwu Strike-'a dla jej ucieczki, lecz nawet ze słuchania własnej relacji z walki z mordercą. Bezpośrednio po ataku była najspokojniejsza ze wszystkich, pocieszała i uspokajała Matthew, gdy zaczął płakać na widok jej poplamionej tuszem twarzy i długiej rany na ręce. Czerpała siłę z cudzej słabości, mając nadzieję, że jej napędzona adrenaliną odwaga bezpiecznie zaniesie ją z powrotem ku normalności, gdzie znajdzie pewny grunt i wyjdzie z tego bez szwanku, nie musząc ponownie przechodzić przez mroczne grzęzawisko, w którym długo tkwiła po gwałcie…

W ciągu następnego tygodnia prawie w ogóle nie mogła jednak spać, i to nie tylko przez pulsujący ból zranionego przedramienia, które zabezpieczono longetą. Podczas krótkich drzemek, jakie udawało jej się uciąć nocą albo za dnia, znowu czuła wokół siebie grube ręce napastnika i słyszała jego oddech. Czasami jego oczy zmieniały się w oczy człowieka, który ją zgwałcił, gdy miała dziewiętnaście lat: były jasne, z jedną nieruchomą źrenicą. Za czarną kominiarką i maską goryla postacie z koszmaru zlewały się ze sobą, przeobrażały i rozrastały, wypełniając jej umysł dniem i nocą.

W najgorszych snach patrzyła, jak on robi to komuś innemu i bezradnie czekała na swoją kolej, nie mogąc pomóc ani uciec. Raz ofiarą była Stephanie ze zmasakrowaną twarzą. W innej potwornej sytuacji mała czarnoskóra dziewczynka głośno wzywała matkę. Po tym śnie Robin obudziła się, krzycząc w ciemności, a Matthew tak się przejął, że nazajutrz wziął wolny dzień, żeby móc przy niej zostać. Robin nie wiedziała, czy była mu za to wdzięczna, czy miała mu to za złe.

Oczywiście przyjechała jej matka i próbowała namówić Robin na wcześniejszy wyjazd do Masham.

– Robin, do ślubu zostało dziesięć dni, może po prostu pojedziesz ze mną już teraz i odprężysz się przed…

– Chcę tu zostać – ucięła Robin.

Nie była już nastolatką, lecz dorosłą kobietą. Sama decydowała, dokąd pojechać, gdzie pozostać, co robić. Czuła się tak, jakby znowu walczyła o tę tożsamość, której była zmuszona się wyrzec poprzednim razem, gdy w ciemności rzucił się na nią jakiś mężczyzna. Zmienił ją ze wzorowej studentki w chudzinę cierpiącą na agorafobię, z dziewczyny aspirującej do kariery psychologa sądowego w osobę pokonaną, która uległa apodyktycznej rodzinie, uznając, że praca w policji jedynie pogłębi jej problemy psychiczne.

Nie zamierzała znowu do tego dopuścić. Nie zamierzała na to pozwolić. Prawie nie mogła spać, straciła apetyt, lecz z wściekłością się zaparła, odrzucając własne potrzeby i obawy. Matthew nie śmiał się jej sprzeciwić. Bez przekonania zgodził się, że jej wyjazd do domu nie jest konieczny, choć wcześniej był innego zdania, o czym szeptał z jej matką w kuchni, myśląc, że Robin ich nie słyszy.

Strike wcale nie ułatwiał sytuacji. Nie zadał sobie trudu, żeby się z nią pożegnać w szpitalu, ani nie wpadł zobaczyć, jak sobie radzi, i ograniczał się do rozmawiania z nią przez telefon. On też chciał, żeby pojechała do Yorkshire, nie utrudniała sprawy i zeszła mu z drogi.

– Na pewno musisz załatwić mnóstwo spraw przed ślubem.

– Nie traktuj mnie z góry – odparła z wściekłością.

– A kto cię traktuje…?

– Przepraszam – weszła mu w słowo. Po cichu zaczęła płakać, czego nie mógł zobaczyć, i robiła wszystko, co w jej mocy, żeby mówić normalnym głosem. – Przepraszam… to stres. Pojadę do domu w czwartek przed ślubem, nie ma potrzeby, żebym jechała wcześniej.

Nie była już osobą, która leżała na łóżku, wpatrując się w Destiny's Child. Nie chciała znowu stać się tą dziewczyną.

Nikt nie potrafił pojąć, dlaczego z taką determinacją trzyma się Londynu, a ona nie kwapiła się, by to wyjaśniać. Wyrzuciła letnią sukienkę, którą miała na sobie w chwili napaści. Gdy wpychała ją do kosza, do kuchni weszła Linda.

– Cholerny łach – powiedziała Robin, napotykając spojrzenie matki. – Dostałam nauczkę. Nie prowadzi się obserwacji w długich sukienkach.

Mówiła wyzywającym tonem. „Wracam do pracy. To tylko przejściowe".

– Nie powinnaś forsować tej ręki – odparła matka, ignorując milczącą zaczepkę. – Lekarz mówił, że należy ją oszczędzać i trzymać w górze.

Ani Matthew, ani jej matce nie podobało się, że Robin czyta w prasie o postępach śledztwa, co zresztą robiła obsesyjnie. Carver odmówił ujawnienia jej nazwiska. Powiedział, że nie chce, by rzuciły się na nią media, lecz oboje ze Strikiem przypuszczali, że raczej się obawia, iż nieustanna obecność Strike'a w tej historii podsunie dziennikarzom nowy smakowity kąsek: ciąg dalszy rozgrywki między Carverem a Strikiem.

– Szczerze mówiąc – powiedział Strike do Robin przez telefon (starała się zachować powściągliwość i dzwoniła do niego tylko raz dziennie) – to ostatnia rzecz, jakiej ktokolwiek potrzebuje. Nikomu nie pomoże w dorwaniu tego drania.

Robin milczała. Leżała na łóżku, otoczona kilkoma gazetami kupionymi na przekór Lindzie i Matthew. Jej wzrok skupiał się na rozkładówce w „Mirror", gdzie znowu prezentowano w rzędzie pięć rzekomych ofiar Rozpruwacza z Shacklewell. Szósty, czarny zarys kobiecej głowy i ramion przedstawiał Robin. Podpis poniżej brzmiał: „Dwudziestosześcioletnia pracownica biurowa, uciekła". Podkreślano, że dwudziestosześcioletnia pracownica biurowa zdołała podczas ataku opryskać mordercę czerwonym tuszem. W artykule obok emerytowana policjantka chwaliła ją za przezorne zaopatrzenie się w takie urządzenie, a na stronie zamieszczono osobny artykuł na temat alarmów antygwałtowych.

– Naprawdę dałeś sobie spokój? – spytała Strike'a.

– Tu nie chodzi o to, czy dałem sobie spokój – odparł. Słyszała, jak porusza się po agencji i żałowała, że nie ma jej tam razem z nim, nawet gdyby miała tylko parzyć herbatę albo odpowiadać na mejle. – Zostawiam sprawę policji. Seryjny zabójca to nie nasza liga, Robin. Od początku nie była nasza.

Robin spoglądała na wymizerowaną twarz jedynej kobiety oprócz niej, która ocalała z serii zabójstw. „Lila Monkton, prostytutka". Lila także pamiętała świński oddech mordercy. Uciął jej palce. Robin miała pozostać długa blizna na ręce. Jej mózg wściekle brzęczał w czaszce. Gnębiło ją poczucie winy, że tak łatwo się wywinęła.

– Chciałabym móc coś...

– Odpuść sobie – przerwał jej Strike. Wydawał się rozzłoszczony, tak jak Matthew. – Robin, koniec z tym. W ogóle nie powinienem był cię wysyłać do Stephanie. Odkąd dostarczono ci tę nogę, pozwalałem, żeby uraza do Whittakera wpływała na mój osąd, co mało cię nie...

– Och, na litość boską – zniecierpliwiła się Robin. – Przecież to nie ty próbowałeś mnie zabić, tylko on. Zostawmy winę tam, gdzie jej miejsce. Miałeś powody przypuszczać, że to Whittaker... Te słowa piosenki. W każdym razie nadal zostają...

– Carver przyjrzał się Laingowi i Brockbankowi. Jego zdaniem są czyści. Zostawiamy tę sprawę, Robin.

Piętnaście kilometrów dalej, w agencji, Strike miał nadzieję, że ją przekonał. Nie powiedział Robin o olśnieniu, którego doznał po spotkaniu z małym chłopcem przed szpitalem. Nazajutrz rano próbował się skontaktować z Carverem, ale jego podwładny oznajmił, żc Carver jest zbyt zajęty i doradził spróbować później. Strike uparł się, żeby przekazać drażliwemu i nieco agresywnemu podwładnemu to, co zamierzał powiedzieć Carverowi. Mógłby się założyć o nogę, która mu pozostała, że do komisarza nie dotarło ani słowo z jego wiadomości.

Okna w agencji były otwarte. Gorące czerwcowe słońce ogrzewało dwa pokoje, do których nie zaglądali już żadni klienci. Strike wiedział, że wkrótce być może będzie musiał je opuścić, ponieważ zabraknie mu na czynsz. Zainteresowanie Dwa Razy nową tancerką wygasło. Strike nie miał co robić. Podobnie jak Robin tęsknił za działaniem, lecz nie powiedział jej o tym. Chciał tylko, żeby była zdrowa i bezpieczna.

– Na ulicy nadal stoi policja?

– Tak – westchnął.

Carver umieścił na Hastings Road tajniaka, który stał tam dwadzieścia cztery godziny na dobę. Matthew i Linda czerpali z jego obecności olbrzymie pocieszenie.

– Słuchaj, Cormoran. Wiem, że nie możemy...

– Robin, na razie nie ma żadnych „nas". Jestem ja, siedzę na tyłku, nie mając roboty, a ty, do diabła, czekasz w domu, dopóki nie złapią tego mordercy.

– Nie mówiłam o sprawie. – Jej serce znowu mocno i szybko stukało w piersi. Musiała to powiedzieć na głos, bo inaczej by eksplodowała. – Jest coś, co moglibyśmy... co ty mógłbyś zrobić. Może i Brockbank nie jest mordercą, ale wiemy, że to gwałciciel. Mógłbyś pójść do Alyssy i ostrzec ją, że mieszka z...

– Zapomnij o tym – powiedział jej do ucha szorstki głos Strike'a. – Robin, mówię ci ostatni raz: nie możesz wszystkich uratować! On nigdy nie został skazany! Jeśli zaczniemy przy tym mącić, Carver nas zabije.

Zapadło długie milczenie.

– Płaczesz? – spytał zaniepokojony Strike, gdyż miał wrażenie, że zaczęła nierówno oddychać.

– Nie, nie płaczę – odrzekła zgodnie z prawdą.

Gdy Strike odmówił pomocy dziewczynkom mieszkającym razem z Brockbankiem, zalała ją fala potwornego zimna.

– Powinnam już kończyć, mamy lancz – powiedziała, mimo że nikt jej nie wołał.

– Słuchaj – zaczął – wiem, dlaczego chcesz...

– Pogadamy później – ucięła, rozłączając się.

„Na razie nie ma żadnych »nas«".

Znowu to samo. Jakiś mężczyzna zaatakował ją w ciemności i pozbawił nie tylko poczucia bezpieczeństwa, lecz także statusu. A przecież była partnerką w agencji detektywistycznej... Ale czy na pewno? Nigdy nie podpisała nowej umowy. Nie dostała podwyżki. Byli tak zajęci, tak spłukani, że nie przyszło jej do głowy poprosić ani o jedno, ani o drugie. Po prostu się cieszyła, myśląc, że właśnie tak postrzega ją Strike. A teraz straciła nawet to – być może chwilowo, być może na zawsze. „Na razie nie ma żadnych »nas«".

Przez kilka minut siedziała pogrążona w myślach, a potem wstała z łóżka, szeleszcząc gazetami. Podeszła do toaletki, na której leżało białe pudełko z butami opatrzone srebrnym napisem Jimmy Choo, wyciągnęła rękę i pogłaskała nieskazitelną powierzchnię kartonu.

Plan nie był podobny do olśnienia Strike'a przed szpitalem, nie objawił jej się z ożywczą siłą płomienia. Wyłaniał się powoli, mroczny i niebezpieczny, zrodzony ze znienawidzonej bierności ubiegłego tygodnia i z wściekłego gniewu na Strike'a uparcie odmawiającego działania. Cormoran, jej przyjaciel, zasilił szeregi wroga. Były bokser, metr osiemdziesiąt siedem wzrostu. Nigdy się nie dowie, jak to jest czuć się małym, słabym i bezsilnym. Nigdy nie zrozumie, jak gwałt wpływa na stosunek do własnego ciała: zredukowanego do rzeczy, przedmiotu, kawałka mięsa, które można wydymać.

Przez telefon głos Zahary brzmiał, jakby miała najwyżej trzy lata.

Robin stała zupełnie nieruchomo przed toaletką, wpatrując się w pudełko z butami na ślub, i myślała. Doskonale zdawała sobie sprawę z ryzyka przypominającego skały i wzburzoną wodę pod stopami linoskoczka.

To prawda, nie mogła wszystkich uratować. Było za późno dla Martiny i Sadie, dla Kelsey i Heather. Lila miała spędzić resztę życia z dwoma palcami lewej ręki i paskudną blizną na psychice, znaną Robin aż nazbyt dobrze. Były jednak także dwie małe dziewczynki, które czekało Bóg wie ile dalszych cierpień, jeśli nikt nie zareaguje.

Robin odwróciła się od nowych butów, sięgnęła po komórkę i wybrała numer, o który wcale nie prosiła i nie przypuszczała, że kiedykolwiek z niego skorzysta.

54

And if it's true it can't be you,
It might as well be me.

I jeśli ten zły to nie możesz być ty,
to w zasadzie mogę być ja.

Blue Öyster Cult, *Spy in the House of the Night*

Miała trzy dni na ułożenie planu, ponieważ musiała zaczekać, aż jej wspólnik zdobędzie samochód i znajdzie lukę w swoich licznych zajęciach. Tymczasem oznajmiła Lindzie, że buty od Jimmy'ego Choo są zbyt ciasne, zbyt krzykliwe, i pozwoliła, by matka poszła razem z nią wymienić je na gotówkę. Później musiała zdecydować, jak okłamie Lindę i Matthew, żeby zyskać wystarczająco dużo czasu z dala od nich dwojga i wcielić swój plan w życie.

W końcu powiedziała im, że musi iść na kolejne przesłuchanie. Kluczem do uwiarygodnienia tej historyjki było nakłonienie Shankera, żeby po nią przyjechał i zaczekał w samochodzie, a następnie zatrzymanie się obok tajniaka, nadal patrolującego ulicę, i powiedzenie mu, że jedzie na zdjęcie szwów, co tak naprawdę miało nastąpić dopiero za dwa dni.

Wieczór był bezchmurny i o siódmej okolica opustoszała. Robin stała oparta o ciepłą ceglaną ścianę Eastway Business Centre. Słońce powoli przesuwało się ku zachodowi, a na dalekim, zamglonym horyzoncie na drugim końcu Blondin Street wznoszono rzeźbę zwaną Orbitą. Robin widziała plany w gazetach: wkrótce konstrukcja miała przypominać olbrzymi telefon lichtarzowy owinięty poskręcanym kablem. Za Orbitą majaczył niewyraźny zarys stadionu olimpijskiego. Widok na te olbrzymie konstrukcje robił wrażenie i z jakiegoś powodu wydawał się nieludzki, oddalony o całe światy od tajemnic, które, jak przypuszczała, kryły się za świeżo pomalowanymi drzwiami domu Alyssy.

Być może z powodu tego, po co tu przyjechała, pogrążony w ciszy rząd domów, które obserwowała, budził w niej niepokój. Były nowe, nowoczesne i w pewnym sensie nijakie. Jeśli pominąć okazałe budowle widoczne w oddali, temu miejscu brakowało charakteru i jakiejkolwiek atmosfery wspólnotowości. Żadne drzewa nie łagodziły konturów niskich, kanciastych domów, z których wiele opatrzono tablicami z napisem „do wynajęcia", nie było sklepu na rogu, pubu ani kościoła. Magazyn, o który się opierała, z białymi zasłonami w oknach na górze przypominającymi całun i z pokrytymi gęstym graffiti drzwiami garażowymi, nie zapewniał żadnej osłony. Serce Robin waliło, jakby biegła. Nic nie mogło jej teraz powstrzymać, lecz mimo to się bała.

Nieopodal odbiły się echem czyjeś kroki i Robin raptownie się odwróciła, zaciskając spocone palce na zapasowym alarmie antygwałtowym. Wysoki, gibki Shanker z blizną sadził do niej wielkimi susami, trzymając w jednej ręce marsa, a w drugiej papierosa.

– Idzie – powiedział niewyraźnie.

– Jesteś pewny? – spytała, czując, że jej serce wali jeszcze szybciej. Zakręciło jej się w głowie.

– Ulicą idzie czarna dziewczyna z dwójką dzieciaków. Widziałem ją, jak to kupowałem – powiedział, machając marsem. – Chcesz kawałek?

– Nie, dzięki – odrzekła Robin. – Ee... mógłbyś się gdzieś schować?

– Na pewno nie chcesz, żebym poszedł z tobą?

– Na pewno – powiedziała. – Wejdź, tylko jeśli zobaczysz... jego.

– Jesteś pewna, że tego piździelca nie ma w środku?

– Dzwoniłam dwa razy. Jestem pewna.

– W takim razie będę za rogiem – odparł lakonicznie Shanker i oddalił się wolnym krokiem w stronę miejsca niewidocznego z domu Alyssy, na zmianę zaciągając się papierosem i gryząc marsa. Tymczasem Robin pospiesznie przeszła po Blondin Street, żeby Alyssa nie minęła jej w drodze do drzwi. Schowana pod balkonem ciemnoczerwonego bloku, patrzyła, jak wysoka czarnoskóra kobieta skręca w ulicę, trzymając za rękę małą dziewczynkę. Za nimi szła starsza córka, która na oko Robin miała jakieś jedenaście lat. Alyssa otworzyła drzwi i razem z córkami weszła do środka.

Robin ruszyła z powrotem w stronę domu. Dzisiaj miała na sobie dżinsy i tenisówki: tym razem nie mogła się potknąć, nie mogła się przewrócić. Jej niedawno zszyte ścięgna nieprzyjemnie pulsowały pod longetą.

Serce waliło jej tak mocno, że pukając do drzwi Alyssy, czuła wręcz ból. Gdy czekała, starsza córka wyjrzała przez wykuszowe okno po prawej stronie. Robin nerwowo się uśmiechnęła. Dziewczynka zniknęła jej z oczu.

Kobieta, która niespełna minutę później otworzyła drzwi, była piękna pod każdym względem. Wysoka, czarnoskóra, z figurą modelki, miała sięgające do pasa twisty. Pierwszą myślą, jaka przemknęła przez głowę Robin, było to, że jeśli klub ze striptizem wylał Alyssę z pracy, to musiała mieć naprawdę trudny charakter.

– Tak? – powiedziała do Robin, marszcząc brwi.

– Dzień dobry – przywitała się Robin, czując suchość w ustach. – Nazywa się pani Alyssa Vincent?

– No. Kim pani jest?

– Robin Ellacott – przedstawiła się Robin. – Zastanawiałam się... Czy mogłabym z panią zamienić słowo na temat Noela?

– O co konkretnie chodzi? – spytała ostro Alyssa.

– Wolałabym powiedzieć to pani w domu – odrzekła Robin.

Alyssa miała znużoną, wrogą minę osoby nieustannie przygotowanej na przyjęcie kolejnego ciosu od życia.

– Proszę. To ważne – nalegała Robin, czując, jak jej suchy język przykleja się do podniebienia. – Inaczej bym nie przyszła.

Ich oczy się spotkały: ciepłe, karmelowe Alyssy i jasne, niebieskoszare Robin. Robin była pewna, że Alyssa odmówi. Nagle gęstorzęse oczy Alyssy otworzyły się szerzej i po jej twarzy przemknął dziwny błysk podekscytowania, jakby właśnie doznała przyjemnego objawienia. Bez słowa cofnęła się do słabo oświetlonego przedpokoju i osobliwym, zamaszystym gestem zaprosiła Robin do środka.

Robin nie wiedziała dlaczego, ale dopadły ją złe przeczucia. Jedynie myśl o dwóch małych dziewczynkach skłoniła ją do przestąpienia progu.

Maleńki przedpokój prowadził do salonu wyposażonego tylko w telewizor i kanapę. Na podłodze stała lampka stołowa. Na ścianie wisiały dwa zdjęcia w tanich pozłacanych ramkach: jedno ukazywało pucołowatą Zaharę, młodszą córkę Alyssy, ubraną w turkusową sukienkę i z dobranymi do niej spinkami we włosach w kształcie motylów, drugie jej starszą siostrę w brązowym szkolnym mundurku. Siostra była uderzająco podobna do pięknej matki. Fotografowi nie udało się jej nakłonić do uśmiechu.

Robin usłyszała zgrzyt zamka w drzwiach. Odwróciła się, a jej tenisówki zaskrzypiały na wypolerowanej drewnianej podłodze. Gdzieś niedaleko donośne dzyń oznajmiło, że mikrofalówka właśnie skończyła pracę.

– Mama! – zawołał piskliwy głosik.

– Angel! – krzyknęła Alyssa, wchodząc do pokoju. – Podaj jej to! No dobra – dodała, splatając ręce na piersi. – Co ma mi pani do powiedzenia na temat Noela?

Na widok złośliwego uśmieszku, który wykrzywił uroczą twarz kobiety, Robin odniosła wrażenie, że Alyssa cieszy się z jakiegoś sobie tylko znanego powodu. Była striptizerka stała z założonymi rękami, tak że jej piersi wypięły się niczym galion statku, a długie sznury włosów sięgały do pasa. Była o pięć centymetrów wyższa od Robin.

– Alyssa, pracuję u Cormorana Strike'a. To...

– Wiem, kto to jest – odrzekła Alyssa. Skrywane zadowolenie z pojawienia się Robin nagle zniknęło. – To ten drań, przez którego Noel ma padaczkę! Kurwa mać! Poszłaś do niego, co? Połączyliście siły? Dlaczego nie polazłaś do psiarni, ty kłamliwa suko, skoro... naprawdę... – Mocno trzepnęła Robin w ramię i zanim ta zdołała się obronić, zaczęła ją okładać, akcentując w ten sposób każde kolejne słowo – COŚ... CI... ZROBIŁ!

Nagle Alyssa zaczęła bić pięściami na oślep: Robin podniosła lewą rękę, próbując osłonić prawą, i kopnęła Alyssę w kolano. Alyssa pisnęła z bólu i odskoczyła. Gdzieś za nią krzyknęło młodsze dziecko, a starsze wślizgnęło się do pokoju.

– Pieprzona suka! – wrzasnęła Alyssa. – Żeby atakować mnie w obecności dzieci...

I rzuciła się na Robin, chwytając ją za włosy i waląc jej głową w okno bez firanek. Robin poczuła, że Angel, chuda i żylasta, próbuje je rozdzielić. Porzucając powściągliwość, zdołała walnąć Alyssę w ucho, co wywołało zduszony okrzyk bólu i zmusiło kobietę do odwrotu. Robin chwyciła Angel pod pachy, odsunęła ją na bok, pochyliła się i natarła na Alyssę, powalając ją na kanapę.

– Zostaw moją mamę... Zostaw ją w spokoju! – zawołała Angel, łapiąc Robin za zranione przedramię i tak za nie szarpiąc, że Robin też krzyknęła z bólu. Zahara wydzierała się, stojąc w drzwiach. Z odwróconego do góry nogami kubka w jej ręce kapało gorące mleko.

– MIESZKASZ Z PEDOFILEM! – ryknęła Robin, zagłuszając hałas, gdy Alyssa próbowała podnieść się z kanapy i wrócić do walki.

Myślała, że przekaże tę druzgocącą wiadomość szeptem i będzie patrzyła, jak Alyssa załamuje się pod wpływem szoku. Nie przyszło jej do głowy, że spojrzy na nią i warknie:

– Taa, jasne. Myślisz, że nie wiem, kim jesteś, ty pieprzona suko? Nie wystarczy ci, że zmarnowałaś mu pieprzone życie...

Znowu rzuciła się na Robin. W salonie było tak mało miejsca, że Robin jeszcze raz uderzyła o ścianę. Szczepione uściskiem osunęły się na telewizor, który ze złowrogim trzaskiem spadł ze stojaka. Robin poczuła nacisk na ranę na przedramieniu i wydała z siebie kolejny okrzyk bólu.

– Mama! Mama! – płakała Zahara, a Angel chwyciła Robin od tyłu za spodnie, utrudniając jej odparcie ataku Alyssy.

– Spytaj córki! – krzyknęła Robin wśród śmigających pięści i łokci, próbując wyswobodzić się z uścisku upartej Angel. – Spytaj córki, czy robił im...

– Nie waż... się... kurwa... wciągać... w to... moich... dzieci...

– Spytaj je!

– Kłamliwa, pieprzona suka... Ty i ta twoja pieprzona matka...

– Moja matka? – zdziwiła się Robin i z potężnym wysiłkiem tak mocno walnęła Alyssę łokciem w brzuch, że wyższa kobieta zgięła się wpół i znowu opadła na kanapę. – Puść mnie, Angel! – ryknęła Robin, odczepiając palce dziewczynki od swoich dżinsów, pewna, że za kilka sekund Alyssa znowu przypuści atak. Zahara dalej płakała w drzwiach. – Za kogo ty mnie bierzesz? – wydusiła z siebie Robin, stając nad Alyssą.

– Bardzo, kurwa, śmieszne! – wydyszała Alyssa, którą Robin pozbawiła tchu. – Jesteś tą pieprzoną Brittany! Wydzwaniasz do niego, dręczysz go...

– Brittany? – zdziwiła się Robin. – Nie jestem Brittany! – Szybko wyjęła portfel z kieszeni kurtki. – Spójrz na moją kartę kredytową... Spójrz! Nazywam się Robin Ellacott i pracuję u Cormorana Strike'a...

– U tego skurwiela, który uszkodził Noelowi...

– Wiesz, dlaczego Cormoran przyszedł go aresztować?

– Bo pieprzona żona wrobiła go w...

– Nikt go nie wrobił! Gwałcił Brittany, a potem wywalali go z pracy w całym kraju, bo dobiera się do małych dziewczynek! Robił to nawet własnej siostrze... Poznałam ją!

– Pieprzona kłamczucha! – krzyknęła Alyssa, której znowu udało się wstać z kanapy.

– Wcale... NIE... KŁAMIĘ! – ryknęła Robin, popychając Alyssę z powrotem na poduszki.

– Ty stuknięta suko – wydyszała Alyssa. – Wynoś się, kurwa, z mojego domu!

– Spytaj córkę, czy robi jej krzywdę! Spytaj ją! Angel?

– Nie waż się mówić do moich dzieci, suko!

– Angel, powiedz mamie, czy on...

– Co tu się, kurwa dzieje?

Zahara tak głośno krzyczała, że nie słyszały zgrzytu klucza obracającego się w zamku.

Był potężny, ciemnowłosy i brodaty, ubrany w czarny dres. Jeden oczodół miał zapadnięty, wciśnięty w stronę nosa, co nadawało jego spojrzeniu niepokojącą przenikliwość. Nie odrywając od Robin ciemnych, spowitych cieniem oczu, wolno się schylił i podniósł małą, która przytuliła się do niego z rozpromienioną buzią. Za to Angel skuliła się i przywarła plecami do ściany. Bardzo powoli, cały czas patrząc na Robin, Brockbank posadził Zaharę na kolanach matki.

– Miło cię widzieć – powiedział z uśmiechem, który wcale nie był uśmiechem, lecz obietnicą bólu.

Robin, czując, że robi jej się zimno, spróbowała dyskretnie wsunąć rękę do kieszeni po alarm antygwałtowy, lecz Brockbank dopadł ją w kilka sekund, łapiąc za nadgarstek i ściskając szwy.

– Do nikogo, kurwa nie zadzwonisz, ty podstępna, kłamliwa suko... Myślałaś, że nie wiem, że to ty... Że to ty...

Próbowała się wyswobodzić, czując jak szwy napinają się pod jego naciskiem.

– SHANKER! – krzyknęła.

– Powinienem był cię, kurwa, zabić, jak miałem okazję, ty kłamliwa suko!

Rozległ się rozdzierający trzask drewna towarzyszący wyważaniu drzwi. Brockbank puścił Robin i gwałtownie się odwrócił, akurat w porę, żeby zobaczyć wbiegającego Shankera z nożem w ręku.

– Nie zadźgaj go! – wydyszała Robin, kurczowo ściskając się za rękę.

Sześcioro ludzi stłoczonych w małym, pustym pokoju zastygło na ułamek sekundy – nawet mała dziewczynka kurczowo uczepiona matki. Potem odezwał się cieniutki głosik, zrozpaczony, drżący, lecz wreszcie wyzwolony dzięki obecności złotozębego mężczyzny z blizną, który mocno zaciskał wytatuowane knykcie na rękojeści noża.

– Robił mi to! Mamo, on mi to robił, robił to! Robił mi to!

– Co? – odezwała się Alyssa, spoglądając na Angel. Jej twarz nagle zwiotczała pod wpływem wstrząsu.

– Robił mi to! Tak jak mówi ta pani. Robił mi to!

Brockbank wykonał mały, konwulsyjny ruch, szybko powstrzymany, gdy Shanker uniósł nóż, celując nim w jego klatkę piersiową.

– Już w porządku, mała – powiedział Shanker do Angel, osłaniając ją wolną ręką. Jego złoty ząb błysnął w słońcu powoli zachodzącym za dom naprzeciwko. – Już więcej ci tego nie zrobi. Ty pieprzony zboku – wydyszał Brockbankowi w twarz. – Mam ochotę cię oskórować.

– Angel, o czym ty mówisz? – odezwała się Alyssa, nadal kurczowo ściskając Zaharę. Jej twarz wyrażała najczystsze przerażenie. – Chyba nigdy nie…?

Brockbank nagle pochylił głowę i natarł na Shankera jak rwacz, którym kiedyś był. Shanker, o ponad połowę chudszy od niego, poleciał w bok jak szmaciana lalka. Usłyszeli, jak Brockbank przedziera się przez dziurę w drzwiach i Shanker, klnąc z wściekłości, pobiegł za nim.

– Zostaw go… Zostaw go! – zawołała Robin, patrząc przez okno, jak dwaj mężczyźni pędzą po ulicy. – Boże… SHANKER!… Policja go… Gdzie jest Angel?

Alyssa już wybiegła z salonu za córką, zostawiając za sobą wymęczoną, zapłakaną i krzyczącą na kanapie Zaharę. Robin, wiedząc, że nie ma szans na dogonienie mężczyzn, nagle poczuła się tak osłabiona, że kucnęła i złapała się za głowę, zalewana falami mdłości.

Zrobiła, co zamierzała, i od początku była świadoma, że prawie na pewno nie obejdzie się bez szkód. Przewidziała, że Brockbank może uciec albo że Shanker może go zadźgać. Teraz była pewna tylko tego, że ani jednemu, ani drugiemu nie jest w stanie zapobiec. Wzięła dwa głębokie oddechy, wstała i podeszła do kanapy, żeby pocieszyć przerażone dziecko, lecz jak można się było spodziewać, Zahara, której kojarzyła się ze scenami przemocy i histerii, zaczęła krzyczeć jeszcze głośniej i zaatakowała Robin nóżką.

– Nie miałam pojęcia – mówiła Alyssa. – O Boże. O Boże. Angel, dlaczego mi nie powiedziałaś? Dlaczego?

Zapadał zmierzch. Robin włączyła lampkę, która rzucała jasnoszare cienie na ściany w kolorze magnolii. Trzy płaskie, przygarbione duchy zdawały się czaić na oparciu kanapy, naśladując każdy ruch Alyssy. Skulona Angel płakała na kolanach matki, obie kołysały się w przód i w tył.

Robin, która już dwa razy zaparzyła herbatę i podgrzała Zaharze makaron w sosie pomidorowym Heinza, siedziała na twardej podłodze pod oknem. Czuła się w obowiązku zaczekać, aż przyjdzie człowiek z pogotowia stolarskiego, żeby naprawić sforsowane przez Shankera drzwi. Nikt nie zadzwonił jeszcze na policję. Matka i córka nadal się sobie zwierzały i Robin czuła się jak intruz, lecz nie mogła zostawić tej rodziny, dopóki nie zostaną wstawione porządne drzwi i nowy zamek. Zahara spała na kanapie obok matki i siostry, zwinięta w kłębek i z kciukiem w buzi, a drugą pulchną rączką wciąż ściskała kubek niekapek.

– Mówił, że jak ci powiem, to zabije Zaharę – mruknęła Angel w matczyną szyję.

– Och, dobry Jezu – jęknęła Alyssa. Jej łzy kapały na plecy córki.

– Dobry Boże.

Owładnięta złowieszczym przeczuciem Robin miała wrażenie, że jej żołądek wypełnił się łażącymi krabami o kłujących odnóżach. Do matki i Matthew wysłała esemesa, że policja musi jej pokazać kolejne portrety pamięciowe, ale obydwoje martwili się jej długą nieobecnością i zaczynało jej brakować wiarygodnych powodów, dla których nie mieliby po nią przyjechać. Co chwila spoglądała na telefon, sprawdzając, czy przypadkiem go nie wyciszyła. Gdzie się podziewał Shanker?

Wreszcie zjawił się stolarz. Robin podała mu szczegóły karty kredytowej, żeby zapłacić za zniszczenia, i powiedziała Alyssie, że musi już iść.

Alyssa zostawiła Angel i Zaharę skulone razem na kanapie i odprowadziła Robin na spowitą wieczornym półmrokiem ulicę.

– Słuchaj – zaczęła. Na twarzy nadal miała ślady łez. Robin czuła, że ta kobieta nie przywykła do dziękowania. – Dzięki, okej? – dodała Alyssa lekko agresywnym tonem.

– Nie ma sprawy – powiedziała Robin.

– Nigdy nie... To znaczy... Przecież poznałam go w pieprzonym kościele! Wiesz, w końcu myślałam, że znalazłam porządnego faceta... Miał naprawdę świetne podejście do... do dzieci...

Zaczęła płakać. Robin zastanawiała się, czy nie wyciągnąć do niej ręki, ale uznała, że lepiej nie. Miała siniaki po ciosach Alyssy, a rana na przedramieniu bolała bardziej niż kiedykolwiek dotąd.

– Naprawdę wydzwaniała do niego Brittany? – spytała Robin.

– Tak mówił – odparła Alyssa, wycierając oczy grzbietem dłoni.

– Twierdził, że była żona go wrobiła, kazała Brittany skłamać...

Mówił, że jeśli kiedykolwiek zjawi się u mnie jakaś blondynka i będzie gadała głupoty, mam jej nie wierzyć.

Robin przypomniała sobie niski głos w uchu: „Czy my się znamy, dziewczynko?".

Wziął ją za Brittany. To dlatego się rozłączył i nigdy więcej nie zadzwonił.

– Lepiej już pójdę – powiedziała, z niepokojem myśląc o tym, ile czasu zajmie jej powrót do West Ealing. Bolało ją całe ciało. Alyssa zadała jej kilka potężnych ciosów. – Zadzwonisz na policję, prawda?

– Chyba tak – odrzekła Alyssa. Robin przypuszczała, że to dla niej zupełna nowość. – No, zadzwonię.

Gdy Robin oddalała się w ciemności z ręką mocno zaciśniętą na drugim alarmie antygwałtowym, zastanawiała się, co Brittany Brockbank miała do powiedzenia ojczymowi. Chyba się domyślała: „Nie zapomniałam. Zrób to jeszcze raz, a na ciebie doniosę". Może w ten sposób uspokajała swoje sumienie. Bała się, że on nadal robi innym to, co kiedyś robił jej, lecz nie była w stanie stawić czoła konsekwencjom oskarżenia go o molestowanie przed laty.

Pani Brockbank, moim zdaniem ojczym nigdy pani nie tknął. Wymyśliła pani tę bajeczkę razem z matką...

Robin wiedziała, jak to wygląda. Adwokat obrony, z którym kiedyś przyszło jej się zmierzyć, był zimny i sardoniczny, miał przebiegłą minę.

Pani Ellacott, wracała pani ze studenckiego baru, gdzie piła pani alkohol, zgadza się?

Żartowała pani publicznie, mówiąc, że brakuje pani... hm... zainteresowania ze strony pani chłopaka, zgadza się?

Gdy spotkała się pani z panem Trewinem...

Wcale się z nim...

Gdy spotkała się pani z panem Trewinem przed akademikiem...

Wcale się z nim nie...

Powiedziała mu pani, że brakuje pani...

Nigdy ze sobą nie rozmawialiśmy...

Pani Ellacott, moim zdaniem wstydzi się pani, że sama zaprosiła pana Trewina...

Nie zaprosiłam...

*Pani Ellacott, czy to prawda, że zażartowała pani w barze, mó-
wiąc, że brakuje pani... hm... seksualnego zainteresowania ze strony...*

Powiedziałam, że brakuje mi...

Ile pani wypiła?

Robin aż za dobrze wiedziała, dlaczego ludzie boją się mówić,
przyznawać, że coś im zrobiono, gdyż potem muszą wysłuchiwać, że
ta haniebna, straszliwa prawda to wytwór ich chorej wyobraźni. Ani
Holly, ani Brittany nie były w stanie zmierzyć się z wizją sprawy sądowej, być może Alyssa i Angel też się przestraszą. Robin wiedziała
jednak, że nic – nie licząc śmierci albo więzienia – nie powstrzyma
Noela Brockbanka przed gwałceniem małych dziewczynek. Mimo
to ucieszyłaby się, słysząc, że Shanker go nie zabił, ponieważ jeśli
to zrobił...

– Shanker! – krzyknęła, gdy wysoka, wytatuowana postać w or-
talionowym dresie przeszła pod latarnią kawałek dalej.

– Rob, kurwa, nie dogoniłem drania! – Głos Shankera odbił
się echem. Najwyraźniej jej wspólnik nie zdawał sobie sprawy, że
przerażona Robin przez bite dwie godziny siedziała na twardej
podłodze, modląc się o jego powrót. – Jak na takiego wielkiego
skurwiela szybko się rusza, nie?

– Policja go znajdzie – powiedziała Robin, czując nagłą niemoc
w kolanach. – Alyssa chyba to zgłosi. Shanker... czy mógłbyś mnie
odwieźć do domu?

55

Came the last night of sadness
And it was clear she couldn't go on.

Nadeszła ostatnia noc smutku
I wyraźnie poczuła, że dłużej nie da rady.

Blue Öyster Cult, *(Don't Fear) The Reaper*

Przez dwadzieścia cztery godziny Strike nie wiedział, co zrobiła Robin. Gdy następnego dnia zadzwonił w porze lanczu, nie odebrała, lecz ponieważ zmagał się z własnymi rozterkami i był przekonany, że Robin jest bezpieczna w domu z matką, nie wydało mu się to dziwne i nie zadał sobie trudu, żeby zadzwonić jeszcze raz. Jego ranna partnerka była jednym z niewielu problemów, które chwilowo uważał za rozwiązane, i nie chciał jej zachęcać do myślenia o powrocie do pracy, zwierzając się jej z objawienia, którego doznał przed szpitalem.

To właśnie ono najbardziej go teraz absorbowało. Zresztą nic innego nie wymagało jego czasu ani uwagi w opustoszałej, cichej agencji, do której nie dzwonili i nie przychodzili już klienci. Słychać tam było jedynie bzyczenie muchy śmigającej między otwartymi oknami w mglistym świetle słońca, gdy siedział i palił benson & hedgesy.

Analizując blisko trzy miesiące, jakie upłynęły od dostarczenia uciętej nogi, detektyw aż nazbyt wyraźnie widział swoje błędy. Powinien był znać tożsamość mordercy już po wizycie w domu Kelsey Platt. Gdyby tylko zdał sobie wtedy z tego sprawę, nie dał się zwieść zmyłkom mordercy, rozproszyć alternatywnym tropom prowadzącym do innych psychopatów – Lila Monkton nadal miałaby wszystkie palce, a Heather Smart mogłaby spokojnie siedzieć w pracy w oszczędnościowej kasie mieszkaniowej w Nottingham i co najwyżej przysięgać sobie, że nigdy więcej nie upije się tak jak podczas wypadu do Londynu z okazji urodzin bratowej.

Przed odejściem z Wydziału do spraw Specjalnych Królewskiej Żandarmerii Wojskowej Strike zdążył się nauczyć, jak sobie radzić z emocjonalnymi konsekwencjami dochodzenia. Poprzedni wieczór był wypełniony złością na samego siebie, lecz nawet wyrzucając sobie, że nie zobaczył tego, co miał tuż pod nosem, wiedział, że morderca wykazał się błyskotliwością i tupetem. Był pewien kunszt w tym, jak wykorzystał przeszłość Strike'a przeciwko niemu, zmuszając go do wyrzucania sobie podjętych decyzji i wątpienia w siebie, osłabiając jego wiarę we własny osąd.

To, że morderca okazał się jednym z mężczyzn, których od początku podejrzewał, było marnym pocieszeniem. Strike nie przypominał sobie, by którekolwiek śledztwo tak wymęczyło go psychicznie. Siedząc samotnie w opuszczonej agencji, przekonany, że wnioski, do jakich doszedł, nie wydały się wiarygodne funkcjonariuszowi, któremu je przekazał, i nie poinformowano o nich Carvera, czuł, aczkolwiek niesłusznie, że jeśli dojdzie do kolejnego morderstwa, będzie to jego wina.

Gdyby jednak wrócił do tej sprawy – gdyby zaczął obserwować albo śledzić tego człowieka – Carver prawie na pewno podałby go do sądu za ingerowanie w przebieg dochodzenia albo utrudnianie działań policji. Na miejscu Carvera postąpiłby zresztą tak samo – tyle tylko, pomyślał ze złośliwą satysfakcją, że on wysłuchałby każdego, nawet działającego mu na nerwy, gdyby ten ktoś mógł mieć choć strzęp wiarygodnego dowodu. Tak skomplikowanej sprawy nie należało rozwiązywać, dyskryminując świadków tylko dlatego, że wcześniej wykazali się większym sprytem niż prowadzący ją komisarz.

Dopiero gdy zaburczało mu w brzuchu, przypomniał sobie, że wieczorem miał iść z Elin na kolację. Sprawa rozwodowa dobiegła końca, ustalono zasady opieki nad dzieckiem i Elin oznajmiła mu przez telefon, że już najwyższa pora, by „dla odmiany" wybrali się na porządną kolację, i że zarezerwowała stolik w Le Gavroche – „Ja stawiam".

Strike, siedząc w agencji i paląc, myślał o zbliżającym się wieczorze z obojętnością, z jaką nie potrafił podchodzić do sprawy Rozpruwacza z Shacklewell. Zaletą kolacji mogło być doskonałe jedzenie, co uznał za kuszące, biorąc pod uwagę, że był spłukany i poprzedniego dnia wieczorem posilił się pieczoną fasolką na grzance. Przypuszczał, że czeka go także seks w nieskazitelnej bieli mieszkania Elin, w domu jej rozbitej rodziny, który wkrótce miała opuścić. Wadą – spojrzał temu nagiemu faktowi prosto w twarz, co nigdy dotąd mu się nie zdarzyło – była konieczność rozmawiania z Elin, a rozmowa z nią, co wreszcie przed sobą przyznał, bynajmniej nie należała do jego ulubionych rozrywek. Szczególnego wysiłku wymagało opowiadanie jej o pracy. Elin była nią zainteresowana, lecz o dziwo brakowało jej wyobraźni. W przeciwieństwie do Robin nie miała za grosz wrodzonej ciekawości i naturalnej empatii. Jego potencjalnie zabawne portrety typów w rodzaju Dwa Razy raczej wprawiały ją w konsternację, niż rozśmieszały.

Do tego doszły dwa złowrogie słowa: „Ja stawiam". Czuł, że fakt powiększającej się dysproporcji między ich dochodami stanie się niedługo boleśnie oczywisty. Gdy poznał Elin, przynajmniej miał dodatnie saldo. Jeśli myślała, że Strike będzie w stanie zrewanżować się zaproszeniem do Le Gavroche, czekało ją gorzkie rozczarowanie.

Strike spędził szesnaście lat z kobietą znacznie bogatszą od niego. Charlotte na zmianę używała pieniędzy jak broni i ubolewała nad tym, że Strike nie chce żyć ponad stan. Pamiętając jej sporadyczne ataki wściekłości wywołane tym, że nie mógł albo nie chciał jej dogadzać kupowaniem tego, czego akurat zapragnęło jej kapryśne serce, zjeżył się, gdy Elin powiedziała, że „dla odmiany" powinni się wybrać na porządną kolację. Przeważnie to on uiszczał rachunki za francuskie i indyjskie posiłki w mniej uczęszczanych bistrach i restauracjach serwujących curry, gdzie istniało małe prawdopodobieństwo natknięcia się na byłego męża Elin. Nie odpowiadał mu tak pogardliwy stosunek do owoców jego zarobionych z trudem pieniędzy.

Dlatego nie był w zbyt optymistycznym nastroju, gdy o ósmej wieczorem ruszył w stronę Mayfair ubrany w swój najlepszy włoski garnitur, a myśli o seryjnym zabójcy wciąż kłębiły się w jego przemęczonym mózgu.

Przy Upper Brook Street stały wspaniałe osiemnastowieczne domy i fronton Le Gavroche z daszkiem z kutego żelaza i porośniętymi bluszczem balustradami oraz kosztowną solidnością i bezpieczeństwem zapowiadanymi przez lustrzane drzwi nie pasował do niespokojnego nastroju Strike'a. Elin zjawiła się niedługo po tym, jak posadzono go w zielono-czerwonej sali, którą pomysłowo oświetlono, tak że plamy światła padały tylko na te fragmenty śnieżnobiałych obrusów, na które powinny, oraz na olejne obrazy w pozłacanych ramach. Wyglądała olśniewająco w bladoniebieskiej obcisłej sukience. Wstając, żeby ją pocałować, na chwilę zapomniał o swoim skrywanym niepokoju, o swoim niezadowoleniu.

445

– Miła odmiana – powiedziała z uśmiechem, siadając na za-okrąglonej, tapicerowanej ławce przy okrągłym stoliku.

Złożyli zamówienie. Strike, który łaknął kufla doom bara, pił wybranego przez Elin burgunda i mimo że tego dnia wypalił już ponad połowę paczki, marzył o papierosie. Tymczasem jego towarzyszka zalewała go potokiem informacji na temat nieruchomości: postanowiła zrezygnować z penthouse'a w Stracie i teraz oglądała apartament w Camberwell, który wydawał się obiecujący. Pokazała mu zdjęcie w telefonie: jego zmęczonym oczom ukazała się kolejna wizja georgiańskiej bieli wyposażonej w kolumny i portyk.

Gdy Elin przedstawiała rozmaite wady i zalety przeprowadzki do Camberwell, Strike pił w milczeniu. Drażnił go nawet wyborny smak wina, które wlewał w siebie jak najtańszego sikacza, starając się stępić alkoholem ostrze swojego rozżalenia. Nie udało mu się: poczucie wyobcowania bynajmniej go nie opuściło, lecz jeszcze bardziej się pogłębiło. Wygodna restauracja w Mayfair z kinkietami i miękkim dywanem kojarzyła mu się ze sceną: była iluzoryczna, ulotna. Co on tu robił z tą piękną, ale nudną kobietą? Dlaczego udawał zainteresowanie jej wystawnym stylem życia, gdy jego agencja dogorywała i tylko on jeden w całym Londynie znał tożsamość Rozpruwacza z Shacklewell?

Podano im jedzenie i wyborny smak polędwicy wołowej trochę złagodził jego rozżalenie.

– A co u ciebie? – spytała Elin, jak zwykle nienagannie uprzejma.

Strike poczuł, że stanął przed trudną decyzją. Odpowiedzenie na jej pytanie wymagałoby przyznania, że nie informował jej na bieżąco o ostatnich wydarzeniach, które większości ludziom wystarczyłyby pewnie na dziesięć lat. Byłby zmuszony wyjawić, że dziewczyna z gazet, która przeżyła ostatni atak Rozpruwacza, to jego własna partnerka. Musiałby dodać, że przed mieszaniem się w tę sprawę przestrzegł go człowiek, którego kiedyś upokorzył w związku z innym znanym morderstwem. Gdyby naprawdę miał jej powiedzieć, co u niego słychać, musiałby też wspomnieć, że wie, kim jest sprawca. Wizja relacjonowania tego wszystkiego nudziła go i przytłaczała. Gdy rozgrywały się te wydarzenia, ani razu nie przyszło mu do głowy, żeby zadzwonić do Elin, a to mówiło samo za siebie.

Grając na zwłokę, upił kolejny łyk wina i postanowił, że ten romans musi się skończyć. Znajdzie jakąś wymówkę, żeby po kolacji nie jechać z Elin do Clarence Terrace, co powinno ją uprzedzić o jego zamiarach. Od początku najlepszym elementem ich związku był seks. Przy następnym spotkaniu powie jej, że to koniec. Nie tylko czuł, że załatwienie tej sprawy przy kolacji, za którą płaciła, byłoby chamskie. Istniało ryzyko, że Elin wyjdzie, zostawiając go z rachunkiem, którego wystawca jego karty kredytowej bez wątpienia nie zechciałby uiścić.

– Szczerze mówiąc, niewiele – skłamał.

– A co z Rozpruwaczem z...

Zadzwoniła komórka Strike'a. Wyjął ją z kieszeni marynarki i zobaczył zastrzeżony numer. Jakiś szósty zmysł podpowiedział mu, że należy odebrać.

– Przepraszam – zwrócił się do Elin. – Chyba muszę...

– Strike? – W słuchawce odezwał się Carver z charakterystycznym południowolondyńskim akcentem. – To ty ją tam wysłałeś?

– Co? – powiedział Strike.

– Twoją pieprzoną partnerkę. To ty ją wysłałeś do Brockbanka?

Strike wstał tak gwałtownie, że zahaczył o krawędź stolika. Krwistobrązowy płyn prysnął na elegancki biały obrus, jego polędwica wołowa zsunęła się z talerza, a kieliszek z winem przewrócił, ochlapując bladoniebieską sukienkę Elin. Kelner wydał z siebie zduszony okrzyk, podobnie jak dystyngowana para przy sąsiednim stoliku.

– Gdzie ona jest? Co się stało? – spytał głośno Strike, nie zważając na nic oprócz głosu na drugim końcu linii.

– Ostrzegałem cię, Strike – powiedział Carver, sycząc ze złości.
– Ostrzegałem cię, kurwa, żebyś trzymał się od tego z daleka. Tym razem nawaliłeś na całej linii...

Strike odsunął komórkę od ucha. Bezcielesny Carver wywrzaskiwał swoje „piździelce" i „kurwy", doskonale słyszany przez wszystkie osoby w pobliżu detektywa. Strike odwrócił się do Elin w poplamionej purpurą sukience, z piękną twarzą wykrzywioną grymasem zdumienia zmieszanego ze złością.

– Muszę iść. Przepraszam. Później zadzwonię.

Nie zaczekał, żeby sprawdzić, jak to przyjęła. Nie interesowało go to.

Lekko utykając, ponieważ podczas pospiesznego wstawania od stolika wykręcił sobie kolano, wybiegł z restauracji, znowu z telefonem przy uchu. Carvera trudno już było zrozumieć, zagłuszał Strike'a wrzaskiem, ilekroć ten próbował się odezwać.

– Carver, posłuchaj – krzyknął Strike, wypadając na Upper Brook Street. – Chcę ci coś... Słuchaj, kurwa, dobra!?

Ale ociekający obelgami monolog policjanta stał się tylko jeszcze głośniejszy i bardziej ordynarny.

– Ty głupi, jebany skurwielu, Brockbank zapadł się pod ziemię... Wiem, co ci, kurwa, chodziło po głowie... Odkryliśmy to, ty draniu, znaleźliśmy powiązanie między kościołami! Jeśli... Morda w kubeł, teraz ja mówię!... Jeśli jeszcze kiedykolwiek zbliżysz się do któregoś z moich śledztw...

Wieczór był ciepły. Strike z trudem maszerował, czując ból w kolanie, a z każdym krokiem rosły w nim frustracja i wściekłość.

Dotarcie do domu Robin przy Hastings Road zajęło mu prawie godzinę i w tym czasie zdążył poznać wszystkie fakty. Dzięki Carverowi dowiedział się, że wieczorem u Robin była policja, być może jeszcze nie wyszła, i jego partnerkę przesłuchano w związku z wtargnięciem do domu Brockbanka, które doprowadziło do zgłoszenia gwałtu na dziecku i do ucieczki podejrzanego. Zdjęcie Brockbanka przekazano wszystkim funkcjonariuszom, lecz dotychczas nie został zatrzymany.

Strike nie uprzedził Robin, że się u niej zjawi. Skręcając w Hastings Road najszybciej, jak pozwalało mu obolałe kolano, zobaczył w zapadającym zmierzchu, że we wszystkich oknach jej mieszkania pali się światło. Gdy się zbliżył, z budynku wyszło dwóch funkcjonariuszy, których nie można by pomylić z nikim innym, mimo cywilnego ubrania. Odgłos zamykanych drzwi odbił się echem na cichej ulicy. Strike schował się w cieniu, gdy policjanci szli do zaparkowanego samochodu, cicho ze sobą rozmawiając. Zaczekał aż odjadą, a potem spokojnie podszedł do białych drzwi i wcisnął dzwonek.

– ...myślałem, że to już koniec – zabrzmiał poirytowany głos Matthew za drzwiami. Pewnie nie przypuszczał, że słychać go po drugiej stronie, ponieważ gdy otworzył, na jego twarzy widniał przymilny uśmieszek, który jednak natychmiast zniknął na widok Strike'a.

– Czego chcesz?

– Muszę porozmawiać z Robin – oznajmił Strike.

Gdy Matthew się wahał, mając wyraźną chęć zatarasowania Strike'owi wejścia, w przedpokoju za jego plecami pojawiła się Linda.

– O – powiedziała na widok Strike'a.

Odniósł wrażenie, że wygląda chudziej i starzej niż podczas ich pierwszego spotkania, bez wątpienia z powodu córki, która o mało nie została zamordowana, a następnie z własnej inicjatywy zjawiła się w domu brutalnego seksualnego drapieżnika, gdzie znowu ją zaatakowano. Strike czuł pod przeponą narastającą wściekłość. W razie konieczności był gotów krzyknąć do Robin, żeby wyszła przed dom, lecz gdy tylko powziął to postanowienie, stanęła za plecami Matthew. Ona też wyglądała bladziej i chudziej niż zwykle. Jak zawsze okazała się jednak ładniejsza w rzeczywistości niż w jego pamięci. Wcale nie nabrał do niej przez to życzliwości.

– O – powiedziała takim samym bezbarwnym tonem jak jej matka.

– Przyszedłem na słówko – oznajmił Strike.

– W porządku – odparła i lekko wojowniczo zadarła głowę, wskutek czego jej rudozłote włosy zatańczyły wokół ramion. Spojrzała na matkę i Matthew, a potem znowu na Strike'a. – Może w takim razie wejdziesz do kuchni?

Poszedł za nią z przedpokoju do małej kuchni, gdzie w kącie stał wciśnięty stolik dla dwóch osób. Robin starannie zamknęła za nimi drzwi. Żadne z nich nie usiadło. Obok zlewu piętrzyły się brudne naczynia: wyglądało na to, że zanim policja przyjechała przesłuchać Robin, jedli makaron. Z jakiegoś powodu fakty świadczące o tym, że Robin zachowuje się tak prozaicznie mimo chaosu, jaki wywołała, wzmogły wściekłość, która teraz walczyła już w Strike'u z pragnieniem panowania nad sobą.

– Zabroniłem ci się zbliżać do Brockbanka – zaczął.

– Tak – powiedziała beznamiętnym głosem, który jeszcze bardziej go rozjuszył. – Pamiętam.

Zastanawiał się, czy Linda i Matthew podsłuchują pod drzwiami. W małej kuchni mocno pachniało czosnkiem i pomidorami. Na ścianie za Robin wisiał kalendarz England Rugby. Trzydziesty czerwca zakreślono grubą kreską, wpisując pod tą datą „do domu na ślub".

– Ale mimo to postanowiłaś tam pójść – ciągnął Strike.

Wizje brutalnego, katartycznego działania – na przykład chwycenia kosza na śmieci i wyrzucenia go przez zaparowane okno – chaotycznie mnożyły się w jego wyobraźni. Zastygł jednak bez ruchu, jakby jego wielkie stopy przykleiły się do porysowanego linoleum, i gapił się na jej bladą, upartą twarz.

– Nie żałuję tego – powiedziała. – On gwałcił...

– Carver jest przekonany, że cię tam wysłałem. Brockbank zniknął. Przez ciebie zapadł się pod ziemię. Jak się poczujesz, jeśli uzna, że lepiej porąbać na kawałki następną kobietę, zanim ona się wygada?

– Nie waż się tego na mnie zwalać! – powiedziała Robin, podnosząc głos. – Nie waż się! To ty go rąbnąłeś, kiedy poszedłeś go aresztować! Gdybyś go nie uderzył, skazano by go za Brittany!

– I uważasz, że postąpiłaś słusznie?

Powstrzymał się tylko dlatego, że usłyszał, jak w przedpokoju czai się Matthew, choć księgowy był przekonany, że zachowuje się cicho.

– Uchroniłam Angel przed dalszym wykorzystywaniem i jeśli to coś złego...

– Doprowadziłaś moją agencję do pieprzonej ruiny – powiedział Strike cichym głosem, który zamknął jej usta. – Zabroniono nam się zbliżać do podejrzanych, do tego całego śledztwa, ale ty tam wparowałaś i Brockbank zapadł się pod ziemię. Prasa nie da mi teraz spokoju. Carver powie dziennikarzom, że to ja spieprzyłem sprawę. Pogrzebią mnie żywcem. A jeśli masz to wszystko w dupie – dodał Strike z twarzą zesztywniałą z wściekłości – to może zainteresuje cię fakt, że policja właśnie znalazła powiązanie między kościołem Kelsey a tym w Brixton, do którego chodził Brockbank.

Wyglądała jak porażona.

– Ja nie... nie wiedziałam...

– Po co czekać na fakty? – spytał Strike. Mimo jaskrawego górnego światła jego oczy spowijał cień. – Przecież lepiej do niego wpaść i dać mu cynk, zanim policja go aresztuje.

Przerażona Robin milczała. Strike patrzył na nią tak, jakby nigdy jej nie lubił, jakby nie mieli wspólnych doświadczeń, które dla niej tworzyły niezrównaną więź. Była przygotowana nawet na to, że w złości znowu zacznie walić pięścią w ściany i szafki...

– Koniec z nami – powiedział Strike.

Poczuł zadowolenie, widząc, że mimowolnie się wzdrygnęła, że jej twarz nagle zbladła.

– Chyba nie...

– Myślisz, że nie mówię poważnie? Myślisz, że potrzebuję partnerki, która nie słucha poleceń, która robi dokładnie to, czego jej zabraniam, przez którą wychodzę w oczach policjantów na szukającego kłopotów samolubnego fiuta, a podejrzany o morderstwo znika im sprzed nosa?

Powiedział to jednym tchem i Robin, która cofnęła się o krok, strąciła ze ściany kalendarz England Rugby, wywołując szelest i głuche uderzenie, których jednak nie usłyszała, ponieważ w jej uszach głośno szumiała krew. Myślała, że zemdleje. Wyobrażała sobie Strike'a krzyczącego: „Powinienem cię zwolnić!", ale ani razu nie przyszło jej do głowy, że naprawdę mógłby to uczynić, że wszystko, co dla niego zrobiła – podjęte ryzyko, odniesione rany, olśnienia i inspiracje, długie godziny niewygód i niedogodności – zostanie przekreślone, unieważnione przez ten jeden akt nieposłuszeństwa w dobrej wierze. Nie zdołała nawet znaleźć wystarczająco dużo powietrza w płucach, żeby się z nim kłócić, ponieważ miał taką minę, że mogła się spodziewać jedynie dalszego bezwzględnego potępiania jej działań i wypominania jej, jak bardzo schrzaniła sprawę. Wspomnienie Angel i Alyssy obejmujących się na kanapie, świadomość, że cierpienie dziewczynki dobiegło końca, a matka jej uwierzyła i okazała wsparcie, pocieszały Robin w godzinach niepewności, gdy czekała na ten cios. Nie odważyła się poinformować Strike'a, co zrobiła. Teraz myślała, że powinna była mu powiedzieć.

– Co? – spytała głupio, bo przecież musiała się odezwać. Poprzednie dźwięki były bez znaczenia.

– Kim był ten facet, którego ze sobą zabrałaś?

– Nie twoja sprawa – szepnęła po krótkim wahaniu.

– Podobno groził Brockbankowi nóż... Shanker! – powiedział Strike, domyślając się dopiero teraz. W tej chwili w jego ożywionej, wściekłej twarzy zobaczyła ślad Cormorana, jakiego znała. – Skąd, kurwa, wzięłaś jego numer telefonu?

Nie była jednak w stanie odpowiedzieć. W obliczu tego, że została zwolniona, wszystko przestało się liczyć. Wiedziała, że Strike nie zmienia zdania, gdy uznaje jakiś związek za zakończony. Po rozstaniu z dziewczyną, z którą był przez szesnaście lat, nigdy więcej się do niej nie odezwał, mimo że Charlotte próbowała nawiązać kontakt.

Już wychodził. Na nogach jak z waty poszła za nim do przedpokoju, czując się jak zbity pies, który chyłkiem idzie za tym, kto go ukarał, i rozpaczliwie liczy na przebaczenie.

– Dobranoc – zawołał Strike do Lindy i Matthew, który wycofał się do salonu.

– Cormoran – szepnęła Robin.

– Podeślę ci wypłatę za ostatni miesiąc – powiedział, nie patrząc na nią. – Szybko i bez problemu. Mimo że to było bardzo poważne wykroczenie.

Zamknął za sobą drzwi. Słyszała, jak w butach w rozmiarze czternaście oddala się ścieżką. Wydała z siebie zduszony okrzyk i zaczęła płakać. Linda i Matthew przybiegli do przedpokoju, lecz za późno: Robin uciekła do sypialni, nie mogąc stawić czoła ich uldze i zadowoleniu, że wreszcie będzie musiała porzucić marzenie o byciu detektywem.

56

When life's scorned and damage done
To avenge, this is the pact.

Gdy wzgardzono życiem i stała się krzywda,
Jedynym paktem jest zemsta.

Blue Öyster Cult, *Vengeance (The Pact)*

Nazajutrz o wpół do piątej Strike leżał rozbudzony po w zasadzie bezsennej nocy. Bolał go język po wszystkich papierosach, które wypalił od poprzedniego wieczoru przy stoliku z laminatu w kuchni, kontemplując upadek swojej agencji i swoich perspektyw. Myślenie o Robin przychodziło mu z trudem. W jego dotychczas niesłabnącej wściekłości zaczynały się pojawiać cieniutkie rysy podobne do tych na lodzie podczas odwilży, lecz to, co znajdowało się poniżej, było niewiele mniej zimne. Mógł zrozumieć odruch ratowania dziecka – każdy by zrozumiał. Czy on sam, jak nie omieszkała zauważyć Robin, nie powalił Brockbanka na ziemię po wysłuchaniu nagrań z przesłuchania Brittany? – ale myśl, że pojechała tam z Shankerem, nic mu nie mówiąc, i to po tym, jak Carver zabronił im się zbliżać do podejrzanych, sprawiła, że gdy przewrócił paczkę papierosów do góry dnem i odkrył, że jest pusta, w jego żyłach na nowo wezbrał gniew.

Podźwignął się na nogi, wziął klucze i wyszedł z mieszkania, nadal ubrany we włoski garnitur, w którym się zdrzemnął. Wschodziło słońce, gdy o poranku ospale szedł po Charing Cross Road. Wszystko wydawało się przydymione i kruche, a w szarawym świetle mnożyły się blade cienie. Kupił papierosy w sklepie na rogu w Covent Garden, a potem ruszył dalej, paląc i myśląc.

Po dwóch godzinach spacerowania ulicami podjął decyzję o swoim następnym ruchu. Gdy wracając do agencji, zobaczył, że kelnerka w czarnej sukience otwiera drzwi do Caffè Vergnano 1882 przy Charing Cross Road, zdał sobie sprawę, jaki jest głodny i wszedł do środka.

W małej kawiarni pachniało ciepłym drewnem i espresso. Gdy Strike z zadowoleniem opadł na dębowe krzesło, speszony uświadomił sobie, że przez ostatnie trzynaście godzin bez przerwy palił, spał w ubraniu, a do tego zjadł stek i wypił czerwone wino, ale nie umył zębów. Mężczyzna odbijający się w lustrze naprzeciw niego był rozmemłany i brudny. Zamawiając panini z szynką i serem, butelkę wody i podwójne espresso, starał się nie dawać młodej kelnerce okazji do wąchania jego oddechu.

Gdy stojący na ladzie ekspres z miedzianą kopułą obudził się z sykiem do życia, Strike pogrążył się w zadumie, szukając w sumieniu szczerej odpowiedzi na niewygodne pytania.

Czy był choć trochę lepszy od Carvera? Czy rozważał ryzykowny i niebezpieczny plan działania dlatego, że naprawdę widział w nim jedyny sposób, by powstrzymać mordercę? A może skłaniał się ku grze o wyższą stawkę, ponieważ wiedział, że jeśli mu się uda – jeśli to on schwyta mordercę i pociągnie go do odpowiedzialności – naprawi wszystkie szkody w swojej reputacji, odzyskując blask człowieka, któremu udało się to, co nie udało się stołecznej policji? Krótko mówiąc, co go pchało ku czemuś, co wielu uznałoby za lekkomyślne, niemądre rozwiązanie: konieczność czy ego?

Kelnerka postawiła przed nim kanapkę oraz kawę i Strike zaczął jeść ze szklistym spojrzeniem mężczyzny zbyt zaabsorbowanego, by czuć smak tego, co gryzie.

Nigdy dotąd nie miał do czynienia z tak dobrze nagłośnioną serią zbrodni: policja z pewnością przeżywała zalew informacji, a choć wszystkie tropy wymagały zbadania, żaden z nich (Strike był gotów się założyć) nie mógł doprowadzić do tego naprawdę sprytnego i skutecznego mordercy.

Mógł oczywiście podjąć próbę skontaktowania się z którymś z przełożonych Carvera, lecz miał u policjantów tak niskie notowania, że wątpił, by pozwolono mu na rozmowę z nadkomisarzem, lojalnym przede wszystkim wobec własnych ludzi. Zresztą próbując obejść Carvera, Strike tylko wzmocniłby wrażenie, że usiłuje podważyć autorytet osoby kierującej śledztwem.

Co więcej, nie miał dowodów, lecz tylko teorię na temat tego, gdzie te dowody się znajdują. Wprawdzie istniał cień szansy, że stołeczna policja potraktuje go na tyle poważnie, by poszukać tego, co zdaniem Strike'a z pewnością było do znalezienia, ale obawiał się, że dalszą zwłokę ktoś mógłby przypłacić życiem.

Ze zdziwieniem odkrył, że zjadł całe panini. Nadal potwornie głodny, zamówił następne.

„Nie – pomyślał z nagłą determinacją. – Nie ma innego wyjścia".

Należało jak najszybciej powstrzymać to zwierzę. Przyszła pora, by po raz pierwszy wyprzedzić je o krok. Rzucając ochłap swojemu sumieniu i chcąc sobie udowodnić, że kieruje nim przede wszystkim chęć złapania mordercy, a nie pragnienie chwały, Strike wyjął komórkę i zadzwonił do inspektora Richarda Anstisa, swojego najstarszego znajomego z policji. Ostatnio nie byli w najlepszych stosunkach, lecz chciał mieć pewność, że zrobił wszystko, co mógł, by dać stołecznej policji szansę wykonania tej roboty za niego.

Po dłuższej chwili w jego uchu zabrzmiał obcy sygnał wybierania numeru. Nikt się nie zgłaszał. Anstis był na urlopie. Strike zastanawiał się, czy zostawić mu wiadomość, ale ostatecznie zrezygnował. Zostawienie takiej wiadomości w poczcie głosowej Anstisa, niebędącego w stanie nic zrobić, z pewnością popsułoby mu wakacje, a o ile Strike zdążył poznać żonę Anstisa i trójkę jego dzieci, facet naprawdę potrzebował odpoczynku.

Rozłączył się i w zamyśleniu przeglądał listę ostatnich połączeń. Carver dzwonił z zastrzeżonego numeru. Kilka linijek niżej widniało imię Robin. Na jego widok zmęczony i zdruzgotany Strike poczuł ukłucie w sercu, ponieważ był na nią wściekły i jednocześnie tęsknił za tym, żeby z nią porozmawiać. Zdecydowanym ruchem odłożył komórkę na stolik, włożył rękę do wewnętrznej kieszeni i wyjął z niej długopis oraz notes.

Jedząc drugą kanapkę równie szybko jak pierwszą, zaczął tworzyć listę.

1) Napisać do Carvera.

Był to po części następny ochłap rzucony sumieniu, a po części coś, co Strike określał ogólnym mianem „krycia własnego tyłka". Nie miał adresu mejlowego Carvera, lecz i tak wątpił, by mejl zdołał dotrzeć do komisarza w tsunami informacji, które teraz z pewnością napływały do Scotland Yardu. Ludzie mieli uwarunkowaną kulturowo skłonność do traktowania tuszu i papieru poważnie, zwłaszcza gdy należało pokwitować odbiór: staromodny list polecony z pewnością trafiłby na biurko Carvera.

W ten sposób Strike zostawiłby ślad dokładnie jak morderca, wyraźnie pokazując, że próbował wszelkich możliwych sposobów, aby powiedzieć Carverowi, jak powstrzymać przestępcę. Mogło mu się to przydać, gdy wszyscy wylądują w sądzie, co według Strike'a było nieuniknione, niezależnie od tego, czy jego plan, ułożony podczas spaceru o świcie po uśpionym Covent Garden, okaże się skuteczny.

2) *Butla z gazem (propan?)*
3) *Kurtka odblaskowa*
4) *Kobieta - kto?*

Przerwał pisanie, bijąc się z myślami i marszcząc brwi nad kartką. Po dłuższym zastanowieniu niechętnie dopisał:

5) *Shanker*

To oznaczało, że następny punkt musiał brzmieć:

6) *£500 (skąd?)*

I wreszcie, po kolejnej minucie namysłu:

7) *Ogłoszenie o naborze na miejsce Robin.*

57

Sole survivor, cursed with second sight,
Haunted savior, cried into the night

Jedyna ocalała, pokarana jasnowidzeniem,
Znękana wybawicielka, krzyczała ze strachu przed cieniem.

Blue Öyster Cult, *Sole Survivor*

Minęły cztery dni. Na początku obezwładniona szokiem i rozpaczą Robin miała nadzieję, wręcz wierzyła, że Strike zadzwoni, że pożałuje tego, co jej powiedział, że zrozumie swój błąd. Linda wyjechała, miła i wspierająca do ostatniej chwili, lecz Robin przypuszczała, że w głębi duszy matka cieszy się z zakończenia jej współpracy z detektywem.

Matthew okazywał olbrzymie współczucie w obliczu zdruzgotania Robin. Powiedział, że Strike nie wie, jakie miał szczęście. Wyliczył jej wszystko, co zrobiła dla detektywa, zaczynając od tego, że zadowalała się śmiesznie niską płacą za niedorzecznie długie godziny pracy. Przypomniał Robin, że jej status partnerki w agencji był zupełną iluzją, i podsumował wszystkie dowody braku szacunku ze strony Strike'a: niepodpisanie nowej umowy, niezapłacone nadgodziny, to, że zawsze to ona parzyła herbatę i chodziła po kanapki.

Tydzień wcześniej Robin broniłaby Strike'a przed tego typu oskarżeniami. Powiedziałaby, że charakter tej pracy wymaga nadgodzin, że nie wolno żądać podwyżki, gdy agencja walczy o przetrwanie, że Strike parzył jej herbatę równie często jak ona jemu. Na koniec mogłaby dodać, że choć mu się nie przelewało, opłacił jej kurs wywiadowczy i kontrwywiadowczy, oraz że nierozsądnie byłoby oczekiwać, że on, starszy partner, założyciel agencji i jedyny inwestor, zrówna ją ze sobą pod względem statusu prawnego.

Niczego takiego jednak nie powiedziała, ponieważ ostatnie słowa, jakie skierował do niej Strike, towarzyszyły jej codziennie niczym odgłos bicia serca: „bardzo poważne wykroczenie". Dzięki wspomnieniu miny Strike'a mogła udawać, że postrzega sytuację tak samo jak Matthew, że czuje przede wszystkim złość, że pracę, która była dla niej wszystkim, można z łatwością zastąpić inną, że Strike nie ma zawodowej uczciwości ani moralności, jeśli nie potrafi przyznać, iż bezpieczeństwo Angel było najważniejsze. Robin nie miała ani ochoty, ani energii, by zwrócić Matthew uwagę, że w tej ostatniej kwestii gwałtownie zmienił front, ponieważ początkowo był wściekły, gdy się dowiedział, że pojechała do Brockbanka.

Gdy dni mijały bez żadnego sygnału od Strike'a, Robin czuła milczący nacisk ze strony narzeczonego, żeby zachowywała się tak, jakby perspektywa ich sobotniego ślubu nie tylko rekompensowała jej niedawne zwolnienie z pracy, lecz pochłaniała wszystkie myśli. Konieczność udawania ekscytacji w obecności Matthew sprawiała, że Robin czuła ulgę, zostając w domu sama w godzinach pracy narzeczonego. Codziennie wieczorem przed jego powrotem kasowała historię przeglądarki, żeby nie zobaczył, iż nieustannie szuka wiadomości na temat Rozpruwacza z Shacklewell i – równie często – guguluje Strike'a.

W przeddzień ich wyjazdu do Masham Matthew wrócił do domu z egzemplarzem „Sun", którego zwykle nie czytywał.

– Po co to kupiłeś?

Matthew zawahał się przed odpowiedzią i Robin poczuła ucisk w żołądku.

– Chyba nie doszło do kolejnego...?

Wiedziała jednak, że morderca nie zaatakował: przez cały dzień śledziła wiadomości.

Otworzył gazetę mniej więcej na dziesiątej stronie i podał jej z trudną do odczytania miną. Robin wbiła wzrok w swoje zdjęcie. Szła na nim ze spuszczoną głową, ubrana w trencz, wychodząc z sądu po złożeniu zeznań w szeroko opisywanym procesie w sprawie zamordowania Owena Quine'a. W jej zdjęcie wpasowano dwa mniejsze: na jednym był Strike, wyglądający na skacowanego, a na drugim oszałamiająco piękna modelka, której mordercę razem schwytali. Pod zdjęciem widniały słowa:

OD PIĄTKU DETEKTYW OD LANDRY
SZUKA NOWEJ WSPÓŁPRACOWNICY
Cormoran Strike, detektyw, który rozwiązał sprawy morderstw supermodelki Luli Landry i pisarza Owena Quine'a, zakończył współpracę z atrakcyjną asystentką Robin Ellacott, 26 lat.
Detektyw umieścił w internecie ogłoszenie dla chętnych na jej stanowisko: „Jeśli masz doświadczenie w pracy śledczego w policji albo wojsku i chciałabyś się zatrudnić w...".

Następowało jeszcze kilka akapitów, lecz Robin nie była w stanie ich przeczytać. Zamiast tego spojrzała na nazwisko autora, którym okazał się Dominic Culpepper, dziennikarz i znajomy Strike'a. Prawdopodobnie Cormoran zadzwonił do Culpeppera, który często próbował od niego wyciągać jakieś informacje, i chcąc zapewnić swojemu ogłoszeniu jak największy zasięg, pozwolił mu o tym napisać. Robin nie przypuszczała, że mogłaby się poczuć jeszcze gorzej, lecz odkryła, że była w błędzie. Naprawdę wylał ją z pracy po wszystkim, co dla niego zrobiła. Była jednorazowym Piętaszkiem, „asystentką" – nigdy partnerką, nigdy nie równą jemu – i już szukał kogoś z doświadczeniem w policji albo w wojsku: zdyscyplinowanego, słuchającego rozkazów.

Ogarnęła ją wściekłość. Wszystko przed jej oczami się rozmazało: przedpokój, gazeta, Matthew stojący obok i starający się okazywać współczucie. Musiała oprzeć się impulsowi nakazującemu jej wparować do salonu, gdzie na stoliku ładowała się jej komórka, i zadzwonić do Strike'a. W ciągu ostatnich czterech dni myślała o tym wielokrotnie, lecz wtedy chciała go prosić – błagać – o zmianę decyzji.

Teraz było inaczej. Teraz miała ochotę na niego krzyczeć, okazać mu pogardę i zarzucić zwykłą niewdzięczność, hipokryzję, brak honoru...

Spojrzenie jej płonących oczu padło na Matthew i zanim narzeczony zdążył zmienić wyraz twarzy, zauważyła jego wielką radość z tego, że Strike tak okropnie jej podpadł. Poczuła, że Matthew nie mógł się doczekać, kiedy pokaże jej tę gazetę. Jej cierpienie było niczym w porównaniu z jego radością z powodu jej rozstania ze Strikiem.

Odwróciła się i poszła do kuchni, postanawiając, że nie będzie na niego krzyczała. Gdyby się pokłócili, czułaby się tak, jakby Strike odniósł zwycięstwo. Obiecała sobie, że nie pozwoli byłemu szefowi skalać jej związku z mężczyzną, którego musiała... którego chciała poślubić za trzy dni. Niezdarnie przelewając spaghetti do durszlaka, opryskała się wrzątkiem i zaklęła.

– Znowu makaron? – spytał Matthew.

– Tak – odparła chłodno. – Przeszkadza ci to?

– Boże, skąd – powiedział, podchodząc do niej od tyłu i obejmując ją. – Kocham cię – mruknął w jej włosy.

– Ja ciebie też – odrzekła machinalnie.

* * *

Zapakowali do land rovera wszystko, czego mogli potrzebować na północy, na przyjęciu weselnym w hotelu Swinton Park i podczas miodowego miesiąca „gdzieś, gdzie jest gorąco" – ponieważ Robin tylko tyle wiedziała o celu ich podróży. Wyjechali następnego dnia o dziesiątej, w jasnym słońcu, obydwoje ubrani w koszulki z krótkim rękawem. Wsiadając do samochodu, Robin przypomniała sobie mglisty kwietniowy poranek, gdy odjeżdżała ścigana przez Matthew, rozpaczliwie pragnąc od niego uciec, uciec do Strike'a.

Była znacznie lepszym kierowcą niż Matthew, lecz gdy jechali razem, zawsze to on prowadził. Skręciwszy w M1, jej narzeczony zaczął śpiewać *Never Gonna Leave Your Side* Daniela Bedingfielda. Piosenka była stara, z czasów, gdy obydwoje zaczynali studia.

– Mógłbyś tego nie śpiewać? – spytała nagle Robin. Nie była w stanie tego dłużej znosić.

– Przepraszam – powiedział zdumiony. – Myślałem, że pasuje do okazji.

– Może w tobie budzi miłe wspomnienia – odparła Robin, odwracając się w stronę szyby – ale we mnie nie.

Kątem oka zobaczyła, jak Matthew na nią patrzy, a potem znowu skupia się na drodze. Jakiś kilometr dalej pożałowała, że w ogóle się odezwała.

– To nie znaczy, że nie możesz śpiewać czegoś innego.

– Nie muszę – powiedział.

Temperatura lekko spadła, gdy dotarli na stację Donington Park Services, gdzie zatrzymali się na kawę. Robin zostawiła kurtkę na oparciu krzesła i poszła do toalety. Zostawszy sam, Matthew poprawił koszulkę, która wyszła mu z dżinsów i odsłoniła kilka centymetrów płaskiego brzucha, przyciągając uwagę ekspedientki z baru Costa Coffee. Zadowolony z siebie i z życia, uśmiechnął się do niej i puścił oko. Zrobiła się czerwona, zachichotała i odwróciła się do baristki, która patrzyła na to wszystko z wymownym uśmiechem.

Zadzwonił telefon w kurtce Robin. Zakładając, że Linda chce się dowiedzieć, ile drogi im jeszcze zostało, Matthew – świadomy spojrzeń dziewczyn za barem – leniwie sięgnął do kieszeni i wyjął telefon Robin.

Dzwonił Strike.

Matthew spojrzał na wibrujące urządzenie, jakby niechcący podniósł tarantulę. Komórka dalej dzwoniła i wibrowała w jego ręce. Rozejrzał się: nigdzie w pobliżu nie zauważył Robin. Odebrał połączenie i natychmiast je zakończył. Na wyświetlaczu pojawił się napis: „1 nieodebrane połączenie: Corm".

Ten wielki paskudny drań chciał, żeby Robin wróciła, Matthew był tego pewny. Strike miał pięć długich dni, żeby zdać sobie sprawę, że nigdzie nie znajdzie nikogo lepszego. Może zaczął przeprowadzać rozmowy kwalifikacyjne z innymi kandydatkami i żadna nie zdołała jej dorównać, a może wszystkie go wyśmiały, słysząc, jak żałosne oferuje pieniądze.

Telefon zadzwonił jeszcze raz: znowu Strike. Chciał się upewnić, czy odrzuciła połączenie specjalnie, czy może przez przypadek. Matthew spojrzał na komórkę, sparaliżowany niezdecydowaniem. Nie miał odwagi odebrać w imieniu Robin ani powiedzieć Strike'owi, żeby spierdalał. Znał go: będzie dzwonił, dopóki nie porozmawia z Robin.

Włączyła się poczta głosowa. Matthew zdał sobie sprawę, że nagrane przeprosiny to najgorsze, co może się zdarzyć: Robin będzie mogła je wielokrotnie odsłuchać, aż w końcu się zmęczy i zmięknie…

Podniósł głowę: jego narzeczona wracała z toalety. Wstał z jej telefonem przy uchu i udał, że rozmawia.

– To tata – skłamał, zasłaniając mikrofon ręką i modląc się, żeby Strike nie zadzwonił po raz trzeci, gdy on będzie stał przed Robin. – U mnie rozładowała się bateria… Słuchaj, jaki masz numer paszportu? Muszę coś sprawdzić w związku z naszą podróżą poślubną… Żeby powiedzieć tacie…

Podała mu numer.

– Zaczekaj chwilę, nie chcę, żebyś to słyszała – powiedział i odszedł od niej, rozdarty między poczuciem winy a dumą ze swojej szybkiej reakcji.

Gdy już był bezpieczny w męskiej toalecie, pozbył się z aparatu Robin wszystkich śladów po telefonach Strike'a, usuwając całą historię połączeń. Następnie wybrał numer poczty głosowej, wysłuchał wiadomości nagranej przez Strike'a i ją także skasował. Na koniec w ustawieniach telefonu zablokował numer detektywa.

Głęboko oddychając, spojrzał na swoje przystojne odbicie w lustrze. W nagranej wiadomości Strike powiedział, że jeśli Robin się nie odezwie, nie będzie do niej więcej dzwonił. Do ślubu zostało czterdzieści osiem godzin i podenerwowany, zuchwały Matthew liczył, że Strike dotrzyma słowa.

58

Deadline

Nieprzekraczalny termin

Był podminowany, zdenerwowany, przekonany, że właśnie zrobił coś głupiego. Gdy wagon metra z klekotem sunął na południe, tak mocno trzymał się wiszącego uchwytu, że pobielały mu knykcie. Za okularami przeciwsłonecznymi wytężał spuchnięte, zaczerwienione oczy, czytając nazwy stacji.

W jego bębenkach nadal pobrzmiewał piskliwy głos Tego.

– Nie wierzę ci. Gdzie są pieniądze, skoro pracujesz na nocną zmianę? Nie... Chcę z tobą porozmawiać... Nie... Tym razem nie wyjdziesz...

Uderzył ją. Wiedział, że nie powinien był tego robić: teraz drwił z niego obraz jej przerażonej twarzy – jej wystraszone, wytrzeszczone oczy, ręka przyciśnięta do policzka, gdzie ślady jego palców czerwieniały na białym tle.

To wszystko jej pieprzona wina. Nie był w stanie się powstrzymać, nie po ostatnich dwóch tygodniach, w czasie których To coraz bardziej się czepiało. Gdy wrócił do domu z oczami pełnymi czerwonego tuszu, udawał, że to reakcja alergiczna, ale ta zimna suka nie okazała mu współczucia. Bez przerwy zrzędziła, dopytując się, gdzie był i – po raz pierwszy – gdzie są pieniądze, które podobno zarabiał. Ostatnio brakowało mu czasu na kradzieże z chłopakami, bo przecież cały czas poświęcał na polowanie.

Przyniosła do domu gazetę z artykułem, w którym informowano, że Rozpruwacz z Shacklewell może mieć teraz czerwone plamy wokół oczu. Spalił tę gazetę w ogródku, ale nie mógł powstrzymać Tego przed przeczytaniem jej gdzie indziej. Przedwczoraj miał wrażenie, że przyłapał To, jak przyglądało mu się z dziwnym wyrazem twarzy. Właściwie nie było głupie. Czyżby zaczęło coś podejrzewać? Te obawy były ostatnią rzeczą, jakiej potrzebował po upokorzeniu, które przeżył w związku z atakiem na Sekretarkę.

Nie było sensu dłużej tropić Sekretarki, ponieważ na dobre rozstała się ze Strikiem. W kafejce, w której czasami umilał sobie czas, byleby tylko pobyć z dala od Tego, widział artykuł w internecie. Pocieszał się myślą, że jego maczeta ją nastraszyła, że do końca życia będzie nosiła długą bliznę na przedramieniu, którą tam wyrzeźbił. Ale to mu nie wystarczało.

Miesiącami starannie tworzył plan, żeby wplątać Strike'a w morderstwo, rzucić na niego cień podejrzenia. Najpierw – aby zaczęła go nękać policja, a głupi ludzie pomyśleli, że miał z tym coś wspólnego – chciał go uwikłać w śmierć tej małej, głupiej suki pragnącej pozbyć się nogi. Później zamierzał zamordować jego Sekretarkę. Z czegoś takiego Strike z pewnością nie wyszedłby bez szwanku. Po czymś takim na pewno przestałby być sławnym detektywem.

Tylko że drań ciągle mu się wymykał. W prasie nie było wzmianki na temat listów: nawet tego, który starannie napisał „od" Kelsey, mającego zrobić ze Strike'a podejrzanego numer jeden. Później dziennikarze zmówili się ze skurwielem, nie wyjawiając nazwiska Sekretarki, nie wskazując na jej powiązanie ze Strikiem.

Może należało teraz przestać… Tylko że nie mógł przestać. Zaszedł za daleko. Nigdy w życiu nie zaplanował czegoś tak starannie jak upadku Strike'a. Ten gruby, kaleki drań już kogoś szukał na miejsce Sekretarki, a coś takiego nie kojarzyło się z człowiekiem zamierzającym zwinąć interes.

Stało się jednak także coś dobrego: na Denmark Street nie kręciła się już policja. Ktoś ją odwołał. Prawdopodobnie uznano, że skoro Sekretarka odeszła z pracy, nikt nie jest tam już potrzebny.

Pewnie nie powinien się zbliżać do agencji Strike'a, ale miał nadzieję, że zobaczy, jak wystraszona Sekretarka wychodzi z pudłem w dłoniach, albo że ujrzy przybitego, zgnębionego Strike'a, ale nie – tuż po tym, jak zajął dogodną pozycję, żeby obserwować ulicę, ten drań pojawił się na Charing Cross Road w towarzystwie oszałamiająco pięknej kobiety i wcale nie wyglądał na zdenerwowanego.

Dziewczyna musiała być tymczasową pracownicą, ponieważ Strike nie zdążyłby przeprowadzić rozmów kwalifikacyjnych i zatrudnić kogoś na stałe. Dryblas na pewno potrzebował kogoś do prowadzenia korespondencji. Kobieta miała na nogach obcasy, których nie powstydziłaby się tamta mała dziwka, i szła obok niego, kołysząc kształtnym tyłkiem. Lubił czarne, zawsze je lubił. Tak naprawdę, gdyby miał wybór, wolałby taką o wiele bardziej niż Sekretarkę.

Na pewno nie przeszła szkolenia kontrwywiadowczego – od razu było widać. Przez cały ranek obserwował agencję Strike'a, patrząc, jak kobieta wyskakuje na pocztę z telefonem przy uchu, nie zwracając uwagi na otoczenie, tak pochłonięta odrzucaniem długich włosów na plecy, że nie była w stanie utrzymać z nikim kontaktu wzrokowego, jak upuszcza klucze i papla na cały głos przez komórkę oraz z każdym, kto się nawinął. O pierwszej wślizgnął się za nią do baru kanapkowego i słyszał, jak głośno mówi, że nazajutrz wieczorem wybiera się do Corsica Studios.

Wiedział, co to jest Corsica Studios. Wiedział, gdzie to jest. Poczuł dreszcz podekscytowania. Musiał odwrócić się do niej plecami i udać, że wygląda przez okno, ponieważ uznał, że jego mina natychmiast by go zdemaskowała... Gdyby załatwił pracownicę Strike'a, zrealizowałby swój plan: Strike'a powiązano by z dwiema zaatakowanymi kobietami i nikt: ani policja, ani opinia publiczna, już nigdy by mu nie zaufał.

Poza tym czuł, że to będzie łatwizna. Sekretarka była koszmarnym materiałem na ofiarę, ciągle czujna i sprytna, co wieczór wracała do domu, do swojego ładniutkiego chłopaka, zatłoczonymi, dobrze oświetlonymi ulicami, lecz Tymczasową miał jak na tacy. Poinformowała cały bar, gdzie zamierza się spotkać z koleżankami, a potem na swoich akrylowych obcasach wróciła do pracy, upuszczając po drodze kanapki dla Strike'a. Gdy je podnosiła, zauważył, że nie ma na palcu obrączki ani pierścionka zaręczynowego. Musiał się bardzo starać, żeby ukryć radość, gdy stamtąd odchodził, układając plan.

Gdyby tylko nie walnął Tego, czułby się teraz dobrze, byłby podekscytowany, szczęśliwy. Uderzenie nie było pomyślnym początkiem wieczoru. Nic dziwnego, że się denerwował. Nie było czasu, żeby został w domu i próbował To uspokoić, żeby je obłaskawił: bez słowa wyszedł z postanowieniem dopadnięcia Tymczasowej, lecz nadal czuł napięcie... A jeśli To zadzwoni na policję?

Nie, nie zadzwoni. Tylko wymierzył jej policzek. Kochała go, ciągle mu to powtarzała. Gdy cię kochają, nawet pieprzone morderstwo uchodzi ci na sucho...

Poczuł łaskotanie na karku i rozejrzał się, powodowany szaloną myślą, że zobaczy Strike'a przyglądającego mu się z kąta wagonu, lecz nie było tam nikogo, kto choć trochę przypominałby tego grubego drania, tylko kilku zaniedbanych mężczyzn zebranych w jednej przestrzeni. Jeden z nich, facet z blizną na twarzy i złotym zębem, rzeczywiście mu się przyglądał, ale gdy spojrzał na niego przez ciemne okulary, typ przestał się gapić i znowu zaczął się bawić komórką...

Może gdy wysiądzie z metra, zanim pójdzie do Corsica Studios, zadzwoni do Tego i powie, że je kocha.

59

With threats of gas and rose motif.

Grożenie gazem i motyw róży.

Blue Öyster Cult, *Before the Kiss*

Strike stał w cieniu z komórką w dłoni i czekał. Głęboka kieszeń jego kurtki z drugiej ręki, o wiele za grubej na ciepły czerwcowy wieczór, wydęła się i obwisła pod ciężarem przedmiotu, który wolał ukryć. Jego plan najłatwiej byłoby zrealizować pod osłoną nocy, lecz słońce nie spieszyło się z zajściem za niepasujące do siebie dachy widoczne z jego kryjówki.

Wiedział, że powinien się skupić wyłącznie na niebezpiecznym nocnym zadaniu, lecz myślami ciągle wracał do Robin. Nie oddzwoniła. Wyznaczył sobie nieprzekraczalny termin: jeśli nie oddzwoni tego wieczoru, nie oddzwoni już nigdy. Nazajutrz w południe miała wyjść za Matthew w Yorkshire i czuł, że będzie to ostateczny koniec ich relacji. Jeśli nie porozmawiają, zanim na jej palcu spocznie obrączka, pewnie nie porozmawiają już nigdy. A jeśli ktoś na świecie został stworzony po to, by uświadomić mu, co stracił, była to zadziorna, hałaśliwa, choć oszałamiająco piękna kobieta, z którą od kilku dni dzielił agencję.

Na zachodzie niebo nad dachami mieniło się kolorami jaskrawymi jak skrzydło papużki aleksandretty: szkarłatem, pomarańczem, a nawet lekką domieszką zieleni. Za tym olśniewającym obrazem widniała cienka, blada powłoka fioletu lekko usianego gwiazdami. Zbliżała się pora działania.

Jakby Shanker czytał w jego myślach, telefon Strike'a zawibrował i detektyw spojrzał na wyświetlacz, żeby przeczytać wiadomość.

Wyskoczymy jutro na piwo?

Uzgodnili kod. Jeśli sprawa trafi przed sąd, co Strike'owi wydawało się ze wszech miar prawdopodobne, zamierzał trzymać Shankera jak najdalej od miejsca dla świadków. Tego wieczoru nie mogli sobie przesyłać żadnych obciążających esemesów. „Wyskoczymy jutro na piwo?" oznaczało „Przyszedł do klubu".

Strike wsunął komórkę z powrotem do kieszeni i wynurzył się ze swojej kryjówki, przechodząc przez ciemny parking przed opuszczonym mieszkaniem Donalda Lainga. Gdy tak szedł, spoglądała na niego olbrzymia czarna Strata, a w jej nierównych oknach odbijały się ostatnie ślady krwistego światła.

Nad balkonami Wollaston Close rozciągnięto gęstą siatkę, żeby uniemożliwić ptakom lądowanie na nich i wlatywanie przez otwarte drzwi i okna. Strike podszedł do bocznego wejścia, które wcześniej zaklinował, gdy wyszła stamtąd grupka nastolatek. Nikt potem przy drzwiach nie majstrował. Ludzie zakładali, że ktoś chciał sobie ułatwić wejście, i bali się go rozgniewać. Rozzłoszczony sąsiad mógł być tu równie niebezpieczny jak intruz, a w dodatku potem trzeba było obok niego mieszkać.

W połowie schodów Strike zdjął kurtkę, pod którą była druga, odblaskowa. Niosąc pierwszą tak, by zasłaniała butlę z propanem, poszedł dalej i znalazł się na balkonie mieszkania Lainga.

W innych lokalach mających dostęp do tego balkonu świeciło się światło. W ten ciepły letni wieczór sąsiedzi Lainga pootwierali okna, tak że ich głosy i dźwięki płaskich telewizorów wypływały w noc. Strike cicho przeszedł w stronę ciemnego, pustego mieszkania na końcu. Przed drzwiami, które tak często obserwował z parkingu, przełożył owiniętą w kurtkę butlę z gazem w zagłębienie lewego łokcia, a z kieszeni wyjął najpierw parę lateksowych rękawiczek, które założył, a następnie różne narzędzia – część z nich należała do Strike'a, lecz większość pożyczył na tę okoliczność od Shankera. Znalazły się wśród nich klucz uniwersalny do wpuszczanych zamków, dwa zestawy wytrychów i przeróżne „grzebienie".

Gdy Strike wziął się do pracy nad dwoma zamkami w drzwiach Lainga, z sąsiedniego okna dobiegł damski głos mówiący z amerykańskim akcentem:

– Jest prawo i jest to, co należy robić. Zrobię to, co należy.

– Czego bym nie dał, żeby przelecieć Jessicę Albę – powiedział jakiś upalony mężczyzna, wywołując śmiech i potakiwanie dwóch innych.

– No, dalej, skurczybyku – sapnął Strike, walcząc z zamkiem i mocno trzymając ukrytą butlę z propanem. – Rusz się… rusz…

Zamek obrócił się z głośnym kliknięciem. Strike otworzył drzwi.

Tak jak przypuszczał, w środku brzydko pachniało. W zapuszczonym, nieumeblowanym pomieszczeniu niewiele widział. Przed włączeniem światła musiał zaciągnąć zasłony. Odwrócił się w lewo i od razu strącił coś, co wyglądało na jakieś pudełko. Ciężko spadło i z trzaskiem wylądowało na podłodze.

„Kurwa".

– Hej! – zawołał jakiś głos za cienką ścianą działową. – To ty, Donnie?

Strike pospiesznie wrócił do drzwi, gorączkowo zaczął macać ścianę obok futryny i znalazł włącznik światła. Pomieszczenie zalane nagłą jasnością okazało się puste, jeśli nie liczyć starego, poplamionego, szerokiego materaca i skrzynki po pomarańczach, na której prawdopodobnie stała stacja dokująca iPoda, leżąca teraz na podłodze.

– Donnie? – powtórzył głos, teraz już z balkonu.

Strike wyjął butlę z propanem, odkręcił gaz i wsunął ją pod skrzynkę po pomarańczach. Na balkonie rozległy się kroki, a po nich pukanie do drzwi. Strike otworzył.

Pryszczaty mężczyzna z tłustymi włosami spojrzał na niego mętnym wzrokiem. Wyglądał na strasznie upalonego i trzymał puszkę johna smitha.

– Jezu – powiedział niewyraźnie, pociągając nosem. – Co tu tak, kurwa, śmierdzi?

– Gaz – oznajmił Strike w odblaskowej kurtce, surowy przedstawiciel gazowni. – Dostaliśmy zgłoszenie z góry. Wygląda na to, że problem znajduje się tutaj.

– Jasna cholera. – Sąsiad miał taką minę, jakby go zemdliło. – Chyba nie wylecimy w powietrze, co?

– Przyszedłem właśnie po to, żeby sprawdzić – odparł zwięźle Strike. – Nie ma pan tam za ścianą żadnego otwartego ognia? Nie pali pan, prawda?

– Pójdę się upewnić – powiedział sąsiad z nagłym przerażeniem.

– W porządku. Może jak tu skończę, przyjdę sprawdzić pana mieszkanie – odrzekł Strike. – Czekam na posiłki.

Pożałował ostatniego zdania, gdy tylko wyszło z jego ust, lecz sąsiada chyba nie zdziwił taki język u gazownika. Gdy się odwrócił, Strike spytał:

– Właściciel nazywa się Donnie, tak?

– Donnie Laing – powiedział podenerwowany sąsiad, najwyraźniej chcąc jak najszybciej schować swoje zapasy trawy i pogasić wszystkie płomienie. – Wisi mi czterdzieści funciaków.

– A – mruknął Strike. – Na to nic nie poradzę.

Mężczyzna wybiegł, a Strike zamknął drzwi, dziękując swojej szczęśliwej gwieździe, że pomyślał o zapewnieniu sobie przykrywki. Tylko tego brakowało, żeby ktoś dał cynk policji, zanim on zdoła cokolwiek udowodnić...

Podniósł skrzynkę po pomarańczach, zakręcił butlę z gazem, a później z powrotem umieścił iPoda w stacji dokującej. Już miał wejść głębiej do mieszkania, gdy nagle coś przyszło mu do głowy i odwrócił się w stronę iPoda. Wystarczyło jedno delikatne dotknięcie palcem wskazującym w lateksowej rękawiczce i maleńki ekranik się rozświetlił. Popłynęły dźwięki *Hot Rails to Hell* w wykonaniu – Strike wiedział to aż nazbyt dobrze – Blue Öyster Cult.

60

Vengeance (The Pact)

Zemsta (Pakt)

W klubie roiło się od ludzi. Zbudowano go pod dwoma łukami wiaduktu kolejowego, takimi jak te naprzeciw jego mieszkania, i panowała w nim atmosfera podziemi podkreślona zaokrąglonym dachem z blachy falistej. Projektor rzucał psychodeliczne światło na metalowe fałdy. Muzyka była ogłuszająca.

Wpuścili go niezbyt chętnie. Bramkarze robili mu problemy: przez chwilę się bał, że go przeszukają, ubranego w kurtkę z ukrytymi w środku nożami.

Wyglądał starzej niż wszyscy w zasięgu jego wzroku i to mu się nie podobało. Właśnie taką krzywdę wyrządziło mu łuszczycowe zapalenie stawów: blizny jak po trądziku i opuchlizna po sterydach. Kiedyś uprawiał boks, ale potem jego mięśnie zmieniły się w tłuszcz. Na Cyprze podciągał się z łatwością, teraz już nie. Wiedział, że nie miałby szans u żadnej z setek tych małych, roztrzepanych suk stłoczonych pod świecącą kulą. Prawie żadna nie była ubrana tak, jak według niego powinny się ubierać do klubu. Wiele miało na sobie dżinsy i koszulki, jak zgraja lesbijek.

Gdzie się podziała tymczasowa pracownica Strike'a z jej wspaniałym tyłkiem i rozkosznym rozkojarzeniem? Nie było tu zbyt wielu wysokich czarnoskórych kobiet, powinna rzucać się w oczy, lecz choć przeczesał okolice baru i parkiet, nigdzie jej nie zauważył. Wcześniej uznał za zrządzenie losu, że wspomniała o klubie tak blisko jego mieszkania. Pomyślał, że odzyskuje swój boski status, że wszechświat znowu jest dla niego łaskawy, lecz uczucie niezwyciężoności okazało się ulotne i kłótnia z Tym prawie zupełnie je zniszczyła.

Muzyka dudniła mu w głowie. Wolałby być z powrotem w domu, słuchać Blue Öyster Cult, masturbować się w otoczeniu swoich relikwii, ale przecież usłyszał, że ona się tu wybiera... Kurwa, w klubie był taki tłok, że mógłby do niej przywrzeć i dźgnąć, a nikt by tego nie zauważył ani nie usłyszał jej krzyku... Gdzie ta suka się podziała?

Ćwok w koszulce Wild Flag potrącił go tyle razy, że miał ochotę porządnie go skopać. Zamiast tego odsunął się od baru i rozpychając się łokciami, przecisnął z powrotem w stronę parkietu.

Ruchome światła przesuwały się po rozkołysanym dywanie rąk i spoconych twarzy. Błysk złota... Wykrzywiona w uśmieszku twarz z blizną...

Zaczął przedzierać się przez tłum, nie przejmując się tym, ile małych dziwek przewraca po drodze.

Pamiętał tego typa z blizną z metra. Odwrócił się. Facet wyglądał, jakby kogoś zgubił. Stał na palcach i się rozglądał.

Coś tu było nie tak. Czuł to. Coś tu śmierdziało. Lekko uginając kolana, żeby lepiej wmieszać się w tłum, przepchnął się w stronę wyjścia awaryjnego.

– Przykro mi, kolego, musisz skorzystać z...

– Spierdalaj.

Wyszedł, zanim ktokolwiek zdołał go powstrzymać. Usunął sztabę drzwi przeciwpożarowych i zaszył się w ciemności. Pobiegł wzdłuż ściany i skręcił za róg, gdzie, już sam, głęboko oddychając, rozważał swoje możliwości.

„Jesteś bezpieczny – powtarzał sobie w myślach. – Jesteś bezpieczny. Nic na ciebie nie mają".

Ale czy na pewno?

Ze wszystkich klubów, o których mogła wspomnieć, wybrała akurat ten oddalony o dwie minuty od jego mieszkania. A jeśli to nie był żaden dar od bogów, tylko coś zupełnie innego? Jeśli ktoś próbował go wrobić?

Nie. Niemożliwe. Strike nasłał na niego psy, ale nie były nim zainteresowane. Na pewno był bezpieczny. Nic go nie łączyło z żadną z nich...

Tylko że facet z blizną na twarzy jechał z nim metrem z Finchley. Konsekwencje tego faktu na chwilę zdominowały jego proces myślenia. Jeśli śledzono nie Donalda Lainga, ale zupełnie innego mężczyznę, miał totalnie przejebane...

Zaczął iść, od czasu do czasu podbiegając. Kule, tak użyteczny rekwizyt, nie były mu już potrzebne, chyba że do budzenia współczucia naiwnych kobiet, do wyłudzania zasiłku i oczywiście do podtrzymywania mistyfikacji: człowieka zbyt chorego i obolałego, żeby mógł dybać na małą Kelsey Platt. Artretyzm przeszedł mu wiele lat temu, lecz okazał się małym, dobrym żywicielem i dzięki niemu miał mieszkanie w Wollaston Close...

Pędząc przez parking, spojrzał na swoje okna. Zasłony były zaciągnięte. Mógłby przysiąc, że je rozsunął.

61

And now the time has come at last
To crush the motif of the rose.

A teraz wreszcie przyszła pora,
By zmiażdżyć motyw róży.

Blue Öyster Cult, *Before the Kiss*

W jedynej sypialni nie działała żarówka. Strike włączył małą latarkę, którą przyniósł, i powoli podszedł do samotnego mebla: taniej sosnowej szafy. Gdy ją otwierał, skrzypnęły drzwi.

Wnętrze było wytapetowane artykułami z gazet na temat Rozpruwacza z Shacklewell. Nad nimi wszystkimi przyklejono zdjęcie wydrukowane na kartce formatu A4, prawdopodobnie ściągnięte z internetu. Była na nim młoda matka Strike'a, naga, z rękami nad głową, długą, ciemną grzywą nie do końca zasłaniającą dumnie eksponowane piersi, a nad trójkątem włosów łonowych widniał wyraźnie widoczny zaokrąglony napis: Mistress of the Salmon Salt.

Strike spojrzał na podłogę szafy, gdzie obok sterty pism z ostrą pornografią leżał czarny worek na śmieci. Włożył latarkę pod pachę i rozchylił go rękami w lateksowych rękawiczkach. W środku znajdowało się kilka sztuk damskiej bielizny, część była sztywna od starej, brązowej krwi. Na samym dnie worka jego palce natrafiły na delikatny łańcuszek i kolczyk w kształcie obręczy. W świetle latarki zalśniła zawieszka: harfa w kształcie serca. Na kółeczku pozostał ślad zaschniętej krwi.

Strike odłożył wszystko z powrotem do czarnego worka na śmieci, zamknął drzwi szafy i ruszył do aneksu kuchennego, w którym bez wątpienia znajdowało się źródło zgniłego zapachu dominującego w całym mieszkaniu.

Za ścianą ktoś włączył telewizor. Dobiegła rozbrzmiewająca echem kaskada wystrzałów. Strike usłyszał cichy śmiech upalonego człowieka.

Obok czajnika stały słoik z kawą rozpuszczalną, butelka whisky Bell's, lusterko powiększające i maszynka do golenia. Kuchenkę pokrywała gruba warstwa tłuszczu i kurzu. Wyglądało na to, że od dawna nikt jej nie używał. Drzwi lodówki wytarto brudną szmatą, która pozostawiła kręte, różowawe ślady. Gdy Strike sięgnął w stronę klamki, w jego kieszeni zawibrował telefon.

Dzwonił Shanker. Uzgodnili, że nie będą do siebie telefonować, tylko esemesować.

– Shanker, kurwa mać – mruknął Strike, podnosząc komórkę do ucha. – Przecież mówiłem…

Usłyszał za sobą czyjś oddech i zaledwie sekundę później w stronę jego szyi śmignęła maczeta. Odskoczył w bok i upuścił komórkę, która ślizgiem wylądowała na brudnej podłodze. Zanim upadł, ostrze zraniło go w ucho. Ogromny cień jeszcze raz podniósł maczetę, żeby zaatakować. Strike kopnął go w krocze i morderca stęknął z bólu, cofnął się o dwa kroki, a następnie znowu wziął zamach.

Gramoląc się na kolana, Strike mocno walnął napastnika w jaja. Maczeta wyślizgnęła się z palców Lainga i spadła na plecy detektywa, wywołując okrzyk bólu, choć jednocześnie Strike chwycił Lainga za kolana i go przewrócił. Szkot rąbnął głową o drzwi piekarnika, lecz grubymi palcami i tak próbował złapać Strike'a za gardło. Detektyw usiłował wymierzyć cios, ale Laing przygwoździł go swoim ciężarem. Jego wielkie, silne łapska zaciskały się na tchawicy Cormorana. Strike z olbrzymim wysiłkiem uderzył Lainga głową i czaszka Szkota jeszcze raz huknęła o drzwiczki piekarnika...

Przeturlali się i Strike znalazł się na górze. Próbował walnąć Lainga w twarz, ale ten reagował równie szybko jak kiedyś na ringu: jedną ręką zablokował cios, a druga znalazła się pod brodą Strike'a, odpychając jego głowę... Strike znowu się zamachnął, tym razem na oślep. Trafił w kość i usłyszał jej trzask...

Wtedy nie wiadomo skąd wystrzeliła wielka pięść Lainga, rąbnęła Strike'a w sam środek twarzy i zmiażdżyła mu nos. Krew trysnęła na wszystkie strony, głowa odskoczyła mu do tyłu, a oczy zaszły łzami, rozmazując cały obraz. Jęczący i zdyszany Laing zrzucił go z siebie i niczym sztukmistrz wydobył skądś nóż do mięsa...

Na wpół oślepiony Strike z ustami pełnymi krwi zobaczył błysk w świetle księżyca i wierzgnął sztuczną nogą – rozległ się stłumiony brzęk metalu o metal, gdy nóż uderzył w stalowy pręt kostki, i Laing zamachnął się jeszcze raz...

– O nie, ani mi się waż, skurwielu!

Shanker założył Laingowi nelsona. Strike popełnił błąd i chwycił za nóż do mięsa, rozcinając sobie dłoń. Shanker i Laing siłowali się. Szkot był o wiele większy i szybko zyskiwał przewagę. Strike znowu wymierzył sztuczną nogą potężnego kopniaka w nóż i tym razem bez trudu wytrącił go Laingowi z ręki. Teraz mógł pomóc Shankerowi powalić przeciwnika na ziemię.

– Poddaj się albo cię, kurwa, zadźgam! – ryknął Shanker, trzymając Lainga za szyję, a Szkot miotał się i klął, cały czas zaciskając pięści. Złamana żuchwa bezwładnie mu opadła. – Nie tylko ty masz jebany nóż, gruby zasrańcu!

Strike wyjął kajdanki, najdroższy element wyposażenia, który zabrał, odchodząc z Wydziału do spraw Wewnętrznych. Trzeba było połączonych sił Strike'a i Shankera, żeby zmusić Lainga do przyjęcia pozycji, w której udało się go skuć, przytrzymując jego grube nadgarstki za plecami, podczas gdy ciągle się szamotał i klął.

Zwolniony z konieczności przytrzymywania Lainga, Shanker tak mocno kopnął go w przeponę, że morderca wydał z siebie przeciągłe, ciche rzężenie i na chwilę zamilkł.

– Bunsen, nic ci nie jest? Bunsen, gdzie cię trafił?

Strike ciężko usiadł obok kuchenki. Rana w uchu obficie krwawiła, podobnie jak rozcięta prawa dłoń, lecz najbardziej niepokoił go gwałtownie puchnący nos, ponieważ krew wlewająca się do ust utrudniała mu oddychanie.

– Trzymaj, Bunsen – powiedział Shanker, wracając z krótkich poszukiwań w małym mieszkaniu z rolką papieru toaletowego.

– Dzięki – odrzekł niewyraźnie Strike. Wepchnął do nosa tyle papieru, ile się zmieściło, a potem spojrzał na Lainga. – Miło cię znowu widzieć, Ray.

Laing, który nadal miał kłopot ze złapaniem tchu, nie odpowiedział. Jego łysa głowa lekko lśniła w świetle księżyca, które wcześniej padło na nóż.

– Mówiłeś, że nazywa się Donald – zdziwił się zaciekawiony Shanker, a gdy Laing poruszył się na podłodze, jeszcze raz kopnął go w brzuch.

– Bo to prawda – odparł Strike. – I przestań go kopać, do cholery. Jeśli mu coś złamiesz, odpowiem za to w sądzie.

– No to dlaczego mówisz do niego…?

– Dlatego że… Niczego tu nie dotykaj, Shanker, nie chcę, żebyś zostawił odciski palców… Dlatego że Donnie korzystał z pożyczonej tożsamości. Kiedy go tu nie ma – powiedział Strike, podchodząc do lodówki i lewą sprawną ręką w lateksowej rękawiczce, sięgnął w stronę klamki – jest bohaterskim emerytowanym strażakiem Rayem Williamsem, który mieszka w Finchley z Hazel Furley.

Strike otworzył lodówkę i, również lewą ręką, pociągnął za pokrywę zamrażarki.

W środku leżały wysuszone jak figi żółte i pomarszczone piersi Kelsey Platt. Obok spoczywały palce Lili Monkton z pomalowanymi na fioletowo paznokciami i głębokimi śladami po zębach Lainga. Dalej zobaczył dwoje uciętych uszu, w których nadal tkwiły małe plastikowe rożki z lodami oraz kawałek zmasakrowanej twarzy z wyraźnie widocznym nosem.

– Jasna cholera – powiedział Shanker, który też się pochylił, żeby spojrzeć na to zza pleców Strike'a. – Bunsen, jasna cholera, przecież to kawałki...

Strike zamknął zarówno zamrażarkę, jak i lodówkę, po czym odwrócił się, żeby spojrzeć na schwytanego przestępcę.

Laing leżał cicho. Strike był pewny, że już wytęża ten swój chytry, lisi mózg, zastanawiając się, jak mógłby obrócić tę rozpaczliwą sytuację na swoją korzyść, jak mógłby dowieść, że Strike go wrobił, podrzucając albo fałszując dowody.

– Powinienem był cię poznać, prawda, Donnie? – powiedział Strike, owijając prawą dłoń papierem toaletowym, żeby zatamować krwawienie. Teraz, w słabym świetle księżyca wpadającym przez brudne okno, dostrzegł rysy dawnego Lainga pod dodatkowymi kilogramami, którymi sterydy i brak regularnych ćwiczeń obciążyły jego niegdyś mocno umięśnione ciało. Tłuszcz, sucha i pomarszczona skóra, broda, bez wątpienia zapuszczona po to, żeby ukryć blizny, starannie ogolona głowa i udawany powłóczysty chód przywodziły na myśl mężczyznę co najmniej dziesięć lat starszego, niż był w rzeczywistości.

– Powinienem był cię poznać, jak tylko otworzyłeś mi drzwi u Hazel – powiedział Strike. – Ale cały czas zasłaniałeś twarz, ocierałeś pieprzone łzy, prawda? Co zrobiłeś? Natarłeś czymś oczy, żeby spuchły?

Strike podsunął Shankerowi paczkę papierosów, a potem sam zapalił.

– Z perspektywy czasu myślę, żc ten twój akcent z Newcastle był trochę przesadzony. Pewnie podłapałeś go w Gateshead, prawda? Nasz Donnie zawsze umiał naśladować innych – wyjaśnił Shankerowi. – Szkoda, że nie widziałeś, jak udaje kaprala Oakleya. Tak, podobno był duszą towarzystwa.

Shanker spoglądał na zmianę na Strike'a i Lainga, wyraźnie zafascynowany. Detektyw dalej palił, wpatrując się w Szkota. Nos piekł go i bolał tak strasznie, że do oczu napływały mu łzy. Przed zadzwonieniem na policję chciał choć raz usłyszeć mordercę.

– W Corby stłukłeś i okradłeś staruszkę z demencją, prawda, Donnie? Biedna stara pani Williams. Zabrałeś dyplom jej syna za odwagę i założę się, że nie pogardziłeś też jego papierami. Wiedziałeś, że wyjechał za granicę. Nie tak trudno ukraść czyjąś tożsamość, jeśli na początek zdobędzie się papiery. Łatwo je przerobić na nową tożsamość, żeby oszukać samotną kobietę albo kilku nieuważnych policjantów.

Laing leżał cicho na brudnej podłodze, lecz Strike prawie czuł gorączkową pracę jego zwyrodniałego, zdesperowanego umysłu.

– Znalazłem w domu Accutane – wyjaśnił Strike Shankerowi. – To lek na trądzik, ale i na łuszczycowe zapalenie stawów. Powinienem był od razu się domyślić. Trzymał go w pokoju Kelsey. Ray Williams nie cierpiał na artretyzm. Założę się, że ty i Kelsey mieliście wiele wspólnych sekretów, co Donnie? Naopowiadałeś jej o mnie, urobiłeś ją, jak chciałeś. Zabierałeś ją na przejażdżki motocyklem, żeby pokręcić się obok mojej agencji… Udawałeś, że wysyłasz do mnie listy… Przekazywałeś jej trefne wiadomości ode mnie…

– Pieprzony świr – powiedział zdegustowany Shanker. Pochylił się nad Laingiem i przysunął koniuszek papierosa do jego twarzy z wyraźną chęcią zrobienia mu krzywdy.

– Shanker, przypalić też go nie możesz – powstrzymał go Strike, wyjmując komórkę. – Lepiej się stąd wynoś, wzywam gliny.

Zadzwonił pod 999 i podał adres. Zamierzał powiedzieć, że śledził Lainga z klubu do domu, że doszło do sprzeczki i Laing go zaatakował. Nikt nie musiał wiedzieć, że był w to zamieszany Shanker ani że Strike włamał się do mieszkania. Oczywiście upalony sąsiad mógłby się wygadać, ale Strike przypuszczał, że młody człowiek za ścianą wolałby trzymać się od tej sprawy z daleka, niż słuchać, jak w sądzie poddaje się ocenie jego dotychczasową styczność z narkotykami.

– Pozbądź się tego – powiedział Strike do Shankera, zdejmując odblaskową kurtkę i podając mu ją. – Butli z gazem też.

– Spoko, Bunsen. Na pewno sobie z nim poradzisz? – dodał, patrząc na złamany nos Strike'a, na jego krwawiące ucho i dłoń.

– No jasne – odparł lekko urażony Strike.

Usłyszał, jak Shanker podnosi metalową butlę w sąsiednim pomieszczeniu i wkrótce zobaczył go przechodzącego po balkonie za oknem w kuchni.

– SHANKER!

Jego stary przyjaciel pojawił się tak szybko, że na pewno musiał biec sprintem. Ciężką butlę z gazem trzymał już uniesioną do ataku, lecz Laing nadal leżał skuty i spokojny na podłodze, a Strike stał obok kuchenki i palił papierosa.

– Kurwa mać, Bunsen, myślałem, że się na ciebie rzucił!

– Shanker, mógłbyś załatwić samochód i zawieźć mnie gdzieś jutro rano? Dam ci...

Strike spojrzał na swoje puste ręce. Wczoraj sprzedał zegarek, a za uzyskaną gotówkę zapłacił Shankerowi za pomoc tego wieczoru. Co jeszcze mógł opchnąć?

– Słuchaj, Shanker, wiesz, że na tym zarobię. Daj mi kilka miesięcy, a pod moimi drzwiami ustawi się kolejka klientów.

– Spoko, Bunsen – powiedział Shanker po krótkim namyśle. – Będziesz moim dłużnikiem.

– Poważnie?

– No – odparł Shanker, odwracając się do wyjścia. – Dryndnij, jak będziesz gotowy. Pójdę załatwić samochód.

– Tylko nie kradziony! – zawołał za nim Strike.

Zaledwie kilka sekund po tym, jak Shanker po raz drugi przeszedł za oknem, Strike usłyszał w oddali policyjną syrenę.

– Już jadą, Donnie – powiedział.

Dopiero wtedy Donald Laing po raz pierwszy i ostatni przemówił do Strike'a swoim prawdziwym głosem:

– Twoja matka – powiedział z głębokim akcentem z Borders – była pieprzoną kurwą.

Strike się roześmiał.

– Może i tak – odparł, krwawiąc i paląc w ciemności przy dźwiękach coraz głośniejszych syren – ale mnie kochała, Donnie. A twoja podobno miała cię w dupie, ty mały policyjny bękarcie.

Laing zaczął się rzucać na podłodze, bezskutecznie próbując się uwolnić, lecz tylko obracał się na boku z rękami wciąż skutymi na plecach.

62

A redcap, a redcap, before the kiss …

Czerwony beret, czerwony beret, przed pocałunkiem [...]

Blue Öyster Cult, *Before the Kiss*

Tego wieczoru Strike nie spotkał się z Carverem. Przypuszczał, że policjant wolałby teraz odstrzelić sobie kolana, niż stanąć z nim twarzą w twarz. Dwóch funkcjonariuszy z Wydziału Kryminalnego, których Strike nigdy wcześniej nie widział, przesłuchiwało go w pokoju na oddziale ratunkowym w przerwach między różnymi procedurami medycznymi, jakich wymagały jego obrażenia. Zszyto mu ucho, zabandażowano przeciętą dłoń, założono opatrunek na plecy, które drasnęła spadająca maczeta, i po raz trzeci w życiu musiał wytrzymać bolesne majstrowanie przy nosie w celu przywrócenia mu jakiej takiej symetrii. W przerwach Strike klarownie przedstawił policji tok rozumowania, który doprowadził go do Lainga. Nie omieszkał powiedzieć, że przekazał te informacje podwładnemu Carvera dwa tygodnie wcześniej, a także próbował powiedzieć o wszystkim samemu Carverowi podczas ich ostatniej rozmowy telefonicznej.

– Dlaczego tego nie zapisujecie? – spytał funkcjonariuszy, którzy siedzieli w milczeniu i tylko się na niego gapili. Młodszy z nich zrobił krótką notatkę.

– Poza tym – podjął Strike – opisałem wszystko i wysłałem do inspektora Carvera listem poleconym. Powinien był go dostać wczoraj.

– Przesłał go pan poleconym? – powtórzył starszy z dwóch funkcjonariuszy, smutnooki mężczyzna z wąsami.

– Zgadza się – potwierdził Strike. – Wolałem mieć pewność, że trudno go będzie zgubić.

Policjant zrobił o wiele bardziej szczegółową notatkę.

Strike twierdził, że przypuszczając, iż jego podejrzenia co do Lainga nie przekonają policji, nie przestał go obserwować. Poszedł za Laingiem do klubu nocnego, bojąc się, że Szkot mógłby tam znaleźć kolejną ofiarę, a następnie śledził go w drodze do mieszkania, gdzie postanowił się z nim skonfrontować. O Alyssie, która tak przekonująco wcieliła się w rolę jego tymczasowej pracownicy, i o Shankerze, którego entuzjastyczna interwencja z pewnością uratowała go przed kilkoma kolejnymi ranami od noża, nie wspomniał ani słowem.

– Kropką nad i – oznajmił funkcjonariuszom – będzie znalezienie niejakiego Ritchiego, zwanego też Dickiem, który czasami pożyczał Laingowi motocykl. Hazel wam o nim opowie. Przez cały czas dawał Laingowi alibi. Przypuszczam, że jest jakimś drobnym przestępcą i pewnie myślał, że po prostu pomaga Laingowi oszukiwać Hazel albo wyłudzać zasiłek. Wątpię, żeby był rozgarniętym gościem. Moim zdaniem bardzo szybko pęknie, kiedy zda sobie sprawę, że chodzi o morderstwa.

W końcu o piątej rano lekarze i policja uznali, że nie potrzebują od Strike'a niczego więcej. Odrzucił policyjną ofertę podwiezienia do domu, którą, jak przypuszczał, złożono po części po to, by jak najdłużej mieć go na oku.

– Wolelibyśmy, żeby to się nie wydało, zanim zdążymy porozmawiać z rodzinami ofiar – powiedział młodszy funkcjonariusz, którego białe włosy odznaczały się na tle szarego świtu na placu przed szpitalem, gdzie trzej mężczyźni się żegnali.

– Nie wybieram się do dziennikarzy – odparł Strike, szeroko ziewając i macając się po kieszeniach w poszukiwaniu papierosów. – Mam dzisiaj inne sprawy.

Gdy zaczął odchodzić, do głowy przyszła mu pewna myśl.

– O co chodziło z tym powiązaniem między kościołami? Dlaczego Carver myślał, że to Brockbank?

– A – odparł funkcjonariusz z wąsami. Nie wydawał się szczególnie chętny do podzielenia się tą informacją. – Pewien młody pracownik przeniósł się z Finchley do Brixton... Ten trop donikąd nie zaprowadził, ale – dodał z lekko wyzywającą miną – dopadliśmy go. Brockbanka. Wczoraj dostaliśmy cynk ze schroniska dla bezdomnych.

– Ładnie – powiedział Strike. – Prasa uwielbia pedofilów. Na waszym miejscu podczas rozmów z dziennikarzami skupiałbym się na tym wątku.

Żaden z policjantów się nie uśmiechnął. Strike życzył im dobrego dnia i poszedł, zastanawiając się, czy starczy mu na taksówkę, i paląc lewą ręką, ponieważ znieczulenie miejscowe w prawej powoli przestawało działać. Złamany nos szczypał go w chłodnym porannym powietrzu.

– Do pieprzonego Yorkshire? – spytał Shanker przez telefon, gdy zadzwonił, by zawiadomić Strike'a, że ma samochód, a detektyw powiedział mu, dokąd chce jechać. – Do Yorkshire?!

– Do Masham – uściślił Strike. – Słuchaj, już ci mówiłem: jak dostanę pieniądze, zapłacę, ile tylko zechcesz. To ślub i nie chcę go przegapić. Już i tak mam mało czasu... Ile tylko zechcesz, Shanker, daję słowo, zapłacę, jak tylko będę mógł.

– Czyj to ślub?

– Robin – powiedział Strike.

– A – odparł Shanker. Wydawał się zadowolony. – No, w takim razie, Bunsen, zawiozę cię. Mówiłem, że nie powinieneś był...

– ...taa...

– ...Alyssa też ci mówiła...

– No, mówiła, i to cholernie głośno.

Strike przypuszczał, że Shanker sypia z Alyssą. Znajdował niewiele innych wytłumaczeń dla prędkości, z jaką jego stary przyjaciel zaproponował jej kandydaturę, gdy Strike oznajmił, że potrzebuje kobiety, która odegra bezpieczną, ale bardzo ważną rolę w zasadzce na Donalda Lainga. Zażądała za to stu funtów i zapewniła Strike'a, że wzięłaby znacznie więcej, gdyby nie to, że uważa się za wielką dłużniczkę jego partnerki.

– Shanker, o tym wszystkim możemy pogadać po drodze. Muszę coś zjeść i wziąć prysznic. Będziemy mieli cholerne szczęście, jeśli zdążymy.

No więc pędzili na północ mercedesem pożyczonym przez Shankera – Strike nie spytał skąd. Detektyw, który od dwóch dni prawie w ogóle nie spał, przez pierwsze sto kilometrów drzemał i obudził się z prychnięciem dopiero, gdy w kieszeni marynarki zawibrowała mu komórka.

– Strike – odebrał zaspanym głosem.

– Cholernie dobra robota – odezwał się Wardle.

Jego ton nie pasował do słów. W końcu to Wardle odpowiadał za dochodzenie, gdy Raya Williamsa oczyszczono z wszelkich podejrzeń w związku ze śmiercią Kelsey.

– Dzięki – powiedział Strike. – Zdajesz sobie sprawę, że jesteś teraz jedynym gliniarzem w Londynie skłonnym ze mną rozmawiać.

– No cóż – odrzekł Wardle, trochę się rozchmurzając – liczy się jakość, a nie ilość. Pomyślałem, że chciałbyś wiedzieć: już znaleźli tego Richarda i wszystko wyśpiewał.

– Richarda... – mruknął Strike.

Miał wrażenie, że jego wyczerpany mózg wyczyszczono ze szczegółów, o których obsesyjnie myślał od miesięcy. Drzewa kojąco przesuwały się za oknem pasażera strumieniem letniej zieleni. Czuł, że mógłby spać wiele dni.

– Ritchiego... Dickiego... Tego od motoru – podpowiedział Wardle.

– A, tak – odrzekł Strike. W zamyśleniu podrapał się po zszytym uchu i zaklął. – Cholera, boli... Przepraszam... Już zaczął gadać, tak?

– Nie należy do bystrzaków – odparł Wardle. – Poza tym znaleźliśmy u niego mnóstwo kradzionych rzeczy.

– Przypuszczałem, że właśnie z tego Donnie się utrzymywał. Zawsze był sprytnym złodziejem.

– Mieli mały gang. Nic wielkiego, po prostu dużo drobnych kradzieży. Tylko Ritchie wiedział o podwójnej tożsamości Lainga. Myślał, że wyłudza w ten sposób zasiłek. Laing poprosił trzech z nich, żeby go kryli. Mieli mówić, że w weekend śmierci Kelsey wybrali się na biwak do Shoreham-by-Sea. Podobno im powiedział, że ma jakąś babkę na boku i Hazel nie może się o tym dowiedzieć.

– Laing zawsze umiał zjednywać sobie ludzi – odrzekł Strike, przypominając sobie oficera śledczego na Cyprze, który tak chętnie oczyścił Szkota z podejrzeń o gwałt.

– Skąd wiedziałeś, że wtedy ich tam nie było? – spytał zaciekawiony Wardle. – Mieli zdjęcia i w ogóle... Skąd wiedziałeś, że w czasie jej śmierci nie urządzili sobie kawalerskiego wypadu?

– A – mruknął Strike. – Mikołajek nadmorski.

– Co?

– Mikołajek nadmorski – powtórzył Strike. – Mikołajek nadmorski nie kwitnie w kwietniu. Kwitnie latem i jesienią. Pół życia spędziłem w Kornwalii. Na zdjęciu Lainga i Ritchiego na plaży... był mikołajek nadmorski. Już wtedy powinienem był się zorientować... ale ciągle coś odwracało moją uwagę.

Gdy Wardle się rozłączył, Strike patrzył przez przednią szybę na mijane pola i drzewa, myśląc o ostatnich trzech miesiącach. Wątpił, by Laing kiedykolwiek słyszał o Brittany Brockbank, lecz pewnie powęszył i poznał historię procesu Whittakera, dowiedział się o cytowaniu *Mistress of the Salmon Salt* na ławie oskarżonych. Strike miał wrażenie, że Laing zostawił mu wyraźne ślady, nie mając pojęcia, jak doskonale się przydadzą.

Shanker włączył radio. Strike, który wolałby z powrotem zasnąć, nie protestował i tylko opuścił szybę, żeby zapalić. W coraz mocniejszym słońcu uświadomił sobie, że włoski garnitur, który odruchowo włożył, pokrywają zaschnięte plamki pieczeniowego sosu i czerwonego wina. Starł te najgorsze i nagle przypomniał sobie o czymś jeszcze.

– O kurwa.

– Co jest?

– Zapomniałem z kimś zerwać.

Shanker zarechotał. Strike uśmiechnął się smutno, a to sprawiło mu ból. Bolała go cała twarz.

– Bunsen, chcemy zapobiec temu ślubowi?

– Jasne, że nie – powiedział Strike, wyjmując następnego papierosa. – Zostałem zaproszony. Jestem przyjacielem. Gościem.

– Wylałeś ją – przypomniał mu Shanker. – A tam, skąd pochodzę, to nie jest oznaka przyjaźni.

Strike powstrzymał się od zwrócenia mu uwagi, że prawie żaden z jego przyjaciół nie ma pracy.

– Ona jest jak twoja mama – odezwał się Shanker po dłuższej chwili milczenia.

– Kto?

– Ta twoja Robin. Jest dobra. Chciała ocalić tego dzieciaka.

Strike nie potrafił bronić decyzji o powstrzymaniu się od ratowania dziecka w rozmowie z mężczyzną, który sam został ocalony, gdy w wieku szesnastu lat leżał w rynsztoku, brocząc krwią.

– No przecież zamierzam spróbować ją odzyskać, prawda? Ale jeśli jeszcze kiedyś do ciebie zadzwoni… Jeśli do ciebie zadzwoni…

– No, no, wtedy ci powiem, Bunsen.

Boczne lusterko ukazało Strike'owi twarz, która mogła należeć do ofiary wypadku samochodowego. Miał ogromny fioletowy nos, a lewe ucho wyglądało na czarne. W świetle dnia zobaczył, że goląc się w pośpiechu lewą ręką, nie do końca osiągnął cel. Wyobrażając sobie swoje dyskretne wślizgnięcie się do kościoła, pomyślał, jak bardzo będzie się rzucał w oczy i jaka wyniknie z tego scena, jeśli Robin uzna, że nie chce go widzieć. Nie zamierzał jej zniszczyć tego święta. Przysiągł sobie w duchu, że wyjdzie, gdy tylko go o to poprosi.

– BUNSEN! – krzyknął rozentuzjazmowany Shanker i Strike lekko podskoczył. Shanker pogłośnił radio.

– […] aresztowania w sprawie Rozpruwacza z Shacklewell. Po dokładnym przeszukaniu mieszkania w londyńskim Wollaston Close policja postawiła trzydziestoczteroletniemu Donaldowi Laingowi zarzuty zamordowania Kelsey Platt, Heather Smart, Martiny Rossi i Sadie Roach oraz usiłowania zabójstwa Lili Monkton i brutalną napaść na szóstą, nieznaną z nazwiska kobietę […]

– Nie wspomnieli o tobie! – zawołał Shanker, gdy raport dobiegł końca. Wydawał się zawiedziony.

– Nie wspomnieli – przyznał Strike, zmagając się z nietypowym dla niego podenerwowaniem. Właśnie zobaczył pierwszy drogowskaz do Masham. – Ale wspomną. I dobrze: jeśli chcę odbić się od dna, potrzebuję reklamy.

Odruchowo spojrzał na nadgarstek, zapominając, że nie ma na nim zegarka, i zamiast tego sprawdził godzinę na desce rozdzielczej.

– Gazu, Shanker. I tak nie zdążymy na początek.

Gdy zbliżali się do celu, coraz bardziej się denerwował. Ceremonia trwała już od dwudziestu minut, gdy wreszcie wjechali rozpędzeni na wzgórze Masham. Strike poszukał kościoła na mapie w telefonie.

– Tam – powiedział, gorączkowo pokazując na drugą stronę najszerszego rynku, jaki kiedykolwiek widział, wypełnionego ludźmi i straganami z jedzeniem. Gdy Shanker niezbyt wolno okrążał plac, kilku przechodniów spojrzało na niego z oburzeniem, a mężczyzna w kaszkiecie pogroził pięścią człowiekowi z blizną, który tak niebezpiecznie wjechał do statecznego serca Masham.

– Zaparkuj tutaj, gdziekolwiek! – powiedział Strike, zauważywszy dwa granatowe bentleye ozdobione białymi wstążkami i zaparkowane na drugim końcu rynku. Szoferzy rozmawiali w słońcu, trzymając czapki w rękach. Gdy Shanker zahamował, rozejrzeli się. Strike pospiesznie odpiął pas. Nad wierzchołkami drzew widział już kościelną wieżę. Lekko go mdliło, bez wątpienia wskutek wypalenia czterdziestu papierosów w ciągu jednej nocy, braku snu i stylu jazdy Shankera.

Strike szybko zrobił kilka kroków, oddalając się od samochodu, po czym pędem wrócił do przyjaciela.

– Zaczekaj na mnie. Możliwe, że nie zostanę.

Znowu pobiegł, minął gapiących się szoferów, nerwowo poprawił krawat, a potem sobie przypomniał, w jakim stanie są jego twarz i garnitur, i nie mógł zrozumieć, po co właściwie się wysila.

Pokuśtykał przez bramę i wszedł na opustoszały cmentarz przykościelny. Imponujący kościół skojarzył mu się ze Świętym Dionizym w Market Harborough, gdzie byli z Robin jeszcze jako przyjaciele. Cisza na sennym, skąpanym w słońcu cmentarzu wydawała się złowroga. Zbliżając się do ciężkich, dębowych drzwi, minął po prawej dziwną, jakby pogańską kolumnę pokrytą rzeźbami.

Lewą ręką chwycił klamkę i na chwilę zastygł bez ruchu.

– A, pieprzyć to – mruknął pod nosem i najciszej, jak umiał, otworzył drzwi.

Powitał go zapach róż: białe róże z Yorkshire kwitły na wysokich stojakach i wisiały w bukietach na końcach zapełnionych ławek. Gąszcz kolorowych kapeluszy ciągnął się aż do ołtarza. Prawie nikt nie spojrzał na Strike'a, gdy wszedł do środka, lecz ci, którzy spojrzeli, długo nie odrywali od niego wzroku. Przesunął się wzdłuż tylnej ściany, wpatrzony w drugi koniec nawy.

Długie, falujące włosy Robin zdobił wianek z białych róż. Nie widział jej twarzy. Nie miała już longety. Nawet z tej odległości dostrzegł podłużną fioletową bliznę biegnącą wzdłuż tylnej części jej przedramienia.

– Czy ty – rozległ się głos niewidocznego pastora – Robin Venetio Ellacott, bierzesz sobie tego mężczyznę, Matthew Johna Cunliffe'a, za prawowitego męża i ślubujesz żyć z nim odtąd…

Wyczerpany, spięty i skupiony na Robin Strike nie zdawał sobie sprawy, jak blisko znalazł się kompozycji kwiatowej stojącej w pięknym wazonie z brązu w kształcie tulipana.

– …na dobre i na złe, w bogactwie i biedzie, w zdrowiu i w chorobie, dopóki śmierć…

– O, cholera – zaklął Strike.

Bukiet, który potrącił, przechylił się jak w zwolnionym tempie i z ogłuszającym brzękiem upadł na podłogę. Wierni i państwo młodzi odwrócili się i spojrzeli na niego.

– Chryste… Ja… przepraszam – powiedział zdruzgotany Strike.

Gdzieś na środku kościoła roześmiał się mężczyzna. Większość zgromadzonych natychmiast odwróciła się z powrotem do ołtarza, lecz kilkoro gości nadal mierzyło Strike'a gniewnym spojrzeniem, dopóki w końcu się nie zreflektowali.

– …was nie rozłączy? – dokończył pastor z anielską cierpliwością.

Piękna panna młoda, która od początku ceremonii ani razu się nie uśmiechnęła, nagle się rozpromieniła.

– Tak – powiedziała dźwięcznym głosem, patrząc prosto w oczy nie swojemu czekającemu z kamienną twarzą świeżo poślubionemu mężowi, lecz poturbowanemu i zakrwawionemu mężczyźnie, który właśnie z hukiem strącił jej kwiaty na podłogę.

PODZIĘKOWANIA

Nie przypominam sobie, żeby pisanie powieści kiedykolwiek sprawiło mi więcej frajdy niż *Żniwa zła*. To dziwne, biorąc pod uwagę makabryczny temat, lecz także dlatego, że rzadko bywam bardziej zajęta niż w ciągu ostatnich dwunastu miesięcy, gdy musiałam na zmianę realizować różne przedsięwzięcia, co nie jest moim ulubionym trybem pracy. Mimo to zawsze traktuję Roberta Galbraitha jak swój prywatny plac zabaw i tym razem też mnie nie zawiódł.

Chcę podziękować moim stałym współpracownikom, którzy dbają o to, abym nadal świetnie się bawiła, mimo że prawdziwa tożsamość Roberta Galbraitha wyszła na jaw: niezrównanemu redaktorowi Davidowi Shelleyowi, który jest już ojcem chrzestnym moich czterech powieści i dzięki któremu proces redagowania jest tak cennym doświadczeniem; cudownemu agentowi i przyjacielowi Neilowi Blairowi, który od początku niezmiennie wspierał Roberta; Deeby i SOBE, którzy pozwolili mi gruntownie przetrząsnąć ich wojskowe umysły; Panu od Tylnych Drzwi – wolę przemilczeć, za co; Amandzie Donaldson, Fionie Shapcott, Angeli Milne, Christine Collingwood, Simonowi Brownowi, Kaisie Tiensu i Danniemu Cameronowi, ponieważ bez ich ciężkiej pracy nie miałabym czasu wykonywać własnej, oraz drużynie marzeń – Markowi Hutchinsonowi, Nicky Stonehill i Rebecce Salt, bez których, szczerze mówiąc, byłabym wrakiem.

Szczególne podziękowania należą się posłowi, który umożliwił mi złożenie fascynującej wizyty w 36. Sekcji Wydziału do spraw

Specjalnych brytyjskiej Królewskiej Żandarmerii Wojskowej w zamku edynburskim. Powinnam też podziękować dwóm policjantkom, które nie aresztowały mnie za robienie zdjęć w pobliżu zakładów jądrowych w Barrow-in-Furness.

Wszystkim tekściarzom współpracującym z Blue Öyster Cult dziękuję za napisanie tak wspaniałych piosenek i za pozwolenie na wykorzystanie słów niektórych z nich w tej powieści.

Dziękuję moim dzieciom: Decce, Davy'emu i Kenzo: kocham was tak bardzo, że nie sposób wyrazić tego słowami, i chcę wam podziękować za zrozumienie w chwilach największej aktywności mojego pisarskiego bakcyla.

Na koniec i najbardziej dziękuję Neilowi. Nikt nie pomógł mi przy tej książce tak jak on.

ŹRÓDŁA CYTATÓW

Career of Evil (s. 7) Words by Patti Smith; Music by Patti Smith and Albert Bouchard © 1974; Reproduced by permission of Sony/ATV Tunes LLC, London W1F 9LD.

This Ain't the Summer of Love (ss. 9, 69, 305) Words and Music by Albert Bouchard, Murray Krugman and Donald Waller © 1975; Reproduced by permission of Sony/ATV Music Publishing (UK) Ltd, Sony/ATV Tunes LLC, London W1F 9LD and Peermusic (UK) Ltd.

Madness to the Method (ss. 12, 195, 389) Words and Music by D. Trismen and Donald Roeser © 1985; Reproduced by permission of Sony/ATV Music Publishing (UK) Ltd, Sony/ATV Tunes LLC, London W1F 9LD.

The Marshall Plan (s. 16) Words and Music by Albert Bouchard, Joseph Bouchard, Eric Bloom, Allen Lainer and Donald Roeser © 1980; Reproduced by permission of Sony/ATV Music Publishing (UK) Ltd, Sony/ATV Tunes LLC, London W1F 9LD.

Mistress of the Salmon Salt (Quicklime Girl) (ss. 22, 75) Words and Music by Albert Bouchard and Samuel Pearlman © 1973; Reproduced by permission of Sony/ATV Tunes LLC, London W1F 9LD.

Astronomy (s. 24) Words and Music by Albert Bouchard, Joseph Bouchard and Samuel Pearlman © 1974; Reproduced by permission of Sony/ATV Music Publishing (UK) Ltd, Sony/ATV Tunes LLC, London W1F 9LD.

The Revenge of Vera Gemini (s. 33) Words by Patti Smith; Music by Albert Bouchard and Patti Smith © 1976; Reproduced by permission of Sony/ATV Music Publishing (UK) Ltd, Sony/ATV Tunes LLC, London W1F 9LD.

Lips in the Hills (ss. 128, 247) Words and Music by Eric Bloom, Donald Roeser and Richard Meltzer © 1980; Reproduced by permission of Sony/ATV Music Publishing (UK) Ltd, Sony/ATV Tunes LLC, London W1F 9LD.

Workshop of the Telescopes (s. 136) (Albert Bouchard, Allen Lanier, Donald Roeser, Eric Bloom, Sandy Pearlman).

Debbie Denise (ss. 139, 233) Words by Patti Smith; Music by Albert Bouchard and Patti Smith © 1976; Reproduced by permission of Sony/ATV Music Publishing (UK) Ltd, Sony/ATV Tunes LLC, London W1F 9LD.

Live For Me (s. 154) (Donald B. Roeser, John P. Shirley). Reproduced by permission of Triceratops Music.

I Just Like to Be Bad (ss. 166, 243) (Eric Bloom, Brian Neumeister, John P. Shirley). Reproduced by permission of Six Pound Dog Music.

Make Rock Not War (s. 174) Words and Music by Robert Sidney Halligan Jr. © 1983; Reproduced by permission of Screen Gems-EMI Music Inc/ EMI Music Publishing Ltd, London W1F 9LD.

Hammer Back (s. 187) (Eric Bloom, Donald B. Roeser – John P. Shirley). Reproduced by permission of Six Pound Dog Music and Triceratops Music.

Death Valley Nights (s. 210) Words and Music by Albert Bouchard and Richard Meltzer © 1977; Reproduced by permission of Sony/ATV Music Publishing (UK) Ltd, Sony/ATV Tunes LLC, London W1F 9LD.

Outward Bound (A Song for the Grammar School, Barrow-in-Furness) (s. 219) Words by Dr Thomas Wood.

Tenderloin (s. 254) Words and Music by Allen Lainer © 1976; Reproduced by permission of Sony/ATV Music Publishing (UK) Ltd/ Sony/ATV Tunes LLC, London W1F 9LD.

After Dark (s. 262) Words and Music by Eric Bloom, L. Myers and John Trivers © 1981; Reproduced by permission of Sony/ATV Music Publishing (UK) Ltd, Sony/ATV Tunes LLC, London W1F 9LD.

(Don't Fear) The Reaper (ss. 269, 442) Words and Music by Donald Roeser © 1976; Reproduced by permission of Sony/ATV Music Publishing (UK) Ltd, Sony/ATV Tunes LLC, London W1F 9LD.

She's as Beautiful as a Foot (s. 274) (Albert Bouchard, Richard Meltzer, Allen Lanier).